国家社科基金后期资助项目

当代小说修辞性语境差阐释

Interpretation of Rhetorical Context Differentia in Contemporary Novels

祝敏青　林钰婷　著

创于1897　商务印书馆

The Commercial Press

2017年·北京

图书在版编目(CIP)数据

当代小说修辞性语境差阐释/祝敏青,林钰婷著.—
北京:商务印书馆,2017
ISBN 978 - 7 - 100 - 13037 - 0

Ⅰ.①当… Ⅱ.①祝… ②林… Ⅲ.①小说语言—
语境学—研究—中国—当代 Ⅳ.①I207.42

中国版本图书馆 CIP 数据核字(2017)第 048441 号

DĀNGDÀI XIǍOSHUŌ XIŪCÍXÌNG YǓJÌNGCHĀ CHǍNSHÌ
当代小说修辞性语境差阐释

祝敏青　林钰婷　著

商 务 印 书 馆 出 版
(北京王府井大街36号　邮政编码100710)
商 务 印 书 馆 发 行
北京市白帆印务有限公司印刷
ISBN 978 - 7 - 100 - 13037 - 0

2017 年 7 月第 1 版　　　开本 787×1092　1/16
2017 年 7 月北京第 1 次印刷　　印张 22¾
定价:65.00 元

国家社科基金后期资助项目
出版说明

　　后期资助项目是国家社科基金设立的一类重要项目,旨在鼓励广大社科研究者潜心治学,支持基础研究多出优秀成果。它是经过严格评审,从接近完成的科研成果中遴选立项的。为扩大后期资助项目的影响,更好地推动学术发展,促进成果转化,全国哲学社会科学规划办公室按照"统一设计、统一标识、统一版式、形成系列"的总体要求,组织出版国家社科基金后期资助项目成果。

全国哲学社会科学规划办公室

目　　录

序

宗廷虎

福建师大祝敏青教授与我是三十多年的老朋友了，从她上一世纪八十年代初参加了复旦大学中文系举办的第一届助教进修班进修开始，我们的交往就一直未曾中断过。数月前她来电说，她申报的"国家社科基金后期资助项目"已获批准，申报的《当代小说修辞性语境差阐释》书稿亦已接近杀青，希望我为之写一篇《序》。敏青的学术水平我是比较了解的。通读了她的初稿及修改稿后，我感到这是一本对陈望道修辞学思想有重要发展的小说修辞学著作。以下分几点论述。

一

20世纪80年代，我为复旦大学中文系开办的几届"助教进修班"开设了"修辞学"课程，着重宣讲陈望道修辞学思想，讲稿中的不少内容后来写进复旦几位同仁合作撰写的《修辞新论》中。敏青在复旦进修期间，是与我和李金苓交往较多的学员之一。离开复旦后，我们一直保持着通信联系。从2003年到2013年，她又在《扬州大学学报》《泉州师院学报》等处发表过三篇从不同角度评论我"继承、拓展、创新"陈望道修辞学思想的文章，①留下了她较为全面地研究陈望道修辞学思想的足迹。本书稿不仅在多处明白彰显了与陈望道修辞学思想的关系，而且在以下几方面均有继承和发展。

（一）发展了陈望道先生（以下简称"望老"）"修辞以适应题旨情境为第一义"的创新性论点。

1932年，陈望道在现代修辞学奠基作《修辞学发凡》中，将英国人类学

---

① 论文后收入冯广艺、段曹林主编《修辞学与修辞学史》论文集，澳门语文学会，2004年；以及吴礼权、赵毅主编《追梦修辞》，吉林教育出版社，2015年。

家马林诺夫斯基的语境学理论首次引入修辞学研究,提出"修辞以适应题旨情境为第一义"的创新性学说,认为:"凡是成功的修辞,必定能够适应内容复杂的题旨,内容复杂的情境,极尽语言文字的可能性,使人觉得无可移易,至少写说者自己以为无可移易。"①之后,几十年来,修辞学界的张弓、王德春、冯广艺、王占馥、曹京渊、王建华、周明强、盛爱萍等多名学者,对语境的基本理论及应用做了多方面的探究。敏青从2000年起,在《小说辞章学》《文学言语的多维空间》《文学言语的修辞审美建构》以及本书中,对语境差的定义、存现界域、小说语境差的审美特征等,做了较为系统的探讨。从《修辞学发凡》以来,语境学研究的成果虽然林林总总,但回答具体怎样适应语境,在这方面摸索到发展规律的,还应者寥寥。本书不仅探讨了"修辞性语境差"的三个基本特征,还将其与陈望道倡导的其他几种修辞理论相结合,为语境学探讨开辟了一条新途径,找到了怎样适应题旨情境的新视角。

(二)以望老倡导的修辞学是一门多边性、边缘性学科的理念作为本书的理论根基,基础牢靠。

望老根据几十年研究经验,于1961年提出修辞学是一门边缘性学科的理念。1963年,望老又提出:"修辞学介于语言、文字之间。它与许多学科关系密切,它是一门边缘学科。"②我们随后也于八十年代起在《修辞新论》等多本(篇)论著中做了进一步的拓展。我们还曾多次推荐望老发表于1935年的《语言学和修辞学对于文学批评的关系》一文。如该文指出:"语言学、修辞学和文学批评的关系虽然很密切,却也只是密切到一半,而这一半之中,又是修辞学和文学批评的关系密切一点。因为修辞学所用来研究思想和表现的关系的,多半就是文学的缘故。"③本书除吸收索绪尔、萨丕尔等语言学理论外,还吸收陈望道、宗廷虎等修辞学理论,吸收曹文轩、孙绍振、南帆等文学批评理论,吸收陈望道、宗白华、朱立元等美学理论,还融入了心理学、信息学等多门学科理论。全书以望老倡导的修辞学是一门边缘性学科的理念为理论根基,利用了共享资源,打破了学科界限,拓展了研究空间,更新了研究方法,基础十分牢靠。

(三)遵照望老用辩证法研究修辞学的观念,将辩证法思想融合进全书多个章节,成效显著。

---

① 陈望道:《修辞学发凡》,上海教育出版社,1997年,第11页。
② 陈望道:《谈修辞学是边缘学科及其他》,刊宗廷虎、陈光磊编《陈望道〈修辞学发凡〉〈文法简论〉》,复旦大学出版社,2015年,第365页。
③ 《陈望道修辞论集》,安徽教育出版社,1985年,第219—220页。

本书基于辩证法观念构建了修辞性语境差理论体系。例如第一章第二节,即在吸收望老《美学概论》对美的六种分类的基础上,构建了"自然与人为互渗构建的语境差""空间与时间融合构建的语境差"等六大类的对立统一体系。全书在阐释时贯串浓郁的辩证理念,在对颠覆与平衡、违背常规与有修辞价值的阐释中,注重事物对立统一的论析,注重事物间的内在关联,注重语言的动态性。使阐释不限于表层而具有深层性;不限于孤立的语言现象的观察,而具有综合性;不限于静态的分析,而注重论析的动态性。由于辩证分析突出,成效显著。

(四)将陈望道、宗廷虎等关于修辞学要研究表达,也要研究接受的论述运用于小说语境差研究,并贯串始终,取得突破。

例如第一章"审美视角下的修辞性语境差",立专节对"审美视角下的表达与接受语境差"进行了多方位、多角度考察。作者将小说的生成与解读视为言语交际,认为这一交际系统存在着比日常言语交际系统更为复杂的情况。考察分三个方面。一是叙事者与解读者的语境差。这是小说虚拟世界外部关系存现的语境差。二是读者与人物的语境差。当作品人物作为叙事者与解读者交际的凭借时,也就与解读者发生了交际关系。三是语境重建符号与解读者之间的关联。作者用对立统一视点对语境的匹配、干扰、否定、填补、生成等功能在语境差异中进行整合,重建语言符号与解读者进行关联,从而实现审美表达与审美接受交融的阐述。

总之,几十年来,望老的众多弟子,私淑弟子、再传弟子对陈望道修辞思想的继承和发扬,取得了众多业绩,学界不断有评论论及。我认为,敏青关于小说语境差卓有成效的探讨,已经在其中占有了令人瞩目的一席。

二

本书"前言"一开头即阐明了写作的宗旨:"修辞性语境差是当代小说语境的重要特征,是基于语境视域解读小说语言的关键。本书以修辞性语境差为视角,考察当代小说语言的语境特色。"①作者集中对修辞性语境差的基本特征作深入阐述,这已成为全书的亮点所在。被指出的基本特征有三:一是对语境平衡的颠覆,这是语境差的标志性特征。二是修辞性,这是语境差的深层次特征,在语境背离中蕴含着审美价值。因此,"修辞性语境差"的

---

① 本书第8页。

修辞性特征也可以说是审美特征。三是同域性,对小说语言而言,不平衡的产生限定于同一文本语境。我认为作者对前两点的论析更是新意迭出。以下着重评述前两点。

(一)对当代小说修辞性语境差的语言外显标志——语境颠覆有较为全面的揭示。

作者认为:"颠覆是语境差的外显标志,又是语境差复杂性的体现。语境差可能颠覆所有可以称之为规律的现象,包括客观现实、心理因素、逻辑规律、语言规律等。它无视一切清规戒律,以不平衡状态体现出对世间规律的藐视……语言符号……能指与所指的颠覆是当代小说语境差的突出现象,它突破了语言能指与所指约定俗成的内在规律,对符号原有的能指与语义所指进行重新组合,其颠覆呈现出一种力度与强度,由此体现了特定时代、特定作家和特定作品的特色。"①接着分五个方面通过大量的典型语料,对这种颠覆做了多方位、多角度的揭示。

本书第二章"被颠覆的小说时空世界",对时空语境颠覆所构成的形态及意义做了总体阐述。时空语境差指时空语境不平衡的颠覆状态,作者从对立、反差等表层颠覆现象和寓意、虚拟等深层颠覆现象进行了揭示。重点对莫言小说时空越位链接的各种形态,颠覆中时间越位与虚拟空间相交错构建的魔幻世界,叙事时间与故事时间颠覆的两种情形做了阐述。第三章"被颠覆的叙事语境"考察了颠覆造成的小说叙事语境差。涉及叙事视角的变异、叙事语序的错乱,也涉及叙事者及叙事对象,并且涉及当事语境和关涉语境。第四章"被颠覆的文本语境"重点对女作家阿袁小说中建构的突出语境差策略进行了较全面的考察,计有:对比构成的语境差、借古喻今的时空语境差、上下文颠覆中的语境差、语义表层与深层颠覆下的语境差、虚幻与现实交织的语境差等。第五章"话语系统骚动中的语境差",既探讨了"戏谑中的符号变异组合",从语言各子系统对规律的颠覆来阐释语境差,也基于"语境差是辞格生成的重要基点"的认识,对建立在变异基础上的比喻、比拟、借代、夸张、通感等辞格做了阐述。第六章"颠覆中的小说对话语境",既对修辞性语境差在对话中的特殊体现——信息差做多角度解读,指出信息差即信息发送与接收的不等值,也对信息差作为修辞策略的对话模式加以阐释。小说中的精彩对话往往出现对日常言语交际规律的解构,它颠覆了言语交际的合作原则,颠覆了言语交际的话语特征,也颠覆了小说的对话语境。

---

① 本书第 14 页。

（二）兼用望老的美学理论、辩证法理念作指导，开辟了小说语境差深入探索的新路径。

数月前当我披阅本书的初稿时，发现有一点很不过瘾：虽然作者列举的有关"语境差标志性特征"，颠覆的语料非常典型，一再指出语境颠覆的同时"在语境背离中蕴含着审美价值"，并强调"修辞性语境差的修辞性特征也可以说是审美特征"，但具体有哪些审美特征却并未明确回答，往往点到即止，语焉不详，这似乎也是不少文学评论文章易犯的不足。我在电话中建议敏青去看看望老《美学概论》中对美的六种分类，以此为武器来加强本书的审美分析。虽然仅寥寥数语，但敏青非常重视，又悟性很高，不久即发来了增写的第一章第二节"辩证审美中的小说修辞性语境差"。看了这一节的开头，敏青以下的体悟使我眼前一亮："（《美学概论》）这六个种类的美是将与之形成对立的关系构成的组合。因此，这一分类，充分体现了陈望道美学理论中的辩证观念。以陈望道的美学种类来考察小说修辞性语境差，我们发现，语境差所构建的不平衡到平衡的审美过程中往往同时蕴含着一组对立的美。对其分析阐释，可以看作是对陈望道美学思想的一个体验。"①能从陈望道美学思想中发现其中贯串着的辩证理念，证明确有慧眼，也确实抓准了其中的精髓。

这一节的标题即为"辩证审美中的小说修辞性语境差"，重点将望老《美学概论》中的六类美：自然美与人为美；空间美、时间美与空间时间混合美；动美与静美；视觉美、听觉美、味觉美与嗅觉美；形式美与内容美；崇高、优美、悲壮与滑稽，逐一用来分析小说语境差，时有新见。以"自然与人为相互渗透构建的语境差"为例，敏青论析说："自然与人为可能构成一个对立的统一体。自然景物加入了人的参与，就具有了人为美。而人为美是以自然美为根基，当然渗透着自然的元素。作者笔下与自然关涉的描写，往往超越了自然，而渗透人为的因素。由此所构成的人为美与自然美可能是和谐的，也可能是相错落的。基于语境差视角考察自然与人为关系，我们注重的是相互错落关系。作者笔下人为与自然的错落关系呈现出多彩纷呈的形态。"接着从多种视角分别举例论述。再以"动静相交错构成的状态语境差"为例，敏青指出："动与静是两种截然不同的状态，却又相辅相成……就事物给予人的第一感官而言，动与静有着截然不同的视觉感觉效果。静者寓动，深层含有动的因素，但表层仍为静。动者寓静，但表层仍为动。因此，出现了动态与静态的对立。这种对立，在作家笔下，可能出现转化，动与静产生互融，

---

① 本书第 30 页。

从而与原有动静状态产生背离,呈现了动静状态变异构成的语境差。"①敏青对望老概括的其他四类美的论析也颇为精湛,不赘引。

我曾经撰写专文,总结过望老的一个与别的修辞学家不同的经验。望老撰写《修辞学发凡》长达十多年,在此过程中,他同时也在研究美学,不但发表了十几篇美学文章(包括译文),还写出了美学专著《美学概论》。"可以这样说,望道先生在成为一个修辞学家的同时,已成为一个功力深厚的美学家了。他是'五四'之后,我国最早涌现出来的美学家之一。他的美学素养,使他的修辞学理论基础厚实;而他的修辞学研究,又为美学研究提供了广阔的园地。也可以说,他是我国修辞学史上,第一个把美学观点全面地运用到修辞学上来的学者。这样的结果是:他在修辞研究中找到了美。"②而今,敏青将望老美学思想融入小说语境差研究,也是找到了加深美学根底、加强美学论析的钥匙。本节的增补,既彰显了全书美学基础、哲学基础的厚实,也显示了审美论析的具体而深入。在以后的理论阐释中,也做了呼应。敏青的小说语境差研究还在路上,事实已经证明并将继续证明,望老的修辞学理论、美学理论、辩证法理念,已经为敏青开辟并将继续开辟小说语境差研究的新路径。

三

本书在理论和研究方法上有着多方面的创新,如提出较为系统的"修辞性语境差"理论,采用多学科理论交融与辩证法等研究方法,在理论和实践等方面有重要意义。

(一)理论意义。

由于本书自身的多学科理论交融性质,本书的问世对好几门学科均能起到推动作用。

先看对语境学发展的意义。从1932年望老《修辞学发凡》出版,率先提出"修辞以适应题旨情境为第一义"的理论以后,语境理论不断发展,尤其是改革开放以来,语境学不仅成学,发展的步伐还颇大。新世纪伊始,敏青将语境学观点引进小说语言研究,提出"当代小说修辞性语境差"理论,视角独

---

① 本书第48页。

② 宗廷虎:《探索修辞的美——〈修辞学发凡〉与美学》,刊《〈修辞学发凡〉与中国修辞学》,复旦大学出版社,1983年。又见《宗廷虎修辞论集》,吉林教育出版社,2003年。

特,新意盎然,定能对语境学建设起到进一步推动的作用。

次看对修辞学发展的意义。本书总结出的"修辞性语境差"理论,虽然基于当代小说,但对丰富整个修辞学理论具有普遍意义。修辞学可以运用它指导分析其他不少文体中的修辞现象,从而推动我国修辞学理论的深入探究。如可以将"语境差"理论移入散文修辞学、演讲修辞学、广告修辞学等分支学科研究,可以开拓文体来探索新局面。敏青2014年问世的《文学言语的修辞审美建构》一书,即刊有《从解构到重建——孙绍振幽默散文的审美内核》一文,将其放在"颠覆——文学语符的美学建构"栏目内,充实了散文修辞探索的内涵。

再看对小说研究的意义。本书为小说语言研究寻求多边缘学科交融的蹊径,对小说语言的研究视角、研究思路、研究方法均有创新,对小说语言的进一步探索能起到推动作用。

(二)实践意义。

本书对作家、文学创作者有指导意义。全书既有视角多样的丰富语料,又有从实践中概括出来的"修辞性语境差"理论,对指导作家及热衷于小说、戏剧创作的文学爱好者的构思及写作,有指导作用。同时,本书对文学爱好者、修辞爱好者鉴赏当代小说也有指导意义。广大文学爱好者、修辞爱好者通过鉴赏"语境差"现象,能进一步领略到当代小说的诸多美质,体悟到"语境差"现象的众多奥秘。

2016年5月于复旦园

(宗廷虎:复旦大学中文系教授、博士生导师、中国修辞学会顾问)

前　　言

　　修辞性语境差是当代小说语境的重要特征,是基于语境视域解读小说语言的关键。本书以修辞性语境差为视角,考察当代小说语言的语境特色。

　　自英国人类学家马林诺夫斯基在 1923 年提出语境概念以来,语境已经为社会学、语用学、语言学等各学科所重视。人们对语境的定义、语境的分类、语境的功用等问题做了大量讨论。马林诺夫斯基将语境分为两类,一是"情景语境",一是"文化语境"。这说明,语境不仅包括语言因素,也应包括非语言因素。在修辞学界,自陈望道在 1932 年出版的《修辞学发凡》中提出"题旨情境"说,张弓、王德春、冯广义、王建华、周明强、王占馥等学者也对语境的定义、构成、分类、功能等方面做了较系统的研究。现代学者对语境适应问题的研究,源于陈望道对"题旨情境"适应的学说。陈望道指出:"修辞以适应题旨情境为第一义,不应是仅仅语词的修饰,更不应是离开情意的修饰……凡是成功的修辞,必定能够适应内容复杂的题旨,内容复杂的情境,极尽语言文字的可能性,使人觉得无可移易,至少写说者自己以为无可移易。"①冯广义的《语境适应论》、王建华、周明强、盛爱萍的《现代汉语语境研究》、张宗正的《理论修辞学——宏观视野下的大修辞学》等对语言使用与语境相互适应的问题做了较为具体深入的探讨。而对语境背离问题的探讨,较早的有李苏鸣的《文学创作与文学鉴赏的矛盾焦点——语境差》,他将语境差定义为:"……相对于一定创作成品来说,制约创作者语言形式选择的语境因素与制约鉴赏者对创作成品的语境因素之间的差异称为语境差。"②以敏锐的视角探讨了表达与接受之间所出现的差异,当然,其探讨仅限于创作与鉴赏视域。祝敏青在《小说辞章学》一书中,将"语境差"定义为:"各语境因素间表现出来的差异,它可以存现于作品中各语境因素之间,也可以存现于作品人物与读者语境之间,还可以存现于创作语境与

---

① 陈望道:《修辞学发凡》,上海人民出版社,1976 年,第 11 页。
② 李苏鸣:《文学创作与文学鉴赏的矛盾焦点——语境差》,《修辞学习》1994 年第 4 期。

读解语境之间。"①这就将语境差的研究视域扩展到作品内部各语境因素之间,并着重探讨了具有积极修辞效果的语境差现象。在《文学言语的多维空间》一书中,不但对语境差存现的界域进行探讨,而且进一步深入探讨了语境差的审美价值。② 在为硕士、博士开设的《语境学》课程中,本人也对语境差研究做了重点介绍,引发了学生的研究兴趣。吴东晖《语境差概念探析》③、陈玫《语境差现象研究》④、陈勤《鲁迅〈过客〉语境差的审美价值》⑤、岳秀文《理智与柔情——试论小说〈树树皆秋色〉的语境信息差》⑥、宋文田《论王蒙小说〈符号〉语境差效应》⑦、李妮《浅析〈妻妾成群〉中的语境差现象》⑧、蔡晨薇《浅析铁凝小说〈午后悬崖〉中的语境差现象》⑨、陈近欢《滕刚〈异乡人〉语境差解读》⑩、郑丽萍《铁凝短篇小说〈意外〉的语境差效应》⑪等构成了语境差研究的系列论文,说明研究者不仅对语境差进行理论上的探讨,而且作为语言鉴赏实践,将语境差理论运用到作品分析,丰富充实了语境差理论。

本课题所探讨的语境差,侧重研究作品内各语境因素出现的积极语境差。我们对语境做广义界定,将其定义为:与语言使用有关的一切环境因素。它包括上下文、时间、空间、对象、目的、背景等。涉及语言的表达,也涉及语言的接受。涉及书面语,也涉及口语。在这一广义范畴,我们对当代小说修辞性语境差进行系统的深入的研究。

修辞性语境差指在同一交际界域,语境因素间呈现颠覆状态,却具有审美价值的修辞现象。我们对语境差所下的这一定义,说明对其考察是在修辞学科范畴中的,同时,它又是修辞学与语境学、美学、文学等各边缘学科的融合体。修辞学属于多边缘学科的性质,陈望道早在 1961 年至 1963 年就提出了,如"修辞学是介乎语言学和文学之间的一门学科"⑫、"修辞学是一门边缘学科"⑬等,这是对修辞学性质认识的本质飞跃,引发了学者对修辞

---

① 祝敏青:《小说辞章学》,海峡文艺出版社,2000 年,第 233 页。
② 祝敏青:《文学言语的多维空间》,福建人民出版社,2005 年,第 50—61 页。
③ 吴东晖:《语境差概念探析》,《福建广播电视大学学报》2006 年第 6 期。
④ 陈玫:《语境差现象研究》,福建师范大学 2006 届硕士论文。
⑤ 陈勤:《鲁迅〈过客〉语境差的审美价值》,《北京广播电视大学学报》2008 年第 1 期。
⑥ 岳秀文:《理智与柔情——试论小说〈树树皆秋色〉的语境信息差》,《东京文学》2008 年 11 月。
⑦ 宋文田:《论王蒙小说〈符号〉语境差效应》,《文艺生活》2011 年第 2 期。
⑧ 李妮:《浅析〈妻妾成群〉中的语境差现象》,《群文天地》2012 年第 3 期。
⑨ 蔡晨薇:《浅析铁凝小说〈午后悬崖〉中的语境差现象》,《剑南文学·经典阅读》2012 年第 9 期。
⑩ 陈近欢:《滕刚〈异乡人〉语境差解读》,《名作欣赏》2013 年第 9 期。
⑪ 郑丽萍:《铁凝短篇小说〈意外〉的语境差效应》,《金田》2014 年第 2 期。
⑫ 复旦大学语言研究室编:《陈望道修辞论集》,安徽教育出版社,1985 年,第 300 页。
⑬ 同上,第 302 页。

学性质的探讨。由于历史原因,陈望道虽然已经意识到"修辞学是一门边缘学科",并在他的修辞学实践中将修辞与美学等学科关联,但并未对多边缘学科理论做系统的阐述。宗廷虎、李金苓在此基础上,对各边缘学科与修辞学科的渗透做了多角度全方位的审视,对修辞学多边缘性质做了系统的理论阐述。他们"深感认清修辞学的边缘学科性质,坚持不断地从邻近学科中吸取营养,对修辞学的建设和发展至为重要"。[1] 为此,呼吁修辞学研究要努力吸收边缘学科的特殊营养。在总结陈望道边缘学科研究成果的同时,他们提出了自己对边缘学科营养渗透的一系列精辟见解。从 1984 年开始,在《边缘学科的特殊理论营养——论修辞学的哲学基础及其他理论来源》[2]《在修辞学建设中吸取心理学美学营养——学习陈望道先生修辞学思想札记》[3]《再论修辞学史研究中的系统论方法》[4]等论文中,从不同角度,不同学科链接,对修辞学的边缘性、综合性进行了深入探讨。并在《修辞新论·总论》中列专节探讨了"修辞学的性质特征和理论营养来源",较系统地阐述了修辞学是"一门多边性学科"的特殊性质。[5] 陈望道、宗廷虎、李金苓等人对修辞学多边缘学科的倡导和界定,引导我们对修辞性语境差理论体系建构的学科定位,是本课题研究性质、研究视角和研究方法的理论根基。

修辞性语境差的基本特征有三:一是对语境平衡的颠覆。这是语境差的标志性特征。它是对语境适应的表层背离,却又是一种深层的适应。颠覆可能生成于语境各因素之间,也可能生成于语境因素内部。上下文、时间、空间、对象、目的、背景等语境因素可能出现内部不平衡、不对等的颠覆,也可能出现相互间的颠覆。语境颠覆所产生的陌生化,有着突出的修辞效果。当然,语境背离只是语境差的表层现象,在对某个语境因素的背离中,隐含着对其他语境因素的适应,就这一意义而言,语境差也是一种语境适应,是较之表层适应更为复杂的深层适应。其二是修辞性,这是语境差的深层性特征。它使得语境差有别于语言使用中的语境失误。语境失误是在语言使用中背离了语境规律,造成语境不适应,却没有修辞价值的现象。而修

---

① 宗廷虎:《在修辞学建设中吸取心理学、美学营养——学习陈望道先生修辞学思想札记》,《复旦学报》1987 年第 6 期。

② 宗廷虎:《边缘学科的特殊理论营养——论修辞学的哲学基础及其他理论来源》,《宗廷虎修辞论集》,吉林教育出版社,2003 年,第 81 页。

③ 宗廷虎:《在修辞学建设中吸取心理学、美学营养——学习陈望道先生修辞学思想札记》,《宗廷虎修辞论集》,吉林教育出版社,2003 年,第 145 页。

④ 宗廷虎、李金苓:《再论修辞学史研究中的系统论方法》,《宗廷虎修辞论集》,吉林教育出版社,2003 年,第 333 页。

⑤ 宗廷虎、邓明以、李熙宗、李金苓:《修辞新论》,上海教育出版社,1988 年。

辞性语境差则在语境背离中有着另一层面的适应,在平衡与不平衡,适应与不适应的对立统一中蕴含着审美价值,所以,修辞性特征也可视为审美特征。其三是同域性,不平衡的产生是在同一交际界域的。将小说语言的表达与接受视为言语交际,同域指的是同一文本语境,而非不同文本语境。

修辞性语境差是基于辩证法观念对语境所做的动态考察。在修辞学研究中贯穿辩证法观念,可以说源自陈望道修辞学思想。宗廷虎、李金苓等人在继承这一观念中,有所拓展,有所创新,使之发扬光大。在宗廷虎、李金苓等人的修辞学理论和修辞学史研究中贯穿始终的理论根基,就是深刻的辩证理念。在与胡裕树合作的《用辩证法指导修辞学研究——陈望道先生与〈修辞学发凡〉》中,对《修辞学发凡》有关唯物辩证法运用的主要方面和方法加以概括,着重对陈望道修辞学思想中辩证唯物主义观点的具体体现做了概述。① 在《修辞研究必须用辩证唯物主义观点作指导——学习〈修辞学发凡〉札记》中,从唯物辩证观念入手,具体分析有关观念的体现,继续对《修辞学发凡》辩证唯物主义观点运用的特点作评述。从"全面的观点""事物与事物相联系的观点""发展变化的观点"对《修辞学发凡》中辩证唯物主义观念的渗透加以分析概括。② 这种观念深深影响了我们的研究。辩证法的对立统一、注重事物与事物的联系,注重发展等核心理念,使我们对修辞性语境差的考察不是孤立的,而是综合的;不是表层的,而是深层的;不是静止的,而是动态的。

修辞性语境差的考察是多方位、多视角、多层次的。对语境因素作综合动态考察,可以使语境差体现出的不平衡转化为平衡,从而构建美学规则。语境差所呈现出的颠覆以不平衡状态作为语境差现象的显性特征,而要对其审美,则是寻求内在平衡的过程,是在语境的整合中寻求另一层面的语境适应的过程。因此,语境差的审美规则是在反规则的基础上构建起来的,它经历了从表层颠覆到深层重新建构的整合过程。

当代小说融入了当代人对世间百态的认知,融入了当代人的社会意识、生活节奏,融入了当代人的审美取向,使得小说语言在追求语境适应的循规蹈矩中,另辟蹊径,求新求异,追求个性,追求特征。语境背离的颠覆性因此成为当代小说语境的突出特性。循规蹈矩是语言使用的必然,颠覆变异也

---

① 胡裕树,宗廷虎:《用辩证法指导修辞学研究——陈望道先生与修辞学发凡》,《复旦学报》1982 年第 3 期。

② 胡裕树,宗廷虎:《修辞研究必须用辩证唯物主义观点作指导—— 学习修辞学发凡札记》,《修辞学研究》第 2 期,中国修辞学会华东分会编,安徽教育出版社,1983 年。

是小说语言审美追求的必然。对当代小说修辞性语境差的考察，能凸显当代小说语言在语境领域的特色，为当代小说语言研究寻求视角的创新，研究思路和研究方法的创新，为小说语言研究寻求多边缘学科交融的蹊径。同时，作为语境学研究中的一个分支，为语境的动态研究提供新的研究对象和研究方法。

第一章　审美视角下的修辞性语境差

作为语境差的深层特征,语境差的修辞性决定了这一现象的审美状态,也决定了对这一现象的审美解读,同时显示了解读的多学科接壤视角。它是语言学、文学及美学等学科相关理论的融合。从语境的背离中感受当代小说语言的个性,从语境颠覆中寻找新的平衡支点,完成小说语言从表达到接受的双向言语交际过程,从而实现对小说语言的审美。这是对小说语境各因素相互融合所产生的语言魅力考察的过程,是一个充满了不断探寻、不断发现、不断收获的审美过程。

张宗正曾就修辞语境与语用语境的同异进行比较,认为:"修辞语境或说语境的修辞性质是由依托语境而发生、运行的修辞活动所赋予创造的。在我们看来,修辞活动是关注并追求理想效果的言语交际活动,那么通过对言语交际所依托的客观时空、客观事件进程诸方面因素的特别关注,积极开发、得体调用,配合或促使言语交际取得理想效果的活动,就赋予了客观时空、客观事件以修辞性质、修辞功能。"[①]这就突出了从修辞学角度考察语境与从语用学角度考察语境的差异,凸显了语境修辞性生成的主观能动性和审美性。作为"追求理想效果"的言语行为,其言语目的、言语功能与修辞性是紧密关联的。

第一节　小说修辞性语境差的审美解读

萨丕尔在论述语言与言语区别时指出:"从言语的现实里抽象出来的语言的根本成分和语法成分,适应从经验的现实里抽象出来的科学的概念世界;而词,作为活的言语的现实存在的单位,则适应人的实际经验的单位、历

---

① 张宗正:《理论修辞学——宏观视野下的大修辞学》,中国社会科学出版社,2004 年,第141 页。

史的单位、艺术的单位。"①作为被运用着的动态的言语也就与抽象的语言有了本质的区别,在作为"艺术的单位"的小说语言中,更是凸显了与语言共性特征截然不同的个性特征。当小说家以独具一格的语言方式表现个性的时候,理所当然地选择了与众不同的方式,这就是对共同语约定俗成的解构。从语境视角而言,这一解构既表现在语境颠覆的外显标志,又表现在对颠覆的重新建构。因此,对小说修辞性语境差的考察,是对小说语境各参构因素的综合考察,是在语言个性中寻求审美的过程。

一 语境差的语言外显标志——语境颠覆

颠覆是语境差的外显标志,又是语境差复杂性的体现。语境差可能颠覆所有可以称之为规律的现象,包括客观现实、心理因素、逻辑规律、语言规律等。它无视一切清规戒律,以不平衡状态体现出对世间规律的藐视。我们主要侧重从语言层面来探讨语境差,其外显标志也就意在于此。当代小说语言的狂欢现象应时代潮流而生,当代人多彩的生活、活跃的思维,都注定了语境差成为当代小说语言标志鲜明的产物。

语言符号的能指与所指构成了符号整体。能指与所指的颠覆是当代小说语境差的突出现象,它突破了语言能指与所指约定俗成的内在规律,对符号原有的能指与语义所指进行重新组合,其颠覆呈现出一种力度与强度,由此体现了特定时代、特定作家和特定作品的特色。如:

> (1)她反正没有老公孩子要侍候,汤梨做红烧鱼的时候,她看两页书,汤梨炖莲藕排骨汤的时候,她看两页书。十几年下来,齐鲁要比汤梨多看多少本书呢?这些书化腐朽为神奇,生生地把一个寻常资质的女人化成了博士,化成了学者。而汤梨饭桌上的那些锦绣文章,却颠倒过来了,化神奇为腐朽,统统化到了汤梨家的 TOTO 马桶里。
>
> 阿袁《汤梨的革命》
>
> (2)获奖后,她的年龄也突破式地又年轻了一岁,甚至给勃尔德写来了动人的求爱信,吓得勃尔德夜夜失眠怕鬼,几乎毁了新芽新苗的大好前程。
>
> (3)连恩特也喜欢这个歌,他自己唱得也是涕泪交流,醍醐灌顶。
>
> 王蒙《球星奇遇记》

---

① 〔美〕爱德华·萨丕尔:《语言论》,陆卓元译,商务印书馆,1985 年,第 29 页。

例（1）汤梨将孙波涛介绍给未婚的齐鲁，而汤梨和孙波涛二人却"心怀鬼胎"，因此三人"一直玩的，都是三人行必有我师的把戏"。三人同时在场时齐鲁对历史典故的侃侃而谈引发了以上比较。同为高校女教师，已婚的汤梨与未婚的齐鲁学识与所投入的时间是成正比的，她们的工作过程与成果也是成正比的，将二者形成反方向的对比，突出了二人的特点。巧妙的是，"锦绣文章"的能指在此被颠覆为汤梨饭桌上食物的所指，"化神奇为腐朽"被颠覆为食物上桌到消化过程，加之食物的结果去向"化到了汤梨家的TOTO马桶里"，就充满了风趣。通过两个"化"的趋势指向不同，达到比较的突出效果。例（2）"突破"原来的所指义是打破原有规模、水平等，应是褒义，但此处却用于嘲讽。用"突破式地年轻了一岁"讽刺获奖作家不合常理的行为。例（3）"醍醐灌顶"原来的所指义是灌输智慧，使人彻底醒悟。此处却故意望文生义，表现恩特沉浸在歌声中无法自拔，涕泪交流就像醍醐从天而降、直灌于身一样，显然是嘲讽恩特以及那些不懂欣赏却又附庸风雅的人们。能指形式的变异也是造成能指与所指对应关系改变的原因，如：

　　　　原来当了著名球星以后，各色早餐就这样自然而然地涌到他的身边，像一条载满食物的河流一样，食者如斯夫，不舍昼夜。

　　　　　　　　　　　　　　　　　　　　　　王蒙《球星奇遇记》

将"逝者如斯夫"变异为"食者如斯夫"，虽然谐音，但却改变了原有语句的所指义，形容恩特成为球星后生活天翻地覆的变化，形象诙谐。词语用法的变异也意味着能指与所指关系的重组，如：

　　　（1）他脑门上从来没出过那么多的汗，那汗一豆儿一豆儿地麻在脸上，而后像小溪一样顺着脖子往下淌，身上像是爬满了蚯蚓。
　　　（2）在秋光里，那如花似玉的脸庞上还汪着一些似有如无的、烟化般的嫩绒绒，那绒儿像光的影儿。

　　　　　　　　　　　　　　　　　　　　　　李佩甫《上流人物》

例（1）形容冯家昌看到散开的点心匣子里装的是驴粪蛋后的紧张表情。"豆"原是名词，此处用作量词，虽然保留了原有所指物"豆"的形态，但突破了原有指物的所指义。"麻"本是名词，指草本植物；或是形容词，指皮肤感觉到的一种状态，此处却用作动词，也就改变了原有的所指义，以神态极言了心态的紧张。例(2)"汪"本是名词,原有的所指义是百川所流注的海洋,此处却用如动词,所指义随着词性发生了变化。这一"汪"字又与小说下文的"生怕一摸之下就会沁出水来"句相呼应,形容刘汉香脸庞的水嫩俊俏,充满了形象色彩。

能指与所指关系的颠覆,也就意味着所指对象的颠覆。所指对象可以是上例中的事物、情景,也可以是能指指向的人。如:

> (1)母亲气得说不出话来了,她抖动得如同一面风中的旗帜。
>
> 旗帜在几个房间里快速来回,分别从厨房、客厅和卧室找出一大堆东西扔在地上。这些东西分别是我在不同的节日给她送来的礼物。
>
> 普玄《月光罩杯》
>
> (2)老季是北方人,长得也很北方,一米八几的个子,又黑又粗糙的皮肤,和孙东坡对比了来看,简直一个是枯藤老树昏鸦,一个是小桥流水人家。可这棵老树竟然是研究"花间词"的,孟繁有些忍俊不禁。孙东坡说,老季不仅研究花间词,老季的审美对象是世间一切妩媚风流的东西。妩媚的风月,妩媚的文字,妩媚的女人。
>
> 阿袁《鱼肠剑》

例(1)是母亲得知"我"怀了别的男人的孩子之后的神情动作,"旗帜"在此取代了人而丧失了其原有的所指义,将母亲在此状态下失控的心理状态描绘出来。例(2)"枯藤老树昏鸦"和"小桥流水人家"原为马致远《天净沙·秋思》中的景物描写句,此处却转化为指人。在《秋思》中原不具有对比意味的句子,此处却成了二人相貌体征的对照。与其说取的是景物,不如说取的是诗意韵味上的区别,以此说明二人从体征到风格的差异。此外,以"妩媚"冠"风月",以"妩媚"冠"文字"也是一种颠覆,既颠覆了"妩媚"的所指对象,也使"风月""文字"语义产生了一定的变异。可以将表景物的符号所指颠覆为表人,也可以将表人的符号所指颠覆为表景物的,如:

> 上海的弄堂是性感的,有一股肌肤之亲似的。它有着触手的凉和暖,是可感可知,有一些私心的。
>
> 王安忆《长恨歌》

将表人的符号所指"性感""私心"颠覆为表景物"弄堂",使弄堂具有了生命,成为与人物生活密切相关的具有情感的背景。从而在展现作为人物活动场景的"弄堂"的质感上达到了新的平衡点,也就具有了审美价值。

如果说,上例是突破人物与景物的界限的话,所指对象的颠覆还可以突破人物与动物的界限,以写人的表述写物,或以写物的表述来写人。如:

> 苏苏是一只母狗,不到两岁,正值花样年华,一双蓝灰色的大眼睛,有时睁得溜圆,水汪汪的,是桃花潭水深千尺的风情;有时又十分慵懒地眯成细长的两条线,这又是贵妃醉酒的妩媚,惹得四楼的薛宝钗神魂颠倒,逮着机会就往苏家的院子里跑,两只狗常常倚在桂花树下,卿卿我我,耳鬓厮磨。
>
> 阿袁《子在川上》

以写人的年龄、神情状态来写母狗苏苏,特别是以李白诗句和贵妃醉酒来喻其"风情"与"妩媚"。顺着以人写狗的所指颠覆思路,对公狗"薛宝钗"也做了人的描写。"神魂颠倒""卿卿我我,耳鬓厮磨",写狗如人,以至于当两家主人不和,导致阻挠狗的相会时,作者调侃道:"一个中文系的教授,难道还不懂得'让天下有情人终成眷属'的道理? 非要做恶毒的王母娘娘,让相亲相爱的牛郎织女天各一方,这不是心理变态吗?"贯穿始终的以人写狗,将两条狗写得活灵活现,带有了人的神态情感标志。

对所指的颠覆还可能表现在对语义所指各方面的背离,如语词指向与对象在年龄、程度、情感等方面的差异:

> (1)1931 年 12 月至 1933 年 2 月该曹在乃母怀里吃奶,在炕上爬,并学叫"爹""妈",学用手指在空中抓搔和用腿下蹬,学伸直脖子、伸直腰、伸直腿、站起来和走路。已经因为好无缘无故地哭而多次受到劝告、警告和打屁股处分。
>
> (2)1936 年 9 月至 1941 年 9 月。不满五周岁即上小学,泡在资产阶级教育的染缸里,开始受到个人主义、个人英雄主义、名利思想、向上爬思想、白专道路思想等等的熏陶。
>
> 王蒙《杂色》

两例中写曹千里所用的语词均超越了孩童所具有的年龄段特点与情感取向,以政治话语解构了童真话语。这种颠覆造成的荒诞色彩印证了小说表现的"文革"的时代荒诞。

所指情感色彩的颠覆主要表现在褒贬色彩的变异。褒词贬用、贬词褒用,因特定语境而生成,如:

> (1)中文系的学生在师大是最不安分的,有文学梦想的年轻人,都是些身体里长了蚂蚁的植物,疯狂的蚂蚁。姚老太太这么说,本来是语带讽刺的。但学生们听了,很欣赏,疯狂的蚂蚁,多么有后现代和象征意味呀,学生们一激动,干脆成立了一个文学社团,就叫"疯狂的蚂蚁",以此来纪念姚老太太这近乎天才的比喻。
>
> 阿袁《子在川上》
>
> (2)关于这一点,孟繁也有同感。她也不是很爱学问的人,之所以读博士,是身不由己。谁叫她有一个孙东坡那样的老公呢?只好嫁鸡随鸡了。吕蓓卡呢,读博的原因倒不是嫁鸡随鸡——她的鸡不在上海,在美国,而且还没嫁呢。她沦落为博士,完全是学校逼良为娼。
>
> 阿袁《鱼肠剑》

例(1)"疯狂的蚂蚁"以词语的变异组合构成了所指的情感色彩,而情感色彩又因语言使用者的不同而产生变异。图书馆的姚老太太以此讽刺学生,学生则以其"疯狂"性,解构了创造者的语义情感倾向,将其演变为具有"后现代和象征意味"的褒义。这种解构,并非自嘲,而是当代青年学生的一种叛逆。例(2)且不说"鸡"的语义变异,"沦落""逼良为娼"这些贬义词放置于博士情景,隐含着一种变异。这是在表达者吕蓓卡眼中转化成的情感变异。"女博在吕蓓卡那儿,基本是贬义词,经常用来嘲弄人的",这种嘲弄甚至到了自己身上。这个"看上去不像女博的女博"并非专注学业者,她的读博是在学校规定"没有博士学位,取消评教授的资格"的文件下的一种无奈行为,自然也就不会将其作为一种值得褒扬之事来说明。语词的情感变异因人物的性格特点、兴趣品味而具有了合理性。

改变语词指向的有形与无形,有生与无生,也是对特定能指所代表的所指的颠覆。语言符号的所指意义可从多方面加以分类,这些分类确定了语词的语义走向。颠覆则改变了特定的语义走向,从而改变了词义的意义归属。如:

> 他的意识脱离了躯壳舒展开翅膀在餐厅里飞翔。它有时摩擦着丝质的窗帘——当然它的翅膀比丝质窗帘更薄更柔软更透亮……有时摩擦着枝形吊灯上那一串串使光线分析折射的玻璃璎珞,有时摩擦着红

衣姑娘们的樱桃红唇和红樱桃般的小小乳头或是其他更加隐秘更加鬼鬼祟祟的地方。茶杯上、酒瓶上、地板的拼缝里、头发的空隙里、中华烟过滤嘴的孔眼里……到处都留下了它摩擦过的痕迹。它像一只霸占地盘的贪婪小野兽，把一切都打上了它的气味印鉴。对一个生长着翅膀的意识而言，没有任何障碍，它是有形的也是无形的，它愉快而流畅地在吊灯链条的圆环里穿来穿去，从 a 环到 b 环，又从 b 环到 c 环，只要它愿意，就可以周而复始、循环往返、毫无障碍地穿行下去。但是它玩够了这游戏。它钻进了一位体态丰满的红色姑娘的裙子里，像凉风一样地抚摸着她的双腿——腿上起了鸡皮疙瘩，润滑的感觉消逝，枯涩的感觉产生——它疾速上升，闭着眼飞越森林，绿色的林梢划得它的翅膀悉索有声。由于能飞翔能变形所以高山大河也不能把它阻挡，所以针孔锁眼也可以自由出入。它在那个最漂亮的服务小姐的两座乳峰之间和一颗生了三根黄色细毛的红痦子调情，和十几粒汗珠儿捣蛋，最后它钻进她的鼻孔，用触须拨弄她的鼻毛。

莫言《酒国》

省检察院特级侦察员丁钩儿奉命到酒国调查官员噬婴案，却被灌醉。上例即丁钩儿醉态的描绘，着眼于其思维意识。赋予无形体、无生态的"意识"以形体，以动作行为，颠倒了"意识"原有的所指指向分类。描绘得生动形象、具体可感，将丁钩儿醉后的思维状态做了极致描写，表现了其酒后的失态失控，为其最后醉酒淹死在茅厕里的命运走向做了铺垫。到酒国的人没有能经得起诱惑的，作为特级侦察员的丁钩儿失足在酒坛里，表现了酒国官员腐败的深度顽劣。改变感官指向也是对语词归属走向的颠覆，如：

流言总是带着阴沉之气。这阴沉气有时是东西厢房的薰衣草气味，有时是樟脑丸气味，还有时是肉砧板上的气味。它不是那种板烟和雪茄的气味，也不是六六粉和敌敌畏的气味。它不是那种阳刚凛冽的气味，而是带有些阴柔委婉的，是女人家的气味。是闺阁和厨房的混淆的气味，有点脂粉香，有点油烟味，还有点汗气的。流言还都有些云遮雾罩，影影绰绰，是哈了气的窗玻璃，也是蒙了灰尘的窗玻璃。这城市的弄堂有多少，流言就有多少，是数也数不清，说也说不完的。

王安忆《长恨歌》

"流言"本是属于听觉形象的类属，此处却带上了嗅觉形象的"气味"。形象类属的差异因所描绘场景的特色,以及描绘者的情感得到了另一层面的平衡。混杂着各种气味将上海弄堂里"流言"的纷繁复杂,形态纷呈表现得形象生动。

能指与所指结合而成的语言符号进入组合后,所产生的上下文的颠覆,也可能改变能指与所指的原有配搭关系。如:

> 他们也不相信齐鲁能和孙波涛这样的男人结婚,尤其郝梅她们不相信——完全风马牛不相及嘛。一个是夏天的蝉,一个是冬天的雪,蝉和雪能相遇吗? 一个是魏晋的《世说新语》,一个是鲁迅的《阿Q正传》,阿Q能和魏晋相遇吗? 不可能的呀。

阿袁《汤梨的革命》

在语言现实中,"夏天"与"冬天"可以形成季节上的对立,"蝉"与"雪"却无从形成对立,完全是风马牛不相及之物,在此却作为两个季节的事物标志,摆到了同一个平台。如果说,这是从空间形成对比的话,那么"阿Q"和"魏晋"就主要侧重于时间上的对比。这时空因素构成的反差,将齐鲁与孙波涛之间的不平衡形成的反差表现得鲜明突出,形象说明了二人的不相搭配。

二 语境因素参与下的调谐——语境重构

进入小说语境的各语境因素不是孤立的,而是相辅相成的。处于颠覆状态下的语境因素,可能因为其他语境因素的参与而获得另一方面的平衡,体现了语境因素平衡与不平衡,适应与不适应之间的对立统一。原本处于颠覆状态下的语境差在对立与统一中得到了调谐,寻找到另一层面的语境适应,颠覆的语境被重新建构。

语境的颠覆中具有不合理的因素,这种不合理,常常因为上下文语境而获得了合理性。如:

> 她甚至还杀过人,不是用砒霜,而是用鱼肠剑,欧冶子铸的名剑,专诛杀王僚的那把,杀了一个十分英俊的男人。
>
> ……挣扎了许久,她终于起了杀心,在一个花好月圆之夜,她用那把削铁如泥的鱼肠剑,结果了那个男人。
>
> 那以后,再看到那个男人和那个女人在学校里袂而行,她就只当见了鬼。

阿袁《鱼肠剑》

上文的"杀人"与下文的看到被杀之人是矛盾的,不合情理的。但联系文本更大的上下文语境对齐鲁的性格描绘,可以看出齐鲁的"杀人"是"心杀",即在心里将其灭绝。在《鱼肠剑》中,这个从小在父母严格禁锢下的女子,"打小就是个不喜欢用言语反驳别人的人,她的反驳都在暗中完成,也就是在她的意念中完成"。这种内向的性格,构成了她表面和内心的阴阳两极。"所有的反抗,都只能是她的一篇意识流小说。在虚构的小说里,她像泼妇一样骂过街,也像鲁提辖一样,一拳把人的脸打成了颜料铺。"众人眼里的"书痴"只有在其内心的意识流中才是自由的,才是反叛的。因此,对单相思对象的灭绝,齐鲁只能在意识流中完成。颠覆生成于上下文语境,又平衡于更大的上下文语境。上下文相关语境,帮助了对文本的解读,对文本的释疑。有些极度描写的现象,也可以在语境中透析出合理性。如:

> 果然,他的胃一阵痉挛,火辣辣地剧痛,似乎胃正在被揉搓,被浸泡,被拉过来又扯过去。好像他的胃变成了一件待洗的脏背心,先泡在热水里,又泡在碱水里,又泡在洗衣粉溶液里,然后上了搓板搓,上了洗衣石用棒捶打⋯⋯这就叫作自己消化自己哟!

> 王蒙《杂色》

胃的"痉挛"以"待洗的脏背心"在洗涤过程中的状态作喻,看似不合情理。胃的"痉挛"是有感觉的,而"脏背心"的被洗是没有感觉的。以无知觉之物来喻有知觉之物,是不合情理、也不符合比喻的基本原理。但联系上文胃"被揉搓,被浸泡,被拉过来又扯过去"的动态,又带有了一种合理性。上下文语境是语境颠覆的生存土壤,也是从颠覆到平衡所依托的凭借。

　　语境重构消解了被颠覆的语境的不合理性、反逻辑性,因此对语境各因素具有很强的依赖性。语境因素的综合考察是重新建构的关键。以普玄《月光罩杯》为例。《月光罩杯》讲述了女主人公"我"与中学同学田测量的婚外恋,事件围绕着"我"是否将怀上的田测量的"种子"打掉而展开。田测量因行贿被警方追捕,文本中有一流产手术前"我"的心态描绘:

> 我想再等一等。我想田测量尽快出现。
> 我想他永远别出现。
> 我想去手术。
> 我不想去手术。

"我"与主治医生约好做手术，拿掉与田测量的"种子"，但得知警察布网捉人，于是出现了上述充满矛盾的话语。"出现"与"别出现","去手术"与"不想去手术"，体现了"我"内心的矛盾，这一矛盾构成了"我"心理两端的语境差，也构成了"我"的心理世界与现实世界的语境差。"我"期待着手术时田测量在场而又担心其被捕是矛盾的源头，"我"对田测量的情感更是造成矛盾的关键。田测量对"我"一往情深，在"我"与丈夫关系不和谐中介入了与"我"的关系，开始了不正常的情感交往。因了这一不能公开于世的关系，小说中多处出现充满矛盾的描写，充满逻辑矛盾的语言描述推动着故事情节与人物关系的发展。小说开头的一段描写所预示的二人情感与全文也构成了矛盾：

> 天边有一团一团乌红的云，行色匆匆地滚动着，像一个勤劳的商人。商人！这个在我肚子里播撒种子的就是一个商人！我不去打掉这个孩子，坚决不打！我要等到他回来！我要当他的面把这个种子打下来，让他眼睁睁地看着！

这段"我"的心理描绘传递了一种对对方恶狠狠的抱怨之气，与后面对田测量的情感形成了矛盾。这一矛盾需要依托语境整体加以了解。被追捕中的田测量无法与"我"联系，造成"我"对其行踪与逃离原因的不了解。爱之深，恨之切，作为有妇之夫的田测量和一个女儿的母亲的"我"的这种尴尬处境又不容此事延缓。此时的怨气是"我"动荡不安情绪的发泄。文本中充满矛盾的描述使语境常常处于不平衡状态，这些不平衡又因为特定人物、特定身份、特殊关系、特殊环境而获得了合理性，与描写对象获得新的平衡。在不平衡到平衡的对立统一过程中展现审美价值。

在特定的小说文本语境中，颠覆在对立统一中完成了语境的重新建构。这个过程的复杂性使语境从颠覆到平衡的状态呈现出复杂性。语境的多种因素可能套叠，组成文本的特殊语境系统。阿袁《郑袖的梨园》即以多层面的语境颠覆构建了这个特定背景下特定人物的"梨园"。郑袖是高校教师，何来的"梨园"？此"梨园"又为何是郑袖的"梨园"？人物与空间语境形成了语境差，作者通过文本语境的多层套叠做出了答复，重新建构了与人物相谐的语境。

该文本空间语境"梨园"与故事人物郑袖的语境差在故事情节、人物关系中得到了调谐。故事以"郑袖第一次勾引沈俞是在课堂上"开头，讲述了郑袖对其所辅导的学生家长沈俞的勾引。勾引的原因是因为她发现沈俞是个陈世美,"为了美色他不顾泪眼婆娑的前妻,为了美色他不顾一个十岁少年的情绪"而另寻新欢。勾引的原因更因为沈俞所再娶的是一个妖娆的美人,其以"温柔为鱼肠剑"勾起了郑袖对二十年前痛苦往事的回忆,并萌发了"如巫如蛊一样邪恶","越邪恶越诱惑,越邪恶越快乐"的勾引旅程。在勾引沈俞的叙述中穿插着郑袖十二岁时被继母陈乔玲"鸠占鹊巢"的仇恨,穿插着因这仇恨曾经的对导师苏渔樵的勾引情节。小说中郑袖对苏渔樵、沈俞的勾引都源自对他们再娶行为的愤恨,源自对"鸠占鹊巢"的新欢朱红果、叶青妖娆妩媚的温柔的嫉恨。她们身上"有一种似曾相识的东西。那说话的声气,那微笑的方式,甚至她往后掠头发的手势,都像极了一个人当年的样子",这就是继母陈乔玲。而这一切的根源,就在于二十年前自己家庭的破裂。"鸠占鹊巢之后的恩爱,是横生的荆棘,落在郑袖的眼里,隔了二十年,还能让郑袖隐隐作痛。"这种"略带痛楚的隐秘快乐让郑袖身不由己"一再做出了对男性,更是对女性的报复行为。文本的这些故事情节与小说篇名相照应,以郑袖在"梨园"中的角色描写展开。在这个郑袖一个人知道的"梨园",她上演了一出出复仇之戏。如郑袖勾引沈俞时手的动作的描写:

　　　　她之所以总要把手指搁在图纸上,那是把沈俞的图纸当舞台了,图纸上那些零零碎碎的东西只是背景,真正的主角是她那溜光水滑的十个手指。十个手指就如十个小旦,每一个小旦都闭月羞花,每一个小旦都风情万种。她用沈俞的眼看那舞台,看得如痴如醉,看得神魂颠倒。

手是郑袖复仇的有力武器,"每次都这样,郑袖对哪个男人动了心思,最先出动的,总是那双美轮美奂的手"。作者将这双充满了魅力的手放置于"梨园"的舞台上,以"小旦"作喻,这就扣紧了"梨园"这一人物活动的空间语境。小说以"叶青的红色甲壳虫和一辆帕萨特在西郊的一条道上相撞了。当场气绝"为情节结局,在结局后以郑袖对该事件的心理描写结束小说:

　　　　郑袖被惊得魂飞魄散。怎么能这样呢?怎么能这样呢?所谓曲终人散,可曲还未终呢!她还在用珠圆玉润的嗓子,唱她的三千宠爱于一身呢,还没有唱到渔阳鼙鼓动地来,惊破霓裳羽衣曲。怎么能说不唱就不唱了?她是主角,还要接过玄宗亲手赐的丈二白绫,还要唱宛转蛾眉马前死。哪能戛然而止呢?

　　　　任她一个人,孤零零地,站在这灯火阑珊的戏台上。

与这段文字照应的是上文郑袖在勾引沈俞过程中的心理描写：

> 他们的关系要瞒着叶青开始，但决不能瞒着叶青结束的。——怎么能瞒着叶青呢？事情的起因是叶青，事情的结果也是叶青，叶青才是台上真正的主角儿。宛转蛾眉马前死，《长恨歌》那一折压台戏，郑袖是要留给叶青的。
>
> 所以郑袖不能请沈俞进去，至少目前还不能。百转千回之后的情意，在男人那儿，才能化成那马嵬坡的丈二白绫。

这一描写与结尾段相照应，披露了郑袖意在向叶青报复的矛头指向。这些都是以"梨园"为背景，以角色为喻。文本中与郑袖相对的女性有陈乔玲、朱红果、叶青，男性有苏渔樵、沈俞。郑袖勾引男性，意在向女性报复。这些关系，这些报复行为，小说也多次以"梨园"背景来展现说明：

> (1)只是郑袖没想到，陈乔玲对她的好，竟然也是戏子的好。在舞台上咿咿哦哦地热闹了一阵之后，她们原来也还是后母和继女的关系。这让郑袖非常愤怒，狡兔死，猎狗烹；飞鹰尽，良弓藏。君臣关系是这样，女人之间的关系也这样。
>
> (2)沈俞也颠倒了。叶青不在，他把郑袖这儿当梨园了。晚妆初了明肌雪，春殿嫔娥鱼贯列。郑袖就由他当一回醉生梦死的李后主，看她的小旦们在台上演一折又一折的好戏。唱完《贵妃醉酒》，又唱《游园惊梦》，唱完《晴雯撕扇》，又唱《霸王别姬》。直唱得荡气回肠，直唱得天昏地暗，俩人依然意犹未尽——也尽不了，隔了一层纸儿的男女，离戏的高潮还远着呢。

作者"根据自己的美学的需要来重组空间"，[①]借用戏剧作喻，借用"梨园"为故事空间语境，这些与之相关的描写使"梨园"形成了整体隐喻的语境。由此可见，"梨园"是在颠覆了郑袖所生活的现实空间基础上，为人物活动虚拟的空间，这个空间的价值就在于为特定人物提供特定的活动场所。郑袖的报复行为是隐秘的，是隐藏在对男性的勾引中的。这就使这个人物具有了双面性。她将自己的意图遮蔽在一出出"表演"中，一幕幕好戏演得淋漓尽致，倾情投入。颠覆与重建是相辅相成的，作者在颠覆人物现实所处的场景

---

① 曹文轩：《小说门》，作家出版社，2003年第2版，第183页。

空间语境的同时,建构了以"梨园"隐喻为背景的空间语境。这个空间,可以容纳郑袖生活的现实空间,也能容纳郑袖复杂的心理空间。颠覆的空间语境展现了郑袖的两面性,她恨第三者,自己又作为再一个第三者而打败前者。"梨园"的表演将郑袖这一人物的表里面貌、情感历程表现得淋漓尽致,刻画得入木三分。

三　语境差的内蕴价值——审美体验

对语境差从表层颠覆到深层平衡的考察以审美体验为最终目标,在综合语境各因素中得以完成。

语境差于表层的颠覆解构中蕴含着深意,这种深意往往体现在语境颠覆处。因此,语境差表层蕴含的深层意蕴的发掘,要在语境被颠覆之处寻求其不合理中的合理因素。语境差的审美价值就体现在不合理与合理的自我整合中。如:

> 也罢,只能这样走。难道真变成一只蝴蝶从六楼飞下去? 或者和陈安离了? 那便宜了朱小七——从前倒是说过没爱了就离婚那样的话,但那是女人在如花年龄时说的漂亮话,不当真的。她现在要执子之手,与子偕老。
>
> 是的,执子之手,与子偕老。明天她就去菜市场,买一只青鱼回来,腌了,等陈安回来,好做一道咸鱼茄子煲,这是陈安没吃过的,她要精心地料理,要放刀切得细细碎碎的葱、姜、蒜,还有糖,还有醋。
>
> 还有一只大头苍蝇。
>
> 阿袁《俞丽的江山》

小说以俞丽的心理描写结束,与"执子之手,与子偕老"的想法相照应的是俞丽的烹调计划,这一计划的前半部与"执子之手,与子偕老"的想法是和谐的,孤立看来是夫妻恩爱的表现,但最后一句"还有一只大头苍蝇"突然一转,与上文形成了语境差。这一看似调味品的落差,却是俞丽心理的写照,它有着复杂的背景蕴含。各种佐料精心烹调与"一只大头苍蝇"介入的反差,将俞丽对丈夫陈安与女研究生朱小七之间暧昧关系的愤怒,自己因此而出轨的无奈这一复杂的心理情感表现了出来。因此,为陈安做鱼只是夫妻关系的一种表现形式,形式中蕴含着的情感内涵在上文语境的综合考察中体现出来。这一烹调语境的不相和谐因人物的特殊心态趋于平衡。

语境差的颠覆中含有对事理的颠覆,这种颠覆常常带有调侃意味。通

过对事理的颠覆,在大智若愚的调侃中显现幽默。如:

(1)等到曹千里明确了这个饿字,所有的饿的征兆就一起扑了上来,压倒了他;胳臂发软,腿发酸,头晕目眩,心慌意乱,气喘不上来,眼睛里冒金星,接着,从胃里涌出了一股又苦又咸又涩又酸的液体,一直涌到了嘴里,比吃什么药都难忍……

该死的字典编纂者!他怎么收进了一个"饿"字!如果没有这个饿字,生活会多么美好!

王蒙《杂色》

(2)也就是说,吕蓓卡的真正目的,不在贬低齐鲁,而在抬高自己。她无非随手借来齐鲁这面镜子,在男人面前,搔首弄姿一番。拉康不是说过,人和人的关系,其实是人和镜子的关系。这镜子理论,齐鲁以为,完全是为吕蓓卡这个女人量身打造的,吕蓓卡根本就是个镜痴。只是齐鲁不明白,那位 1901 年在巴黎出生的男人,怎么知道 1975 年才出生的东方吕蓓卡的呢?

这有些荒诞了。齐鲁几乎笑出了声。

阿袁《鱼肠剑》

上述二例均为因果本末倒置形成的语境差。例(1)应先有"饿"的状态,才有了"饿"一词。此处却将其倒置,造成因字典收入,导致"饿"的产生的误解,显得荒诞而充满了调侃意味。例(2)拉康的"镜子理论"在先,吕蓓卡无非是印证了此理论。却将其说成是为吕蓓卡量身打造,因而有了齐鲁时空倒置下的荒诞发问。人物对自己荒诞想法的荒诞评价,使荒诞愈显荒诞,于荒诞中作者的调侃逸趣横生。这些调侃意味就是由现实事理逻辑与特定文本临时生成的事理逻辑之间的颠覆而生成的。这种调侃意味有时因语词意义的改变而生成。如:

头七二七都在流水席上过去了。人来人往的吃啊,拔萝卜啊,薅树叶啊,起猪粪啊。一晃,三七四七五七也过去了,萝卜也没了,树叶也秃了,猪圈也快给挖成地窖了,该有下一步动静了吧?

徐坤《地球好身影》

"头七二七""三七四七五七"原为表示人死后的时间计算,此处却用在选秀节目后,冠军小鹭鸶家乡人为其庆祝的时间计算。这一语词所指的变异,是对小鹭鸶靠其母"使了狠银子",搭上叫"元芳"的首长大秘,"内定"为冠军的嘲讽,也是对这场选秀闹剧的荒谬的嘲讽。由此可见,事理逻辑的违背是表层,深层往往蕴含着作者的某种意图。读者要善于透过表层的异常,解读出深层的意蕴。这种意蕴可能着力于故事情节,也可能着力于人物的内心世界,如:

> 这个外省黑衣少女,她又腿坐在白色跑车车座上,一边焦急地扬起手腕看表,一边吐痰。她看一看表,吐一口痰;吐一口痰,又看一看表。尹小跳猜测她肯定有急事,时间对她是多么重要。不过她为什么要吐痰呢? 既然她有手表。既然她有手表,就用不着吐痰。既然她吐痰,就用不着有手表。既然她已经学会了让时间控制她的生活,她就应该学会控制痰。既然她有手表,就不应该有痰。既然她吐了痰,就不应该有手表。既然她有表,就万不该有痰。既然她有痰,就万不该有表。既然表……既然痰……既然痰……既然表……既然、既然……红灯早已变了绿灯,黑衣女孩子早把自己像箭一般射了出去,尹小跳还纠缠在手表和痰里没完没了。她这种看上去特别极端的非此即彼的纠缠,让人觉得她简直就要对着大街放声呵斥了,可她这种极端的非此即彼的纠缠却又似乎不是真的义愤。假设她强令自己把刚才那"既然有表就不该有痰"的句子颠来倒去再默念 15 遍,她一定会觉得结果是茫然不知其意义。那么,她这种纠缠的确不是真的义愤,一点与己无关的喋喋不休的尖刻罢了,这原本就是一个手表和痰并存的时代,尤其在外省。
>
> 铁凝《大浴女》

这是尹小跳坐在外省出租车上的所见所想,围绕"痰"与"表"的关系,关联起了动作施事者与动作观看者。固然,写动作施事者的异常动作体现了施事者内心的情绪,但作者之意不在于此,而在于观看者尹小跳。尹小跳对"痰"与"表"的"特别极端的非此即彼的纠缠"违背了事理逻辑的正常关联,但这种"纠缠"只是尹小跳内心世界的一个思维征候。在母亲红杏出墙和小妹失足丧命的事件中,尹小跳备尝成长过程的艰辛与情感历程的复杂,亲情、爱情与友情缠绕着她的生活,也缠绕着她的内心世界。在自省、自我救赎中思考与挣扎,迷失了自我,也迷失了思维的逻辑性,"纠缠"的思维表征下映射的是人物的内心世界。不合理的纠缠思维因人物特定生存背景下的特定心态而趋于平衡,并因深度挖掘了人物的内心世界而获得了审美价值。

语境差还能丰富语词的信息内涵,增添语词的形象表意。语境对词义有限定功能,具有多义的、模糊义的语词进入特定语境后往往具有了特定的意义所指。但语境差却可能使词语在特定语境中具有多义性,具有模糊性,这种多义、模糊往往增添了语词的信息容量,增添了语词的表现力。如:

> (1)当天黑下来,灯亮起来的时分,这些点和线都是有光的,在那光后面,大片大片的暗,便是上海的弄堂了。那暗看上去几乎是波涛汹涌,几乎要将那几点几线的光推着走似的。它是有体积的,而点和线却是浮在面上的,是为划分这个体积而存在的,是文章里标点一类的东西,断行断句的。那暗是像深渊一样,扔一座山下去,也悄无声息地沉了底。那暗里还像是藏着许多礁石,一不小心就会翻了船的。上海的几点几线的光,全是叫那暗托住的,一托便是几十年。这东方巴黎的璀璨,是以那暗作底铺陈开。一铺便是几十年。
>
> 王安忆《长恨歌》
>
> (2)苏不渔主张"无为"。这"无为"思想落实到他的家庭上,就是苏家集体呈现出一种十分自由散漫的气质。不论苏师母,还是苏不渔的女儿苏小渔,还是他们家的小狗苏苏,甚至他们家的家具器皿,都完全没有组织纪律的概念,各个随心所欲地待在自己想待的地方。
>
> 阿袁《子在川上》

例(1)表视觉色彩的"暗"与"弄堂"关联后便带有了丰厚的意蕴,它具有形体,具有动态,具有时间的进程与延续。在扩展原有所指容量的同时,体现出了扩容后的模糊与多义。而正是这种模糊与多义引发人们无尽的遐想,体现了上海弄堂深厚的文化底蕴。例(2)"无为"不但用于人,而且用于动物、家具器皿,这就使"无为"扩大了语义指向,也使"无为"具有了模糊性。模糊的语义指向改变了"无为"的搭配对象,产生了不平衡。这种不平衡因文本的调侃语调趋于语气意味的平衡,从而体现出幽默诙谐的表述特征。模糊的无边界为语词提供了超越常规的广阔空间。所指义的扩容甚至使一些原有的特定所指转化为虚指义,如:

> 上海的弄堂里,每个门洞里,都有王琦瑶在读书,在绣花,在同小姊妹窃窃私语,在和父母怄气掉泪。上海的弄堂总有着一股小女儿情态,这情态的名字就叫王琦瑶。
>
> 王安忆《长恨歌》

"王琦瑶"由特定人物的名字转化为虚拟的泛称,成为上海女子的代表。与词语进入特定语境获得了特定所指的日常使用情况呈现出相反趋势,但它却扩充了词语的信息容量。

语境差还能造成情节结构的跌宕。小说结构忌平铺直叙,读开头即知结尾的,并非好开头,也非好小说。"这个故事必须吸引人。而要吸引人,它就不能是一般的。它必须是别致的、非同寻常的,它或是依靠小说家狂放的想象力编织而成,或是来自于现实生活。但无论是前者还是后者,它们都应当是别出心裁、出人意料的。"①"别出心裁、出人意料"的"编织"在很大程度上指的是小说文本结构。语境差的设置造成了小说结构的跌宕起伏。王蒙《扯皮处的解散》在八百字左右的短小篇幅中就是以上下文的反差造成情节的跌宕。小说前半部分写一牛皮厂扯皮处举行的第一百〇六次例会。在这个构成文本主要情节的部分,叙述了人员构成和会议过程。人员共有:处长,十二个副处长和一名秘书,再加上迟来的"最爱闹意见的第十三副处长"。会议内容"讨论扯青蛙皮的最新工艺并评选扯皮先进人物"。由第一到第八副处长介绍和提议的"滚身扯皮法、叹气扯皮法、会议扯皮法、文牍扯皮法、太极扯皮法、哼哼扯皮法……"新工艺的推行情况,"建议增补两名年富力强的副处长,扩大处编制,处下增设六个科:初扯科,复扯科,齐扯科,闲扯科,乱扯科,暗扯科"等。从人员构成到会议内容充满了荒诞。故事的跌宕在一个叫秘书去取文件的电话,文件内容是:"着令立即撤销扯皮处建制,该处所有工作人员,立即集训待命。"这就是上下文语境差构成的跌宕。文件是对扯皮处的否定,也是对上文整个会议的否定,上文叙述的荒诞由此颠覆为批判。《扯皮处的解散》是基于现实基础上的夸张变形,叶仲健《寻找梁山伯》则是基于虚幻基础上的荒诞,但同样以上下文颠覆的语境差构成出人意料的跌宕。故事以"我"为叙事者,开篇点出"我"的身份:"来自前朝"的祝英台,目的是"寻找我的梁山伯"。"我"如愿与网名叫梁山伯的男子相会并同居,又因发现梁山伯另有所爱而分手。故事基于史上的梁祝传说而生成,却将相会的时空由前朝转换到了今生,穿越了时空,这是荒诞一;祝英台以前朝身份与梁山伯的当今身份交际,这是又一荒诞。在这一荒诞的构思中,不时以祝英台对事物的认知提醒其前朝身份,又以梁山伯当今身份所认知的事物与之形成反差。如二人爱的盟誓,一是古诗"山无陵,天地合,乃敢与君绝",一是现代歌曲《两只蝴蝶》。在相会的现代背景下,现代事物充斥在古人生活中,"我也许是坐飞机来的,也许是坐火车来的,更有可能是坐拖拉

_____

① 曹文轩:《小说门》,作家出版社,2003 年第 2 版,第 342 页。

机或是穿越时空隧道来的"，以及"上岛咖啡""可乐""玩游戏，斗地主、泡泡堂、反恐、地下城勇士、QQ飞车⋯⋯""手机""电脑""车"等，这又是一层荒诞。这层层荒诞构成了故事的主要情节。可是这些荒诞却被结尾段所颠覆："街角电线杆上贴一则寻人启事：我院近日走失一女精神病人，25岁，1米68，因失恋成疯，喜欢称自己是祝英台，有线索者请拨打电话⋯⋯"这个逆转，不仅颠覆了人物，颠覆了上文讲述的故事，而且颠覆了故事叙事者。前面荒诞的人物，荒诞的情节都由此释然。文本结构以梁祝在现代社会相会、相爱到分手的过程与"寻人启事"构成上下文，下文以现实颠覆了虚拟的上文，以出人意料的结局完成了语境差所构建的小说情节。时空的穿越、人物关系的穿越构成了虚拟与现实的语境差，上下文的颠覆又构成了文本结构上的语境差，故事扑朔迷离的语境差表述因其幽默调侃的表述风格趋于平衡，并具有了审美价值。

第二节　辩证审美中的小说修辞性语境差

小说修辞性语境差是基于辩证观念的考察，因此，在其审美中当然蕴含着辩证的内质。陈望道在其《美学概论》一书中，将美的种类分为六种：自然美与人为美；空间美、时间美与空间时间混合美；动美与静美；视觉美、听觉美、味觉美与嗅觉美；形式美与内容美；崇高、优美、悲壮与滑稽。可以看出，这六个种类的美是将与之形成对立的关系构成的组合。因此，这一分类，充分体现了陈望道美学理论中的辩证观念。以陈望道的美学种类来考察小说修辞性语境差，我们发现，语境差所构建的从不平衡到平衡的审美过程中往往同时蕴含着一组对立的美。对其分析阐释，可以看作是对陈望道美学思想的一个审美体验。

陈望道以敏锐的学术眼光，总结出美的六个种类，并对其做了说明阐释。但由于历史的原因，他并未能对其进行细致详尽的说明，也为后人研究留下了广博的研究空间。我们可以对每个种类的各种"美"进行具体的深入的个性考察，也可以对六个种类中各种"美"之间的关系进行探究。陈望道将"美的判断"分为两种：一是"理解判断"，一是"价值判断"。"所谓理解判断，即是，画是甚么画，文是甚么文等意味内容底判断。⋯⋯但这部分如其太精密繁碎了，却就变成科学的判断，出乎美的判断范围之外了；加入道德意识等等太多时也就走入伦理的判断的境域，不能算是纯粹的美的判断。美的判断，总之是以所谓价值判断，即以判断美的事物或现象自身底美的价值为主的。"①这说明,对"美"的价值判断是审美的主要目的。在这样的审美价值观指导下,我们对各种"美"的审视显然不应是孤立的、直观的,而应深入探究现象关联中内蕴的审美价值。基于本课题的语境差视域,我们选择了审美各个种类之间的辩证关系考察视角。

一　自然与人为互渗构建的语境差

"自然美"与"人为美"是《美学概论》所阐述的"美底种类"的第一类,这就触发了我们对"自然"与"人为"辩证关系中体现的语境差的探讨。

自然与人为可能构成一个对立的统一体。自然景物加入了人的参与,就具有了人为美。而人为美是以自然美为根基,当然渗透着自然的元素。作家笔下与自然关涉的描写,往往超越了自然,而渗透人为的因素。由此所构成的人为美与自然美可能是相和谐的,也可能是相错落的。基于语境差视角考察自然与人为关系,我们注重的是相交错落关系。作家笔下人为与自然的错落关系呈现出多彩纷呈的形态。

人与自然组合不和谐构建的语境差使自然美转化为人为美,成就了作家的艺术构思。作为儒家重要思想的"天人合一"说明了人和自然的和谐,但在当代小说家笔下,人与自然的关系并非单一的和谐,而呈现出复杂的状态。这种不和谐可能是人与自然关系的自然呈现,也可能是出自作家手笔的扭曲甚至变形,它承载着作家的创作意图。严歌苓《雌性的草地》描绘刻画了一群青春少女在封闭型的地理空间——大漠荒原生存的故事。在《雌性的草地》序言中,作者预告了"把一伙最美丽最柔弱的东西——年轻女孩放在地老天荒、与人烟隔绝的地方,她们与周围一切的关系怎么可能不戏剧性呢"的故事戏剧走向,也披露了作品人物与空间地域的相背离。柔弱的、青春年华的少女与粗悍的、地老天荒的自然环境构成了极大的反差。虽然,小说的创作灵感来自"文革"时期西北"女子牧马班"的现实,但作者进一步将其夸大变形,构成了小说中的人物与情节。在"序言"中,作者描绘了现实中的环境与人物:"这块草地的自然环境是严酷的,每年只有三天的无霜期,不是暴日就是暴风,女孩子们的脸全部结了层伤疤似的硬痂。她们和几百匹军马为伴,抵抗草原上各种各样的危险:狼群、豺狗、土著的游牧男人。她们帐篷的门是一块棉被,夜间为防止野兽或男性的潜越,她们在棉被后面放一垛黑荆棘。她们的生活方式非常奇特(小说中我如实描写了她们的炊事、

---

① 陈望道:《陈望道学术著作五种》,复旦大学中国语言文学研究所编,复旦大学出版社,2005年,第129页。

浴洗、厕所等),让一个如我这样的女兵也觉得无法适应,或根本活不下去。"这样严峻的生存环境,让作者感慨"她们的存在很不真实,像是一个放在'理想'这个培养皿里的活细胞;似乎人们并不拿她们的生命当回事,她们所受的肉体、情感之苦都不在话下,只要完成一个试验"。因此,作者决定用自己的笔来描绘这一个"失败"的试验。虽然故事题材来自现实生活,但正如作者所说:"这部小说的手法是表现,而不是再现,是形而上,而不是形而下的。从结构上,我做了很大胆的探索:在故事正叙中,我将情绪的特别叙述肢解下来,再用电影的特写镜头,把这段情绪若干倍放大、夸张,使不断向前发展的故事总给你一些惊心动魄的停顿,这些停顿使你的眼睛和感觉受到比故事本身强烈许多的刺激。"这种"情绪的特别叙述"既包括故事讲述中的插叙造成的"停顿",也包括对场景、事物的细致情感描绘。小说在构建少女与天、地、畜、兽等自然景物之间奇特关系时,凸显了自然景物的邪恶,造成与少女天真柔弱的巨大反差:

(1)等柯丹手执长鞭,迈着强壮的罗圈腿赶上去时,静止得如同僵化的红马已载着沈红霞远去。一股腥热的红风,几乎来不及看清这个由静到动从僵变活的过程。似乎那匹马神形分离,驰去很远,静止的红色身形还留在原处。柯丹知道它刚才长久的静止绝不是妥协,她早看出它沉默中的阴鸷与不怀好意。从五岁就骑马的柯丹还看见谋杀的恶念在红马胸内膨胀,以至它雕塑般静止的体态变了形。它不可思议地向后曲颈,任口嚼撕裂它的嘴角。在一动不动中,它的血性大动,循环运送着更激烈的冲突信号。柯丹徒劳地追几步,红马静静地迅速缩小如同渐熄的一柄火炬。全班姑娘都像生离死别一样凄厉地喊:"沈红霞——加油!……"

(2)沈红霞赶到时,见这一大一小两匹马呆立在没膝的水草里,怎样唤也唤不动它们。你不像她这样性急,可以从容打量这块地方的鬼样子。你觉得它异常,远看色彩斑斓,简直像唐三彩的平面图案。一洼洼浅水黑得发蓝,上面浮着大块猩红色锈斑,水洼四周长着黑丝绒般的已死亡的藻类,碧绿的苔贼绿贼鲜。你感到这境地又美又妖气。沈红霞也有与你相同的观感,只不过是在她陷入其中之后。当时她什么也顾不上,一心想把两匹失群的马尽快撵回。而红马却不肯动,任她猛敲它两肋,甚至头一回用鞭子抽它,它也绝不前进。它甚至发了火,几次要把她掀下马背。她跳下马,毅然走进古老草地的圈套。这时她才想起红马刚才那样不可思议的叫。

少女眼中的红马是凶残邪恶的,草原景致充满了死亡腐朽的妖气,这些富具情感意味的描绘对草原恶劣环境的描绘起了情感导向作用,凸显了人物生存的艰辛。加入情感意味的描绘使自然景物带有了人为的艺术构思成分,景物超越了自然的客观性质,而带有了主观的人为色彩。在展现作品人物生存空间时体现了源于自然超乎自然的人为美价值。这就使人与自然对立的语境差中获得了另一个层面的语境适应,这就是通过人与自然的不和谐,展现特定历史时期人与自然的畸形关系。这种关系生成于"文革"这样畸形的历史时期,与特定的社会背景语境相适应,由此揭示了"文革"历史时期西北大荒漠的一隅畸形疮疤。

人与景、与物属于不同的自然物种,但作家的联想想象可以将原本不同的生物类别融为一体,构建富具修辞价值的语境差。这种融合可以是自然景物与人的糅合,如景与人的糅合:

(1)她觉得自己好像已经和这湖水融成一体了,她就是一滴水珠,一片荷叶。

范小青《女同志》

(2)春浦觉得自己的心,就像北崖头上那颗缥缈、暗淡的小星,掉到十分遥远和荒漠的地方去了。

刘恒《热夜》

原为不同物体的景与人融为一体,在语境差的对立中体现出另一层面的适应,那就是二者之间的共同点。人物心理活动以自然景物作喻,使心态形象体现,可视可感。例(1)曾为语文老师的万丽,将自己与湖水融为一体,其想象富于诗意。例(2)人物心情与自然景物的"缥缈""暗淡""遥远和荒漠"相照应,其孤独黯然具体显现出来。

有些看似纯粹写景的文字中带有了人的情感,也便在景物中融入了人所具有的情感状态。看似与描写对象的性质特征不相和谐,却也在体现作者表达主旨层面获得了新的平衡。如:

(1)在经历了一个漫长的冬季闰月之后,春天红着一张娇媚的鹅蛋脸姗姗来临。田野里漫生出一股股文艺复兴的蓬勃奔放气息,树们都惬意地伸直了懒腰,把一朵朵自己的花举过头顶尽情炫耀……

徐坤《花谢花飞飞满天》

(2)入了第五个夜晚时,傍晚的落日一尽,夜黑就劈劈剥剥到来。

山野上焦干的枯树,这时候摆脱了一日里酷烈的日光,刚刚得到一些潮润,就忙不迭发出绒丝一样细黑柔弱的感叹。

阎连科《耙耧天歌》

例(1)不唯季节以人的状态呈现,田野、树等植物也各以人所具有的情态展现于人们眼前。看似与景物固有的存在特征不相吻合,却与特定历史时期的复兴之社会风气相适应。例(2)"枯树"也因作者所赋予的情感有了一丝生气。自然与人的融合还可以以自然景物喻与人相关的某方面,如:

(1)赵军也就没有再问下去,只是淡淡地瞥了万丽一眼,这一瞥,像一道尖利的冰川,刺得万丽心里直发毛。

范小青《女同志》

(2)而此次与喀秋莎一起跳,我的感觉浑如无物,就是说她像一阵风,她像一张画,她像一片光,她像一朵浪花,她像一段乐曲更像一个幻影……

王蒙《歌声好像明媚的春光》

例(1)以"一道尖利的冰川"形容目光的锋利,自然景色与人的神情相交融。例(2)以自然景致与其他事物作喻,形容舞伴的轻柔和谐,人与自然也融为一体。人与自然景物在性质状态方面不平衡,却因形象地赋予了人物的情感而达到另一层面的平衡。

在这些融合中,自然景象也可能产生变形,从而出现与景象原有形态、状态的语境差。如:

柏油马路起伏不止,马路像是贴在海浪上。我走在这条山区公路上,我像一条船。这年我十八岁,我下巴上那几根黄色的胡须迎风飘飘,那是第一批来这里定居的胡须,所以我格外珍重它们,我在这条路上走了整整一天,已经看了很多山和很多云。所有的山所有的云,都让我联想起了熟悉的人。我就朝着它们呼唤他们的绰号,所以尽管走了一天,可我一点也不累。我就这样从早晨里穿过,现在走进了下午的尾声,而且还看到了黄昏的头发。但是我还没走进一家旅店。

余华《十八岁出门远行》

将"起伏不止"的马路形容成"贴在海浪上",承接这一变形,将走在路上的

"我"形容为"一条船",而后又将"所有的山所有的云"与"熟悉的人"关联,将自然景物与人融为一体。"黄昏的头发"还将人所具有的状态、生态融入景中。自然景物原来不具有生命体征与上述描写中的动态,语境差生成。但这些描写使原本不具有动态和生命体征的自然景物与人融为一体,将"我"与出门远行之路关联,在"我"的视觉知觉中获得了新的平衡。再如:

(1)一大堆的烂尾楼,占了市中心大片的面积,使这块地方,成了南州市脸上的一个难看的疤,而且一拖就是几年。

范小青《女同志》

(2)他脑袋上方是慢吞吞羞答答的一个黎明,正雾似的蔓延过来,要将他和她身边的万物卷到天边的混沌里去。

刘恒《东西南北风》

例(1)以"脸上的一个难看的疤"将南州市当作人来写,对"烂尾楼"这一景物而言,产生了语境差。但在形象体现烂尾楼影响南州市市容的严重性上却体现出另一层面的适应。例(2)"慢吞吞羞答答"修饰形容黎明,修饰语与修饰对象间构成了语境差,但以人所具有的"慢吞吞羞答答"形容黎明的姗姗来迟,将自然景色与人融为一体,在形象体现黎明到来缓慢的程度上达到了新的平衡。

人与物的糅合可以是外在表情神态的融合,也可能是深层思想性格的融合,后者造成的语境差异更为明显,如:

如果沿着槐荫浓密的河堤往东走,九老爷和四老妈完全可以像两条小鱼顺着河水东下一样进入蝗虫肆虐的荒野,不被任何人发现,但九老爷把毛驴刚刚牵上河堤,也就是四老妈骑在驴上颈挂大鞋粉脸挂珠转项挥手向众家姊娌侄媳们告别的那一瞬间,那头思想深邃性格倔强的毛驴忽然挣脱牵在九老爷手里的麻绳,斜刺里跑下河堤,往南飞跑,沿着胡同,撅着尾巴,它表现出的空前的亢奋把站在柳树下的母亲她们吓愣了。四老妈在驴上上蹿下跳,腰板笔直,没有任何畏惧之意,宛若久经训练的骑手。

莫言《红蝗》

以"思想深邃性格倔强"来形容本不具有"思想""性格"这些高级动物特征的毛驴,使动物不但带有了情感,而且带有了品格,语境差异明显。但与骑驴

35

的人物四老妈相照应,与作者的表述的幽默风格相吻合,也就具有了另一个层面的适应。造成语境差的景物与人的融合还可以将景物当作人,与之对话:

> 兄弟呵,我来晚了。我生晚了。为什么总要叫我说,总要逼着我说,总是需要我说"余生也晚"呵?! 我要生在什么时候才能赶上你,赶上你的潮头? 你的精壮? 你的英姿? 你的秀丽? 如今你怎会落魄到这样……浑浊,阻塞,你怎会这样不断浑浊且层层阻塞,你啊,长江啊,你飞流直下、你猿啼沾裳、你巫山云雨、你神女无恙、你那千般愁肠万般壮丽的江,你啊你啊,你在哪儿? 你在哪儿?
>
> 徐坤《含情脉脉水悠悠》

这是人与三峡景色的对话,原本不具有对话基本条件的人与景在对话中融合。激动、兴奋、感伤、失落的情感,以拟人、排比、反问等修辞手法表露出来。"兄弟""你"的称呼将三峡景致与人融合,犹如面对老友的呼告倾诉。人与自然浑然天成,在抒发情感中语境差得以平衡。人与自然融合在有的语段甚至出现更为复杂的状态,多种景物可能有着各自的融合状态,同一种景物可能有着不同的状态,如:

> 春天并非像老头儿所期盼的那样美好地莅临。卷着沙尘的暖风总是像蛔虫一样在城市的腹腔内来回逡巡,一阵阵深不见底的咳嗽从城市的肺部哮喘般空空哐哐扫荡出来。许多温良驯顺的巡夜猫,很是无辜地给卷上北方的屋顶,"沙沙沙"踩出一房梁疲于奔命的梅花蹄印。矢车菊和狗尾巴草怀着不可告人的阴险绿出地表,泡桐以及紫荆等等那些已经成名或者尚未成名的花儿,都在阳光灼热目光的经济下搔首弄姿,明争暗斗出一朵朵含苞欲放的阴谋。
> 春天她总是衔着一枚橄榄枝在无常里轮回,就连涅槃的蛇也可以在三月里温馨吐蕊。
> 春天沦陷在三月里像一挂浸了水的臭炮,湿湿漉漉,欲哭无音。
>
> 徐坤《三月诗篇》

将城市当作人来写,有了人的行为状态。矢车菊、狗尾巴草、泡桐、紫荆也都以人所具有的行为状态以及心计呈现出来。春天既有人的行为又具有物的状态,这些都制造了语境差。整个语段的描绘将自然景物与人融为一体,在展现人为状态下的自然美,并以此映衬社会转型时期人们的迷惘心理状态方面达到了新的平衡。

不同类的自然景象相互融合,也违背了自然规律,造成了语境差。如以自然景象喻特定的时间:

> 明天就像屁股帘儿上的飘带,简陋,质朴,然而自由而且舒展。像竹,像云,像梦,像芭蕾,像 G 上的泛音,像秋天的树叶和春天的花瓣。
>
> 王蒙《风筝飘带》

八个喻体中,有事物有景物,都与"明天"不同类。但在突出"明天"简陋、质朴、自由而且舒展的特性方面也具有特定的修辞效果,达到了新的平衡。

二　空间与时间融合构建的语境差

空间美、时间美、空间时间混合美是《美学概论》中所阐述的"美底种类"的第二类。陈望道将时间与空间视为相互关联的因素,因此将其作为一个组合提出。空间与时间构成了自然世界的纵横坐标轴,就横向延伸和纵向延伸这一意义而言,空间与时间也形成了一个对立体。它们在向纵横两方向延伸时,可能发生碰撞,发生摩擦,从而出现时间与空间的种种交错关系。

作为客观世界的重要因素,空间与时间的交汇,相互关联,相互作用,空间移位在人物眼中可能触发时间链接,构成时空语境差。严歌苓《阿曼达》中,有一段文字写主人公韩森和丈夫杨志斌在美国的居住生活。虽然"阳台是狭小空间的一个挣扎",但他们还是像所有中国人一样,将别人家的旧货廉价购来,"没多少花费就把阳台堆个半满"。"至于每添件东西就多一层尘垢的积攒,就少了几度活动半径,他们不以为然",甚至"很知足"。至此,叙事者将笔锋一转,引出了他们"知足"的参照物:"他们还尚待发现最时髦的富有是空空荡荡。就像那次在迪妮斯家看到的那气魄很大的空荡,四千尺的屋几乎什么也没有,墙都空出来挂画,地板冷傲闪光,托着无比精细的一块绿地毯,很遥远的,摆了些沙发、椅子。一行楼梯旋上去,旋入一个炮台似的小格局。"参加好友迪妮斯的 party 时发现迪妮斯的家"四千尺的屋几乎什么也没有",他们曾为迪妮斯如此"荒诞的空间运用"惋惜不解。这个参照物的引出,是以叙事者"我"的评价"他们还尚待发现最时髦的富有是空空荡荡"而衔接的。这一衔接关联了两种截然相反的空间,也关联了两种截然不同的空间观念。这是中西空间文化的碰撞。此处的关键句"他们还尚待发现最时髦的富有是空空荡荡的"中,蕴含着三个不同时段:现在时、过去时、将来时。过去时,是他们曾经在迪妮斯家中所见到的"空空荡荡"——"四千尺的屋儿几乎什么也没有"。现在时,是他们此时往自己窄小的阳台堆放收购来实则无用的旧货时的满足感。将来时,由"尚待发现"昭示,即中国人的空间观念到西方空间观念的过渡。因为这句衔接语并非人物此时产生的空间关联,而是局外者"我"的评价,因此,陈思和认为是"严歌苓有意无意地提到了一种新的空间概念"。[①] 我们觉得,这种空间概念的新,从某种意义上说就在于它包容了不同时间段的空间内容和空间意识,从而在形象具体体现东西方空间文化差异的意义上得到了新的平衡。

时间移位也可能造成空间转换,如:

> 阿尕跟何夏并排躺在毒辣的太阳下,见灰白的云一嘟噜一嘟噜的,像刚从某个头颅里倾出的大脑。所有的一切都在蠕动,正酝酿一个巨大的阴谋。他忽地动了一下,她朝他扭过脸。他说,别看我,阿尕,闭上眼。
>
> 她闭上眼,看见一个骨瘦如柴、衣衫污秽的女人,背着孩子,挂着木棍,一步一瘸地在雪地上走。这个残疾的女人就是她。她看见了自己多年后的形象。这种神秘的先觉,只有她自己知道。
>
> 严歌苓《倒淌河》

在阿尕的想象中,时间在当前与将来中链接。青春少女的形象转化为了"骨瘦如柴、衣衫污秽"的女人形象。在这一转化中,伴随人物的空间场景也发生了变更,由夏日毒辣阳光下的草地转化为冬日的雪原。虽然后者只是人物的想象,但这一时空移位所昭示的人物命运走向却是多年后的现实,这就使得虚幻与现实也产生了链接。而虚幻在人物命运走向的后续现实中得以印证,使同一叙事时空中呈现的两个不同的故事时空的链接因合理性而达到了平衡。

如果说,上例的时间移位以人物的想象为链接点,那么,有时时间移位则以无形的链接形式出现,也可以说是以无链接点状态出现的,从而伴随着空间的变更。如张抗抗《赤彤丹朱》的开头,叙述者"我"描述母亲朱小玲出生时的情景:

> 她一直在拼命地号啕大哭。我听见她的哭声压倒了窗外的知了

---

① 陈思和:《严歌苓从精致走向大气》,刊庄园主编《女作家严歌苓研究》,汕头大学出版社,2006年,第23页。

叫。知了声声如雨，她和知了都已精疲力竭。她哭是因为她随时有可能被扔进马桶里溺死，我对此也提心吊胆，如真是那样的结局，我从妈妈出生的一开始，就失去了在七十年后，来饶舌地写出这一切的可能。

母亲出生时的哭声，"我"何以能够"听见"，可见，此处出现了时空移位。而这一移位是以无链接状态出现的，似乎"我"是在母亲出生现场"听见"其哭声的，"我对此也提心吊胆"更增加了现场感，虽然已知结果的"我"不可能具有这种担忧。这跨越了七十年时空的漫长岁月而发生的无间隔链接，打破了客观时空的规律性，造成了语境差。但却因其所具有的修辞效果而获得内蕴的审美平衡，它使讲述者具有亲临现场的真实感，也将当时的场景近距离地拉到了读者面前。同时，为情节的发展埋下了伏笔。因为"我"外婆的苦苦哀求，外公没有像江南一带常见的将女婴溺死，而是送往育婴堂，而后被大户人家朱万兴领养。从被人遗弃的婴儿到富家小姐，母亲命运的改变也为"我"创造了人生命运的第一个转折点。

人物回溯往事所造成的时间逆转有可能使现实空间转化为动态的心理空间，从而展现了人物的心理状态，如：

> (1)它浓缩了我五年的生活，当我置身其外，我还感到头晕和窒息，但我从前在它们之中却过了整整五年。我在它们的空隙中睡觉、吃饭、做菜、洗衣服，我的头顶是锅盖、鼻子尖顶着锅铲，左边的耳垂挂着去污粉，右边的耳垂挂着洗洁净，左边的脸颊是土豆，右边的脸颊是鸡蛋，我的肩膀一碰就碰到了大白菜，它富有弹性凉丝丝的帮子在我的皮肤上留下的触感一直延续至今。
>
> (2)我觉得它就像一只密不透风的大口袋，彻头彻尾把人罩在了里面。这只口袋甚至没有弹性，你想往任何一个方向动一点都立时被挡回来，两个人缩在黑洞的布袋里，互相看得面目狰狞，厌恶之心顿生，谁都想出其不意地剪一个大洞。
>
> 林白《说吧，房间》

上两例是"我"对五年婚姻生活的回顾。例(1)展现了五年家庭生活锅碗瓢盆的现实空间，例(2)则是对此现实空间所产生的联想。这是在二人离婚后的回溯，"置身其外"的时间移位，使五年的现实空间转化为了心理空间，这一心理空间可能超越了当时身临其境的现场感受，具有了身不在"此山中"的更深刻的感悟。现实空间具有客观性，心理空间具有主观性，就这一点而言,二者具有差异,其转换也就构成了语境差。但因人物所处的过去时现实空间造成现在时心理空间的链接具有合理性,链接点就构成了新的平衡点,由平衡生成了转换蕴含的修辞价值:"家"的禁锢意味由此可见,脱离"大口袋"而获得自由解放的心态也由此展现。

随着时间移位而产生的空间变更有时使同一空间语词产生了不同的所指寓意,从而造成空间语词能指与所指的语境差。铁凝的《世界》,在一个短短的小说结构空间中,"世界"的所指意义就出现了多种变异。小说以梦境遭遇的地震情景与梦境后的夫妻对话为故事结构,"世界"在文本中共出现19次,时间推移中的"世界"空间寓意发生转化。地震发生时的"世界"是现实中的"世界"所指,而后便转化为了"婴儿"和"母亲"的所指。在梦中,母亲怀抱婴儿,踏上过年回乡探望娘家亲人的旅途。在车上遭遇地震,母子被抛出车外。感到无望时,"她也无法再依赖这个世界,这世界就要在缓慢而恒久的震颤中消失",此时的"世界"是原有的词典义。而在灾难面前,"依旧在母亲的怀中对着母亲微笑"的婴儿促使"世界"产生了变异:

> 婴儿那持久的微笑令号啕的母亲倍觉诧异,这时她还感觉到他的一只小手正紧紧地无限信任地拽住她的衣襟,就好比正牢牢地抓住整个世界。
>
> 婴儿的确抓住了整个世界,这世界便是他的母亲;婴儿的确可以对着母亲微笑,在他眼中,他的世界始终温暖、完好。

"世界"转化为了"母亲"的同义词,也就成为婴儿的希望。而当梦醒后,夫妻对话中的"世界"则又增添了寓意:

> 母亲转过头来对丈夫说,知道世界在哪儿么?
>
> 丈夫茫然地看着她。
>
> 世界就在这儿。母亲指着摇篮里微笑的婴儿。
>
> 母亲又问丈夫,知道谁是世界么?
>
> 丈夫更加茫然。
>
> 母亲走到洒满阳光的窗前,看着窗外晶莹的新雪说,世界就是我。

此时的"世界"包括了母子双方,以至于母亲感慨:"没有这场噩梦,她和她的婴儿又怎能拥有那一夜悲壮坚韧的征程? 没有这场噩梦,她和她的婴儿又怎能有力量把世界紧紧拥在彼此的怀中?"小说以这一感慨作结,深化了人间美好亲情的主题。"世界"由原来表客观空间的所指义转化为母子双方，能指与所指的对应关系被颠覆。但这一颠覆却由于文本虚拟的灾难中亲人的相互依托而重建了新的平衡。婴儿的微笑使母亲获得走出灾难，寻求生机的勇气和力量；母亲的庇佑是婴儿生存的希望。这种亲情的依托使"世界"变小，小到只是互相关联的母子双方。这种依托义使"世界"变大，大到可以消除一切灾难。被颠覆的"世界"所指在特定语境中获得了合理性，具有了修辞价值。正如陈望道所说："在那美的境界之内，我们或则看戏，或则听音乐，或则读小说，翻名画。又或访花赏月，寻味山川底风景。虽然所赏鉴的并不是一样的东西，但其中仍有一个共同的特色。就是始终不离乎感觉。像上文所谓看，所谓听，就都不外是感觉上的事实。所以走入美的境界的细路虽然多，其实也是除却'感觉'的一条总路以外没有路。'感觉的'或'感性的'底一点，可以说是组成美的境界的根本要件。"①感觉以现实为基础，加入联想想象的成分，使"世界"在母亲眼中因变形而有了深刻的内涵，并通过作品传导给读者，赋予读者以感觉，与人物共同欣赏"世界"所带来的美。

随着时间移位而产生的空间语词寓意变更有时呈现出隐性状态，即看似未变，实则已变。蒋峰的《翻案》讲述了为1945年上海的一桩杀夫案翻案的故事。小说由"我"——一名记者受主编委托，到大丰农场寻找当事人——快九十岁的詹周氏开始，进入了叙事时间。可以想见，小说有着较大篇幅案发故事时间的回溯。而这种回溯，有时以一种无文字间隔的方式链接，在链接中便出现了语词寓意的变更。我们试将小说第一节末尾与第二节开头呈现出来：

　　　　我关上相机，看着无边无际的黑暗，这时有个脚步声离我房间很近了，然后在门前的时候停下来。我声音发抖，有些失声地问，谁？门外没回答，倒是将手掌贴在了门上。

　　　　"有人吗?"我问。

　　　　是的，有人，手掌向前一推，门咯吱的一声，开了。

　　　　　　　　　　　　二

　　　　开门的一瞬间，晨曦的光芒令詹周氏有些刺眼。那是1945年3月22日的清晨。

---

　　① 陈望道:《陈望道学术著作五种》，复旦大学中国语言文学研究所编，复旦大学出版社，2005年，第80页。

虽然有节数字编码的间隔,但从文字衔接来看,第二节开头的"开门"是承接上节的"门……开了"而来。可是,这两个开门时间跨度六十余年,空间跨度六百余公里。第一节末尾是记者采访詹周氏,来不及夜归,只好住在詹周氏家中,因对詹周氏杀夫的恐惧,产生了紧张感。这是小说叙事时间的开头。第二节开头则进入了六十余年前的故事时间。因此,两个"门"的时空寓意是不同的,作者却将此链接在一起,造成时空语境差。这一语境差因人物与事件的关联具有了新的平衡点,使扑朔迷离的故事增添了神秘感。两个"开门"衔接自然,貌似链接,实为间离。它间离了叙事时间与故事时间的界限,以蒙太奇剪接手法,将六十余年前的故事推送到读者眼前。

时间与空间的相互关联、相互作用使时空在作家笔下有了极大的伸缩空间。时间移位伴随空间转化,有时空间与时间还可以相互转化,造成时间语词与空间语词的变异。张庆国《马厩之夜》讲述了抗战后桃花村发生的故事。故事发生在战争结束的时间与空间,但却是由战争时期的事件引发的。占领桃县的日本人要设三个慰安所,让翻译陈胖子到桃花村搜罗中国姑娘。为了保住整个乡村,乡绅们在无奈下,交出了外来的姑娘。此事成了乡村的耻辱。日本战败后,村里赎回了三个活着的姑娘。三个姑娘回来后先是不哭也不闹,第三天后却日夜啼哭。为掩盖真相,洗雪耻辱,陈胖子被杀,乡绅首领王老爷用毒药与姑娘们同归于尽。故事由"我"——被送出的姑娘之一小桃子的儿子讲述。虽然小桃子并非"我"的生母,但"我"为了探究当年事件的真相,来到事件发生的桃花村和陈胖子的家乡陈家村调查。自称陈胖子儿子的老头苦菜成了"我"的调查对象。但苦菜"从不接我的话题,只说自己的话,然后就是喝酒和骂人"。终于有一天夜里,苦菜主动找到"我"的住所,喝酒欲谈往事。当苦菜喝了酒之后,"嘴巴慢慢张开,露出一个黑洞,有话要说",此时文本出现了一段写景文字:

> 村子很安静,像遥远的历史,又像睡在墓穴里的尸骨,好像整个世界只有我和他。窗外墨蓝色的夜空里,挂着一弯精瘦的月亮。

将"村子"这一地域空间转化为"遥远的历史",空间与时间进行了对接。作者选取"日本军队战败,被掳的姑娘部分回村,在战争结束的地方,小说揭开了叙述的序幕"[①]的叙事起点与过程,与其创作意图相关。因为意识到"写女人的不幸"很难拓展,作者选择了"女人的事,写的却是男人,黑夜之后阳

---

① 张庆国:《黑夜背后的黑夜》,《中篇小说选刊》2014 年第 1 期,第 27 页。

光照耀的地方有可能埋藏着更大的黑暗”。于是，“县城炮火停息，桃花村王家祠堂里的马厩之夜降临，更大的混乱超现实地开始。”①这一故事重心的选择使小说将女人被掳事件后男人们的压力、痛苦的抉择、杀人与被杀作为主要的叙事对象。而“世界变形”，“既有的秩序和伦常被压碎”②的年代所发生的事件可能是扑朔迷离的，以现实角度去回溯历史更是真假难辨。只有见证了事件过程的地点可能还原历史，于是村子与历史便有了链接的可能性，这种链接也就在转换的修辞价值上得到了新的平衡。

时间与空间可以超越原有的自然规律在作家笔下转换，也可以在作家笔下虚拟或变形。如铁凝的《第十二夜》即是对时间的虚拟，《遭遇礼拜八》则变形衍生出原本不具有的时间指称。根据《第十二夜》的篇名，小说或者由第一夜按序叙述到第十二夜，或者直接讲述第十二夜的故事，然而，小说按第一夜至第四夜顺序为节标题，而后跳跃到了第十夜至第十二夜。从叙述内容看，也不全是讲述每夜所发生的事情，这就使得“第十二夜”这一时间指称带有了某种虚拟性。文本以“我”要购买马家峪的房子为显性主线，实则是以“大姑”这一人物的命运脉络为隐性主线的。虽然在第一章大姑并未出现，但写“我”买房就是为了引出“大姑”，引出大姑的身世以及她的坚守。买房风波与大姑的身体状态变化有着直接的关系。第二夜，当“我”付了房款，却被告知房里还有濒临死亡的大姑在住。当“我”跟随卖房者马老末到房中一探究竟时，大姑是以这样的形象呈现眼前：

> 借着十五瓦的灯泡，我最先看见的是垂悬在炕沿的一挂白发，二尺来长吧。顺着白发向上看，才见炕上团着一堆破褯布样的东西，想必那便是大姑了。我没有找到她的脸，没有看见她的蠕动，也没有听见她的声息。马老末熟练地把手放在深埋在那团“褯布”里的某个部位试了试说，唔，还活着。

大姑的濒死形象让“我”感到踏实，因为“房子终于到手了，而那大姑也确是垂死之人”。而当第三夜“我”又去探视时，则“看见了令我不解的景象”：

> 炕上，昨晚那一团破褯布样的大姑坐了起来，正佝偻着身子梳她那头雪白的乱发。她那皱纹深刻的脸由于常年不见阳光，泛着一层青白；

---

① 张庆国:《黑夜背后的黑夜》,《中篇小说选刊》2014 年第 1 期,第 27 页。

② 同上。

但她的五官轮廓分明,年轻时也许是个美人儿。她凝视着站在门口的"我",又似乎对我视而不见。她就那么一直抚弄着头发,直到三挽两挽把乱发在脑后挽成了一个纂儿。

"躺了好几年,早就坐不起来了"的大姑,却坐起梳头,令"我"大为惊讶。第四夜大姑则"赫然地"坐在屋门口的台阶上,"穿一件月白色夹袄(也不知打哪儿翻出来的),粗布黑裤,梳着纂儿,也洗了脸(从哪儿弄的水?)"。之后的几夜因"我"回城里评职称而中断叙述,"第十夜"又续上了马家峪即大姑的故事。从马老末口中,"我"得知中断的这几天,大姑一直"坐在屋门口纳底子"。"第十一夜"大姑呈现在"我"眼前的状态在周围自然景色的映衬下更是充满了生机:

> 这是一个阳光明媚的日子,清凉的空气使头顶的绿树更绿,脚下的红土更红,错落在坡上的石头房子更亮。我们进院时,发现院子竟然被清扫过:略微潮湿的土地上印着有规则的花纹般的扫帚印儿,使这久久无人经营的小院充溢着人气。大姑果然正坐在门口纳底子,她穿着月白色夹袄黑粗布裤,脑后梳着白花花的纂儿,青白的脸上竟泛起淡红的光晕。她分明知道我们三个人进了院,可她头也不抬,半眯着眼,只一心盯住手中的鞋底,似乎人数的众多反倒昂扬了她劳作的意气。她有条不紊地使着锥子和针,从容有力地扯动着淡黄的细麻绳,我认出了鞋底上那吉祥的"X"字花型。她一刻不停地挥动着胳膊,一阵阵青花椒的香气从后坡上飘来,是风吹来的香气,又仿佛是被大姑的手势招引而来。那是已经属于了我的花椒树啊,它当真还能属于我么?

这情景,让"我"甘拜下风,决定退掉"大姑的院子"。当"我"来到院子,要亲口告诉大姑这个决定时,"一切都和上午一样",大姑"抡动着胳膊舞蹈一般"在纳鞋底。当听说"这院子我不买了"时,"她看着我,那眼神里有诧异和失望,或许还有几分没有着落的惆怅。好比一个铆足了劲上阵来的拳击者,却遇到了对手的临阵逃脱"。可是当我们出屋走到院子时,大姑则突然倒炕身亡。故事以此作结。虽然小说是以从"第一夜"到"第十二夜"的排列顺序为结构,但从中间空缺的几夜,以及在"夜"的小节标题下并不仅写"夜"的具体内容来看,"第十二夜"并非单纯的时间所指,而是带有深层的寓意的。这一寓意是伴随着大姑的命运、大姑的形象而衍生的。大姑从卧床不起,到独立起床行走劳作,再到突然暴毙,都与"买房"事件相关联。当然,买房卖房只是导火索,此事维系的是大姑的生平,大姑的内心世界。曾经是"马家峪的人尖子"的大姑,年轻时因与北京来的给教堂修管风琴的师傅"偷着好了",并怀孕生子,后遭离弃,孩子夭折,遭到村人的唾弃。给八路军做的军鞋也被视为"破鞋"所做,不被接纳。这一重大打击,使她"从此她再也没有开口说过一句话"。因此,"纳鞋底"这一举动,在文本中有着特殊的意义,它是大姑执拗、坚守的物质体现。而当得知院子要被卖掉,大姑就恢复了精神,起床纳鞋底。当得知对手退却,不买房了,大姑的精神支柱崩溃。这一变化过程,表现了大姑在现实重压下的心态。有了买房者,大姑有了抗争、坚守的对手,也就有了活下去的精神支柱,活下去的价值。而买房者退却,对手消失,活下去的信念、支柱颓然崩塌。就这一点而言,买房只是一个戏剧中的道具,与买房相系的时间"第十二夜"也因寓意而带有了虚指的成分。在中国传统文化中,"十二"带有"轮回"之意。大姑在"第十二夜"因为"我"放弃占有她的房子而死去,意味着大姑走完了自己人生的年轮,肉体的"死"意味着精神层面的复生。但是,死并非代表大姑对房子的放弃,而隐含着一种坚守。从纳鞋底的执拗、因守卫房子而凸现的精神可以看出。因此,"第十二夜"含有轮回,也含有再生的意思。它与大姑一生的命运相关联,伴随大姑的离世而得到了某种升华。虚拟是对语词表现现实时间的背离,而在表现事件、人物的价值上得到了审美平衡。如果说,《第十二夜》是对时间的虚拟,铁凝的另一文本《遭遇礼拜八》则是虚拟中的变形。"礼拜八"显然是打破了自然时间的约定俗成表述而生成的,带有命名者朱小芬的语义指向。"礼拜"的既定语义一指"宗教徒向所信奉的神行礼",一指时间。当与一、二、三等数字合用时,原应为时间义。但在文本中,"礼拜"表层表时间,深层则含有向神祈祷之意。这就生成了"礼拜八"这一变异语词,以及语词的寓意。它是随着"礼拜七"的变异而生成的。"礼拜七"原应为"礼拜天",是一周中的休息之日。将这一休息日变异称为"礼拜七",是因为主人公朱小芬在这一天遭遇了不自由,这就违背了"礼拜天"自由不受束缚地休息的意味。本可以自由安排自己思想一天的朱小芬,遭遇了她的中学校长,遭到了类似礼拜一、礼拜二对她离婚的质疑批评:

> 是朱小芬同学。你的事我已有耳闻,你的传说很多,有的相当厉害。你还年轻也不过三十多岁嘛,对待生活要严肃。那样的话,男方何以会离开你?

这是中学校长对朱小芬离婚事件的批评。从礼拜一到礼拜七,没有人相信离婚是朱小芬提出来的,更没有人理解朱小芬离婚后的幸福心情。人们按照社会对此事的惯例评价,给予她的不是客套的安慰就是严厉的批评。"礼拜七"这一休息日也未能幸免。"礼拜日"转换成了"礼拜七",自由修养身心之义消解,承接日常工作日的束缚之义衍生。原来可以自由跳"双跳",可以不再听虚假的安慰、尖刻的批评的祈望成为泡影。而这成了朱小芬建构"礼拜八"的心理基础。"礼拜七"的自由奢望落空,只有寄希望于下一个日子,而这下一个日子承接着"礼拜七"的祈望,"礼拜一"自然变异为了"礼拜八"。"她(朱小芬)想起礼拜八纯粹是她的瞎编。礼拜七之后不就是礼拜一吗?而且礼拜七应该叫作礼拜日,那是礼拜的日子。"由"礼拜的日子"可以想见这个日子含有祈祷之义。祈祷什么呢?祈祷自由,祈祷不被干扰,祈祷被理解。礼拜七的祈望失望后,寄希望于礼拜八,"礼拜八"也就超越了纯表时间的意义。可是继之而来的是又一次破灭。朱小芬的"礼拜八"不但不能跳"双跳",还遭遇了"妇女婚姻家庭研究中心"记者的采访。自己的话语权又一次被剥夺,生活状态又一次被扭曲。朱小芬在文本中的话语更多的不是通过对话,而是作者转述的内心思想。因为从礼拜一到礼拜八,没有一天她拥有自由实施话语权的空间。这就使得"礼拜八"这个看似虚拟实却存在的时间承载了人物的生存空间,承载了人物的遭遇,人际间的关系。陈望道曾在对"实行的态度"和"理论的态度"说明的基础上,对"审美态度"做了阐释:"它既不像实行的态度中那样以意志为主,所以它在这点上是可以对于意志的境界而称为静观的。它又不像理论的态度中那样,建立在组织思想系统的分析与综合上。经过综合分析就要抽象化、间接化;而审美的境界则以具象化,直接化为其特性。它始终是摄无限于有限,藏普通于特殊,也始终是具体地而又直接地,通过了官能而感受到的愉悦的境界。""总之,客观方面底有具象性和直接性,主观方面底有静观性与愉悦性,是可以算为审美的态度底特征的。"[①]读者对被虚拟或被变形的时间语词的解读,就不能囿于客观现实所具有的抽象性的语词形式与词义,而要从作者借助语境所调配的语词中,去感悟其间显现出的具象性,并将具象转化为审美体验。被颠覆的语词能指与所指在读者对作者创作意图的感悟中得以重获平衡。

语词对文本跨时空不相和谐的介入,也是语词对时空语境的变异,这是徐坤小说常用的策略。《热狗》中主人公陈维高的小舅子动不动就蹦出"文

---

① 陈望道:《陈望道学术著作五种》,复旦大学中国语言文学研究所编,复旦大学出版社,2005年,第79页。

革"时期的话语,《梵歌》中武则天操着当代的口吻说话,《竞选州长》《轮回》中,约翰张、聂赫留朵夫的话语中夹杂着"骨肉""根""绝后""断传统""割脉"等体现中国传统文化的汉语语词。这些变异在一个语段中甚至是高频率地出现:

　　(1)韩愈一身雪白丝袍,从袖筒里取出一纸奏书,就是那篇流传后世的《谏迎佛骨表》,从左侧向前迈了一步,恭恭敬敬的双手呈给女皇:
　　"女皇陛下万岁万万岁! 佛骨舍利是不应该去迎的呀! 如今那帮做和尚的,光吃饭不干活,不保家来不卫国;不垦荒不种地,逃避兵役和徭役;又偷税来又漏税,是又装神来又弄鬼;全民全都出了家,工农加大了剪刀差。长此以往,国将不国了啊……"

徐坤《梵歌》

　　(2)如来佛主一听,仰天大笑:"哈哈! 哈哈! 哈哈哈哈哈! 我说你们几个呆和尚! 如今这世上,哪有白白传经的? 各文化事业单位国家都已不再拨款养活了,经费都要靠自己创收,自负盈亏,你说我们传这点经容易吗? 是经不可轻传,亦不可空取。你们空手套白狼,连一点小费都不肯出,所以传给你们一些白本那也怨不得别人。"

徐坤《行者妩媚》

例(1)"偷税""漏税""剪刀差"等现代语词出现在韩愈《谏迎佛骨表》中,颠覆了语词与时代的关联,也颠覆了韩愈进谏的严肃性。这是主人公文学博士王晓明为迎合观众消费性阅读的有意篡改。将严肃的历史场景改装成了闹剧,由此暴露知识分子为生存、金钱等眼前利益不惜牺牲尊严,牺牲历史所表现出的种种丑态。颠覆中的语词使用因符合改编者王晓明的个性而得到了新的平衡。例(2)"文化事业单位""拨款""经费""创收""自负盈亏""小费"等现代语词出现在如来佛主口中,用以与唐僧交际,造成语词与特定时空的极大反差。这一反差又将如来传经、和尚取经这庄严神圣之事,与现今经济观念挂钩,体现了辛辣的嘲讽意味。这种语词与特定时空的背离,不仅出现在人物不合时宜的话语中,而且出现在作者对特定时空的叙事中。《行者妩媚》在作者的叙事话语中,还出现了"生物链""体能训练""战术演练""自身技能""种族素质""优生优育"等现代语词,与叙事对象所处的时空语境形成了脱节。在脱节的背离中与文本整体调侃风格相吻合,颠覆中的重新建构由此生成。

三　动静交错构成的状态语境差

"动美"与"静美"是《美学概论》所阐述的"美底种类"的第三类。动与静是两种截然不同的状态，却又相辅相成。诚如王夫之所说："静者静动，非不动也。静即含动，动不舍静。"动静相生，是唯物辩证规律，但就事物给予人的第一感官而言，动与静有着截然不同的视觉感觉效果。静者寓动，深层含有动的因素，但表层仍为静。动者寓静，但表层仍为动。因此，出现了动态与静态的对立。这种对立，在作家笔下，可能出现转化，动与静产生互融，从而与原有动静状态产生背离，呈现了动静状态变异构成的语境差。在语境因素的参与下，与原形态不符的语言组合却因语境调谐而转化为另一层面的平衡，从而具有了审美价值。

以动态写静景，愈显其静，如：

（1）月光流进石巷，白色的石子路像一条奔流的小溪。

刘恒《热夜》

（2）弯弯曲曲的黑巷犹如一条冷溪，任恬淡的月色在流淌。

刘恒《龙戏》

例（1）以"流"写"月光"，以"奔流的小溪"写"路"，选用的语词充满了动感，展现的却是一幅静谧的小巷夜景：月光映照下的白色石子路。例（2）虽然本体的色彩不同，但以动态的"溪""月色"体现出的静景与上例有异曲同工之妙。这种动静相生的情景加入了时间的更移，使静态事物随着时序充满了动感，如：

中秋一过，风就凉了，月亮一日瘦于一日。

刘恒《龙戏》

"月亮"在人们眼中本为静态事物，将其放在时序更移中，使其具有了动态感。这些静态景物因作者的描写手法而改变了其原有的体貌特征，融入了人物的心理感觉。

在展现人物与景物的相互关联中，也可能呈现动静相生的相间交错。苏童《1934年的逃亡》中写狗崽离乡背井夜奔城里，就呈现了这样一幅图景：

狗崽光着脚耸起肩膀在枫杨树的黄泥大道上匆匆奔走,四处萤火流曳,枯草与树叶在夜风里低空飞行,黑黝黝无限伸展的稻田回旋着神秘潜流,浮起狗崽轻盈的身子像浮起一条逃亡的小鱼。月光和水一齐漂流。狗崽回首遥望他的枫杨树村子正白惨惨地浸泡在九月之夜里.没有狗叫,狗也许听惯了狗崽的脚步。村庄阒寂一片,凝固忧郁,唯有许多茅草在各家房顶上迎风飘拂,像娘的头发一样飘拂着,他依稀想见娘和一群弟妹正挤在家中大铺上,无梦地酣睡,充满灰菜味的鼻息在家里流通交融,狗崽突然放慢脚步像狼一样哭嚎几声,又戛然而止。这一夜他在黄泥大道上发现了多得神奇的狗粪堆。狗粪堆星罗棋布地掠过他的泪眼。狗崽就一边赶路一边拾狗粪,包在他脱下的小布褂里,走到马桥镇时,小布褂已经快被撑破了。狗崽的手一松,布包掉落在马桥桥头上,他没有再回头朝狗粪张望。

乡村之夜原是静谧的,但却因人物的夜奔呈现出一种动态,枯草、树叶、稻田、月光、水、茅草甚至狗粪堆都以一种动态呈现于读者眼前,与瞒着娘夜奔的狗崽急急忙忙背井离乡的慌乱动态相映相称。静态景物动态化衬托出狗崽夜奔的动作,也展现了人物的心态。静态景物的动态描写因人物的动态而具有了合理性,作为人物动作行为心理的陪衬而获得了另一层面的平衡,具有了审美价值。

小说具有两种时间:一是故事时间,一是叙事时间。"所谓叙事时间,指的是在叙事文本中所出现的时间状况,这种时间状况可以不以故事中实际的事件发生、发展、变化的先后顺序以及所需的时间长短而表现出来。所谓故事时间,则是指故事中的事件或者说一系列事件按其发生、发展、变化的先后顺序所排列出来的自然顺序时间。"①由此可见,叙事时间是叙事者的一种人为时间,故事时间则是故事本身所表现出来的一种客观时间。当叙事者通过叙事来表现故事时间时,就有了其方式的选择性。他可以按故事发生的时间结构叙事时间,也可以不按故事发生的时间来结构叙事时间。可以以与故事本身相对应的动静态方式来讲述故事,也可以以与故事本身不相对应的动静态方式来讲述故事。故事时间与叙事时间的并存与差异,为叙事者选择叙事方式提供了自由空间。以静态方式讲述动态故事,或以动态方式讲述静态故事,造成叙事动态与静态的颠覆成了叙事的一种策略。林白《说吧,房间》以对女性曲折命运的叙述对女性内心世界进行了深度挖

---

① 谭君强:《叙事学导论》,高等教育出版社,2008年,第120页。

掘,有一段对"我"心理的动态描绘:

> 我是一个经常会听到命运的声音的人,那些声音变幻莫测,有时来势汹汹,像铺天盖地的噪音,啸叫着环绕我的头脑飞转,它们运转的速度又变成另一种噪音,这双重的噪音一下就把你打倒了。更多的时候是一种窃窃私语,你不知道它们从哪里发出,它们在说出什么,但它们从空气中源源不绝地涌过来,墙上窗上天花板和地板,桌子、凳子和床,到处都是它们细细的声音,它们平凡得听不见。有一些特殊的时候,命运的声音是一种乐曲,它蹑手蹑脚,轻盈地逶迤而来,像一阵风,从门口进来,砰的一声,令人精神振作。就像现在这样,那句从久远的 N 城岁月里来到的乐句一下驱散了形形色色的噪音,它使空气纯净,并且产生宜人的颤动,它像一个久未谋面的老朋友从已经逝去的 N 城岁月中浮出,亲切地站在你的面前。

无形的"命运"以有形的动态呈现在读者眼前。其形态转化是由无形到有形,而衍生出动态感。"命运"原有的非形态性质无所谓静态或动态,将其衍生为有形体后,也并非是动态的。但由于"我不愿意被解聘,但还是被解聘了;我不想到深圳来,但还是来了;我以为我永远不会再写作,但我突然间发现,内心的念头一下来到了,时间也奇迹般地出现在眼前",这一系列否定与肯定、意愿与实际结果之间的错综关系使"我"感受到"命运"的"多么强大和不可抗拒",无形无态的"命运"因此在获得形态的同时拥有了动态生机,以动态描绘形象地印证了其"多么强大和不可抗拒"。对语词所指形态的变异因人物的心理感受而获得了合理性,也就因人物心理层面而于颠覆中获得了平衡,体现了审美价值。

以动态的描写体现静态的释词,也造成静态与动态的转化:

> 朱小黛乐不可支。男人的隐,和女人的贞,原来都是要有前提条件的,有官印在面前,男人能袖手不接,这才是隐;有男人拜倒在女人的石榴裙下,而女人的裙子依然裹得严严实实,这才是贞。不然,就是求之不得无可奈何之后的伪隐和伪贞。

> 阿袁《子在川上》

对语词意义的解释本是一种静态的行为。但上例则以具体的动作行为来阐释词义,使"隐"与"贞"通过具体可感的形象动态显现。虽然看似超越了约定俗成的释词义,但因作者赋予文本调侃诙谐的语调而获得了与文本整体风格的和谐。

静态的无形的事物可以因作者的联想想象而具有了动态感,原本动态的故事情景也可以因语言的调配改变了动态显示的程度,更显动态化,在动态的程度上有违事物原有的动态感。如:

> 仿佛万千只小船从上游下来了,仿佛人世间所有的落叶都朝逝川涌来了,仿佛所有乐器奏出的最感伤的曲调汇集到一起了。逝川,它那毫不掩饰的悲凉之声,使阿甲渔村的人沉浸在一种宗教氛围中。
>
> 迟子建《逝川》

此处描绘的是逝川独有的泪鱼到来时"整条逝川便发出呜呜呜的声音"的情景。泪鱼每年在第一场雪降临之后出现在逝川,显然,鱼的游动是动态的,但上例中"小船""落叶"以及"曲调"的动态描绘,渲染了泪鱼到来时的排场气势,增添了场景的动态渲染。增强叙事的动态感,语词的选用很关键,将充满动态的语词放置于动态的空间,为增添动态感加码,如:

> 正午时分麻油店的小女人环子经常在街上晾晒衣裳。一根竹竿上飘动着美丽可爱的环子的各种衣裳。城市也化作蓝旗袍淅淅沥沥洒下环子的水滴。小女人环子圆月般的脸露出蓝旗袍之外顾盼生风,她咯咯笑着朝他们抖动湿漉漉的蓝旗袍。环子知道竹器店后门坐着两个有病的男人。(我听说小瞎子从十八岁到四十岁一直患有淋病。)她就把她的雨滴风骚地甩给他们。
>
> 苏童《1934 年的逃亡》

只是环子晾晒衣服的情景,却用了多个充满动感的语词来描绘,"飘动""洒下""顾盼生风""咯咯笑""抖动""风骚地甩给"这些充满动感甚至生态的语词使整个画面充满了动感。以此作为"小瞎子背驮重病的狗崽去屋外晒太阳。他俩穿过一座竹器坊撞开后门,坐在一起晒太阳"的背景,环子愈显青春活力,狗崽愈显濒临死亡的迟暮,双方构成了语境差异,对环子充满了动感的描写因对"两个有病的男人"的衬托了具有了修辞意义。

四　各种功能感官相通所构建的语境差

陈望道《美学概论》从与人五官相关的各种感觉,列出了视觉美、听觉美、味觉美、嗅觉美,并对各种感官的美做了具体阐释。从语境差角度考察五官感觉,我们的重点在于打破自然规律的五官感觉的相通。人体的各种感觉是由不同的器官所生发的,具有独立性,但在作家的联想和想象中,五官知觉可以相通,从而以五官知觉所产生的变异组合造成语境间的不平衡。

在五官相通中,常见的是听觉与视觉相通。听觉与视觉原为人体不同器官所具有的感觉,但在作家笔下却可以互相转换。如听觉转化为视觉的:

(1)夜色渐深,王家祠堂后院的马厩天井里,又传出姑娘的哭声。这次不是一个人哭,是三个姑娘都在哭。哭声像下雨时山上流下的浊水,湿气浓重,忽急忽缓,渐渐把马厩的小天井淹没。

张庆国《马厩之夜》

(2)我听到了圆溜溜的口哨声。

刘恒《苍河白日梦》

例(1)将"哭声"以"浊水"作喻,使"哭声"有了形体动作,作用于人的视觉感官,渲染了"哭声"所制造的场景气氛。三个姑娘被掳,作为日本人的慰安妇。战后被赎回村,肉体精神上的重创使她们精神崩溃。"哭"是一种倾诉,一种发泄,同时就文本情节发展而言,又是悲剧气氛的渲染和悲剧情节的预设。乡绅头目王老爷不堪姑娘们的"哭",耻于战时送出姑娘的耻辱,最终与姑娘们同饮毒药身亡。这就是马厩之夜的悲剧。因此,承接"浊水"的比喻,"渐渐把马厩的小天井淹没"使"哭声"有了深刻的蕴意内涵。被颠覆的五官感觉在表现人物、渲染气氛、预设情节走向等方面得以重获平衡,审美价值也因此生成。例(2)以"圆溜溜"修饰"口哨声",便将声音转化为了视觉形象。形容口哨技艺娴熟,口哨声悦耳动听,具有了形象感,在体现人的听觉感受上重获平衡。

在听觉转换为视觉中,有时还夹杂着多种感觉,如:

(1)收音机里,地球在吱吱啦啦地翻身,像鸡蛋掉进油锅一样,像铅球在煤渣跑道上滚动一样,像头颅在车轮下鲜花怒放果汁喷溅豆腐渣掺辣椒面一样。

刘恒《逍遥颂》

(2)这老老少少、黏黏稠稠的唤声把整个山脉都冲荡得动起来。

阎连科《耙楼天歌》

例(1)将"收音机"声音所传递的内容以各种喻体作喻,这些喻体中,作用于人的视觉形象,却又掺杂着嗅觉、味觉的因素,各种感觉混杂,将音感带给人的纷呈形象展现出来。例(2)以表现视觉、味觉的"黏黏稠稠"修饰"唤声",使声音具有了原来不具有的其他感觉;"把整个山脉都冲荡得动起来"又使声音具有了形态感,渲染了气氛。

　　将无视觉形体的声音转化为有形,也就给人以视觉的形象感,这种形象感以具体可见的形体作用于人的视觉感官,如:

　　　　(1)在弯腰直身的那一刻,狗的银黄色尿声敲在了先爷的脑壳上,明白了,那焦枯的斑点,不是因为旱,而是因为肥料太足了,狗尿比人尿肥得多,热得多。

　　　　(2)先爷说到这儿时,吸了一口烟,借着火光他看见玉蜀黍生长的声音青嫩嫩线一样朝着他的耳边走。

　　　　　　　　　　　　　　　　　　　　　阎连科《耙耧天歌》

例(1)以"银黄色"修饰"尿声",使声音在色彩上给人以视觉感官。"敲在了先爷的脑壳上"又将声音转化为具体可感的实体。陈望道曾把视觉分为色与形[1],上例色形兼备,增强了声音所转化的视觉观感。例(2)"看见玉蜀黍生长的声音青嫩嫩线一样朝着他的耳边走"经历了由视觉——听觉——视觉的转换过程。玉蜀黍生长本非视觉可见,亦无声音。此处以"看见"与"声音"搭配,再配以"青嫩嫩"的色彩,"朝……走"的动态,就具有了视觉听觉相交配的观感。这类写法在阎连科笔下常常可见,表现了其对语言符号变异组合的喜好。

　　听觉可以转化为视觉,视觉也可以转化为听觉,甚至夹杂着多种感觉,如:

　　　　(1)先爷走上梁子,脚下把日光踢得吱吱嚓嚓。

　　　　(2)一脚踏进屋里,先爷猛地看到正屋桌上的灰尘厚厚一层,蛛网七连八扯。在那尘上网下,立着一尊牌位,一个老汉富态的画像。像上穿长袍马褂,一双刀亮亮的眼,穿破尘土,目光噼噼啪啪投在了先

────────────────

　　① 陈望道:《陈望道学术著作五种》,复旦大学中国语言文学研究所编,复旦大学出版社,2005年,第82页。

爷身上。

阎连科《耙耧天歌》

例(1)"日光"无可"踢"却"踢"属于视觉形体的错位,又以"吱吱嚓嚓"形容,就带有了听觉感。例(2)目光所见本为视觉感官,却以"噼噼啪啪"形容也就具有了听觉感。二例以视觉向听觉的转化形容先爷的动作表情,声色俱现。

触觉也可与听觉、视觉相通,如:

(1)雨在植物和土地上打出冷凄凄的声音,又夹杂了一些火辣辣热爆爆的响动。

刘恒《伏羲伏羲》

(2)屋里屋外的寂静凝成了一体,只有空气在不安地涌动。他走出咖啡馆,愈发觉得忐忑,疑心连风都是绿的。

刘恒《黑的雪》

例(1)以"冷凄凄"状"声音",便将"声音"从听觉形象转化为了触觉形象,具有了人的情感倾向。以"火辣辣热爆爆"状"响动",也将听觉转化成了触觉。例(2)"风"原是靠触觉感受的,无形无色,此处却以"绿"造成视觉效果,触觉转化为视觉。看似写风的"绿",实则体现了李慧泉忐忑不安的心境。

视觉对象的转换,也是五官知觉的变异体现,这种转化可以将无形化为有形,如:

(1)先爷不做答,忽然拿起地上的鞭子,站在路的中央,对着太阳噼噼啪啪抽起来。细韧的牛皮鞭,在空中蛇样一屈一直,鞭梢上便炸出青白的一声声霹雳来,把整块的日光,抽打得梨花飘落般,满地都是碎了的光华,满村落都是过年时鞭炮的声响。直到先爷累了,汗水叮叮咚咚落下,才收住了鞭子。

(2)想到那棵玉蜀黍有可能在昨夜噌噌吱吱,又长了二指高低,原来的四片叶子,已经变成了五片叶子,先爷的心里,就毛茸茸地蠕动起来,酥软轻快的感觉温暖汪洋了一脯胸膛,脸上的笑意也红粉粉地荡漾下一层。

阎连科《耙耧天歌》

例(1)"日光"虽可通过视觉所见,但是无形的。以"整块"限定,抽打后"满地都是碎了的光华"则将其转化为视觉的另一种形象:有形之物。例(2)"感觉"本无形体,却可"温暖汪洋一脯胸膛","笑意"亦非有形物,却由于"红粉粉"、"荡漾"具有了视觉的形象感。这些五官知觉的错位组合造成知觉的混杂错落,在给人以陌生知觉感受的同时,带给人们一种新鲜的审美感受,被颠覆的知觉感受因审美体验的升华而获得重新建构。甚至无形的情感也可转化为视觉可感的:

　　(1)一扇窗都放射出几缕枯黄的温馨或柔情。

徐坤《先锋》

　　(2)那件印满碎花的鹅黄的薄呢裙招招摇摇摆动着的时候,岛村的眼里就印满了一朵朵的鹅黄色的诱惑。

徐坤《遭遇爱情》

　　(3)那棵玉蜀黍苗儿被风吹断了。苗茬断手指样颤抖着,生硬的日光中流动着丝线一样细微稠密的绿色哀伤。

　　(4)先爷站在自家的田头上,等目光望空了,落落寞寞的沉寂便"咣咚"一声砸在了他心上。

阎连科《耙耧天歌》

例(1)以"几缕""枯黄"修饰限定"温馨或柔情",构成修饰语与中心语的语境差。正因为这种差异,却使无形的情感转化为视觉可见的有形体。例(2)以"一朵朵""鹅黄色"修饰限定"诱惑",也是修饰语与中心语之间的语境差,却将无形的情感行为转化为了视觉可见的有形物体。例(3)无形体的"哀伤"以"绿色"修饰,并与"流动"搭配,也构成了修饰语与中心语、动语与宾语的颠覆错位,却因此具有了视觉的形体感。例(4)无形体的"沉寂"因"咣咚""砸"的错位组合而具有了声形兼备的感官功能。这些错位组合颠覆了语词原有的组合功能,却因此重新建构了其审美功能。

五　形式与内容对立统一构建的语境差

　　形式美与内容美是《美学概论》中所列的第五对美。形式与内容相辅相成,特定的形式表现特定的内容,形式与内容之间的关系应该是相互和谐的。但小说语境差制造的不是和谐,而是打破和谐。在打破一个层面和谐的同时构建另一层面的和谐,以实现语境差的审美构建。

　　内容与形式相匹配表现之一是量上的搭配。重要的内容辅以大肆渲染的形式,内容与形式相得益彰。但王蒙常以繁复的形式表达单纯的内

容,如:

(1)"李某才疏学浅,智商平平,管他三七二十一,感冒 APC、肠炎痢特灵、肺炎盘尼西(林)、脚癣达克宁、荨麻息斯敏、尿道氟呱酸、阑尾割一刀、白(内)障等成熟,牙痛拔牙,眼痛点眼;再加上输氧输血输液,对得起父母的辛劳师长的培养也就行了。"

(2)王先生 30 年研究人是否要吃饭,力主人皆吃饭说。从细胞学、经络学、穴位学、气血学、阴阳学、生物化学、生物电学、生物时钟学、生物放射学、特异功能学、儿科学、妇科学、老年学、公共卫生学、保健学、美容学、性学、自然哲学、饮食文化学、中华粥学、比较食品学……诸方面论述人必须吃饭的道理,得出了人不可不吃饭的重要结论。虽几经风雨,天若有情天亦老,王先生稳坐钓鱼船,战无不胜,成为人体医学基础学科的代表人物,获各色头衔 33 个。

王蒙《三人行必有吾师》

(3)您可以将我们小说主人公叫作向明,或者项铭,响鸣,香茗,乡名,湘冥,祥命或者向明向铭向鸣向茗向名向冥向命……以此类推。三天以前,也就是五天以前一年以前两个月以后,他也就是她它,得了颈椎病也就是脊椎病,齿病,拉痢疾,白癜风,乳腺癌也就是身体健康益寿延年什么病也没有。

王蒙《来劲》

这些不应繁复的内容用了繁复的表达形式,造成了形式与内容的语境差。在形式与内容颠覆的同时,由作者表达反讽意味的创作意图重新建构了另一层面的平衡,这就是语境差所传递的反讽信息,这种反讽意味是内容与形式和谐所无法体现的。例(1)是李先生提出自己学医计划时所说。各种疾病配药治疗的一系列罗列,采用"病症"+"常用药"的方式组合,又以结构的铺排,展现了一个庸医的"抱负"。与下文的"李医师渐渐走红,被选为牛一样的勤恳医师,12 彩色大照片套红刊登在一家报纸上,原属于王教授的头衔的三十三分之二十八都归了李主任医师"相照应,具有深刻的嘲讽意味。例(2)从多种学科研究"人是否要吃饭"这一最简单的、不言而喻的问题,显然是小题大做。与下文"王先生稳坐钓鱼船,战无不胜,成为人体医学基础学科的代表人物,获各色头衔 33 个"照应,同样充满了讽刺意味。例(3)对人名、时间、疾病、人的行为乃至人称做了繁复的罗列,充满了矛盾的大杂陈让人无从判断真伪。唯其繁复,才具有了嘲讽的效果。陈望道曾经形象地说明反复的价值:"往往一个个分离着时以为全无价值的东西,一经反复地排列起来,便也有一种的趣味。如散着毫无趣味的钉,成了帽架也便有趣;只有一辆停着时没有甚么趣味的电车,停电时几十辆地连续着,也便觉得可看的,便是其例。"[①]繁复以相同形式相近内容的反复出现,造成了单一语词所不具有的效果。繁复的铺陈有时通过词语的重叠使用表现出来,《三人行必有吾师》中张先生感慨当今医学的现状时说:

> "今我辈同学攻读人体医学,功课如山,图表如盘,数字如长龙,药剂如雪片,而定理如大江流日夜。逝者如斯夫,未尝舍你我也。如此下去学未竟而发苍苍,而目茫茫,而牙齿动摇。"

"如"的喻词重复,关联多个本体与喻体,体现当今医学专业学习课业的繁重。"而"关联学后的人体后果,显重复多余,却反讽意味凸显,前因后果的揭示意义深刻。

以对比形式造成内容的自相矛盾,也是内容与形式变异现象的一种。陈望道曾将对比视为与"调和"相反的"变化极显"[②]的一种形式,因此,在"色"与"形"方面都可找到很多例子。对比因所比双方的不和谐带给人们强烈的感受。如:

> (1)尖利的树梢,柔曼的草尖,狰狞的朽石——在他的指尖上划过,给他留下一丝丝冰凉的温暖。
>
> 徐坤《游行》
>
> (2)甜蜜的哀伤从海的深处游来,投过夜色一直流进心里。
>
> 刘恒《白涡》
>
> (3)他感觉出他们都在没有风的风里松了一口气,他自己也在没有风的风里暗暗地松了一口气。
>
> 徐坤《含情脉脉水悠悠》

例(1)"冰凉"与"温暖"互为反义,却以"冰凉"修饰"温暖"。看似不合情理,

---

① 陈望道:《陈望道学术著作五种》,复旦大学中国语言文学研究所编,复旦大学出版社,2005年,第96页。

② 同上,第101页。

却与前面"尖利的树梢,柔曼的草尖,狰狞的朽石"给人的感觉相吻合。"尖利的树梢,柔曼的草尖,狰狞的朽石"是萧条城市现状的写照,令画家撒旦心灰意冷。但曾经的美好时光,又与"温暖"关联。因此,"冰冷的温暖"的矛盾组合是撒旦此情此景下复杂情感的体现。语词组合的语义背离因人物特定情境下的特有心境而趋于合理,趋于平衡。例(2)"甜蜜"来修饰"哀伤",构成语义矛盾。联系文本语境,两词各有生存的可能性。"哀伤"因妻子不能随行,"甜蜜"因可与华乃倩亲密接触。因此,"哀伤"与"甜蜜"实有因果关系,也就获得了特定语境下组合的内在合理性。文本开头多次强调"他很爱她","他是一个好丈夫。大家都说他是一个好丈夫",说明夫妻关系的和谐。但周兆路无法抵挡华乃倩的诱惑。"甜蜜的哀伤"将周兆路在与妻子离别之际的复杂心态表现了出来,看似矛盾,实为真实。例(3)以"没有风"修饰"风",修饰与被修饰构成了矛盾。但实际上,两个"风"的语义是不同的。前一个"风"是自然之风,后一个"风"却指猎艳号上的学者所形成的意见之风,即都认为"五月是个忧郁的季节"。他们随波逐流探讨20世纪90年代文学状态,充满了颓废之感。这些矛盾表述在对立组合中,有着合理平衡的内核,只是合理平衡被掩饰在了互为矛盾的表层形式下。诚如狄更斯《双城记》开头所言,"这是最好的时代,也是最坏的时代;这是智慧的年代,也是愚蠢的年代;这是信仰的时期,也是怀疑的时期;这是光明的季节,也是黑暗的季节;这是希望的春天,也是失望的冬天;一切应有尽有,一切一无所有;人们直登天堂;人们直落地狱。"以互为矛盾的形式表现同一对象,充溢着矛盾意味中有着浓厚的辩证哲理。徐坤在《含情脉脉水悠悠》中便将两两相对的语词含义在同一个语段进行互换:

> 这是一个极尽欢乐和喧嚣的时代,孤独和忧郁都极有可能是故作姿态。这也是一个忧伤和孤独的时代,欢乐和喧嚣也极有可能是假模假样。

"欢乐和喧嚣"与"孤独和忧郁"在组合形式上的互换,将两种类型的风格与时代复杂风貌之间的关联揭示出来,富有辩证性。在哲学界、美学界对立统一的事物现象常常被挖掘出深层的意义,宗白华也曾揭示对立关系的互存与转化:"在伟大处发现它的狭小,在渺小里却也看到它的深厚,在圆满里发现它的缺憾,但在缺憾里也找出它的意义。"[1]可见,对立是事物的客观存

---

[1] 宗白华:《艺境》,安徽教育出版社,2006年,第158页。

在,而将其放置于同一个层面加以关联往往体现出深层的蕴意。语境差就在表层对立深层和谐中获得了重新建构的平衡。

互为矛盾的形式有时不仅体现在语词之间的对立,而且体现在语段之间的对立。铁凝《B城夫妻》中冯掌柜与冯太太的关系描写中就构成了矛盾对立:

(1)她(冯太太)差不多是倚住冯掌柜而立,并习惯地把一只手轻搭在冯掌柜肩上,笑容可掬地静观眼前将要发生的一切。

(2)我发现冯掌柜同我谈话时,不时地把自己的手抬起来,又搭在冯太太的手上。

(3)冯太太照旧为我沏来香片,之后照旧不显山水地依到冯掌柜一边,照旧把一只手搭在冯掌柜肩上。冯掌柜同我说话时,照旧又抬起一只手搭在冯太太手上。

这三个语段所体现出的是夫妻恩爱的画面。突出表现在夫妻搭手双向表现的细节上。当然,这是从"我"的观察视角所见到的,使搭手所体现出的恩爱具有了表面性、外观性,即他者对二人夫妻关系的情感认证。但当冯太太在死后还阳一年又一次死了,"又是二十四小时后入殓,四十八小时后出殡"时,有下列描述:

与上次不同的是,这次冯太太出门前,冯掌柜悄声对抬埋手做了些嘱咐,说:"千万小心些,侧身出门就不会失手了。"

上次冯太太死了,因抬埋手失手,将"一口不厚的棺材失手落地",冯太太还阳。此次冯掌柜有了如此交代。这一交代的传出,让人们对夫妻俩"相敬如宾、情感如初"的表象有了质疑。抬埋手质疑"冯太太再活一次,冯掌柜不是更高兴么。可他偏要嘱咐咱们别再失手,这是怎么个理儿",并引发"我"想到,"那次我到冯太太还阳人世后的新丽成衣局拜访,冯掌柜为我介绍富春纺时,话似乎稠了些,反叫人觉出他那一番介绍的心不在焉。这本不是冯掌柜的性格。"这三个语段与前面夫妻搭手,相敬如宾的表象构成了矛盾,让人质疑夫妻关系的真实性。一直到故事叙述结束,夫妻间的真实关系仍是谜团,这就给读者留下了极大的想象空间,扩大了读者的解释权。对夫妻是否恩爱,读者具有两种反方向的诠释:一是仍然保留在由"手搭肩""手搭手"动作所产生的恩爱理解,一是保留"嘱咐"的反常行为所产生的不恩爱理解。

这两种截然相反的诠释使文本在对人与人之间关系的深刻思考方面留下了广阔的想象空间,构成了巨大的审美张力。

充满矛盾的对比在同一描述对象间形成的差异与时空移位有着极大关联,常常是由不同时空造成的。因此,不同的时空是对比矛盾化合理内核的凭借,是对比造成的语境差得以获得另一层面平衡的依据。阿袁《子在川上》中描述同教研室裘芬芬的笑声:

> 这个女人自从去年拿了一个教育部的青年项目之后,做人风格陡然发生了变化,本来是很低调的一个女人,突然被人拔高了音调,变得很张狂了,这张狂主要通过两个方面来表现,一是笑的声气,以前裘芬芬的笑,是三寸金莲,收敛,纤弱,总是笑到一半,别人止了,她也戛然而止,而现在,她不止了,就那么一马平川地笑下去,很放纵,也很跋扈,是王熙凤在大观园里笑的那个意思了。

裘芬芬低调与高调的对比,是通过她的"笑"来展现的,两种笑在笑的声气、时长等方面形成了极大反差,而这反差是因不同时间段的某一事件造成的,以"拿了一个教育部的青年项目"为界,之前与之后的"笑"各异,这就是矛盾对立的链接点,也使矛盾对立有了合理的解释性。有的矛盾对比不但因时间因素而促发,还掺入了空间的因素。严歌苓《阿曼达》开头描述"韩森面孔上一共有三种气色,灰、白、淡青",这三种气色所对应的"三个相衬的表情"是因不同时空而产生的。一是"不动容的五官平铺在那儿,眼皮松弛到极限,目光有点瘫痪",这是过去时,她二十四岁时的表情被丈夫杨志斌看成"稀有的宁静"。一是"佩戴这表情和灰灰的清晨脸色",是现在时,即她四十二岁,令杨志斌"敬畏"的表情。而这四十二岁的具体表情,又分为上班前与上班后的不同描述:

> (1)上班前的脸色转亮,他知道那是她涂了底色。这样就开始了她很正式的法律公司职员的一天:眼睛、眉毛,嘴角,都用着一股力,微笑也带着一股力。他到她的公司办公室去过一回,见她清亮的白脸蛋儿上肌肉饱胀着,语言、笑容,与同事的一两句调侃,都在她白色光润的皮肤下被那股力很好地把握住的。
>
> (2)他在半夜十二点半下班回到家时,韩森是洗得过分干净而有种微微发青的肤色。她总是靠在床头看书,发青的脸上,所有对他的不满、怜悯、嫌弃、疼爱都泛上来。她面孔这时真不好看,所有的好看都失

了踪。

在"灰、白、淡青"三种基调下韩淼的气色是随不同的时空而变化的,这一变化又是由丈夫杨志斌的视觉所见,自然带上了视者的情感倾向。二十四岁时的表情虽不美,但在丈夫眼中是"圣母式"的表情,可谓情人眼里出西施,传递了杨志斌对韩淼的情感。四十二岁上班前靓丽充满生机与下班后"所有的好看都失了踪"的表情形成对照,时空转换下表情的转换体现了人物公众场合与私人场合,修饰与不修饰的变异。这种变异在丈夫眼中显现,又掺杂着丈夫的情感。杨志斌眼中韩淼表情的变异,伴随着夫妻关系的变异。与这一视觉行为相配合的是杨志斌的动作行为,"他一般到卧室点个卯就去厕所。小便、刷牙、洗澡,看看韩淼看剩的报",而"她一般在他进卧室报到时就身子往下一沉,沉进被子里,同时一手熄床头灯,表示她等待他,为他熬夜,情分尽到了。有时她会在被子里对厕所说:'杨志斌,给你留了饭在冰箱里'"。这些行为表现了夫妻关系的冷淡,也预设了因阿曼达的介入,畸形的情感纠葛导致夫妻关系破裂的后续情节。当然,阿曼达的介入只是触发点,对剧情起了道具的作用。夫妻关系的改变是由韩淼经济地位实力的强势与杨志斌"陪读"地位所产生的失意郁闷所构成的反差形成的,而时空的变异是构成反差不可或缺的重要因素,也是诠释差异的合理性、表现人物关系走向的重要因素。

　　形式的错位变异也是因与相应内容的变异造成的。语词具有约定俗成的含义,约定俗成的使用方式。但在小说语言中,却出现了超常规的使用,将语词变形,或与使用对象相背离,是构成错位的主要方式。徐坤笔下就呈现出诸多这类变异:

　　(1)不妨就让他们闲着没事去叛一次逆吧!如果有一天他们连搞搞叛逆的兴趣都提不起来了,那才叫真正的可悲了呢!你没见现如今老人们一天天精神矍铄青春焕发打着小旗满世界旅游遛弯儿,小年轻们却见天价胡子拉碴无精打采窝憋在角落里,个个沧桑的跟小老头似地?

徐坤《游行》

　　(2)诗人捡起来一看,是老托尔斯泰的一本瞎话:怎样把玛斯洛娃还原成喀秋莎。答案:复活。这个答案很有诱惑力。诗人急切地看下去,却发现满篇都是在穷扯淡。老托只是在自我的幻觉里自己跟自己扯着良心发现的淡。

徐坤《斯人》

(3)1985年的情形基本上就是这样,什么都主义又都主不了义,什么都先锋又都先不了锋,什么都存在又都不存在,什么都错了位都变了形,什么都看得懂又都看不懂。

徐坤《先锋》

例(1)将"叛逆"拆分为"叛一次逆",使"叛逆"充满了动感。随之以"老人们"与"小年轻们"的逆年龄举动来印证"叛逆"在当代的可行性、现实性,富具调侃意味。例(2)将"扯淡"分拆组合成了"扯着良心发现的淡",与其说嘲讽的是"老托",不如说是看"老托"后产生如此感想的诗人。例(3)将"主义"与被拆分的"主不了义"连用,"先锋"与被拆分的"先不了锋"连用,加之"存在"与"不存在"等连用,在改变语词形式的同时改变了内容的和谐,造成了一个个对立体,对1985年艺术界充满荒诞的情形做了嘲讽。这些变形的语词颠覆了语词原有的约定俗成模式,却因体现嘲讽意味而得以重建新的平衡。语词原有词性功能的改变也可看作语词变形的一种表现,如:

"现在我总算是看明白了,有钱能使鬼推磨,什么一流歌星二流歌星的,再艺术,只要到了我这块地面上,都得听我摆弄,被我榆木墩经济来经济去的。"

徐坤《先锋》

出自经纪人榆木墩之口,原为名词的"艺术",转化成了形容词;原为名词的"经济"转化成了动词。造成了词性变形。榆木墩由先锋画家脱胎为"经纪人",很清楚现代艺术家的状态和需求,也很清楚如何"经济"他们,从中获利。这些词性转换的用法,颠覆了语词的语法功能,却在表现人物形象上得以重建新的平衡,它将榆木墩洋洋得意的口吻描绘了出来,充满了嘲讽意味。由此可见,语词的超常规使用要借助语境的参与。再如:

台上已经谢幕,观众满意居多,掌声不断。是啊,这部戏什么都有了,他薛副局负责滑稽,詹周氏负责残酷,大块头负责惊悚,而那个影子一般的同谋,则负责悬念。

蒋峰《翻案》

"负责"与"滑稽""残酷""惊悚""悬念"构成动宾关系,看似不合情理,但结合上下文语境,则其义释然。这是一出再现上海酱园弄杀夫事件的戏。警察

局薛副局因在答记者问时,确定詹周氏这样的瘦弱女人把一百公斤的丈夫
大块头杀死并大卸十六块而遭到记者的质疑,被当成滑稽的笑话。詹周氏
因被确认杀夫而与"残酷"关联,大块头因被杀并被大卸十六块而代表"惊
悚",杀夫的同谋一直到小说结束还未明了,因此成了"悬念"。因各人与事
件的关系各选用了一个词将之关联,表现了对剧情的高度概括。动宾组合
的不合情理因语境的参与而得到诠释,重获平衡。

　　语调形式的变异也造成形式与表现内容的不平衡、不对等,如:

　　"呵! 你可来电话了!"

　　"你是不是还在睡? 我昨天只睡了两个小时我快累死了什么都要
做哎呀衣服都让虫蛀了我忘了放樟脑昨天又晒了一天演出服上一个大
洞真太不幸了太不幸了太不幸我又去联系了两场演出光出租车费就花
了不计其数怎么样,我们去吧?"

刘索拉《寻找歌王》

这是"我"与女友咪咪的对话,咪咪的话语以无语音停顿方式表现,打破了句
子与句子之间应有的间隔。话语内容涉及一系列细微琐事,对这些事情的
叙述本应有句与句之间的语音停顿,却一气呵成,一个喋喋不休的"快嘴"女
孩形象跃然纸上。打破语调停顿形式的无标点表达,在与表现内容理应句
读的要求相违背的同时,又在与表达者表达情绪的相吻合中找到了合理性,
得到了平衡。如:

　　"你知道咱们那些坐机关的同学十年如一日打水扫地擦桌子上级
放个屁都得叫好越讨厌谁越得冲谁乐乐得脸都抽筋了是什么滋味吗?
你知道我为了拍个片子骗完项目骗赞助骗完审查骗观众这活儿干得有
多没劲吗——制片人都改叫'只骗人'了。再跟你说个玄的,我有个前
女友是开皮草行的参观了一次活剥水貂皮就开始夜夜做噩梦梦见自己
也被开了个口子然后啵的一声从皮里拽了出来因为这事儿她信了佛结
果还让一假冒'仁波切'财色通吃了。"

石一枫《地球之眼》

这一段话语三个以标点符号句读的长句中实际上各隐含着多个句子,无标
点形式与内容表述实际需要的停顿形式不相吻合,但却表露了说话者的心
态情绪。"我"说话的一连串不停歇,受到两个情境因素的影响,一是朋友安

小男出乎意料地告诉"我""不想干了",而安小男的工作是"我"帮他求李牧光而得到的,在"我"看来,是很理想的工作。一是此时"我"与安小男喝酒,"索性任由酒劲儿发作"。这两个因素造成"我"的话语失控,任由情绪发泄。这使无标点表述具有了合理的内核。标点使用的常规颠覆因特定情境下人物的特定心态得以重建平衡。

语词与使用对象相背离,也造成选用的形式与内容的不协调。如:

(1)初次见面时,岛村很幸运地没有把对方认错。岛村一眼就在宾馆大堂三三两两啜饮小憩的人堆里把梅分拣了出来。

徐坤《遭遇爱情》

(2)抗日战争最吃紧那几年,小地主杨金山朝思暮想的是造一个孩子,为造一个孩子而找一个合适的同谋。

刘恒《伏羲伏羲》

(3)外交部部长继续逍遥法外,他确实又放屁了,三一九满是酸味儿。

刘恒《逍遥颂》

例(1)"分拣"本用于对物品的筛选,此处却用于对人的识别,显然转换了原有的搭配对象。将岛村对即将商谈的生意对象梅的识别表现得富有风趣。例(2)"同谋"本为共同实施某种行为(一般指坏事)的合作者,此处却转指为生孩子而发生关系的异性。例(3)"逍遥法外"本指罪犯逃避应有的法律制裁,逍遥自在,此处却用来形容外交部部长放屁却没有被众人发现,显然是大词小用。这些语词的使用场合与对象相背离,却与作者调侃的语气相平衡,从而获得了审美价值。

语词具有约定俗成的情感识别倾向,改变语词能指所代表的所指情感倾向,也造成形式与表现内容对应关系的变异。可以表现为褒词贬用或贬词褒用。如:

(1)他们抬着他爬上楼梯,迈进三层宿舍区的漫长走廊,蒙冤落难的英雄终于彻底凯旋了。

(2)"你的脸上有一股出类拔萃的色情信息,对不住,我看的就是黄瓜。"

刘恒《逍遥颂》

例(1)"蒙冤落难"、"英雄"、"凯旋"本为褒义词,此处却用于形容后勤部长上厕所归来的情景。办事能力差,连上厕所都会出意外,被众人抬回到屋里的实际情景,使这些褒义词显现出嘲讽色彩。例(2)"出类拔萃"本用于形容人的卓越超群,应为褒义,此处修饰"色情信息",就转化为贬义,讽刺了总司令的人面兽心。这些语词原有的情感色彩被颠覆,却因嘲讽意味的体现重获新的平衡。

贬义褒用同样改变了语词能指形式的所指情感倾向,如:

(1)她是缺心眼儿的好姑娘。

刘恒《苍河白日梦》

(2)立冬从未想到晓叶会有两片鲜艳、美丽的嘴唇。这不是挺讨厌吗?

刘恒《心灵》

例(1)"缺心眼儿"本为贬义,指缺乏思考,此处却用于形容五铃儿单纯可爱,没有心机,含有褒扬之情。例(2)"讨厌"原用于情感的贬义倾向,此处却由前面的描写引发出喜爱的情感倾向。感情色彩的变异使用使语词的情感倾向更为突出风趣。

六　崇高与滑稽变异构建的语境差

《美学概论》从风格角度,划分出了崇高、优美、悲壮、滑稽之美,其中崇高、优美、悲壮与滑稽呈现出截然不同的风格状态,我们拟从崇高与滑稽的对立统一来展现当代小说语言在风格上的颠覆状态。

逻辑推理具有一种抽象的严肃性,充满悖论的逻辑语言实则是对逻辑严肃性的解构。王小波在其黑色幽默中便常用悖论解构了逻辑的严肃性、崇高性。如王小波《黄金时代》中有两段推理:

(1)春天里,队长说我打瞎了他家母狗的左眼,使它老是偏过头来看人,好像在跳芭蕾舞,从此后他总给我小鞋穿。我想证明我自己的清白无辜,只有以下三个途径:

①队长家不存在一只母狗;

②该母狗天生没有左眼;

③我是无手之人,不能持枪射击。

结果是三条一条也不成立。队长家确有一棕色母狗,该母狗的左眼确是后天打瞎,而我不但能持枪射击,而且枪法极精。

(2)可是陈清扬又从山上跑下来找我。原来又有了另一种传闻,说她在和我搞破鞋。她要我给出我们清白无辜的证明。我说,要证明我们无辜,只有证明以下两点:

①陈清扬是处女;

②我是天阉之人,没有性交能力。

这两点都难以证明。所以我们不能证明自己无辜。……

将调侃语调隐藏在貌似严肃的推理话语中,显示了作者的睿智与机变。例(1)究竟是否"我"打瞎了队长家母狗的左眼,"我"用的是逆向排除推理法。无法排除所设的三个条件,以至于"我"自己都无法证明"我"没有打瞎队长家母狗的左眼。但实际上,逆向排除法应该排除所有的可能,才能得出正确的结论。而"我"所设的三个条件不但没能包括所有的可能(如他人所打),而且显而易见是荒谬的。由排除荒谬的条件,进而得出的结论也显而易见是荒谬的。这就使严肃的逻辑推理沦落为荒诞的文字游戏。例(2)虽然不是用排除法,而是用了肯定选择,但得出的结论同样是荒谬的。因为这两个条件也并非涵盖所有的条件。陈清扬不是处女,并不能证明就是与"我"发生性关系。以荒谬的肯定性条件推理,得出的结论也显然是荒谬的。以严肃的推理形式来论证社会生活中的家长里短,已是解构了逻辑推理的严肃性、崇高性。推理逻辑中显而易见的荒谬又从更深的层次对崇高进行了解构,这就是真理被颠覆了,人的正常的话语权被颠覆了。而这是在"文革"时空背景下所发生的,与特定时空关联而具有了另一层面的平衡。这一平衡又因体现对"文革"社会现象的莫大讽刺而具有了审美价值。社会生活中的荒谬论证了历史的荒谬性。"实际上我什么都不能证明,除了那些不需证明的东西",这显然是悖论,是无可奈何下的自我辩白,在"文革"这一社会背景下,这样的辩白显得如此无力。作品中的人物无法辨明事实真相,读者则通过"我"以叙述者亦即故事中人物的上下文陈述明了真相,"队长要是能惹得起罗小四,也不会认准了是我。所以我保持沉默。沉默就是默认"。缺乏权势的弱势个体在权势倾轧下丧失了正当的话语权,只能以荒谬的逻辑推理来论证不真实的事实,聊以自慰,聊以解嘲。这就是王小波的黑色幽默,将痛苦、无奈、无法倾泻的呐喊隐藏在滑稽的充满荒诞的逻辑话语中,颠覆逻辑性的崇高严肃的同时,颠覆了历史的庄重感。

严肃的逻辑推理中隐含着滑稽,缺乏关联的非推理陈述中也隐含着滑稽,体现了王小波调控黑色幽默的能力。调侃的语言还体现在《黄金时代》

中多处的滑稽比喻。在描述女主人公陈清扬被诬蔑为破鞋时,王小波就用了这样的比喻:

> 问题不在于破鞋好不好,而在于她根本不是破鞋。就如一只猫不是一只狗一样。假如一只猫被人叫成一只狗,它也会感到很不自在。现在大家都管她叫破鞋,弄得她魂不守舍,几乎连自己是谁都不知道了。

对人品性质的界定关乎人的清白,也应该是严肃的,但作者却用了动物名称的误读为喻,显然是滑稽可笑的。在看似荒诞不经的语言背后隐藏着将人的身份地位降低到与动物同样卑微的寓意。人与物混为一体所产生的不平衡却因生成于"文革"荒诞年代,而得到了与时代相匹配的平衡。不正常反而是正常的,是那个荒诞年代的产物。人的名誉被践踏,人格遭受屈辱,沦落为连动物都不如的悲惨境遇,是人的不幸,更是时代的不幸。陈望道曾将滑稽从源头分为客观的滑稽和主观的滑稽。客观的滑稽是"并非特意装它,不知不觉成为滑稽的",是"自然而然"形成的。主观的滑稽则是"故意地装成,故意地将滑稽装给别人看的"。①《黄金时代》所表现出来的滑稽应该算是主观的滑稽,将"文革"中的各种灾难以"滑稽"的状态呈现于人们面前。作者调配语言,有意将滑稽"装给别人看的",但由于其语言调配功力,又呈现出"自然而然"的效果。在表现这个特定时代的深重灾难、深重不幸时王小波用了举轻若重、举重若轻的叙述语调,把严肃的、崇高的事写得荒诞,荒诞的事写得一本正经,极尽调侃嘲弄之能事,颠覆了自然常规中轻与重、美与丑、褒与贬、好与坏之间的概念,产生一种超越常态的变异效果。王小波对此曾有个自述:"在我的小说里……真正的主题,还是对人的生存状态的反思。其中最主要的一个逻辑是:我们的生活有这么多的障碍,真他妈的有意思。这种逻辑就叫作黑色幽默。我觉得黑色幽默是我的气质,是天生的。我小说里的人也总是在笑,从来就不哭,我以为这样比较有趣"。② 实际上,王小波笔下人物的"笑"与"哭"也是相对的,笑是含泪的笑,哭是含笑的哭。作者以冷峻的"笑"叙述灾难,表现灾难,将对人性的沉重反思寓于轻佻的议论之中。"幽默是冷峻,然而在冷峻背后与里面有'热'"③,这个"热"是作者

---

① 陈望道:《陈望道学术著作五种》,复旦大学中国语言文学研究所编,复旦大学中国语言文学研究所编,复旦大学出版社,2005 年,第 128 页。

② 王小波:《从〈黄金时代〉谈小说艺术》,《王小波全集》(第二卷),北京理工大学出版社,2009年,第 64 页。

③ 宗白华:《艺境》,安徽教育出版社,2006 年,第 158 页。

对人生存状态的反思，对人性回归的向往。王小波以语境差构成其语言组合特色，又以对立中的统一重新建构不平衡中的平衡，从而体现其审美价值。

如果说，悖论是在逻辑推理的掩饰下表现荒谬滑稽的内容，那么，有时崇高严肃的内容则通过荒诞滑稽状态来显示。刘索拉《寻找歌王》中有一段录音公司代理人的长篇大论：

> "不许想法太多不许花样太多不许傲气太多，不许大声喊不许放声唱不许粗野不许复杂不许让人听不懂不许让人学不会不许个性太强不许标新立异不许真动感情不许无动于衷不许没有微笑不许眯起眼睛不许咧开大嘴不许肌肉变形不许苛求旋律不许讲究和声不许拒绝发嗲不许拒绝调情不许要求过高不许什么都懂不必择词不必作曲不许配器忘掉歌剧式的拐弯儿旋律忘掉不值钱的复调和声忘掉山里的粗俗民谣除非香港大师唱过或把它加了工同样就合作不同意就拉倒固执己见管不了饭签不签字你们看着办我难道会亏待你们吗？"
>
> 刘索拉《寻找歌王》

倡导音乐理念的崇高话题，却以多个"不许"关联起无标点停顿的一系列话语，使话语所表现的内容由崇高变异为荒诞滑稽。毫无音乐理念，盲目追随香港音乐制作的代理人故作高深、自以为是的嘴脸就暴露在这一荒诞滑稽的话语形式中。制造荒诞滑稽的语言形式具有多种状态，如果说，上例主要由无标点形式构成滑稽，王蒙的微型小说《成语新编·高山流水》中，则以观众欢呼雀跃的多标点停顿形式来展现滑稽荒诞。"演奏钢琴半辈子，无声无响"的于老牙于五十岁生日时，申请到狐臭露公司赞助，搞了一次个人音乐会。弹奏《热情》苏塔娜奏鸣曲，被于老牙视为高雅的音乐，却被公司老板用来宣传狐臭露。于老牙对音乐的崇高追求与商业化现实的低俗盈利构成强烈的反差，基于这一反差，王蒙进而以于老牙演奏现状的"一塌糊涂"与观众反响的热烈构成反差：

> (1)"而我们这儿弹《热情》是为了狐臭，为了广告，为了阿堵物！见鬼去吧，你骗人的药水，见鬼去吧，你倾人的艺术……"他老泪纵横地痛骂着。故意不按乐谱弹，音阶、节奏、力度、和声……全都弹得一塌糊涂，他干脆握拳向琴键乱擂乱砸，趁着一连串杂音强音噪音，他破口大骂，把半个世纪学会的脏话荤话全倾泻了出来。

　　(2)掌声如雷,全场起立,暴风雨般地欢呼:"于老牙!狐臭露!狐臭露!于老牙!牙!露!牙!露!牙!牙!牙!露!露!露!……"

　　例(1)于老牙因对高雅音乐沦落为低俗商业服务的不满情绪而愤怒发泄,故意"弹得一塌糊涂",并"破口大骂","倾泻""半个世纪学会的脏话荤话",这种解构了音乐崇高性的举动,却引起观众的狂热捧场。例(2)观众的狂欢话语以多标点停顿的方式表现,充满了滑稽荒诞。这场闹剧由几对矛盾的对立体构成:于老牙演奏传播高雅音乐的主观目的与主办方低俗的商业目的,精神物质的高雅音乐与商业物质的狐臭露,高雅的音乐与低俗的骂人话,夹杂泄愤的变味音乐与盲目起哄的无知观众,于老牙的愤懑与观众的欢呼,滑稽荒诞的音乐演奏与观众更为滑稽荒诞的接受,无不形成对立,构成荒诞。荒诞与特定时代的某种社会风气相吻合,于荒诞中充溢着浓烈的批判色彩,使对立的差异中呈现出审美层面的平衡。《成语新编》在解构成语的高雅性时,常常制造崇高语境与荒诞语境的对立,在两种语境对比中产生强烈的幽默意味。《三人行必有吾师》中,医学事业的崇高与王、李、赵三人观点的荒诞形成对比。文本以 30 年前后为界。30 年前,张先生向王、李、赵三人求教,得到的是迥异的观点。三人对观点的阐述充满了荒诞,这一荒诞却以冠冕堂皇的语言一本正经地表达,已然解构了医学事业的崇高性。小说后半部分则是 30 年后三人的发展状况。三人你争我斗,竟能在医学界各领风骚一时。这是对前面荒诞观点的延续,也是对前面荒诞的背离。如果说,三人的医学观点是荒谬的,那就不可能产生后面事业的辉煌,然而,他们却辉煌了,这不能不说是一种莫大的讽刺。荒诞语境越夸张越容易消解崇高,作者将三人放置在医学这一崇高的背景中,使荒诞与崇高形成对比,更显出其荒诞性。徐坤的《先锋》中塑造了艺术家的形象,在艺术这一高雅背景中的人物形象充满了荒诞。仅以 1989 年"艺坛大比武"的描写片段为例,汉字书法家、小说家、诗人、交响乐队、演话剧的、唱京戏的先后出场,作为废墟画家们的衬托。出场的每一个片段都充满了荒诞:

　　(1)接着来的就是小说家,小说家的事业是人类工程师的事业。小说家一手拿着泥抹子,一手拎着水泥桶,把 12345678 个阿拉伯数目字儿一层层地往起码。码完了,还剩一个 9,9 自手。一条龙上停,推倒,和了。自己连喝几声彩,用帽子转圈向围观者收了那么十几张票子,点了点,还略有个小赚,不由得心满意足。

　　(2)而后上台的是诗人。诗人在古典的阳光辐射下纷纷受孕,在遥远的瞎想年代里喝着祖宗的羊水，产下一批批面目模糊的黄种试管婴儿。还未等满月呢就插上草标急着卖孩子，丫头小子被贩子们抱走时诗人们还假模假样地大哭小叫，待到人走远了，这才抹抹鼻涕，把钱偷偷掖了裤腰。

仅节选这两个片段，便可感受到荒诞滑稽的风味。小说家、诗人这些高雅的身份角色，被冠以滑稽搞笑的动作行为和心态，便解构了艺术的神圣与崇高。在一个层面的解构中完成了另一层面的平衡，作者以游戏方式轻松快乐地展现了荒诞，辛辣尖锐地嘲讽了八九十年代一些知识分子的丑态。

改变语词原有的高雅用途，移作他用，也使语词的高雅与用途的滑稽荒诞形成了对立，在解构高雅的同时体现出荒诞，进而达到重新建构的审美层面的平衡。王蒙《成语新编》在解构了成语原有含义与用途的同时，造成了高雅语言与滑稽荒诞用途之间的对立，从而传递了嘲讽意味。如《老鼠过街，人人喊打》中，一只"天资聪颖"的老鼠，"公费留学三载，自费留学两年，获得了一个博士四个硕士学位"，成了语言学家。它将鼠辈的灾难，归结到"老鼠过街，人人喊打"之类的成语，于是意欲改变成语。小说写改变的方法，用了一系列包括成语在内的四字格：

> 众鼠献计，无非送礼感化、鼠疫威胁、偷梁换柱、乘虚而入、过河拆桥、卸磨杀驴、拉群结伙、大言不惭、呼风唤雾、撒豆成兵、气势汹汹、制造假象、拉旗为皮、结成死党、兵不厌诈、话不厌大、闹而优胜、厚面无皮、不入猫穴、焉得猫子、哭哭笑笑、自卖自夸诸法。

其中的成语，有些保留原形，有些则改变了原有形式。22 个四字格鱼龙混杂，而又自相矛盾，表现了鼠辈软硬兼施的伎俩。成语经过鼠类的这么一使用，不论哪种情况，都解构了成语的经典高雅。最后，罗列了成语词典上改过来的有关条目：

> "老鼠过街，人人喊打"，改为"老鼠过街，人人喝彩"，或"老鼠过街，人人称快"，或"老鼠过街，人人欢呼"等等。"狗拿耗子，多管闲事"，改为"耗子打狗，理所应该"，或"耗子育狗，狗才如云"，或"狗见耗子，五体投地"等。"是猫就避鼠"，改为"凡是猫都怕老鼠"，或"是猫就爱鼠"，或"是鼠就避猫"等。
>
> "鼠辈"，改为"鼠公""鼠贵""鼠家""鼠长""鼠兄""鼠爷"等。

"鼠目寸光",改为"猫目寸光",以正鼠名,以报世仇。也有的出版商将此成语改为"虎目寸光"以增加成语的现代感者。

"胆小如鼠",改为"胆小如虎""胆小如象",或者"胆大如鼠""神勇如鼠"等等……

改后的结果是"众鼠欢呼,以为从此安全荣耀。它们不再潜伏鼠洞,不再昼藏夜行,不再避猫躲狗,不再自惭形秽,而是大模大样,登堂入室,吃香喝辣,衣锦荣游,耀武扬威,颐指气使……"。文本以"后来这一批老鼠下落不明"为结,与上文鼠辈们闹哄哄修改成语的行为相映相衬,充满了诙谐嘲讽色彩。

崇高与滑稽并存,可能以一种相辅相成的方式相互融入,使其对立统一在互相渗透中交织呈现。死亡是个沉重严肃的话题,以荒诞的形式来表现,也构成了严肃与滑稽的对立,并可能于内容的展现升华为崇高。余华《第七天》开篇就以这种对立为整个文本叙述视角定下了基调:

> 浓雾弥漫之时,我走出了出租屋,在空虚混沌的城市里孑孓而行。我要去的地方名叫殡仪馆,这是它现在的名字,它过去的名字叫火葬场。我得到一个通知,让我早晨九点之前赶到殡仪馆,我的火化时间预约在九点半。
>
> 昨夜响了一宵倒塌的声音,轰然声连接着轰然声,仿佛一幢一幢房屋疲惫不堪之后躺下了。我在持续的轰然声里似睡非睡,天亮后打开屋门时轰然声突然消失,我开门的动作似乎是关上轰然声的开关。随后看到门上贴着这张通知我去殡仪馆火化的纸条,上面的字在雾中湿润模糊,还有两张纸条是十多天前贴上去的,通知我去缴纳电费和水费。

"我"以逝者身份作为故事叙事者,开始了故事的讲述。小说以从第一天到第七天的讲述为叙事时间,实际的故事时间跨越了数十年。其间涉及与妻子李青的相识相恋,结婚离婚;养父杨金彪一辈子的抚育之恩;回归生父生母家庭的短暂生活;出租屋结识的年轻恋人伍超与鼠妹的故事。这些故事又在人间与阴间两个时空穿梭。小说结束在"我"和伍超的阴间相会:

> 伍超的声音戛然而止,他停止前行的步伐,眼睛眺望前方,他的脸

上出现诧异的神色,他看到了我曾经在这里见到的情景——水在流淌,青草遍地,树木茂盛,树枝上结满了有核的果子,树叶都是心脏的模样,它们抖动时也是心脏跳动的节奏。很多的人,很多只剩下骨骼的人,还有一些有肉体的人,在那里走来走去。

他惊讶地向我转过身来,疑惑的表情似乎是在向我询问。我对他说,走过去吧,那里树叶会向你招手,石头会向你微笑,河水会向你问候。那里没有贫贱也没有富贵,没有悲伤也没有疼痛,没有仇也没有恨……那里人人死而平等。

他问:"那是什么地方?"

我说:"死无葬身之地。"

逝者作为故事的叙述者,为小说讲述奠定了荒诞的基调。在故事叙述中活人与活人交际,活人与死人交际,死人与死人交际的对话模式也呈现了荒诞,这就解构了死亡这一话题的沉重性和严肃性。然而,从故事所表现出的社会底层的亲情、爱情来说,于荒诞中体现出的是崇高的人间真情。生活于社会底层,经济基础缺乏,并不等于精神情感的匮乏。养父杨金彪为了抚养"我",放弃了即将结婚的女友;鼠妹因男友伍超拿山寨的 iPhone 骗她而欲跳楼,失足身亡,伍超卖肾为鼠妹购买墓地。如此种种,"我"所讲述的故事中充满了人间亲情爱情,这使得荒诞的讲述中充溢着崇高的人间情感,荒诞由此升华为崇高。被颠覆的荒诞的故事讲述模式在人间真情现实存现中得以平衡的重新建构。

陈望道的美学理论与修辞学理论是相互关联的,《美学概论》中所概括的美的六个种类,为揭示当代小说修辞性语境差的辩证审美提供了辩证分析的理论基础。在体现美学与修辞学学科互融的理论与实证分析可行性的同时,扩大了相关学科融合的视野,提升了理论深度。

第三节　审美视角下的表达与接受语境差

本节在审美视角下考察小说语境差中存现的交际系统。注重修辞表达,也注重修辞接受,源自陈望道修辞学思想,宗廷虎、李金苓等人又将之发扬光大。陈望道对听读者及接受活动的重视,体现在其《修辞学发凡》及《陈望道修辞论集》中为数众多、但分散的论述中。宗廷虎、赵毅在对陈望道理论悉心研究中,敏锐地看出:"陈望道先生对于听读者的研究构成了其修辞理论的重要一环,但同时又是相对薄弱的一环。"①他们以修辞学史家的敏锐目光,意识到"展开对日常交际过程中的言语接受研究,无论是对修辞学还是对相关学科来说,都是一项十分重要和紧迫的任务"。② 宗廷虎、李金苓等人针对陈望道理论的薄弱环节,以及"听读者研究"这一环节在"以后长期的汉语修辞学史中失落了"的研究缺陷,提出对修辞学研究"言语交际全过程"范围的纲领性的看法:"理解修辞的思想,应该贯穿在修辞研究的多个领域。"③他们看出了"在修辞学范畴内进行接受研究,可以继承的东西不多,可资借鉴的却有"。④ 这一修辞接受可资借鉴的是其他边缘学科理论,如解释学哲学、接受美学以及心理学等学科。这说明,他们所提倡的理解修辞理论中,又渗透着多边缘学科交融的理念。在将美学理论与修辞学理论对接时,他们既注意到辩证观点的渗透,从审美对象和审美者——人的审美意识,对美学与修辞学的渗透加以阐述;而且从表达接受的双向角度,对审美对象和审美者间的辩证关系加以深入分析,指出:"修辞学不论是从听读者的角度,研究怎样的语言表达,才能引起美的共鸣;还是从写说者的角度,研究怎样通过修辞技巧的运用,做到语言美,都要既牵涉到审美者的问题,又关系到审美对象的问题。"⑤这些理论,说明了修辞研究与美学的密切关系,说明了表达与接受作为修辞学双翼的客观存在,也说明了其研究的重要性。这就是我们将表达与接受作为一个专题加以探讨的理论根基。

将小说的生成与读解视为言语交际,这一交际系统存在着比日常言语交际系统更为复杂的情况。小说所构建的是一个虚拟的世界。海德格尔曾指出:"作品存在意味着缔建一个世界。"⑥这说明作品的世界是人为"缔建"出来的,它并非等同于现实的客观世界。虽然,小说虚拟世界是在现实世界基础上生成的,但同时"虚构"这一主要手法又使得虚拟世界形成了对现实世界的颠覆。苏童以其创作体验说明了语言文字与所制造的虚拟世界之间的"缔建"性:"我的专业就是玩汉字,把一个个的字积木式地堆成宝塔,码成

---

① 宗廷虎,赵毅:《弘扬陈望道修辞理论,开展言语接收研究》,《宗廷虎修辞论集》,吉林教育出版社,2003年,第204页。

② 同上,第211页。

③ 宗廷虎,李金苓:《陈望道先生的理解修辞伦》,《宗廷虎修辞论集》,吉林教育出版社,2003年,第216页。

④ 宗廷虎,赵毅:《弘扬陈望道修辞理论,开展言语接收研究》,《宗廷虎修辞论集》,吉林教育出版社,2003年,第209页。

⑤ 宗廷虎:《边缘学科的特殊理论营养——论修辞学的哲学基础及其他理论来源》,《宗廷虎修辞论集》吉林教育出版社,2003年,第92页。

⑥ 〔德〕马丁·海德格尔:《人,诗意地安居》,郜元宝译,上海远东出版社,2004年,第101页。

四合院,排成小火车,堆成一座山,架成独木桥。"①一个"玩"字体现了写作过程的"缔建"性。"宝塔""四合院""小火车""一座山""独木桥",这就是作家所"缔建"出的一个个形体各异、神态各异、风格各异的充满奇幻色彩的小说虚拟世界。

在小说这样一个虚拟的世界,其交际系统呈现出多层面、多角色的复杂性,因此,对这一交际系统的考察理当呈现多方位、多角度。布斯曾在《小说修辞学》一书从文艺学的角度对作者的叙述技巧、小说的阅读效果等问题进行探究,涉及了作者与读者的交际问题。他主要从叙述声音、叙述人称、叙述视角等方面分析了参与小说修辞的各种运作方式和意义。②冯黎明在《论文学话语与语境的关系》中也看到了文学话语的言语交际性质,他认为:"语言表达式的意义来自于它和语境的关系。对文学话语的意义诠释也必须从话语与语境的关系入手。文学话语是一种可理解性的独创话语,是一种内指称的陈述话语,也是一种交流对象缺席的话语。其语境由三个因素构成:言辞在元语言层面上的历史规定性语域、文本中众多话语集合而成的话语丛林、虚拟的交流情景。而文学话语与语境的关系也体现为三种形态:语境定义与话语突围的对抗、语境朗现与话语直陈的协调、语境遮蔽与话语隐喻化之间的疏远。"③在这些话语与语境的关系中,自然也涉及了作者与读者的双向交际问题。这说明作品中的交际关系在作品中的分量,也说明研究者们已经在一定程度关注到了作品的言语交际关系。我们拟从表达与接受的多重交际关系考察修辞性语境差现象,其中涉及了小说言语交际系统中的各对交际关系与交际状态。④

一 叙事者与解读者的语境差

从言语交际视角对小说虚拟世界进行审视,其言语交际系统呈现出两个上位层面。

其一是虚拟世界中各对人物之间的交际,这是小说虚拟世界中的内部关系。这一内部关系中又存在着多对人物之间的下位关系。这些关系,我们将在小说对话部分加以考察。其二是叙事者与解读者之间的交际,这是小说世界的外部关系。但内外部是相互关联的,两个层面之间又呈现互为

---

① 苏童:《永远的影子》,人民文学 1988 年第 5 期。
② 〔美〕W. C. 布斯:《小说修辞学》,华明、胡晓苏、周宪等译,北京大学出版社,1987 年。
③ 冯黎明:《论文学话语与语境的关系》,《文艺研究》2002 年第 6 期。
④ 祝敏青曾在《小说辞章学》一书中对小说言语交际系统两对交际关系(创作者与解读者;作品人物间)状态加以说明。参见《小说辞章学》,海峡文艺出版社,2000 年,第 250—253 页。

交叉的交际。这是由于叙事者与解读者的交际凭借是作品人物。就这一意义而言,叙事者与人物,解读者与人物又处在交际关系中。冯黎明将文学话语视作"交流对象缺席的话语",①这从某种程度肯定了文学话语的交际性质,但交际对象是否缺席,却应具体分析。当小说处于创作时期,交际对象——小说解读者应是显性缺席,因解读者还未进入小说虚拟世界交际现场。但并不排除叙事者叙事时与心中的解读者交际,就这一意义而言,解读者可能是隐性在场的,这就是我们将其视为"显性缺席"的原因。当小说被读者解读的情况下,解读者显性在场,而小说叙事者则呈隐性在场状态。这说明,不管在哪个阶段,都存在着叙事者与解读者两对关系。我们对小说虚拟语境的审美考察,主要是就小说文本进入解读状态下的。在这种状态下,叙事者与解读者凭借作品人物进行交际。交际语境可能是和谐的,也可能是相互背离的。

我们先就叙事者与解读者之间的语境差来审视语境差的审美。当叙事者将语境差作为一种修辞策略时,势必是一种有意而为之的行为,因此,他们往往利用语言,有意制造与解读者的差异,造成表达与解读的逆差。作为修辞性的语境差,这种逆差往往在后续语境的参与下消解。以暂时性的语境颠覆对解读者的解读造成不平衡的冲击,又以语境综合因素的参与重建新的平衡,以达到特有的修辞效果。如逆向的语义预设、模糊造成的语义障碍、偏离常规的错位搭配等,可能造成解读者心理期待的扑空、语义接受的受阻、背离习惯的语感变异等。

逆向的语境预设可能造成解读者心理期待的扑空,虽然这可能只是暂时性的误差,后续语境可能出场解救,消除误差,但这种叙事的跌宕足以造成解读者阅读期待中的新鲜感。冯黎明曾指出话语对语境的突围给予读者的新鲜:"话语对语境的突围不仅表现在对语境中历史因素的颠覆,也表现在单个话语对文本话语丛林的反抗。在一部好的文学作品中,我们永远不知道下边要读的话语有着怎样新奇的意义,因为我们无法依据已进入阅读视界的话语的集成意义来逻辑地推断新话语的意义。"②叙事者的巧妙叙事让解读者有所期待、有所落空,又有所新的收获。

语境预设不仅涉及情节结构的设置,而且涉及语言符号的生成。因为情节结构首先是基于语言基础上产生的。语境预设即语言符号所制造的后续导向。预设可能是顺向的,也可能是逆向的。顺向的预设引导解读者正

---

① 冯黎明:《论文学话语与语境的关系》,《文艺研究》2002 年第 6 期。
② 同上。

确的、顺利的解读情节发展脉络，逆向的则引领解读往错误方向进行，可能导致解读的失误。但这种失误却以上下文的颠覆制造了情节结构的跌宕起伏，在打破解读者预期期待的同时，给人一种柳暗花明的阅读惊喜。语境预设的逆向为当代小说表现当代社会纷呈复杂世态的题材提供了相适切的手法。裘山山《死亡设置》以情节结构的跌宕吸引了众多读者，这种跌宕就是由叙事者在小说前面大篇幅的渲染与结局之间的反差造成的。故事围绕着袁红莉半夜在小区车库中遇袭身亡的情节展开。在警察调查的三个人中，丈夫陆锡明嫌疑最大，叙事者从多方位、多角度将读者引导到陆锡明是凶手的思路上。一是事发后陆锡明的神情，这是从警察简向东眼中所见：

> 简向东第一眼见到陆锡明时，感觉他虽然眉头紧蹙，但并不是特别难过的样子。他见过很多被害者家属，多数的神情是悲痛不已，无法控制。但陆锡明给人的感觉就是心烦意乱，仿佛遇到了一个大麻烦了，脑门上恨不能写一个"糟"字。

再一是警察所见的家中的环境：

> 首先家里一张夫妻合影都没有，这对结婚才几年的夫妻来说比较少见，其次他们显然是分居的，书房里也铺着一张床，枕头被子齐全，枕边还有两本书。已经是异床异梦。

除此之外，警察的调查对象、调查结果也无一不将凶手指向陆锡明。一是袁红莉闺密伍晶晶的心理活动描写及向警方提供的线索：

> (1)伍晶晶心里响起袁红莉说的那句话：如果哪天我突然死了，肯定就是他杀的，晶晶你一定要记住。
> (2)后来袁红莉终于发现，自己之所以流产，是有人把打胎药混在了她每天都要喝的蛋白粉里！她当然认为是陆锡明干的，这个家还能有谁？但陆锡明死不承认，还说是袁红莉诬陷他，没有证据。
> 袁红莉如此顽强地拖着陆锡明，陆锡明难道不恨她吗？肯定恨得牙痒痒。那么，一定会找机会杀死他的。
> 伍晶晶几乎可以肯定，是陆锡明杀死了莉姐。
> (3)那么，如果是熟人作案，死者的丈夫显然最有嫌疑。根据死者闺密伍晶晶反映，他们夫妻关系极差，死者丈夫要离婚，死者坚决不同

意,闹了一年多了,已经分居。

又一是警方接到的袁红莉律师威尔的匿名电话,也将凶手指向陆锡明。这种指向从小说开篇,一直延续到即将结束,将结束时的叙事目标指向几乎是确切的:

> 原来,田野在调出的死者通话记录上,吃惊地发现,案发那个晚上,陆锡明竟然给死者打过三个电话! 分别是晚上 10 点 37,10 点 45,10 点 51。前两个电话未接,第三个接了,通话时间只有十几秒。另外还发过两条短信,时间分别是 10 点 40,11 点。不过看不到内容。
>
> 之后袁红莉出门,遇害。
>
> 这说明,袁红莉匆忙跑出去,是因为接到了陆锡明的电话! 陆锡明就是袁红莉生前的最后联系人。
>
> 但陆锡明却说他完全不知情,还说他听见她接电话要去看电影。
>
> 陆锡明在撒谎,而且是在关键的问题上撒谎,这让他的嫌疑陡然增加。那个一直困惑简向东的问题,即死者为什么深夜匆忙外出,终于有了解释。

加之陆锡明晚上所在的酒店的监控录像也说明其"既有作案动机,又有作案时间",警方一步步将嫌疑人锁定陆锡明。随着叙事者的引领,读者眼前的凶手形象越来越清晰。可情节在即将结束时突然逆转,就在陆锡明百口莫辩之时,真正的凶手小区保安张建国落网,真相大白。故事落差在前面大篇幅复杂的描绘与简单的破案结果之间,叙事者以清淡的笔调体现这一落差:"如此简单,简单到跟他们前面调查的所有证据都不搭。"原来,死者袁红莉为了"捉奸",将陆锡明手机上自己的电话号码与陆锡明情人文敏的对调,造成了"死亡设置"。使她在外出捉奸时偶然遇害。当然,在语境差设置的同时,叙事者并未忘记故事的合理性,注意在反差的同时留有逆转的空间。文本第 3 节是对陆锡明处境及心理的描绘,从陆锡明视角显示了其无辜。但又与前后的描述造成反差,使情节真真假假、虚虚实实。叙事者最后以警察的话语对袁红莉行为的荒诞做了嘲讽:"这个傻婆娘,她也不想想,既然她更换了自己和文敏的号码,文敏就不可能收到陆锡明的短信,她还去抓什么现行? 真蠢透了!"这实际上也是对语境落差合理性的注解。真相大白之时,也就是语境差异消除、平衡重新建构之时。但差异的不平衡与平衡之间的对立统一关系,却是体现在整个文本之中。语境差的生成、解读、审美也体现在由文本整体所构建的从不平衡到平衡转化的全过程。

叙事者以语境逆向预设的手法制造故事情节的跌宕,已成为诸多小说情节设置的手法。在这种手法中所展现的时间与空间关系往往是复杂的,"对空间的多维透视使得小说只能在时间上的加倍延长作为基础。这就带来一个接受阈限和阅读临界点的问题……",①这说明,在时空因素影响下产生的语境差对读者可能造成叙事解读的干扰。孙春平《东北军独立一师》讲述了"我"的太爷爷佟国良、太叔叔佟国俊在抗战时期的故事,故事纵贯"我"爷爷近乎老年痴呆时的讲述,追溯抗战时期家族故事的全过程。故事叙事前期"我"在故乡北口图书馆所查找的记录是"弑兄霸嫂 恶贯满盈恶徒佟国俊今日伏法",这就为两个兄弟的形象定下了基调,也将解读者引导到人物形象定位的错位指向。历史与现实的时间差异使解读者跟随"我"——故事叙述者也是故事人物的足迹一步步探访历史,结果与这一刊载信息截然相反,佟国俊是抗日英雄,他以"独立一师"的身份诛杀日本人,以报国恨家仇。佟国良为掩护他而壮烈牺牲。抗战胜利,佟国俊却被国民党警察局长以莫须有的罪名杀害。人物形象、故事情节前后的反差是巨大的。前面的谬误设置给了解读者一个误导,也给解读者制造了历史真相的扑朔迷离,吸引着读者跟随探访,领略历史冤案的惨痛,为英雄的悲剧扼腕。人物形象的被颠覆是叙事者通过对历史的追溯构成的,颠覆的平衡回归也是通过回溯历史来体现。就这一意义而言,从颠覆到平衡是由文本上下文语境所体现,上下文语境因事件的差异而构成了不平衡,故事情节的跌宕起伏由此展现。文本的审美价值则生成于从颠覆到平衡的全过程。解读者经历了事件颠覆的误导,也经历了真相回归的醒悟,从而体验了由颠覆到平衡所传递的审美信息。

如果说,以上二例是造成文本整体情节的落差,那么,有的文本中作者设置的逆向预设则是出现在情节局部的反差。曹军庆的《下水面馆》以倒台贪官谢坚强为核心人物,讲述了与之关联的妻子宋春秀、情人林小红、宿敌段瑞松、杀父仇人苏振邦及嫁给苏振邦的母亲之间的故事。谢坚强对杀父仇人苏振邦的仇恨,对母亲嫁给苏振邦的怨恨是其中的部分情节。叙事者对这一人物关系的情节设置是以语境差造成跌宕进行的。小说叙述的杀人情节自始至终是一致的,即真实的,但杀人原因却产生了语境颠覆。谢坚强两岁那年,父亲的好友苏振邦残暴地杀害了父亲,"他将一枚长钉子从脑门心那里钉入父亲的脑袋。用砖头砸烂他的脸。然后他气定神闲地向警方自

---

① 徐岱:《艺术的精神》,首都师范大学出版社,2001 年,第 117 页。

首。"后因出示了"父亲的遗书——或者叫授权书",说明"苏振邦的所作所为源于父亲的请求"而获有期徒刑十三年。父亲请求的真相在作者的叙事开头是模糊的,致使解读者误以为是父亲病重所致。但在母亲临终的讲述中才真相大白,原来,父亲谢海生是因"不光偷情,强奸幼女","同时还背负着两条人命"而"内心不得安宁,罪孽深重活不下去"而恳求好友"了断"。前后原因的反差既颠覆了父亲在谢坚强心目中的形象,也颠覆了苏振邦的形象,并导致谢坚强与母亲关系的改变。小说以《下水面馆》为题,但下水面馆的主人苏振邦并非主要人物,而是协同完成围绕着谢坚强这一核心人物的故事,因此,与其相关的杀人情节只是构成了文本整体中的一个局部语境差。但这一局部语境差作为故事的情节之一,对于核心人物谢坚强心路历程的揭示,其中所蕴含的人性的哲理还是能够引起解读者强烈的心理震撼。

　　小说世界的虚拟性为虚幻的描写提供了空间场所,虚幻以一种模糊的语义生成造成解读者可能的接收模糊,语境差生成,解读因此而受阻。曹军庆《下水面馆》结尾部分展示了谢坚强和林小红的两个梦境。梦中梦的讲述形式使梦境的主体不同,讲述者却为同一人,两个主体的梦境还是相互关联的:

　　　　"我梦见你正在做梦,"林小红说,"我梦到你的梦境了,我清清楚楚地看到你所做的梦。我看见你梦到宋春秀。宋春秀在你梦里悔罪,她要杀了段瑞松求得你原谅。她果真杀了他,拎着他的人头来敲你的门。咚咚咚,我看见你从梦中惊醒了。"

　　　　是这个梦,谢坚强记起来了。因为听到有人敲门,他便一骨碌起床开了门。开了门却又不知何故,于是倚在门上怅然若失。

　　　　林小红接着说,"我的梦还在继续。宋春秀没杀段瑞松,可是她在伪造杀人现场。她把红色油漆泼在地上,溅上墙壁,并且也泼满自己全身。红油漆像极了鲜血,宋春秀恐怖狰狞。然后我也醒来了。"

林小红的梦里套叠着谢坚强的梦,林小红的讲述与作者的叙事话语相结合使二者关联。梦中之梦显然是虚幻的。林小红的梦境以自身的颠覆造成对谢坚强梦境的否定。宋春秀"杀"与"没杀"段瑞松在林小红梦中构成了语境差,也在林小红与谢坚强二人中构成了语境差。叙事者的这一语境差设置显然让情节处于模糊之中,解读者可以借助语境对人物、事件的走向加以猜测模拟。叙事者虚设的两种情景是基于前面宋春秀为帮助谢坚强而委身段瑞松的情节设置,前面的情节在小说文本世界中是现实的,叙事者却以两个虚幻的梦境来续写情节的发展,这就为解读者提供了宽阔的解读思路和空间。尽管解读有可能造成与叙事者原意的背离,但在信息扩容上却有着自己独到的功效。小说结尾:"母亲去世了,苏振邦也将注定不知所终。谢坚强从苏振邦的唇语中读到过,他知道结果。城里再也找不着一个没有招牌——却又人人都知道它叫下水面馆的地方了。他们会去哪里吃早点呢?这虽然不是一个问题,可是既然谢坚强想到了,它的确就是一个问题。"随着下水面馆的消失,人们吃早点的问题又给读者留下了一个虚幻的想象空间。这个空间留给人们的是吃早点的问题,还是对下水面馆现实中的曾经存在,虚幻中的悄然消失的一种缅怀和记忆? 这就是模糊描写带给读者的多种联想空间。虽然语境差并未随着文本结束而消解,但读者可能以自身的解读填补语境差的不平衡,从而在审美层面与作者趋于新的平衡。

虚幻的描写所造成读者解读的模糊,可能由语言制造的情节设置造成,也可能由语言符号所表示的语义模糊造成。如张抗抗《作女》中对"作女"的一些描写片段:

> (1)自己的身体只有一个,而女人的智慧,是海里的游鱼、林间的精怪、山岚迷雾闪电酸雨。她就不信除了那种方法,自己真的就黔驴技穷了?
>
> (2)单身女人的床,是女人为自己准备的收容所,是风雪迷途之夜撞上的一座破庵,是女人最忠实最可靠也是最后的栖息地了。
>
> (3)如果说,晚宴上陶桃是一件旗袍,逛街时是一条长裙,在办公室是一个白领;那么在家里,陶桃只是一件内衣。
>
> (4)白色的泡沫溢出来,是女人心里的烦恼;沉淀下来那半杯黄色,是女人的胆汁;红酒是女人的血,由于被正好太多的抽取而日渐稀薄。
>
> (5)那些玉佩、玉坠、玉戒,胸针,碧绿的奶白的淡红的嵌着黄绿相间红白相间花纹,手镯一个圆圈一个圆圈地摆在丝绒的锦盒里,就像无数只圈套,泛着诱人的幽光。那些兽形的元宝形的树叶形的玉坠儿,像一个个含义不明的符号,无从解读。

例(1)至(4)的描写均选用了多个喻体来形容同一本体,多个喻体的不同形象与寓意造成了本体的丰富蕴含,以形象的语言完成对卓尔、陶桃的形象塑造。也正因为形象的多样性,增添了本体的不确定性,给读者以宽阔的想象空间。例(1)以三个喻体形容"女人的智慧",三个喻体的容量是丰富多样的,游鱼的灵活散漫,精怪新奇古怪,迷雾闪电酸雨的变幻多端,这些表义不同的喻体汇集到同一本体,使"女人的智慧"体现出复杂性,不同的读者可以根据自身的审美经验加以解读。例(2)以三个喻体形容卓尔心目中的"床",赋予"床"以负重感,蕴含着"作女"的种种遭遇,历经挫折,呈现了世态炎凉下漂泊不定的女性内心的疲惫与不安。例(3)多个喻体,各自形容陶桃在不同场合的状态,这些喻体隐含的寓意是形象的又是模糊的。例(4)将"酒"与女人的相关方面对接,这种对接所生成的语义是模糊的,却包容了"作女"酸甜苦辣的人生生涯。例(5)则以两个比喻,各自形容手镯和玉坠儿,与其说是将手镯、玉坠儿的外形描绘得神奇陆离,不如说是隐射"作女"们特立独行的"作"。一个"作女"不仅代表自己,而且代表了一个群体,"'作女'群体实际上由各个性情迥异的'作女'个体组成。"①正因为"作女"所凝聚的女性各方面的复杂性,使得作品产生了巨大反响,也产生了叙事者与解读者的认知差异。叙事者张抗抗是如此解释"作女"的:"近20年来,我发现在自己周围,有许多女性朋友,越来越不安于以往那种传统的生活方式,她们的行为常常不合情理、为追求个人的情感取向以及事业选择的新鲜感,不断地折腾放弃;她们不认命,不知足,不甘心,对于生活不再是被动无奈的承受,而是主动的出击和挑衅。她们更注重个人的价值实现和精神享受,为此不惜一次次碰壁,一次次受伤,直到头破血流,筋疲力尽。"她将"作女"的"横空出世",看作是"女性的自我肯定、自我宣泄、自我拯救的别样方式;是现代女性在新的历史条件下,对自己能力的检测与发问"。② 女性作家写女性,深刻透彻地解剖女性心理。她对"作女"们的态度是复杂的,"抱着赞赏认同,却又不得不时时为她们提心吊胆的矛盾心情"。③ 各种比喻形式的娴熟运用,以丰富多样的模糊性深入挖掘描写对象复杂而又细腻的情感世界,蕴含叙事者对"作女"的复杂态度。凸显其伤痛,体现其抗争,表现对其的肯定。这种复杂的态度,使她笔下的"作女"如她笔下的玉坠儿"一个个含义不明的符号,无从解读"。也正因此,造成读者的不同解读。将《作女》改编成的电视剧《卓尔的故事》中扮演卓尔的女演员袁立"把作女居然改成了现代版的刘慧芳",张抗抗对此表示了不满:"完全是南辕北辙","袁立饰演的卓尔,与我的作品有些差距与缺失"。④ 袁立因没看过小说而导致角色把握的失误。虽然,这种失误所造成的是消极的语境差,但它足以说明"作女"形象的群体

---

① 张抗抗:《〈作女〉自述》,刊《悦己》,中国青年出版社,2007年,第258页。
② 同上,第259页。
③ 同上。
④ 《作女》让我很受伤,http://www.sina.com.cn 2004年10月12日16:10浙江在线。

性,以至于难以把握。这一难于把握既源自所描写的对象的复杂性,也在于对"作女"大量的带有形容性的模糊描绘。这些描绘引发读者的解读兴趣,增强了语言表现力。当然,这些人物形象心理的描绘,应该借助文本整体语境加以把握。

在语词组合中偏离常规的错位搭配导致读者背离习惯的语感变异,也可能产生叙事者与读者具有审美效应的语境差。对常规的偏离可能表现在语言系统的各个子系统,如语音系统、语义系统、语法系统和逻辑系统。偏离打破了语言约定俗成的规范,打破了解读者的语言习惯态势,以全新面貌,展示给解读者一种新鲜活力。仅以阎连科《耙耧天歌》为例:

(1)傍晚的落日一尽,夜黑就噼噼剥剥到来。

(2)山野上焦干的枯树,这时候摆脱了一日里酷烈的日光,刚刚得到一些潮润,就忙不迭发出绒丝一样细黑柔弱的感叹。

(3)说完这一句,他的上下眼皮哐当一合,踢踢踏踏朝梦乡走去了。

(4)狗吠声青色石块样砸在耳朵上。

(5)先爷首先闻到空气中有很强一股暗红色的鼠臊味,还有腾空的尘土味。

(6)瞎子(狗)竖着两只耳朵黑亮亮插在半空里。

(7)把耳朵贴在一片叶子上,先爷听到了那些斑点急速生长的吱吱声。转身吸吸鼻,又闻到从周围汪洋过来的干黑的鼠臊味,正河流样朝这棵玉蜀黍淌过来。

上例对语言的偏离感是强烈的,对语言规律的脱轨背离了解读者习以为常的语言习惯,造成了吸引读者眼球的语境差异。例(1)以"噼噼剥剥"声响写"夜黑",造成视觉形象与听觉形象的差异。例(2)赋予"枯树"以"发出……感叹"的动态,造成物与人、静态与动态的差异。例(3)以"踢踢踏踏朝梦乡走去"状人入睡的情景,也造成静态与动态、感觉视觉的差异。例(4)是听觉与视觉、无形与有形的差异。例(5)以"暗红色"状"鼠臊味",造成嗅觉与视觉的差异。例(6)"插在半空里"造成形态程度的差异。例(7)"斑点"生长有声,造成视觉与听觉的差异。"汪洋"后带补语和宾语,是对语法规则的偏离。"鼠臊味""淌过来"又是嗅觉与视觉的差异。这些差异与解读者对语言的阅读习惯相抵牾,造成陌生化。陌生化与解读者常规接受的差异,因特定语境的参与而消解,因强烈的审美效果而趋于平衡。

违反语词组合规则是偏离了语言使用的清规戒律,语词与所处时代语

境不相妥帖也是对读者习以为常阅读定式的背离,如:

> 武则天声色俱厉:"好你个韩愈! 身为朝中元老,竟然带头看起黄
> 色录像,晚节难保……朕劝你,安心离休当顾问,好好在家教养儿孙,侍
> 弄花草,不要一闲着闹心就进谏上表。念你从前戎马倥偬为国出力,
> 朕也不忍心重罚于你,只给你个象征性处分,贬到那荒僻的潮州当刺
> 史去罢。"

徐坤《梵歌》

"黄色录像带""离休当顾问""象征性处分"这些表当代事物当代现象的语词
移植到武则天口中,造成时间语境差,背离了特定时代语词的时代背景;却
因作者由荒诞衍生出嘲讽意味而被解读者所接受趋于审美平衡。

　　以非常态写景物,有悖解读者对景物的常规认知,也造成符号表述与解
读者的认知差异。如:

> (1)佩茹的心情深深地凹陷在春天的坚硬中渐渐变得颓然。有什
> 么样的犁铧能够奋力刺穿绷紧的冻土层,把深埋在地底的丰腴和新鲜
> 给翻搅上来呢? 年轻女人佩茹神思恍惚地呆坐桌前,犀利的牙齿在手
> 中的红蓝铅笔上啃出一排整齐的牙印,仿佛啮齿类动物在磨砺着它们
> 的本能。许多天以来佩茹的心情就像这个春天一样浑浑噩噩。飞升蒸
> 腾的日子看样子还很渺茫,太阳也就永远朦胧如一只画饼,吊在灰蒙
> 蒙的污尘背后与世隔绝。这样妄图拿太阳来充饥的欲望显然是没有
> 道理的,佩茹想。但的确是这个姗姗而来的阴郁春季致使她完全心
> 不在焉。

徐坤《如梦如烟》

> (2)电梯外正是三月天风和日暖,而她日日祈求的那一场沙尘暴,
> 就要在办公室里天昏地暗地刮起来了。

张抗抗《作女》

例(1)春天的"坚硬""浑浑噩噩",与人们对春天的感受迥异,有违情理。但
这是人物在特定情境下心态的映照。丈夫对自己情感要求的冷淡漠视,造
成佩茹生理心理上的不安与苦闷。渴求爱与被爱的追求陷入茫然,也就有
了将太阳视作"画饼"的联想。景物在人物心理的变形,与读者的日常感受
相违背,却让人透析了人物的内心世界,与人物心态处于平衡状态。例(2)

83

电梯外的季节气象与人物祈求的"沙尘暴"不相和谐,构成了反衬。"三月天风和日暖"是现实空间中的天气,"沙尘暴"则是人物心理的天气,这一指称气象的语词,在此处产生的变异,超出了解读者对这一语词约定俗成的理解,代指上司对下属办事不力而大发雷霆所造成的气氛,因与特定场景的特定氛围相吻合而趋于平衡。当景物带有某种寓意时,其所指称的对象产生了变异,这种变异也可能使读者产生差异:

> 一条条细细的小溪,带着朝露晚霞与落叶的颜色,从女人身体中流出来又流回身体里去,渐渐地热烈激越起来,开始湍急地奔流。
>
> 张抗抗《作女》

看似写"溪流",实则写红酒。将景色的语词转指物品,是语词类属易位。乍看使人生疑,溪流如何"从女人身体中流出来又流回身体里去",仔细品味,整句描写将红酒当溪流细致逼真的描写道出了借酒浇愁的女人内心的伤痛。从刚触目时产生的差异,到理解后的领悟,借助语境因素,表述产生的不平衡与特定描写对象也趋于平衡。

话语模式的语体变异打破了读者的文体习惯,政论语词、公文语词植入小说语言造成上下文语境的不相协调,也带给读者鲜明的反差感受。如王蒙《坚硬的稀粥》中的两段描写:

> (1)新风日劲,新潮日猛,万物静观皆自得,人间正道是沧桑。在兹四面反思含悲厌旧,八方涌起怀梦维新之际,连过去把我们树成标兵模范样板的亲朋好友也启发我们要变动变动,似乎是在广州要不干脆是在香港乃至美国出现了新样板。于是爷爷首先提出,由元首制改行内阁制度。由他提名,家庭全体会议(包括徐姐,也是有发言权的列席代表)通过,由正式成员们轮流执政。除徐姐外都赞成,于是首先委托爸爸主持家政,并决议由他来进行膳食维新。
>
> (2)上次为解决全家共用的一个煤气罐,跑人情十四人次,请客七次,送画二张,送烟五条,送酒八瓶,历时十三个月零十三天,用尽了吃奶拉屎之力。

整个文本以严肃的、煞有介事的政治色彩,描述了一个家庭所进行的饮食改革。上述两段文字就体现了文本整体语言符号的风格特点。例(1)除了带有文言色彩的文字进行大环境描写造成与当代家务小事内容的不协调外,

"元首制""内阁制度""列席代表""轮流执政""决议""维新"等带有浓厚政治色彩的语词,与表现家庭事务的内容又产生一种不和谐。大词小用、小题大做是上述文字给予解读者的直观感。例(2)以具体的数字表达给人以公文统计的感觉。这些公文语体形式的植入造成与小说语体形象性语言的失调。作品的内容与语言形式,引起了一些读者的误读。1991 年 9 月 14 日《文艺报》上就发表了一篇署名为"慎平"的读者来信,认为这篇小说是"对我国社会主义改革进行影射和揶揄,以暗讽手法批评邓小平领导的中央制度"。而王蒙在《话说这碗粥》中表示,"这是一篇幽默讽刺的小说,其中有对人民内部的一些缺点、弱点的嘲笑",但"小说的基调是光明的","完全不存在影射问题"。① 叙事者与解读者同样认为是讽刺,问题在于讽刺者为何?童庆炳以《作为中国当代小说艺术的"探险家"的王蒙》为题对小说做了正面评价,他认为小说写的只是一家膳食改革失败的故事。其文化哲学寓意"可以指一种传统,一种思想,一种方式,一种方法,一种守望,一种节操,一种社会……这些都像'稀粥'那样'坚硬',不容易改变"。② 不同读者在政治立场、审美观念的差异,使得对小说的深层含义有了不同的解读,形成表达与接受的语境差。当然,作为误读的语境差并非我们所讨论的修辞性语境差,而是带有消极意义的。作为审美对象解读,我们在语言语体变异中解读出的可能是作者的反讽意味,试图嘲讽的某种社会风气、社会习俗,从而与作者的创作意图趋于平衡。

叙事者话语模式的表层肯定和话语诠释的深层否定,也可能给读者造成话语表层与深层的错位。如铁凝《遭遇凤凰台》结尾关于老李是否继续住院的叙述:

> 那么老李还得有病,从各方面都可证明她有病。什么病? 什么病不是病:血脂、血糖的高低,脑血管、骨质的软硬,连头发越来越少,指甲越来越长你都不能不说是病。要出院,你必得待到偏高的下来,偏低的上去,偏软的变硬,偏硬的变软,头发的再次丛生,指甲的不在飞长。

老李住院本是借口,为了拖住老丁不跟她离婚。但当她知道单位要分房后,就后悔住院了。为了能赶上分房她想回单位去上班,可人们为了少一个竞争对象,想尽一切办法阻止她出院。于是就有了上面的辩白性话语,这是人

---

① 王蒙:《话说这碗粥》,《读书》1991 年 12 月。

② 童庆炳:《作为中国当代小说艺术的"探险家"的王蒙》,《中国海洋大学学报》2003 年第 6 期。

们为了证明老李必须住院的论证。叙事者以阻止者的角度对此表层的肯定蕴含着荒谬,体现了深层否定的诠释,充满嘲讽意味地揭示了世俗社会的自私与纷争。

二 读者与人物的语境差

背离的语境差可能出现在两个层面的任一对交际关系中。上一部分我们探讨了叙事者与解读者之间的语境差,这一部分我们着重对人物与读者之间出现的语境差进行考察,这是内外部关系交融所产生的语境差。

如前所述,在小说交际系统的两个层面,可能出现相互交叉的语境差。因此,当作品人物作为叙事者与解读者交际的凭借时,也就与解读者发生了交际关系,而语境差也就作为叙事者的一种手法出现在这一对交际关系之间。"作者与读者交际的凭借物是作品人物,因此读者与作品人物的交际是处在一种看似直接实为间接的状态。'中间人'——作者所提供给作品人物的语境与提供给读者的语境常常是不平衡的,因此,作品人物与读者之间也就有可能存在着不平衡。此外,由于作品人物关系的复杂性,即在作品人物与人物交际这个层面可能出现多对交际关系,就使得读者与这些人物的交际也带上了复杂性。有时候,读者与这一人物可能处于共知语境前提中,而与另一人物则处于语境差异的不平衡中。作品人物之间有时由于时间空间情景等语境因素的参与限制了其交际活动,而对作者与读者这一对交际关系来说,则存在着另一个解读的语境空间。这个问题涉及叙事语境的设置。也就是应该设置读者与作品中人物不同的语境,还是应该设置相同语境的问题。"① 夏衍曾在电影创作理论方面的书中提出过语境差异与语境平衡不同效果的问题:"一颗即将引爆的定时炸弹在桌下,而围坐着的人们正在打牌或者说笑话。这炸弹,是让银幕下的观众知道而桌上的人们不知道,还是让下面的观众和上面的人们都不知道。这两种叙事策略,究竟哪一种更揪心也更具艺术效果呢?"② 夏衍设置的两种情形,前一种是观众与故事中人物处在信息的不平衡状态,后一种则处于平衡状态。显然,观众与人物处于不平衡的语境差状态下"更揪心也更具艺术效果"。当然,实际处理并不限于这两种,还可能有甲人物知道、乙人物不知道,观众与人物都知道等情景。夏衍仅就观众与人物间的两种对立情景做了比较。

作品人物总是依托特定的语境而生存,他们所处的交际语境也各有差

---

① 祝敏青:《文学言语的多维空间》,福建人民出版社,2005 年,第 22 页。

② 王石:《也是创作谈》,《中篇小说选刊》1997 年 3 期,第 135 页。

异,因此,其所具有的交际背景自然带有局限性。在不同认知背景下的交际自然受到限制,处于已知与未知的不平衡。人物的未知背景,叙事者往往借助语境的参与告知了解读者,使解读者处在全知全能的视角,由此与未知状态下的人物产生了语境差异。申剑《完全抑郁》讲述了心理医生许白黑诊疗抑郁症患者的行医历程。其中,有一人物话语行为制造的假象:一对地产大亨张国富与王谢桥,分别到心理诊所治疗。在文本内公众眼里,这是一对你死我活的对手。在医生面前,他们也是以这样的面貌出现的。张国富对自己病情的讲述中就涉及对王谢桥的仇恨:"实话实说,我不仅抑郁,我还精神分裂,我还具有多重人格,我有严重的自杀倾向,我还想杀人。我至少想杀二十几个人,他妈的我最想杀了那个姓王的王八蛋,他不仅抢我的女人,还抢我的土地,他那种人渣枪毙了都不行,应该五马分尸,千刀万剐,凌迟,下油锅……"他在幻想症里杀死过无数次"那个人渣、活鬼"王谢桥。张国富与王谢桥的结怨是文本语境中人所共知的事。而许白黑根据这两个患者在诊疗中的回忆看出了二人的真实关系:"你们两人的回忆中有一处共同的地方,黄沙、戈壁,苦寒与饥饿,还有一个好兄弟。整整五年相濡以沫。我上网查了你们的资料,你俩在同一个时间同一个地点,西北某个至今无水的村子插队五年。你们对那段生涯感情特殊,许多采访过你们的记者用生花妙笔做过不同描述。尽管你们从没提过对方,刻意隐瞒了你们相互扶持的人生经历,但我确信,那些岁月你们之间没有伤害与背叛,只有真情。"又根据张国富"演戏过了火,恨不得诏告天下他要将你五马分尸",推断了二人是通过演戏达到"长久垄断一个城市利润巨大而又波诡云谲的行业"的目的。而张国富因"某个重点项目的重点环节出了问题",为逃避他人封口,"深夜驾车高速行驶,小车撞断海湾大桥护栏冲入大海,生不见人,死不见尸",制造了死亡假象。对二人的真实关系与张国富的生死,许白黑处在明察状态,而社会上的人则被假象蒙蔽,包括许白黑的助手谢晓桐。她根据眼见之情况,认定"王谢桥和张国富是死敌",并认为张国富是被杀害的,而许白黑则是与王谢桥相互勾结的。种种真真假假虚虚实实的关系,人物间并非明了,但叙事者则通过文本语境,传递给了解读者,使解读者与谢晓桐等人处于语境差状态,而与许白黑处于相同的共知语境。作者提供的上下文语境,使解读者消解了文本中某些人物的误解,与真相趋于平衡的接收状态。这就使得文本的人物与人物之间、人物与读者之间处在交错复杂的关系中,情节因此跌宕起伏,扣人心弦。

小说文本并非一对一的关系,使语境差在不同阶段、不同人物之间呈现此起彼伏的复杂性,也就造成了解读者与不同人物、人物的不同阶段的语境差。史铁生《命若琴弦》中有一组很引人注意的数字差——八百、一千、一千二百。这一组数字贯穿在文本始终,关系着不同人物之间所出现的语境差,也关系着解读者与不同阶段中的不同人物之间的语境差。解读者依靠作者提供的语境,解读了人物间的语境差,并领悟了三个数字的奥秘。

一千根,是首先出现的数字。这是老瞎子的师父给予老瞎子的希望。弹断一千根琴弦就能拿着师父封在琴槽里的那张药方,抓那副药,看见光明。老瞎子为这"一千根"而不懈追求。殊不知,这"一千根"是从师父为之而奋斗的"八百根"演化而来。虽然,师父在文本中只是一种回忆,但我们可以想见,师父曾为弹断八百根琴弦而努力。因目的是"虚设"的而失望后,他将"八百根"更换为"一千根",将梦想转交给老瞎子。可当老瞎子弹够一千根,前去抓药时,却发现"那张他保存了五十年的药方原来是一张无字的白纸"。"老瞎子现在才懂了师父当年对他说的话——你的命就在这琴弦上。"老瞎子与师父的语境差到此消解。绝望中老瞎子又要"虚设"目的,给小瞎子以希望,于是"一千根"又升级为"一千二百根"。一代又一代瞎子的希望,一代又一代瞎子的失望,就汇集在弹断琴弦的这些数字上。语境差也一个又一个地在这三代人之间生成、消解、再生成。当老瞎子误以为师父将"一千根"记成"八百根",而接过师父"一千根"的嘱托时,他与师父存在着语境差,也正因为语境差,他才满怀希望地度过将一根根琴弦弹断的生涯。这一语境差在他弹断一千根,前去药铺抓药时消解,因为他得知药方是一张无字的纸的同时,也获取了师父传递的真实信息。当他将"一千二百"的希望交托给小瞎子时,新的语境差又生成在二人之间。老瞎子又一次制造了师父与自己之间的谎言,让小瞎子误以为自己记错了,没抓回药,是因为没弹够"一千二百根"。同样的谎言,同样的语境差生成在不同的人物之间。语境差生成的目的是善良的、美好的:"永远扯紧欢跳的琴弦,不必去看那无字的白纸。"弹断琴弦作为三代瞎子传承的希望,与失望共存。弹断琴弦链接着一代又一代瞎子虚拟的内心世界。老瞎子的师父曾经的一生经历、老瞎子当前的一生经历,以及小瞎子将来的一生经历,都由语境差的生成、消解、再生成关联。而叙事者则通过文本语境的参与,让解读者明了前因后果,让我们看到了三个瞎子直奔"虚设"的目的的一生。并由此遥想老瞎子的师父"八百根"可能的前因,推断小瞎子"一千二十根"可能重蹈覆辙的后果。这样,小说解读者与处在语境差中的人物就处在了语境差状态。人物不明了,解读者明了。人物与真相差异,解读者与真相平衡。由此使表层具体数字上产生的语境差在深层重构了新的平衡,体现了叙事者的创作主旨,审美意蕴在富具哲理的韵味中得以升华。瞎子们弹琴是手段,获取生活动力才是目的。文末老瞎子师父的话语与老瞎子的感悟点明了这一特定人物的人生哲理："'人的命就像这琴弦，拉紧了才能弹好，弹好了就够了。'……不错，那意思就是说：目的本来没有。不错，他的一辈子都被那虚设的目的拉紧，于是生活中叮叮当当才有了生气。重要的是从那绷紧的过程中得到欢乐……"这一点题是三组数字造成的语境差所关联的三代瞎子人生哲理的最好诠释，也是文本解读者解读语境差的平衡支点。

　　小说解读者与小说虚拟人物的认知差异可能源自叙事者的叙事语境与解读者接受语境的差异，差异表现在语境的各个方面，其中一个重要因素就是时间背景语境差异。解读者不处在文本所描述的时间背景下，可能与文本中人物产生差异。池莉《来来往往》中特定年代特定人物的穿着与话语体现了鲜明的时代特色，这种特色与作品产生、阅读的历史时期有所差距，对文本解读者产生了阅读差异。我们可比较康伟业眼中段莉娜在两个时期的穿着：

　　（1）白衬衣的小方领子翻在腰身肥大的深蓝色春装外面，一对粗黑的短辫编得老紧老紧，用橡皮筋坚固地扎着，辫梢整齐得像是铡刀铡出来的一样，有棱有角地杵在耳垂后面。段莉娜从头到脚没有任何花哨的装饰品。比如一只有机玻璃发卡，牙边手绢或者在橡皮筋绕上红色的毛线等等。

　　（2）段莉娜穿着一件图案花色都很乱的真丝衬衣和米色的真丝喇叭裙，半高跟的浅口黑皮鞋，黑色长筒丝袜，胸前挂了一串水波纹的黄金项链，心形的坠子金光闪烁。段莉娜的胸部已经干瘪，脖子因几度地胖了又瘦，瘦了又胖而皮肤松弛，呈环状折叠；她是不应该戴这么华丽醒目的项链的。这项链是她的反衬是对她无情的捉弄。段莉娜没有曲线的体型也不应该穿真丝衬衣，加上这种大众化成衣做工粗糙不堪，垫肩高耸出来，使着意端坐的段莉娜像装了两只僵硬的假胳膊。她更不应该把衬衣扎进裙子里，这种装束使她臃肿的腰和膨鼓的腹都惨不忍睹地暴露无遗。如此状态的一个中老年妇女，黑里俏的黑色丝袜就不是她穿的了。她穿了就不对了。就有一点像脑子出了毛病的样子了。

两个场景相隔十二年，段莉娜两次出场的穿着都烙上了鲜明的时代印记。例（1）是1976年"文革"即将结束时，二人经人介绍初次见面。段莉娜的穿着在康伟业看来是"干干净净，朴朴素素，面容冷冷的静若处子，非常地雅致"，"炫目耀眼""如此地出众"。例（2）是九十年代康伟业经商后，对段莉娜的穿着感觉是"特别地瘆人特别地可怕""如此地糟糕"。两相比照,让康伟业感慨"十二年里也没有发生什么惊天动地的折磨人的事情,一个女人怎么可以变得如此地糟糕"。对现时期的读者来说,例(1)的打扮,虽然干净朴素,但怎么也称不上"炫目耀眼""如此地出众"。例(2)的打扮再怎么不堪,也不至于与"可怕""糟糕"关联。由这种视觉感官产生的心理差异是康伟业在时代变迁、地位改变而带来对脱节落伍的段莉娜的厌恶之感。解读者以现阶段的审美观是无法认同"文革"时期全国清一色的"革命"服饰的"炫目耀眼""如此地出众",但却可以由对人物服饰异常情感的反差中领悟康伟业对段莉娜的情感变化,以及由此导致的人物关系的变更,在对叙事者叙事意图的领悟中语境差异趋于平衡。

《来来往往》中给现阶段的解读者带来解读反差的还有人物话语所蕴含的政治色彩。虽然已是"文革"后期,革命化的政治话语仍占主流地位,恋人之间的话语也不例外。康伟业和段莉娜第一次见面就分别以"同志"相称。连段莉娜写给康伟业的情书也充溢着革命政治色彩,毫无私语倾诉的空间。在"康伟业同志"的称呼之下,信的内容是这样的:

> 首先让我们怀着无比的敬意,共同学习一段我们伟大领袖毛主席的诗词:"暮色苍茫看劲松,乱云飞渡仍从容,天生一个仙人洞,无限风光在险峰。"我相信对毛主席的这段光辉诗词的重温,会使我们回想起我们这一代革命青年所共同经历的时代风雨。我们要谈的关于我们以前的许多话题就尽在不言中了。我想可以这么说吧,我们虽然是陌生的但我们也曾相识。

> 上次见面,谈话不多,这是正常的,说明你是一个不喜欢纠缠女性的正派男同志。接触时间虽短,我能够感觉到你为人的光明磊落和自知之明。自知之明是一种非常可宝贵的品格。另外,从你的寥寥数语里,我发现你的情绪比较消沉,这对于我们革命青年是一种有害的情绪。你遇到了什么困难呢?什么困难能够难倒我们呢?中国人连死都不怕,还怕困难吗?

> 等待你的回信。

> 此致

> 崇高的革命敬礼!

> 革命战友:段莉娜

从称呼到落款,从语言形式到内容,无不充满了浓郁的革命政治色彩,这就颠覆了情书应有的格调。在谈恋爱期间，"他们所有的话题都围绕党和国家的命运生发和展开，与男女之情远隔万里。他们一点也不像是为谈婚论嫁走到一起的青年，而像是两位日理万机的党和国家领导人。"因为所谓的柔情蜜语、风花雪月在当时被认为是小资情调，是不道德的、堕落的。毛主席逝世时康伟业在电话里安慰段莉娜："小段，你不要哭，要保重自己的身体，化悲痛为力量。我们更重要的任务是如何继承他老人家的遗志，将中国革命进行到底。"在二人关系出现紧张，康伟业想告吹段莉娜的时候，康伟业耳畔还激荡起毛主席他老人家的谆谆教导：我们要狠斗私字一闪念。他认识到自己是"私"字在作怪，"是小资产阶级的情调在作怪"，从而掐灭自己对戴晓蕾的情爱，承担起男人的责任。可以说，是共同的崇高的革命信仰使他们结合了。即使婚后"生活很累人"，但康伟业"有一颗累不垮的心"，"苦不苦，想想红军二万五；累不累，想想曾经插过队"——这是康伟业自己编的顺口溜，也是那个时代的人们对待困难的指导思想。这些日常生活中政治话语的运用，从当今社会的视点看，显然是荒唐可笑、不可理喻，这就与当今社会的解读者在时间语境上产生了差异，表现出鲜明的时代文化语境差。这种差异让人们看到了当时的社会大背景，看到了从"文革"中走过来的青年，仍禁锢在崇高的革命政治理想思维中。这些又与改革开放后康伟业在服饰、话语等生活方面的描述形成了巨大反差。富起来的康伟业出门是豪华轿车、飞机，幽会是五星级宾馆甚至洋楼别墅，敢吃敢喝、奢侈浪费是家常便饭，什么最贵就吃什么：法国进口的原装红葡萄酒、鸡尾酒、中国茅台酒、五粮液、南太平洋的大龙虾刺身、日本的三文鱼刺身和野生甲鱼……这些与"文革"时期的反差，说明了社会天翻地覆的改变，也凸显了人物在环境衍变中所产生的巨大变化。读者依靠对不同历史背景的把握，才能领悟特定时代背景下的人物形象塑造，与作品人物、作者的创作意图趋于平衡。

三　语境重建符号与解读者之间的关联

语境参与了叙事者与解读者交际的全过程，对叙事者与解读者交际中的语境差、解读者与人物之间的语境差起了调谐作用。语境各个方面的功能在调谐中促使不平衡的语境向平衡转化，从而达到新的审美平衡；在重建语言符号与解读者关联的同时，实现审美表达与审美接受的交融。

从接受主体的审美心理机制上来说，修辞性语境差所构成的不平衡是陌生化产生的原因，重建新的平衡是陌生化产生的结果。小说虚拟语境由诸多因素构成，因素与因素间互相调节整合，重新构建了文本符号与解读者之间的关联。

语境匹配中的重建是符号与解读者关联的一种形态。语境匹配与不匹配构成一对矛盾，这一对矛盾可以对立在同一语言现象中，也可以统一在同一语言现象中。从对立到统一体现在语境背离与重建的全过程。

按照语言规律，语词要与特定的语境相匹配。匹配对语词的组合关系提出了各因素的要求，如与特定的对象、特定的时空、特定的背景、目的，特定的上下文等要相协相调。但语境差却以不匹配不协调对解读者制造了陌生化的视觉效果。史铁生《命若琴弦》写老瞎子对小瞎子与兰秀儿交往的看法："兰秀儿不坏，可这事会怎么结局，老瞎子比谁都'看'得清楚。""看"一词放在不具有"看"的条件的老瞎子身上，有违常理，造成与对象语境的不平衡。但参照语境其他因素，这一"看"又是妥帖的、生动概括的。对小瞎子与兰秀儿交往的结局，老瞎子的"看"得清楚，是根据自身以往的经验而"看"的。无法"看"的"看"并非用眼睛，而是用心灵。文本下文有老瞎子的"我是过来人""我经过那号事""早年你师爷这么跟我说，我也不相信"等。自身的教训，与小瞎子当前类似的处境、经历，在不同的时间段构成了相对平衡的对应关系，使"老瞎子比谁都'看'得清楚"的语境差得以阐释，从而使表层的语境差现象在深层得到了重新平衡。

与人物行为举止相关不仅是人物自身的生理条件，而且包括身份素养等因素，语词与人物对象语境相匹配，包括了与人物相关的方方面面，不相匹配也同样包括了方方面面。不相匹配的语词在特定语境中可能获得相匹配的关联。如：

> 孕妇和黑在平原上结伴而行，像两个相依为命的女人。黑身上释放出的气息使孕妇觉得温暖而可靠，她不住地抚摸它，它就拿脸蹭着她的手作为回报。孕妇和黑在平原上结伴而行，互相检阅着，又好比两位检阅着平原的将军。天黑下去，牌楼固执地泛着模糊的白光，孕妇和黑已将它丢在了身后。她检阅着平原、星空，她检阅着远处的山近处的树，树上黑帽子样的鸟窝，还有嘈杂的集市，怀孕的母牛，陌生而俊秀的大字，她未来的婴儿，那婴儿的未来……她觉得样样都不可缺少，或者，她一生需要的不过是这几样了。
>
> 铁凝《孕妇和牛》

"检阅"在上文关联起孕妇所见的众多景色与事物，与人物构成了语境差。对没有文化的孕妇来说，"检阅"是不相匹配的。但上文"好比两位检阅着平原的将军"作为"检阅"的缘起，读者从上文语境中还获取了孕妇为了孩子的未来,而摹写了石碑上的十七个大字的信息,由此探知了孕妇的心态,此时的孕妇怀揣着让她充满了希望的"陌生而俊秀的大字"满足而感动地走在回家的路上,使"检阅"与人物趋于新的平衡。

文本语境对语言使用所起的作用不仅在于制约,还可能出现干扰。干扰是叙事者对解读者正常接受思路的一种扰乱,以此使解读者进入非正常的接受思路。干扰可以表现在语词使用习惯的越轨,也可能由叙事模式的变异造成。如叙事语序的颠覆干扰了解读者正常的阅读思路,造成了叙事碎片。解读者要依赖语境对碎片重新整合,编造出合理的叙事语序。

王蒙的《春之声》是一部意识流小说,主人公岳之峰的心理活动构成了小说的显性脉络。在这个脉络中,岳之峰的联想回忆构成了一个个支离破碎的片段,使叙事结构呈现出一个又一个碎片。解读者需要对这些碎片进行拼图、整合,汇集信息群体,才能最终把握主人公的人生脉络,从而领会叙事者的创作主旨。如文本开篇:

> 咣的一声,黑夜就到来了。
>
> 一个昏黄的、方方的大月亮出现在对面墙上。岳之峰的心紧缩了一下,又舒张开了。车身在轻轻地颤抖。人们在轻轻地摇摆。多么甜蜜的童年的摇篮啊! 夏天的时候,把衣服放在大柳树下,脱光了屁股的小伙伴们一跃跳进故乡的清凉的小河里,一个猛子扎出十几米,谁知道谁在哪里露出头来呢? 谁知道被他慌乱中吞下的一口水里,包含着多少条蛤蟆蝌蚪呢? 闭上眼睛,熟睡在闪耀着阳光和树影的涟漪之上,不也是这样轻轻地、轻轻地摇晃着的吗? 失去了的和没有失去的童年和故乡,责备我么? 欢迎我么? 母亲的坟墓和正在走向坟墓的父亲!

这段文字由几个碎片组成:黑夜、方方的大月亮、摇晃的车身,这是岳之峰此刻所处的环境;童年、故乡小河、小伙伴们,这是岳之峰曾经所处的环境;母亲、父亲、坟墓,这是与岳之峰血脉相连的人物与人物的最终归宿。所见之景与勾起的联想,干扰了解读者正常的时间思路,却与主人公的心理思路相关联。呈现"方方"形态的大月亮,是在方方的车窗内看月亮的视觉效果。随着车身而摇摆的人们与童年摇篮的摇摆具有相同点,引发对童年故乡嬉戏的回忆。故乡与父母关联也就带有了必然性。整合岳之峰的心理碎片,呈现了主人公在列车上前往故乡时的所见所想,也为全文定下了内容与形式的基调——在回忆历史中呈现改革开放春天带来的景象。文本中另一段文字碎片间的时间空间跨度更大:

　　我亲爱的美丽而又贫瘠的土地！你也该富饶起来了吧？过往的记忆，已经像烟一样、雾一样地淡薄了，但总不会被彻底地忘却吧？历史，历史；现实，现实；理想，理想，哞——哞——咣气咣气……喀郎喀郎……沿着莱茵河的高速公路。山坡上的葡萄，暗绿色的河流，飞速旋转。

　　这不就是法兰克福的孩子们吗？男孩子和女孩子，黄眼睛和蓝眼睛，追逐着的，奔跑着的，跳跃着的，欢呼着的。喂食小鸟的，捧着鲜花的，吹响铜号的，扬起旗帜的。那欢乐的生命的声音。那友爱的动人的呐喊。那红的、粉的和白的玫瑰。那紫罗兰和蓝蓝的毋忘我。

　　不。那不是法兰克福。那是西北高原的故乡。一株巨大的白丁香把花开了屋顶的灰色的瓦瓴上。如雪，如玉，如飞溅的浪花。摘下一条碧绿的柳叶，卷成一个小筒，仰望着蓝天白云，吹一声尖厉的哨子。惊得两个小小的黄鹂飞起……

　　不，那不是西北高原。那是解放前的北平。华北局城工部（它的部长是刘仁同志）所属的学委组织了平津学生大联欢。营火晚会……

　　不，那不是逝去了的，遥远的北平。那是解放了的，飘扬着五星红旗的首都。那是他青年时代的初恋，是第一次吹动他心扉的和煦的风……

　　那，那……那究竟是什么呢？是金鱼和田螺吗？是荸荠和草莓吗？是孵蛋的芦花鸡吗？是山泉，榆钱，返了青的麦苗和成双的燕子吗？他定了定神。那是春天，是生命，是青年时代。在我们的生活里，在我们每个人的心房里，在猎户星座和仙后星座里，在每一颗原子核，每一个质子、中子、介子里，不都包含着春天的力量，春天的声音吗？

　　乘坐的闷罐子列车的鸣笛声与"莱茵河的高速公路"关联，跨越了时空界限，法兰克福——西北高原的故乡——解放前的北平——解放了的首都——山野景物，更是大幅度的空间跳跃。它打破了时间空间的链接规律，令解读者眼花缭乱。但与岳之峰的切身经历相关联。人物的心绪将这些远远近近的历史与现实呈现在解读者眼前。将这些碎片整合为人物的经历：工程物理学家岳之峰，去德国考察三个月回来。曾经参加北平的学生革命运动。在改革开放中被扣上地主帽子的父亲刚平反，此刻他正坐火车回阔别二十多年的西北高原上的故乡 X 城。对历史的回顾，对春天到来的讴歌，对将来的憧憬，激荡在人物内心，呈现给读者的这些碎片组成了人物过去、现在、将来的生活图景，由碎片拼接成了拼图的整体。当然由于叙事者叙事结构的变异，解读者的阅读过程也随之产生变化，必须在人物心理活动发散性思维迷雾中理清人物、环境与情节之间的关联，从看似混乱的表述中寻求内在的逻辑联系。这种叙事可能给解读制造视觉和思路障碍，但也正是令文本耳目一新、扣人心弦的原因所在。

上下文语境的相互关联使其形成内在的协调关系，但语境差中的上下文却构成了反差。反差还可能表现在上下文的不和谐中。如上下文的自我否定，在打破和谐中加以重建。铁凝《哦，香雪》中对火车在台儿沟"不停"与"停"就以叙事者的否定之否定呈现在读者眼前：

　　　　（1）它走得那样急忙，连车轮碾轧钢轨时发出的声音好像都在说：不停不停，不停不停！

　　　　（2）总之，台儿沟上了列车时刻表，每晚七点钟，由首都方向开往山西的这列火车在这里停留一分钟。

"不停"与"停"构成了对立，这不是现实中"停"与"不停"的差异，而是叙事者制造的差异。差异的巧妙之处在于差异中的自我否定。叙事者为"不停"与"停"都寻找了看似充分的理由。在例（1）后，以台儿沟的地理位置和人文需求来印证"不停"："是啊，它有什么理由在台儿沟站脚呢，台儿沟有人要出远门吗？山外有人来台儿沟探亲访友吗？还是这里有石油储存，有金矿埋藏？台儿沟，无论从哪方面讲，都不具备挽住火车在它身边留步的力量。"以反问句式造成火车"不停"的无可辩驳。这一为以下所做的铺垫似乎要让读者认同"不停"的理由，"不停"是天经地义的，理所当然的。但下文的"停"却以事实推翻了"不停"。叙事者又为"停"寻找原因："也许乘车的旅客提出过要求，他们中有哪位说话算数的人和台儿沟沾亲；也许是那个快乐的男乘务员发现台儿沟有一群十七八岁的漂亮姑娘，每逢列车疾驰而过，她们就成帮搭伙地站在村口，翘起下巴，贪婪、专注地仰望着火车。有人朝车厢指点，不时能听见她们由于互相捶打而发出的一两声娇嗔的尖叫。也许什么都不为，就因为台儿沟太小了，小得叫人心疼，就是钢筋铁骨的巨龙在它面前也不能昂首阔步，也不能不停下来。"从现实来看，这三个原因哪个也构不成真正的理由。因此，这不充分的理由实际上是说明了"停"的理由的不充分。"不停"与"停"构成了反差，两种状态的缘由也构成了反差。"也许"的猜测性与前面反问句句式的肯定性形成了对照，隐含着"不停"有理，"停"无理的意义倾向，这与"停"的事实是不相吻合的。叙事者自我否定，又自我辩驳，对读者的接收造成了错位导向。火车的速度与台儿沟的偏僻渺小之间所形成的是必然联想，给读者以火车不在台儿沟停留是理所当然的导向。接下来的

"一分钟"停留,又颠覆了前面的推论。尽管只有"一分钟",但对前面的辩驳是显而易见的。辩驳的理由有些荒诞不经,实际上成为前面"不停"的反证。叙事者以这种独特的叙事技巧,在"不停"有理,"停"也有理的自我否定中完成了小说开篇的环境铺垫。写出了台儿沟的闭塞,"它和它的十几户乡亲,一心一意掩藏在大山那深深的皱褶里,从春到夏,从秋到冬,默默地接受着大山任意给予的温存和粗暴。"也写出了台儿沟人对外界的向往追求。解读者跟随着叙事者的一路辩白走进台儿沟,走进香雪的内心世界。感悟了"一分钟"停留给封闭落后的台儿沟所带来的生机活力,感受了唯一考上初中的香雪勇敢的尝试和追求。列车作为香雪对外界社会的向往追求的场景道具,在叙事者否定颠覆的辩白声中具有了深刻的隐喻内涵。因此,把握叙事者在"不停"与"停"中的自我否定,自我辩驳是重建与叙事者关联的关键。

语境还能够填补话语空白,填补看似不合理的叙事所留下的空隙,以此重建叙事者与读者之间的关联。铁凝《玫瑰门》中所塑造的司猗纹是个充满了矛盾色彩的人物。文本中对她在"文革"中的举动,有多处矛盾的描述。我们仅截取她在早餐铺中的举动和心理描绘来说明。一是在店里吃早餐的原因。出来买早点时,"原打算买完早点就回家,却在早点铺里改变了主意"。与其改变了主意在早餐铺吃早餐构成矛盾的有两处,一是她日常的习惯,"从前她没有上街吃早点的习惯,早晨铺子里的人摩肩接踵你进我出,仿佛使人连食物也来不及咽。赶上人少坐在这儿就更扎眼。"一是她吃早餐时早餐铺的状况:"柜台上只剩几个零散的焦圈和蜜麻花。豆浆还有,也见了锅底,散发出煳锅味儿。"但是,"她还是买了一个焦圈儿两个蜜麻花,又要了一碗甜豆浆,坐在临街窗前忍着焦煳味儿细细地喝起来。"这两种情况与司猗纹的吃早餐构成了矛盾,让读者感受到司猗纹此刻吃早餐的不合理性。这一不合理性的诠释是下文语境的填补。叙事者接着告诉我们,这种让自己"也有点意外","像躲着谁背着谁的举动"是源自外孙女眉眉。但在接下来的语境叙事者又推翻了因眉眉而起的缘由,因为对眉眉"那些不讲究和她对她的纠正,也用不着使她躲躲闪闪地坐在这里喝浆吃焦圈"。而真正的原因是:"她愿意自己清静一会儿。现在她觉得全北京、全中国实在都失去了清静。"这个社会大背景语境诠释了人物的反常举动。叙事者以对社会各个角落"文革"情景的描绘来体现这种不清净:"大街小巷,商业店铺,住家学校,机关单位……都翻了个过儿,一向幽静的公园也成了批斗黑帮的场所。坐在理发馆你面前不再是镜子里的你自己,镜子被一张写着'小心你的发式,小心你的狗头'的红纸盖住。连中档饭庄'同和居'也被小将们砸了牌子,限令他们只卖两样菜:熬小白菜和'蚂蚁上树'。"而司猗纹所吃早餐的这家小店却与之形成了对照："现在司猗纹觉得全北京全中国只有这个小门脸还没人注意,早晨照样是油饼儿糖饼儿,焦圈豆浆;中午和晚上照样是馄饨和豆包。只有进入这个小门脸你才会感到原来世界一切都照常,那么你自然而然地就会端着破边儿的碗盘坐下了。"由此可见,小吃店虽小,但也因此成了躲避"文革"喧嚣的场所。吃早餐的反常举动先是掩饰在躲外孙女眉眉的个人新背景下,继之以"文革"的大背景否定了前一背景,将反常化解为正常。这些文字不但再现了"文革"充满荒谬混乱的情景,而且表现了人物内心世界。

　　因为司猗纹这一人物的复杂性,语境对不合理的诠释有时是基于人物性格而生成的。如司猗纹在店里吃早餐的过程描述也充满了矛盾。先是吃的过程感受到的脏乱不堪："这时她也才发现原来她独占的这张方桌很脏,到处是芝麻粒、烧饼渣,用过的碗筷也没人收。而她就好像正在别人遗留下的汤汤水水和仰翻的碗盘里择着吃,这使她自己这份吃食也变成了残渣余孽,连这份残渣余孽也像是谁给她的一份许可。"这种"人们的习以为常""小铺的风度"给司猗纹造成的是对刚才躲清静所感受到的些许安静的颠覆:"司猗纹在眼前这个'许可'里感到的是一份狼狈,刚才心中那些许的安静就立刻变成了桌上那一片覆地翻天。"照常理,对脏乱的难以接受本应导致的后续行动应是尽快撤离,但叙事者以出人意料的后续语境给解读者一个惊奇:"那么,干脆就再来一碗。"这一后续举动与前面所感受的脏乱,以及对脏乱的心理感受是相抵牾的。叙事者显然已经预期到了解读者的质疑,于是以紧接着的说明诠释了这一举动的反逻辑:"多年来司猗纹练就了这么一身功夫:如果她的灵魂正厌弃着什么,她就越加迫使自己的行为去爱什么。她不能够在她正厌恶这脏桌子时就离开它,那就像是她的逃跑她的不辞而别。现在她需要牢牢地守住这桌子,守住她的狼狈,继续喝她的熘豆浆。这是一场争斗,一场她和脏桌子熘豆浆的争斗。她终于战胜了它们,成了这场争斗的胜利者。"这就是叙事者所塑造的独特的司猗纹。强硬的个性特征,试图融入社会而终与社会格格不入的人生经历,在这一场吃早餐的生活小事中展现得淋漓尽致。当她因过量的豆浆而导致胃发胀时,投向窗外的目光又导致了另一对矛盾的生成,这就是在大街小巷"汹涌起来"的"年轻人绿的军装红的袖章"。这一街景使司猗纹躲清静的心理被现实颠覆:"它们正打破一切人的美梦一切人的图安静,它们也正在提醒司猗纹:你别以为这个僻静得与世隔绝的小铺有什么与众不同,你面前这张又脏又可爱的桌子你的焦圈蜜麻花和外边只隔着一层玻璃,这玻璃只需轻轻一击就会粉碎,就会和外边变为一个世界。现在我们不打破它是顾不上它的存在,顾不上它的存在就等于顾不上你的存在,但顾不上并不等于这儿没有你。"躲清静的欲望与不得清净的现实构成了又一对矛盾,这一对矛盾既是对小吃店临时的安静缘由的注释,又是对"文革"动乱无所不及的状态的揭示。叙事者以司猗纹对窗外红卫兵的目光的心理感受打破了司猗纹赖以躲避的清静:"此刻这眼光已经告诉她,她将在劫难逃。今天你坐在这儿喝豆浆嫌烟嫌桌子脏,明天我们就会打碎这块玻璃把你拽出来让你跟我们在街上'散散步'。那时的你就不再是拿着手绢掸嘴的你,这块破玻璃将把你划个满脸花,你就带着这满脸花去跟我们经经风雨、见见世面。"从司猗纹的心理视角所描绘的红卫兵的话语源自前面被抄家的联想。由此带来又一对矛盾:

> 司猗纹懵了。
> 司猗纹恍然大悟了。

这一组互为矛盾的感受是司猗纹在上述充满了矛盾的语境中生成的,它既是人物在打击中思绪混乱的写照,又是人物后续行动的引导。被毁灭一切的"革命"吓蒙了的司猗纹从中悟出了原感觉"瘆人的口号""要革命的站出来,不革命的滚他妈蛋"的道理。"瘆人的口号"与她日夜的"梦想"原也是矛盾的,但"洗耳恭听"却使她"听出些滋味,听出点感情",并"觉出了它的几分可爱",使她大彻大悟,导致她自编自演"献家具"的一场戏而换取"红袖标"的举动,后续语境以情节的发展诠释了上述的矛盾心理。

在对司猗纹的人物塑造中,隐含着多层内在的逻辑哲理。而这种逻辑哲理常常是以反逻辑的表象出现的。叙事者设置矛盾,引导读者发生质疑。继之又以下文语境,对矛盾加以诠释,化解了由矛盾引发的语境差异,重建叙事符号与读者的关联,使不平衡的语境差趋于新的平衡。一对矛盾出现,化解,导致又一对矛盾的出现,又化解。矛盾的构成是化解的上文语境,化解则以下文语境颠覆了上文语境。矛盾制造了语境的逻辑空洞,上下文语境又填补了这一空洞。语境差围绕着司猗纹不断生成与消解,引领读者在一个又一个充满逻辑反差又显示平衡的叙事中感受在特定背景下人物的独特个性。

语境可以填补不合理话语中的空白,也可以生成话语原本不具有的语义,使话语有了深厚的蕴含。这种蕴含,是在语境中生成的,又在语境的参与下体现。铁凝《孕妇和牛》中的"俊"是居于文本核心的一个字眼,这个字眼因文本语境生成了词典义之外的含义,丰富了词语内涵,完成了没有受过文化教育的孕妇与文化知识价值的对接,展现了人物形象与人物追求。

"俊"在文本中首先是体现孕妇在生活中的价值。"孕妇长得俊"才从贫穷的山里嫁到了富裕的平原,"俊"用于形容人的相貌,符合词典语义。"俊就是财富,俊就叫人觉得日子有奔头儿",由"俊"产生这样的推理是因孕妇的人生经历推解出来的,合乎孕妇的文化层次和认知水平。虽然这时的"俊"仍是处在生活层面,但"俊"的语义认知,已经超越了词典内涵,在表外貌的词义中增添了现实生活价值层面的含义。文本对"俊"的意义生成并不仅限于此,叙事者还将"俊"转化到文化知识层面,这就是"俊"与"字"的链接。小说以大部分篇幅描述了孕妇在赶集回村途中,在王爷留下的石碑上,临摹"如同海碗的字"的过程。"俊"就在此时与临摹之"字"对接了:

> 她描画着它们,心中揣测它们代表着什么意思。虽然她不知道它们是什么意思,她却懂得那一定是些很好的意思。因为字们个个都很俊——她想到了通常人们对她的形容。这想法似乎把她自己和那些字联得更紧了一点儿,使她心中充满着羞涩的欣喜。她愿意用俊来形容慢慢出现在她笔下的这些字,这些字又叫她由不得感叹:字是一种多么好的东西呵。

孕妇看到远处放学归来的孩子,想到了自己怀着的孩子,又想到坐下来让自己的孩子和自己一起歇一歇,才坐在石碑上的,就是在这种情况下,孕妇发现了石碑上的字,一切顺理成章。没有文化的孕妇以日常人们形容她的"俊"字形容她所喜爱的"字",合乎情理。但"字"与"俊"链接却大大超越了词典语义,而生成了丰富的内涵。促使孕妇这一举动与认知的,是肚子里的孩子。孩子"将来无疑要加入这上学、放学的队伍,她的孩子无疑要识很多字,她的孩子无疑要问她许多问题,就像她从小老是在她的母亲跟前问这问那"。字代表着文化,代表着孩子的未来。对孩子未来的期待"逼"得她对字产生了兴趣与情感。这种期待已经超越了生活层面,而进入文化层面。虽然"支配不了手中这杆笔"的她所临摹的字是不"俊"的,"纸上的字歪扭而又奇特,像盘错的长虫,像混乱的麻绳",可因为"它们毕竟是字。有了它们,她似乎才获得一种资格,她似乎才真的俊秀起来,她似乎才敢与她未来的婴儿谋面。那是她提前的准备,她要给她的孩子一个满意的回答。她的孩子必将在与俊秀的字们打交道中成长,她的孩子对她也必有许多的愿望,她也要像孩子愿望的那样,美好地成长"。此时的"俊"已经不仅关乎她外貌的"俊",而关乎她内在的"真的俊秀起来"。"俊"不仅超越了表人义,与"字"关联,而且超越了表人的外貌义,与人的文化内涵关联。没有文化的孕妇对文化的追求与向往映射着乡村对文明社会的向往与追求。当然,这样的追求又是深深根植于乡村土壤上的,是乡人淳朴的愿望:"孩子终归要离开孕妇的肚子,而那块写字的碑却永远地立在了孕妇的心中。每个人的心中,多少都立着点什么吧。为了她的孩子,她找到了一块石碑,那才是心中的好风水。"当孕妇怀揣着临摹的十七个字,"和黑在平原上结伴而行"时,她充满了自信,更充满了希望。在这个特定的文本中,叙事者以"俊"关联了"字"与孕妇所追求的文化内涵,"陌生而俊秀的大字"与"她未来的婴儿,那婴儿的未来"组成了"她一生需要""样样都不可缺少"的追求,使孕妇形象超越了乡村生活的一般意义,而与知识改变命运的时代主流话语价值判断链接,在扩充"俊"一词的含义的同时,提升了文本文化话语的价值意义。

第四节　语境差——莫言小说语言审美内核

如果说,我们在第一节对修辞性语境差的审美做的是整体评价,那么,这一节就是以单个作家为目标所做的个案评价。以期从个案分析来审视某个作家的语言特色,也从个案体现出自同一手笔的修辞性语境差所体现出的纷呈色彩。

之所以选择莫言,一是为了诺贝尔奖的获得使其作品在当代文学中具有了特殊的意义,再一是因为语境差是莫言语言的重要特色。莫言以其个性突出的语言风格,形成了独具一格的莫言体。莫言的突出个性表现在叛逆——写作思路的叛逆,情节结构的叛逆,语言技巧的叛逆。他无视清规戒律,不受任何羁绊。对语境而言,其语言更多的不是语境适应,而是语境背离。读莫言,往往眼前一亮,这亮处往往就是语境背离处。因此,从语境视角考察莫言,语境差这一语境背离现象是莫言语言的突出策略。莫言在对规律的颠覆破坏中,重新建构了其审美规律。对莫言小说语境差的审美过程是从对立的不平衡到审美平衡的过程。

一　语境差的外视点——对立链接

外视点即表层视点,语境差的不平衡基点决定了它的对立链接外视点,对立组合是语境差的表层标志。莫言善于寻找事物的对立面,将其组合在一起,构成两极对立的组合。莫言对对立的组合有着特殊的喜好,他曾在《红蝗》末尾,借"一位头发乌黑的女戏剧家的庄严誓词"传递这种爱好:

　　总有一天,我要编导一部真正的戏剧,在这部剧里,梦幻与现实、科学与童话、上帝与魔鬼、爱情与卖淫、高贵与卑贱、美女与大便、过去与现在、金奖牌与避孕套……互相掺和、紧密团结、环环相连,构成一个完整的世界。

这些对立面,有的是客观存在,有的则是莫言临时生成的,它们构成了一个对立组合世界。在这个世界中,莫言犹如拼合七巧板,根据情感表达需要,任意拼合,构建了一个个富有生机活力,富有意义蕴含的语境差画面。

（一）意象对立链接

　　意象是莫言借自然物象表述特殊情感的载体,有生物与无生物、有形与无形等构成了特定语境中具有对立意味的意象。这种组合链接的对立面,往往不是词典意义上的反义,而是临时构建的对立关系。

　　有生物与无生物在自然物态性质上形成了对立,莫言却将这一对立融注到同一描写对象上。比喻、比拟是他笔下常出现的修辞格,比喻本体与喻体的构成,比拟本体与拟体的构成就可能是物态性质不同的两种事物,如:

　　　　那两根被铐在一起的手指,肿得像胡萝卜一样,一般粗细一般高矮,宛如一对骄横的孪生兄弟。那两包捆在一起的中药,委屈地蹲在一墩盛开着白色花朵的马莲草旁。

莫言《拇指铐》

"手指"是人的肢体的组成部分,以"一对骄横的孪生兄弟"作喻,赋予没有情感神情状态的事物以情感状态。"中药"是物品,以"委屈""蹲"等词写中药被弃于地的状态,也用比拟赋予了情感动作。这两个意象描绘,颠覆了事物原有的生态属性,极言了事物现状。一是突出了被铐的手指肿的程度,表现拇指铐之于手指的威力,暗示被铐的时间之久;一是突出了救命之药莫名被弃之无奈。形象地将阿义被铐的痛苦,无法给重病的母亲送药的无奈表现了出来。

　　有形与无形在事物外在标识上形成了对立。意象有形与无形的对立可以表现在视觉形象,也可以表现在听觉等形象。如:

　　　　(1)父亲从奶奶身下钻出来,把奶奶摆平,奶奶仰着脸,呼出一口长气,对着父亲微微一笑,这一笑神秘莫测,这一笑像烙铁一样,在父亲的记忆里,烫出一个马蹄状的烙印。

(2)奶奶的花轿行到这里,东北天空抖着一个血红的闪电,一道残
缺的杏黄色阳光,从浓云中,嘶叫着射向道路。

莫言《红高粱》

例(1)"笑"虽是视觉可见的,但却非有形体的事物,以"烙铁"为喻体,构成了
有形与无形的对立链接。这一对立体将奶奶即逝时"笑"这一意象的"神秘
莫测"凸现出来,以具体形象的描绘极言了这一"笑"留给父亲的永久深刻的
记忆。这一独特的比方,也给读者留下了"马蹄状的烙印"般深刻的印象。
例(2)且不说闪电与阳光交接所造成的奇异梦幻景象,"阳光"本只有视觉效
果,此处却赋予其声响与猛烈的动态,将无声与有声统一在一个描写对象
上。以富具声势的自然景物意象、非同寻常的链接构成对环境的渲染,这一
环境就非同寻常了。它预示了将要发生的事件,人物命运的急剧变化。

(二)超程度联想对立链接

特定的意象有着特定的形体状态,特定的情感,也有着自身程度的限
定。莫言却常超越意象的程度,以"极言"的形态,赋予程度不平衡的意象以
强烈的视觉感官与无限的联想意义。

(1)王文义还在哀号。父亲凑上前去,看清了王文义奇形怪状的
脸。他的腮上,有一股深蓝色的东西在流动。父亲伸手摸去,触了一手
黏腻发烫的液体。父亲闻到了跟墨水河淤泥差不多、但比墨水河淤泥
要新鲜得多的腥气。它压倒了薄荷的幽香,压倒了高粱的甘苦,它唤醒
了父亲那越来越迫近的记忆,一线穿珠般地把墨水河淤泥、把高粱下黑
土、把永远死不了的过去和永远留不住的现在联系在一起,有时候,万
物都会吐出人血的味道。

莫言《红高粱》

(2)阿义专注地盯着那两只水淋淋的玻璃奶瓶,肚子隆隆地响着。
牛奶的气味丝丝缕缕地散发在清晨的空气里,在他面前缠绕不绝,勾得
他馋涎欲滴。他看到一只黑色的蚂蚁爬到奶瓶的盖上,晃动着触须,吸
吮着奶液。那吸吮的声音十分响亮,好像一群肥鸭在浅水中觅食。

莫言《拇指铐》

例(1)与其说是对王文义被击中的耳朵流出鲜血的"腥气"的形容,不如说是
对特定年代残酷战争的血腥气的追溯。这从王文义腮上的"腥气"与"压倒
了""唤醒了""联系"等极言之词程度上的反差关联可以看出。王文义是被

自己队伍的哑巴走火击中的,当不属英雄,却对其腥气大肆抒写,形成程度上的反差。文本多处出现血腥气味的抒写:"在这次雾中行军里,我父亲闻到了那种新奇的、黄红相间的腥甜气息。那味道从薄荷和高粱的味道中隐隐约约地透过来,唤起父亲心灵深处一种非常遥远的回忆。""我父亲在剪破的月影下,闻到了比现在强烈无数倍的腥甜气息。""那股弥漫田野的腥甜味浸透了我父亲的灵魂,在以后更加激烈更加残忍的岁月里,这股腥甜味一直伴随着他。"由此可见,血腥气与特定年代、特定场景相关联,已超越了人对气味的自然感知,而带有了战争的残酷、义士的壮烈、历史的沧桑的追溯。因了这些承载,它才有了如此浓郁的嗅觉,如此强大的关联能力。例(2)形容蚂蚁"吸吮着奶液"所发出的声响,以"一群肥鸭在浅水中觅食"来极言"吸吮"声之响亮。现实与联想出现了极大反差。这是阿义眼中的蚂蚁,是饿极了的阿义产生的幻象。写蚂蚁并非为了写蚂蚁,而是写阿义对牛奶的馋涎欲滴,写阿义被囚之饿的程度。

(三)逻辑对立链接

逻辑作为维护语言正常秩序的内在规律,传递了人的正常思维。莫言对对立的喜好,还表现在将两极对立的语词放置在同一上下文中,给人以自相矛盾的视觉感官。如:

(1)奶奶浑身流汗,心跳如鼓,听着轿夫们均匀的脚步声和粗重的喘息声,脑海里交替着出现卵石般的光滑寒冷和辣椒般的粗糙灼热。

莫言《红高粱》

(2)他有一个情妇。她有时非常可爱有时非常可怕。有时像太阳,有时像月亮。有时像妖媚的猫,有时像疯狂的狗。有时像美酒,有时像毒药。

莫言《酒国》

例(1)"卵石"与"辣椒"虽不形成对立体,但"光滑寒冷"与"粗糙灼热"却构成对立。这一对立作为奶奶脑海里交替出现的感觉,表现了奶奶内心的复杂情感,对婚姻的恐惧,对"躺在一个伟岸的男子怀抱里缓解焦虑消除孤寂"的追求构成了这一对立意象的交替。使这一特定语境中的对立体因奶奶的心态而趋于心理层面的平衡。例(2)几组对立语词的组合统一在同一个描写对象,使对立转化为统一,将情妇的两面性格展现出来。不同的事物、不同的状态表现了同一对象的复杂性。

逻辑上的对立,还表现在上下文形成的落差,如:

他恨，恨锁住拇指铐的铐，恨烤人的太阳，恨石人石马石供桌，恨机器，恨活动在麦海里的木偶般的人，恨树，恨树疤，恨这个世界。但他只能啃树皮。

莫言《拇指铐》

"恨"在文中虽然没有与"爱"形成对立，但"恨"一系列可恨的对象，所导致的应该是某种复仇行为，而一个"但"却将其转化为"只能啃树皮"。前面的情感与后面的行动形成了落差。阿义被铐在树上无法解脱的愤怒、无奈就体现在这落差转折中。痛苦、无奈导致了"恨"；"恨"的对象之多，表现了"恨"之极；"恨"之极却无奈，这就是阿义此刻的悲哀处境。

（四）叙事对立链接

小说叙事涉及小说情节结构，涉及叙事语言表述，这些又是由叙事视点所决定的。莫言的叙事常是跳跃的、无序的，有时是由双向视角，构成了叙事语言的交错。如：

战士们一行行踏着桥过河，汽车一辆辆涉水过河。（小河里的水呀清悠悠，庄稼盖满了沟）车头激起雪白的浪花，车后留下黄色的浊流。（解放军进山来，帮助咱们闹秋收）大卡车过完后，两辆小吉普车也呆头呆脑下了河。一辆飞速过河，溅起五六米高的雪浪花；一辆一头钻进水里，嗡嗡怪叫着被淹死了，从河水中冒出一股青烟。（拉起了家常话，多少往事涌上心头）"糟糕！"一个首长说。另一个首长说："他妈的笨蛋！让王猴子派人把车抬上去。"（吃的是一锅饭，点的是一灯油）很快的就有几十个解放军在河水中推那辆撒了气的吉普车，解放军都是穿着军装下了河，河水仅仅没膝，但他们都湿到胸口，湿后变深了颜色的军衣紧贴在身上，显出了肥的瘦的腿和臀。（你们是俺们的亲骨肉，你们是俺们的贴心人）那几个穿白大褂的人把那个水淋淋的司机抬上一辆涂着红十字的汽车。（党的恩情说不尽，见到你们总觉得格外亲）首长们转过身来，看样子准备过桥去，我提着笛子，暖张着口，怔怔地看着首长。一个戴着黑边眼镜的首长对着我们点点头，说："唱得不错，吹得也不错。"

莫言《白狗秋千架》

小说叙事者的叙事话语与文本内人物的歌唱话语形成交错的格局，造成叙事的断层。交错展现了同一时空背景下的两组人物：军与民；两番动作情景:过河与歌唱。群众欢迎解放军的情景就交错在双方的行动与歌唱中,叙事手法别具一格。有时交错的视角是交际的对立双方,如:

> 这时,一个男人拃着一块半截砖头立在你的面前,你心中突然萌发了对所有男人的仇恨,于是,你抬起手,迅疾地打了那男人一个耳光,也不管他冤枉还是不冤枉。(我真是倒霉透顶!)后来,你进了'太平洋冷饮店',店里招魂般的音乐唱碎了你的心。你心烦意乱,匆匆走出冷饮店,那个挨揍的男人目露凶光凑上前来,你又扇了他一个耳光。(我真是窝囊透了!)

> 莫言《红蝗》

上述文字以叙事者的视角写"一个男人",写"你"——黑衣女人。在两个耳光后穿插"我"的感受,视角转换为"我"。这是叙事视角的转换,也是叙事者的转换。在这场交际中,"你"与"我"构成了交际双方,捶耳光和挨耳光构成了事件的全部。穿插的"我"的感受,实际上是回到了全文的叙事视点。该文本是以第一人称"我"为视角的叙事模式,"我"既是故事讲述者,又是故事中人物。挨耳光事件在文本前半部,是以"我"的视角讲述,以"黑衣女人""那个女人""她"的第三人称来称呼打"我"耳光的人;到上述文字,却转化为以第二人称"你"相称。"你"与"我"构成了叙事点的两端,交错在叙事中,补充了前面单一视角叙事未挑明的内容:"你"为何要扇"我"耳光,"我"莫名其妙挨耳光的原因在对"你"的讲述中明了。叙事视角的交错造成了叙事方式的对立,却于对立中呈现了别出心裁的叙事审美价值。

二　语境差的内视点——平衡统一

内视点即超越语言表层对对立现象的深层审视。寻求对立中内蕴的平衡统一,就是寻求语境差审美价值的过程。这是对表层语言现象的深层审视,审视目光不仅局限在话语片段,而且投注到与之关联的语境各因素。

对立是在特定语境中生成的,内在统一也是对特定语境的综合考察。对立是对"这一个"的考察,统一也是基于"这一个"的审视。特定语境是从对立的不平衡到统一的内在平衡的考察依据,它使得语境差的不平衡具有了平衡基点。如:

> (1)花轿里破破烂烂,肮脏污浊。它像个棺材,不知装过了多少个必定成为死尸的新娘。轿壁上衬里的黄缎子脏得流油,五只苍蝇有三

只在奶奶头上方嗡嗡地飞翔,有两只伏在轿帘上,用棒状的黑腿擦着明亮的眼睛。

(2)奶奶舒适地站着,云中的闪电带着铜音嗡嗡抖动,奶奶脸上粲然的笑容被分裂成无数断断续续的碎片。

莫言《红高粱》

例(1)"花轿"原为喜事的参与物,此处却以"棺材"作喻,形成了对立反差。上述文字突出了花轿的"肮脏污浊",这是特定环境、特定情境中的花轿,其空间语境是高密东北乡,情景是"我奶奶"将要嫁给一个麻风病人。这一看似对立的本体与喻体却是乡间女人命运的真实写照,不自由的婚姻,悲惨的命运,使花轿的"像个棺材"具有了合理性。此外,"不知装过了多少个必定成为死尸的新娘"这一描写还预设了奶奶三十岁就"成为死尸"的命运。例(2)"舒适地站着""粲然的笑容"与路遇劫匪的情景不相吻合,但却因"我奶奶"在这一特定语境中的处境与心境而具有了合理因素。"我奶奶"对嫁给麻风病患者"前途险恶,终生难脱苦海"的担忧,劫路人出现给她的转机,她"不知忧喜",因而有了上述表情。"笑容"虽是视觉可见,但却不是具有形状的物体,以"无数断断续续的碎片"来形容闪电震撼中奶奶神情的变化,描绘出了奶奶在此情此景中的复杂神情,并折射了复杂的内心世界。

特定语境并非局限于文本描绘的瞬间语境,而包含着整个文本中的相关语境。对立中的统一的考察,也必须联系更大的语境背景。如:

(1)奶奶幸福地看着在高粱阴影下,她与余司令共同创造出来的、我父亲那张精致的脸,逝去岁月里那些生动的生活画面,像奔驰的飞马掠过了她的眼前。

莫言《红高粱》

(2)这场轰轰烈烈的爱情悲剧、这件家族史上骇人的丑闻、感人的壮举、惨无人道的兽行、伟大的里程碑、肮脏的耻辱柱、伟大的进步、愚蠢的倒退……已经过去了数百年,但那把火一直没有熄灭,它暗藏在家族的每一个成员的心里,一有机会就熊熊燃烧起来。

莫言《红蝗》

例(1)奶奶中弹即将去世,应该是处于痛苦中,如何能"幸福"。对"幸福"的考察,除了奶奶面对"父亲那张精致的脸"所产生的"幸福",还有对"逝去岁月里那些生动的生活画面"的回顾。这就不能不涉及奶奶曾经有过的幸福时光,"天赐我情人,天赐我儿子,天赐我财富,天赐我三十年红高粱般充实的生活",这就是给痛苦中的奶奶以"幸福"感的精神支柱,也是此时此刻"幸福"的合理所在。例(2)"悲剧""丑闻""壮举""兽行""里程碑""耻辱柱""进步""倒退"构成了一对对矛盾对立体,以此形容在遥远的年代,一对蔑视家族法规试图近亲结婚的"小老祖宗"被"制定法规的老老祖宗"烧死的事件。这一事件在小说中以一种悲壮的描写展现,高粱秸秆点燃的熊熊火焰,涂满牛油的"修长美丽的肉体金光闪闪"构成了充满壮烈意味的画面。而族里制定的严禁同姓通婚的规定具有两面性,"正像任何一项正确的进步措施都有极不人道的一面一样,这条规定,对于吃青草、拉不臭大便的优异家族的繁衍昌盛兴旺发达无疑具有革命性的意义,但具体到正在热恋着的一对手足上生蹼膜的青年男女身上,就显得惨无人道。"上例中的对立体,渲染了这一事件的声势,概括了这一事件的复杂性。

莫言对立链接表层往往蕴含着哲理的深层韵味,结合特定语境的考察,也是寻求其深层内蕴的过程。如:

> 我曾经对高密东北乡极端热爱,曾经对高密东北乡极端仇恨,长大后努力学习马克思主义,我终于悟到:高密东北乡无疑是地球上最美丽最丑陋、最超脱最世俗、最圣洁最龌龊、最英雄好汉最王八蛋、最能喝酒最能爱的地方。

莫言《红高粱》

"热爱"与"仇恨"是人类情感取向的两极,这两极在此统一到了"高密东北乡"这一对象上,看似违背逻辑原理,实则内蕴复杂的情感、深刻的哲理。"悟到"后几个"最"的反义组合,可以说是概括了"高密东北乡"人文地理、历史现实的方方面面。纵览《红高粱家族》《红蝗》《白狗秋千架》等作品,莫言笔下的风土人情,充满魔幻与现实色彩的故事情节,其评价就汇聚在这些"最"的反义组合中。看似矛盾的组合统一到了特定语境中,就是和谐的、概括的。

对立链接中的哲理,往往与特定的情感相关联。情感赋予对立以色彩,又赋予对立以统一。如:

> (1)奶奶注视着红高粱,在她朦胧的眼睛里,高粱们奇谲瑰丽,奇形怪状,它们呻吟着,扭曲着,呼号着,缠绕着,时而像魔鬼,时而像亲人,

它们在奶奶眼里盘结成蛇样的一团,又忽啦啦地伸展开来,奶奶无法说出它们的光彩了。它们红红绿绿,白白黑黑,蓝蓝绿绿,它们哈哈大笑,它们号啕大哭,哭出的眼泪像雨点一样打在奶奶心中那一片苍凉的沙滩上。

莫言《红高粱》

(2)秋千架竖在场院边上,两根立木,一根横木,两个铁吊环,两根粗绳,一个木踏板。秋千架,默立在月光下,阴森森,像个鬼门关。架后不远是场院沟,沟里生着绵亘不断的刺槐树丛,尖尖又坚硬的刺针上,挑着青灰色的月亮。

莫言《白狗秋千架》

例(1)奶奶眼中的高粱呈现出"魔鬼"与"亲人"对立的两组形象,它们的色彩、动作神情都是对立的。这种意象的对立是情感注入下的产物。奶奶被日本人击中,濒临死亡,眼中的红高粱是承载了"宇宙的声音"的幻象,因此,高粱带有了人的情感,人的知觉,有了人的喜怒哀乐。在奶奶眼里"天与地、与人、与高粱交织在一起,一切都在一个硕大无朋的罩子里罩着",这时的高粱已经不唯是自然景物,而是与奶奶进行最后沟通的对象。它的两极形象,代表了奶奶一生所经历的人与事。例(2)本作为玩物的"秋千架",此处却以"鬼门关"作喻。这也是赋予了人的情感的物体,因为它连缀着人物命运,是故事主人公暖命运的拐点,也是"我"与暖关系的拐点。"秋千架"被赋予情感的形象预示着后来的情节走向,暖荡秋千时,因绳子断了,一根槐针扎进暖的右眼,造成终身残疾,"秋千架"成为暖的鬼门关。

三 审美与审丑的对立统一

美与丑是意识形态的一组对立面,审美与审丑则是美学意义上一组对立而又融合的形态,它们同属美学范畴。能否对自然界被认为"丑"的事物审美,取决于对审美的界定。孙绍振认为:"审美和对象的关系并不太大,不管对象是美是丑,只要有强烈、丰富、独特的感情,就仍然是审美的。"[1]审丑属于美学范畴,早在1853年罗森克兰兹《丑的美学》一书中就提出。他认为丑虽然"不在美的范围之内","但又始终决定于美的相关性,因而也属美学理论范围之内"。[2] 这说明,审美不一定取决于对象自身的美丑,而是取决

---

[1] 孙绍振:《审美、审丑与审智》,广东人民出版社,2014年,第65页。

[2] 朱立元主编:《美学》,高等教育出版社,2006年第2版,第205页。

于对象中所赋予的情感。莫言笔下出现的"最丑陋"的事物,也便由于其蕴含的情感而具有了审美价值。

丑的事物在自然状态下无所谓审美,只有其进入特定的语境,被赋予特定的情感后,才可能具有审美价值,这就需要"通过真实与表情","把自然中最丑的东西转化为一种艺术美",[①]情感的参与是转化的关键。我们试以《红蝗》中出现的"大便"为例,说明审丑与审美的对立统一。《红蝗》中有对"大便"的大段描写说明:

> 　　我有充分的必要说明,也有充分的理由证明,高密东北乡人食物粗糙,大便量多纤维丰富,味道与干燥的青草相仿佛,因此高密东北乡人大便时一般都能体验到磨砺黏膜的幸福感。——这也是我久久难以忘却这块地方的一个重要原因。高密东北乡人大便过后脸上都带着轻松疲惫的幸福表情。当年,我们大便后都感到生活美好,宛若鲜花盛开。我的一个狡猾的妹妹要零花钱时,总是选择她的父亲——我的八叔大便过后那一瞬间,她每次都能如愿以偿。应该说这是一个独特的地方,一块具有鲜明特色的土地,这块土地上繁衍着一个排泄无臭大便的家族(?)种族(?),优秀的(?),劣等的(?),在臭气熏天的城市里生活着,我痛苦地体验着淅淅沥沥如刀刮竹般的大便痛苦,城市里男男女女都肛门淤塞,像年久失修的下水管道,我像思念板石道上的马蹄声声一样思念粗大滑畅的肛门,像思念无臭的大便一样思念我可爱的故乡,我于是也明白了为什么画眉老人死了也要把骨灰搬运回故乡了。
>
> 　　　　　　　　　　　　　　　　　　　　莫言《红蝗》

这段文字将高密东北乡人"无臭"的大便与城市"臭气熏天"的大便形成对比,从高密东北乡人大便的品质、味道,大便后的幸福感,突出体现了这块"具有鲜明特色的土地"的特色。当然,写"大便"并非单纯为了讴歌"大便",而是体现对故乡的思念。莫言的独到之处在于,他表现这种思念,并非选择故乡的美好景物,而是选择了一般意义上丑的,甚至不堪入目的事物。写"大便"的独特,对"大便"的讴歌,给人以突出的印象。人们一般观念上大便的丑和故乡的美和谐地统一在一起。正因为这样,莫言理直气壮地讴歌"大

_____

①　[德]莱辛:《拉奥孔》,转引自刘叔成、夏之放、楼昔勇等著《美学基本原理》,上海人民出版社,2001年,第241页。

便",为讴歌"大便"而理直气壮地声言:"……我们的家族有表达感情的独特方式,我们美丽的语言被人骂成:粗俗、污秽、不堪入目、不堪入耳,我们很委屈。我们歌颂大便、歌颂大便时的幸福时,肛门里积满锈垢的人骂我们肮脏、下流,我们更委屈。我们的大便像贴着商标的香蕉一样美丽为什么不能歌颂,我们大便时往往联想到爱情的最高形式、甚至升华成一种宗教仪式为什么不能歌颂?"对故乡的深挚情感使"大便"化丑为美,并为这种美而感到自豪,故乡情的植入使"大便"具有了审美价值。

被赋予了情感的"大便"意象,在莫言笔下毫无顾忌地与其他事物一样具有了描写的价值,他为"大便"取喻:

> 五十年前,高密东北乡人的食物比较现在更加粗糙,大便成形,网络丰富,恰如成熟丝瓜的内瓤。那毕竟是一个令人向往和留恋的时代,麦垄间随时可见的大便如同一串串贴着商标的香蕉。
>
> 莫言《红蝗》

以"一串串贴着商标的香蕉"作为"大便"的喻体,取其形体相似,以印证前面的"大便成形"。后紧接着"四老爷排出几根香蕉之后往前挪动了几步",干脆就用"香蕉"直接取代了"大便"。他甚至将"大便"作为喻体,与"人"相提并论:

> (1)三月七日是我的生日,这是一个伟大的日子。这个日子之所以伟大当然不是因为我的出生,我他妈的算什么,我清楚地知道我不过是一根在社会的直肠里蠕动的大便,尽管我是和名扬四海的刘猛将军同一天生日,也无法改变大便本质。
>
> (2)九老爷像一匹最初能够直立行走的类猿人一样笨拙稚朴地动作着。我猜想到面对着透彻的阳光他一定不敢睁眼,所以他走姿狼亢,踉踉跄跄,跌跌撞撞,神圣又庄严,具象又抽象,宛若一段苍茫的音乐,好似一根神圣的大便,这根大便注定要成为化石……
>
> (3)我知道,即使现在不离开这座城市,将来也要离开这座城市,就像大便迟早要被肛门排挤出来一样,何况我已经基本上被排挤出来。我把人与大便摆到同等位置上之后,教授和大姑娘带给我的不愉快情绪便立刻淡化,化成一股屁一样的轻烟。
>
> 莫言《红蝗》

上述三例均"把人与大便摆到同等位置上",以"大便"喻人,喻人的被城市排挤出,形象而具有调侃意味。易中天认为:"作为过程,情感的对象化就是艺术,即美的创造;作为结果,对象化了的情感就是美,即艺术品。"①"大便"在莫言笔下具有了艺术品的价值,"大便"的审美也就成了一种艺术,这是莫言的故乡情结所赋予"大便"的艺术性。莫言笔下的丑陋描写,代表了新时期小说语言的一种审美变异现象。张卫中指出:"新时期文学中,丑陋、肮脏、淫秽词汇大量增加只是一个表征,表征的背后实际上是文学语言在打开大门以后的大规模扩容。各种各样的词汇都具备了成为文学语言的资格,同时,词汇的各种组合方式、言说方式也大大地增加了。"②可见,"大便"之类的词语进入特定语境,带有了其本身不具有的内涵,成为文学语言变异琳琅满目风景中一道奇异的景致。

莫言笔下"丑"与"美"是对立的统一体。丑的事物,可能具有美的极致的抒写;美的事物,却可能有丑的抒写。"美"与"丑"作为审美对象,可能统一于同一个抒写对象,同一个画面。《红蝗》中对两个恋人被火焚烧的情景做了具体描述:

当时年仅八岁的四老爷的爷爷清楚地看到赤身裸体的 A 和 B 在月光下火光上颤抖。他们是从火把点燃祭坛的那个瞬间开始颤抖的,月光和火光把他们的身体辉映成不同的颜色,那涂满身体的暗红色的牛油在月光下发着银色的冰冷的光泽,在火光上跳动着金色的灼热的光泽。他们哆嗦得越来越厉害,火光愈加明亮,月光愈加暗淡。当十几束火苗猝然间连成一片,月亮像幻影猝然隐没在银灰色的帷幕之后,A 和 B 也猝然站起来。他们修长美丽的肉体金光闪闪,激动着每一个人的心。在短暂的一瞬间里,这对恋人你看看我,我看看你,然后便四臂交叉,猛然扑到一起。在熊熊的火光中,他们翻滚着,扭动着,带蹼的手脚你抚摸着我,我抚摸着你,你咬我一口,我咬你一口,他们在咬与吻的间隙里,嘴里发出青蛙求偶的欢叫声……

莫言《红蝗》

近亲结婚是愚昧时期的产物,是不美的;家族以家法处置,处以火刑,是不人道的,也是不美的;这两个年轻人对爱情的追求和勇气却是人类值得讴歌的

①　易中天:《破门而入·易中天谈美学》,复旦大学出版社,2006 年,第 176 页。
②　张卫中:《20 世纪中国文学语言变迁史》,中国社会科学出版社,2013 年,第 196 页。

情感。这一事件本身就带有美与丑的交错。上述文字以一种舞台表演史诗般的情调表现这一场极刑，带有了美的视觉效果，使这一场由愚昧导致的酷刑显得蔚为壮观。并印证了下文"丑闻""壮举""兽行""里程碑""耻辱柱""进步""倒退"构成的一对对矛盾对立体的评价。

第二章　被颠覆的小说时空世界

时间与空间是密切关联的,这是我们将时空放置在一起考察的原因。时空作为语境的构成要素,是小说人物活动的背景空间,是小说情节展示的领域。时空作为小说不可或缺的重要参构因素,在作家笔下呈现出复杂的形态,使时间问题成为"最具难度"[①]的研究。这个难度,很大程度上就是基于其复杂性。在小说中,时间突破了自然时间的时序,突破了自然时间的客观规律,成为作家笔下"游戏的对象",[②]从而出现了形态各异的超越时空现象。也正因为此,在语境颠覆视角下来考察时空语境是极有意义、极具审美体验的语言认知。在作家的奇异神笔下,我们既能看到"一条公牛闯入瓷器店,撞翻了瓷器,然后在踩碎了好几只瓷盘之后,转身从门里跑出去了"的正常情景,又能看到"公牛退回瓷器店,磁盘的碎片收拢,成为一只完好无损的盘子飞回架上"的异常景致,[③]还有可能看到由"公牛""瓷器店""磁盘"或更多道具错乱组合而构成的富具戏剧性的时空颠覆错位情景。

作为"游戏的对象"的时空,是为当代小说家着力创造的时空,它以反自然的标志颠覆了自然规律,而以审美为基准,重新构建了小说奇异时空世界的审美平衡。

第一节　时空语境差的修辞建构

我们所探讨的不是正常意义上的时空现象,而是背离了客观情景,背离了逻辑规律,背离了语言规律的时空现象,这就是时空语境差。时空语境差是基于语境视角对时空的研究,指时空语境不平衡的颠覆状态,通过语境各

---

① 曹文轩:《小说门》,作家出版社,2003年第2版,第129页。

② 同上,第130页。

③ 同上,第151页。

要素的整合,达到审美价值的重新建构。我们拟从对立、反差等表层颠覆现象,和寓意、虚拟等深层颠覆现象探寻时空语境差中蕴含的审美价值。

一　时空对立构建的深层意蕴

同一文本语境中的时空可能是和谐的,也可能处在对立状态。对立即将不同的时空背景加以链接,这些不同的现实历史时期可能具有战争与和平、动乱与和谐、骚动与宁静等对立意义。作者巧妙构思的文本中,时空语境可能呈现出对立与和谐交替的复杂状态。

乔叶的《拾梦庄》以整体虚拟的拾梦庄语境为小说故事大语境,在这个总体语境中又呈现了一个个或对立或统一的片段时空语境。首先,是对这个村庄客观空间语境的描绘:

> (1)走进村子,我就开始震惊。我从没有见过这样的村子:这么旧,还旧得这么漂亮,这么完整。宽阔的青石板路,苍苍郁郁的古树,闪烁着斑斑金翠的瓦当和脊兽,细腻精美的木雕砖雕和石雕俯仰皆是,还有处处可见的字体讲究的门匾,有的是"作善降福",有的是"厚德载物",还有的是"守身为大"……虽然细看时就会发现很多房屋有残落破败的痕迹,但仍然能够鲜明地感受到当年的威严和气派。这样的村子,真不应该叫村子,而应该叫作府第或者豪门,最起码也应该叫庄园。

> (2)那些红字写满了整面墙。红色有些剥落,但字还都十分完整。那些字是:毛主席万寿无疆!你们要关心国家大事,要把无产阶级大革命进行到底。贪污和浪费是极大的犯罪。要打倒一切牛鬼蛇神。我们曾经说过,房子是应该经常打扫的,不打扫就会积满了灰尘;脸是应该经常洗的,不洗也就会灰尘满面。我们同志的思想,我们党的工作,也会沾染灰尘的,也应该打扫和洗涤……这都是什么啊,东一句西一句,毫无逻辑地排列在一起,像一场巨大的行为艺术。最短的一个字是:忠。最常见的也是这个字:忠。只要有需要填白的地方,就会有这个字,有时候是两个:上下各一个,或者左右各一个。有时候是三个:左中右或者上中下各一个。

例(1)所描绘的空间语境充满了古色古香的优雅风味,青石板路、古树、木雕砖雕石雕、门匾无不透露出"古"味儿。例(2)所描绘的空间语境则充溢着革命话语,充满着政治气息。这两个空间环境的对立,又隐含着时间语境的对立,一古一今,封建社会与"文革"时期形成了时间上的对立。文本中出现的又一时空对立是"铁梅山"上的墓地：

> 这是一座最大的坟墓。虽是最大，也不过比刚刚看过的坟墓大那么一圈，坟头也高出了一些，不到一米高的样子。碑也略微大一些，上面刻的字都是红色的，左右两边分别刻着"生得伟大"和"死得光荣"，都是毛体，中间部分的上面刻着"死难烈士万岁"，也是毛体，下面刻着一排名字，是正楷。

这一空间语境既与上例(2)的语境对立，又是统一的。"文革"话语昭显了历史时期的一致性，但例(2)语境描述中并不显示的这场"革命"的结果，在墓地这个空间语境中显示出来。一场武斗，"乒乒乓乓的，枪响了两天才消停"，"死了三十多个人"，老村长的介绍点出了墓地的由来。如果说，上述三例对立的时空语境为我们提供了故事发生的一些背景资料，那么，小说的深刻之处还不在于此。其对"文革"的批判，对"文革"余毒的担忧，还通过与筹备旅游项目现场主观时空语境形成的对立体现出来。小说对筹备会现场做了大篇幅的描绘，如人物活动参与组成的空间语境：

> 少顷，出场程序结束，一个男孩子扛着红旗走到了队伍的最前面，大摇大摆地挥舞了起来。在红旗猎猎中，他们开始踏步，边踏步边喊："革命无罪，造反有理！革命无罪，造反有理！"踏步声停，他们摆出了一个造型，然后开始边舞边唱："拿起笔，作刀枪，集中火力打黑帮。革命师生齐造反，文化革命当闯将！"唱完了这四句，他们又开始踏步，边踏步边喊："革命无罪，造反有理！革命无罪，造反有理！"踏步声停，他们又摆出了一个造型，再开始边舞边唱："拿起笔，作刀枪，集中火力打黑帮。革命师生齐造反，文化革命当闯将！"
>
> 如是者三，退场。退场的口号倒是和唱的没有任何重复，是非常崭新也非常嘎嘣脆的两句："要革命就跟我走，不革命就滚他妈的蛋！"

这个空间语境与上述例(2)表现的"文革"遗留话语的空间语境相映相协，是"文革"情景的再现。但又与例(2)有着时间差异，遗留的标语口号生成的话语背景是"文革"时期，模仿的话语生成背景是当今。如果说，充满"革命"色彩的标语口号生成于"文革"，与特定历史时期背景相吻合的话，那么模仿的话语与现今社会就呈现出极大的反差。这种模仿"文革"情景的表演再现了"文革"的激进、荒唐，将这样一场给中国带来巨大灾难的"浩劫"以欢乐的歌舞形式重现，与"文革"灾难、浩劫的历史现实又构成了对立。

小说构成对立的时空语境还出现在"我"从山上墓地回来之后看到的人们欢腾表演的情景，这个表演将"文革"与当代歌舞交融在一起，充满了荒诞：

> 现场会的会场已经又是一番景象：随着 RAP 的节奏，所有的人都正在手脚并用地跳着毫无路数的随心所欲的舞蹈，这些人的装扮可真够奇形怪状：有的人是光头，上面写着一个大大的"黑"字；有的人胸前挂着大蒜串成的项链，蒜皮随着舞蹈的动作恣意飞翔；有的人戴着高高的纸帽子，上面打着一个大大的红叉；有的人胸前挂着长方形的纸牌子，上面也打着一个大大的红叉……我使劲儿想辨认出他们是谁，可是我眼神迷乱，谁都没有辨认出来。我只是凭感觉知道：王局、钟局、史局、李教授、小肖，村长还有那些村民们，他们都在里面……还有那群我们刚进村时就表演过的红卫兵演员，他们也都在里面。他们还穿着那身红卫兵衣服，不过都化上了崭新的浓妆：他们的脸上都打了滑稽的腮红，红宝书封面上的毛主席头像也都已经变成了粉红色的人民币百元钞。

该场景模仿的是"文革"批斗的场面，但"每个人的脸上都洋溢着笑容，每个人的脸上都洋溢着欢乐"。由参与者穿着打扮与道具构成的这样一个空间语境与上述对"文革"情景描绘的空间语境看似相协的，但时间差异与风格差异又体现了对立。上自领导下至村民，将"文革"批斗变异为闹剧，化妆表演与红宝书头像的变异将"文革"与当今杂糅。这样一个充满变异的情景正如作者所形容的"这人群的气息可真是浑浊啊，什么味道都有：汗水味儿，香水味儿，尿臊味儿，腥臭味儿，鲜血味儿，油盐酱醋味儿，烟酒茶味儿，钞票味儿，公章味儿，丝绸味儿，粗布味儿，鞋袜味儿，面条味儿，胭脂味儿，口红味儿，精液味儿……""文革"在此变味儿，标志着表演者对"文革"性质认识的变异。以闹剧呈现"文革"灾难，表演者解构了"文革"，读者通过这一解构的荒谬，解读了作者对这一闹剧的嘲讽批判。

小说以特定时空为故事背景，时空语境互为交错的关系是复杂的，其中蕴含的批判意义也由于这种错综复杂的语境关系而体现了深刻性。时空语境是人物活动的背景，又是人物情感、思维的映衬。在看似对立或统一的语境背景下，又蕴含着深层的对立与统一。对村落古典韵味的描绘与现代模拟"文革"所形成的时空语境对立的意义在于，将再现"文革"情景这样一个充满闹剧色彩的旅游项目设置在一个"已有专家论定，这是河南省目前发现的一处保存最完整、规模最大的具有中原特色的地主庄园，是中国古代民居建筑群的优秀范例，是研究清民居建筑文化和民俗文化的宝贵资源……"的空间环境，是对古迹保护的破坏，是对古典文化风格的颠覆。空间情景的对立还构成了人物话语的对立。在"我"追随黑衣女人上山途中，"我"问黑衣女人为什么在现场会不发言，黑衣女人答道："有话说，可是不想说。"不想说的原因是"场合不对"。到了山上墓地，"场合对"了，黑衣女人打开了话匣子，讲述了"文革"时期批斗会，追查反革命事件等荒诞又残酷的政治斗争。"场合"即人与环境融合下的空间语境。在旅游项目现场会，参与者兴致勃勃的策划改变了"文革"的基调，将苦难衍变成欢乐，与黑衣女人想要揭示"文革"真面目的心理指向是相违背的，因而"场合不对"。山上墓地阴森可怖的严肃场合，掩埋着"文革"的殉难者，与"文革"苦难是相协的，因而"场合对"。空间语境与人物话语间的对立与统一代表了黑衣女人的情感倾向，也代表了作者的写作意图。"不是所有经历过'文革'的人，都记得这些，更不是所有经历过'文革'的人，都能够去讲这些。""我"的情感在两种时空语境的比照中得到了顿悟。当"我"从山上墓地了解了"文革"的真相后，回到山下，看到现场更为荒诞的表演，"突然觉得十分恶心，还有恐惧。深度的恶心，阔大的恐惧"。加大力度描绘的"恶心""恐惧"感，是在闹剧与"文革"真相巨大反差中产生的情感，蕴含着对"文革"的批判，也蕴含着对策划行为的批判。作者深度的批判旨意是一对对对立关系的场景人物聚集的焦点，对立在作者创作意图中趋于审美平衡。

时空语境的对立可能是客观意义上的对立，也可能是主观意愿参与下的临时对立。临时对立是在特定语境中，重组话语意义后生成的。如：

> 我从来都以为，办公室与剧场影院最大的区别就在于，办公室是舞台，即使你不喜欢表演，你也必须担任一个哪怕是最无足轻重的配角，你无法逃脱。即使你的办公室里宁静如水，即使你身边只有一两个人——演员，你仍然无法沉湎于内心，你脸上的表情会出卖你。那里只是舞台，是外部生活，是敞开的空间。而影院、剧场却不同，当灯光熄灭，黑暗散落在你的四周，你就会被巨大无边的空洞所吞没，即使你周围的黑暗中埋伏着无数个脑袋，即使无数的窃窃私语弥漫空中如同疲倦的夜风在浩瀚的林叶上轻悄悄憩落，但你的心灵却在这里获得了自由漫步的静寂的广场，你看着舞台上浓缩的世界和岁月，你珠泪涟涟你吃吃发笑你无可奈何，你充分释放你自己。

陈染《嘴唇里的阳光》

"办公室"与"剧场影院"虽属不同的活动空间,但原本并非对立的,而在此处却形成了对立。这一对立甚至将二者的性质特点加以置换。虽然"舞台"并未置换成"办公室",但"办公室"置换成了"舞台"。以人在办公室这个"敞开的空间"缺失隐私,缺失自我的暴露与内心遮蔽,与在剧场黑暗空间中的内心自由释放形成对立。当然,这种置换带有强烈的主观情绪,是"我以为"的,"办公室"与"舞台"的置换是为了反衬"我"在剧场感受到的心灵的自由与释放。对立由此在人物心灵袒露的意义层面达到了形式与内容的平衡。

二 时空反差中的情感介入

时空是人物活动的场景,人物活动的舞台。根据常理,时空语境要与活动的人相配搭。但在作家的艺术构思中却奇巧地进行了反向配搭,使时空与活动其间的人的某一方面形成了反差。通过对人物活动时空的颠覆体现人物的情感乃至叙事者的情感倾向。

人物的心理活动与人物所处的时空,人物视觉所见的时空本应是相和谐的,但作家却让二者呈现出一种落差。如:

> 留校任教没多久的青年女教师柳莺简直要被这个突如其来的幸福给打晕了,有那么一刻,她甚至觉得脚底下的大地都有些微微的颤悠,周围的街景在她眼里全变成飘飘忽忽的,大马路上走来走去的人们就像蛇鼠出洞蚂蚁搬家,忙忙叨叨惊惊惶惶一派大地震前兆的唐山景象。还不时有光,一道紧跟着一道的白炽热光忽闪忽闪的在她眼皮内明灭,让她把什么都不能够再看得真切。

徐坤《狗日的足球》

柳莺得到世界足球明星马拉多纳要到中国参赛的消息,兴奋异常,上述文字描述这个消息给她带来的巨大欢乐,以眼前街景的幻觉来衬托。奇特的是,衬托"幸福"的景物并非美好之景,而是"大地震前兆的唐山景象",这就与高兴、兴奋的心情形成了反差。这种反差,与"以乐景写哀,以哀景写乐"不同,"以乐景写哀,以哀景写乐"是以景衬情,而上例是以情出景。前者是以景为出发点,后者是以情为出发点。它不是意在"一倍增其哀乐",而是意在表现特定心情下的景物变形,以此表现人物心态。柳莺眼中街景的纷乱场面已经失却了褒贬色彩,留下的是消息带来的极度的心理震撼感。

时空语境与人物之间构成的反差,不但表现在与人物心理的反差,而且表现在与人物身份的反差。徐坤《厨房》就设置了一个与女强人构成反差的"厨房"空间语境:

> 瓷器在厨房里优雅闪亮,它们以各种弯曲的弧度和洁白的形状,在傍晚的昏暗中闪出细腻的密纹瓷光。墙砖和地板平展无沿,一些美妙的联想映上去之后,顷刻之间又会反射回眸子的幽深之处,湿漉漉的。细长瓶颈的红葡萄酒和黑加仑纯酿,总是不失时机地把人的嘴唇染得通红黢紫,连呼吸也不连贯了。灶上的圆人苗在灯光下扑扑闪闪,透明瓦蓝,炖肉的香气时时扑溢到下面的铁囷上,"哧啦"一声,香气醇厚飘散,升腾出。一屋子的白烟儿。离笋和水芹菜烹炒过后它们会荡漾出满眼的浅绿,紫米粥和苞谷羹又会时时飘溢出一室的黑紫和金黄⋯⋯

这个厨房充满了诗意的描写,与厨房中人物的情感相关联。按常理,"厨房"是家庭主妇所具有的空间环境,但在徐坤笔下却成为一个"已经百炼成钢,成为商界里远近闻名的一名新秀"在故事中从始至终的活动场景。人物身份与空间语境构成了反差。上例对厨房景物的描绘带有浓郁的诗性色彩,这就不是一般意义上的厨房的"锅碗瓢盆油盐酱醋",而是带上了人物主观色彩的空间环境。因为"厨房并不是她自己家里的厨房,而是另一个男人的厨房。女人枝子正处心积虑的,在用她的厨房语言向这个男人表示她的真爱"。小说所表现的时间是短暂的,简单地说,就是一个女人在厨房的一顿晚餐。但这个时间、这个地点,却是这个女人至此一生经历的浓缩,一个观照,"厨房里色香味俱全的一切,无不在悄声记叙着女人一生的漫长"。这个叫作枝子的女人与厨房的关系,不是单一的、始终的关系,而是经历了进入——离开——再进入——又离开的过程。厨房与枝子关系的过程,就是枝子成长经历的过程,更是枝子情感经历的过程。徐坤将枝子这个女强人放置在与身份反差的厨房加以塑造。在厨房的一顿晚餐,浓缩了枝子在此之前的家庭、工作经历,浓缩了她的心灵情感变化过程,并体现了与这个她想示爱男人无果的情感交流过程。

反差在小说故事情节中可能呈现套叠状态。《厨房》在女强人与空间语境构成的反差中展开情节,其间,又以一对对反差展现了整个过程。一是她对厨房的两种态度,两种情感的反差。婚姻生活中对厨房里"日复一日的无聊琐碎""咬牙切齿地憎恨",而"抛雏别夫,逃离围城",与厌倦了酒桌应酬的尔虞我诈、虚伪,而"怀念那个遥远的家中厨房,厨房里一团橘黄色的温暖灯光",要回归厨房形成一对反差。一是她与男人松泽态度的反差,枝子"很想回到厨房,回到一个与人共享的厨房"愿望的迫切,使她"这么主动,这样心甘情愿,这样急躁冒进,毫无顾虑,挺身便进了一个男人的厨房里",这一情感倾向与松泽形成了反差,这一对反差也是以厨房为凝聚点的:

> 光与影当中枝子的柔媚影像,正跟厨房的轮廓形成一个妥帖的默契。那一道剪影仿佛是在说:我跟这个厨房是多么鱼水交融啊! 厨房因了我这样一个女人才变得生动起来啊!
> 而松泽眼睛里却始终是莫衷一是的虚无。

"厨房"是家的象征,是枝子情感的寄托。"厨房对她来说从来没像现在这样亲切过。她从来没有像今天这样对厨房充满了深情"。这种深情却因松泽的无情而终归破灭。厨房里的交往发展到接吻这个关键时刻,"除了对他自己,对他自己的名和利以外,就再也没对谁真情过"的松泽,从枝子"玩得沉重,死命,执意,奋不顾身,吊在他的舌头上,拼命想把他抓牢贴紧,生怕他跑掉了一般"的吻,意识到了她的认真,意识到了这个真"玩"对自己的危险。于是,他毅然下了逐客令。再一是枝子在这个厨房中情感的反差,这一反差源自她与松泽态度间的反差而来。她充满感情地要为倾心的男人松泽生日做一顿晚餐,晚餐是她情感的寄托。然而,作为艺术家的松泽与枝子的关系是"经营品"与"经营者"的关系,枝子出资帮松泽举办个人画展的成功而使两人关系密切。但在情场游刃有余,"没有一次是不得逞的"的松泽,此时"身体里却分明缺乏这种感觉"。二人情感的反差预示了二人交往的结局,也预示了枝子的悲哀。设置厨房这一与女强人不和谐的空间语境对表现人物的心路历程具有深刻意义。正如小说开篇所说,"厨房是一个女人的出发点和停泊地",枝子从厨房出发,却因自己的放弃而丧失了这个停泊地。找不到家,找不到心灵的归宿,这就是枝子这样一个女强人的悲哀。就这一意义上说,"早年柔弱、驯顺、缺乏主见、动辄就泪水长流的"枝子与在商场"拼搏摔打","百炼成钢"的枝子又构成了反差;在商场驰骋拼搏与在厨房温顺柔婉的枝子也构成了反差。小说把人物活动的空间语境设置在厨房这样一个弹丸之地,一对对反差使之具有了深刻的意义内涵。这一对对反差投射到枝子的生活经历,投射到枝子的心路历程,反差中便显现了与人物相关相协的平衡点。由这一平衡点发散出的一对对反差,将这样一个在特定时代背景下的某种典型的女人形象展示在读者眼前,人物的内心复杂世界得到了深刻揭示。

时空语境的反差还可能表现在人的视觉中语词情感的反差,特别是在景物描写的语词中,往往承载着作者的情感,这一情感可能使语词所具有的原始情感色彩产生变异。如徐坤《地球好身影》中对白谷狗医生心理诊所户外环境的描绘:

> 白谷狗医生的心理诊所,位于城市中心区的护城河边,环境优雅,地段显赫。一弯潺潺流水,引得岸边杨柳垂涎,野花竞艳。
>
> 除了串红、雏菊这些贱贱的地表装饰花卉外,还有大叶黄杨和金叶女贞等低纬度树种,一年到头没皮没脸地绿着,扰乱了北京四季反差鲜明的景观。我去的时候,狗正垂涎一只鸭子,虞美人凛冽盛开得像大烟花。

这样一个优雅的环境,却用了"没皮没脸地绿着""垂涎""凛冽"等词语,造成了环境与描写语词的反差。这一反差却因白谷狗医生心理诊所的特性而得到调谐。景物是"我"眼中之景,环境是诊所给"我"的第一印象。在接下来"我"进诊所诊疗的过程,是白谷狗医生一步步进行性骚扰的过程。小说通过"我"与白谷狗的对话,揭露了白谷狗披着医生外衣,干着性侵犯勾当的真实嘴脸。将这一过程与上述描写相对应,语词的情感色彩鲜明体现出来。当然,这是作者赋予人物视觉中的情感。可见,描写中的景物往往超越了真实景物的客观性,而带上了主观色彩。主观色彩可以使原本不具有情感的景物带上了情感,特定的情感甚至使景物发生巨大的变异。如:

> 那个尼姑庵庭院里,高大的树枝重叠交错,在头顶沙沙作响,响得我心底堆满了绿绿的寂寞和一种没有准确对象的思念。我的瘦鸭爪似的裸脚旁,浓郁得如蜜似酒的石竹、天竺葵、矢菊野蒿们古怪的吟唱,挽歌一般点缀着这世界末日。遍地艳花在我眼里全是撒在棺材上的祭奠之花。这世界遍地棺材。
>
> 陈染《巫女与她的梦中之门》

与心底堆满的"寂寞"与"思念"相照应的是"我"眼中的景物描写,原本不具有声音特质的植物有了"古怪的吟唱"。以"挽歌"作喻及"世界末日"的时间表示语,又引出"遍地艳花在我眼里全是撒在棺材上的祭奠之花。这世界遍地棺材"的情感强烈、倾向绝对的论断。景物与景物描写的反差是显而易见的,带有浓郁情感倾向的描写与"我"的处境,"我"的复杂的情感密切相关。

"我"刚刚经历了与"父亲般苍老的男人""放浪形骸"的疯狂性交,也刚刚经历了男人因"性窒息"而死亡的惊吓。"我无比懊丧,想不明白为什么不把我投到监狱里去,而非要把我留在外边四敞大开的阳光中。"在"我"眼中,万物都因死亡而变异,"貌似温暖"的阳光,"却充满冷冷的杀机"。景物变异中的情感因素由此可见,变异产生的颠覆因情感牵系而回归平衡。

叙事时间的颠覆中,往往带有某种特定的意义内涵。如:

> 到大哥同大嫂结婚已是十年以后的事了。十年间,他除了自己家里的女人外,对全世界的女人都摆出一副不屑一顾的架势。母亲曾打算给他说门亲。大哥说:"你只要带她进这个家门我就杀了她。"
>
> 这十年中的第九年里,枝姐上班时被卡车压断大腿,流血而尽死去。在场的人都听见她一直叫着"大根"的名字。人们以为那是她丈夫。而实际上,"大根"是大哥的名字。
>
> 方方《风景》

故事时间在此具有表意功能,"十年以后""十年间""这十年中的第九年里"的叙事时间设置表述对故事发生的时序构成了颠覆,这一颠覆以含蓄的表现手法填补了叙事未明确点出的意义内涵:大哥与邻居枝姐确有不正当的关系,这就证实了枝姐丈夫的猜测。以颠覆形式的表述使叙事摇曳多姿,避免了平淡乏味。

三 时空意象寓意的颠覆

当时空作为有形体并带上了人的情感之后,便具有了意象的意味。特定的时空意象有着特定的寓意,但有时语词的寓意被临时改变,构成了时空意象寓意的颠覆。如:

> 仓库已经不是仓库了,是一条地下花船,到处铺着她们的红绿被褥、狐皮貂皮,原先挂香肠火腿的钩子空了,上面包上了香烟盒的锡纸,挂上了五彩缤纷的丝巾、纱巾、乳罩、肚兜……四个女人围着一个酒桶站着,上面放着一块厨房的大案板,"稀里哗啦"地搓麻将。看来缺五张牌并没有败她们的玩兴。每个人面前还搁着一个碗,装的是红酒。
>
> 严歌苓《金陵十三钗》

这是对妓女们栖身的地下仓库的描绘,可以想见,"仓库"在此已改变了其客观的特有功能,而带有了主观意味上的寓意,它成了妓女们暂时栖息的场所,也就带上了肮脏不洁、肆意放荡的意味。由"仓库"转化为"地下花船",空间场景变了,空间的寓意也就发生了改变,它除了本身位置的低下、条件的简陋之外,还呈现出妓女们栖息地一番花里胡哨、杂乱放荡的景象。妓女们虽然栖身于教堂的地下仓库,仓库恶劣的生存环境让她们收敛,但她们依旧延续着在秦淮河时灯红酒绿的生活。通过对地下仓库污浊环境的描写,妓女凌乱荒淫的形象跃然纸上。因此,"仓库"已转化为对妓女形象的隐喻化修辞建构,混乱的仓库便隐喻着杂乱的妓女群体。妓女们并不纯洁的身体和思想在不干净的空间环境中得以更明确的体现。这与文本中对圣经工场的描绘是迥异的。圣经工场是女学生的藏身之处,从文本的大致描述可以看出,圣经工场这一空间场景是整齐洁净的,除了过道两旁一字排开的地铺,便是装订《圣经》和《讲经手册》的案子,这就为女学生这一群体设置了一个与她们的形象相吻合的空间环境。在这个简洁的空间,住着简单纯洁的女学生,她们没有受到过任何污染,她们的形象如圣经工场般纯洁,只有她们才有资格住在如此圣洁高尚的地方。因此,"圣经工场"也就在其原有的纯洁神圣的表层空间所指中,带有了美好事物的隐喻意味,与女学生们单纯洁净的形象融为一体。当然,文本中随着故事情节的发展,人物所处空间场景的移位,时空意象的寓意也可能发生改变。随着战争一步步蔓延,由空间设置的界限和关系被渐渐打破。当残酷的战争真正蔓延到教堂时,女学生不得不收拾东西搬到妓女栖身的地下仓库,与妓女同挤在肮脏杂乱的密闭空间中。空间界限的打破,使两个群体开始慢慢融合。纯洁与肮脏、高贵与低贱,在面对只有生与死的区别时,都显得微不足道了。在此情境下,"仓库"的寓意又产生了变异,它是避难人们的栖息地。共同的经历通过死亡让妓女和女学生在情感上达成了共识,空间寓意随着人物的存在与人物关系的改变而改变。当十三个被视为风流下贱的妓女,身披唱诗袍,怀揣剪刀,代替女学生参加日本人的圣诞庆祝会,慷慨赴死时,妓女原有的形象发生了变异,前面"仓库"的寓意也因此被颠覆。作者让我们感受到,这只是遮掩妓女内心勇敢善良的表象。"仓库"在文本中作为一个寓意充实而又动态变更的生存空间,与生存其间的人们同呼吸共命运,也由此获得了修辞审美的意义与价值。

被颠覆的时空世界打破了时空规律,呈现出无章法状态。被颠覆的意象寓意可能不像上例那样,明确地通过比喻来实现,而是复杂的、难以捉摸的,一个时空可能呈现多种意象寓意。陈染《巫女与她的梦中之门》中的"九月"就是一个被颠覆难以破解的时间意象:

（1）我要告诉你的是九月。九月既不是一个我生命里不同寻常的时间，也不是某一位在我的玻璃窗上留下爪痕的神秘莫测的人物。我只能告诉你，九月是我这一生中一个奇奇怪怪的看不见的门。只有这一个门我无法去碰，即使在梦中无意碰到，我也会感到要死掉。

（2）耳光，这算不上遭遇的遭遇，使我和九月走到一个故事里，使我在这个如同堆积垃圾一样堆积爱情的世界上成为异类和叛逆。我只与属于内心的九月互为倾诉者，分不清我们谁是谁。也许是我的潜意识拒绝分清楚。这个世界恐怕难以找到比我左胸口上那个悸动的东西更复杂混乱更难以拆解剖析的零件了。

在例（1）中，先以否定形式否定了"九月"作为时间与人物的存在，后一否定是合理的，前一否定则与小说故事中的现实不符，因为"我"所有的遭遇都是在九月发生的，父亲的打骂，"有着我父亲一般年龄的男子"与"我"的畸形关系都使九月成为"一个我生命里不同寻常的时间"，这种事实不因被否认而改变。在两个否认后，引出了"九月"与"门"的关联。"九月"这一时间意象在此转化成了空间意象"门"，标志着"九月"这一时间意象寓意的颠覆，也标志着意象的复杂费解。例（2）"九月"则转化为能和"我""走到一个故事里"的"属于内心的九月"，"互为倾诉者"，"分不清我们谁是谁"，"九月"在此又由实实在在的时间因素，变异为虚拟的对象，原有的表时间的语义被颠覆。文本对"九月"这一时间语境意象的颠覆呈现了这一特定时间语词的复杂性，也呈现了其所带有的丰厚的蕴含，并给作品带来诡异的扑朔迷离的情调色彩。

四　虚拟中的时空穿越

作家的联想想象可能让时空有了两套语境系统：现实时空与虚拟时空。现实时空是客观存在的时空因素，虚拟时空则是带上虚幻色彩的构想的产物。它可以超越客观现实的时空规律，以作者情感为意愿生成。它是无忌的、无序的，打破了现实的合理性，打破了现实的规律性，以独特的表现形态展现出特有的风采。它于无序中蕴含着以情感为线索的审美规律，从而在情感线索的维系下获得了审美平衡。

时间是世界无法逆转、无法超越的客观存在，但艺术构思却可以打破时间规律，让时间逆转，让时间超越。这种逆转超越是以人为轴心进行的。如：

有一段时间我的历史书上标满了一九三四这个年份。一九三四年迸发出强壮的紫色光芒圈住我的思绪。那是不复存在的遥远的年代，对于我也是一棵古树的年轮，我可以端坐其上，重温一九三四年的人间沧桑。我端坐其上，首先会看见我的祖母蒋氏浮出历史。

苏童《1934 年的逃亡》

以"我"为视觉基点，将时间拉回"一九三四年"。"一九三四年"属过去时，是一个实实在在的时间因素。但由"一棵古树的年轮"而来的"我""端坐其上"，则将"我"置放在"一九三四年"，人物的挪位抑或是时间的逆转使时间带上了虚幻色彩。因此当代的"我"可以"重温一九三四年的人间沧桑"，能够"看见我的祖母蒋氏浮出历史"。这个文本以时间逆转开头的模式，为小说时空穿越定下了叙述基调。在叙事中多处出现时空人物的交错表达形式。如：

（1）我祖上的女人都极善生养。一九三四年祖母蒋氏又一次怀孕了。我父亲正渴望出世，而我伏在历史的另一侧洞口朝他们张望。这就是人类的锁链披挂在我身上的形式。

（2）医院雪白的病房里我见到了婴儿时的父亲，我清晰地听见诗中所写的历史雨滴折下细枝条的声音。这一天父亲大声对我说话逃离了哑巴状态。我凝视他就像凝视婴儿一样就是这样的我祈祷父亲的复活。

苏童《1934 年的逃亡》

例（1）将祖孙三代组合在两个句子中，时间定位是"一九三四年"。虽然，未出生的父亲"渴望出世"不合情理，但父亲毕竟是在"一九三四年"被怀在祖母的肚子里，时间并未越位。而"我伏在历史的另一侧洞口朝他们张望"则带有了时空穿越的虚幻色彩。"历史的另一侧洞口"以空间形式表时间的穿越，"张望"的时间也被定格在了"一九三四年"。时空穿越的表述使语言充满了诗意，体现了苏童诗性的语言风格。例（2）"我"如何"见到了婴儿时的父亲"，既然是"婴儿时的父亲"？又何来的"我凝视他就像凝视婴儿一样"并"祈祷父亲的复活"之说？这段不长的叙事中隐含着时空的错位。"婴儿时的父亲"实际上表现的是父亲在病中如婴儿的思维状态，但"诗中所写的历史雨滴折下细枝条的声音"却是隐含了对父亲一生的时空链接，从叙事紧接着转入对父亲婴儿时代的叙述也可以看出："父亲的降生是否生不逢时呢？抑或是伯父狗崽的拳头把父亲早早赶出了母腹。父亲带着六块紫青色胎记出世，一头钻入一九三四年的灾难之中。"从"我"眼中病床上的"婴儿时的父亲"，到一九三四年出生时的父亲，两个"婴儿"同指一个对象，却穿越了几十年的时空。这些超越了时空的语句组合链接，使叙事摇曳多姿，在诗性话语中展现了苏童的语言魅力。

以现在时的视角回望或前瞻，可能造成时空的穿越或虚幻。如：

(1)背景还是枫杨树东北部黄褐色的土坡和土坡上的黑砖楼。祖母蒋氏和父亲就这样站在五十多年前的历史画面上。

(2)黄泥大路也从此伸入我的家史中。我的家族中人和枫杨树乡亲密集蚁行，无数双赤脚踩踏着先祖之地，向陌生的城市方向匆匆流离。几十年后我隐约听到那阵叛逆性的脚步声穿透了历史，我茫然失神。老家的女人们你们为什么无法留住男人同生同死呢？女人不该像我祖母蒋氏一样沉浮在苦海深处，枫杨树不该成为女性的村庄啊。

苏童《1934年的逃亡》

(3)我知道，就是这个惊恐的颤抖的声音改变了二哥整个的人生，使他本该活八十岁的生命在三十岁时戛然中断，把剩余的五十年变成蒙蒙的烟云，从情人的眼前飘拂而去，无声无息。

方方《风景》

例(1)以五十多年后的视角写五十多年前的人物，自然呈现了时空穿越。以"站在"的方式写祖母蒋氏和父亲，俨然将人物拉近到读者眼前，并带上了虚幻色彩。例(2)"我"立足于现在的叙事时间，却宛如见到了家族中人和枫杨树乡亲的"逃亡"，这得益于叙事中对人物的动态描写，和"我"的听觉感官引发的联想。一句"几十年后我隐约听到那阵叛逆性的脚步声穿透了历史"将几十年的时空链接在一起，以叙事者"我"与几十年前背井离乡的乡亲们的关联，将彼时彼地的故乡事件充满情感意味地再现于读者眼前。例(3)生命终止在三十岁，本无所谓"剩余的五十年"，因此，这"五十年"是虚拟时间，是对现实时空的颠覆，但却表现了一种哀叹与抒情。

艺术想象中的虚拟空间语境也是一种颠覆，它颠覆了现实空间语境，而构建起另一个可能存在于另一场合或根本不存在的空间语境。陈染《与假想心爱者在禁中守望》中多次描写一个二楼的平台，这是一个从十三楼坠落的少年最后的归宿：

(1)在楼梯二层的窗口外边，有一个椭圆形平台，那平台向空中笔直而忧伤地延伸,格外辽阔。这里本来没有花香鸟鸣,可是,有一天,一个英俊的少年安详而平展地躺在上边,他雪白的额头在冬日的冷风里因孤独而更加苍白,他的膝盖像个被遗弃的婴儿的头骨在晨风里微微摇摆。

　　(2)当她再次经过二楼窗口那椭圆形平台时她惊呆了:

一群麻雀灰黑的翅膀,惊涛骇浪般地浮动在阳台上,平台上的上空比城市里其他任何地方的上空都要湛蓝,雨水刚刚洗涤过一样。当麻雀们阴影般飞翔起来之时,平台上忽然绿草茵茵,绽满花朵,变成一个灿烂喧嚣的花园。

　　(3)在经过死者的窗口时,她发现平台花园对死人的事件宁静如水,毫无惊愕之感。冰冷的石灰楼板从她的脚下钻上来一种稀奇古怪的声音。接着,她便猛然看到了这个多年以来空洞、荒芜的平台,转瞬之间业已变成了一座凄艳的花园世界,无数只昙花一现的花朵,如广场上密集的人流,无声地哀号,鲜亮地燃烧。平台依旧,却已是景物殊然。

　　(4)二楼的平台花园已经伸展到她的眼前,那些红的、白的、黑的、紫的鲜花,在光秃秃青灰色的天空中咄咄逼人地燃烧。她伫立在从死人的窗口斜射进来的光线中,把眼睛躲在窗棂遮挡住的一条阴影里,盯着那些浓郁的色彩所拼成的古怪图案,一动不动。

二楼的平台从"没有花香鸟鸣"到鸟语花香,是从现实转化为虚幻。转化的缘由看似因一个少年的坠落而起,实际上是因故事主人公寂鹬思想情感的参与而起,虚幻意象是寂鹬视觉中的心理幻象。在这些对平台的描写之间,穿插了寂鹬与她屋里写字台上一张照片上的男人——假想心爱者交往的叙述。"平台依旧,却已是景物殊然",从例(1)到例(4)的平台描写是层层深入的。例(1)是原始的现实中的平台,例(2)即已进入人物假想的幻觉中的平台,例(3)则进一步以"平台花园对死人的事件宁静如水"的冷漠与平台如"一座凄艳的花园世界"的热闹形成对照,例(4)心理中的"平台花园已经伸展到她的眼前"。例(3)与例(4)都以"鲜花燃烧"形容花的艳丽,花所制造的热闹场面,虽然只是"昙花一现"。从例(2)到例(4)平台花园这一虚幻空间的描述,颠覆了例(1)的现实时空。这种颠覆是以寂鹬的视点展开,以寂鹬的心理空间为存在依据的,抑或可以将其视为寂鹬的心理空间的展示物。寂鹬是个国家级的优秀报幕员,参照文本语境的其他描写可以看出她内心的孤寂感。每一次登楼梯时,她"都感到秋天向她走近了一步。那凉意和空旷感是从她的光裸的脚底升起的"。她没有现实中的交往者,没有现实中的爱情,只能"与假想心爱者在禁中守望"。她与电话那端的"相片上的那一张嘴"通话,将那个少年的坠落说成"从空旷的冷漠中""跑掉了"。这些无不透露出她心中的"凉意和空旷感"。少年的坠亡给了她心灵触动,平台就成了其情感的寄托。"这里俨然已是通往天堂的哨所和甬道。——这花园,这景观,这时节,这岁月啊!""其实,一切只在片息之间,却已是岁月如梭。""平台依旧""景物殊然"中蕴含着时空颠覆的感慨。她多次强调平台"椭圆形"的形体,又与她报幕的"椭圆形剧场"相链接,甚至在她的感觉中与自己的头颅链接:"她忽然觉得,她的头颅就是她向观众报幕的那个椭圆形剧场,那个剧场就是这个椭圆形地球。"这就以"椭圆形"为焦点,链接了平台、剧场、头颅直至地球这些不同的空间。寂寞中的寂旖渴望爱情,渴望温暖,小说末尾在与调琴人的对话中,寂旖思考着"我要什么"这个未解的问题,答案在其对"死去的少年从顶楼窗口探伸出身体所够抓的那东西"是"活人的温暖之声"的顿悟中明了,被颠覆的时空语境也在这一情感主旨中得以平衡。

虚拟空间是虚拟人物活动的场景,它突破现实空间人物的局限,在人物虚拟的心理空间遨游。陈染《巫女与她的梦中之门》对给她少年时代带来无法排解的阴影的父亲有两段虚拟的描绘:

(1)我的父亲高高站立在灯光黯然的大木门前,那木门框黑洞洞散发着幽光。白皑皑的雪人般冷漠的父亲嵌在木门框正中,正好是一张凝固不动的遗像。只有一只飞来飞去刺耳尖叫的大蚊子的嘶鸣,把这废墟残骸般的"镜框"和它后面的那个家映衬得活起来。在这炎热的夜晚,我父亲白雪一样漠然的神情,把这座我在此出生的童年的已废弃的家,照射得白光闪闪,犹如一座精神病院。

(2)我总是听到我父亲用他那无坚不摧的会写书的手指关节叩击他的书桌声,看到重重的尘埃像在滂沱大雨里大朵大朵掉落的玫瑰花瓣从他的书桌上滚落。我猛然转过头,发现我父亲其实并没有在身后。一声紧似一声的叩击木桌声以及尘土们像花瓣一样掉落的景观,不是由于我的幻觉,就是由于那幕情节经过无数次重复,已经被这鬼气森森的房间里的光或物的什么"场"所吸收、再现。我不知道。

二例是遭受父亲重创的"我"重回家里产生的幻象。父亲"一个无与伦比的耳光打在我十六岁的嫩豆芽一般的脸颊上",而后在"茫茫黑夜的红彤彤背景里"疯了。"我"被"有如我父亲一样年龄的男人"带到"城南那一座幽僻诡秘的已经废弃了的尼姑庵"后,又一次"回我那个高台阶上面的家"。幻象中的父亲实际上是盘踞在"我"的心理空间的父亲,是给"我"造成心理重创的父亲。因此,出现了现实无法诠释的景象和语言组合。以"白雪"状"神情",并使"神情"与"照射"搭配,构成"精神病院"的效果。父亲叩击书桌景象的过去时与现在时交汇,是"那幕情节经过无数次重复"后造成的真实感,但这种感觉又是在虚拟时空中生成的。与其说,"我"是见到了此情此景此人,不如说,"我"是感受到了此情此景此人。这些虚幻空间是基于"我"的心理空间而生成的。真假虚实交错构成了特定背景下的时空。正如王蒙在《陌生的陈染》中的评价:"她其实也挺厉害,一点也不在乎病态和异态,甚至用审美的方式渲染之。她一会儿写死一会儿写精神病一会儿写准同性恋之类的。她有一种精神分析的极大癖好,有一种对于独特的与异态事物的兴趣。她的作品里闺房的、病房的、太平间的气味兼而有之,老辣的、青春的与顽童的手段兼而有之。她的目光穿透人性的深处,她的笔触对于某些可笑可鄙的事情轻轻一击,然后她做一个小小的鬼脸,然后她莞尔一笑,或者一叹气一生病一呻吟一打岔。这也算是一个小小的恶作剧吧?然后成就了一种轻松的傲骨,根本不用吆喝。"这可以看作是对陈染笔下虚幻世界的深层诠释吧。这一诠释概括了陈染作品中呈现的一对对的对立景象:"病态和异态"与"审美","老辣的、青春的与顽童的",这些表现内容与表现手段的对立,统一在其"精神分析的极大癖好","对于独特的与异态事物的兴趣"创作主旨与偏好。于是,虚拟空间与现实空间交织,在两个空间错位中呈现出审美平衡的重新建构。

第二节　小说叙事中的空间转化

时空语境差作为小说叙事的艺术手法,在叙事中具有调配整合的艺术功能。小说叙事中的空间是一个多维度多层面的空间。它由地理空间、心理空间和结构空间构成。地理空间是叙事描绘的客观现实空间,心理空间是人物内心活动的精神空间,结构空间则是作者对小说叙事的形式架构,是人为空间,也是作者借此与读者沟通的文本外在形式。对同一文本进行空间考察,我们可以发现,地理空间是作者描述的显性空间,心理空间是隐含在人物内心的隐性空间,结构空间则是基于上述两个空间基础上,承载着作者创作意图的艺术空间。结构空间作用于读者的外在视觉感官与内在心理领悟而生成,因此,它既具有显性标志,又具有隐性特征。

地理空间、心理空间和结构空间在同一小说文本中既相对独立，又相互交错、相互转换，由此呈现出空间语境差异。这一语境差，因作者的创作意图而重新建构另一层面的审美平衡。

一　地理空间变异中的心理空间生成

地理空间是人物活动的客观场景，但是当加入人物的心理活动之后，它可能产生变异，也就是空间语境差生成。作为人物活动的客观场景，地理空间的变异与人物心理空间密切关联，它影响着人物心理空间的生成与转化。

地理空间的变异主要表现在代表地理空间的语词内涵变异。作为表示特定地理的符号单位，语词可能丧失了原有的符号内涵，而带有了新的内涵。此时的地理空间，只是作为一种符号标志，而这种标志作为人物心理活动的凭借物，促使人物心理空间的生成。林白《说吧，房间》中的"房间"这一代表地理空间的语词符号，在整个文本语境的参与下，就产生了语符内涵的变异。作为小说篇名，"房间"贯穿了文本始终。评论家陈晓明曾对这个显得"非常奇特"的小说篇名加以诠释："'说吧'，谁说？是'房间'吗？'房间'能说吗？又是'谁'在怂恿'房间'诉说呢？'房间'既是拟人化的修辞，又是一种象征。很显然，'房间'看上去像是叙述人的自我比拟，而'说吧'，一种来自外部的怂恿、鼓励，使得'房间'的倾诉像是一次被迫的陈情，'说吧，房间'，你有那么多的压抑，那么多的不平和不幸。'说吧'，是一次吁请，一次暗示和抚慰。'房间'作为叙述主体，一种物质的生活象征，一种把精神性的主体转化为物质（物理）存在的尝试，使得这个叙述主体具有超乎寻常的存在的倔强性。房间又是女性的象征，一种关于女性子宫的隐喻———一种绝对的、女性本源的存在。因而，'房间'的倾诉，又是女性的绝对本我的自言自语。"①这一诠释挖掘了"房间"在文本中的特殊蕴含。当然，"房间"在这种种蕴含中，还保留着作为地理空间的固有的语符义——伴随主人公"说"的地理空间环境。"说吧"在这样的空间，是倾诉，是宣泄。作者将两个女性放置于"房间"这样一个地理空间，讲述她们在"房间"之外的时空中的故事，这就使"房间"超越了语符原有的地理空间指向内涵，而带有了意象特征，具有意象化了的语符空间内涵。故事讲述所涉的人物活动的北京、深圳、N城这些地理空间，都投射在深圳赤尾村这个"我"和南红居住的出租屋，使"房间"成为人物心理空间的映照。故事以两个女性——林多米与韦南红，源于现实又超越现实的经历为叙述主体，不同的性格、不同的经历中有着共同

---

①　陈晓明：《内与外的置换：重写女性现实——评林白的〈说吧，房间〉》，《南方文坛》总 62 期。

点:"女性生存被挤压的现实,女性的境遇,她们无望的超越幻想。"源于"房间"的故事起点中有着人物共同的悲惨际遇:"我和南红住在这个叫赤尾村的地方,听地名就有一种穷途末路之感。我丢掉了工作,南红不但失去了她的男朋友和珠宝城的位置,还得了盆腔炎躺在床上,头发里长出的虱子像芝麻一样。"林多米对韦南红的叙述从"房间"开始,向北京、深圳、N城延伸,又收缩退回房间。猪油、青蒜和炒米粉,梳子、美容霜、胸罩和三角短裤等,是在这个地理空间存现的客观事物,它们是人物低劣生活状态的写照。而解聘、人流、上环、离婚等,则是由在"房间"这个地理空间中的"说"而引发的关涉联想。因此,在两个叙述主体活动交替的地理空间叙述中,实际上是渗透着"说"者的心理空间的。在南红的讲述中,"我"进入了心理空间——延伸所产生的幻象:"老歪和老C,我都没有见过他们本人,但现在通过南红的故事,他们的身影开始在这间屋子里走动,窗外的菜地有时凭空就会变成大酒店的玻璃山,变成大堂里富丽堂皇的枝状大吊灯,铺着地毯的电梯间、寂静中忽然走下某位小姐的楼梯,珠宝行的销售部写字间,以及南红的员工宿舍,那个她搬到赤尾村之前住的小房间。"南红与"我"的经历遭遇就在这地理空间与心理空间,物质空间与精神空间的交汇中展现。虽然,小说以"房间"这一空间符号命名,但实际上,小说并没有着力在对"房间"的描述,而是让人感受在这样一个封闭的、狭小的、简陋不堪的空间中人物绝望的生存空间。可见,叙事者的意图不在于地理空间的描述,而在于心理空间的建树,在于对女性内心世界的挖掘。正如陈晓明所说,"一如既往地写作、倾诉,顽强地表达内心生活,这就是林白。""这部小说再一次呈现了女性现实,并且是如此彻底不留余地表达了女性对生活现实的激进的感受。"[①]这是在"房间"这个被变异了的地理空间中呈现的女性的心理空间。

《说吧,房间》中又一重要的地理空间符号是"南非"。虽然"南非"并非人物实际生活的地理空间,但它贯穿于韦南红生命的始终,我们试摘录几节关于"南非"的描述,以窥见"南非"的文本寓意:

(1)无论热爱诗歌还是热爱绘画,她总是念念不忘非洲,她记得那些稀奇古怪的非洲小国的国名,什么纳米比亚、索马里、莫桑比克等等,她还喜欢隔一段时间就到农学院去,那里有不少来自非洲的留学生。

(2)对于南红一如既往地想念非洲我一直感到奇怪,她写诗的时候声称毕业后要去非洲工作,迷上服装设计也说将来要去非洲,到了学油

---

① 陈晓明:《内与外的置换:重写女性现实——评林白的〈说吧,房间〉》,《南方文坛》总62期。

画她还是说：我将来肯定是要去非洲的。

（3）南红所知道的南非就是这些。这不是一个真实的南非，在她到达南非之前，无论她拥有多少南非的资料她都无法拥有一个事实中的南非。南非浸泡在海水中，镶嵌在黄金和钻石里，浓缩在南红的身体内。南红体内的南非，有着红色的山和蓝色的海，有大片大片的草地和绵羊，有大片大片的玉米地，玉米宽大的叶子曾经出现在南红蹩脚的诗歌和素描中，它们的沙漠跟三毛的撒哈拉沙漠差不多，它的黑人跟 N 城的农学院的黑人差不多。……南红携带着这个南非，躺在赤尾村出租的农民房子里。

（4）南红在深圳混了两三年，对诗歌、绘画以及一切跟文学艺术沾上边的东西统统都丧失了热情，唯独对南非的向往没有变，这是她最后的一点浪漫情怀，一点就是全部，就因为她还有这点东西，我觉得她还是以前那个南红……南红在经历了人流、放环大出血、盆腔炎之后还对南非矢志不渝，确实很不容易。

以上片段贯穿了南红从 N 城到深圳两个不同的空间地域，生活空间不同，对"南非"的热爱向往依旧。实际上她对"南非"的了解是非常有限的，除了一本世界地图和两篇关于南非的文章外，她对南非是一无所知的，所有关于南非的幻想都是她在内心重构的一个地理空间。这样一幅藏在她内心的美好蓝图，是将她从现实生活没有目标没有归宿的茫然中解脱出来的救命稻草。可见，"南非"在文本中已非地理空间符号，而变异转化成了心理空间符号。它是南红的梦想，是无望中的希望。这一在南红混乱不堪的职业生涯、异性关系中矢志不移的目标，也可以说是其心理空间的唯一"净土"。人物对其的执着追求，展示了人物心理的复杂性，丰富了人物个性。从"我"的视角审视南红心目中的"南非"，既是对南红心理空间的描绘，也是对"我"的心理空间的映照。"南非"在从地理空间向心理空间转换的过程中，因与特定人物生活经历所造成的特定心态相关联而获得了具有审美价值的内在的平衡。

地理空间的差异可能造成心理空间的生成，心理空间也可能促成地理空间的变异。同一空间景致，可能因人物的心理因素而产生变异。《说吧，房间》中"我"眼中的单位院子，就因人物的心理空间状态而产生变异：

（1）当时我站在单位的院子里，感到阳光无比炫目，光芒携带着那种我以前没有感到过的重量整个压下来，整个院子都布满了这种异样的阳光,柏树、丁香、墙、玻璃、垃圾桶,在这个中午的阳光下全都变得有些奇怪,一种白得有些刺眼的亮光从它们身上各处反射出来,不管我的眼睛看哪个方向,这个院子里所有的光线都聚集到我的眼睛里,刺得我直想流泪。

　　(2)在冬天的时候,解聘的遭遇尚未到来,它被时间包裹得严严实实,一点影子都看不到,一点气息都没有逸出。环境时报的院子里,丁香树在安静地过冬,柏树从容地苍翠着,副刊部红色的门框、绿色的窗框、灰色的屋顶全都毫无声息地端伏在冬季里。

这是"我"被解聘和未解聘两种状态下的同一空间环境,形成了鲜明的反差。例(1)解聘状态下的环境给人以刺激、重压。例(2)未解聘状态下的环境给人以安谧祥和之感。可见,这些空间景致描写实际上是人物心理空间的展示,物理化的客观环境转化成了心理化的精神环境。同一现实空间的对立景象构成了语境差异,差异因人物不同境遇下的不同感受而具有了平衡的基础。不同的心理空间可以转化地理空间景致,也可以生成原来不具有的地理空间,如:

　　清水冲刷着我的双手,光滑而清凉,我在这时容易感到一种久违了的闲情逸致,那是一种只有童年的时光才会有的心情,在那种心情中,任何方向都是无比空阔的草地,往天上也可以打滚,往地底下也可以打滚。

这是南红身体状况好转时,"我"在小屋做菜炒米粉时所展示出的心理空间,这一心理空间,将无形的人物心情转化为有形的地理空间。没有界域的宽广空间是人物追求闲情逸致,追求自由的心理写照,因此,地理空间又是人物心理空间的展示。地理空间与心理空间既作为一对不同性质的对立体,又因与人物心态相映衬而趋于平衡,因完成了对人物形象的深度挖掘而具有了审美价值。

二　地理空间与心理空间反差中的人物塑造

　　特定的地理空间是特定人物活动的环境情景,作为客观的实物实景,地理空间具有客观的物理属性。但在作家创作意图的引领下,有些地理空间的自然属性被人为改变,客观地理空间因人物心理空间的参与而产生变异。如池莉《致无尽岁月》中有一对储藏间的描写:

在储藏间，我关上门小坐了一会儿。我从雨靴注意到了储藏间这个地方。感谢上帝，生活中总有一扇扇门在向我开启：我又在突然间认识到储藏间原来是一个好地方。储藏间存放的都是故事和历史，而且是属于你个人的故事和历史，不是那些充满了噪声的史书。储藏间所有的东西看起来都是那么凌乱和随意。正是这种凌乱和随意的姿态，才告诉了我们什么才可以叫作出世和潇洒。而到处积淀的灰尘，那才是真正的沧桑。储藏间不说话，它把故事和历史，把来龙与去脉都含蓄在它本来的形状里。

你心里想看什么，就可以看得见；你真心地想交谈，它自然与你窃窃私语。尤其让你舒服的是，你不必担心你的眼睛和心旌被照花和扰乱，它已经绝对没有了，或者说已经完全收敛了新东西的耀眼光芒，那种类似于暴发户，新贵，当红明星和刚出厂的家具的光芒。它酷似明朝的瓷器和那些最好的音乐，它们都是没有一点燥光和燥气的，是那么地温润，柔和，宁静，悠远。沐浴这种智慧之光，你便有可能走出迷途，回到你真正的老家。我在储藏间小坐了一会儿。

"储藏间"原本是堆砌杂物甚至是废弃物的地方，在此却充满了诗意，充满了历史沧桑。这就使"储藏间"这一语词所代表的地理空间出现了变异。这种变异是因人物心理空间而生成的。这是"我"将"那双沾满黄泥的雨靴"拎到储藏间的偶然联想。这种联想是基于对当代"燥光和燥气"喧嚣社会的抵触所产生的对故往的怀念，在这样的心理空间中，客观地理空间符号原有的寓意被颠覆了。小小的储藏间被赋予了深刻的内涵。以至于"我"产生了"储藏间大约是我将来老了以后常坐的地方了"的想法。储藏间的内涵在袒露人物心理空间的同时，展现了人物形象，从而在颠覆中重新建构了审美平衡。

地理空间作为人物活动的场景，与人物相辅相成，与人物心态本应是相互吻合的。但有些文本却制造了地理空间与心理空间的反差。通过反差表现人物的复杂性。严歌苓《陆犯焉识》开篇便从宏观的角度营造了广袤荒凉却又充满生机的大荒草漠。这一地理空间是文本叙事的起点，也是文本叙事的中心环节。这一陆焉识被流放之地，在荒凉与贫穷，残忍与死亡中却让陆焉识意识到对妻子的真爱。大荒草漠中的人物心态便与陆焉识花花公子的留学博士生涯及归国后大学教授优越生活时期的人物心态形成了巨大反差，这一反差中又体现了地理空间与心理空间的巨大反差。优越的生活环境、和平年代无法产生的"爱"，却在恶劣的自然环境和生存环境中被激发出来。我们可以从以下文字的对比来体味这一反差：

(1)当天晚上,他站在街口,看着陆家的黄包车载着冯婉喻往绿树尽处走,看着黄铜车灯晃荡着远去,他想,女人因为可怜,什么恶毒事都做得出,包括掐灭一个男人一生仅有的一次爱情机会。冯仪芳要用冯婉喻来掐灭焉识前方未知的爱情。但她们是可怜的,因此随她们去恶毒吧。

(2)他一直在利用恩娘的逼迫——无意中利用——让妻子对他的冷淡敷衍有了另一番解释。他花五分气力做丈夫,在婉喻那里收到的功效却是十二分。

(3)两人闷在旅店里,碰哪里都碰到一手阴湿。原来没有比冬雨中的陌生旅店更郁闷的地方,没有比这间旅店的卧房更能剥夺婉喻自由的地方。对于他,冬雨加上旅店再加上婉喻,他简直是自投罗网。

焉识的沉默在婉喻看来是她的错,于是没话找话和焉识说。焉识发现,可以跟婉喻谈的话几乎没有。解除了来自恩娘的压力,他不知道该拿她怎么办。

(4)在三个孩子里,唯有丹珏是她父母激情的产物。在旅店的雕花木床上,我祖父浑身大汗,我祖母娇喘吁吁,最后两人颓塌到一堆,好久不动,不出声。日后我祖父对这次经历想都不敢想,因为他不想对它认账。他们回到家很多天,他都不看一眼婉喻,有一点不可思议,也有一点上当的感觉。可是又不知道上了什么当,

(5)我六十岁的祖父在雪地里打滚的时刻,那种近乎气绝的欢乐,那种无以复加的疲惫,我是能想象的。我想象中,他像一个活了的雪人,连滚带爬地往场部礼堂靠近。如同史前人类那样,此刻对于他,火光的诱惑便是生的诱惑。他一定想到很多。也许想到他的一生怎样跟妻子发生了天大的误会,把爱误会过去了。

(6)1963年11月23日这天,他觉得自己是要回去弥补婉喻上的那一记当。不然就太晚了,他会老得弥补不动的。

(7)我的祖父焉识按住了话筒,他想婉喻一定听得懂他的话。他的话该这么听:只要能见你一面我就可以去死了。或者,我逃跑出来不为别的,就是为见你;从看了丹珏的科教片就打这个主意了。

陆焉识对婉喻的情感呈现出截然不同的反差。例(1)—例(4)是陆焉识认识婉喻及上海夫妻生活的场景,这些本可以谈情说爱,夫妻琴瑟和谐的时空背

景,陆焉识对妻子却是冷淡应付的。例(5)—例(7)是西北劳教生涯,夫妻分离,天各一方的时空,却引发陆焉识对妻子刻骨铭心的真爱,以至于不惜越狱,冒着生命危险,历经千辛万苦辗转流离,逃出大荒草漠返回上海,为的就是见妻子一面,传递这迟来的爱。在陆焉识对妻子的两种态度中,物质的、现实的地理空间与精神的、超越现实的心理空间都呈背离状态。这一背离凸显了人物的独特个性,使人物形象栩栩如生。与其说这部小说是以西北——上海的空间地域作为故事情节的链接,不如说是以人物心理空间的转化为链接的。空间地域作为人物心理空间的依托与心理空间呈现出颠覆状态,以此构成了人物性格与命运的走向,构成了文本的情节走向,也呈现了文本空间颠覆所构成的独特的叙事审美价值。

三 时空差异中的小说结构空间

小说结构空间是作者架构文本的整体形式,它通过叙事视角、叙事语序、人物塑造、场景描绘等方式,使小说的情节结构呈现出一种空间化的效果。这种空间不同于实实在在的地理空间,也不同于虚虚实实的心理空间。它要基于读者对小说文本叙事的整体框架把握才具有了外在形体。只有在弄清了小说的线索,且对小说有了整体的把握后在读者的意识中才呈现一种空间的轮廓和图形。时空差异参与了结构空间的构造,使文本呈现出奇异的结构模式。

小说开头是文本结构的起点,作家常常着力于小说开头的独具一格,而时空差异的突显常常是这种独具一格的标志。如:

据说那片大草地上的马群曾经是自由的。黄羊也是自由的。狼们妄想了千万年,都没有剥夺它们的自由。无垠的绿色起伏连绵,形成了绿色大漠,千古一贯地荒着,荒得丰美仙灵,蓄意以它的寒冷多霜疾风呵护经它苛刻挑剔过的花草树木,群马群羊群狼,以及一切相克相生、还报更迭的生命。

直到那一天,大草漠上的所有活物都把一切当作天条,也就是理所当然,因此它们漫不经意地开销、挥霍它们与生俱来的自由。一边是祁连山的千年冰峰,另一边是昆仑山的亘古雪冠,隔着大草漠,两山遥遥相拜,白头偕老。

不过,那一天还是来了。紫灰晨光里,绿色大漠的尽头,毛茸茸一道虚线的弧度,就从那弧度后面,来了一具具庞然大物。那时候这里的马、羊、狼还不知道大物们叫作汽车。接着,大群的着衣冠的直立兽来了。

于是，在这大荒草漠上，在马群羊群狼群之间，添出了人群。人肩膀上那根东西是不好惹的，叫作枪。

枪响了。马群羊群狼群懵懵僵立，看着倒下的同类，还没有认识到寒冷疾风冰霜都不再能呵护它们，因为一群无法和它们相克相生的生命驻扎下来了。

严歌苓《陆犯焉识》

《陆犯焉识》的开篇，展现了广袤荒凉却又充满生机的大荒草漠的时代变迁。这是主人公陆焉识二十年西北劳役生活的地理空间，也是陆焉识心理空间变异的环境背景。因此，是小说叙事的中心环节。这一地理空间的描绘，将人类与自然界其他生物构成了对立，预示着文本叙事中将要展现的社会背景、人际关系。特定年代严酷的政治背景，匮乏的精神生活，人与人之间的倾轧欺凌，使这个昔日的公子、留学博士身上雍容华贵的自尊崩溃殆尽。孤寂中对繁华前半生的反省，使他意识到对妻子婉喻的深爱。婉喻曾是寡味的包办婚姻的开端，却在回忆中成为他心理空间完美的归宿。这一开头的地理空间描绘，展现并挖掘了原始与文明的对立冲突。在同一地理空间，连缀了连绵跨越的不同时间。对原始生态环境的描绘在结构上起着展现人物活动空间，引导人物出场，预示故事人物命运走向等作用，成为小说结构的重要环节。

时空差异的突显有时是以时间语词的变异来显现，出现在小说开头，为作品确定了叙述基调，引发故事起点。林白《说吧，房间》是以特定时间中的时间语词变异开头的：

那中午是一块锐利无比的大石头，它一下击中了我的胸口，而我的胸口在这几年时间里已经从肉变成了玻璃，咣当一声就被砸坏了。

对事件的描述是以特定时间中的心理空间展示的，"那中午"是"我"遭遇解聘的时间节点，因比喻而造成语词原有义的变异，展现了解聘造成的重大心理伤害。由解聘对"我"人生造成的伤害为起点，开始了故事的讲述。因为被解聘，"我"逃离了北京，来到深圳，有了与韦南红同居一室的经历，也就有了"房间"的倾诉，也便有了N城、北京、深圳两个女性不同际遇，相同磨难的故事讲述。这些小说开头以空间差异作为小说结构的开头部分，引领小说故事的生发延伸。语言调配所产生的表述技巧使空间差异的形成呈现多姿多彩的风貌，时空链接的真实感与虚幻感交织有时通过语言表述显得活灵活现。如周大新《银饰》的开头展现了亦虚亦实空间效应：

> 故事的源头如今是一片废墟。
>
> 像墓地里的白骨当年曾是健壮的小伙和水灵的姑娘一样，所有的废墟也都有过风华正茂的时候。当我站在那片扔满鸡毛、碎纸、烂菜叶等乌七八糟杂物的废墟上，向 87 年前的那个早晨凝望时，我最先看到的是那条弯弯曲曲轻笼在晨雾中的西关小街；跟着看到了青砖绿瓦屋脊上蹲有两个小兽不大却有气势的银饰铺；看到了黑底白字的店牌：富恒银饰；随后我听到了吱吱呀呀一声门响——

"我"驻足于当今回望"87 年前的那个早晨"，这一时间跨度 87 年的凝眸回望，如蒙太奇镜头，为读者拉开了故事序幕。充满诗意的书写淡化了时间差异，使虚构的故事在如歌如泣，如诗如画中显现真实感。这一写法，不仅跨越了时间，而且跨越了空间。接着，作者以同样的笔调为我们引出了故事的主人公："在那个薄雾飘绕的春天的早晨，富恒银饰铺的银匠郑少恒去开铺子门时，并不知道一桩大事的开端要在那天显露出来，而且，那开端正以不紧不慢的速度向他这边蠕动着爬近。"故事讲述者似乎并非在 87 年后讲述这一故事，而是在故事发生的时地娓娓道来。这就是语言魅力所呈现的时空跨越链接。

故事叙述过程中的时空差异在小说开头，作为结构的起点为故事增添魅力。同样，它也可能在故事的后续讲述过程中关联着情节结构。这种关联使时空跳跃，甚至制造逻辑的变异。林白《说吧，房间》中"我"为南红剃头时看见虱子，叙事者亦即故事人物讲道："这是我生平第一次看见真正的虱子。"然而，紧接其后又写道："消灭了虱子并不能使我心情好起来，它出现在南红的头发上向我昭示了生活的真相，在我知道被解聘的消息的那一刻起我就听到了虱子的声音，我觉得它们其实早就不动声色地爬进了我的生活中，而我的生活就像纷乱的头发，缺乏护理，缺少光泽，局促不畅，往任何方向梳都是一团死结，要梳通只有牺牲头发。""被解聘"之事在前，"看见真正的虱子"在后。因此被解聘时"就听到了虱子的声音"，虱子"早就不动声色地爬进了我的生活中"与之产生了时间与事件的差异，违背了事理逻辑。这一差异却将南红的境遇与"我"的境遇关联在一起，与整个文本两个女子遭遇的交叉讲述结构安排相吻合。南红与"我"的故事交织在整个小说文本中，体现了两个女性的共同遭遇。"南红的故事本来已是支离破碎，缺乏明晰和完整性，要命的是无论我在倾听还是在整理她的故事，我自身的回忆都会在某个点大量涌入,这样的点俯拾皆是,像石头一样堵塞了南红的故事,又像一些流动的或飞翔的事物,来来回回地从某幅图案上掠过,甚至覆盖了图案本身。这些切入的点是如此刺眼,使我不得不注视它们,它们是流产、怀孕、性事、失恋、哭泣、男友不辞而别。这些点同时也是一些隐形的针,它们细长、锐利,在暗中闪耀着令人不寒而栗的光芒,它们不动声色地等候着,在某一个时刻,突然逼近女人,使她们战栗。在女人一生中的黄金时间,这些针会隐藏在空气里,你随时都有可能碰到它们,它们代表冰冷的世界,与我们温热的肉体短兵相接,我们流掉的每一滴热血都会使我们丧失掉一寸温情。""虱子"严重干扰了南红的生活,也干扰了"我"的生活,这就将故事所叙述的两个女子不同遭遇,相同命运关联在一起,以细节体现了两个主人公交叉叙述的双重结构特征。如果说,南红头上的"虱子"是客观存在,给人物造成的主要是生理上的干扰;"我"遭遇的"虱子"则是主观存在,造成的是心理创伤。前一"虱子"为实为真,后一"虱子"为虚为假。由南红生活中的"虱子"转化为"我"境遇中心理上的"虱子",实为隐喻,惟妙惟肖地展现了解聘对"我"心理的巨大伤害。与小说开头的心理空间描绘相呼应。就这一意义而言,小说的结构空间是基于故事讲述者的心理空间而生成的。讲述者亦即故事中人物的"我"以这种双重身份对读者娓娓道来:"你们已经看到,我的思路总是不能长久地集中在南红身上,我想我纵然找回了我的语言感觉,我生命的力量也已经被极大地分散了。我极力地想完整地、有头有尾地叙述南红的故事,我幻想着这能够给我提供一条生存的道路。但我总是沉浸在自己的事情中,南红的许多事情都会使我想起自己,哪怕是跟我根本联系不上的事情,我在写到纸上的同时那种触感顷刻就会传导到我的皮肤上,我常常分不清楚某一滴泪水或冷汗从我的笔尖流出之后落到谁的脸颊或额头上,但不管它们落到什么地方,我总是感到自己皮肤上的冰凉和湿润,所有的感觉就会从'她'过渡到'我们'。"于是,小说的双重叙事模式因此生成。陈晓明以对人物关系的一个比喻来说明这种双重的叙事结构:"实际上,叙述人林多米与南红不过是一枚硬币的两个背面,她们不断地经历着分离、交叉、重叠与置换的变异。她们从内心体验,从现实与幻想的二极状态,来表现女性无望超越的现实境遇。"①

　　作者的叙事构思可以文字形式表现出对时空差异的链接。严歌苓《陆犯焉识》以"我"的视角,讲述祖父与祖母之间所发生的故事。故事涉及时间跨度上下几十年,空间跨度两千五百公里。在叙事中,叙事者多次将过去时

---

　　①　陈晓明:《内与外的置换:重写女性现实——评林白的〈说吧,房间〉》,《南方文坛》总62期。

与现在时,西北大荒草漠与上海在同一个叙事时间链接,如:

(1)离我祖父的监号大约两千五百公里的上海,有一条绿树荫翳的康脑脱路,在1925年,它是上海最绿的街道之一。绿色深处,是被后来的21世纪的中国人叫作叠拼或连体别墅的乳黄色三层楼。从街的一头走来一个十八岁的青年,六月初怄人的闷热里,他还把黑色斜纹呢学生装穿得一本正经,直立的领子里一根汗津津的脖子。他跟迎面过来的三轮车夫打了个招呼,说:"送冰呀?"回答说:"大少爷学堂里回来了?"

(2)就在陆焉识向劳改农场礼堂最后迫近的同一时刻,我的祖母冯婉喻正在学校办公室里,读着一封求爱信。她这年五十七岁,容貌只有四十多岁,抽烟熬夜,似乎让她在四十五岁之前迅速苍老,老到了四十五,岁月就放过了她。

(3)就在焉识走到场部礼堂大门口的时候,二千五百公里外的婉喻摸了摸胸口:棉衣下面一小块梗起。恩娘去世的时候,把这个项链给了婉喻,心形的坠子里,一张小照褪色了:十九岁的焉识和十八岁的婉喻。算是两人的结婚照。焉识登船去美国前照的。婉喻心里怎么会装得下别人?跟照片上翩翩的焉识比,天下哪里还有男人?她突然间想,不知焉识此刻在做什么。

(4)这时冯婉喻又一次死心,从通缉令旁边慢慢走开。而陆焉识走进西宁老城的一家小铺。

(5)在我祖父陆焉识走进渐渐热闹的西宁新城区时,我祖母冯婉喻被一声门响惊动了。进来的当然是我小姑冯丹珏。

例(1)不但将相距两千五百公里祖父的监号与上海相链接,而且以蒙太奇的手法展现了1925年十八岁的陆焉识的少爷生活。例(2)在同一时刻的时间语境中,展现两千五百公里距离不同空间中的陆焉识与冯婉喻的动态。例(3)时间前移,两个人物间的链接依旧,作为例(2)的后续叙事,体现了冯婉喻的心理空间。这个空间又有着对往昔时间的链接。例(4)和例(5)又是对同一事件背景下两个人物不同空间的展示。这种链接有时是以人物心理活动形态展现的:

我祖父朝着大荒草漠外走去的时候,是想到了1936年那个绵绵冬雨的下午。但他知道那个淌着激情大汗的人不是他,是一个醉汉。

也就是说,让他男性大大张扬的不必是婉喻,可以是任何女人。就像在美国那些以小时计算的肉体撒欢,快乐之一就是完全没有后果。应该说他上了酒的当,婉喻上了他的当,把那个醉汉当成焉识了。

以陆焉识的心理追溯展现"1936 年那个绵绵冬雨的下午"二人在小旅馆的激情性生活。因为是心理回忆,因此展现的不是重在空间中的事件,而是空间背景下人物的心理空间,是"我祖父"意识到的对妻子婉喻的爱的缺失。小说以在西北服劳役的陆焉识对妻子婉喻的情感变迁为主线,关联不同的时间与空间。这些时空的链接往往以一个时间为焦点,关联不同的空间,两个相关的人物,体现了小说叙事的双重结构特征。叙事者"我"——主人公的长孙女以主人公陆焉识流放到大荒草漠为中心点开始整部小说的讲述。大荒草漠作为中心点,维系着两条叙事线索。一条叙事线索是从陆焉识的父亲过世一直到陆焉识被捕直至押送到大荒草漠,另一条是以陆焉识被押送到大荒草漠开始并设计逃离大荒草漠。这两条叙事线索构成了陆焉识的一生。可是"我"并没有按照线性的叙事方式将陆焉识的一生从头到尾地叙述,而是以大荒草漠为中心点,关联上海,关联已消逝的往昔。这就使得时间空间差异构成小说的结构空间。陆焉识因爱逃离大荒草漠,最后又因爱的缺失重归大荒草漠,使大荒草漠这一特定空间具有了象征意义。

第三节 时空越位——莫言小说"魔幻"策略

"将魔幻现实主义与民间故事、历史与当代社会融合在一起"[①]是诺贝尔奖评审委员会对莫言的评价,这一评价概括了莫言的主要特色,也体现了其时空越位这一突出的策略技巧。时空越位即对时间空间自然规律的超越颠覆。"魔幻现实主义是通过'魔法'所产生的幻景来表达生活现实的一种创作方法。魔幻是工具,是途径,表现生活现实是目的。用魔幻的东西将现实隐去,展示给读者一个循环往复的、主观时间和客观时间相混合、主客观事物的空间失去界限的世界。"[②]莫言以"魔幻"手法制造与现实相违背而又反映现实社会的幻象,无序的、变幻莫测的时空成了幻象重要的构成部件。

---

① 《莫言获奖理由:将魔幻现实主义与民间故事融合》,腾讯新闻 ews. qq. com/. . . 1858. htm 2012-10-11。

② 魔幻现实主义,360 百科 baike. so. com 2012-10-09。

"魔幻"手法打破了一切可以称之为"规律"的现象。莫言笔下的时空诚如其《红蝗》中所形容的:"时间像银色的遍体黏膜的鳗鱼一样滑溜溜地钻来钻去。"可以说,莫言毫无时空观念,他的笔下,时空穿梭无忌,时序恣肆穿插,空间纵横驰骋。莫言毫无顾忌地颠覆了时空的自然规律,颠覆了时空链接中的逻辑规律,颠覆了人的思维定式。也可以说,莫言时空观念极强,他充分重视时空,将时间作为"游戏对象",①调动时空因素,为己所用。伴随着时空多姿多彩的越位,莫言以其独具特色的"莫言体"天马行空,横行无忌,突破一切现实的樊篱,凸显了作品的"魔幻"色彩。这是其"有技巧的揭露了人类最阴暗的一面,在不经意间给象征赋予了形象"②的重要途径。

一 时空越位链接形态

时空是小说的重要因素,人物的活动都是在特定时空中进行的,因此,时空为小说家所着力。本文关注的不是自然时空,而是叙事中的人为时空,是莫言作为艺术手法来调配的时空。小说的"时间游戏"③在作家笔下呈现出纷繁复杂的状态,莫言对时空的扭曲变形则是其魔幻现实主义的突出表现策略。

莫言对时空的颠覆是放肆的、无忌的,但在其纵横恣肆中却可以寻找到内在的"游戏规则",这种规则是莫言将时空越位作为艺术手法来调配时所内蕴的。

(一)显性越位链接与隐性越位链接

从时空越位的外显与内蕴来看,可以分为显性越位链接与隐性越位链接。

显性越位链接,即在时空的跨越中,以提示时间的语词来显现,时空的越位可见可感。如:

> 荒草地曾是我当年放牧牛羊的地方,曾是我排泄过美丽大便的地方,今日野草枯萎,远处的排水渠道里散发着刺鼻的臭气,近处一堆人

---

① 曹文轩:"我们还将会更深刻地感受到,正是在小说这里,我们才真正粉碎了时间的压制,而处在一个现实中根本不可能有的自由的时间状态中,时间在这里被我们变成了游戏对象。"《小说门》,作家出版社,2003年第2版,第130页。

② 《瑞典文学院诺奖委员会主席瓦斯特伯格颁奖词》,网易财经 money.163.com/12/121... 2014-09-23。

③ 曹文轩:"在一个时间之箭笔直飞行的框架之中,装满的却是可以被折断、被重叠、被扭曲的时间。这是小说的时间游戏,也是一种人间奇观。"《小说门》,作家出版社,2003年第2版,第148页。

粪也散发腥臭，我很失望。当我看到这堆人粪时，突然，在我的头脑中，出乎意料地、未经思考地飞掠过一个漫长的句子：

> 红色的淤泥里埋藏着高密东北乡庞大凌乱、大便无臭美丽家族的过去、现在和未来，它是一种独特文化的积淀，是红色蝗虫、网络大便、动物尸体和人类性分泌液的混合物。

莫言《红蝗》

"当年""今日"形成跨时空对照，由此引发的"出乎意料地、未经思考"的句子，实际上是对荒草地历史蕴含的深刻思考。以"过去、现在和未来"体现这一历史跨度，链接了漫长的历史时空，也链接了高密东北乡的沧海桑田。如果说，上例的时空是粗线条的，带有宽泛的时间意义，有些时间提示语则是具体的，具有特定时限的。如：

> 一九三九年古历八月初九，我父亲这个土匪种十四岁多一点。他跟着后来名满天下的传奇英雄余占鳌司令的队伍去胶平公路伏击日本人的汽车队。
>
> …………
>
> 七天之后，八月十五日，中秋节。一轮明月冉冉升起，遍地高粱肃然默立，高粱穗子浸在月光里，像蘸过水银，汩汩生辉。我父亲在剪破的月影下，闻到了比现在强烈无数倍的腥甜气息。那时候，余司令牵着他的手在高粱地里行走，三百多个乡亲叠股枕臂、陈尸狼藉，流出的鲜血灌溉了一大片高粱，把高粱下的黑土浸泡成稀泥，使他们拔脚迟缓。

莫言《红高粱》

"一九三九年古历八月初九""七天之后，八月十五日，中秋节""那时候"都是小说叙事场景的具体时间提示，故事时间从七天前的出发行军，到七天后的惨烈场面，时间跨度七天。其间没有正面描绘伏击日本人汽车队的战斗，但战后的情景却让人想见战斗的激烈，这支"杀人越货"却又"精忠报国"的义士上演的"英勇悲壮的舞剧"，这是由惨烈的空间画面所提示的。"中秋"这一原本团圆和美的时间语境反衬了被"流出的鲜血灌溉"的高粱地这一空间语境的凄惨悲壮，为这一基于现实基础的空间环境涂抹上了凄厉魔幻的色彩。

表示时间的提示语可能是现实时间，也可能是虚拟时间。如《红蝗》中对九老妈被淹于渠底淤泥中的描绘，具体展示了九老妈"被不同层次的彩色淤泥涂满"的情景：

> 我透过令人窒息的臭气，仔细观察着九老妈脚上和腿上的红色淤泥，假定白色淤泥是近年来的鸭屎，黑色淤泥是十年前的水草，绿色淤泥是三十年前的花瓣，这暗红色的淤泥是五十年前的什么东西呢？我朦朦胧胧地感觉到了一种恐怖，似乎步入了一幅辉煌壮观的历史画面。

各种色泽的淤泥这一空间语境中的色彩交错，对应于"近年来""十年前""三十年前"的时间词语，带有对历史的追溯，而这些时间词语看似具体，实际上是虚空的，是源自作者的想象。只有"暗红色的淤泥"这一特定色泽的空间景象所对应的"五十年前"这一时间语是源自对历史真实的追溯，是为小说所描绘的"五十年前那场大蝗灾"埋下伏笔。这些时间提示语的层递以跳跃式地链接将五十年前的历史镜头以幻景形式拉到了我们眼前。

隐性越位链接即时空的跨越是无间隔的，不同的时空场景不经任何时间提示语链接成貌似同一时空背景下的情景，造成非越位链接的假象。如：

> 五十年前，也是在蝗虫吃光庄稼和青草的时候，九老爷随着毛驴，毛驴驮着四老妈，在这条街上行走。村东头，祭蝗的典礼正在隆重进行……为躲开蝗虫潮水的浪头，九老妈把我拖到村东头，颓弃的八蜡庙前，跪着一个人，从他那一头白莽莽的刺猬般坚硬的乱毛上，我认出了他是四老爷。

莫言《红蝗》

省略号前后隔开的应是不同的时段，即五十年前与五十年后的大蝗灾时期，祭蝗典礼与躲避蝗虫潮水的空间情景形成照应。但这一跨越五十年的不同情景之间，却没有任何时间词语分隔，给人造成一种错觉：九老妈拖我避开蝗虫的情景，也是在前面"五十年前"的时空背景下，祭蝗与避蝗是同一时间背景下的两种景象。这种无间隔组合，将前后两场大蝗灾链接在一起，突出了共同点：蝗灾之大，令人之恐怖，同时隐含着当年"祭蝗"的效果。这种跨时空无标识链接与该文本纷繁的时间越位风格相吻合，充分展现了莫言语言的魔幻色彩。

隐性链接中的时空越位因素是隐含在语言深层的，有时候，时空越位与叙事视角转换交错关联。如：

　　我父亲和大家一样都半边脸红半边脸绿，和他们一起观看着墨水河面上残破的雾团……破雾中的河面，红红绿绿，严肃恐怖。站在河堤上，抬眼就见到堤南无垠的高粱平整如板砥的穗面。它们都纹丝不动。每穗高粱都是一个深红的成熟的面孔。所有的高粱合成一个壮大的集体，形成一个大度的思想。——我父亲那时还小，想不到这些花言巧语，这是我想的。

莫言《红高粱》

破雾中河面和堤南高粱的景象，是"我父亲"随队伍在当时所见，而高粱景象引发的联想却是"我"的联想。"我"对历史情境的即时想象，使"我"有了跨越时空的视角。"见"与"想"的主体转化，意味着叙事视角的转化，也意味着时空的跨越。作为前一情景描写的注解，这一跨时空链接的话语，便充溢着调侃的意味。

(二)有序越位链接与无序越位链接

　　时空的越位链接超越了自然规律的时间空间运转，打破了正常的时空链接顺序。同样在无序的超越中，却呈现出无序中的有序，无序中的无序两种情形。

　　越位的有序链接指跳跃的语言表述中有着一定的秩序，或顺序，或逆序，或插序，显现出一定的时间脉络。如：

　　(1)多少仇视的、感激的、凶残的、敦厚的面容都已经出现过又都消逝了。奶奶三十年的历史，正由她自己写着最后一笔，过去的一切，像一颗颗香气馥郁的果子，箭矢般坠落在地，而未来的一切，奶奶只能模模糊糊地看到一些稍纵即逝的光圈。只有短暂的又黏又滑的现在，奶奶还拼命抓住不放。

莫言《红高粱》

　　(2)我们惊惊地看着这世所罕见的情景，时当一九三五年古历五月十五，没遭蝗灾的地区，成熟的麦田里追逐着一层层轻柔的麦浪，第一批桑蚕正在金黄的大麦秸扎成的蚕蔟上吐着银丝做茧，我的六岁的母亲腿胭窝里的毒疮正在化脓……

莫言《红蝗》

例(1)中写奶奶中弹临死时的思想活动，三十年及之后的时间跨度，以"过去""未来""现在"呈现出一种清晰的脉络，展现了跨越中的有序。以"我"的视点来记述奶奶临死前的思绪,是对奶奶一生的总结,时间跨越在事件线索中得到了统一。例(2)"看着"的主体是处于五十年后的"我们",所见时空则是"一九三五年"的大蝗灾情景,目光穿越五十年,显然也是一种时空跨越,但因为有着时间提示语,这种穿越是可感可知的。穿越将五十年前后的两场大蝗灾链接到了同一个叙事点。

越位的无序链接指跳跃的语言表述中难以梳理出清晰的时间线索,往往是由叙事时间视点跳跃造成的。如:

> 父亲就这样奔向了耸立在故乡通红的高粱地里属于他的那块无字的青石墓碑。他的坟头上已经枯草瑟瑟,曾经有一个光屁股的男孩牵着一只雪白的山羊来到这里,山羊不紧不忙地啃着坟头上的草,男孩子站在墓碑上,怒气冲冲地撒上一泡尿,然后放声高唱:高粱红了——日本来了——同胞们准备好——开始开炮——
>
> 莫言《红高粱》

父亲"奔向无字的青石墓碑"的时间起点,是"一九三九年古历八月初九",十四岁多一点的父亲"跟着后来名满天下的传奇英雄余占鳌司令的队伍去胶平公路伏击日本人的汽车队"。从"十四岁多一点"到去世就浓缩在这一句话语中,表现了大幅度的时间跨越,显得既高度浓缩又韵味隽永。从奔向"通红的高粱地里"的墓碑到坟头的"枯草瑟瑟"又是一个时间跨越,光屁股男孩在这"枯草瑟瑟"的坟头与奔向墓碑的父辈链接。这一链接没有中间过渡,没有时空分隔,看似处于同一空间,但由于人、物参与的情境变更,也就造成了空间语境的跨越。"就这样"的表述立足点似乎在当时,坟头"枯草瑟瑟","光屁股的男孩"撒尿唱歌却为之后的情景,但又非现在时,因为表过去时的"曾经"表明所描述的此情此景亦为过去时;紧接其后的是"有人说这个放羊的男孩就是我,我不知道是不是我",说明这是对"我"幼时的记叙,而叙事的立足点则为现在。无序的时空跳跃不但链接了父亲的大半生,而且链接了父亲的下一代,墓碑所处的"通红的高粱地"与坟头的"枯草瑟瑟"伴随着时间跨越,表现了世事沧桑,物换星移。父亲的行动和男孩的歌唱表现了打日本保家卫国的民族意愿。

二 时空越位中的虚幻空间

时空越位是基于联想想象基础上的产物,时间在打破自然链接的同时,常常衍生出虚幻空间。时间越位是对时间规律的颠覆,虚幻空间则是对现实空间的颠覆,在颠覆中时间越位与虚幻空间相交错,共同构建了莫言小说的魔幻世界。

与其他小说家一样,莫言"喜欢异境——特别的空间";①但莫言的"异境"又与众不同,其"异"味独具一格。莫言的"异境"是时间越位的产物,虚幻空间中往往隐含着时间越位因素,时间越位催生了虚幻空间,是构成虚幻空间的时间链接策略。如:

> 因为出生,耽误了好长的时间,等我睁开被羊水泡得黏糊糊的眼睛,向着东去的河堤瞭望时,已经看不到四老妈和九老爷的身影,聪颖的毛驴也不见,我狠狠地咬断了与母体联系着的青白色的脐带,奔向河堤,踩着噗噗作响的浮土,踩着丢落在浮土里、被暴烈的太阳和滚烫的沙土烤炙得像花瓣般红、象纵欲女人般憔悴、散发着烤肉香气的蝗虫的完整尸体和残缺肢体,循着依稀的驴蹄印和九老爷的大脚印,循着四老妈挥发在澄澈大气里的玫瑰红色茉莉花般撩人情欲的芳香,飞也似的奔跑。依然是空荡荡的大地团团旋转,地球依然倒转,所以河中的漩涡是由右向左旋转——无法分左右——河中漩涡也倒转。我高声叫着:四老妈——九老爷——等等我呀——等等我吧!泪水充盈我的眼,春风抚摸我的脸,河水浩浩荡荡,田畴莽莽苍苍,远近无人,我感到孤单,犹如被大队甩下的蝗虫的伤兵。

> 莫言《红蝗》

首句"因为出生,耽误了好长的时间"带有强烈的戏谑性,作为追赶不上四老妈和九老爷的原因,显得荒谬可笑。四老妈和九老爷是文本中叙述五十年前大蝗灾的核心人物,显而易见,刚出生的"我"要追赶的是五十年前的四老妈和九老爷,而不是五十年后的四老妈和九老爷,这就使关联人物的故事时间处在跨越状态。不同历史时期人物的关联自然带有虚幻色彩,所追赶的人物配置以空间环境也就带有了魔幻意味。作为故事讲述者和参与者的"我"——刚出生的婴儿"睁开被羊水泡得黏糊糊的眼睛","狠狠地咬断了与母体联系着的青白色的脐带",追赶五十年前的人物,这就是莫言为我们讲述的虚幻故事,时间的越位与空间的虚幻相辅相成,构成了充满魔幻的情节。

---

① 曹文轩:"小说往往喜欢异境——特别的空间。"《小说门》,作家出版社,2003 年第 2 版,第 179 页。

作为"魔幻现实主义与民间故事、历史与当代社会"融合的产物,时间越位中的虚幻世界中往往有着现实的影子,这个现实的影子往往来自文本上下文语境其他情节的描绘。《红高粱》中对奶奶给余司令队伍送拤饼,遭日本人射杀临死前的情景做了大篇幅描绘,其中,奶奶产生的幻象构成了几个画面,如:

> (1)奶奶的脑海里,出现了一条绿油油的缀满小白花的小路,在这条小路上,奶奶骑着小毛驴,悠闲地行走,高粱深处,那个伟岸坚硬的男子,顿喉高歌,声越高粱。奶奶循声而去,脚踩高粱梢头,像腾着一片绿云……

> (2)奶奶最后一次嗅着高粱酒的味道,嗅着腥甜的热血味道,奶奶的脑海里忽然闪过了一个从未见过的场面:在几万发子弹的钻击下,几百个衣衫褴褛的乡亲,手舞足蹈躺在高粱地里……

上述两个片段都是奶奶脑海里呈现的空间情景,是奶奶中弹临死前产生的幻象。例(1)是奶奶"看着湛蓝的、深不可测的天空,看着宽容温暖的、慈母般的高粱"产生的幻觉。这一幻觉与奶奶眼中之景是相和谐的,而与奶奶临死的处境则是相违背的。与这段文字衔接的下文,是余司令与奶奶在高粱地里"相亲相爱""耕云播雨"情景的追述,这一语境提示了"伟岸坚硬的男子"之所指。这一高粱地里的追寻,是往昔,抑或是未来,都是对"现时"的时空超越,但是它有着奶奶与情人余司令交往的历史现实。例(2)是奶奶"最后一丝与人世间的联系即将挣断"时所出现的幻象,"从未见过的场面"既不是过去时,也不是现在时,但却与残酷的战争背景相关联,与小说中所描述的日本人的残酷屠杀事实相关联。

当虚幻空间源自人物内心世界时,很大程度上虚幻空间就是人物的心理空间。它是人物在特定时空下情感思绪的映照,并由此折射人物的处境。如:

> 他努力坚持着不使自己昏睡过去,但沉重黏滞的眼皮总是自动地合在一起。他感到自己身体悬挂在崖壁上,下边是深不可测的山洞,山洞里阴风习习,一群群精灵在舞蹈,一队队骷髅在滚动,一匹匹饿狼仰着头,龇着白牙,伸着红舌,滴着涎水,转着圈嗥叫。他双手揪着一棵野草,草根在噼噼地断裂,那两根被铐住的拇指上的指甲,就像两只死青鱼的眼睛,周边沁着血丝。

> 莫言《拇指铐》

这是八岁的孩子阿义在为母亲抓药途中,莫名其妙地被满头银发的男人铐在树上,在毒辣的太阳下昏昏沉沉产生的幻觉。被铐的红肿的指头,毒辣太阳下的缺水,自由的无望,使他产生了充满恐怖的幻象。正如孙绍振所说:"在魔幻现实主义小说中,环境得到了强化,人物的感觉获得了更加大幅度的自由,现实的感觉和魔幻的超现实的感觉互相融合在一个情感和动作的逻辑线索之中,人物的性格又有了某种强化的显示。"[①]这一幻象所描绘的与其说是自然空间的魔幻世界,不如说是阿义心理空间的形象写照。被铐的痛苦,解脱的无望,对病重母亲的担忧,使阿义身处绝境。这一极度痛苦的境地甚至使时空情景以主人公的情感为线索越位关联。当阿义"低头看到那两包躺在草丛中的药,母亲的呻吟声顿时如雷贯耳",阿义身处被铐的途中,母亲身处家徒四壁的家中,如何能看到眼前之景,同时听到异地之声?"母亲的呻吟声"看似随着看到的药"顿时"而起,实则为过去时之声,是阿义离开家时所听到的母亲的呻吟。阿义对母亲的牵挂担忧使这一情景转化为现在时,体现了阿义对相依为命的母亲之爱。这种爱使时空越位具有了合理性。

三　时空越位中的叙事

叙事时间与故事时间是小说文本中的两种时间状态。曹文轩以作家兼评论家的敏锐,观察到小说"地方时间"的特殊性,指出小说中"时间的运行以及计算方式,都有它自己的一套。在小说这里,时间有两个既关联又独立的系统,一个是故事时间,一个是叙述时间"。并以形象的比方,说明叙述时间与故事时间的关系:"如果说叙述时间是一只笼子的话,故事时间便是笼中之鸟——这只鸟天性活泼,在这个笼中作不同方向的飞翔。我们有一种'时间'被小说家捉住的感觉——被捉住之后,时间成了小说家的游戏对象。小说家发号施令,让它向前或者让它回来。这种游戏越是被玩得自如洒脱,时间的来回扯动就越是频繁。假如时间走过会留下线索的话,我们将会看到,时间消失之后,会有混乱难理的线索。"[②]莫言的时空游戏就是极为"自如洒脱"的,在他的笔下,叙事时间与故事时间常常表现为长度与方向等形态各异的不平衡、不对等。

在时间长度上,叙事时间与故事时间的不平衡、不对等,其表现之一是以省简的叙事时间,承载被压缩的故事时间,这是莫言笔下常见的时空变

---

① 孙绍振:《文学性讲演录》,广西师范大学出版社,2006 年,第 474 页。
② 曹文轩:《小说门》,作家出版社,2003 年第 2 版,第 146—148 页。

异。如：

> 绿色的马驹儿,跑在高密县衙前,青石铺成的板道,太阳初升,板道
> 上马蹄声声……金色的马驹儿,跑在高密县衙前,青石铺成的板道,暮
> 色沉重,板道上马蹄声声……蓝色的马驹儿,跑在高密县衙前,青石铺
> 成的板道,冷月寒星,板道上马蹄声声……

莫言《红蝗》

以各种颜色的马驹儿"跑在高密县衙前",表现了叙事时间的跳跃。从对时间景色描写来看,至少经历了"太阳初升"到"冷月寒星"一天的时序,但实际上,这一时空的越位,还可扩展为日复一日的时光更替。这三句文字涵盖的历史镜头就不仅是一天,而是高密县衙前一幕幕的历史沧桑。这种叙事的跳跃极具概括性,用简短的叙事时间,概括了漫长的故事时间。上例中"父亲就这样奔向了耸立在故乡通红的高粱地里属于他的那块无字的青石墓碑"也属于这种时空变异。一句话的叙事时间,拥有了几十年的故事时间,故事时间与叙事时间在此形成了跨度悬殊的反差,蕴含丰富又具有抒情色彩。在莫言笔下,小说有了超越自然时空的自主权,故事时间与叙事时间的不平衡、不对等就是不受自然规律限制的魔幻产物。

叙事时间与故事时间的不平衡、不对等,还表现出与上述相反的情形,即用冗长的叙事时间表现短暂的故事时间,在这种不对等中,叙事时间被膨胀被发酵,短暂的故事时间也随之被拉长被延伸。《红高粱》中对奶奶被日本人击中到去世这短短的故事时间,用了大篇幅的叙事时间来叙写。从日本人密集的机枪扫射中,"父亲眼见着我奶奶胸膛上的衣服啪啪裂开两个洞。奶奶欢快地叫了一声,就一头栽倒,扁担落地,压在她的背上",到奶奶"最后一丝与人世间的联系即将挣断"的"完成了自己的解放",这原本短暂的故事时间,却穿插交错着多种时空。事发现场父亲对奶奶的救助,奶奶对往事的回忆,奶奶产生的未来的幻觉,这些现在——过去——将来的时空穿越,将短暂的故事时间延伸为几十年。随着时间越位,空间情景也随之更替,红高粱、野鸽子、破烂的村庄,弯曲的河流,交叉纵横的道路,乃至天国的音乐景象随着奶奶的意识流动。其间,父亲救助奶奶的具体描绘中,穿插着奶奶对往事的回忆,一句"奶奶幸福地看着在高粱阴影下,她与余司令共同创造出来的、我父亲那张精致的脸,逝去岁月里那些生动的生活画面,像奔驰的飞马掠过了她的眼前"将故事时间拉回奶奶刚出嫁时的情景,麻风病的丈夫,备受煎熬的新婚之夜,新婚三日被接回娘家途中遭余占鳌劫持,在生

机勃勃的高粱地里相亲相爱、耕云播雨的情景。"那些走马转蓬般的图像运动减缓，单扁郎、单廷秀、曾外祖父、曾外祖母、罗汉大爷……多少仇视的、感激的、凶残的、敦厚的面容都已经出现过又都消逝了。"在叙事时间的框架中，容纳着多个故事时间，这就使得故事时间出现了套叠的复杂状态，它可能是多层面的。奶奶负伤，濒临死亡，是即时的故事时间，它是短暂的，与冗长的叙事时间形成反差。而这一现在时中穿插的过去的回忆、未来的幻象，则是漫长的，与叙事时间又是对等的。这说明叙事时间与故事时间在长度上的关系可能出现复杂性，这种复杂性给了魔幻世界以极大的创作想象空间。

叙事时间与故事时间之间产生的差异，不唯表现在长度上的反差，而且表现为方向上的跳跃颠覆。小说叙事视角的转换，可能引起叙事时空框架中故事时空方向的转换，这是莫言制造魔幻的叙事技巧之一。他不但肆意改变叙事时间与故事时间的长度，还通过视角的跳跃改变叙事时空的方向，进而使故事时空也出现了跳跃。《红蝗》中关于一个"打过我两个耳光的女人"的叙写，就是处于叙事时空与故事时空跳跃转换的状态。首先是与整个文本叙事时空之间的方向转化。这个女人与该文本五十年前后大蝗灾的主体叙述毫无关系，却占据了很大篇幅。对这个黑衣女人的描写穿插在蝗灾事件中，构成了文本描写对象视点的跳跃转换，也构成了叙事时间与故事时间在方向上的转换。小说开篇就以"思念"的形式出现了这个"刚刚打过我两个耳光的女人"。"刚刚"的时间词代表着现在时的叙事，但又与小说首句"第二天凌晨太阳出土前约有十至十五分钟光景，我行走在一片尚未开垦的荒地上"在时间上形成误差。接着叙事时间追述去看迎春花开时所遇的教授和大姑娘，以及与"在树下遛他那只神经错乱的画眉鸟儿"的高密东北乡老头儿的交往，由此引出老头儿所经历的大蝗灾。这是以"刚刚"为立足点的现在时的倒叙。又由想向小树林"呱唧呱唧的亲嘴声"处"投石"，引出"我"九岁时经历的九老妈捞死鸭子落水事件，这是前面倒叙中套叠的倒叙。这一倒叙的叙事视角已经转化为五十年前大蝗灾的主要人物九老妈与九老爷了。可是笔锋一转，视角又链接到"在椅子上扭动着大姑娘和教授"，并讲述了"我"挨两个耳光的过程，跟踪黑衣女人，目睹其横穿马路过斑马线时被撞身亡，警察勘察事故现场的情景。对小说开篇的"第二天凌晨太阳出土前约有十至十五分钟光景"这一时间段，"当一只穿着牛皮凉鞋和另一只穿着羊皮凉鞋的脚无情地践踏着生命力极端顽强的野草时，我在心里思念着一个刚刚打过我两个耳光的女人"而言，这些情节都已经成了过去时。接着，小说叙事时间暂时又转向高密东北乡蝗虫泛滥的报道，这又是现在时。接着叙事方向又转向教授与大姑娘、撞车事件的链接,又回到过去时。至此,黑衣女人在叙事时间中暂时消失,小说以主要篇幅描绘了高密县东北乡五十年前后蝗虫泛滥的核心事件,笔锋转入对四老爷、四老妈、九老爷、九老妈在大蝗灾时空背景下一系列故事的描述,这些是典型的倒叙。在占据小说主体部分的两个时期蝗灾的长篇幅描绘后,叙事视点转向,叙事时间又将故事时间拉回黑衣女人被撞前的一系列情节:黑衣女人与"文质彬彬的男人"在家里的奸情,被对方老婆撞见后的狼狈逃窜,掴"我"两个耳光及被撞身亡,此后,黑衣女人在小说叙事时间中消失,与其关联的故事时间也就不复存在。这一部分的叙事时间链接上了开篇的故事时间,但对文本整体叙事而言,则又是与前重叠或补充的倒叙。

其次,关于黑衣女人叙事时空与故事时空跳跃的状态还表现在对黑衣女人自身叙事时空方向的跳跃无序。黑衣女人在"我"的"思念"中出场,到"我"的挨耳光,挨耳光后的追踪及目睹车祸,是倒叙。小说后半部对黑衣女人车祸前行为举止的追述,与前又形成倒叙。在小说后半部再次记叙打了"我"两个耳光后,突如其来的叙述打破了顺叙或倒叙的规律性,"你屈辱地回忆起,在那个潮湿闷热的夏天里发生的事。他跪在他老婆前骂你的话像箭镞一样射中了你的心。一道强烈的光线照花了你的眼……一个多月前,你打过我两个耳光之后,我愤怒地注视着你横穿马路,你幽灵般地漂游在斑马线上。"第二人称"你"的称呼语似对逝去的黑衣女人娓娓道来,有关时间的词语"那个潮湿闷热的夏天里""一个多月前"打破了前面顺叙或倒叙的轨迹,出现了不合时间规律,不合逻辑规律的跳跃无序,叙事时间进入无序状态,黑衣女人的整体形象就由文本中的叙事碎片组合而成。其无序的跳跃叙事增添了黑衣女人的诡异性,也就构建了以黑衣女人为核心的魔幻世界,这一世界看似与高密东北乡的蝗灾世界毫无关联,实则在制造"魔幻"上是相通的。文本对五十年前后大蝗灾的描述也是处于视角的跳跃,叙事时间与故事时间方向的无序转换中。就这点而言,小说的无序叙事中有着内在的规律,这就是以无序构建魔幻世界,这一共同点形成了该文本内在的叙事秩序,也就使被颠覆的叙事时序重构审美层面上的平衡。

第三章 被颠覆的叙事语境

文艺理论界显然已经关注到小说叙事模式的骚动,王一川将"抛弃了那种有序的、时间和空间统一的经典小说叙述体,而创用一种秩序凌乱的、时空错杂的叙述体"称为"错乱叙述体"。[①] 南帆则将先锋小说的叙事称之为"再叙事",[②]并以马原为例进行分析,称"马原叙事的另一个重要意义体现为,小说范畴之内的'元叙事'消亡了。故事,一个有头有尾的故事曾经是小说叙事所不可替代的规则。这个规则的合法性很大程度上由于吻合了人们解释世界的逻辑。如今,这种逻辑遭受到强烈的冲击",因反抗"单调乃至虚假"叙事规则的故事,"许多具有现代主义倾向的作家纷纷揭竿而起,以种种激进的写作实验对抗故事的叙事规则"。[③] 虽然,尚有一些作家秉承传统的叙事模式,但小说叙事模式的骚动已然成为当代小说的明显特征之一。对这一现象的语境学视角考察,便是对叙事语境在颠覆状态下的考察。它涉及叙事视角的变异,涉及叙事语序的错乱;涉及叙事者,也涉及叙事对象;涉及当事语境,也涉及关涉语境。语境视角的叙事颠覆考察,与文艺学界对错乱叙事的考察对象相同,却有着不同的考察方式。

第一节 颠覆中的间离化叙事

间离理论是德国剧作家、戏剧理论家布莱希特为推行"非亚里士多德传统"的新型戏剧而提出的戏剧理论。间离效果(Verfremdungseffekt,德文),又叫陌生化效果。王晓华在《对布莱希特戏剧理论的重新评价》中将间离归纳为两种:"作为一种方法主要具有两个层次的含义:1. 演员将角色表

---

① 王一川:《汉语形象与现代性情结》,首都师范大学出版社,2001年,第 99 页。
② 南帆:《文学的维度》,上海三联书店,1998年,第 202 页。
③ 同上,第 205 页。

现为陌生的;2. 观众以一种保持距离(疏离)和惊异(陌生)的态度看待演员的表演或者剧中人。"①这两个层次说明间离效果既涉及剧本内,又涉及剧本内外的交际。它是从演员与观众双向角度进行的考察。我们借用间离理论来考察小说叙事,同样发现间离效果呈现在小说文本内和文本内外,是在人物与人物、作者与读者两个层面显现出来的。因此,间离是对作品多层面、双向交际的考察。

小说间离化叙事体现在文本内人物、情节的间离,也体现在读者与作品内人物、与作者的间离。间离打破了人们熟知的传统的叙事模式,打破了一以贯之的叙事程序,就这一意义而言,间离状态下的小说语境呈现出一种颠覆性。其修辞意义在于以距离感颠覆了常规的思维模式,瓦解了传统叙事的一维性,让读解者从距离、空白的空间,去感受多元的社会生活,感受多元的叙事模式。它在提供一种新的叙事策略的同时,又提供了一种新的阅读策略。用有限的距离感来揭示无限的隐藏着的逻辑联系和深层的哲理韵味。

一 叙事文本内的间离

以正常的叙事状态进入小说叙事,在人物关系,时序链接等方面应是有序的。但当代一些小说打破了秩序,以一种无序的叙事模式颠覆了小说文本语境。诚如南帆所说:"文学已经体现出,'叙事话语'是一个饱含破坏性的概念。"②其破坏就在于颠覆,颠覆一切可以称之为秩序的东西。

叙事时空无序造成的间离可能伴随着叙事视角移位,也可能在同一叙事视角中呈现。正常的叙事时空秩序被颠覆,往往伴随着叙事对象的更移。张策《命运之魅》以"我"——警察郑小婷为故事讲述者和故事中人物的视角,讲述了跨越一百年的五代人的警察生涯。重点是对第一代陈庭生和第二代陈郁、陈郑的描述。故事缘起于"我"的老校长的来访,给"我"带来了1911年10月10日开始的故事。故事的描述以老校长讲述与"我"的想象为主要方式。如果说,由校长讲述的故事模式进行对历史的回顾,是属于正常的叙事倒叙模式,那么,以"我"来讲述的历史则打破了正常的叙事模式。因为在文本中,历史故事与现在时是无间隔地融合在一起的,这种融合是语言造成的一种梦幻色彩:"在老校长不容置疑的讲述中,我和陈庭生在汉江边上相遇,不,是重逢。"在对陈庭生1911年的10月10日晚在汉口巡逻听

① 转引自360百科"间离效果"baike. so. com 2014-07-03。
② 南帆:《文学的维度》,上海三联书店,1998年,第230页。

到枪声的具体描绘后，"我"又以故事讲述者和故事中人物的双重身份亮相："以上的故事来自老校长的讲述还是来自我的想象？我也不知道。但是这个故事和陈庭生这个人确实让我浮想联翩。""在老校长的话语中，满怀好感的我和陈庭生隔着历史对望，他那边硝烟弥漫，枪声大作，人们的热血在革命的浪潮中汹涌着。而我这边，却只有老校长的讲述，伴随着海风，让一个不谙世事的小丫头激动不已。"文本中"我"所处的现实社会与陈庭生年代的故事交叠在一起。"告别老校长后，许多戏剧性的情节就在我头脑里生出，睡着时，它们就在我的梦境里飘浮。自从我认识了陈庭生，我就无时无刻地对他的行动进行着猜测，像是一个蹩脚的编剧在写电视剧。我和父亲吵过之后把自己关在房间里，开始上网查找关于当年的一切资料。我立刻就闻到了武昌起义的硝烟味儿了，历史就从这硝烟里向我扑面而来。"在惟妙惟肖、宛如亲眼所见的对那天晚上汉口街头陈庭生与如夫人相遇的对话、心理描写后，"我"又以讲述者身份亮相："这当然是我的想象。我坐在我的小屋里，面对着闪动的电脑屏幕，任思绪胡乱地驰骋。"之后又链接了上述二人相遇的讲述，并延伸到任某县警察局长的陈庭生的中枪死亡。

　　"我"对上溯四代警察的追述构成了文本被颠覆的时空世界，由于"我"的双重身份，使得被颠覆的时空既包含作者的叙事时空，又包含所叙述的故事时空。正如南帆所说："故事时间与叙事时间之间的时间差标示了故事与叙事之间的离异。叙事通常是故事结束之后的追述，叙事即是消费过去。"[1]由于汉语非形态的特点，使得两种时间在交汇时没有鲜明的时态标志。因此，作家有可能在叙事话语中对历史进行跨时空的"修剪"。[2]"修剪"变更了历史的现实时空，变更了语言链接形式，体现出的不但是故事时空的颠覆，更是作者制造的叙事时空的颠覆。叙事时空的颠覆必然导致故事时空的颠覆，故事时空的颠覆反过来印证了叙事时空的颠覆。在"我"与第一代警察陈庭生的交汇描述中，还穿插着对第二代陈郁、陈郑，第三代郑天明，第四代郑谦的描述，与对陈庭生的描述风格一致，这些描述也是与"我"的现时讲述构成了无间隙交错的叙事模式，造成了时空越位的幻象。

　　陈郁与陈郑的故事在文本中是扑朔迷离的，讲述者制造了两个版本，而且让这两个版本都呈现在读者眼前。二人都当了警察，但在警官学校分道扬镳，陈郑退学后投奔了共产党，陈郁则继续他的警察生涯，但实际上陈郁也是地下党。不同的版本是二人在武汉车站一次执行任务时的相遇，陈郁

---

[1]　南帆：《文学的维度》，上海三联书店，1998 年，第 208 页。
[2]　南帆在《文学的维度》一书中曾提出"叙事时间是如何修剪历史的"问题。同上，第 237 页。

是否出卖了陈郑，出卖是否掩护自己完成任务的行为？这两个版本的讲述交织在情节的始末，交织在"我"如真似幻的讲述中。在描述了二人武汉车站相遇情景后，"我"又以故事讲述者身份亮相："陈郑和陈郁在武汉车站的相逢不是我的杜撰，而是事实。当年为了搞清陈郑的牺牲经过，组织上和家属都下了很大功夫。在当时香港地下党组织传回的秘密报告中，陈郑确实汇报说他在武汉碰到了国民党警察陈郁。"而这个事实，是从老校长叙述中知道的，但"我"以想象的描述再现了二人在武汉车站相遇的情景：

> 我在武汉车站下了火车，久久地在站台上徘徊。我当然知道这已经不是当年的车站，但我仍然好像看见两个年轻人在站台上对视着。一个穿着中山装，一个穿着纺绸裤褂。一个满脸怒气，而另一个有点儿嬉皮笑脸。他们是兄弟，他们还是敌人。我隔着历史的雾气注视着他们，有一种不真实，也有一种苍凉。

当然，这种想象是"我"穿越了时空所产生的，为了使这种穿越更加真实，"我"甚至以文字让自己置身其中：

> 我回到了七十多年前的武汉车站。我看见陈郁还在那里站着，而他的目光阴郁，额头上青筋暴露。他的手攥成了拳头，紧紧地攥着。在他的视线里，火车正缓缓地驶出车站，浓浓的白烟弥漫开来，把一切都包裹了。
>
> 陈郑走了，就这样从他面前走了。大摇大摆地，目空一切地，甚至对他有些轻蔑地，走了。

这样的表述使"我"穿越七十多年的时间，与前人相遇。描述的具体细致增强了画面的真实感。历史镜头再往后拉，文本还讲述了陈郁与第三代郑天明的交际，讲述了作为地下党的陈郁协同郑天明局长捣毁国民党潜伏站的情节。在这一段讲述后，又是故事讲述者"我"的亮相："这一段故事部分来自郑谦同志后来的讲述，但更多是我的加工和补充。我的想象让这段故事生动起来，然后反过来让我自己感动。"这一陈述的双向效应再一次凸显了"我"作为故事讲述者与故事中人物的身份。接着又是对陈郁、陈郑在陈庭生死后生活的描述，对二人在警官学校目睹身为地下党的女警官被杀情景后的分道扬镳。

故事的又一扑朔迷离的是陈郑与陈庭生的关系，陈郑是陈庭生与如夫

人所生,还是失踪的同事肖建平的儿子,在小说中也成了前后颠覆的人物关系与情节:

> 我突然就回忆起陈庭生的大太太对儿子陈郁说过的一句话了。那话似乎来自我的想象,又似乎不是。如果是想象的话,我为什么会那么想象呢?我糊涂了,我记不清了,也许,这是冥冥之中的某种启示?我记得那个母亲对儿子说的话是:"别相信你爸爸的话,但是,对弟弟好一些……"
>
> 这似乎已经说明了,陈郁和陈郑,他们不是亲兄弟。
>
> "那他们是什么?"我仿佛在梦游,喃喃地问。

不管"那话"是否来自"我"的想象,都不应是"我""回忆起"的,而"回忆起"一说则将"我"拉近到与话语表述者——陈庭生的大太太同一个共知背景下。延续的是对陈郁和陈郑是不是亲兄弟关系的探究。陈庭生与肖建平遗孀的会面由此又构成了小说在将要完成时的情节,并与前面汉口街头陈庭生与如夫人相遇的情节相照应。与对陈庭生与如夫人相遇情景的具体入神描绘一样,"我"凭借想象把"年轻警察和年轻遗孀之间有没有微妙的情感瓜葛和交流"演绎得惟妙惟肖。同一对象不同身份的描述都合情合理,都栩栩如生,但又互相颠覆。这一情节的具体描述后,"我"以讲述者身份的评价穿插其间,又一次实现了时空与故事情节的链接:"这是我和老校长一起拼凑的故事吗?肯定不是,因为我们都相信会有证据支持我们的推断,只不过这证据淹没在历史的长河里。而且,我真心相信我们的推测是真实的,因为这样的推测充满了一种喜感。"

整个小说文本以"我"为主要叙事者,穿插起老校长、父亲郑谦的讲述,再现了五代警察的历史渊源关联。跨度一百年的时空,在文本中交织跳跃。同一警察身份的五代人在时空中交汇链接。穿插其中的"我"的讲述与评价,既增强了故事的真实性,又颠覆了故事的真实性。作者以"命运"作为贯穿文本的主题,出自其"命运是职业的灵魂,而职业是命运的折射"这一观念。[①] 在这样一个充满了真实又充溢着梦幻,呈现出过去又呈现出现在的被颠覆的时空世界中,表现了五代人的命运,表现了警察这一职业追求与职业操守。故事的扑朔迷离使情节曲折离奇,增强了故事的可读性,这是由间离制造的叙事语境差所带给读者的阅读效果。

---

① 张策:《命运:永远的文学主题》,《中篇小说选刊》2013年第3期,第65页。

叙事对象无序跳跃造成的叙事文本内的间离,对语境的依托尤为明显,如:

> 我只有祝贺和哀悼。斑马!斑马!斑马!那些斑马一见到我就兴奋起来,纷纷围上来,舐我,咬我,我闻到它们的味道就流眼泪。非洲,它们想念非洲,那里闹蝗灾了。我还要告诉你,他很快知道了你被车撞死的消息,他怔一下,叹了口气。波斯猫,他家的波斯猫也压死了,他难过得吃不下饭去。

莫言《红蝗》

这段文字呈现出大杂烩的情景,斑马——非洲——蝗灾——车撞死——波斯猫,描述对象跳跃无序,"我""你""他"三种人称交叠。依托上下文语境,读者解读了其中的故事关联。黑衣女人在过斑马线时被车撞死,斑马为非洲特产,小说主要的叙事背景是大蝗灾,"他"为"你"(黑衣女人)的情人,"我"是无端被黑衣女人摔了两个耳光的人。"波斯猫"是家养宠物,隐喻包养的情人。依托语境,读者在无序中找到了内在的关联,无序的叙事秩序得到了重新建构。

叙事形式的变更也是叙事文本内间离的一种表现形式,间离状态下的叙事形式颠覆了一体化的叙事形式。变更可以体现在文本的上下文语境,造成上下文语境不同的叙事形式,如:

> 完了。最后一点诗意理想也被这无谓的承诺给轰毁了。林格不由得闭上了眼睛。由始至终她一直把眼睛大睁着,目睹着一座神像由朦胧到清晰,由远及近,由理念到实际渐近到来的过程,就仿佛有另一个林格在注视着她对他的顶礼膜拜活动。如今美感诗意都已经轰然崩塌了,她万念俱灰地闭上了眼睛。
>
> 唱针仍在深浅不一的塑料沟纹里划着。现在已经是到了莫斯科郊外的晚上了吧?深夜花园里是否还是静悄悄?小河流水是否还在轻轻地翻波浪?谁还在最后地诗意栖居在这个大地上?泪珠儿可曾泄露掉她内心的波澜起伏了吗?想要开口讲可又能讲什么呢?
>
> ①不要试图与神发生任何形式的关联。尤其是肉体上的。
>
> ②葱茏的玉兰花。
>
> ③咔叽市大裤衩。
>
> 这就是一场献身运动给她留下的深刻印记。原来如此。无非如

此。不过如此。林格将滑下肩头的乳罩带子往上拉了拉。现在她已经从诗的刀俎下抬起身来,不再心甘情愿为鱼肉了。

徐坤《游行》

林格由对"诗神"程甲的顶礼膜拜到献身,经历了一个深刻的认知过程。程甲的形象从"以缪斯女神下凡的姿态,深刻地冲击着她的视网膜",到"诗神正在她多汁多液的摇曳中层层剥落掉自身的面具和错甲,逐渐袒露出他生命的本真。西装褪尽之后,便露出了里面的老式咔叽布大裤衩。那大概是革命年代爱情忠贞的遗迹吧?"这个变化使林格"美感在眼前倏忽即逝了,随即涌起一股说不上来的惆怅和惋惜"。继之而来程甲忧心忡忡的"不会出什么问题吧"的问话,使林格品味出"他是在期盼着一个有声的承诺,让她向他保证他的名誉不会因为这次私情而受损",而产生了巨大的失望。上述文字就是对林格心理活动的描述。在描述性的抒情文字中穿插了三个简短的带有严肃意味的祈使句与非主谓句,与上下文构成语言形式风格上的反差。这一形式变更突出了被颠覆的话语,概括了这场"献身"运动留给林格的"深刻印记"。

形式的变更有时以更大的篇幅和反差,造成叙事语体的语言颠覆,如王蒙《杂色》中对主人公曹千里的介绍性文字:

然后,让我们静下来找个机会听一听对于曹千里的简历、政历与要害情况的扼要的介绍。姓名:曹千里;现名、曾用名,同上。男。1931年12月27日晨3时42分生于A省B专区C县D村。家庭出身:小土地出租者,父亲是老中医,母亲读书识字。(是否漏划地主?)本人成分:学生。现在文化程度:大学,书读得愈多愈蠢。汉族。行政23级。

一寸半身免冠照片。身高一米七二。体重56公斤——显然不胖。发色:黑,但已有白发14—16根。发型,没有及时修剪的平头,由其配偶不时用自备的推子试验整修。

············

今天是什么?

今天是1974年7月4日,曹千里现年43岁6个月零8天又5个小时42分。

严肃的履历和政论话语,按纪年的分类陈述(因篇幅太大,例略),俨然呈现的是一个人的履历表,从篇幅而言,又似传记。以公文语体话语形式造成对小说语体的颠覆冲击,颠覆所呈现的是对荒谬时代的含泪的嘲讽。以严肃与嬉戏并存的方式,使嘲讽辛辣深刻,使读者在对荒谬的品味中获取语境差传递的审美信息。

二　叙事视角的间离

叙事视角移位是叙事视角间离的一种表现形式,间离状态下的叙事视角颠覆了正常叙事视角的一般性程序。小说叙事视角是故事的出发点,也是故事讲述者身份的彰显。一个小说文本一以贯之的叙事视角体现了叙事清晰的一体性。但当代小说却以叙事视角移位的变换手法,反映了当代人活跃的思维,多变的构思,灵活的技巧。

陈染《嘴唇里的阳光》就是以独特的叙事结构,体现了叙事视角的变幻移位。小说共 7 个部分,第 1、3、5、7 部分是第三人称叙事,主人公以黛二小姐身份出现,由故事讲述者讲述了黛二小姐与牙医孔森的交往。地点在医院的牙科诊室和疗养区,主要内容是看牙病和关于童年往事的临床访谈。第 2、4、6 部分则是第一人称叙事,黛二小姐转化成了故事讲述者。第 2、4 部分以"我"的身份,讲述了"我"与"他"奇遇、恋情,地址是剧场、大街。但同为"我"讲述的与"他"的交往,第 6 部分中的"他"却转换成了牙医孔森,叙述主体之一起了变化。在叙事视角移位中,同时交错着时空移位。从故事讲述时间看,黛二小姐与牙医孔森的交往是现在时,而与"他"的交往是过去时。这两个时空是以交错形式出现的。在黛二小姐与牙医孔森的交往中,又穿插着对童年往事的回忆。这是由牙医麻醉针头喷射的雾状液体所引发的:"这雾状的液体顷刻间纷纷扬扬,夸张地弥散开来。那白色的云雾袅袅腾腾飘出牙科病室,移到楼道,然后沿着楼梯向下滑行,它滑动了二十八级台阶,穿越了十几年的岁月,走向西医内科病房。在那儿,黛二小姐刚刚七岁半。"针头制造的云雾将时空镜头拉到了这个儿时"刚刚从一场脑膜炎的高烧昏迷中苏醒过来"的"体弱多病的小萝卜头",叙述了整整两个多月打针经历给她带来的"针头的恐惧":"那长长的针头从小黛二的屁股刺到她的心里,那针头同她的年龄一起长大。"在牙医孔森临床访谈中穿插着小黛二与童年唯一的伙伴——一个"瘦削疲弱而面孔阴郁"的建筑师朋友的游戏,以及令小黛二终生难忘的事件,那个中年男子"强迫未经世事的黛二观看了她一无所知的事情,以实现他的裸露癖"。这一事件给她造成的阴影一直笼罩到她的青年时代,在对孔森的倾诉,与孔森的相恋及成婚后才得以消除。孔森是将她从童年的阴影中解脱的希望。第 5 部分视角转移到了黛二小姐与牙医孔森的"临床访谈",访谈的内容并非牙病,而是承接上文的心理阴影。

"她滔滔不绝,被倾吐往事之后的某种快慰之感牵引着诉说"童年时代与建筑师朋友的游戏,诉说着建筑师"那种疯狂工作和游戏与他作为一个失败的男人之间的某种关联",诉说"一把大火伴随着令人窒息的汽油味结束了他的苦恼、悔恨和无能为力的欲望"。而"年轻的牙医把一只手重重压在黛二小姐的肩上,那种压法仿佛她会忽然被记忆里的滚滚浓烟带走飘去。那是一只黛二小姐向往已久的医生的手臂,她深切期待这样一只手把她从某种记忆里拯救出来。有生以来她第一次把自己当作病人软软地靠在那只根除过无数只坏牙的手臂之中。这手臂本身就是一个最温情最安全的临床访谈者,一个最准确的 DSM-Ⅲ 系统"。"当年轻的孔森医生把那两颗血淋淋的智齿当啷一声丢到乳白色的托盘里时,深匿在黛二小姐久远岁月之中的隐痛便彻底地根除了。"以拔牙隐喻根除童年的心理隐痛结束了整篇文本的叙事。与"他"的相遇则是在五年前,但二人的相识则是在更早的时候:"我们一边走一边很勉强地回忆了一下那段往事。我告诉他我对于他那双眼睛存有了深刻的记忆,还有他的声音——大提琴从关闭的门窗里漫出的低柔之声。出乎我意料的是,他对于我那一次的细枝末节,包括神态举止都记忆犹新。"这一次偶然的相遇又被第 3 部分"重现的阴影"所打断,第 3 部分穿插了孔森医生在诊室给黛二小姐治病的叙述。"我"与"他"的交往在第 4 部分重新链接,构成"冬天的恋情"。"在与他偶然地再次相遇以前,我的冬天漫长且荒凉。"而"在这个冬季,我对他的信赖渐渐变得仅次于对阳光的信赖"。在热恋中,我因童年的创伤而感到恐惧,"我依偎在他臂弯的温暖里,也依偎在他的职业带给我的安全中。我从未这样放松过,因为我从未在任何怀抱里失去过抑制力,我的一声声吟泣渐渐滑向我从未体验过的极乐世界;我也从未如此沉重过,我必须重新面对童年岁月里已经模糊了的往事,使我能够与他分担。"与"他"的交往在这样模糊的事件描写中终结。这一恋情的无果是由五年后,"他"的所指转向而昭示的。"五年后的今天,我仍然无法对我当时的情感做出准确的判断,因为我从来不知道爱情的准确含义。"而在第 6 部分开头,"他"则转换成了牙医孔森,"在我和他同居数月之后的一个风和日丽的上午,我们穿越繁闹的街区,走过一片荒地,和一个堆满许多作废的铁板、木桩和砖瓦的旷场。我对废弃物和古残骸从来都怀有一种莫名的情感和忧伤,那份荒凉破落与阴森瘆人的景观总使我觉得很久以前我曾经从这里经过,那也许是久已逝去的童年和少年时光。"举行了告别童年的仪式后,二人迈向了婚姻殿堂。小说以第三人称与第一人称交错的视角,展示了同一叙事主体黛二小姐与不同男性的交往,使小说叙事视角处于一种颠覆之中,这种颠覆由叙事脉络调整统一,体现了独具一格的叙事魅力。

《嘴唇里的阳光》以各部分叙事角度的变换造成间离,部分与部分的间隔对人称的变换起了间离变换间隔点的作用。严歌苓《倒淌河》则以无间隔点形式变换叙事人称,凸显叙事间离效果。如:

> (1)从前,有个人叫何夏,因血气方刚好斗成性险些送掉一条老工人的小命。当初我逍遥自在地晃出劳教营,看到偶然存下来、撕得差不多了的布告,那上面管何夏叫何犯夏。很有意思,我觉得我轮回转世,在看我上一辈子的事。劳教营长长阴湿的巷道,又将我娩出,使我脱胎换骨重又来到这个世道上造孽了。谁也不认识我,从我被一对铁铐拎走,人们谢天谢地感到可以把我这个混账从此忘干净了。包括她明丽。我就像魂一样没有念头、没有感情地游逛,又新鲜又超然,想着我上一辈子的爱和恨,都是些无聊玩意儿。

> (2)杜明丽替何夏收拾房间。她是个爱洁如癖的女人,一摞碗筷,就够她慢条斯理,仔仔细细收拾半天。她把小木箱竖起来,食具全放进去后,又用白纱布做了个帘。

> 我看她干这一切,完全像看个小女孩过家家。似乎她能从收拾东西布置房间这事里得到多大幸福。二十年前就这样——总是她轻手轻脚在我房里转来转去,没什么话,有的也是自言自语:书该放这里嘛,放这儿好,瞧瞧,好多了。我呢,从来不去理会她,从不遵守她的规矩,等她下次再来,又是一团糟。但她从不恼,似乎能找到一堆可供整理的东西,她反倒兴奋。

例(1)首句以第三人称叙事形式出现,而后没有任何间隔,"何夏"就以第一人称叙事者的身份介入了叙事。例(2)上一自然段是第一人称叙事,下一自然段第一人称"我"又替代"何夏"进入叙事。例(1)叙事人称转换在句与句之间出现,没有任何间隔照应。例(2)虽然有段与段之间的间隔,但并无任何文字上的过渡。这种叙事人称的转换贯穿了《倒淌河》整个文本,从小说开篇即是以第三人称"他"与第一人称"我"之间的无间隔衔接为整个文本的叙事人称转换定下了基调。它打破了同一文本叙事人称固定的模式,造成了叙事视点游移,以游移造成叙事的跳跃感,从而带给读者以新鲜的阅读感受。同时,不同叙事人称也为不同叙事方式的多角度叙事提供了叙事空间,从第三者叙事与从当事者叙事角度交替的模式使叙事具有了从多角度叙述描写的丰富性与变幻色彩。这种变幻构成了严歌苓独特的语言风格。

　　叙事视角移位造成了小说结构的独特设置。严歌苓《白蛇》共13节，以官方版本、民间版本、不为人知的版本三个视角的交织，叙述了歌舞演员孙丽坤被关押，审查，定罪以及释放的经历。三个版本以官方、民间、不为人知三个视角从不同角度叙述同一对象、同一事件，三个视角各有侧重，各有特点，互相补充，构成了完整的故事情节。官方版本共有4节，第00节是S省革委会宣教部写给周恩来总理的信，将对孙丽坤关押、审查、定罪，以及患精神分裂症的过程向总理汇报。第03节是省歌舞剧院革命领导小组写给省文教宣传部负责同志的信，汇报自称"中央特派员"的徐群山探访孙丽坤的过程。第09节是北京市公安局写给S省革委会保卫部的信，说明对多位叫"群山"（群珊）的人的调查结果。第12节是《成府晚报》特稿，报道康复后的孙丽坤交往男朋友的情况。民间版本共3节。第01节写孙丽坤对男性的勾引，写了其与建筑工们的调戏斗嘴，探访她的男青年的出现。第04节写"男"青年徐群山与孙丽坤的交往，孙丽坤的精神失常。第10节写在精神病院的孙丽坤与女孩子珊珊的交往。不为人知的版本有6节。第02节写徐群山探访时与孙丽坤的交谈，第05节是一九六三年的两则日记，记述一个女孩对"白蛇"的迷恋。第06节又是徐群山探访时与孙丽坤的交谈，第07节是一九七〇年的两则日记，记述女孩插队的情景。第08节对徐群山与孙丽坤交往做了大篇幅的描述，带孙丽坤外出，在招待所泡澡等情景具体展现。第11节是孙丽坤知道徐群山性别后的精神打击，以及后来与女孩珊珊之间的爱恋。第13节写孙丽坤参加珊珊的婚礼，二人的告别。

　　三个版本各有侧重点，各有不同的叙事风格。官方版本主要是官方的公文信函，民间版本主要是民间未加证实的传说，不为人知的版本则是限于故事两个主人公所知的内幕。显然，不为人知的版本最具有真实性。不同的信息渠道带来了传递信息的语言的差异。官方版本作为正式部门的沟通，以严肃的面貌出现，带有公文语体的语言色彩，如：

　　　　十二月二十八日，领导小组一致通过决议：对孙进行妇科检查。孙本人一再拒绝，专政队女队员们不得不以强行手段将孙押解到省人民医院妇产科。检查结果为：处女膜重度破损。但是否与徐某有性关系，此次检查无法确定。

这是省歌舞剧院革命领导小组写给省文教宣传部负责同志的信件，汇报自称"中央特派员"的徐群山探访孙丽坤的过程二人的关系问题。民间版本作为街头巷尾的信息传递，以小道消息的面貌出现，带有低俗的、口语化的语

言色彩,如:

> 演"白蛇传"那些年,大城小城她走了十七个,个个城市都有男人跟着她。她那水蛇腰三两下就把男人缠上了床。睡过孙丽坤的男人都说她有一百二十节脊椎骨,她想往你身上怎样缠,她就怎样缠。她浑身没一块骨头长老实的,随她心思游动,所以她跟没骨头一样。

传言内容的荒诞性带来了语言的不可论证的荒谬表述。不为人知的版本作为记述当事人行为活动、情感活动的载体,以隐私面貌出现,带上了私密性,带上了抒情的语言格调,如:

> 那个青年背着手站在她面前。他背后是层层叠叠的败了色的舞台布景。他带一点嫌弃,又带一点怜惜地背着手看她从那乌糟糟的毛巾中升起脸。她顿时感到了自己这三十四岁的脸从未像此刻这样赤裸。她突然意识到他就站在"白蛇传"的断桥下,青灰色的桥石已附着着厚厚的黯淡历史。

二人会面时的表情、情感是在没有他人参与的情景下的,自然就带有了私密性。故事的主题与描述内容,又使语言文字充满了沧桑感,也就具有了抒情意味。

该文本以视角交错的结构配置,间离了情节叙述效果的一体性,给人以独具一格的新鲜感。三个视角构成交错互补的关系,造成了以同一对象、同一事件为叙事主体的不同角度的叙述风格。不为人知的版本穿插在官方版本与民间版本之间,对两个版本所未知或失误的信息起了补充更正作用。如第 02 节不为人知的版本对第 01 节出现的男青年探访的情节做了介绍,因为探访的空间语境仅限于二人所有,因此,二人之间的对话及心理活动也就仅限于当事人所知,作者将此袒露在读者眼前。第 03 节官方版本,第 04 节民间版本都围绕徐群山不正常的形象,与孙丽坤不正常的交往,导致孙丽坤精神失常事件。但其人物,其关系纯属猜测。第 06 节、第 08 节不为人知的版本对二人交往做了具体的描述,于是读者了解了探访时的真实情景:二人聊跳舞、聊婚姻、聊家庭……读者了解了孙丽坤与徐群山交往时的心理活动,知道徐群山来的目的:

> 活到三十四岁,她第一次感到和一个男子在一起,最舒适的不是肉

体,是内心。那种舒适带一点伤痛,带一点永远够不着的焦虑。带一点
绝望。徐群山每天来此地一小时或两小时。她已渐渐明白他的调查是
另一回事。或者是它中途变了性质,不再是调查本身。他和她交谈三
言两语,便坐在那张桌上,背抵窗子。窗外已没有"美丽的姑娘见过万
千"之类的调情。那歌声不再唱给一个紧闭的窗子和又变得望尘莫及
的女人。他就坐在那里,点上一根烟,看她脱下棉衣,一层层蜕得形体
毕露。看她渐渐动弹,渐渐起舞。他一再申明,这是他调查的重要组成
部分。

　　她的直觉懂得整个事情的另一个性质。她感到他是来搭救她的,
以她无法看透的手段。如同青蛇搭救盗仙草的白蛇。她也看不透这个
青年男子的冷静和礼貌。她有时觉得这塞满布景的仓库组成了一个
剧,清俊的年轻人亦是个剧中人物。她的直觉不能穿透他严谨的礼貌,
穿透他的真实使命。对于他是否在作弄她,或在迷恋她,她没数,只觉
得他太不同了。她已经不能没有他,不管他是谁,不管他存在的目的是
不是为了折磨她,斯文地一点点在毁灭她。

虽然在这些文字中,徐群山还是以朦胧的、诡秘的形象展示,但已让人意识
到,这个青年对拯救失去自由、失去舞蹈希望的孙丽坤有着重大的意义。作
为一直关注她的崇拜者,徐群山深知,"舞蹈对她自身是什么? 若是没了舞
蹈,她有没有自身? 她从来没想过这个问题。如用舞蹈去活着。活着,而不
去思考'活着'。她的手指尖足趾尖眉毛丝头发梢都灌满感觉,而脑子却是
空的,远远跟在感觉后面。"因此,让其恢复舞蹈,就是恢复自信,就是恢复生
命。这是徐群山探访的主要目的。及至第 08 节徐群山将孙丽坤带出,兜
风、泡澡,最后是徐群山真面目的亮相:

　　她揭下那顶呢军帽。揭下这场戏最后的面具。她手指插进他浓密
的黑发。那么长而俊美的鬓角,要是真的长在一个男孩子脸上该多妙。
　　徐群山看见她的醒悟。看见泪水怎样从她心里飞快涨潮。
　　她的手停在他英武的发角上。她都明白了。他知道她全明白了。
但不能道破。谁也不能。道破他俩就一无所有。她就一无所有。
　　梦要做完的。

探访的过程以真相的揭秘宣告结束,是对徐群山性别与身份的颠覆,也是对
二人探访过程中关系的颠覆。对徐群山的真实性别,和对孙丽坤的态度,曾

在不为人知的版本第 05 节、07 节的日记有所挑明。第 05 节的日记写于1963 年,记述了徐群珊(山)学生时代对孙丽坤的敬仰崇拜,以及买不到票,被孙丽坤带进剧场的情景。第 07 节的日记写于 1970 年,记述了插队及进城的经历。这几则日记,并没有说明何人所写。但由日记内容可以看出写作者。1963 年的日记,与徐群山探访孙丽坤时多次提及的"我很小就看过你跳舞""我很小的时候就特别迷你"相关,其反复强调童年的崇拜相照应,孙丽坤缺乏与之共知的背景前提,以致产生信息差:

> "我很小就看过你跳舞。"
>
> 孙丽坤唬一跳,为什么他又来讲这个。
>
> "那时我才十一二岁。"
>
> 她想,他都讲过这些啊,为什么又来讲。
>
> "跟走火入魔差不多。"他说着,像笑话儿时的愚蠢游戏那样笑一下,借着笑叹了口气。

童年的印记是如此清晰地印照在徐群山脑海,可见其深刻。不为人知的版本提供了解读一些奇异现象的语境,探访时徐群山对孙丽坤的抚摸看似异性之间的相恋,但与日记中的情感记载相结合,便有了答案。"他的手伸过来了,抚摸她的头发,指尖上带着清洁的凉意。那凉意像鲜绿的薄荷一样清洁,延伸到她刚在澡盆中新生的肌肤上,她长而易折的脖子上。""徐群山清凉的手指在把她整个人体当成细薄的瓷器来抚摸。指尖的轻侮和烦躁没了。每个椭圆剔透的指甲仔细地掠过她的肌肤,生怕从她绢一样的质地上勾出丝头。"这些抚摸,与当年日记中所记载的"她的胸脯真美,像个受难的女英雄,高高地挺起。我真的想上去碰一碰她的……看看是不是塑像。我对自己有这种想法很害怕"相照应,由此可见,这种肉体亲近,既非异性,也非同性,而是一种对美的追求。对徐群山的这一性格特征,小说在对其选择的结婚对象时有所揭示:"珊珊天性中的对于美的深沉爱好和执着追求,天性中的钟情都可以被这样教科书一样正确的男人纠正。珊珊明白她自己有被矫正的致命需要。"这可以视作对前面不合情理的举止的注解。徐群山的性别与身份问题,第 07 节一九七〇年的两则日记中显现出来:

> 第一次听人叫我大兄弟。跟"红旗杂志""毛选"一样,外皮儿是关键,瓤子不论。我十九岁,第一次觉得自己身上原来有模棱两可的性别。原来从小酷爱剪短发,酷爱哥哥们穿剩的衣服是被大多数人看成

不正常起码不寻常的。好极了。一个纯粹的女孩子又傻又乏味。

　　原来我在熟人中被看成女孩子,在陌生人中被当成男孩;原来我的不男不女使我在"修地球"的一年中,生活方便许多也安全许多,尊严许多。这声"大兄弟"给我打开了一扇陌生而新奇的门,那门通向无限的可能性。

这是徐群山假小子打扮与性格给人的性别误差。这种性别误差,在探访中也通过他人的眼光暗示过:"其实这一群看守孙丽坤的女娃是在事出之后才想出所有蹊跷来的。她们是在徐群山失踪之后,才来仔细回想他整个来龙去脉的。她们在后来的回想中,争先恐后地说是自己最先洞察到徐群山的'狐狸尾巴'。说从最初她们就觉出他的鬼祟,他有什么不可告人的目的,他那种本质的、原则的气质误差,那种与时代完全脱节的神貌。那种文明。最后这句她们没说出口,因为文明是个定义太模糊的词,模糊地含有一丝褒义。她们同时瞒下了一个最真实的体验:她们被他的那股文明气息魅惑过,彻底地不可饶恕地魅惑过。事出之后,她们才真正去想徐群山那不近情理的斯文。他不属于她们的社会、她们的时代。我们轰轰烈烈的伟大时代,她们说。他要么属于历史,要么属于未来。不过这一切都是事发之后她们倒吸一口冷气悟出的。""她们还默默供认徐群山从形到神的异样风范给她们每个人的那种荒谬的内心感染,使她们突然收敛起一向引以为骄傲的粗胳膊粗腿大嗓门。"性别的颠覆在对孙丽坤基本康复后的病床生活中也显露出来:"据说她身边常有个探望者,抑或陪伴者。是个女孩子,医生护士只知道她是孙丽坤曾经的舞迷。"至于探访孙丽坤时的"将校呢军装"在日记中也出现了:

　　翻衣服穿,翻出我大哥给我的那身将校呢军装。我把它穿上。扣上帽子,在洞里晃悠两圈。不行,还得挑水去。

　　挑两个半桶的泥浆回到窑洞,碰上上工的人都跟我说当兵好啊;一当就当毛料子兵。

　　就这么简单?把"红旗杂志"的封皮儿套在我存的那些电影杂志外面,我读的就是"红旗杂志";把"毛选"的封皮套在《悲惨世界》外面,《悲惨世界》就是毛选。毛料子军装一下就把我套成一个高人一等、挨人羡慕的毛料子特种兵。不好下台了。明天脱下这身军装,谎言是不能脱掉的。

　　我得走。让他们看着我穿着毛料军装从这村里永远走掉。

　　　　我得回北京。让谎言收场。

这就是探访时伪装"中央特派员"的服装的出处,在日记中被披露出来。

　　不为人知的版本,可以说是官方版本、民间版本的注释和翻译,它将人物的真实身份、真实目的,将人物的情感揭示出来。它又是对其他两个版本的颠覆,颠覆了虚假,颠覆了荒谬,还原了真实,还原了逻辑,也还原了情感。三个版本交错的视角转换,增添了对故事描述的生动性,造成了情节的虚幻迷离,也还原了特定年代对同一事件不同看法的历史真实。

三　叙事者与叙事间离

　　小说作者就是故事的叙事者,他笔下的故事情节理所当然就是其在讲述的,叙事者以无需出现的身份,隐身在故事的讲述过程。但这种身份在一些小说中被颠覆。

　　在叙事者叙事话语中,穿插其他话语,造成与原有的叙事话语间离,是颠覆的表现之一。如:

　　　　但是这里盛传着他曾经是一个"大人物",(老天,你瞧曹千里那个样子,他像吗?)他曾经在中央工作过,(北京就是中央所在地,你否认得了吗?)由于不走运,由于出了点事情,(中国人的政治经验和政治敏感,举世无双!)他被贬到了边疆,(怎么是贬呢?上山下乡最光荣嘛!)变成了和他们差不多,却又不像他们那样根深蒂固、世代相安的可怜人。

　　　　　　　　　　　　　　　　　　　　　　　　　　　　王蒙《杂色》

在原有的叙事话语中穿插反问与感叹句式,造成与原有话语的对抗性话语指向。我们且将其看作复调形式。巴赫金在对陀思妥耶夫斯基诗学问题的研究中,将"复调"视作陀思妥耶夫斯基小说的基本特点:"有着众多的各自独立而不相融合的声音和意识,由具有充分价值的不同声音组成真正的复调——这确实是陀思妥耶夫斯基长篇小说的基本特点。"[①]当然上例的复调实际上只是一种双声,并非陀思妥耶夫斯基的"众多"的声音,但它足以构成对原有话语的干扰,使该段文字呈现出一种论辩的对话性。原叙事者与话语插入者之间构成了语义倾向的相左。原叙事形态与内容被插入者所颠

---

　　① 〔苏〕巴赫金:《陀思妥耶夫斯基诗学问题》,钱中文主编《巴赫金全集》第五卷,河北教育出版社,1998年,第4页。

覆,造成了一种荒诞下的反讽。是原叙事话语荒诞,还是插入话语荒诞,二者相互解构,让人在新颖的话语模式中感受作者对时代的嘲讽。

王蒙的《杂色》中除了双声话语模式造成叙事者与叙事对象间离之外,还以作者插入话语,显现叙事者的作者身份,直接与读者对话的方式体现间离。如:

(1)好了,现在让曹千里和灰杂色马蹒蹒跚跚地走他们的路去吧。让聪明的读者和绝不会比读者更不聪明的批评家去分析这匹马的形象是不是不如人的形象鲜明而人的形象是不是不如马的形象典型,以及关于马的臀部和人的面部的描写是否完整、是否体现了主流与本质、是否具有象征的意味、是否在微言大义、是否情景交融、寓情于景、一切景语皆情语、恰似"僧敲月下门""红杏枝头春意闹"和"春风又绿江南岸"去吧。让什么如果是意识流的写法作者就应该从故事里消失,如果不是意识流的写法第一场挂在墙上的枪到第四场就应该打响,还有什么写了心理活动就违背了中国气派和群众的喜闻乐见,就是走向了腐朽没落的小众化,或者越朦胧越好,越切割细碎,越乱成一团越好以及什么此风不可长,一代新潮不可不长的种种高妙的见解也尽情发表以资澄清吧。

(2)这是一篇相当乏味的小说,为此,作者谨向耐得住这样的乏味坚持读到这里的读者致以深挚的谢意。不要期待它后面会出现什么噱头,会甩出什么包袱,会有个出人意料的结尾。他骑着马,走着,走着……这就是了。每个人和每匹马都有自己的路,它可能是艰难的,它可能是光荣的,它可能是欢乐的,它可能是惊险的,而在很多时候,它是平凡的,平淡的,平庸的,然而,它是必需的和无法避免的,而艰难与光荣,欢乐与惊险,幸福与痛苦,就在这看来平平常常的路程上……

例(1)涉及读者、评论者对故事情节的评论,所构成的话语方式既有对人物说话,又有对读者、评论者说话的意味。特别是穿插着的传统评论话语,造成了杂乱纷呈的评论状态。例(2)是小说末尾的总结评述性话语,构成作者与读者会话的模式。这种作者的插入式出现看似使原有的叙事中断,干扰了读者原有的视线,实际上是一种巧妙的关联。它与整个篇章的叙事风格是融为一体的。巴赫金评价陀思妥耶夫斯基小说世界与其艺术任务之间的关系时说:"如果对所描绘的世界,给以贯彻始终的独白型的观察和理解,如果着眼于独白型的结构小说的传统程序,从这样的观点来看,陀思妥耶夫斯基的世界可能像是一片混乱的世界;而他的小说的结构方法,好像用水火不相容的不同组织原则,把驳杂不一的材料拼凑到一起。唯有从我们上面概括出的陀思妥耶夫斯基的基本艺术任务出发,才能理解他的诗学的深刻的必然性、一贯性和完整性。"①而陀思妥耶夫斯基的艺术任务则是:"创造一个复调世界,突破基本上属于独白型(单旋律)的已经定型的欧洲小说模式。"②同样,王蒙也构建了一个纷杂的小说世界,在作者挺身而出,干扰读者视线的同时,展现了对荒诞时代的含泪的批判,展现了与整个文本相一致的反讽风格。《杂色》中还有在描述中以局外人身份的插入评价:

> 然而它仍旧不紧不慢地迈动着它的步子,没有一点变化。你就不兴紧两步吗?
>
> "然而紧两步又怎么样呢?"马回答说,它歪了歪头,"难道我能帮助你躲过这一场又一场的草原上的暴风雨吗?难道在一个一眼望不见边的草原上,我们能寻找到丝毫的保护吗?让雨淋一淋又有什么不好呢?在那个肮脏和窄小的马厩里,雨水不是照样会透过房顶的烂泥和茅草漏到我的身上吗?而那是泥水、脏水,还不如这来自高天大天的豪雨呢!要不,我就这样脏吗?"
>
> 他描写马说话,这使我十分惊异,但我暂时不准备发表评论,因为他还有待于写出更加成熟的作品。向您致敬了,谢谢您!

写马与人的对话是荒诞的,在对话后出现对此的说明更是荒诞的。这一荒诞在于语言形式的表达。短短文字出现了三个人称,从语义猜测,"他"指作者,"我"则应是评论家,"您"也应是"不准备发表评论"的"他",即作者。最后应该是作者向评论家的致谢,但没有任何中间过渡,人称转换,伴随着话语形式转换。这种形式也造成了叙事者与叙事的间离,体现了王蒙意识流的游动性。

叙事者参与的间离,可以出现在小说开头,可以出现在小说末尾,也可以出现在故事的讲述中。间离效果体现了布莱希特在戏剧情节设置上的独树一帜,"他一反常规地要求演员隔离于剧情之外;演员一刻都不允许自己完全变成剧中的人物,不该与剧中的人物重合一致。如果戏剧的情节过于

---

① [苏]巴赫金:《陀思妥耶夫斯基诗学问题》,钱中文主编《巴赫金全集》第五卷,河北教育出版社,1998年,第6—7页。

② 同上,第6页。

有趣,演员必须加以间离以便显出距离。为了使演员的表演被视为'表演',为了避免剧情如同真实的情景一样,演员必须动用各种手段——例如,演员可以一边表演,一边间歇地到舞台旁边吸烟。按照布莱希特的观点,演员应当阻止观众陷于出神入迷的状态,避免观众的完全投入和共鸣。"①布莱希特这样处理的目的,就是"要击破常识蒙在"一些"长期未曾改变的""似乎显得不可更改的"事物上面的"保护层"。也就是"间离效果将为观众制造一个局外人的位置,他们将撤出日常的习惯从而能够用新的视线重新观看熟悉的事件。这将使他们揭掉常识为现存现实所提供的'本来如此'的解释,间离所带来的陌生使他们及时地洞察现实存有的另一些可能。"②马原《虚构》开篇就以作者的亮相登场:

> 我就是那个叫马原的汉人,我写小说。我喜欢天马行空,我的故事多多少少都有那么一点耸人听闻。我用汉语讲故事;汉字据说是所有语言中最难接近语言本身的文字,我为我用汉字写作而得意。全世界的好作家都做不到这一点,只有我是个例外。

叙事者身份在文本第一部分多次被提到:

> (1)细心的读者不会不发现我用了一个模棱两可的汉语词汇,可能。我想这一部分读者也许不会发现我为什么没有另外一个汉语动词,发生。我在别人用发生的位置上,用了一个单音汉语词,有。
> (2)毫无疑问,我只是要借助这个住满病人的小村庄做背景。我需要使用这七天时间里得到的观察结果,然后我再去编排一个耸人听闻的故事。我敢断言,许多苦于找不到突破性题材的作家(包括那些想当作家的人)肯定会因此羡慕我的好运气。这篇小说的读者中间有这样的人吗?请来信告诉我。我就叫马原,真名。我用过笔名,这篇东西不用。
> (3)我开始完全抱了浪漫的想法,我相信我的非凡的想象力,我认定我就此可以创造出一部真正可以传诸后世的杰作。
> (请注意上面的最后一个分句。我在一个分句中使用了两个——可以。)

---

① 南帆:《文学的维度》,上海三联书店,1998年,第36—37页。
② 同上,第37页。

作者身份的不断出现,强调了"我"的故事叙事者与故事参与者的双重身份。体现了现实与虚幻交错的写作背景。南帆称其为"恶作剧似地向人们展览种种衔接故事的齿轮与螺丝钉",其效果在于"造成了故事阅读的夹生之感——对于台下的观众说来,目睹剧院化妆间的技术操作必将破除舞台剧情的神圣性。这显明,马原已经抛弃了传统小说所尊奉的'真实'观念。马原小说的叙事者有意在故事中间抛头露面,毫无顾忌地证明故事是被人说出来的。这不啻提醒人们,任何'真实'无非叙事策略所形成的效果。于是,马原小说从故事转向了叙事"。① 马原以叙事者堂而皇之登场的模式,间离了故事的连贯性,颠覆了传统叙事模式。

如果说,马原试图强调的是叙事者与故事中人物的双重身份,那么,苏童《1934 年的逃亡》则是在开头部分撇清自己的叙事者身份,以强调故事中人物的身份:"你们是我的好朋友。我告诉你们了,我是我父亲的儿子,我不叫苏童。"为融入故事中人物打下基础。"我的父亲也许是个哑巴胎。他的沉默寡言使我家笼罩着一层灰蒙蒙的雾障足有半个世纪。这半个世纪里我出世成长蓬勃衰老。父亲的枫杨树人的精血之气在我身上延续,我也许是个哑巴胎。我也沉默寡言。我属虎,十九岁那年我离家来到都市,回想昔日少年时光,我多么像一只虎崽伏在父亲的屋檐下,通体幽亮发蓝,窥视家中随日月飘浮越飘越浓的雾障,雾障下生活的是我们家族残存的八位亲人。"让"我"置身故事人物,成为故事情节的重要一员。不论是哪一种倾向,以叙事者或故事中人物身份的插入都对小说正常的叙事模式造成偏离,制造了间离效果。

叙事者参与的间离还可出现在故事情节的中间,以插入式突兀的形式出现叙事者即作者的名字,如:

> 我突然闻到了一股热烘烘的腐草气息——像牛羊回嚼时从百叶胃里泛上来的气味,随即,一句毫不留情的话象嵌着铁箍的打狗棍一样抢到了我的头上:
>
> 你疯得更厉害!
>
> 好一个千刀万剐的九老妈!
>
> 你竟敢说我疯啦?
>
> 我真的疯了?
>
> 冷静,冷静,请冷静一点! 让我们好好研究一下究竟是怎么一回事。

---

① 南帆:《文学的维度》,上海三联书店,1998 年,第 203 页。

　　她说我疯了,她,论辈分是我的九老妈,不论辈分她是一个该死不死浪费草料的老太婆,她竟然说我疯了!

　　我是谁?

　　我是莫言吗?

　　我假如就是莫言,那么,我疯了,莫言也就疯了,对不对?

　　我假如不是莫言,那么,我疯了,莫言就没疯。——莫言也许疯了,但与我没关。我疯不疯与他没关,他疯没疯也与我没关,对不对? 因为我不是他,他也不是我。

　　如果我就是莫言,那么——对,已经说对了。

　　疯了,也就是神经错乱,疯了或是神经错乱的鲜明标志就是胡言乱语,逻辑混乱,哭笑无常,对不对? 就是失去记忆或部分失去记忆,平凡的肉体能发挥出超出凡人的运动能力,像我们比较最老的喜欢在树上打秋千、吃野果的祖先一样。所以,疯了或是神经错乱是一桩有得有失的事情:失去的是部分思维运动的能力,得到的是肉体运动的能力。

　　好,现在,我们得出结论。

　　首先,我是不是莫言与正题无关,不予讨论。

　　我,逻辑清晰,语言顺理成章,当然,我知道'逻辑清晰'与'语言顺理成章'内涵交叉,这就叫'换言之'! ……我哭笑无常,该哭就哭,该笑就笑,不是有常难道还是无常吗? 我要真是无常谁敢说我疯? 我要真是无常那么我疯了也就是无常疯了,要是无常疯了不就乱了套了吗? 该死的不死不该死反被我用绳索拖走了,你难道不害怕? 如此说来,我倒很可能是疯了。

莫言《红蝗》

作者名出现在第七章,此章中"莫言"一反前后几章的称呼,代替了"我"。"莫言"以故事中人物的身份与九老妈对话,回忆九老妈在莫言家的西瓜地里的西瓜"拉进去一个屎蹶子",瓜熟后莫言被爹逼着吃瓜的情景。这段对话围绕着"疯"与"没疯",是与不是莫言展开论辩,且不说其中的逻辑推理变异,单是"莫言"与前后情节的叙事者"我"之间的关系就呈现出真真假假的虚幻,这就是"莫言"这一代名词插入叙事所造成的间离效果,这一效果是延续前面的叙事者"我"的第一人称所无法达到的。

　　叙事者参与的间离还可出现在故事情节的末了,在惟妙惟肖的故事讲述后期以突然的方式插入,颠覆了前面叙事的真实性。陈染《巫女与她的梦中之门》中,在年龄类似父亲的男人与"我"疯狂性交中"性缢死"的描写后,接着写道：

> 接下来的事件情节过于紧凑。十几年的如梦时光似乎已使我记忆不清。
>
> （即使如此，我仍然被我讲述的这个也许是虚构的恐怖记忆惊呆了。我惊惧地看着我故事里伪造的第一人称，我不知道她是谁。因为我天生是个作小说的人，所以我的任何记忆都是不可靠的。在蓝苍苍恬静的夏日星空下与在狂风大作的冷冬天气里，追忆同一件旧事，我会把这件旧事记忆成面目皆非、彻底悖反的两件事情。）
>
> 接下来的次序大致和那个梦里的一样：先是一片嘈杂浮动的人群，一片令我头晕的喧嚣；然后是一片森林般的绿色警察推搡着把我带走，他们在逮捕我时对一丝未挂的我进行了包裹；再然后是雪白的医院，大冰箱一样的太平间，和一份科学论文似的验尸报告。

括号内的文字在如真似梦的故事叙写中出现了故事讲述者，以如真似幻的否定颠覆了故事中人物。这种否定又穿插在事件发生与事后警察处理之间，对于故事的一贯性与真实性起了间离效果，体现了陈染的叙事风格。王蒙曾感慨陈染叙事中的奇幻色彩：

> 陈染的作品似乎是我们的文学中的一个变数，它们使我始而惊奇，继而愉悦，再后半信半疑，半是击节，半是陌生，半是赞赏，半是迷惑，乃嗟然叹曰：
>
> 陈染，你是谁？我怎么不认识你？我怎么爱读你的作品而又说不出个一二三来？雄辩的，常有理的王某，在你的小说面前，被打发到哪里去了？
>
> 　　　　　　　　　　　　　　　　　　王蒙《陌生的陈染》

在感慨之余，王蒙道出了其作品的魔幻色彩："是的，她的小说诡秘，调皮，神经，古怪；似乎还不无中国式的飘逸空灵与西洋式的强烈和荒谬。她我行我素，神啦巴唧，干脆利落，飒爽英姿，信口开河，而又不事铺张，她有自己的感觉和制动操纵装置，行于当行，止于所止。"造成这一色彩的原因之一，可能就是上例中虚虚假假、真真实实的表述手法。

王朔《动物凶猛》不但颠覆了故事中人物与情节，而且颠覆了叙事者。小说以"我"为故事中人物的身份开头，以叙事者与故事参与者的双重身份，讲述了一个夏天里发生的故事。在小说的最后一部分却突然出现了对文本的颠覆：

> （1）……现在我的头脑像皎洁的月亮一样清醒，我发现我又在虚构了。开篇时我曾发誓要老实地述说这个故事，还其以真相。我一直以为我是遵循记忆点滴如实地描述，甚至舍弃了一些不可靠的印象，不管它们对情节的连贯和事件的转折有多么大的作用。可我还是步入编织和合理推导的惯性运行。我有意无意地忽略了一些细节，同时又夸大、粉饰了另一些情由。
>
> 我像一个有洁癖的女人情不自禁地把一切擦得锃亮。当我依赖小说这种形式想说真话时，我便犯了一个根本性的错误：我想说真话的愿望有多强烈，我所受到文字干扰便有多大。我悲哀地发现，从技术上我就无法还原真实。我所使用的每一个词语含义都超过我想表述的具体感受，即便是最准确的一个形容词，在为我所用时也保留了它对其他事物的含义，就像一个帽子，就算是按照你头的尺寸订制的，也总在你头上留下微小的缝隙。这些缝隙累积起来，便产生了一个巨大的空间，把我和事实本身远远隔开，自成一家天地。我从来没见过像文字这么喜爱自我表现和撒谎成性的东西！
>
> （2）也许那个夏天什么事也没发生。我看到了一个少女，产生了一些惊心动魄的想象。我在这里死去活来，她在那厢一无所知。后来她循着自己轨迹消失了，我为自己增添了一段不堪回首的经历。怎么办？这个以真诚的愿望开始述说的故事，经过我巨大、坚韧不拔的努力变成满纸谎言。我不再敢肯定哪些是真的、确曾发生过的，哪些又是假的、经过偷梁换柱或干脆是凭空捏造的。
>
> （3）你忍心叫我放弃么？除非我就此脱离文学这个骗人的行当，否则我还要骗下去，诚实这么一次有何价值？这也等于自毁前程。砸了这个饭碗你叫我怎么过活？我有老婆孩子，还有八十高龄的老父。我把我一生最富有开拓精神和创造力的青春年华都献给文学了，重新做人也晚了。我还能有几年？

以叙事者参与的颠覆篇幅之大、程度之深是罕见的。它不但颠覆了故事情节、故事人物，而且颠覆了叙事者。是对故事中人物与人物关系的颠覆，也是对故事讲述者小说做法的颠覆。颠覆造成了故事情节的间离，造成了故事情节的跌宕。而后，一句"我唯一能为你们做到的诚实就是通知你们：我又要撒谎了。不需要什么勘误表了吧?"链接回到间离前面的故事情节。真实与虚构在文本中形成了对立,否定前面的情节描写,意味着肯定上述间离文字。肯定前面的情节描写,意味着否定上述间离文字。插入的叙事者话语与文本中的主要情节构成了颠覆关系,以间离构成了文本叙事别具一格的风格。

第二节　荒诞视角建构的小说语境

小说视角是小说构成的起点,又贯穿整个小说文本。它关涉小说情节安排、结构设置、人物塑造;关涉小说内容,也关涉小说形式。荒诞视角是当代小说文本建构具有策略性意义的视角。荒诞是对真实的违背,对逻辑的偏离,对正常思维的颠覆。荒诞视角超越了小说的常规做法,通过叙事者、叙事对象等变异,改变人们的阅读习惯,改变人们的心理预期,在对常规视角的颠覆中创造了奇异的、梦幻般的小说文本语境。

张宗正曾将修辞域分为真实修辞域与虚拟修辞域两个范畴,他认为:"虚拟的修辞活动是虚拟修辞主体在虚拟语境中发挥、施展修辞能力,取得虚拟主体预期并努力追求的理想效果的活动。"[①]可见,真实与虚拟都属于修辞域,而显而易见,荒诞视角应当属于虚拟范畴。它违背、脱离、超越了真实,凭借作家的联想和想象,构筑了一个虚拟的时空、虚拟的世界。当然,这一世界是依托于真实世界而存在的,"虚拟修辞活动是真实修辞主体为虚拟修辞主体安排的依托虚拟语境的行为活动。"[②]语境在真实与虚拟的转换中起了重要的依托作用,虚拟修辞主体必然生成于虚拟语境中。荒诞视角所构建的荒诞文本世界是依托虚拟语境而生成的。

一　荒诞视角——叙事者与叙事对象的变异

荒诞视角主要由叙事者本身的荒诞与叙事对象的荒诞构成。叙事者的荒诞为叙事的荒诞定下了基调,叙事对象的荒诞则构成整个文本情节结构的荒诞。

叙事者的身份是叙事角度的出发点,荒诞视角的表现之一,是以超乎常

---

① 张宗正:《理论修辞学——宏观视野下的大修辞学》,中国社会科学出版社,2004年,第186页。

② 同上。

态的叙事身份进行叙事。作为故事讲述者,本应具有讲述者的思维能力、话语能力,但有些小说则让不具有思维与话语能力的人或动物充当了讲述者,形成了故事由始至终的荒诞。如死人叙事、婴儿叙事、动物叙事等。这些奇异的叙事者承载着作者的艺术构思,具有了思维与话语能力,具有了小说全知全能的视角,具有了同正常叙事者相同的讲述能力和讲述技巧。他们讲述的可能是现实中所发生的事件,也可能是非现实的虚拟世界。

不具有思维与话语能力的叙事者讲述的故事多是现实生活的翻版。如死人叙事,常以死人的眼光回顾既往,表现当时,瞻望将来。莫言的《生死疲劳》,以土改时被枪毙的一个地主为叙述者,以其经历的六道轮回的各种动物的眼睛,描绘其根植的家族、根植的土地,观察和体味农村的变革。苏童《菩萨蛮》通篇故事的讲述由亡父华金斗的幽灵完成,这个"痛哭的幽灵""怨天尤人牢骚满腹"地讲述了发生在南方一个平民家中的故事。方方《风景》以死去的小八子的视角,讲述了在城乡接壤的铁路边,自己一家人的生活。余华《第七天》以死去未葬者身份讲述了平民生活种种形态。动物叙事的有陈应松《豹子的最后舞蹈》,以豹子"斧头"的倒叙,讲述了被人们打死前几年在神农架的经历。袁玮冰的《红毛》以黄鼬"红毛"的倒叙,讲述了它在被击中后对黄鼬家族悲欢离合往事的回忆。阿三的《小狗酷儿》以一个聪明而不用功的小美女狗作家的视角行使话语权,倾诉与人类爹妈的生活,倾吐对人世的讥嘲。婴儿叙事的有桢理《天使的秘密》,以未满周岁的婴儿的视角,讲述了围绕一个家庭的胎教、育婴、婆媳关系、夫妻关系、女性职业等社会问题。

叙事视角的荒诞,给人以陌生化的视觉效果和心灵震撼,为故事注入了新鲜活力;同时,突破了正常视角的某些局限,使叙事处于全方位、多角度的视野。如方方《风景》以"生下来半个月就死掉"的小八子的视角,讲述了生活在社会底层的人们生活的众生态。有趣的是,同为诺贝尔文学奖获奖者的欧洲著名文学家奥尔罕·帕慕克和我国的莫言,都创作过死人叙事的作品。奥尔罕·帕慕克的《我的名字叫红》、莫言的《生死疲劳》同为死人叙事视角,同样是一开头就道出叙事者的身份。奥尔罕·帕慕克的《我的名字叫红》以"如今我已是一个死人,成了一具躺在井底的死尸"开头。莫言的《生死疲劳》开头是:"我的故事,从 1950 年 1 月 1 日讲起。在此之前两年多的时间里,我在阴曹地府里受尽了人间难以想象的酷刑。每次提审,我都会鸣冤叫屈。我的声音悲壮凄凉,传播到阎罗大殿的每个角落,激发出重重叠叠的回声。我身受酷刑而绝不改悔,挣得了一个硬汉子的名声。"《风景》则不同,开头并未出现叙事者小八子,而是以转述七哥进家门时,"像一条发了疯的狗毫无节制地乱叫乱嚷"的一系列话语开头,这就给人一种错觉,似乎是以第三人称的文外视角叙事的。在讲述了七哥话语,七哥做派后,出现了第一人称的叙事者,"很难想象支撑他这一身肉的仍然是他早先的那一副骨架,我怀疑他二十岁那次动手术没有割去盲肠而是换了骨头。"似乎显现出文本以第一人称文内视角叙事。然而,在小说第一章节对七哥、大哥、五哥、六哥及父亲母亲做了介绍后,第二章开头是对整个家庭的概述:"父亲带着他的妻子和七男二女住在汉口河南棚子一个十三平米的板壁屋子里","用十七年时间生下了他们的九个儿女",第八个儿子生下来半个月就死掉,被父亲用小棺材"埋在了窗下"。紧接着出现让人意想不到的人物身份:"那就是我。"自此,叙事者以死人身份亮相,完成了整个文本的故事讲述。这一叙事角度选择的寓意,可以通过作者在篇首所引的波特莱尔语录窥见一斑:"……在浩漫的生存布景后面,在深渊最黑暗的所在,我清楚地看见那些奇异世界……"死人视角,可以超脱活人世界的一切束缚、一切烦恼,具有了客观描述评判人与事的条件;被埋在"窗下"的地理位置,使他占据了体察家里发生的人与事的全景视角,他寸步不离地看到听到了在这个方寸板壁小屋所发生的一切事情。父亲的粗俗,母亲的风骚,大哥与邻居枝姐的奸情,五哥六哥对姑娘的奸污,姐姐的放荡……无不在小八子的视野中。尤其是着笔最多的二哥与七哥,代表了人类情感的两种状态。二哥最终因为"爱情突然之间幻化为一阵烟云随风散去",选择了割腕自杀,实践了追求爱的梦想。七哥曾为了儿时伙伴够够被火车碾压而哀痛欲绝,成年后却因受大学同学"苏北佬"不择手段的启发,而践踏情感,抛弃未婚妻转投官二代的怀抱。二哥践行人类纯真情感的举动与七哥不择手段的龌龊行为,在本不具有评判能力的小八子视野中有了鲜明的情感色彩。从生存状态来看,作为生命消逝的死人,小八子不具有思维能力和话语能力;从生存时间来看,"生下来半个月就死掉"的小八子,同样不具有这些能力。而作者却赋予小八子以评判事物的能力,赋予小八子以评说的话语权,造就了荒诞的叙事者。荒诞的叙事者颠覆了叙事的基本条件,但却使正常叙事者难以完成的多视角、多层面叙事得以完成,就这一意义而言,荒诞的叙事者与特定文本的叙事需求达到了高度统一。

现实与虚拟是相对而言的,荒诞视角所展现的荒诞世界是基于现实基础上的,因此,现实世界与虚拟世界可能是交错的。桢理《天使的秘密》就是现实与虚拟交错的产物。故事以"我"——一个未满周岁的婴儿为叙述者,讲述了"我"与妈妈小芬以及与之相关的人们之间发生的故事。故事所反映的是现实社会中的母子关系、夫妻关系、婆媳关系,现实社会中的胎教问题、育儿问题、女性职业问题。然而,这些问题的讲述却由一个本不具备思维与话语能力的婴儿来承担,这是荒诞之一。这个婴儿又具有"天使"身份,这是荒诞之二。婴儿与"天使"的身份,使这个特殊的叙事者具有了双重荒诞性,故事带上了浓郁的虚幻色彩。婴儿是现实身份,"天使"是虚拟身份,双重身份交织于同一对象。现实中的婴儿身份,因具有故事叙事能力而具有了虚幻性。虚拟中的天使身份,因参与现实世界交际而获得了现实性。小说故事基于虚幻与现实世界的基础。虚幻与现实两个世界的对立,表现在两个空间:"我"的来处——"另外的宇宙";"我"的去处——"你们地球"。小说意不在于表现两个世界物质方面的差异,而是企图表现两个世界在精神上的对立,在生活观念、生存哲思等方面的区别。这就是"我"——一个天使来到地球的使命:"只为告诉你们:关于这个宇宙的秘密。"作者设置的不同宇宙间的信息互传,是作为一种游戏状态出现的。"在我看来,该游戏不具任何深意,只是无聊,无聊透顶。须知这秘密也并非终极秘密,我们那个宇宙的婴儿,依然是另一个宇宙的信使。仿佛无头无尾无极限的游戏,想想都令人发疯。我被无聊地安排降生到你们这个世界,之后我发现,这里也遍地无聊。"由此可见,所谓秘密,实际上只是该宇宙人类生存的状态,这种状态因为身居其境,未能被当事者所领悟。因此,一宇宙对另一宇宙而言,"并非终极秘密",如此形成循环。虽然,到小说终结,并未明确点出"秘密"所在,但从文本我们可以略知一二:"母亲小芬和父亲勇子从不知自己身处无边的无聊中,每每跌宕喜怒哀乐,有滋有味为一切无聊耗费心神。"在与婆婆、丈夫的纷争后,母亲小芬有了新的感悟,在母亲唠唠叨叨的话语中就蕴含着这一秘密:"毛毛,别怪妈妈心重,自己不快活,搞得你也不得安生。其实妈妈也知道,这个世界不过是幻景儿,说有就有,说没有就没有,甚至把它比喻成一个程序,一个游戏都不为过,我们都只是扮演其中一个角色,不小心就当真了。毛毛,妈妈也算知识分子,也知道不管怎样过都只几十年,繁华冷清都将消失,妈也想看开,想简单清贫宁静,不与家内家外任何人争。妈过去怀上你之前,也常跟同事一起去上禅修课,听法师开示,现在,妈妈为啥由着性子,越来越跟这个世界斗争了,妈都是为了你呀。妈可以看开,可妈要是一看开了,弱了,啥都放得下了,毛毛呀,你就要受苦了。这个世界人挤人的,人轧人的,妈妈不钻进世俗里做俗人,为你撑起一片天空,你以后辛苦啊。毛毛,妈妈不要宁静,不要安详,不要超脱,不要智慧,啥都不要了,只想用全身心的庸俗生活,换来你一点点宁静超脱足矣。"这番话语充满了矛盾,是对当代人类社会充满矛盾的心态的概括。对世俗不满却要混迹于此,无奈而又不甘寂寞,看开了可又想不开。"我"对这番话的评价是:"原来她非常清楚,她几乎就快要靠近我传达的秘密了。也可以说,尽管她还离着十万八千里,但她的大方向是对的。"这可以说是小说中最明确点出秘密所在的地方,但这一秘密还是模糊的,给读者留下了广阔的联想想象空间。

在现实世界与虚拟世界对立的基础上,小说展现了一对对矛盾的对立体:"我"与母亲小芬,小芬与婆婆,小芬与丈夫,小芬与同事。在"我"的视线中,以小芬为核心,与之关联的人,无一不处在矛盾中。这些矛盾是现实社会人际关系中的基本矛盾所在,这就使以婴儿兼"天使"为叙事角度这一荒诞视角所投射的小说文本语境具有了社会现实性。"我"与母亲小芬的对立体现了现实社会胎教、育儿的弊端与矛盾。"从我还是个胚胎时,她就按照专家们的教导,在肚子上绑上录放机,放各种'嘭嘭嘭'的音乐吵扰,让我在肚子里睡个安生觉都不行。不放音乐的时候,她又喋喋不休对我说话。"当"我"因剖腹产获得解放,脱离肚子后,"高兴得大哭",以为"我他妈的再也不用被那些胎教专家害得一刻不得安宁了",但万没想到,回家后,"又被育婴专家坑死了"。"育婴专家通过电视书本甚至当面讲座,教唆跟小芬一样的无数新晋母亲,折腾我们。我的婴儿生活比胎儿生活更加不堪。简言之,母亲按照'科学'训练我,运动听觉视觉等方面受的罪不提,单表语言能力这一枝,为了让我说话,小芬制造了一个巨大的噪音世界,铺天盖地罩住了我。""我"到快一岁还不会喊"爸爸妈妈",是由于不愿逾越两个宇宙世界的界限,是有意的,因为"只要喊出了'妈妈爸爸'等带有情感色彩的词语,或者使用人类的文字(包括哑语),就会立马忘记所有,头脑洗空,正式成为人类",因此"我"在妈妈训练说话"恼人的学习"中受着煎熬,试图"逃出魔窟"。小说末尾,"我"终于不顾"正式成为人类"的危险,喊出"妈妈别吵",也是在妈妈制造的噪音中忍无可忍,别无选择。孩子说出的第一句话是一个完整的句子,这是荒诞的,这一荒诞却是现实造成的。小芬与婆婆的矛盾对立,是现实社会中司空见惯的婆媳纷争。正如"我"所不明白的,"今天发生的一切是为了什么。这一家人,既不争财产,也不争做家务什么的,为啥完全无法相处?""难道这就是人的生活? 莫名其妙,不可理喻。"城市的婆婆,不满媳妇的"县城出身"。这种不满,直接影响到婆媳相处,在"怀孕到我出生后近一年,母亲与奶奶的恩怨情仇达到最高值。"这一恩怨,又因奶奶和姨奶奶在探访"我"时的家庭小事又一次爆发,并导致"我"父母的纷争,这也是现实社会常见的模式。正因为人类身处其间而不知其真面目,这些痼疾历代相传,到了当代社会,愈演愈烈,难以消解。因此,虽然"来自我们那个空间"的婴儿,"都知道你们这个空间的秘密,但从来没有一个婴儿成功传递过它们",这一遗憾又将现实世界与虚拟世界关联在一起,构成了两个宇宙世界交错融合的小说世界。正如"我"对自己"天使"身份的感悟:"我们和你们一样,都只是某种意志的一枚棋子而已。""天使"是为传递某种信息而来，这种传递又以失败告终，因为，"或许有的成功了，地球上也无人肯信。是啊，即便彼此能沟通，即便信了我，他们又如何能完全彻底地体悟到那种高于他们的、不可思议的智慧。"小说试图以两个世界的交流作为反映现实社会，消除社会弊端的方式，但结果是无奈的，"我开始决定放弃秘密传递，认命地以人的身份在地球上混一辈子"，"归顺人类的一切规矩训练自己，低声敛气"。小说以虚拟世界被现实世界同化而告终，虚拟宇宙的"天使"转化为现实身份，但仍不失为荒诞。

　　婴儿的叙事者身份往往使叙事打破了时空的客观性，荒诞的叙事角度常常伴随着特定时空与人物关系的变异。普玄《酒席上的颜色》是以"我"——一个二奶生的儿子刘蝌蚪的视角讲述的故事。故事开始讲述的时间是"我"过满月，空间是在为"我"办满月酒的高档虫草酒店。叙事者身份的亮相为小说定下了荒诞的基调："我叫刘蝌蚪，今天我满月，我母亲的男人请客，他叫刘背头。"而这个刚满月的婴儿，能老道地以成人的口吻评价人物："一个开泥鳅火锅店的老板，你婚外搞个女人，也就算了，你还敢生孩子；你偷偷生个孩子也就算了，你还敢请客。""她明明知道刘背头有老婆还是被他勾引了，这是她的弱点。当然，她没有这个弱点也不会有我。"对刘背头的评价在同一时空甚至重复出现了两次。这个刚满月的婴儿，甚至具有成人的爱憎情感和推理能力。因客人迟迟未到，刘背头迁怒于"我"母亲，而打了母亲一个耳光，因此"我就是在这个时候决定要杀刘背头的"。"要杀刘背头"的想法始于"我"满月，延续到小说故事将要结束。甚至在刘背头中风，"我""四处给刘背头找医生"的时候，"我要好好想一想刘背头的话，想一想过去和未来的生活。当然也在考虑是否杀他和如何杀他。""要杀刘背头"的想法起源于"我"满月的时间段，是一层荒诞；一边为刘背头找医生，一边在"考虑是否杀他和如何杀他"又是一层荒诞。这些荒诞中内蕴的合理性都源自"我"对母亲的爱："我像一个孝子一样干各种该干不该干的事。我要让母亲高兴。"作者多次以特定时间"这个时候"等语词提醒读者故事叙事者与时空不符的荒诞叙事视角："我就是从这个时候喜欢上我干爹章虫草的"，"我对枪有兴趣就是从我满月酒那天开始的。这影响了我一生"。"我"甚至能够超越"我"当时的年龄时空，对所见之物之人进行描绘：

　　　　（1）那支精致的手枪就躺在桌上，一直到满月酒结束。它仿佛成了桌子上的一道菜。一盘黄色的豆饼、烤馍或者煎黄的糍粑，又像是一只黄亮的土鸡蛋。

181

(2)众人都从刚才的幻觉中清醒过来,都觉得奇怪。对啊,这个政府的处长,人都没来,桌前怎么会这么多酒? 枪呢? 谁在给枪敬酒?

只有我看清了。他们每个人都给政府处长的席前敬过酒,都给枪敬过酒,还说过热闹调侃的话。只不过那时候热闹,醉了,现在清醒了。

对枪的比喻描绘,对人的感觉的描绘,众人皆醉我独醒的清醒眼光,大大超越了"我"满月的特定时空,显然是荒诞的。故事的荒诞源于叙事者的荒诞,叙事者的荒诞,源于与年龄时间不符的叙事模式。对父亲的憎恨在"我"不谙世事的婴儿时期埋下了种子,并由不谙世事、不具有讲述与评判能力的婴儿来讲述,叙事者与叙事能力的反差在"我"满月这一特定时空中凸显。整个文本的叙事时间是穿插进行的,满月酒宴的情景穿插交织在后来故事时空的讲述中,"我"在宴席上所见的景致和心理描写也穿插在这些章节中。"我"甚至能够穿越时空,感知人物未来的命运走向:

> 这场满月酒好漫长啊,在我的感觉中,它有一生那么长。我一生中所过的生活,我的童年所见,青年经历,我的苦难和创业,我的历险和磨难,在这场满月酒席上全都看见了,我看见了黑色的血,黑红色的太阳,白色的酒和黄色的精致的手枪。我还看见了各种颜色的经历和色彩复杂的心情。

这是小说行将结束时又转换到"我"的满月酒宴的讲述,将"我"开火锅店,结婚生子的情节时空拉回"我"的满月酒宴,时间倒退了二十几年。前面"我"的童年、青年生活已经展现在读者面前。可见,上例虽然写满月酒的感受,但实际上二十几年时空已在此链接。"我"在酒宴上的感受以预见式出现,实际上是对"我"二十几年生活的概括。这种链接将"我"二十几年"历险和磨难"的原因归结为"我"的二奶之子的身份。正如作者在以"二奶生的孩子如何拥有尊严"为题的创作谈中所说,小说试图揭示的是"一个阶层的痛苦"。"在这个太阳和黑夜交错换岗的时候,时而鸟类时而兽类的蝙蝠在空中飞翔。他们坚韧而执着,随时准备潜入暗黑之中,也随时在等待春天。"①文本表现了一个特殊阶层尴尬的出生,出生的尴尬,令人深思。以预见式链接时空不但可以将"我"的二十几年时空链接,而且可以将"我"目光所见的人物命运走向链接:

---

① 普玄:《二奶生的孩子如何拥有尊严》,《中篇小说选刊》2015 年第 4 期,第 101 页。

(1)我顺着摸我脑壳的胳膊看过去,矿老板虽然面目很黑,但是他的目光里面,却明亮如镜,充满着忧伤和绝望,有一种冰凉的死亡之气。真的,人要死了,几年前身上就会冒冰凉的死亡之气。

(2)现在矿老板望着我,我张着黑洞洞的嘴巴,和他对视。我看见了他不远的命运。他的命运颜色驳杂,黑色、红色、白色,还有枪的黄色。

两例均是"我"在满月酒宴上的所见所感。几年后,矿老板因不肯交出二奶和孩子,被妻子的堂兄——公安局长以"黑社会的保护伞"的名义枪毙,证实了"我"的预言。这种预言生于一个刚满月的婴儿,显然是荒谬的,以荒谬将不同时空链接又构成了荒谬。多角度多层荒谬构成了这个文本的整体荒谬风格。以荒诞手法表现现实社会的荒诞现象,正如负负得正,荒诞中的语境颠覆在叙事主旨中得以平衡统一,从而在荒诞的表层形式下蕴含着揭示社会某一个阶层、某类现象的深刻内涵。

叙事对象是小说叙事视角的所指,它关涉故事讲述的对象,也关涉故事情节、结构的配置。叙事对象荒诞源自叙事视角的荒诞,荒诞的叙事视角构成了故事情节的荒谬,结构设置的不合常理、不合逻辑,故事讲述对象的异常等等。故事讲述的对象可以是人,可以是景,可以是物,无论是什么对象,描写与对象特点相吻合,是正常的。荒诞叙事对象构成的巧妙之处在于,让具有语言能力的人失语,让不具有语言与思维能力的景物具有情感,具有话语能力。如以动物为描写对象,赋予动物以情感活动与话语能力,这就是荒诞。徐坤《一条名叫人剩的狗》即将视点投注到一条狗身上,故事讲述了人剩随着主人高手起起落落的"狗"生经历。作者为人剩取了两个人名,从罗伯特到人剩,标志着这条狗从青春辉煌到落魄丧家的过程,这一过程是伴随着主人生涯的起起落落进行的。叫罗伯特的时候,高手还没有成为高手,罗伯特每天"摇头摆尾地跟在西装革履的主人身后",去左邻右舍的沙龙里做学问上的清谈",并"狗以人贵",战胜众多对手,与姑娘狗虎妞儿谈起了恋爱。主人落魄,"浓密的黑发不知怎的竟成了不伦不类的阴阳头",罗伯特也"突然之间遭到虎妞儿的冷落,走在街上还时不时被飞来的暗器所伤",并被众狗打得遍体鳞伤。为了求平安,主人为罗伯特改名为"人剩",图的是类似人名"狗剩"的好养。人剩又经历了主人从落魄到再次崛起,并达到事业高峰,被众人顶礼膜拜的过程,经历了主人从被众人崇拜到"不堪百年孤独,终于在一个清明的黄昏无疾而终"的过程,也经历了主人去世后的遭遇及"追踪到高手尸骨洒落的茫茫旷野","肉身入定,坐化成一尊永恒的雕像"的过程。作者将一条狗当作人来写,赋予它以人的情感,人的思维活动甚至是富有哲理的思维方式。"悲哀""艳羡""忠贞不渝""忠诚""惘然"等人才具有的情感品质被赋予狗的身上,狗甚至具有了人类极具理性意义的话语:"忠诚,人剩暗想,这可以说是我们狗道主义中最显著的特征了。没了忠诚,那我还算得上是一条狗吗?"人剩的语言独具特色,"这世上的人都在千篇一律地重复着高手的话音,唯有人剩才保持住了自己独立的语言。"并以这种语言做了以下诗篇:

> 1。汪。
>
> 2。汪汪。
>
> 3。汪汪汪。
>
> 4。汪汪汪汪。
>
> 5。汪汪汪汪汪。
>
> 诗。汪汪汪汪汪汪汪。

这首诗使"狗绅士们举座哗然",并赢得虎妞儿的芳心。《诗汪汪汪》在高手去世后,竟被小保姆盗用高手的名义出版赚取稿费。小说以狗眼看人类,通过人剩的目光探索人类社会的纷争,探索人类社会的悲哀。人剩因一扇门隔开高手与众人这一"人和神的界限","对门里和门外的人都产生出一丝怜悯,恻隐之心一出,悲哀紧跟着又像一层布似的把人剩缠紧了。"狗的悲哀因人而来。人剩的交际对象有狗,也有人。无论是狗还是人,都表现出一种争斗、一种较量。人剩与"狗绅士们"的交际从众狗对它的崇拜,到众狗对它的围殴,折射了人类社会的人际关系与心理现象。人剩的情感品质在与主人的交际中体现出来。它比任何人都深刻地洞察了主人的处境和情感波动,这是作者在表现其忠诚的同时着力刻画的。它感受到了高手辉煌后的寂寞,"高手在成为高手之后就开始寂寞了,高手寂寞之后我便感到悲哀了。"它甚至能够窥察学林中拉高手虎皮做大旗的混乱局面,并期待主人出手收拾,它对主人不出战感到不可思议,"这么多年我一直跟高手相濡以沫,到头来怎么反倒对他的心境不能明悉了呢?高手他到底在想什么?他这是舍身饲虎呢,还是姑息养奸?他是啸傲学林呢,还是期冀着这种纷乱的烦神局面?"这种深思熟虑,这种深刻思考本非狗的大脑所能及的,作者却在她的笔下让一条狗完成了。在高手去世后,面对世人仍打高手大旗的闹剧,人剩"心里明如秋水,对这闹哄哄的一切都作警醒的壁上观",其冷静,其透彻,可以说超过了人类。小说多处写人剩的"悲哀",这种悲哀因人而来,因社会现象而来。在小说快要结束时,"人剩循着高手的气味,一直追踪到高手尸骨洒落的茫茫旷野"时，"心里已经没有了悲哀，只剩了洞明大千世界后的无限悲凉。"从"悲哀"到"悲凉"，是一种大彻大悟，是一种感慨、一种失望。在小说中与人剩交际的又一人物是小保姆，人剩的"忠诚"与小保姆的奸诈形成了对立，小保姆"一身的狐臭"，保姆"盘踞在厨房，不停地干着一些学舌偷吃的勾当"，保姆盗用高手名义赚稿费的行为，表现了人类的丑恶面，人剩就在与保姆的抗争中捍卫主人的利益，捍卫自己的尊严。在与主人、与小保姆、与众狗的交际与抗争中，作者完成了人剩丰富的、有血有肉的形象塑造。

徐坤是写人的高手，也是写动物的高手，她把"人剩"这条狗写到了极致，近乎人类又超越人类，这就有违"狗道"，有违常理。但其荒诞中构建的小说文本语境却有着对人性的深刻的挖掘。"人剩"的狗名颠覆了"狗剩"的人名，构成了人与狗的对立。人剩的思维、行动与语言，在颠覆动物自然状态的同时，也颠覆了人类的自然状态，从而实现了对人类的深刻评判。对狗的超乎想象的描写，在她的另一篇涉及狗的文本中也出现。这一文本是徐坤为阿三《小狗酷儿》写的序，题为《美女狗作家》。这篇序既是对阿三小说的介绍，又是一篇出色的"狗"小说。小说从各方面对《小狗酷儿》中"酷儿"的特点加以概括。一是狗的神态举止描写："……同时绷起狗脸，一脸严肃相，细致老练地观察打量起来人，眼里闪烁着高深莫测的狗生哲学。""……两年不到的工夫，小柴禾妞就出落成一个地道的美女作家！美人儿变得体形丰满圆润，谈吐仪态万方，穿着土褐色狗毛吊带背心，眼睛也变成了双眼皮……"一是狗的话语能力："这只美丽聪明的来自西南高原的小美女，在这个物欲横流、狗欲当道时代里，借着女权主义猖獗之机，利用手中掌握的话语权利，一吐自己对人世的讥诮之音，以及对爹妈的感恩戴德之情，同时也倾诉着大千世界里，她和她的人类爹妈彼此相识相知的欢乐与愉悦。""这是我所见过的最会说话的狗了。激情充沛。喋喋不休。看来，有了文化的狗，果然不同凡响。尤其是女人，掌握了话语权，可以向整个世界表达和倾诉，还可以随意对人对狗进行褒贬。酷！酷！！酷！！！""……偷看了太多的属于儿童不宜的文学类书，因而世界观变得奇形怪状，既简单，又复杂，既感性，又抽象，能说出一些大道理，又不理解这些大道理究竟代表着什么。"再一是狗的品性做派："这是一条典型的聪明而不用功的小美女狗作家，优裕，闲散，悠然自得，表面贤淑，而内心狂野，艺术口味刁钻苛刻，十分懂得低调做人、高调做狗，也会遵循德行、仁义、正直友善这些狗类的优点。""这个来到人世才两年的美女酷儿，还比较痴顽，叛逆的思想比较严重。她轻松，戏谑，捣蛋，破坏，出其不意，异想天开，正值青春美年华，还不知道什么是忧愁，也不太关心自己是死在人前边还是人后边（有谁会在一出生就想到死亡？又有谁会因为惧怕死亡而拒绝出生呢?)对她来说,反正,活着就是快乐。"《小狗酷儿》是以狗为叙事者的文本,徐坤的"序"一反寻常书"序"严肃的面孔,选择了与小说文本一致的荒诞视角,顺着小说以狗为人的思路,进一步将狗当作人来塑造评价。狗有理想有追求,有思维有哲理,有话语有创作行为,违背了客观现实,构成了荒诞,于荒诞中趣味横生地塑造了"狗"物形象。

二 荒诞文本语境的文内构建

荒诞视角投射下的荒诞文本语境,常由情节结构的荒诞体现。荒诞的时空调配,荒诞的人物关系,荒诞的语言表述都是荒诞情节结构的构成因素。

荒诞视角投射在时空调配上的突出体现是时空越位链接,它打破了时空的正常规律,以一种无序状态体现了荒诞。时空的越位链接往往带来人物超时空的链接,随着时空的跳跃,原本不同时空语境不可能发生关联的人物有可能产生关联。如迟子建《与周瑜相遇》,设置了"我"——一个村妇与三国名将周瑜相遇的情景。相遇的时间是"一个司空见惯、平淡无奇的夜晚",空间是一片"荒凉的旷野","帐篷像蘑菇一样四处皆是,帐篷前篝火点点,军马安闲地垂头吃着夜草,隐隐的鼾声在大地上沉浮。"在这样一个他人皆睡,唯相遇的二人独醒的大战前安宁的环境中,作者主要描述了二人的对话。故事情节可以说是简单的,但人物形象因对话而发生变化,并鲜明体现了作者的主旨。刚相遇时,周瑜"陶醉着,为这战争之音而沉迷,他身上的铠甲闪闪发光";而"我"则对鼓角声"心烦",对"流水声、鸟声、孩子的吵闹声、女人的洗衣声、男人的饮酒声"喜爱,透露了"我"与战争敌对的立场,这是对话的第一回合。第二回合是对"披铠甲"和"穿布衣"的讨论。"我"不喜欢周瑜"身披的铠甲",认为"穿布衣会更英俊"。而周瑜认为"我不披铠甲,怎有英雄气概?""我"则将"不披铠甲",与"真正的英雄"相关联。"铠甲"与"布衣"在此代表了战争与和平,"铠甲"与"英雄"之间的关系说明了对战争与和平的看法。第三个回合是就诸葛亮与周瑜的对比,说明英雄与神的不同:

> "难道你不愿意与诸葛孔明相遇?"
> "不。"我说,"诸葛孔明是神,我不与神交往,我只与人交往。"
> "你说诸葛孔明是神,分明是嘲笑我英雄气短。"周瑜激动了。
> "英雄气短有何不好?"我说,"我喜欢气短的英雄,我不喜欢永远不倒的神。英雄就该倒下。"

显然,村妇的话语打动了周瑜,"周瑜不再发笑了,他又将一把艾草丢进篝火里。"这场交际的结果是周瑜服饰与动作的变化,他"不再身披铠甲,他穿着一件白粗布的长袍,他将一把寒光闪烁的刀插在旷野上,刀刃上跳跃着银白的月光"。随着这一变化的是场景的变化:"战马仍然安闲地吃着夜草,不再有鼓角声,只有淡淡的艾草味飘来。"从"铠甲"到"布衣",从"鼓角"到"艾草",战争与和平从对立到转化。从开篇"一个司空见惯、平淡无奇的夜晚,我枕着一片芦苇见到了周瑜",与紧接着描写的相遇时的情景,"当时我穿着一件白色的睡袍,乌发披垂,赤着并不秀气的双足,正漫无目的地行走在河岸上",可以发现,前面的"见到了周瑜"实际上是"梦到了周瑜","相遇"是梦中相遇,这就昭示了文本内容的虚幻,也为跨时空交际提供了可能性。"三国"与"现代"这是时间上的对立,"鼓角相闻"的临战场景与"淡淡的艾草味飘来"的和平景象这是空间上的对立,"英雄"与"村妇"这是人物关系的对立,作者将这一对对的对立关系安排在同一个小说文本中,是荒诞的,尤其是对话双方的时间跨越,村妇富有哲理的话语都是对现实的违背。但是,荒诞中的哲理意蕴是显而易见的,对战争的反对,对和平的追求,使荒诞有了存在的合理性。作者为我们设置了一个超乎寻常的虚幻世界,"这个世界不是归纳出来的,而是演绎出来的,不是被发现的,而是被发明的。它是新的神话,也可能是预言。在这里,小说家们要做的,就是给予一切可能性以形态。这个世界的唯一缺憾就是它与我们的物质世界无法交汇,而只能进入我们的精神世界。我们的双足无法踏入,但我们的灵魂却可完全融入其间。"①《与周瑜相遇》为我们创造了一个灵魂可以融入其间的精神世界。

如果说《与周瑜相遇》中的时空越位表现了一个严肃的话题的话,那么时空越位更多的是制造一种调侃,一种诙谐,于荒诞中带有嘲讽意味。徐坤的《先锋》末尾,画家撒旦不仅遇见中国古人,还遇见外国古人,充满了浓郁的调侃意味。撒旦经历了起起伏伏,最后又来到废墟,看见"荒凉百年的废墟上竟奇迹般地突现出一座喧嚣的仿古乐园",小说描绘了他在乐园所经历的情景:

> 撒旦目瞪口呆,正在暗自吃惊,却见康熙和乾隆迈着帝王的方步向他走来,不由分说,搜刮干净他兜里的所有现金,生拉硬拽把他拖进园去。正盘腿坐在炕上交流着垂帘听政经验的武则天和慈禧,一见撒旦进来,忙招呼他拖鞋上炕……后宫三千粉黛走马灯似地从台子上一一

① 曹文轩:《小说门》,作家出版社,2003年第2版,第103页。

转过，幽幽怨怨的眉眼秋波快要把撒旦给淹迷瞪了。

撒旦惊惶地后退，一个趔趄，不小心踩响了又一个机关，传送带嗖嗖嗖立即把他输送到特洛伊电动旋转木马上。美女海伦从马肚子里探出头来，抱住撒旦的脚丫使劲亲吻，直舔得撒旦难以自持欲仙欲死，双腿夹紧马肚子猛的一磕，木马受惊尥了一个蹶子，忽地一道曲线把他抛上了迪士尼高速过山车。

这段文字所描绘的人物、物品时代地域混杂，可以说是古今中外大杂烩。时间空间没有了分界，人物混杂错乱，小说文本语境与现实语境极度颠覆，但却与全文调侃无忌的风格相吻合。以对"先锋"的荒诞描述达到讽喻先锋的话语目的，在从不平衡到平衡的转换中体现了审美价值。

荒诞视角投射在人物关系上的荒诞构成了情节的荒诞。人与人之间的关系是复杂的，但却有着一定的自然规律。父母与子女之间，情人之间本应有着天然的亲情、爱情体态，但陈染《巫女与她的梦中之门》中的人际关系却打破了人际正常的情感倾向，以畸形的人际关系构建了小说的荒诞语境。小说以"我"与两个男人——"父亲"和一个"有如我父亲一样年龄的男人"之间的故事展开了荒诞情节。故事始于荒诞："我和九月沉浸在一起，互相成为对方的一扇走不通的门。那是一扇永远无法打开的怪门或死门。我们紧密纠缠住无法喘息，不知怎么办。""我"与时间"九月"相提并论，是一层荒诞；二者相互的关系是一扇门，又是一层荒诞。就在这荒诞思路的导引下，开始了荒诞的情节走向。小说所有的事件都聚焦在九月，这是"九月"成为"一扇走不通的门"的缘由。"我"与父亲的交往有两次，一是"在我母亲离开他的那一个浓郁的九月里的一天，他的一个无与伦比的耳光打在我十六岁的嫩豆芽一般的脸颊上，他把我连根拔起，跌落到两三米之外的高台阶下边去"；九月是父亲对"我"心灵和肉体重大打击的时间节点，也是"我"生活的转折点。这个荒诞故事的荒诞情节定格在荒诞的年代，"我模糊看到我父亲被那个年代纷乱的人群捆绑着剃成的十字阴阳头"，"我的父亲，他疯了。在茫茫黑夜的红彤彤背景里"。时代造成了"我"与父亲关系的畸形，父亲的打耳光将"我"推向了"那个半裸着淡棕色光滑脊背的有如我父亲一样年龄的男人"。"我"与父亲交际的第二个回合，"正是九月燠热窒息的夜晚，我犹犹豫豫、莫名其妙地又回到这里。那灰石阶在我心里高耸得有如一座孤山，危险得如一只男人的庞大阳具。我沿它的脊背攀缘，想走进我那凋谢枯萎又富丽堂皇的家。"家中那"鬼气森森的房间"，"一个幽灵似的苍白透顶的年轻女人"，以及父亲的突然出声，使我受到惊吓，并打破了"具有相当高的地位"

的彩画。在父亲声嘶力竭的"滚！你给我滚！你永远毁掉我"的大吼中，"我""惊恐万状"地逃离，并且，"永远地从这种男性声音里逃跑了"。这个回合，宣告了"我"和父亲关系的终结，也进一步将"我"推向了"有如我父亲一样年龄的男人"。"我"与这个男人的故事活动场景是"城南那一座幽僻诡秘的已经废弃了的尼姑庵"。"我"被父亲打后，就由这个男人带到了这里。正如"我"所意识到的，"这是一条我生命里致命的岔路。"那个男子是一个性格畸形的男子，他"对于清纯少女有一种无法自拔的沉醉癖"，他"把我像噩梦一样揽在他隐隐作痛的心口窝上"。但被父亲骂后，"我"居然"把自己当作一件不值钱的破烂衣服丢在他棕黑色的床榻上"，甚至以到街上随便找一个男人相威胁，一再要求男人"要我"。这是一种变态的疯狂，"……已经破罐破摔了的小女人的刑场，我渴望在那个刑场上被这男人宰割，被他用匕首戳穿——无论哪一种戳穿。""我"以这样的文字形容在男人猛虎般的重压下的感受：

> 那个重量和热度对于一个十六岁鲜嫩的生命真是世界末日。
> 然而，我要的就是世界末日！
> 这世界难道还有什么比世界末日更辉煌更富有魅力吗？还有什么比醉生梦死、出卖灵肉更拥有令人绝望的振奋之情吗？

这是一种情感的发泄，不是爱，而是恨，是对父亲一类男人的报复。这个男人映射着父亲的影子，在发现他因"性自缢"死亡后，有两段这样的描写：

> (1)这张死人的脸孔使我看到了另外一个活人的脸孔：他那终于安静沉寂下来的男性的头颅，使我看到了另外一个永远躁动不安的男性的头颅，这头颅给我生命以毁灭、以安全以恐惧、以依恋以仇恨……
> (2)同时，我第一次从这张安详苍老的男人的脸上感到了自己心中升起的一片爱意。我一边哈哈大笑，一边抡圆了我那纤纤的手臂，在这张死人的脸颊上来了一个光芒四射的响亮耳光！这耳光充满了十六岁的绝望爱情。
> 然后，我发现，这耳光其实又一次是在我的想象里完成的。我在做此想象时，心里看到的已不再是眼前这男人。我的手臂一直柔软无力地垂在我右侧的肋骨上，从不曾挥动。

显然，与这个男人的关系，是与父亲关系的延续，由父亲对"我"的打，对"我"

的骂而造成的肉体与精神的重创所致。情感的畸形造成了行为的畸形,人物关系的畸形,这种畸形在幻觉中益加凸显荒诞,荒诞情节就在畸形中延伸发展。畸形是特定时代对人的扭曲,"文革"背景使畸形与时代趋于平衡,从而实现对"文革"的深度批判与反思。

如果说《巫女与她的梦中之门》中荒诞的人物关系是由实实在在具体的人而构成,那么,陈染的《与假想心爱者在禁中守望》则是由虚构的人物形成荒诞关系的。这又是一个发生在九月的故事,讲述了寂旖与写字台上一张照片上男人的交际。这个男人在小说中幻化成不同的角色:一会儿,他能"从一个半旧的栗色镜框里翩然走出",在地毯上来来回回走动,与寂旖对话,他"不是男人","也不是女人",而是寂旖的"魂";一会儿,他能在离开寂旖后,寄来照片,"他的看不见脚足的脚步声,穿越摇摇晃晃、静寂无声的走廊,穿越一片坟土已埋没半腰的人群和故乡,穿越一片树木、一排房顶参差的砖红色屋舍和一截象征某种自由的海关出口甬道,走到那个零经度的异乡的广场上,那个有着半圆形围栏杆的画廊里,最后,走进寂旖书桌上的那一张相片上去";一会儿,"那张嘴——相片上的那一张嘴,在电话线的另一端关切地启合",与寂旖隔着电波对话;一会儿,他与寂旖相会在山林,滑雪前行。但他有着自己的家,因怕妻子生气,而把寂旖丢在四周野兽的林间;一会儿,他又成了太平间"工作"着的人,与寂旖在雪白大楼里对话。这个人物是真是假,是活是死,无法把握。如小说标题所昭示的,这个"假想心爱者"以各种面貌体征给人以纷繁错落的形象感。文本中与之相间的是对从十三楼窗口掉下而死的英俊少年及所落入的二楼平台景色的描写,更使小说语境充满了一种浓郁的荒诞色彩。

荒诞视角投射在语言表述上产生的荒诞也是构成情节结构荒诞的因素。当代文学语言打破了常规,打破了逻辑链,形成一种"狂欢"现象。徐坤《先锋》塑造了一群先锋画家的形象,与描写对象相搭配,出现了诸多语言的狂欢,首先是文本中充满调侃的人名:"撒旦""嬉皮""雅当""痞子一代"(又称"垮掉的一代",the beat generation)随着这些人名后有一段注解:

这些荣誉称号得益于傻旦他们自己处心积虑修饰出来的外部包装。傻旦最初听到有人称自己是撒旦时,内心里着实惭愧不已。他在心里头说,我连上帝的毛都还没摸着呢,更别提什么叛逆出卖他老人家了,就因为牛仔裤露膝露腔,就随便拿我和撒旦相媲吗?这不是空担了一个混世魔王的虚名吗?鸡皮和鸭皮也给叫得惶惶不安,总觉得自己从小到大一直是吃干饭拉稀屎,也没下出过什么真格儿的蛋,没能正儿八经地标一把新立一回异。小屁特就更不用提了，懵里懵懂地不知道自己究竟屁在哪里。据说洋屁特腻烦的是"工业文明""物欲横流"什么什么的，可是俺们反叛的到底是什么呢？于是就土屁土屁地怀着老大的纳闷儿，像一股气儿似的没有负担，内心却隐藏着带味儿的不安。

名字是荒诞的，后面的注释说明又加重了荒诞意味。"撒旦"们的"外部包装"与人物的实际内涵相照应，辛辣调侃了这一群"从小营养不足，基本功没有练好"的"先锋"画家，嘲笑了他们"循规蹈矩的现实主义日子是不情愿再过了，总在琢磨着换一个新鲜的活法"的瞎折腾。这种嘲讽还以貌似严肃的话语形式出现：

> 画家们静穆地肃立着，用心比照着，揣度着。终于，他们从各个不同的角度获得了最初的真理：
> "废墟！火！我！涅槃！"
> "废墟！花！你！荒原！"
> "废……费厄泼赖！"
> "废墟！德谟克拉西！"
> …………

貌似严肃的独词句的组合呈现出一种意义上的无解，出现在这些不学无术的艺术家口中，显得荒唐可笑，荒诞曲解了严肃。整个小说文本语境都充满了荒谬，从不同角度、不同方面体现荒谬。如对画家们画展一幅幅画的图解，以绘画介绍、题词、评论组成，试看其中一幅：

> 《我的红卫兵时代》：作者鸡皮。鸡皮从废墟里掘来许多烂泥，一把一把掼到画布上。然后他骑上画框，撒了一泡很长很长的浊尿。一摊浓黄悄无声息的洇过画布，漫延流滴出很大很不规则的图形，很醇，也很臊。
> 作者画中题诗：这是我今晨第一泡童子尿。昨天晚上我头一次没跟女人睡觉。
> 《太平洋狂潮》评论综述：
> A 类：金盆洗手。纯度无可比拟。
> B 类：尿的这是哪一壶？

作画过程是荒诞的，题诗和评论也是荒诞的。荒诞生成于题诗、评论与画之间的和谐与不和谐交融，也生成于题诗、评论中自身的不和谐。题诗中的两个句子是相矛盾的，矛盾在于对"童子尿"的曲解。评论中 A 类话语前后不搭，又与 B 类评论在语言风格上形成不和谐。这些语言不仅对画家的不学无术进行嘲讽，还捎带讽刺了评论家。整个文本以诙谐调侃的语言创造了一个荒诞的文本语境，塑造了人物形象，编织了故事情节，体现了嘲讽的故事主旨。

荒诞视角投射在人物话语上产生的荒诞在人物形象塑造乃至情节结构的荒诞设置上也起了很大作用。王朔的调侃常由笔下人物话语的荒诞构成。如《千万别把我当人》中"在讲台上比手画脚、绘声绘色经常被自己的话逗得笑不成声的瘦高讲师"的演讲：

> 列位想啊，先有鸡还是先有蛋？自然是先有鸡。鸡可以是鸟变的，可蛋不由鸡生下来，它是什么蛋也不能叫鸡蛋。历史就是个蛋，由女人生了的蛋！不管群众、英雄、写书的人哪个不是大姑娘养的？起码也是婊子养的。纵观这个历史，每到一个关键时刻都会有一个妇女挺身而出拨迷雾调正船头推动历史向前发展。从殷商时代的妲己到姬周时代的褒姒，从西施到吕雉、王昭君、赵飞燕、杨玉环、武则天诸如此类，等而下之的还有赵高、高力士、魏忠贤、小安子、小李子等等等等原装的妇女和改装的妇女。此辈虽然肩不能担，手不能提，但一言可以兴邦，一颦可以亡国。起了阶级敌人想起起不了的作用，干了阶级敌人想干没法干的事情。从而也使我们的历史变得跌宕有致、盛衰不定，给我们留下了无穷的慨叹、遐想和琢磨头儿，提供了历史发展的另一种模式，马上可以得天下，床上也可得天下。孙子赞曰：不战而胜，良将也。我说了，不劳而获，圣人也。

荒诞的推理演绎，荒诞的引经据典配之以讲师"放了一个悠扬、余音袅袅的屁，十分惭愧"的后续描写展现了荒诞的上课情景。《千万别把我当人》中刘顺明逼"全总"主任团主任赵航宇退位的致敬信，一个黄皮寡瘦的妇女的发言，赵航宇对坛子胡同居民们的演说，无不以荒诞的形式与内容构成。尤其是元豹妈、李大妈、元凤接二连三的话语，更是将荒谬推向了高峰：

> "敬爱的英明的亲爱的先驱者开拓者设计师明灯火炬照妖镜打狗棍爹妈爷爷奶奶老祖宗老猿猴太上老君玉皇大帝观音菩萨总司令，您

日理万机千辛万苦积重难返积劳成疾积习成癖肩挑重担腾云驾雾天马行空扶危济贫匡扶正义去恶除邪祛风湿祛虚寒壮阳补肾补脑养肝调胃解痛镇咳通大便百忙,却还亲身亲自亲临莅临降临光临视察观察纠察检查巡察探察侦查查访访问询问慰问我们胡同,这是对我们胡同的巨大关怀巨大鼓舞巨大鞭策巨大安慰巨大信任巨大体贴巨大荣光巨大抬举。我们这些小民昌民黎民贱民儿子孙子小草小狗小猫群氓愚众大众百姓感到十分幸福十分激动十分不安十分惭愧十分快活十分雀跃十分受宠若惊十分感恩不尽十分热泪盈眶十分心潮澎湃十分不知道说什么好,千言万语千歌万曲千山万海千呻千吟千嘟万囔千词万字都汇成一句响彻云霄声嘶力竭声震寰宇绕梁三日振聋发聩惊天动地悦耳动听美妙无比令人心碎令人陶醉令人沉醉令人三日不知肉味儿的时代最强音:万岁万岁万万岁万岁万岁万万岁!"元豹妈一口气没上来,白眼一翻昏过去了,李大妈站出来接着打机枪似地说:"没有您我们至今还在黑暗中昏暗中灰暗中灰尘中灰堆中灰烬中土堆中土坑中土洞中山洞中山涧中山沟中深渊中汤锅中火坑中油锅中苦水中扑腾折腾翻腾倒腾踢腾……"李大妈一口气没上来,白眼一翻昏了过去。元凤又站出来接着说:"您是光明希望未来理想旗帜号角战鼓胜利成功骄傲自豪凯旋天堂佛国智者巫师天才魔术师保护神救世主太阳月亮星辰光芒光辉光线光束光华……"元凤白眼一翻昏了过去。

重叠累赘、无标点的话语形式配之以古今混杂、语义混乱、不知所云的话语内容,构成了三人话语的总特征,展现了一场闹剧,与全文的荒谬构成统一的格调,于荒谬中展现作者的嘲讽主旨。人物话语的荒诞还可以从对话链接中体现出来。如王朔《一点正经没有》的夫妻对话常以荒谬与荒谬链接:

"写吧。"安佳看着我说,"你脸也洗了手也净了屎也拉了连我的早饭都一起吃了抽着烟喝着茶嗑着牙花子你还有什么不合适的?"

"我还没吃药呢。"

"……有这个讲究吗?"

"当然,写作是要用脑的,没药催着脑袋不是越写越小就是越写越大,总而言之是要变形的。"

"咱家有我吃的阿司匹林胃得乐扣子吃的速效伤风胶囊红霉素另外还有你小时候用剩的大脑炎预防针牛痘疫苗你是吃啊还是打啊?"

"也打也吃,我不在乎形式,问题是这些药补吗?我不太懂药,是不

193

是搞点中药吃？据说中药一般都补。"

"这样吧，我这还有点乌鸡白凤丸你先吃着，下午我再出去给你扒点树皮挖点草根熬汤喝。"

"那就拜托了。"

看似正儿八经的对话，实则充满了荒诞。荒诞由对话双方话语内容的荒谬链接构成。之所以荒谬，是因为违背了逻辑推理，违背了生活现实。荒诞不经的话语内容掩饰在正儿八经的话语形式下，更显荒诞。对话于荒诞中塑造了特定历史时期玩世不恭，却又内心焦躁苦闷；无所事事却又心存幻想的"顽主"们的形象。看似不合逻辑、有悖现实的荒诞对话中，却因深刻刻画了人物形象而蕴含着审美价值。

三　荒诞构思中的深层意蕴

荒诞视角是作者选取的艺术视角，因此，荒诞文本语境具有了双层解读关系。表层是可视可见的荒诞，深层是可触可感的意蕴。"在一般的人生实践的层面上，荒诞并不能被指称为审美形态，而只能是一种人生的异化形态，只有当荒诞成为被解剖、批判或反思的对象，也就是在荒诞中包含了新的价值取向时，荒诞才可能从原初的人的异化蜕变为审美形态。"[①]因此，荒诞视角下的小说文本解读并非是单纯寻找荒诞，而是寻求荒诞中的审美价值。以荒诞视角创造的小说荒诞世界因具有"新的价值取向"而具有了审美价值。探求荒诞构思中的深层意蕴就是对荒诞文本语境的审美过程。

荒诞是对现实的背离，是对真实的颠覆，但在荒诞中又往往有着现实的痕迹，渗透着真实的影子，在虚幻与现实、荒诞与真实的对立统一中体现了美的价值。宗璞《我是谁》和乔叶《拾梦庄》同样以梦幻形式表现了"文革"题材，前者以故事中人物的幻觉构成幻境，后者以故事讲述者兼故事中人物的视角讲述了幻觉中的真实世界。荒诞的故事情节中都有着"文革"的现实基础。《我是谁》以知识分子韦弥在幻觉中"我是谁"的自我询问、自我寻找为线索，反映了"文革"对知识分子精神肉体上的双重摧残。韦弥和孟文起夫妻俩"同在校一级游斗大会上惨遭批斗"，被剃成了阴阳头，"被驱赶着，鞭打着，在学校的四个游斗点，任人侮辱毒打"。孟文起不堪折磨，上吊自尽。小说从韦弥看到孟文起"挂在厨房的暖气管上"的尸体开始，进入幻觉开始寻找自己。她一会儿幻化成"狰狞的妖魔面目"，"青面獠牙，凶恶万状，张着簸

---

① 朱立元主编：《美学》，高等教育出版社，2006年第2版，第216页。

箕大的手掌,在追赶许多瘦长的、圆胖的、各式各样的小娃娃";一会儿幻化成"一朵洁白的小花","觉得自己是雪白的,纯洁而单纯,觉得世界是这样鲜艳、光亮和美好";一会儿幻化成"大毒虫";一会儿又幻化成"一只迷途的孤雁"。最终"觉得已经化为乌有的自己正在凝聚起来,从理智与混沌隔绝的深渊中冉冉升起",在幻觉中"冲进了湖水,投身到她和文起所终生执着的亲爱的祖国——母亲的怀抱"。韦弥的幻觉是虚幻的,但却有着现实的基础。幻象是源于现实的重压,交错在幻象中对现实的回忆与之相交融,反映了知识分子在"文革"中所遭受的磨难:惨无人道的批斗、莫须有的罪状、"比自己生命还要宝贵的研究成果"的被焚毁,这些致命的摧残是众多知识分子在"浩劫"中的遭遇。对祖国的忠诚、对事业的执着追求,抛弃优越的国外条件,回来报效祖国是许多知识分子的品质。在文本虚幻与现实的交替中,特定历史时期中的特定人物具有了真实性。在虚幻与真实中演变的情节具有了批判"文革"的深刻意义。

《拾梦庄》作为近时期的作品,表现出比《我是谁》更为复杂的虚幻世界,文本语境的整体荒诞中套叠着局部荒诞。小说以一个"背包野走族"的"我"于偶然间进入"拾梦庄"的所见所闻,展现了"文革"的面貌及"文革"余毒。"拾梦庄"是虚拟之所,拾梦庄中的仿真"文革"旅游项目是一场闹剧。从当地人"这方圆几十里我都知道,从来没有什么拾梦庄",以及"我"与"驴友"想再次探访时,"走了半天,什么村庄都没有看到",可以看出拾梦庄的虚幻。可是,"我"在拾梦庄却留下了记忆深刻的经历。文本所构建的"拾梦庄"小说世界有着现实的深刻烙印。这是一个"始建于清乾隆十三年",经历了"文革"武斗的村落。"我"进入其间既感受了人们正在筹备开发的以"文革"为主题的旅游项目"文革"仿真场面,又领略了"文革"武斗遗留的墓地中所残留的"文革"气息。这是小说文本以前半部分和后半部分的内容所昭示的。以旅游部门各级领导主持的旅游项目开发,构成了一场荒诞的闹剧。人们津津有味地策划着"文革"的重现,充溢着"文革"政治色彩的话语刷满了墙:"毛主席万寿无疆! 你们要关心国家大事,要把无产阶级大革命进行到底。""文化大革命好! 文化大革命好! 无产阶级文化大革命就是好,就是好,就是好,就是好!"在这样的环境渲染中,是"绿军装,绿军帽,牛皮带,红袖章……"挥舞着红宝书跳"忠"字舞的队伍,高喊着"革命无罪,造反有理!""要革命就跟我走,不革命就滚他妈的蛋"的口号,作为旅游配套项目再现了"文革"的疯狂情景。在开发项目现场会上,领导们"眉飞色舞,红光满面,兴致勃勃,言笑晏晏,如数家珍,唾沫喷溅"地重复"海瑞罢官,三家村,大毒草,反动学术权威,牛鬼蛇神,炮打司令部,红五类,黑五类,大串联,破四旧,造反派,旗手,老三届,知识青年……"等词语。李教授提议的旅游模式,"让游客一进景区就穿上红卫兵的衣服,绿军装绿军帽红袖章什么的,扎上皮带,背上雷锋包。必须穿——要想不穿也可以,得另外加钱。到时候,你看吧,肯定满街满巷都是红卫兵,这就是一大噱头。"众人提议的给游客们划成分划出身,开批斗会、背"老三篇"等。王局、史局等领导模拟"激情燃烧的岁月"情景的表演,充满了闹剧色彩。这些旅游项目策划者竟然把"十年浩劫"的"文革""演变得这么新鲜,这么有趣,这么幽默,这么欢乐",给中国造成重创的"文革"却被这班策划者演变成了戏谑,痛苦变成了欢乐,这就是套叠在拾梦庄这个虚拟空间的荒谬。这是现实与历史的反差,又是基于"文革"真实历史基础形成的。同样基于"文革"现实基础的是小说后半部"我"与"黑衣女人"的交际。"我"追随"黑衣女人"来到村后山坡顶上,见到了埋在铁梅山上的"文革"武斗中死去的年轻人的墓碑,墓碑上"为有牺牲多壮志,敢教日月换新天""国际悲歌歌一曲,狂飙为我从天落""为人民而死,虽死犹荣"等字样,与文本上文语境中的文字一样昭示着特定年代的话语特征。"我"从"黑衣女人"的话语中,了解了"文革"的一些情况,又从"黑衣女人"的一身伤痕中看到了"文革"的残酷。整个小说文本语境就在虚幻的拾梦庄背景中套叠着"文革"仿真旅游项目的荒诞而展开。

在审美视野下审视荒诞,就是要透过表层的荒诞,去寻求其内蕴的意义。"荒诞能够成为荒诞的前提不仅是因为荒诞存在,而且人还必须清醒地认识到荒诞的实质。"[1]作者选择荒诞视角,有着其艺术的构思。方方的《风景》之所以选择死去的小八子叙事,虽然是因为小八子被埋在屋外的窗下,具有了观察的全知全能视角,能够"冷静而恒久地"去看所有的"风景";而更重要的是,将死人与活人形成对照,来表现人生,评价世态炎凉,小八子的自叙中就蕴含着深刻的人生哲理:

　　　　我极其感激父亲给我的这块血肉并让我永远和家人待在一起。我宁静地看着我的哥哥姐姐们生活和成长,在困厄中挣扎和在彼此间殴斗。我听见他们每个人都对着窗下说过还是小八子舒服的话。我为我比他们每个人都拥有更多的幸福和安宁而忐忑不安。命运如此厚待了我而薄了他们这完全不是我的过错。我常常是怀着内疚之情凝视我的父母和兄长。在他们最痛苦的时刻我甚至想挺身而出,让出我的一切幸福去与他们分享痛苦。但我始终没有勇气做到这一步。我对他们那

---

①　朱立元主编:《美学》,高等教育出版社,2006年第2版,第218页。

个世界由衷感到不寒而栗。我是一个懦弱的人为此我常在心里请求我所有的亲人原谅我的这种懦弱，原谅我独自享受着本该属于全家人的安宁和温馨，原谅我以十分冷静的目光一滴不漏地看着他们劳碌奔波，看着他们的艰辛和凄惶。

这种对照是以死人的"幸福和安宁"与活人的"痛苦""艰辛和凄惶"相比较形成，这就有违常理。然而，结合文本来看，人世间的艰辛磨难，人与人之间的欺诈相残，使小八子的这番议论具有了现实的根基，具有了深刻的哲理。"荒诞作为人的特殊的审美实践，实际上就是在否定之中建构其审美价值的，也正是通过否定荒诞才作为特殊的审美形态得以确立。"[①]死人叙事的荒诞意在否定现实人生，这就使荒诞具有了审美价值。

对荒诞深层意蕴的探寻不是孤立地看荒诞中的某个片段，某个现象，而应由表及里，由点及面，对语境各因素做综合考察。乔叶《拾梦庄》以荒谬的视角展现了"文革"面貌及"文革"余毒，对"文革"的批判否定是建立在一个个对立现象之中的。首先是历史与现实的对立。"文革"的浩劫被作为现实中娱乐的题材，这是荒谬的。李教授以潮汕地区文革博物馆与井冈山旅游模式做对比，说明想把"文革"做成旅游资源，"严肃""是绝对行不通的"。李教授对井冈山旅游模式的说明于荒诞中隐含着作者的嘲讽意味：

> 井冈山革命老区就击中了当今人们的娱乐七寸，做出了一系列很成熟的特色项目，比如让游客们穿上红军服走朱德当年的挑粮小道，吃红米饭喝南瓜汤忆苦思甜，请政治学院的老师去烈士就义的地方上历史课……穿红军服本身就很好玩嘛，挑粮小道的风景也是很优美嘛，红米饭南瓜汤的味道经过精致的改良也是很可口的嘛，配菜里自然也少不了大鱼大肉嘛，还有，上课的老师也是男帅女靓很养眼的嘛，讲话的声音也是很好听的嘛，故事里的细节也是很煽情的嘛，让那些身在福中不知福的游客们好好地哭一哭也是能体会到悲剧快感的嘛……他说拾梦庄也可以借鉴这种经验。

将"文革"与"井冈山"题材相比是荒谬的，对革命老区旅游项目含有情感色彩的评价"好玩""优美""可口""男帅女靓很养眼""很煽情""悲剧快感"是荒谬的。与这些荒谬相对应的，是一句一个的句末语气词"嘛"，写出了李教授

---

① 朱立元主编：《美学》，高等教育出版社，2006 年第 2 版，第 218 页。

的口吻,也写出了作者的嘲讽。其次是上下文的对立,文本前半部分着重写人们筹备以"文革"为题材的旅游项目,将一场"浩劫"变异为娱乐,为痛苦带上欢乐的面孔,作者在对闹剧的描写中承载了辛辣的嘲讽。小说下半部分主要写"我"随黑衣女人到山顶坟场所见。以漫山遍野刻着墓碑的坟墓和黑衣女子满身的创伤昭示了"文革"的浩劫,以还原历史真相的"写真"否定了上半部的"仿真"。上文的荒诞闹剧与下文的真实再现形成反差,以至于"我"从山上回到筹备会现场"突然觉得十分恶心,还有恐惧。深度的恶心,阔大的恐惧"。下半部从结构上构成了对上半部荒诞闹剧的否定批判,并具有警示作用,警示人们注意"文革"余毒。乔叶在创作谈中说:"所忧所思,所惧所患,就有了这个或许是很多人都置身其中的《拾梦庄》,当然,那些置身其中的人,有相当一部分都察觉不到或者说不敢面对拾梦庄的存在。但是,它在。真的在。"①小说最后显示的拾梦庄的不存在,却被作者说成"在",这个"在"就不是物质意义上的"在",而是精神意义上的"在"。它存在于人们的意识中。拾梦庄的"在"记录了"文革"又颠覆了"文革"。它是"文革"留下的重大创伤的记录,又是"文革"阴魂不散的危险警示。

荒诞之所以为荒诞,往往因为这种现象中充满着矛盾,可能是该事物与其他事物的矛盾,也可能是自身的矛盾。在充满矛盾的荒诞中,体现出讽刺。徐坤《先锋》中所塑造的"先锋"画家的形象,其荒诞不仅在于他们自身的言行举止,还在于与之相关的现象所构成的矛盾。这样一伙不学无术成天折腾的艺术家,居然成为"公众的图腾",撒旦的《活着》居然获得画展金奖。"废墟画派"居然"已经由民间自由结社的艺术团体,挂靠成为艺术研究院下属的正处级国家研究机构,列为美术局废墟处,办公室设在黑石桥路三里沟。处长一名由撒旦担任,副处长三名,分别是鸡皮鸭皮和屁特。下设大小科室十个,正副科长二十余人"。之所以说"居然",是因为这伙艺术家所取得的成就与他们的实际能力水平并非成正比,而是构成了矛盾。小说还写了他们的社会影响:

(1)那时候,这座城市的大马路和小胡同里,各种各样的艺术家像灰尘一般一粒粒地漂浮着。1985年夏末的局面就是城市上空艺术家密布成灾。他们严重妨碍了冷热空气的基本对流,使那个夏季滴水未落。

(2)于是这一年夏天,老百姓只要一出家门口,就到处都能看得许

---

① 乔叶:《〈拾梦庄〉创作谈:它在》,《中篇小说选刊》2013年增刊,第156页。

多鼻子不是鼻子脸不是脸的乱蓬蓬的脑袋在大街小巷里游窜。

以夸张构成了荒诞,极言艺术家们的社会影响。影响之大,非其能力所能及,事物与现象之间也是矛盾的。作者甚至借用了当代先进仪器设备,制造语言幽默。评论家们为了"把国内艺术同国外线路接轨",给"废墟画派"选用了"最潮湿最啃劲儿的'先锋''前卫'等等名词或形容词",结果过关时被机器卡住了,因为"海关的信息存储器里,对于'先锋'只存入了这么一条:先锋者,积极要求进步,积极靠近组织,刻苦攻读马列毛主席著作,又红又专,热爱劳动,积极主动和同志打成一片之分子是也"。于是"全自动电脑操作系统不知道这等庄严神圣的词儿用在该生撒旦身上是否合适。由于程序一时全乱了套,程序红绿灯讯号傻子似地乱闪个不停"。撒旦们的"先锋"与"存储器"中的含义不同,这种矛盾显示出号称"先锋"的这些艺术家并非名副其实。当然,存储器的"先锋"注释也并非词典义,而是带上了政治色彩的释义,这就显得荒诞。"荒诞之所以成为特殊的审美形态,首先是因为再创和重现荒诞作为一种审美活动方式是以一种特殊的实践方式显示其特殊的存在价值。"[①]两极荒诞相会,愈显荒诞。

　　荒诞视角是从美学原理出发构建的视角,它以颠覆为基准构建特殊的小说文本语境。在看似荒诞中显示哲理,显示深刻的意蕴。因此,它又是基于辩证原理的一种美学创作策略。

---

　　① 朱立元主编:《美学》,高等教育出版社 2006 年第 2 版,第 216 页。

第四章　被颠覆的文本语境

小说文本既是小说内容的体现，又是小说形式的展示。因此，对文本语境的考察涉及小说所关涉的内容，也涉及小说的表现形式。在颠覆视角下的文本语境考察，是对映射着当代社会人情世态的小说奇异世界的考察，是对小说世界背离客观世界的考察，也是对小说作家调配语言形式，独特构思的考察。颠覆中的小说文本语境颠覆了可以称之为规律的一切，呈现出一个个色彩斑斓、变幻多端的小说"万花筒"世界。

第一节　网络参构下的新世纪小说语境差

网络已成为新世纪人们生活的重要组成部分，也成为新世纪小说的重要参构因素。从语境差视角切入，探讨网络介入下的小说语言现象，以体现社会科学技术发展对小说世界的映照。新世纪文学语言求新求异的"狂欢"趋势，使网络参构的语境差成为新世纪小说语言富具审美价值的突出修辞现象。

语境差是对事物不平衡现象的考察，自然涉及事物不平衡的两端。从修辞学视域考察语境差，既寻求事物的对立，又寻求内蕴的统一。网络的参构，使小说语境形成了一组组富具对立统一辩证关系的审美形态。

一　虚拟与现实的语境差

虚拟与现实的语境差属于空间语境的不平衡。网络世界是虚拟的空间，客观世界则是现实空间。作为时代多方位、多角度的展示物，网络参与了小说文本建构，成就了一些小说的情节结构。在虚拟的网络世界与现实的客观世界链接中，虚拟与现实这一对对立关系呈现出各种交错形式，表现了当代人在网络时代思维层面、精神层面及语言使用层面的丰富及灵活多样，打破了东方人固守成规的传统观念，体现了东西方文化的接轨。

　　虚拟的网络世界与现实的客观世界是两个截然不同的空间语境,这两个语境在小说中可能作为同一人物活动的不同背景,展示出人物形象或性格的不同方面。陈然《作为一种句式的反问》中,县纪委监察局局长张建军与妻子闻书燕的形象塑造,就交织在虚拟和现实两个空间。在现实生活中,作为县纪委监察局局长,张建军严肃地处理着干部违纪违规事件;闻书燕则是个尽职尽责的人民教师,在小县城颇具名气。然而,这两个形象在网络虚拟空间却呈现出不同的风貌。二人的 QQ 交谈,在小说中占有很大篇幅,构成了小说的重要情节,也展现了人物性格形象的另一面。在虚拟的网络空间隐身的交际展现出的人物内心可能较之现实世界中的人物形象挖掘得更深刻。张建军偶然中读到了妻子手机中"谢谢你燕子,和你在一起很快乐"的短信,认为妻子移情别恋。于是,通过 QQ 打探妻子的情况。在聊天中,他探知了妻子的内心世界。在得知她"精神出轨","脑中总是有许多有趣的想法,我被它们吸引。我想,自己下一次会碰上什么样的男人呢? 一想到这些,我就浑身发烫,充满渴望"后,"他大汗淋漓。他发现,他的生活已经被完全打乱,前头忽然没有了去路"。网络这一"我不认识你,你也不认识我,我不知道你的真实姓名,你也不知道我的真实姓名"的虚拟世界,为现实中的夫妻提供了陌路网友毫无顾忌地敞露心扉的空间语境。小说用大量篇幅呈现了二人的几次 QQ 聊天,隐身之下妻子的真情表露展现了"生活在小县城的女人,竟比大城市的女人还要疯狂"的内心世界,展现了网络世界对当代人精神生活的巨大影响。网络世界的虚幻性使对方能够"真情告白"。网络虚拟空间的交际袒露妻子真实的内心世界,导致客观真实世界中二人情感关系的改变,引导着故事情节的发展。为了维系夫妻关系,他"希望她出点什么事,然后,他保证自己会跟她白头偕老,把她照顾得很好"。由此他制造了一个"蒙面盗贼"入室抢劫的事件,让妻子"惊吓过度,症状异常","几天后被他送到市精神病院治疗去了"。两个属于现实中的正面人物由于网络聊天导致现实生活人生轨迹截然改变,虚拟世界交际致使现实世界人物关系变化,导致情节发展。

　　网络虚拟空间往往是基于现实空间的基础,与现实空间相辅相成,有时作为现实空间的补充,参与了小说叙事。张楚《七根孔雀羽毛》中在现实空间讲述了亿万富翁丁盛在酒店与情人过夜,晨起散步时被人注射了氰化钾死亡的事件。与此相对应,设置了网络虚拟空间,网民们对此事件"近乎疯狂的讨论":

　　　　他们讨论的焦点主要集中在两点:一是谁胆子这么大,干掉了丁盛;二是在迪拜吉美大酒店跟丁盛过夜的女人是谁? 当然其他方面的帖子也很热闹,比如有人问,丁盛到底有几个老婆?有几个孩子?这个问题很快得到了解答。有人说,丁盛跟原配并没有离婚,他们有一个儿子,在县里的某事业单位上班,这个儿子和丁盛的关系很紧张。另外丁盛还有四个小老婆,这四个小老婆给他生了三个女儿和两个儿子,其中一个儿子二十一岁,一个儿子刚过十四岁生日。后面的跟帖形形色色唾沫乱飞。有人刚佩服一个男人能娶这么多老婆,立马就有人回帖说,丁盛每天都固定吃两个猪腰子,都是从"大老黑"熟食店买的。接下去,又有江湖术士开始卖一种价格便宜、功能非凡的春药,他保证这种春药吃了之后,一晚能驭三女……

到了晚上,到底谁跟丁盛在酒店过夜的帖子突然点击量暴涨,很快突破了二十万。我漫不经心地一页一页浏览。在倒数第六页,一个貌似知情者的家伙斩钉截铁地说,那个女人就是桃源县最牛的女人,叫曹书娟。她开一辆红色宝马,以前从事钢锹进出口贸易,现在跟丁盛联手搞房地产开发。发帖人还贴了一张不晓得从哪里弄来的曹书娟的照片,不过很快就被吧主删除了。

网络虚拟空间的可容性为传言提供了话语空间,虚虚实实,真真假假。表现了这一事件的巨大影响,也体现了丁盛生前的生活状态,并引出"我"的前妻曹书娟。虚拟空间虽然虚实不定,但还是在某种程度上成为小说叙事的组成部分,成为情节发展的一个环节。

作为人物活动的场景,虚拟空间参与现实空间的建构,为小说提供了突破时空界限,突破思维界域,突破逻辑规律的广阔空间。如果说,《作为一种句式的反问》《七根孔雀羽毛》中现实空间与虚拟空间的交错是以清晰的脉络进行的,有的小说则以虚拟与现实交织错落,梦幻与事实相互缠绕的无序,构成了小说奇特的世界。虚拟空间与现实空间的交错构成了独具一格的情节结构设置,体现了网络世界参构小说文本带来的新鲜活力,也体现了当代人求新求异的审美倾向。

范小青《屌丝的花季》是一篇构思奇巧的作品,正如作者引用网络游戏术语所说,这是一次"写作逆袭"。"逆袭"即"在逆境中反击成功(网络游戏)",而这一次"写作逆袭"则是对自己长期写作形成的"固有的模式","被自己套在自以为是的桎梏中","循规蹈矩缺乏创意"的突围。① 它打破了作

---

① 范小青:《创作谈:一次无所谓成功或失败的写作逆袭》,《中篇小说选刊》2013 年第 4 期,第 102 页。

者的写作常规,也打破了客观世界的事理常规。小说以微博为人物交际的主要载体,亦虚亦实,以虚为主,虚实相间,构成了起伏跌宕的故事情节。故事以现实中单位推举人员参加"贫困落后地区农村和农民状况调查队"发端,以主人公臆想的虚幻情节相关联,并构成主要情节,最后回落到现实,真相大白。其间虚幻空间与现实空间交错,构成了情节的起起落落。主人公"我"——贾春梅,一"苦 B 女青年",讲述了自己因"新郎和别的女人结婚了"而遭受打击,又因自己写的没结成婚的文章被同事放到网上而公之于众,被苦于找不到参加民调队的"不管部长"以"疗伤"为由,推举去民调队。踏上民调队的征程,也就是贾春梅实施"复仇"的开始,而"复仇"的工具就是微博。在前往贫困山区的车上,"复仇"拉开了序幕:

> 我做的第一件事,就是在出发前开通了微博,现在微博的发布密码就在我手心里攥着呢,我只需要动一动手指,一百四十个恶毒的字眼就像一百四十把利箭,瞬间就射出去了。

实际上,贾春梅的"蒙难",是其幻想的杰作。她因"婚前恐惧综合征",不仅"焦虑恐惧,还妄想",妄想出即将成婚的未婚夫季一斌与自己的闺密江秋燕结婚,于是"结婚前突然失踪",致使二人无法成婚。幻想主导着贾春梅的思路与行动,她"计划着复仇"。幻想也主导着小说故事情节的脉络,通篇小说就是以贾春梅在幻象中"复仇"为主要线索,借助微博这个"世界大喇叭",贾春梅在现实空间的荒僻乡村与众多网友、与单位同事、与假想中的"闺密"兼"情敌"江秋燕、与未婚夫季一斌进行虚幻空间的多场交际。直至素未谋面的被她"骂了大半年的"舆论受害者江秋燕与季一斌结伴,找到她所民调的县城,"我的那个惊骇,你们完全可以往死里想象"。当得知季一斌与江秋燕根本就不认识,"我目瞪口呆,我的一向清澈如山涧小溪的思想这会儿遭遇了梗阻,上下不通了,我急得连气都岔住了,狠狠地呛了几声,还是说不出话来"。小说的交际对象都是脚踏实地的现实中的人,而由于网络沟通使他们处于天马行空的虚幻中。贾春梅因"婚前恐惧综合征",幻想出了实际上并不存在的闺密江秋燕,幻想出了江秋燕与季一斌的婚礼,这种幻想构成了一个完整的事件。小说在贾春梅与江秋燕、季一斌见面之前的情节叙述给人造成一种假象:未婚夫季一斌与自己的闺密江秋燕结婚是真实的。这种假象的表层真实性是由作者借助"我"的一系列叙述构成的,如:

> 我晴天霹雳毫无征兆地被相恋数年的男友甩了,甩就甩了吧,还跟

我的闺密好了,跟我闺密好就跟闺密好了吧,还立等可取地就结婚,结婚就结婚了吧,还给我发了一张请柬请我喝喜酒,喝喜酒就喝喜酒吧,还——我呸,我怎么有脸去喝他们的喜酒?

思绪的连贯性造成了事件真实性的假象,在语言上体现为以顶针手法一气呵成的表白。幻想是微博大战的导火索,而微博大战又是现实中所进行的一场荒谬的虚幻的战争。"我一直坚持认为我的闺密江秋燕抢走了我的新郎季一斌,所以才有了后来的许多事情和许多骂战。"这场莫须有的论战又对交战多方的现实生活产生了影响,特别是无辜受害者江秋燕,"你害得我抬不起头来见人,你害得我同事我邻居都对我指指戳戳的,你害得我老公要和我离婚了。"但现实中的江秋燕由于与对方横空交战,因此,实际上也是处在虚幻之中,她在微博的另一端,误以为贾春梅是她的闺密吴清雨"穿了马甲,用了假名在微博上骂我的人"。由于双方都处在虚幻中交战,及至双方在现实中见面时,惊异万状。小说以幻象发端,微博这种穿越了时空人事的形式又使幻象发酵,衍生出离奇曲折的故事与结局。当贾春梅义愤填膺地讲述受害经历时,带给读者以真实感,而当读者沉浸在"我"所虚构的想象中时,笔锋突然一转,季一斌与江秋燕的出场使现实逆转了虚幻。三方对质使现实与虚幻交错,造成了故事情节的又一波澜。

对话是构成情节的重要组成部分,虚幻空间与现实空间的交织错落为对话增添了摇曳多姿的生动性。《屌丝的花季》离奇的故事情节使对话也处在虚幻空间与现实空间的交织缠绕的状态。贾春梅与相关人物的对话是在现实与虚幻两个空间进行的,但无论在哪个空间,都呈现出虚幻与现实缠绕的因素。现实空间中的虚幻交际,虚幻空间中的现实交际,使话语真真假假、虚虚实实,增添了情节的跌宕起伏。小说的虚幻空间主要由两个因素构成,一是贾春梅的精神幻觉,一是微博虚拟世界。这两个虚幻空间中有着现实的因素,这就是与之交际的对象,有名有姓有所指的人。小说的现实空间是贾春梅生活、民调的客观环境。参加民调队,在西地村搞民调,是贾春梅脚踏实地的现实空间,可她一心"复仇"的心态和"爪机党"的身份,却使她腾云驾雾般生活在虚幻空间。微博交际则是贾春梅"神游"的虚拟世界,借助微博与外界交际是其虚幻空间的主要生活内容,微博交际的主题"结婚事件"是虚幻的,是其妄想出的。小说情节巧妙地周旋在现实空间与虚幻空间之间,贾春梅基于幻想基础上的微博"复仇"使小说中各对人物的交际处于现实与虚幻交错的空间。在作者笔下,网络虚幻空间的交际被描绘得惟妙惟肖,充满了现实感。首先是与网友的交际:

　　求救、求助、求解之一：未婚夫在结婚前一天告诉我，新娘不是我，而是我的闺密。没有一点点征兆，是我太傻×，还是他们太牛×？是我大惊小怪，还是世界太疯狂？我应该自杀，还是杀掉他们？

网友接二连三的反馈之迅速有趣地再现了网络交际场景，有二百一十个"自杀"的，有"淡定"的，有"你灌水，我闪"的。虚幻中的虚拟对话充满了网络世界的特点，也展现了热心网友的"好事"情绪。再一是与办公室同事的交际。当她将"办公室同事出卖我隐私的事情写了出去"，立刻得到了对方回馈：

　　立刻有一条来了，写道："贾春梅，你就冒名吧，别说套个马甲，你穿上龙袍我也知道你是谁。你烧成骨灰级我也认得你，本来我的事情没有人知道，你居然用微博公开我的秘密，让大家耻笑我，我早就知道，你就是那个让我恶心到吐的'同桌的你'。"

被"办公室同事出卖"是现实，而"我隐私"却是虚构的，因此这番对话中同样是虚拟与现实交错。贾春梅还与"假想情敌"江秋燕沟通：

　　江秋燕负伤出现了。
　　她和我隔空对骂起来，她骂道，贾春梅，扒掉你的羊皮吧，露出你的真相吧。有胆量的，我们约个地方见面单挑。我回骂道，姐现在不见你，貌似姐低下了头？错，姐是在找砖头。江秋燕又骂道，搬起砖头砸你的猪头去吧，变态猪，我不认得你。我骂说，你不认得我，我可是认得你，扒了你的皮我认得你，不扒你的皮我也认得你。江秋燕的气焰矮下去一点，说，真倒霉，躺着也中枪。我的气焰更加高涨，我继续射击说，你是躺在我老公床上中枪的。江秋燕说，你老公？你老公是谁？我骂道，你他妈的抢了我的老公还不知道我老公是谁？

唇枪舌剑，骂语展现了人物个性。加之网友的参与，"那围观的，那个热闹啊，真是目不暇接，眼花缭乱啊"，这番网上对骂，虽然跨越了空间，却制造了面对面的热闹场景。"骂"是现实，双方也都是脚踏实地的人，而"骂"的原因却是虚拟的，二人的关系也是想象出来的，江秋燕与贾春梅素昧平生，江秋燕也并未与季一斌结婚。"骂"所处的场景也是虚幻的网络空间。与季一斌的沟通也是处在虚幻与现实之间：

　　季一斌居然也来了,他在微博上说,贾春梅,求你别闹了。我冷笑一声说,你终于浮起来了。季一斌又低三下四地说,贾春梅,你告诉我,你到底在哪里啊?我喷他说,别装了,江秋燕都已经跑到我单位去过了,你会不知道我在哪里?季一斌停顿了一会儿,说,江秋燕?江秋燕是谁?我实在忍不住了,骂道,孙子哎,你就装吧,你有种就装到底。季一斌说,贾春梅,你是不是病了,你是住在精神病院吗?我说,做梦去吧,你以为我会被你们的卑劣行径气出精神病来,我还偏不,我告诉你,我在一个你八辈子也不会见到的地方。季一斌大惊说,我八辈子也不会见到的地方,那会是什么地方,难道是十八层地狱?

　　我呸!

　　我继续骂道,季一斌,你才地狱,你和江秋燕才入地狱,你们不下地狱谁下地狱?季一斌忽然笑了起来,说,不管地狱还是天堂,不管怎么说,我今天是有收获的,我至少知道,贾春梅你还活着,你不仅还活着,你还在骂人,说明你身体也不错,精神也可以呵。我说,我精神好得很,大仇尚未报,我还要加倍努力啊。季一斌似乎又有些怯了,假装小心翼翼地问道,贾春梅,你到底要报谁的仇,你到底想要干什么?我说,我要颠覆整个世界。季一斌傻傻地问,为什么?我说,为了摆正你颠倒的身形。季一斌彻底趴下了,哑巴了。

季一斌的"结婚事件"完全是贾春梅幻想出来的,季对此幻想一无所知。因此,二人对话实际上处于不同的心理空间,贾是虚幻空间,季是现实空间。不同的空间不同的认知背景,造成二人对话南辕北辙。

　　该篇小说奇妙的构思很大程度上得力于其情节结构的设置。小说前大半部以微博交际为主,微博打破了时间与空间界限,打破了正常的人际关系,也打破了现实的逻辑链,将幻想与现实缠绕在一起,链接出一场轰轰烈烈的微博大战。贾春梅始终处在被遗弃的幻象中,"天马行空,创造一切"。她以受害者的心态,理直气壮地讨伐负心人,殊不知整个事件是荒谬的,是被她自己颠覆的。这样的精神状态,使得她在与季一斌、江秋燕面对面的现实交际中,仍处在精神上的虚幻空间。双方基于贾春梅制造的幻觉中缺乏共知前提的对话,也是处在虚虚实实之间。在小说临近尾声,作者依靠语境,使读者恍然大悟,原来主人公的"冤",主人公的"复仇",都是基于虚构情节基础上的。至此,读者在大呼上当的同时,不得不佩服作者虚实相间的结构技巧。人物在虚拟空间所进行的交际可能是虚幻的,不切实际的,但却是根植于现实土壤的,是现实的某种印照。小说是基于现实的虚构,虚构是小说的特性所致。"小说一直在躲闪着'说谎者'的形象——尽管它实际上无时无刻不在撒谎,无时无刻不在受着遗传基因的不可违逆的支使。"①不同的小说具有共同的"遗传基因",却有着不同的"说谎"技巧。小说家的高明之处在于如何处理"说谎"中的真实,真实中的"说谎"。虚拟世界与现实世界的交织错落为作家提供了疆场驰骋的广阔地域,将人物、故事情节放置于这样的奇妙空间,使人物充满虚幻色彩,情节曲折诱人,反映了网络时代特色。

二　嬉戏与批判的语境差

嬉戏与批判的语境差属于风格层面的不平衡。嬉戏与批判代表着不同的风格,一是娱乐散漫、肆无忌惮的;一是不苟言笑、严肃认真的。然而,作家却能让这两种风格融合于一个作品中,于嬉戏的诙谐调侃表层,渗透出批判的深层底蕴。正如曹文轩所说:"游戏从表面上看来是与严肃对立的。而实质上,游戏却有着'高度的严肃性'。小说的游戏精神或者说小说对游戏的揭示,所说明的恰恰是人类的富有悲剧性的尴尬状态。"②由此可见,当嬉戏与批判并存时,它们实际上是处于两个层面,表层是嬉戏,深层是批判,表层与深层在表现一个主旨时是可以形成内在统一的。

内容与形式是小说的基本构件,嬉戏也就表现在内容与形式两方面。"游戏是人类的基本欲望之一。小说无论是在内容方面还是在形式方面所体现出来的精神,都能从不同层面上来满足这种欲望。"③新世纪一些小说以"游戏人间"的内容与形式,反映了当代人的生活面貌和精神追求。嬉戏与批判这一对立关系可以体现在小说情节结构之间,作家编织起荒诞的情节结构之网,于情节结构嬉戏中传递批判的信息。嬉戏在很大程度上还可以体现在语言载体上,作家嬉戏于语言文字之间,以"狂欢"姿态解构了语言原有的规律。"狂欢"可以是对语音、文字、词汇、语法等语言规律的解构。网络语言介入小说共同语语境,造成网语这一社会方言对共同语语言系统的渗透是网络背景下语言"狂欢"的表现之一。基于本文的"网络参构"视角,本节重点探讨网络语言参与的嬉戏。网络语言对小说共同语语境形成了冲击,从语言的不和谐中透露出嬉戏,又往往由嬉戏中渗透出严肃的批判。这与网络语言参构网络小说文本不同,正如作家范小青在接受《辽宁日

---

① 曹文轩:《小说门》,作家出版社 2003 年第 2 版,第 89 页。

② 同上,第 47 页。

③ 同上。

报》专访时所说:"网络文学有它的很多长处,少束缚,多自由驰骋,但是在语言的炼砺上,还需要一个过程和一定的时间。"①网络小说语言游戏有余,批判不足,因此缺乏传统纸质小说的丰厚底蕴。当然,这不仅是由不同的媒介造成,而且是由不同媒介不同参与对象、不同参与目的等多因素造成的。

　　语言受制于使用场合、使用对象等语境因素,网络语词出现在作品涉及网络交际的语境中,与语境是和谐的,而出现在人物非网络语境的交际中,则形成了反差,充满了嬉戏意味。徐坤《地球好身影》以"我"——一个"小县城里普通良家女子"参加电视选秀节目,被"内定"为"冠军",而又因"什么特长没有"终遭艺术界遗弃的过程,展现了一场电视选秀闹剧。小说中多处穿插着网络词语。最典型的是"我"到心理医生白谷狗诊所看病时的对话:

　　　　(1)"亲,肿么了亲?我们这里可是计时收费的。"白谷狗诱导着我说。

　　　　(2)我克服义愤,重新平静下来,听他为我作疏导。"人类是一件多么了不起的杰作,亲!多么高贵的理性,亲!多么伟大的力量,亲!多么优美的仪表,亲!多么文雅的举动,亲!在行为上多么像一个天使,亲!在智慧上多么像一个天神,亲!宇宙的精华!万物的灵长……嗳,亲,你说,男人,更喜欢跟妓女睡还是喜欢跟波伏娃睡?"

"我"与白谷狗的对话占了小说很大篇幅,这一场对话也就成了闹剧中的一个重要片段。非网络交际,白谷狗话语中却穿插着网络语词,以淘宝称呼语"亲"称呼病人,产生了称呼与对象之间的语境差。一句一个"亲"兼之以貌似高雅的话语,充盈着小丑似的嬉戏。还有白谷狗"小概率事件,属于基因库病毒逆袭,人类灵魂加压反应堆没有经过360度绿坝反智处理"等网络语言混杂科学术语的不伦不类话语,与对其相貌神情的描写相映衬:"面白,脸尖,眼小,嗑腮,整个人面相很薄,看上去像一枚公知柳叶刀。""色迷迷的目光,从一对小眼中射将过来……好亲切哦!多么熟悉的眼神!一股子雄性动物骚情开屏的劲儿。"加之诊所墙上挂的白谷狗的"博士照","一般来说,毕业典礼上被大学校长开过光的博士帽,穗子应该给拨到左边。白谷狗的这个帽穗却耷拉在右边。"惟妙惟肖地塑造了一个猥琐、下流、借医学行骗的骗子形象。人物近似小丑的一系列"表演",使嬉戏表层渗透着尖锐的批判。

---

　　① 范小青:《网络文学多自由:语言需炼砺》,光明网-www.gmw.cn/co...3826.htm2010-04-16。

　　与话语对象不相搭配的网络称呼语中往往有着内在的合理性,这种合理性综合了嬉戏与批判之间的不平衡。白谷狗以淘宝称呼语"亲"称呼病人,是基于他将看病视为一场买卖,由此解剖此人此事的骗局。再如小说中"我"在比赛现场,面对四个选手时的内心描写:"我心里说:垂死挣扎的屌丝们啊! 姐就再让你们回光返照一把罢!""屌丝"本应用于网络流行语中小人物自嘲的称呼,此处却用在"打小地方来的,从没上过这么大的场子"的选手对四个各具特色、颇有实力的选手的称呼,形成了称呼与对象的颠覆。而这种底气十足的"自信"缘由,使这一颠覆有了合理性。"我娘""把祖屋抵押,四处散财,各种临时抱佛脚,最后通过叔伯二大爷的远房表弟的堂外甥女婿,搭上一个叫'元芳'的首长大秘,从官道上给制片人放了话,这才内定我为冠军。"是这场选秀的内幕,读者由"屌丝们"的称呼语看到了"我"的踌躇满志,志在必得,也参透了选秀的肮脏内幕,由此对电视选秀闹剧做了深刻的批判。

　　网络语词出现在叙事话语中,其嬉戏往往体现在由网络语言延伸的关联用法,如:

　　(1)一切都毫无纰漏,严丝合缝,符合程序,中规中矩。中奖结果一公布,当时是举座皆惊、天下大哗! 现场立刻就有人网络人肉我,却见我浑身清白,不是富二代,不是小蜜,没当过二奶,根本就肉不出个毛来。

　　(2)他们的粉丝起哄、叫骂,把节目组、把我的祖宗三代都骂了个遍。粉丝们还齐齐往台上涌,抛石块,砸器材,推搡工作人员。一场电视节目秀,眼见着就要演变成首届神州鬼节的暴力事件。

徐坤《地球好身影》

　　"人肉"是网络"人肉搜索引擎"的简称,指利用现代信息科技将人的真实身份调查出来。"我"当了冠军后,现场"人肉我",是当今社会时尚而又便捷的查询方式,语言的嬉戏意味由"人肉"衍生出的"肉不出个毛来"体现出来。"肉"用作动词,由"人肉搜索引擎"简化为"人肉"后的再简化,干净利落中表现出说话者的调侃口吻。"粉丝"系用"fans"的谐音来代表忠实的歌迷、影迷等狂热者,此处的嬉戏意味表现在"粉丝们"的复数称呼及这一群体制造的让"电视节目秀""演变成首届神州鬼节的暴力事件"的狂热局面的渲染。

　　以语言制造嬉戏,得力于作家对语言符号的编排组合。在符号编排中呈现矛盾,增强嬉戏意味,体现了作家的语言功力。对解读者而言,就需要透过语言嬉戏的表层来领悟嬉戏中蕴含的对现实批判的意味。如:

(1)"尼玛荆芥那种破草根子很难吃到吗?"一个网媒记者破口大骂,"也敢发出与老子高蛋白液态物质同样的舌尖摩擦音!"

(2)"不说普通话,实在很坑爹啊!有木有?有木有?"另一家晚报记者也痛恨得咬牙切齿。

徐坤《地球好身影》

例(1)共同语语境与网络语词"尼玛"形成一对矛盾,"荆芥那种破草根子"与"高蛋白液态物质"在这个特定语境中也形成了一对临时的矛盾。矛盾的源头是对话中的信息差。在"我"的家乡小县城,见过大世面的人,俗称"吃过大盘荆芥"。当年,一群记者来县里采风,当地召集人介绍"我娘""是县接待办副主任,曾是豫剧团的台柱子"时,由于方言影响,说成了"吃过大盘精液的"。这一由说话者失误引起听话者误解的信息差造成的后果是:"采风的宴会上到处是发酵膨胀的荷尔蒙气味",当吃完饭,记者"想闹腾点下一步动作时",才知道召集人说的是"吃过大盘荆芥",于是引发了记者的骂语。骂语中介入了"尼玛""坑爹""有木有"等网络语词,造成了富于色彩的语言大拼盘。特别是将"精液"代之以"高蛋白液态物质",与"荆芥那种破草根子"相对;"不说普通话"的指责与后面用的非普通话的网语间的自相矛盾,都充满了嬉戏,也充溢着浓烈的批判意味,对现实中各种歪风邪气的批判。语言制造的矛盾表现在人物话语中,也表现在话语与情景之间。小说写在白谷狗心理诊所,"我"经历了白谷狗言语及行为的性侵之后,以这样的片段结束这一场"诊疗":

> 我披头散发,衣襟凌乱,慌忙撺门而逃。只听身后"啪——"的一声门响,随之传来白谷狗天猫一般喵喵的叫声:
> "给好评哦亲!包邮哦亲!"

"天猫"是由淘宝商城分离而成的购物网站,"天猫"非"猫",而此处却冠以猫的"喵喵的叫声",叫声的内容却又由非猫的"天猫"买卖用语构成,充满了嬉戏。白谷狗以淘宝购物卖方在买卖成交时的结束语作为这场名为"诊疗"实为性侵的终结语,不能不说是莫大的讽刺。白谷狗将自己置于卖方,将"诊疗"抑或说是性交易当作淘宝买卖,加之双方在大段的对话中游戏似的话语衔接,使这场对话成了整场电视选秀闹剧的滑稽一幕。"我"因参加选秀出现心理问题就诊于白谷狗心理诊所,又因受性侵扰落荒而逃。巧妙的是这个披着医生外衣的"色狼"在"我"参赛中又堂而皇之地坐在评委席上,使

"我"心理压力倍增。这些原本有悖现实逻辑事理的现象在小说中形成了一种循环,一种关联。嬉戏意味充溢在这些相互矛盾的关联中,批判的韵味也就显而易见地表露出来。

三 荒谬与哲理的语境差

荒谬与哲理的语境差属于事理逻辑的不平衡。这一对矛盾与嬉戏批判具有共同点,同样呈现为内外层面的对立。荒谬是不可推论的,不可理喻的;哲理则是具有逻辑性的,可论证的。当荒谬与哲理共处一个作品时,荒谬往往是外显的,暴露的;哲理则是内蕴的,隐含的。荒谬是手段,哲理是目的。网络这个虚拟的世界为网民提供了一个世界性游戏的空间,成人的智慧使游戏超越了儿童娱乐的等级,在看似荒谬中带有了哲理韵味。

网络成就了生活中的荒谬,荒谬又可能由网络变成现实。荒谬是非理性的,是反逻辑的,与哲理形成了理论意义上的语境差。小说家通过小说载体,使荒谬与哲理这一对矛盾呈现出对立统一关系,于嬉戏中揭示哲理内涵。网络参构小说的荒谬往往来自"对虚空的虚构",[①]这种虚构较之现实的虚构更具荒谬性,所形成的荒谬与哲理之间的反差愈大,而哲理韵味更深层更浓烈。

"对虚空的虚构"中的事件是荒谬的,人物关系是荒谬的,由此构成的故事情节也显而易见的荒谬。网络虚拟世界为现实人生活提供了奇思异想的"对虚空的虚构"的舞台。晓航《一起去水城》是体现荒谬与哲理语境差的典型之作。小说讲述了一个近似天方夜谭的故事。情节由网站发端,继"代骂"服务等奇思妙想的业务在网络产生,又出现了一个刚刚建立不久的"卖"网。"他们'卖'的精神特强,声称什么东西都可以卖,什么都有它的价格,小到锅碗瓢盆,大到一个国家的道德都可以商量。而目前在'卖'网最受网民追捧的一个项目,是拍卖一项人民日常生活中的必需品——老婆。"拍卖的标的分为两类,"一种是网络上的老婆,一种是现实中的老婆"。主人公"我"从北美读完 MBA 归国,发现自己"从一个很牛的'海归'变为无奈的'海待'是一个非常痛苦又非常迅速的过程",在找不到工作的状态下,这个"最富游戏精神的"创意游戏吸引了"我"。由于"无所事事,我马上乐不可支地参加了竞拍活动"。而且"在很意外的情况下成为第二种竞拍的胜利者"。在与卖方"孤独明月伤"的较量中,我在酒精的烘托中,"做出了用真钱购买现实

---

① 曹文轩:"在浩如烟海的小说文本中,我们看到了两种虚构:对现实的虚构和对虚空的虚构。"《小说门》,作家出版社,2003 年第 2 版,第 101 页。

中老婆的决定,并如愿以偿"。由此拉开了故事的序幕,"在一个下作的有钱人以及一个屈服于生活压力的'海带'的策划下,一场猎艳行动正式开始"。虚拟世界的荒唐游戏由此转化为现实世界的可能行动。卖主冯关为"我"引导了老婆林兰与情人余心乐两个"卖品",解释说"你可以选择任意勾引她们其中的一个,我毫无条件地接受剩下的那个"。当我去"勾引""难度挺大"的林兰失败后,又在冯关不但退回原来买老婆的钱,而且"如果你去找余心乐,我每个月给你十倍的钱,直到你把她拿下为止"的承诺下,转向勾引余心乐,终获成功。但余心乐仍心属冯关,最后在"我"的帮助下,"冯关和余心乐最终逃离这个城市",前往林兰"花了很多时间才找到"的叫作"水城"的城市,因为"据说它拥有这个世界上最清澈最丰沛的清泉,而且终年雨水不断",而"我们这些由于金钱关系而认识的人也立刻星云流散"。不可否认,故事本身是荒谬的,"搭建"的痕迹比较明显,具有理想化。但也正因此,它寄托着作者的某种理念,是其希望"通过想象,以现实元素搭建一个非现实世界"的产物。故事以这样的情节框架,来"阐述一个人与自然的关系",而这一关系,是基于一个"比较古怪的角度",①这一"古怪"也就是我们所说的荒谬。

　　小说的荒谬体现在违背了人之常情的情节构思和人物关系。"买卖妻妾"的情节是荒谬的,人物的行为举止是荒谬的,人物关系构成与转化也是荒谬的,荒谬表现在一对对矛盾中。首先,人物关系是荒谬的。冯关与老婆林兰的关系充满矛盾。他是个靠老婆赚钱吃软饭的人,林兰是他"一辈子免费的早餐、午餐、晚餐",他"一点廉耻也没有地"挥霍林兰的钱,买高档的家具,"用买来的家具在自然中搭建一个园林,中间配以假山绿植、喷泉什么的",却又"总是让一些男人来找"林兰。"靠老婆"和"卖老婆"形成一对矛盾。冯关与余心乐的关系也是荒谬的,"爱情人"与"卖情人"也构成一对矛盾。对植物的情感追求使他和余心乐"一起面对天天天兰时",感到"彼此了解,心心相印"。但他又出钱,执意要将余心乐卖给"我"。他"一边让我泡余心乐,一边自己又不断投降",这就构成了情感和行为上的矛盾。其次,人物形象充满了矛盾。冯关的性格兴趣是矛盾的,这样一个成天无所事事的"寄生虫",却对大自然,对植物有着特殊的情感,以致最后离开他的物质靠山,为理想与情人同赴水城。对冯关"脸上有一股掩饰不住的沮丧","懒懒的""颓丧"的表情和声音,这样一种寄生虫的形象描绘与冯关"干一件有意义的事情"——搭建园林的行为艺术,与余心乐口中"冯关是无法在水源稀少的城市里生活下去的,他就是一株特别需要水来呵护的植物"相矛盾。在小说

---

①　晓航:《谁正在离去,谁刚刚明了》,《中篇小说选刊》2006 年第 2 期,第 190 页。

创作中,人物形象塑造的方法之一就是"把人打出正常的生活轨道,让他到另外一种生活环境里去,他内心深处那连自己都没有意识到的强烈的内在感情及意志品质全部都显示出来了"。① 冯关就是被"打出正常轨道"的人物,他的任务在于承载作者的创作意图。"作家把人物打出正常轨道,让他进入假定性熔炉。所以,打出正常轨道不一定要有什么事实。"②这就是冯关这一"异类"人物存在的可能性。在余心乐身上也存在着诸多矛盾。这样一个从事服务业的小姐对爱情、对植物的真挚追求也是令人匪夷所思的。她"得了一种我们这个社会、她那个行业都不应该得的病,她会在生命中的每个阶段,在幻想中爱上一个人,没有任何理由。而且一个幻想接着一个幻想,很少有机会醒来"。她一边与多个男士周旋,与"我"做爱,一边追求爱情,执意地爱着冯关。她一边成天抱着植物"天天天兰"追寻植物的情感,向往自然,一边在夜里与弟弟去偷车,这种心灵的净化与行为的肮脏也是相矛盾的。此外,人物身份与作者追求生态环境的优化也是矛盾的,对植物的情感探求,对美好生态环境的追求与向往,不是承载在寻常意义的正面人物身上,而是由"寄生虫"和"小姐"这两个小人物来完成,由此体现对回归自然追求的构思也是不合常理的。小说的荒谬就在这一对对矛盾中生成。人物个性、人物关系、故事情节的不合常理常情构成了荒谬,使人物使情节呈现出一种病态。

但是,矛盾中有着内在的统一,荒谬中有着作者的情感寄托,这就使故事于荒谬中蕴含了哲理。作者的创作初衷是"想表达我有关植物情感的沉思",因此小说原名为《如果它们知道》,后在朋友的建议下改成《一起去水城》,作者觉得"要比原来的名字更有意味"。这种意味并不在标题的表层,而在于深层。"水城"是空气净化的所在,是适合植物生长的地方,因此,在荒谬的故事中就蕴含了对环境净化、生态平衡的向往。这一理念,既表现在对环境的描写,也表现在对人物心理活动的描写,贯穿于小说始终。如小说开篇写道:

> 在这个城市有两件事是肯定的。第一,是任何季节都可以随时到来的大风以及与之相随的沙尘暴;第二,就是似乎所有的人都在努力找工作。

"沙尘暴"和"找工作",作为这个城市的标识,为城市自然环境与生态环境的

① 孙绍振:《文学性讲演录》,广西师范大学出版社,2006年,第403页。
② 同上,第407页。

恶化定下了基调,这也就是冯关与余心乐双双逃离,奔赴水城的主要原因。这段文字在故事行将结束时又原封不动地重复了一遍。与此相照应的是多处对沙尘暴肆虐的具体描绘:

> 沙尘暴在人们毫无防备的情况下又一次袭击了这个妄自尊大的城市。大风随夜而入,整个城市在黑夜中共振颤抖瑟瑟作响。清晨,当人们醒来之后,天空已变得昏黄无比,混沌一片。黄尘在每一条街道横行,肮脏的废纸和各种废弃的塑料袋,如同歹徒一样在废墟般的城市中肆意舞动。所有不得不上街的人都得低下头,弯下腰面对这生活和自然的审判。很可笑,在这种令人绝望的时刻,这个城市中的人忽然拥有了它从未有过的平等。所有的权力、金钱与虚妄的荣耀,都消散于狂风与黄尘之中。人们彼此之间的等级、恶毒与冷漠忽然被更加巨大的唾弃或者惩罚所屏蔽。更令人无法目睹的是这个城市里的植物,它们在无辜之中被迎面而来的黄沙与塑料袋抽打得异常凄苦。

"沙尘暴"是作者晓航创作《一起去水城》这篇小说的触发点,现实中的沙尘暴,使他感到了"悲凉与愤怒",于是"觉得应该以自己的方式直接对现实发发言了"。生态环境的恶劣扰乱了人们的正常生活,也给人们带来了突围的追求。故事的起始与终结,人物关系的改变都触发于沙尘暴的来袭。沙尘暴的又一处描绘构成了小说的高潮:迅疾猛烈的沙尘暴"几乎是在半个小时之内就把天地之间变成了大一统的黄色,飞沙走石从饭店、立交桥、博物馆、居民区之间咆哮着穿过,那种夺人耳目、摄人心魄的力量显示着自然对于人类无情的报复"。小说以蒙太奇的手法,摄取了故事主要人物在这场风暴中的场景:冯关精心打造的古典园林景观在浩劫中毁于一旦,"当这个人间悲剧发生的时候,冯关依然坐在园中那把明式圈椅上,他异常惊愕地看着沙尘,看着怪鸟似的广告牌,在无处躲藏的恐惧中悲凉地想起了一句话:覆巢之下,安有完卵?"余心乐则在城市的另一端,沙尘中,"她的脚下是一大片充满哀伤的已被吹成黄色的天天兰,她抬起头望着天空,那里只有昏黄一片什么也看不见,余心乐在颤抖之中冲着漫天黄沙,似笑非笑地似哭非哭地说了一句:昔我往矣,杨柳依依;今我来思,雨雪霏霏"。林兰则在参与一个商务谈判的路上,由于沙尘暴突袭不幸追了尾,"但是她在疼痛与沙尘的包围之中根本无法下车,她打电话寻找救援,但是似乎每条线都占线,也许这个城市的人们都在同一时刻遇到了同样的问题。窗外呼呼的风声以及被堵汽车的疯狂鸣笛,都使她在瞬间感到沉重的绝望,这种突如其来的真实窘境使她几乎忘记了撞击时自己的右手爆出的那声轻响。"这突如其来的自然变故给人物造成了心灵触动,促使这一场情感之战终结,故事在沙尘暴的高潮中走向尾声。

　　与沙尘暴肆虐情景相对的是小说对植物"天天天兰"的描写,沙尘暴和天天天兰也形成了一对自然界的矛盾,一方代表了对人类社会的报复,一方则代表了对自然生态回归的担忧与渴望。人与自然的沟通,使一些人"相信植物的情感",小说借余心乐之口说道:"植物是有情感的,有知觉的。天天天兰是我到达这个城市之后唯一忠诚的朋友,它这些年受苦了,这里的水和风沙常使它哀伤。它告诉了我许多事情,这些事情这个城市的绝大多数人不知道。但是有一小部分人是知道的,他们肯定知道。""你可能不知道,我因为了解植物,所以一直把天天天兰的感受,包括它的痛苦与哀伤转告给冯关。天天天兰的看法是,这个城市没有希望,它将遭到更大的风沙侵袭,它的水将继续变酸变少。"在一周的沙尘暴之后,"我"感慨道:"只有哀伤的天天天兰说对了,它们预先把消息告诉余心乐、薇薇、冯关和我,而我们之中有人因为纯洁而相信,有人因为利益而拒绝相信,而自然最终给予了答案。"而故事终结于林兰的自动放弃,她的放弃源于这场灾难给予的启示,她意识到,冯关"需要一个空气清新、水源丰沛的地方。这一回沙尘暴的突然袭击使我彻底认识到这个城市根本不适合你"。由此选择了给双方以自由。自然界的沙尘暴和植物"天天天兰"在小说中构成了对立面,这一对立面综合了我们在上述所分析的人物形象、人物关系和故事情节的矛盾,蕴含了对生态环境的"悲凉与愤怒",对优化环境的理想与追求。"小说确实无所不能,而小说最大的能力,我以为是它能够轻而易举地为我们再造一个世界。这个世界可能是曾经有过的,但在时间的烟幕下消失了——小说拨开了这些烟幕,让它重现昔日之风采——这就是我们在上面说到的,它能追回时间。这个世界又可能是将来的,但时间的列车还在半途中,尚未抵达这个世界,因此我们无从知晓,而小说却能够以光速向前飞行,将离我们还十分遥远的世界预先展示于我们的视野,使我们先睹为快。而这一能力的真正可赞颂之处却在于它能再造一个过去没有过将来也不会有的乌有之乡。这个世界既不是回忆出来的,也不是展望而得,而仅仅是创造——用语言的砖石建立起来的巍峨城堡。这个城堡就矗立在我们眼前,我们甚至能够在它内外心游然而它确实又不存在。"① 小说结尾为我们再造了一个人们逃离污染,向往纯净的"水城",虽然这个世界在现实中可能是乌托邦的,但它仍不失为人

---

　　① 曹文轩:《小说门》,作家出版社,2003年第2版,第41页。

们的情感寄托,不失为人们的心向往之的乐土。就这一意义而言,与其说"水城"是物质世界的产物,不如说是精神世界的产物。"这个世界不是归纳出来的,而是演绎出来的,不是被发现的,而是被发明的。它是新的神话,也可能是预言。在这里,小说家要做的,就是给予一切可能性以形态。这个世界唯一的缺憾就是它与我们的物质世界无法交汇,而只能进入我们的精神世界。我们的双足无法踏入,但我们的精神可以融入其间。它无法被验证,但我们却又坚信不疑。"[①]

网络交际作为新世纪人们重要的交际手段,展现了人们在虚拟世界的一种独特的交际方式。小说以源于生活高于生活的记录方式,表现这另一套话语时,则具有了深刻的内涵。这一内涵体现在网络语言参与小说建构时内蕴的一对对辩证关系。虚拟与现实、嬉戏与批判、荒谬与哲理在呈现其对立的同时,也体现出统一,这就是语境差策略所体现出的睿智、深刻的修辞韵味。

第二节　错位组建的小说奇异语境

莫言以其独有的风格构成了小说语言的特色。由语言错位建构出被颠覆的小说文本语境,是其体现独特艺术构思的策略。语言错位是相对语言规律而言,即与语言规律的背离。莫言颠覆了小说文本语境中一切可以称之为规律的东西,重新组建出合乎自己创作意图的新规律。他的文笔往往踉跄着醉汉无章法的步子,肆意行走,挥洒泼墨,组建出一个个奇异的小说语境。本节对莫言的错位组合造成的语言变异加以研究。

一　错位中的辞格生成

辞格之所以成为具有一定模式的修辞手法,就在于其突出的修辞效果。错位则是构成辞格的要点之一,它以对规律的偏离制造陌生效果。莫言笔下的辞格常常以超乎常人的构思,呈现出复杂状态。

比喻是莫言作品最常见的辞格,各式各样本体不同、喻体各异、形式多样的比喻,构成了属于莫言自己的比喻体系。莫言笔下,有明喻、暗喻、借喻等比喻形式,也有比喻多重使用产生的连喻、博喻及与其他辞格的综合运用。他可能打破比喻运用中以具体喻抽象的原则,也可能打破本体与喻体相似的原则。他可能不顾忌所选取的喻体的美丑,多次以"大便""肛门"取

---

① 曹文轩:《小说门》,作家出版社,2003年第2版,第103页。

喻;他可能不顾忌所选取的喻体的情感,多次解构喻体的褒贬;他可能不顾忌本喻体之间的逻辑关系,多次颠覆比喻的内在逻辑。总之,这些"可能"造就了一个莫言无忌的比喻世界。

连喻是莫言常用的辞格,有同一事物不同构件的比喻连用,也有不同事物的比喻连用。如:

(1)蝗虫脚上强有力的吸盘像贪婪的嘴巴吻着我的皮肤,蝗虫的肚子像一根根金条在你的脸上滚动。

莫言《红蝗》

(2)通往矿区的道路肮脏狭窄,像一条弯弯曲曲的肠子。卡车、拖拉机、马车、牛车……形形色色的车辆,像一长串咬着尾巴的怪兽。

莫言《酒国》

例(1)为蝗虫的"吸盘"和"肚子"各自取喻,连同喻体而来的,是"吻着""滚动"两个动作,这两个动作所涉及的对象是不同的,一为"我的皮肤",一为"你的脸上",这就渲染出蝗灾遍布的骇人景象。例(2)为"道路"和"车辆"取喻,喻体"一条弯弯曲曲的肠子"不但与本体形似,而且还突出了本体"肮脏狭窄"的特点。喻体"一长串咬着尾巴的怪兽"将车子的形形色色,道路的拥挤表现了出来。

连喻的前后部分,可以是语义不相关联的连用,也可能是语义相关的连用。如:

(1)我突然闻到了一股热烘烘的腐草气息——像牛羊回嚼时从百叶胃里泛上来的气味,随即,一句毫不留情的话像嵌着铁箍的打狗棍一样抢到了我的头上:
你疯得更厉害!

(2)老沙把嘴噘得像一个美丽的肛门,触到漂亮的、坚硬的号嘴上,他的嘴唇竟然那么厚那么干燥! 贴着胶布还渗血丝,真够残酷的。他的脸又涨紫了,号筒里发出一声短促的闷响——不是我侮辱战友,确实像放屁的声音——紧接着便流畅起来,好像气体在疏通过肠道里欢快地奔驰。

莫言《红蝗》

例(1)各自为"热烘烘的腐草气息"和"毫不留情的话"取喻,前后比喻没有语义上的关联。例(2)先用"一个美丽的肛门"喻"嘴",而后以"放屁的声音""气体在疏通过肠道里欢快地奔驰"喻号筒发出的声音从"闷响"到"流畅",三个比喻在语义上连为一体。不管前后语义关联与否,都是以莫言独有的喻体为事物取喻,以喻体对本体链接的突破,制造独特的比喻语境。

莫言对比喻的钟爱,还表现在比喻更为复杂的用法,单一的比喻似乎未能满足他的使用欲,或连喻,或博喻,或兼用,或套用,呈现出纷繁的形态。他的笔下,有常规的博喻用法,如:

> 而那杯酒,也层层叠叠,宛如玲珑宝塔,也好似用特技搞出的照片,在那较为稳定,较为深重的一淀鲜红周围,漫游开一团轻薄的红雾。这不是一杯酒而是一轮初升的太阳,一团冷艳的火,一颗情人的心……一会儿他还会觉得那杯啤酒像原来挂在天空现在钻进餐厅的棕黄色的浑圆月亮,一个无限膨胀的柚子,一只生着无数根柔软刺须的黄球,一只毛茸茸的狐狸精……

莫言《酒国》

虽然都是对"酒"的比喻,但间隔开来,不妨将其视作比喻的间隔连用。每处都是采用了多个喻体的博喻,这些喻体形体各异,似乎无法与一个本体关联,在本体喻体语义颠覆的同时,又造成多个喻体之间的颠覆。但却与丁钩儿"连续九杯白酒落肚","身体与意识剥离"所产生的幻觉相平衡,显得生动形象。有的博喻是多个本体一个喻体的,如:

> 发疟疾的滋味可是十分不好受,孙子该享的福没享到,该受的罪可是全受过了。发疟疾、拉痢疾、绞肠痧、卡脖黄、黄水疮、脑膜炎、青光眼、牛皮癣、贴骨疽、腮腺炎、肺气肿、胃溃疡……这一道道的名菜佳肴等待我们去品尝,诸多名菜都尝过,唯有疟疾滋味多!

莫言《红蝗》

这是博喻的特殊用法,本体多种疾病用了一个喻体"一道道的名菜佳肴"来比喻,从本体与喻体间的构成方式来看,又是以喻词不出现的借喻形式出现。多个本体与一个喻体相对应,在本体与喻体不平衡的同时,又体现出了多个本体间的不平衡,却因汉语中"尝"一词的多义性而趋于平衡。以调侃语调体现了疾病带给人们的痛苦。

比喻作为承载莫言思想情感的载体,喻体中往往蕴含着对本体的情感

倾向,如:

> (1)余占鳌的头皮被冲刷得光洁明媚,像奶奶眼中的一颗圆月。
> (2)余大牙转过身,面对着哑巴,笑了笑。父亲发现他的笑容慈祥善良,像一轮惨淡的夕阳。
>
> 莫言《红高粱》

例(1)年轻气盛的余占鳌是在无奈婚姻的痛苦中彷徨的奶奶的一线希望,"圆月"为喻,不但与被雨水冲刷的光头皮形体相似,而且蕴含着为黑暗中的奶奶带来光明的寓意。在本喻体语义原有的不平衡中,带有平衡点。例(2)是余大牙强奸了民女曹玲子,将要被处决时的笑容。"惨淡的夕阳"预示了余大牙将要"下山"的命运走向,于不平衡与平衡的交错中体现出描写对象的形象性。

比拟也是莫言常用的修辞格。超乎常人的想象,使莫言经常赋予人或物品以其原本不具有的动作情态,以描写对象间的不平衡。有拟人的,如:

> (1)风通过花白的头发,翻动的衣襟,柔软的树木,表现出自己来;雨点大如铜钱,疏可跑马,间或有一滴打到她的脸上。
>
> 莫言《白狗秋千架》
>
> (2)奶奶真诚地对着鸽子微笑,鸽子用宽大的笑容回报着奶奶弥留之际对生命的留恋和热爱。
>
> 莫言《红高粱》

例(1)以写人的状态,人所具有的"头发""衣襟",人所具有的"表现"来写"风",赋予"风"以情感。例(2)赋予鸽子以人才具有的神情"笑容",人才具有的思维"回报",写鸽子是为了表现奶奶,表现奶奶临终时的坦然、镇定。

有以物拟物的,如:

> (1)高粱的茎叶在雾中滋滋乱叫,雾中缓慢地流淌着在这块低洼平原上穿行的墨河水明亮的喧哗,一阵强一阵弱,一阵远一阵近。
> (2)风平,浪静,一道道炽目的潮湿阳光,在高粱缝隙里交叉扫射。
>
> 莫言《红高粱》
>
> (3)九老妈与我一起走到庙前,站在四老爷背后;低头时我看到四

老爷鼻尖上放射出一束坚硬笔直的光芒,蛮不讲理地射进八蜡庙里。

莫言《红蝗》

例(1)"高粱的茎叶"不可能发出叫声,此处将高粱当作能发出叫声的动物,是将彼物当作此物来写。高粱是高密东北乡的一个标志物,高粱中寄托着莫言的故乡情结,因此,在作品中,高粱不但被赋予了生命,而且有了声音形象。文本中还有高粱听觉的描写,"高粱梢头,薄气袅袅,四面八方响着高粱生长的声音",这些描写相辅相成,以一种动态将高粱写得有血有肉。例(2)"阳光""交叉扫射",是将阳光拟成可以扫射之物,前面再冠以"潮湿",使"阳光"的被拟之物显得复杂。这是对奶奶与余占鳌在高粱地里"耕云播雨"的环境渲染。例(3)将"四老爷鼻尖"拟成可能放射光芒之物,"蛮不讲理"又带有拟人的意味。

有时同一本体,拟人与拟物并用,如:

悬在天花板上的意识在冷笑,空调器里放出的凉爽气体冲破重重障碍上达天顶,渐渐冷却着、成形着它的翅膀,那上边的花纹的确美丽无比。他的意识脱离了躯壳舒展开翅膀在餐厅里飞翔。它有时摩擦着丝质的窗帘——当然它的翅膀比丝质窗帘更薄更柔软更透亮……

莫言《酒国》

"意识"虽是人所具有的,但它原本是无形的、抽象的。赋予"意识"以"冷笑"的动作神情,是拟人。而后以动物具有的"飞翔"来写"意识",又是拟物。小说对"意识"的"飞翔"做了大篇幅描绘,渲染了丁钩儿醉酒的情态。一个到酒国查案的省检察院特级侦察员,却如此醉态,是辛辣的讽刺。

比拟与比喻连用是莫言笔下常见的方式。有先拟后喻,也有先喻后拟的。如:

(1)我仔细地观察着蝗虫们,见它们互相搂抱着,数不清的触须在抖动,数不清的肚子在抖动,数不清的腿在抖动,数不清的蝗嘴里吐着翠绿的唾沫,濡染着数不清的蝗虫肢体,数不清的蝗虫肢体摩擦着,发出数不清的窸窸窣窣的淫荡的声响,数不清的蝗虫嘴里发出咒语般的神秘鸣叫,数不清的淫荡声响与数不清的神秘鸣叫混合成一股嘈杂不安的、令人头晕眼花浑身发痒的巨大声响,好像狂风掠过地面,灾难突然降临,地球反向运转。

（2）冰雹，这位大地期待已久的精灵终于微笑了！她张开温柔的嘴巴，龇着凌乱的牙齿，迷人地微笑着下降了。她抚摸着人类的头，她亲吻着牲畜的脸，她揉搓着树木的乳房，她按摩着土地的肌肤，她把整个肉体压到大地上。

莫言《红蝗》

例（1）是先拟后喻，先以人所具有的"互相搂抱""淫荡"等动作品性来写蝗虫，后又以喻体"狂风掠过地面"来形容前面所描写的蝗虫的强大阵势，渲染了蝗灾的恐怖景象。例（2）是先喻后拟，先以"大地期待已久的精灵"喻"冰雹"，后就直接把冰雹当作人来写，赋予冰雹以人才有的神情动作，将冰雹的降临给"人类""牲畜""树木""土地"带来的影响写得活灵活现。这段描写不但将冰雹当作人来写，而且，与之相对的"牲畜""树木""土地"也因"脸""乳房""肌肤"等人体部位，而获得了人的特性。

以上二例是对同一本体拟喻连用，还有不同本体形成比拟和比喻连用的。如：

他一腚墩在椅子上时，听到遥远的咯咯吱吱声从屁股下传出，红色姑娘们捂着嘴巴嗤笑，他想发怒，但没有力量，肉体正在与意识离婚，或者是……故伎重演……意识正在叛逃。在这个难堪的痛苦时刻，金刚钻副部长周身散发着钻石的光芒和黄金的气味，像春天、阳光、理想、希望，撞开了那扇敷有深红色人造皮革、具有优良隔音效果的餐厅大门。

莫言《酒国》

上文对丁钩儿醉酒状态进行描绘，用"肉体正在与意识离婚""意识正在叛逃"形容其酒后的精神状态，是比拟。下文写金刚钻副部长的出现，以"春天、阳光、理想、希望"作喻是比喻。前一比拟与后一比喻构成了对照，丁钩儿的迷糊堕落与金刚钻副部长的清醒昂扬形成对比，查案者与被查对象处在一种精神状态的错位，不啻为辛辣的嘲讽。

还有比拟与通感兼用的，这也是在莫言奇异的想象中产生的复杂辞格运用。如：

奶奶粉面凋零，珠泪点点，从悲婉的曲调里，她听到了死的声音，嗅到了死的气息,看到了死神的高粱般深红的嘴唇和玉米般金黄的笑脸。

莫言《红高粱》

"曲调"可以是"听到"的,但无法"嗅到""看到"。奶奶临终时的幻觉,使这些不可能成为可能,这是"通感"。"通感"中又有着比拟,原来作为一种状态的"死",被赋予"声音""气息""嘴唇""笑脸",就有了人的形态。

二 错位违理中的合理性

错位打破了逻辑链的关联,呈现出一种无理状态。上述所讨论的辞格,实际上也都是处于一种无理状态下的,本体与喻体,本体与拟体之间的关联违背了客观对象所具有的关联性。但是,在违理中有着内在的合理因素。无论是辞格还是非辞格,语境其他因素的参与,都能使本不合理合规的语言现象具有了内在的合理性,并衍生出审美信息。

上下文的关联犹如链条,本应环环相扣,但莫言笔下却常出现上下文的不相关联。如:

(1)我19岁,暖17岁那一年,白狗四个月的时候,一队队解放军,一辆辆军车,从北边过来,络绎不绝过石桥。

莫言《白狗秋千架》

(2)奶奶一直不能忘记劫路人番瓜般的面孔,在苍蝇惊起的一瞬间,死劫路人雍容华贵的表情与活劫路人凶狠胆怯的表情形成鲜明的对照。

莫言《红高粱》

例(1)"我""暖"与"白狗"的年龄相提并论,不同性质的事物说明形成并列关系,有违常理,但却因文本中"白狗"的重要地位而获得了合理性。"白狗"伴随着"我"和"暖"的成长,它见证了"我"和"暖"在秋千架上的欢乐嬉戏,也见证了"暖"因秋千绳子断裂而摔出,被扎瞎眼睛的痛苦经历,并伴随着"暖"随后困苦的岁月至今。将三者并提,就将"白狗"放置在与人同等地位上,说明了与人的"相濡以沫"。例(2)将生死劫路人的面部表情对照,"雍容华贵"形容"死劫路人"本不合理,但此处主要是与其"凶狠胆怯"的表情形成对照而生成的。

词语有着特定的含义,有时同形体的词具有意义上的引申,形成多义关系。多义词在特定的语境中具有单义性,莫言却有意错落词义间的关系,形成错位关联。如：

> ……一个多月前,你打过我两个耳光之后,我愤怒地注视着你横穿马路,你幽灵般地漂游在斑马线上。你没杀斑马你身上这件斑马皮衣是哪里来的? 你混账,难道穿皮衣非要杀斑马吗? 告诉你吧,斑马唱歌第一流,斑马敢跟狮子打架,斑马每天都用舌头舔我的手。你录下动物的叫声究竟有什么用? 我不是告诉你了吗? 我是研究动物语言的专家。雪白的灯光照着明晃晃的马路,我看到你在灯光中跳跃、灯光穿透你薄如鲛绡的黑纱裙,显出紧绷在你屁股上的红裤衩子,你的修长健美的大腿在雪白的波浪里大幅度甩动着,紧接着我就听到钢铁撞击肉体的喀唧声,我模模糊糊地记着你的惨白的脸在灯光里闪烁了一下,还依稀听到你的嘴巴里发出一声斑马的嘶鸣。
>
> 莫言《红蝗》

"斑马线"因图形相似而获得了与"斑马"的关联,但此"斑马"与彼"斑马"并不能等同。莫言却由"斑马线"关联到"斑马""斑马皮衣",并讴歌动物"斑马",甚至用"斑马的嘶鸣"形容被撞者的叫声。这就形成了上下文语义上的错位关联。这不合理中的合理性,就是与该文本叙事的无序错落风格相吻合。同一语词的不同语义造成了颠覆,颠覆又因文本语境中相关事物的关联而取得了深层平衡。

语言组合描写中与事理的相违也是莫言构成无理的手法,在他的笔下,事物常因其情感表述的需要而突破了客观事理,如:

> (1)王文义一头栽下河堤,也滚到了河床上,与他的妻子隔桥相望,他的心脏还在跳,他的头完整无缺,他感到一种异常清晰的透彻感涌上心头。
>
> 莫言《红高粱》
>
> (2)那条黑爪子白狗走到桥头,停住脚,回头望望土路,又抬起下巴望望我,用那两只浑浊的狗眼。狗眼里的神色遥远荒凉,含有一种模糊的暗示,这遥远荒凉的暗示唤起内心深处一种迷蒙的感受。
>
> 莫言《白狗秋千架》

例(1)是对王文义中弹后的描写,已经"被几十颗子弹把腹部打成了一个月亮般透明的大窟窿"的王文义,不可能"感到一种异常清晰的透彻感涌上心头",非此状态下可能的思维状态是不合情理的,但将王文义对先于他中弹的妻子的痛心,随妻子而去的解脱表现了出来。例(2)"浑浊的狗眼"中有着"遥远荒凉"的神色,有着"模糊的暗示",并能唤起内心的感受,都超乎了常理。但正如前面所说,这是一条与故事主人公有着密切关系的狗。在"我"回乡路上,未看见"暖",却先看到狗,"我恍然觉得白狗和她之间有一条看不见的线",白狗牵系了"我"与"暖"的联系,昭示了遥远年代的记忆。这些背景,使狗眼具有了超乎可能的"特异功能"。

语词有着特定的意义,也有着特定的情感倾向。莫言的无忌,还表现在他对语词组合的情感错位。他可能褒词贬用,也可能贬词褒用。通过色彩变异,赋予语词以特定意义的情感。如《红高粱》写日本兵逼迫屠夫孙五割下罗汉大爷的耳朵,对被割下的耳朵,有两个通过父亲视角体现的形容性描写,一是"父亲看到那两只耳朵在瓷盘里活泼地跳动,打击得瓷盘叮咚叮咚响",一是"父亲看到大爷的耳朵苍白美丽,瓷盘的响声更加强烈"。"活泼""美丽"都是带有"好"的状态的词,与此时残忍的杀戮场合情感色彩不符。这种表述因出自孩子的视野而具有了独特性。语词的使用与上下文情景语境不符,是独显莫言个性的手法。在《红高粱》中,同样通过父亲的眼写奶奶中弹:"父亲眼见着我奶奶胸膛上的衣服啪啪裂开两个洞。奶奶欢快地叫了一声,就一头栽倒,扁担落地,压在她的背上。""欢快"表"喜悦"之义,写奶奶中弹的叫声,是无理的。这类无法从逻辑意义论证其内在合理性的语言组合,只能从莫言充满颠覆意味的言语风格中找到答案。莫言的无理,是对规律的颠覆,呈现出复杂状态。他可能颠覆一切称之为规律的东西,并在一段文字中形成多层无理,如:

> 奶奶完成了自己的解放,她跟着鸽子飞着,她的缩得只如一拳头那么大的思维空间里,盛着满溢的快乐、宁静、温暖、舒适、和谐。
>
> 莫言《红高粱》

将逝的奶奶随鸽子飞翔,这是一层无理;无形的"思维空间"却有了可度量的范围,"缩得只如一拳头那么大",这又是一层无理;这样一个小小的空间,却具有能"盛着满溢的快乐、宁静、温暖、舒适、和谐"的容量,这又是一层无理。在这层无理中还套叠着无理:"快乐、宁静、温暖、舒适、和谐"这些无形的状态,却被赋予了形态,而这一形态与奶奶将逝状态下可能产生的情感是相违背的,这又是无理。在这层层套叠的无理中,莫言完成了对奶奶将逝的史诗般的讲述,也于此获得了合理性。

　　违理组合有时是由语法错位组合所构成的。语法有语言自身的词法与句法规律，莫言却肆意打破约定俗成的规律，自主调配，以语法变异形式蕴涵深层的意蕴。如偏正组合的不相搭配：

　　　　(1)谨以此文召唤那些游荡在我的故乡无边无际的通红的高粱地里的英魂和冤魂。我是你们的不肖子孙，我愿扒出我的被酱油腌透了的心，切碎，放在三个碗里，摆在高粱地里。伏惟尚飨！尚飨！

莫言《红高粱》

　　　　(2)亲爱的朋友们，亲爱的同学们，当得知我被聘为酿造大学的客座教授时，无比的荣耀像寒冬腊月里一股温暖的春风，吹过了我的赤胆忠心，绿肠青肺，还有我的紫色的、任劳任怨的肝脏。

莫言《酒国》

例(1)"被酱油腌透了的心"，形成修饰语与中心语搭配不当，但却表现出乡土与"我"之间的密切关系，"我"的根植高密东北乡，对家乡的不舍情怀。例(2)"吹过"后所带的宾语中用了一些修饰性文字，以"绿"冠"肠"，以"青"冠"肺"，以"紫色的、任劳任怨的"冠"肝脏"都是乱形容，但与文本的调侃意味相吻合。还有中补搭配不当的，如：

　　　　这三个儿子被高粱米饭催得肥头大耳，生动茂盛。

莫言《红高粱》

"催"的结果"肥头大耳"正常，但"生动茂盛"却属不正常，将形容植物等状态的词用于人身上，具有了乡土情调。

　　将词语变形，违反词法规律，也是莫言语法变异的表现手法。如：

　　　　在酒国市市委宣传部副部长金刚钻推门而入前一分钟时，丁钩儿感到腹中痛苦万端。仿佛有一团缠绕不清的东西在腹中乱钻乱拱，涩呀涩，黏呀黏，纠纠，缠缠，勾勾，搭搭，牵扯拉拽，嗞嗞作响，活活是一窝毒蛇。他知道这是肠子们在弄鬼。

莫言《酒国》

形容丁钩儿被酒浇灌的肠胃，用了一系列形容，其中"纠纠，缠缠，勾勾，搭搭"是将"纠缠""勾搭"词语拆装，进行了新的组合而生成的，极度形容了肠胃此时被"乱钻乱拱"的痛苦状态。

制造冗余,也是违反了语言组合常规的现象,成为莫言调配语言的又一种策略。如:

(1)为此,我的导师,也是我老婆的爹爹我岳母的丈夫我的岳父。岳父者泰山也。俗称老丈人也的袁双鱼教授经常批评我不务正业,甚至挑唆他的女儿跟我闹离婚。

莫言《酒国》

(2)那时候我是个少年。

那时候我是村里调皮捣蛋的少年。

那时候我也是村里最让人讨厌的少年。

莫言《牛》

(3)丁钩儿吐出一些绿色汁液后,一位红色服务小姐喂了他一杯碧绿的龙井茶,另一位红色服务小姐喂他一杯焦黄色的山西老陈醋,党委书记或是矿长塞到他嘴里一片冰糖鲜藕,矿长或是党委书记塞到他鼻子下边那个洞里一片蜜浸雪花梨,一位红色小姐用滴了薄荷清凉油的湿毛巾仔细揩了他的脸,一位红色小姐清扫了地板上的秽物,一位红色小姐用喷过除臭剂的白丝棉拖把揩了秽物的残迹,一位红色小姐撤了狼藉的杯盘,一位红色小姐重新摆了台。

莫言《酒国》

例(1)对"导师"与自己的亲属关系,本只要一个"岳父"就可解释的,却用了从老婆到岳母全方位的解释,在冗余中体现了调侃。例(2)本来只要用一个句子就可以说明的"我",却用了三个复沓的句子加以说明,造成了冗余,强调了"我"的个性。例(3)重复多个"一位红色小姐",渲染了丁钩儿醉酒后服侍人员之多,及酒店小姐环绕的环境,更重要的是以此形成调侃的语言氛围,对此情景做了嘲讽。

三 错位——错杂的叙事视角

莫言的叙事在打破时空限制的同时,常常以奇异的叙事视角转换制造变幻多端的小说故事情节,构成让人眼花缭乱的文本语境。在这样的语境中,变幻的叙事视角下叙事对象呈现出一种交替错落,这是莫言制造"魔幻"的策略之一。《红蝗》《白狗秋千架》《红高粱》等作品都是以这种模式形成整体叙事的。

视角的转换可能以时间提示语提示，也可能不出现时间提示语，造成不同时空、不同叙事对象的无间隔链接。如《白狗秋千架》以十几年后，"我"回到故乡，路遇"暖"和白狗的经历为线索，穿插着十几年前经历的回忆。叙事视角在十几年前后之间变换，这种变换有的有时间词语提携显示，如"我十九岁，暖十七岁那一年，白狗四个月的时候，一队队解放军，一辆辆军车，从北边过来，络绎不绝过石桥。我们中学在桥头旁边扎起席棚给解放军烧茶水，学生宣传队在席棚边上敲锣打鼓，唱歌跳舞"；"十几年前那个晚上，我跑到你家对你说：'小姑，打秋千的人都散了，走，我们去打个痛快。'"开头的时间提携显示了回忆状态；有的则形成无间隔链接。如：

> （1）队伍要开拔那天，我爹和暖的爹一块来了，央求蔡队长把我和暖带走，蔡队长说，回去跟首长汇报一下，年底征兵时就把我们征去。临别时，蔡队长送我一本《笛子演奏法》，送暖一本《怎样演唱革命歌曲》。
> "小姑，"我发窘地说，"你不认识我了吗？"
> （2）绳子断了。我落在秋千架下，你和白狗飞到刺槐丛中去，一根槐针扎进了你的右眼。白狗从树丛中钻出来，在秋千架下醉酒般地转着圈，秋千把它晃晕了……
> "这些年……过得还不错吧？"我嗫嚅着。
> 我看到她耸起的双肩塌了下来，脸上紧张的肌肉也一下子松弛了。也许是因为生理补偿或是因为努力劳作而变得极大的左眼里，突然射出了冷冰冰的光线，刺得我浑身不自在。

这两段文字都是在对往事的回忆中转换到现时的讲述，除了分行外，没有其他时间语提示，以此构成叙事视角的无形态转换。

叙事视角的错落转换有时呈现出更为复杂的形态，显现出多对象、多方位、多层次的交错。《红蝗》则是一个典型，它不但将五十年前后的大蝗灾交错在一起表现，而且在蝗灾的视角中还交错着对"打了我两个耳光"的黑衣女人的描写，交错着对军队的描写。这些交错甚至造成时间的难以捉摸。如：

> 九老爷极夸张地挥动着手臂——鸟笼子连同着那只咿呀学语的猫头鹰——一起画出逐渐向前延伸的、周期性地重复着的、青铜色的符号。号声是军号，军号声嘹亮，我虽然看不到军号怎样被解放军第三连的号兵吹响，但我很快想起独立第三团也是三连的十八岁号兵沙玉龙

把贴满了胶布的嘴唇抵到像修剪过的牵牛花形状的小巧号嘴上。

视角从九老爷转换到解放军,没有中间过渡,显得突兀,但与该文本叙事风格相吻合,构成了叙事风格的整体。

交错的叙事视点所表现的对象在时空上往往形成交错,这种交错在语言表述上可能呈现一种逻辑意义上的断链。如:

> (1)……我跟随着驮着四老妈的毛驴赶着毛驴的九老爷走在五十年前我们村庄的街道上。
>
> (2)如果我把四老爷和九老爷亲兄弟反目之后,连吃饭时都用一只手紧紧攥着手枪随时准备开火的情景拍下来,我会让你大吃一惊,遗憾的是我的照相机出了毛病,空口无凭,我怎么说你都不会相信。
>
> 莫言《红蝗》

例(1)表述语序所构成的语义显现了一种时空人物的错乱。九老爷赶着毛驴送被休的四老妈回家,是五十年前大蝗灾时发生的事情,而"我"是处在五十年后大蝗灾时期的故事中人物及故事讲述者,相隔五十年时空的人物如何追随,"我"又如何"走在五十年前我们村庄的街道上",叙事视角在这个句子中表现出多层错落,及至错乱。例(2)四老爷和九老爷亲兄弟反目事件也是发生在五十年前的大蝗灾时期,五十年后的"我"如何拍照? 更为荒唐的是,无法拍照的原因竟然不是时间的间离,而是因为"我的照相机出了毛病",这又构成荒谬。文本叙事错落可见一斑。

叙事视角的转换在错落中往往有着内在的关联,这是错落的视角之所以在打破逻辑链的同时成为叙事策略的重要原因。如《红高粱》对奶奶中弹临死前的情景大篇幅描绘中穿插着大篇幅对往事的追述。现在时与过去时的叙述视点交错中有着人物与事件的密切关联。在"奶奶幸福地看着在高粱阴影下,她与余司令共同创造出来的我父亲那张精致的脸,逝去岁月里那些生动的生活画面,像奔驰的飞马掠过了她的眼前"之后,是"奶奶想起那一年,在倾盆大雨中,像坐船一样乘着轿,进了单廷秀家住的村庄,街上流水洸洸,水面上漂浮着一层高粱的米壳"。接着是对出嫁、回娘家途中的被劫,与余占鳌在高粱地里的耕云播雨,中间穿插着奶奶中弹后濒临死亡的情境描绘。有的形成了无间隔链接,如:

> (1)……有人在一分钟内成了伟大领袖,奶奶在三天中参透了人生

禅机。她甚至抬起一只胳膊，揽住了那人的脖子，以便他抱得更轻松一些。高粱叶子嚓嚓响着。路上传来曾外祖父嘶哑的叫声："闺女，你去哪儿啦？"

（2）石桥附近传来喇叭凄厉的长鸣和机枪分不清点儿的射击声。奶奶的血还在随着她的呼吸，一线一线往外流。

例（1）是奶奶婚后回娘家途中所遇，例（2）却是奶奶中枪及战场的描绘。这两段不同时空的情景链接在一起，有着内在的关联。奶奶年轻时的遭遇与幸福，都与余占鳌有关。临死前奶奶面对儿子，回想起往事，自然也就关联了与余占鳌关系的风雨历程。不同的时段、不同的情节因人物关系而关联，因文本的叙事风格而达到了新的平衡。

第三节 语境差构建的女性世界

阿袁是当代以女性视角写女性的作家。其以描写对象集中、表现手法多样、语言风格鲜明所构成的特色值得关注。阿袁笔下的女性人物主要由两类构成，一是受过高等教育的女人，一是没见过世面的小镇女人。她塑造了小米、俞丽、汤梨、郑袖、孟繁、吕蓓卡、齐鲁，也塑造了锦绣与绫罗。正如她所说："我最爱写女人。写一个女人，是一枝梨花春带雨。写一群女人呢，是满城尽带黄金甲。世界上最迷人的关系，于我而言，不是男女关系，而是女人与女人的关系。"[1]她将女人写得淋漓尽致，将女人与女人的关系表现得深刻透彻，她构建了一个个独特的女性世界。在构建女性世界的同时，她也构建了自己的语言风格。

阿袁形容自己"爱写女人，犹如爱绣裙子"，而且绣的是"有些复杂的百褶裙"。[2] 这既体现出她笔下的故事对象，又体现出其故事手法。于这样的小说做法中形成了婉约中透着犀利，绵密中透着深刻，寻常中透着惊艳的风格。从语境视角来考察，其女性世界的建构在很大程度上得益于语境差这一语言策略。诚如阿袁在对锦绣绫罗取名与人物性格之间形成反差时的说明，人物"性情刚烈，有宁为玉碎不为瓦全的坚贞决绝，是尤三姐似的狠角色"，这样的"刚烈决绝"，为她们的人生"带上风刀霜剑气"，"与那种溜光水

---

① 阿袁：《女人都有一把鱼肠剑》，《西安晚报》2012 年 3 月 25 日。
② 阿袁：《〈绫罗〉创作谈：〈锦绣与绫罗〉》，《中篇小说选刊》2013 年第 3 期，第 30 页。

滑的锦缎人生肯定无缘";但却取名锦绣绫罗,这就是语境因素间的不平衡。这种不平衡造成的"与其说是反讽,不如说是暗寓"。① 阿袁笔下触目皆是的语境差中的"暗寓"使作品带有了对女性剖析的深刻性。

对比构成的语境差

阿袁深知将对立的现象或事物放置在一个语境背景下比照的强烈效果,她的笔下常出现对比。她写女性,往往不是单个女性,而是在女性与女性、女性与男性关系中完成对某一形象的塑造。

人物是构成语境的重要因素,阿袁笔下的人物对比常出现在女性与女性之间,有不同人物特点之间的对照,也有同一对象不同时期的对比,如:

> (1)有一段时间苏渔樵和朱红果在郑袖面前变得更恩爱了。郑袖冷笑。她知道苏渔樵快扛不住了,要举白旗了。胜利是必然的。一方面因为郑袖破釜沉舟的决绝;另一方面也因为朱红果美人已老——尽管和苏渔樵相比,朱红果依然是青枝绿叶,但和郑袖比起来,她却是明日黄花。女人和女人的战争,其实是时间的战争。长江后浪推前浪,前浪死在沙滩上。朱红果即使使出浑身解数,如今也敌不过郑袖手指的嫣然一笑。
>
> 阿袁《郑袖的梨园》
>
> (2)还有朱小七对陈安说话的语气和节奏,也和从前不一样。从前她说话是匀速的,句子之间也干干净净,几乎没有语气词,一是一,二是二,有着北方女孩特有的爽利明朗,现在却南方化了,甚至比南方还南方,不仅有抑扬,有波折。而且还滑溜溜的,又黏糊糊的,简直像一条条水蛇一样缠人。
>
> 阿袁《俞丽的江山》

例(1)将朱红果与郑袖比较,这是前一第三者与后一第三者之间的比较。通过对年龄、手法的比较,表现了郑袖对朱红果的不屑,即将获胜的得意心理。比较中穿插着与苏渔樵的对比,并运用了比喻、比拟手法,增添了对比的形象性。例(2)朱小七"说话的语气和节奏"的不同,意味着她对导师陈安情感的变化,这是师母俞丽观察到的变化。通过俞丽所见所感来对比,既是对朱小七前后态度行为举止的描述,又表现了俞丽警觉妒忌的心理活动。

---

① 阿袁:《〈绫罗〉创作谈:〈锦绣与绫罗〉》,《中篇小说选刊》2013 年第 3 期,第 30 页。

　　作者不仅以叙事者的视角来写女性,而且以他人视角来写女性,不仅写出了视角涉及者,而且表现出了视角出发者,如:

　　　素面朝天的郑袖,在师母们的眼里,如系里资料室里的那些平装书一样朴素。这是郑袖的本事,也是郑袖的世故。三儿的美,如廊上的风铃,人一走过,就会叮当作响,而郑袖的美,却如一把折扇,能收放自如。打开时,无边风月;合上时,云遮月掩。看上去年轻的郑袖其实在十二岁那年就老了的。

　　　　　　　　　　　　　　　　　　　　　　　阿袁《郑袖的梨园》

师母眼中的郑袖与三儿的美形成了对比,不仅表现了二人内敛与外显的特点,而且体现了师母对郑袖的放心与对三儿的警惕,由此蕴含着师母们对高校时兴的师生恋的担忧。他人视角更多的是通过与女性相关的男性视角来形成对比。如:

　　　锦绣的身子那是和沈美琴没办法比的,那是到了八九月里都还没有长熟的李子,看起来让人扫兴不说,吃起来还涩口。但更让姚明生不喜欢的是锦绣对那事的态度。姚明生是过来人,知道女人在那事面前的反应——沈美琴是株风情万种的桃树,手一碰,一朵又一朵的桃花就灿烂开了,而锦绣呢,那一刻是铁树,任你风也罢,雨也罢,她都岿然不动的。这让姚明生很沮丧,就像平日里有十分酒量的人却总是只能喝二分酒一样,不过瘾。

　　　　　　　　　　　　　　　　　　　　　　　　　阿袁《锦绣》

将妻子锦绣与青梅竹马的情人沈美琴进行对比,重点在“对那事的态度”。这一对比是在姚明生与锦绣打架,已经过了好几个月“没有荤腥的素淡日子”之后,因此取舍态度特别明显。对比以两种植物的形象特点作喻,加之姚明生“沮丧”心情的比喻,写出两个女人的特点,也写出了视角出发者姚明生的价值取向和心情。类似的还有《汤梨的革命》中将孙波涛同齐鲁与杜小稞喝酒的不同感受以对比表现出来:“两个女人,走向正好相反。在杜小稞那儿,酒是过程,杜小稞是结果,在齐鲁这儿,齐鲁是过程,而酒菜是结果。”由“过程男人其实是不太在乎的,男人真正要的,是结果”的价值取向说明,蕴含了孙波涛与前情人杜小稞喝酒重在性目的,与现对象齐鲁喝酒重在享受食物的目的的不同,从中透露出孙波涛对齐鲁的情感取向。

男性视角下的女性形象,可以通过不同人物的比较来实现,也可以通过对同一对象自身的对比来体现。如:

> 这个女人真是特别。亦正,亦邪,亦远,亦近,亦端庄,亦妖媚。她上课的时候,真是风生水起,美丽的词语,像一只只蝴蝶一样,从她唇间飞出来,飞出来。而一下课,她又像一棵树一样安静,她安静下来的手指,如暮春零落的花瓣一样忧伤。她整个人,真是矛盾。苍白的容颜,总是素净的,素净到她皮肤下面的蓝色血管,他都能隐约看见,而她的手,却十分华丽。那宝蓝色或者朱红色的蔻丹,那各式各样的戒指,有一种妖冶气。那华丽和朴素,那端庄和妖冶,简直触目惊心。使她特别不真实。仿佛是从纸上走下来的女人。
>
> 阿袁《郑袖的梨园》

从沈俞的视角来写郑袖,二人关系经历了从学生家长到情人的过程。这二重身份,让沈俞看到了郑袖的多方面。"鸠占鹊巢的甜蜜,是隐藏在郑袖肉里的刺。"郑袖因对后母横刀夺爱,破坏其家庭的刻骨仇恨,以第三者的身份报复第三者。她得知沈俞的现任妻子叶青就是类似后母一样的人之后,对沈俞采取了勾引策略。她在沈俞面前摆下了"身是一个女人,手又是另一个女人;这一刻是这个女人,另一刻又是另一个女人"的迷魂阵,让沈俞绕进去。她用"这样的反差和对比,这样的复杂和暧昧"使沈俞无法自拔。这样的视角使沈俞与郑袖互为语境,通过沈俞写郑袖,通过郑袖形象来表现沈俞,二者相辅相成。

阿袁笔下的女性常常是与男性相关联的,因此,对比还常常在异性之间展现。异性对比可能表现二者之间多方面的差异,如:

> (1)钱钟书说,婚姻是座围城,外面的人想进去,里面的人想出来。可钱先生不知道,那些想出来的其实都是男人,女人却是守城者——守住里面的男人,也守住外面的女人。
>
> 阿袁《长门赋》
>
> (2)当然,俞丽认为自己爱做鱼和陈安爱吃鱼完全是两回事,陈安爱吃鱼是为了满足胃,这是口腹之欲,而自己呢,爱做鱼却和文人爱下棋是一样的,这是美学层面的事,虽是油盐酱醋,却又不是油盐酱醋。
>
> 阿袁《俞丽的江山》

　　（3）小米是花拳绣腿，又在明处，是连沈安的毫发都伤不到的，而沈安的功夫呢却是绵里藏针，一出手招招着人要害的，表面看来是小米兴风作浪，可实质呢，却是由沈安在幕后操控，收收放放，长长短短，都是沈安说了算的，其中的微妙外人不知，可沈安和小米却是心照不宣的。

阿袁《长门赋》

　　例（1）以"围城"为焦点，以破城与"守城"的不同态度，对比说明女性与男性对婚姻的不同态度。例（2）以"鱼"为焦点，通过"爱做鱼"和"爱吃鱼"的不同出发点，说明夫妻取向的差异。例（3）将夫妻二人日常生活中的较量以不同的路数形成对照。这三例对比中的侧重点是鲜明的，都在于通过男性来突出女性。突出女性的婚姻态度，突出女性做家务的心理享受，突出女性的外强内弱等特点。

　　人所处的情形也可形成对比，既表现情景，也展示人物。如：

　　（1）一边有鲍鱼燕窝，糟糠烂菜是难以下咽的，一边有绫罗绸缎，粗布衣衫是难以上身的。但想吃好的想穿好的，你要有身家。要腰缠十万贯，骑鹤下扬州。你一文不名，却要锦衣玉食。俞丽不禁哑然失笑。一个女人美而不知己美，这是境界，一个女人丑而不知己丑，这更是一种境界。道高莫测，道高莫测呢。

　　（2）男女的战争如果只是发生在两个人之间，再硝烟弥漫，也只是演习。但如果多出一个女人，又再多出一个男人，这场战争就几乎是核战，不可能再被斡旋了。创伤是皮肉的，也是精神的。有时看上去毛发未损，其实却肝胆俱裂。

阿袁《俞丽的江山》

　　例（1）是张成告诉师母俞丽朱小七曾与有妇之夫有染时，俞丽对有妇之夫爱上"丑女"朱小七而感到奇怪的心态。两个同义的比喻形象表明俞丽对此事的嘲笑。例（2）以"演习""核战"为喻，表现参与者与战争升级之间的关系。对比因比喻的介入显得更加形象化。

　　对比使对立的双方在同一个语境背景下构成了鲜明的对照，两个对立体又构成了语境差异，体现了语境间的不平衡。这种不平衡因揭示描写对象某一方面的特征，某一方面的本质而取得了深层平衡，从而体现出审美价值。

二 借古喻今的时空语境差

凭借深厚的古文功底,阿袁常将诗词典籍、古人古事与人物景物关联,通过跨时空对接造成语境差。她笔下的古今对接是自然的,行云流水般无缝隙的对接。

巧借古诗词写人,写情景,写景物。其手下的古诗词似乎顺手拈来,妥帖自如。如以诗词喻人的:

> 汤梨不比陈青。陈青对爱情,总是李白斗酒诗百篇的,一旦开始了,就要黄河之水天上来,奔流到海不复回——人家是自由人,自然有奔流到海不复回的权利,也有奔流到海不复回的需求。食与色,是一样的,只有饿极了,才有那种不管不顾地去饕餮的激情。

阿袁《汤梨的革命》

先以李白作诗的状态形容,后以李白诗句形容,无论是状态还是诗句,都表现了一种豪放风格,自然妥帖地写出了陈青在爱情上的放纵。对古诗词的熟谙使阿袁运用起来娴熟自如,有时甚至将并不关联的事物加以对接。如:

> 每次俞丽看到她这个样子,就想到杜甫的一句诗,"决眦入归鸟"。之前俞丽总觉得"决眦"这个词不好,太着力,一个诗人,也不是张飞,也不是李逵,哪会"决眦"呢!可现在看了朱小七,俞丽就觉得自己错怪了杜甫:原来不仅武人张飞会决眦,读书人也是会的。

阿袁《俞丽的江山》

不但用了杜甫诗句,还与张飞李逵关联,古诗词与古典作品人物并用,表现了俞丽在嫉恨中对朱小七眼睛之大的讽刺。

古诗词、古代典籍还可用在表现人物的情态方面,如:

> (1)陈青每次开始恋爱之前,或者失恋之后,都会到镜子前搔首弄姿一番的。之前是厉兵秣马,之后是卧薪尝胆。有时是回眸一笑百媚生,六宫粉黛无颜色;有时是风萧萧兮易水寒,壮士一去兮不复还。

阿袁《汤梨的革命》

> (2)且这种男人的投降还不是一般的投降,是绝对丢盔弃甲落花流水的投降——弦绷得愈紧,愈容易断;花闭合久了,一旦开放,就更加灿

烂。忽如一夜春风来,千树万树梨花开。刚刚还是寒冬三月,转眼间,
就春暖花香了。

阿袁《郑袖的梨园》

例(1)以古代典故形成的成语"厉兵秣马""卧薪尝胆"形容陈青恋爱前后的
不同情态与心情。又以《长恨歌》与《史记·刺客列传》中的诗句形容其恋爱
得失的不同状态。例(2)"忽如一夜春风来,千树万树梨花开"紧随前面的比
喻而来,渲染了花开的景象,当然,写花开是写人的情态,表现沈俞在郑袖勾
引下上钩的情景。

　　古诗词不但可形容单个人物,还可喻众人的场景,如:

　　　　大学里的女人坐在一起,那情景,真是"稻花香里说丰年,听取蛙声
　　一片"。再能侃的女人,在这样的场合下,也唱不了绝对的主角。都是
　　你方唱罢我登场。

阿袁《汤梨的革命》

以辛弃疾《西江月·夜行黄沙道中》的词句来形容女人们七嘴八舌调侃的情
景,显得生动形象,渲染了环境的热闹。

　　古人与古典诗词一样,为阿袁所任意调配。阿袁笔下的古人,多作为人
的处境描绘的比较或陪衬,但又形态各异,多彩多姿。如:

　　　　许多女人的人生都会拐弯的,俞丽知道。比如杨玉环,三十七岁之
　　前是集后宫三千宠爱于一身的贵妃,之后呢,渔洋鼙鼓动地来,惊破霓
　　裳羽衣舞。安禄山来了,美人只好婉转蛾眉马前死了——这个弯拐得
　　狠,拐得仄,一下子拐到了阴曹地府。

阿袁《俞丽的江山》

以杨玉环的人生拐弯作为俞丽拐弯的铺垫,这个拐弯的悲剧走向预示了俞
丽人生拐弯的走向。

　　还有借古人与物之间的关系来形容处境的,如:

　　　　有丈夫的俞丽现在不如独身的朱小七,朱小七身边,此刻前呼后
　　拥,而俞丽呢,倒是单骑夜走。单骑夜走的俞丽只能借酒掩身了。还是
　　酒好,难怪许多人喜欢。李白一寂寞,就举杯邀明月,对影成三人。李

235

易安零落江南,也是依仗酒的温暖,打发凄凉的人生。酒是李白的知己,酒是李易安的丝绵被。而今夜的杏花白则是俞丽的团扇。团扇团扇,美人用来遮面。没有这面团扇,俞丽如何度过这个难堪的夜晚。俞丽只能醉了。

阿袁《俞丽的江山》

在丈夫陈安学生张成毕业宴会上,颇有心计的朱小七占尽风光。俞丽既嫉妒陈安与朱小七毫不顾忌的热烈交谈,又不能有失师母风度,只能借酒掩饰并解愁。借李白、李易安与酒的关系来形容人的借酒浇愁的处境,体现了特定情境下的无奈。

古人的作用还可以是反衬、对比,如:

(1)没有安禄山的刀光剑影,没有女真人的铮铮铁骑。她美丽的世界原是纸糊的。楼台亭阁是纸的,鸟语花香是纸的,却骗了她半生。她以为会固若金汤,她以为会天长地久,可一个朱小七,却倾国倾城了。

(2)原来姹紫嫣红开遍,似这般,都付与断井颓垣。这是杜丽娘的伤悲。可杜丽娘的伤悲还是如花美眷的伤悲。俞丽呢,却只剩下似水流年了。

阿袁《俞丽的江山》

例(1)以"安禄山的刀光剑影""女真人的铮铮铁骑"为反面衬托,说明朱小七的能耐,自己"美丽的世界"的不堪一击。例(2)以杜丽娘为对照,说明俞丽的悲哀。衬托对比可以是作者叙事视野中的,也可以是故事人物视野中的。如:

年轻时她喜欢锋芒毕露的男人,那种刀光剑影,一如满树梨花,让她着迷。然而她离锋芒太近,最后总遍体鳞伤——男人的剑,指向的,可不都是身边的女人?且不说春风得意的男人,即便是气若游丝如玄宗那样的,也能以帛为剑,让贵妃命赴黄泉;而气数已尽的西楚霸王,也能以歌为剑,让虞姬魂断乌江。但她是中了剑毒的,仍且战且退,幻想着有一天能峰回路转,能柳暗花明,没曾想,这一退就退到了悬崖绝壁,再没有回旋了,这才幡然悔悟到老孟这类男人的珍贵。说起来女人也是贱的,千般宠爱最后都会事如春梦了无痕迹,长记性的,永远是男人的作践。

阿袁《老孟的暮春》

以唐玄宗、西楚霸王为老孟的衬托,衬出老孟的珍惜。这是女博沈单单眼中的反衬,带上其人生经历,带上其感慨及悔悟。

古诗词、古代典籍、古人在阿袁笔下有时产生了情感变异,原来的褒贬色彩被颠覆解构。如:

> 朱小黛说,老苏,虽说弱水三千,只取一瓢而饮。但你那一瓢,也太谦虚了,丢了那些闭月羞花的那些倾国倾城的师姐师妹们不瓢,却偏偏去瓢苏师母。你这是孔融让梨吗?
>
> 阿袁《子在川上》

"弱水三千,取一瓢饮""孔融让梨"原为褒义,但在朱小黛口中,虽为玩笑戏谑,却带有嘲讽的贬义。

古诗词所展示的古代时空背景与阿袁笔下的当代时空背景构成了时空语境差,借古诗词为我所用,信手拈来,却又巧妙妥帖。客观现实差之十万八千里的时空在阿袁笔下对接,于表层的不平衡中蕴含着深层的平衡。因与描写对象的相类比而具有了内在的合理性,因对描写对象的深刻而又充满诙谐的揭示而体现出审美价值。

三　上下文颠覆中的语境差

按照语言使用规则,上下文之间应该正常组合搭配。但颠覆中的语境差常常形成搭配的错位。阿袁利用这种错位,形成新颖的修辞格,利用陌生化赢得读者关注。我们仅举其使用最多的比喻辞格来说明。

比喻是上下文颠覆后产生的辞格,构成比喻的本体与喻体之间往往形成主谓关系,而这样的主谓关系就常理而言是无法搭配的。这是由比喻特点构成的上下文语境差。比喻的本体与喻体应是具有相似点但不同性质的,这就注定了本体与喻体之间在常理上的颠覆。阿袁每每以新奇的想象,构成各种形式的比喻。如:

> (1)两个有旧情的男女,一旦重新接上了头,就如坏了闸的车,停不下来的。
>
> 阿袁《俞丽的江山》
>
> (2)因为周瑜飞的守身如玉,汤梨这么对陈青说。陈青笑得花枝乱颤,说,男人的守身如玉,原来也是女人的丈二白绫。
>
> 阿袁《汤梨的革命》

（3）知道一个男人在对你好而不说出来，知道一个男人的心思全在你身上而装作不知道，这感觉，于女人，真是好。尤其这男人还是妖娆叶青的男人，这感觉便加倍好。郑袖有时觉得自己都快美成了一只江南四月的蝴蝶，只想在沈俞面前蹁跹。

阿袁《郑袖的梨园》

例（1）是明喻，以"如"关联本体与喻体，形容旧情复燃的状态。例（2）是暗喻，以"是"关联本体与喻体，这一本体与喻体的关系是奇特的，以事物"女人的丈二白绫"来形容并非事物的本体，之中实际上蕴含着借代，以"女人的丈二白绫"代女人自尽的命运，本喻体之间构成的寓意是明了的。例（3）也是暗喻，以"美成了"关联本喻体，顺着"江南四月的蝴蝶"的比喻后，又承接着"蹁跹"的比拟。比喻的娴熟运用使她的比喻常常呈现连用状态，如：

何况齐鲁还十分高调。为什么不呢？她本来就是个高调的人，喜欢东风夜放花千树般的灿烂爱情——烟花般绽放在天空让人仰望的爱情是多么美丽呀！可她的爱情呢，这些年来，却是一个私生子，像土拨鼠一样生活在黑暗中。她受够了那种不能见天日的委屈。

阿袁《汤梨的革命》

齐鲁对灿烂爱情的渴望与爱情的现实形成了反差，这是语境差表现之一。现实中的爱情用了两个比喻，形成本体与喻体关系在现实中的反差，这是语境差的又一表现。比喻的连用使对爱情的描绘更加形象，更加生动。

阿袁的比喻是复杂的，其比喻往往不是单一的比喻，而是套叠着比喻或其他辞格，丝丝入扣，表现复杂的人与事。如：

（1）虽然汤梨还是扛着齐鲁这面旗帜。但这面旗帜已经渐渐演变成了帷幕。帷幕里面是汤梨和孙波涛。帷幕外面是周瑜飞和其他人。

阿袁《汤梨的革命》

（2）可语言这东西，是非常奇妙的，它一旦从人的嘴里出来了，就有了自己的生命。尽管这生命最初可能是潜伏的，卑弱的，如一条冬眠的蛇一样。可只要春天一来，春雷一响，长眠于草丛的蛇就会醒了，唑唑唑，唑唑唑，蛇信子开始伤人了。

周青的话，也是一条冬眠的蛇。让这条冬眠的蛇复苏的是张成的毕业宴。

阿袁《俞丽的江山》

（3）汤梨几乎沉溺。然而贞洁是惯性，也是女人的铠甲。安娜脱了铠甲，安娜死了，包法利夫人脱了铠甲，包法利夫人死了，还有嘉芙莲，嘉芙莲把铠甲变成了蝴蝶的翅膀。可美丽的蝴蝶能活多久呢？两周左右而已，一些热带蝴蝶，在交配后，二三天就死了。

汤梨不想死于非命。

阿袁《汤梨的革命》

（4）朱小七来了，笑靥如花。一朵菜花，冬瓜花，南瓜花，长在路边任人践踏的狗尾巴花。俞丽在心里恶狠狠地嘀咕。可面上依然也得笑脸相迎。

阿袁《俞丽的江山》

（5）郑袖自己倒是有些马虎的——不是对结果马虎，而是对装修的过程，在所有的麻烦面前，郑袖只想做鸵鸟。她希望在她把脑袋藏在沙子里的功夫，麻烦能自己骑着扫帚，从耳边呼啸而过。几年前装修时她就这样，她由了那些木工泥工电工们在她屋子里折腾。结果，眼睛一眨，老母鸡变鸭。只是鸡也罢，鸭也罢，都不是她要的。

阿袁《郑袖的梨园》

（6）而孙波涛的出现，如一盏绮艳明丽的灯笼，照亮了齐鲁的暗夜生活。

....

灯笼第一次挂在江南茶楼。这是齐鲁的意思。

阿袁《汤梨的革命》

以上例子都是比喻套叠，但套叠的方式不尽相同，体现了阿袁娴熟的比喻使用技巧，也体现了比喻构成的上下文语境差的纷繁多姿。例（1）"齐鲁这面旗帜"以本喻体复指的形式构成比喻，"这面旗帜"又作为本体，与"帷幕"构成比喻关系。例（2）"语言"是本体，被赋予生命后，又以"一条冬眠的蛇"作喻，从而水到渠成引出"周青的话"与"一条冬眠的蛇"的本喻体链接，及"这条冬眠的蛇复苏"的借喻。例（3）的比喻可说是一叠三唱，先以"铠甲"喻"贞洁"，后直接以"铠甲"代"贞洁"。顺着"铠甲"的比喻，又将"铠甲"作为本体，以"变成"关联喻体"蝴蝶的翅膀"。连用数例，铺陈失去"铠甲"的"死于非命"。例（4）以"花"喻"笑靥"，后以"菜花"等四种具体的花作喻，这些喻体带有了作喻者俞丽强烈的情感色彩。例（5）沈俞要为郑袖装修，在六十几平方

239

米有限的空间"创造出一个锦绣世界",而与之相对的是郑袖的态度。以"鸵鸟"作喻,将她的"无为"态度体现出来,随之的"麻烦能自己骑着扫帚,从耳边呼啸而过"则是比拟。比拟也是上下文颠覆后产生的辞格,赋予本体本不具有的动作行为,以此形成拟体。本体与拟体之间也是主谓不搭的颠覆关系。后又以"鸡""鸭"代装修结果,"鸡""鸭"是顺着"老母鸡变鸭"而来的,"老母鸡变鸭"也是比喻,形容装修预期与装修结果的反差。例(6)以"灯笼"的照明喻孙波涛的出现,后直接将"灯笼"代孙波涛,先喻后代。将齐鲁对孙波涛的倾心形象表现出来,同时印照了齐鲁之前爱情的匮乏。

阿袁比喻的套叠形成一种行云流水的风格,喻体似顺手拈来,却又浑然天成。如:

> (1)别人的男人是她眼里的刺,别人的儿女呢,也是她眼里的刺。每天一睁眼,满世界都是荆棘横生,她能怎么样呢?只能投靠老孟了。本以为老孟这样的男人,是落在路边的酸桃烂李,是菜市场收摊时的死鱼死虾,只要自己不嫌委屈,就唾手可得的,谁曾想,行情变了,即使老孟,如今也成了鲁迅笔下那棵系了红头绳的北京大白菜,又金贵又抢手,不单她要谋,竟然江雪雪也要谋,这让她几乎有些惶恐了。她本来已经想刀剑入库马放南山的,可树欲静而风不止,她不找别人的事非,是非却找上了她,无奈何,她只能持刀上马,仓促应战了。
>
> (2)但朵朵以前是不化妆的,小学老师陈朵朵离婚以前是个素面朝天的美人。总是清清爽爽,如一碟小葱拌豆腐,青是青,白是白,没有一丝杂色。可自从她老公姘上了个妖娆的妇人之后,她一向朴素的审美观陡然发生了变化,几乎一夜之间,她也变成了一个妖娆的妇人。小葱拌豆腐生生地变成了麻婆豆腐,加了青蒜、姜末、花椒粉,加了料酒、豆瓣酱和干红辣椒碎,倒是五颜六色了,倒是姹紫嫣红了——反正如今朵朵是成了心要让别人看不出自己本来的颜色。单身多年的朵朵现在有些胆怯的,有些不自信的,想要借了别的力量,来撑撑场面。

> 阿袁《老孟的暮春》

例(1)女博沈单单"和男人一样刀光剑影戎马倥偬,到处攻城略地",耽误了婚姻,四十岁时"要命地想要起婚姻和儿女来",以上就是她的心理活动。几个比喻构成了一个整体。先是以"刺"喻别人的男人儿女,"满世界都是荆棘横生"继之而来,充满了谐趣。接着以两对三个喻体喻现在的目标老孟,"酸桃烂李""死鱼死虾"与"鲁迅笔下那棵系了红头绳的北京大白菜"形成对比,与其说是表现老孟,不如说是沈单单心理处境变迁的印证。例(2)承接前面"一碟小葱拌豆腐"的喻体,进一步以"麻婆豆腐"喻陈朵朵离婚后的现状。两个喻体形成对照,将人物的变化表现得形象突出。特别是对"麻婆豆腐"的烹调说明,更增添了喻体的真实性、形象性。

在比喻的套叠中,阿袁有时赋予无生命之物以生命,这些生命甚至在后续描写中得以延续。如:

> 可那些书姚老太太却待候了大半辈子呢,像丫鬟待候小姐一样,都待候出深厚的感情来了。想当初那些小姐们初进资料室的时候,也是簇新新的绮年玉貌,也有过繁花似锦的热闹,而现在,资料室是冷宫了,至少对她们而言,是冷宫了,她们是一群上了年纪的宫女,"寥落古行宫,宫花寂寞红,白头宫女在,闲话说玄宗",想一想,还真是凄凉呢! 姚老太太实在不忍心就这样撒手不管了,有她这个丫鬟在,这些过了气的宫女,虽然也是寂寞的,但至少能干干净净安安静静地待在书架上,度过她们的余生。可她一退休,陈季子万一弄个年轻人过来,她的宫女们可就苦了,说不定从此要蓬头垢面,衣不蔽体。
>
> 阿袁《子在川上》

先以"丫鬟侍候小姐"喻姚老太太对图书的看管,后直接对图书赋予"小姐们"的描写。进而将资料室喻为"冷宫","小姐们"自然也就成了"宫女",有了对"宫女"生活境遇的写照。一连串的比喻将图书在资料室的不同时期不同处境写得惟妙惟肖。

阿袁的比喻以多样复杂的形式承载了丰富深刻的蕴含,如:

> 爱情是什么? 婚姻是什么? 说白了,就是一块玻璃而已,看上去又单纯又坚硬,能把人的肌肤划得鲜血淋漓,可只要别的女人用兰花指轻轻弹它一下,它就哗啦一声,破了,碎了,且再也不能合成原来的样子。
>
> 阿袁《俞丽的江山》

这是闺密周青对俞丽"轻敌"的告诫,以玻璃的两面性作喻,明了深刻。当然,比喻中所承载的蕴含要根据更大的语境背景寻求答案。周青的告诫不幸而言中了俞丽的婚姻悲剧,朱小七的"兰花指"轻轻一弹,弹碎了"俞丽的江山"。这些丰富深刻的蕴含要借助上下文语境间的对应关系来考察,如:

她和余越缠绵时说起过这事——虽然不信,也还是觉得三儿的话有意思。余越听了,促狭地笑。之后手就放肆地向郑袖的胸伸来。余越说,那我就做一个勤劳的农民吧,一辈子侍弄你这庄稼,看看它能不能茁壮成长。然而哪里能种一辈子呢?她遇见了朱红果,就注定了她要往岔路上走。她做不了余越的庄稼了,再没有希望长成那茁壮的样子。她变成了女巫胯下的扫帚,虽然有邪恶的力量,却从此丧失了郁郁葱葱葳蕤芬芳的生命。

阿袁《郑袖的梨园》

以"庄稼"喻郑袖之胸,其语义来源要联系上文三儿的理论,胸部丰满的三儿对胸部平坦的郑袖说:"女人其实是男人种的植物。男人在女人的哪个部位最殷勤,哪儿长势就最好。这道理最朴素,和农民种庄稼的道理是一样的。"由此便有了"庄稼"之说。这个比喻一直延伸到下文,当郑袖因复仇转而勾引导师苏渔樵后,与余越分手,余越另寻他爱。下文即是郑袖经过余越楼下时所见:

晾衣架上晒了几件衣物,有镶了蕾丝的大红胸罩和内裤,看那尺寸,余越后来的庄稼真是粗枝大叶的。这是余越打理的功劳,还是那庄稼本来就粗枝大叶?想起从前的调笑,郑袖的眼圈忍不住红了。这本来是她的生活,现在却成了另一个女人的。一个完全和她郑袖南辕北辙的女人,却在生活着她的生活。那她呢?她又在生活着谁的生活?

阿袁《郑袖的梨园》

直接以"庄稼"代胸部,如果没有上文语境,就无法理解"庄稼"之含义。而有了上文语境,"庄稼"的寓意释然。

比喻喻体与本体之间的本质差异构成了上下文语境的不平衡,喻体与本体之间的相似点又使不平衡的上下文趋于新的深层次的平衡,在对描写对象诙谐深刻的主旨揭示上体现出了审美价值。

四 语义表层与深层颠覆下的语境差

语言符号具有词典义,这是约定俗成的意义。但语词进入特定语境后,有时具有了超越词义的新义。这种新义,颠覆了语词原有的所指义,以旧瓶装新酒的更新形式,将新义放置于原有的语词形式中。当然,这种颠覆是临时的,个别的,离开特定的语境,词义得以还原。

特定语境中的词义颠覆以语境为依托而生成,如:

> 要不是有一天晚上林书记突然心血来潮跑到实验室去拿一份材料,叶小桃如何晓得夜夜在实验室辛苦做实验的老公原来是在用自己的身体实验漂亮的女助理呢?
>
> 阿袁《俞丽的江山》

"实验"在前一约定俗成义后生成了后一变异,这一变异在改变词性的同时改变了词义。同一个句子中名词转化为动词,颠覆中生成的新义对描写对象具有了嘲讽意义。

变异的词义在颠覆中生成特定的寓意,这一寓意是语词本身所不具有的。如:

> (1)一时间郑袖被吓得魂飞魄散。经过了这么多年,她差点以为她好了的,她和其他女孩子一样说说笑笑,和其他女孩子一样吃喝玩乐,也爱胭脂朱粉,也爱无事生非。她扑腾起来的样子,比谁都欢的。没想到,这些全然没用,原来她还是泥坯。即使外面穿红着绿,打扮得真人一样的,里面她依然是个泥人儿。泥捏的,水和的,风干的。瞅着还硬实,可真一碰上什么东西,就稀里哗啦地,碎了一地,再也拼不成原来的样子。
>
> (2)郑袖伤心欲绝。有些东西看来是绕不过去了,只能白刃相见,郑袖想。俘获苏渔樵的过程有些坎坷,但郑袖为之如痴如醉。苏渔樵披坚执锐的样子让她觉得好笑,好像一只顶着壳爬行的老蟑螂。余越的宿舍是有蟑螂的,郑袖一开始怕得要命,也恶心得要命。但买了粘粘板之后,她对蟑螂的态度却为之一变。她简直有些盼着见蟑螂了。每次看到蟑螂被粘住之后,她都兴奋莫名。宿舍里的蟑螂灭绝之后,她又把粘粘板放到了走廊上,她有些耽迷于她和蟑螂之间的这种游戏了。
>
> 阿袁《郑袖的梨园》

例(1)"泥坯"其意义如后面的说明,外强中干,易碎。这似乎是"泥坯"的本义,但因作为郑袖的喻体实际上是颠覆了本义。十二岁时家庭因继母"鸠占鹊巢"而破裂的痛苦,原以为二十年的时间洗礼可以平淡的仇恨,却因见到师母朱红果,并得知其也是"鸠占鹊巢"而重新唤起。因此,与其说"泥坯"与郑袖是外形相似，不如说是郑袖内心隐藏的痛苦不堪一击的形象说明。例(2)用"粘粘板"对付"蟑螂"，看似现实生活的灭虫行为，却因与上文关联而获得了新义。郑袖对蟑螂的态度、灭蟑螂的"耽迷"，与将苏渔樵比作"一只顶着壳爬行的老蟑螂"是相连接的。由此可见，"蟑螂"的语义已变异，已成了见异思迁的苏渔樵们的代名词。灭蟑螂的兴奋与其说是向这些男人复仇，不如说是向"鸠占鹊巢"的第三者的复仇。从上下文可以看出，当"俘获"苏渔樵后，约会的地点一反常态地"只能约在苏渔樵的家里。苏渔樵的家也就是朱红果的家。郑袖就是要在朱红果的地盘上舞枪弄棒。郑袖就是要把朱红果的江山打得落花流水。鸠占鹊巢的甜蜜，是隐藏在郑袖肉里的刺。郑袖想方设法，要让它不得安生"。对杀没蟑螂的决绝，与例(1)"泥坯"之比可以对照起来看。之所以成"泥坯"是因为痛苦和仇恨太深，也就因此才有了杀灭蟑螂的盼望与兴奋，并有了获胜后的反常举动："但败下来的不仅是朱红果，还有九月返青的苏渔樵。要破碎的已经破碎，郑袖再也没有心力建设什么——本来也不打算建设的，要的就是破碎。破碎朱红果和苏渔樵，也破碎自己。珠圆玉润的样子硌得她生疼，她早已习惯于粉身碎骨。"颠覆后的"泥坯""蟑螂"等词互为语境，相辅相成，塑造了郑袖这样一个内心丰富复杂的女性形象。

语词的颠覆义有时在同一语境中呈现出不止一种的意义，增添了语词的表现力。如：

> 她现在才明白过来，男人可以先要江山再要美人，或者东边我的美人西边黄河流。而女人却不行的，女人的事业再飞沙走石，在别人眼里，也是海市蜃楼，繁华是假繁华，热闹是假热闹。女人一老，江山弹指即破。箫管笙歌戛然而止。满树花朵，委于一地。女人的江山其实是男人。男人才是女人铁打的江山。
>
> 阿袁《老孟的暮春》

"江山"在此具有两种被颠覆的意义，前一指"事业"，后一指"男人"。这两个意义都是对"江山"基本义的颠覆。通过这些代指，对男人与女人的区别做了形象说明，将沈单单悔恨的心理表现得丰富复杂。

词义颠覆后产生的语境意义蕴含，靠语境来表达，也要结合语境综合因素来领略。如《汤梨的革命》，"革命"在篇名及文本中都产生了变异，这种变异仅看篇名及"革命"所出现的某个片段是无法领悟的，如下面一段对汤梨"革命"的描述：

　　三十六岁的汤梨正在经历一场革命，一场既激烈又隐秘的革命。隐秘是指它的革命形式，基本上还是地下状态。也就是说，它是秘密进行着的一场革命。就如鱼游水里，就如花开叶下，里面再水波荡漾再如火如荼，面上依然是声色不动的。所以，这样的革命，汤梨的老公周瑜飞一点也没察觉。莫说老公没察觉，甚至汤梨自己，一开始也被蒙在鼓里。这样说有些玄了，但革命真是如寄生于汤梨身子里的种子，它自己生根，自己发芽，自己暗暗地往上生长，也不知道过了多久，等到汤梨有些感觉，它已经长得枝繁叶茂，眼看着就要开花结果了。

　　这有些激烈的意思了，但汤梨不在意。革命只是意识形态的革命，是纯粹主观和抽象的革命，完全还没有落实到行动上。所以即使再激烈，又如何呢？莫说汤梨不在意，就是周瑜飞，每次听到汤梨的谬论，也是一笑了之。

仅依靠这一段文字，"革命"词义的颠覆还未能得到诠释。但依靠整个文本语境，联系情节与人物关系来看，"革命"的寓意释然。它指的是："年轻时的汤梨绝不能对一个年龄比自己小的男人有什么想法。然而现在，汤梨的观念发生了颠覆性的变化。"而且由于"女人的青春与美丽，不都是要由男人来旁证吗"的观念，三十六岁的已婚的汤梨，对三十二岁的未婚的孙波涛产生了感情，欲背叛丈夫。因此，"革命"是对丈夫的反叛，是对家庭的反叛，也是对汤梨自身的反叛。这个反叛经历了从萌芽到苗壮成长的过程。开始，汤梨的顾忌在二人的年龄，觉得年龄的差距"意味着汤梨幼儿园快毕业了，而孙波涛才出生；汤梨是中学生了，而孙波涛是小学生；汤梨是大学生了，而孙波涛是中学生。这么一想，汤梨会觉得有乱伦的感觉，也有老牛吃嫩草的嫌疑"。可是后来汤梨"几乎沉溺"："从前汤梨不敢和孙波涛单独喝茶吃饭的，现在敢了。从前汤梨不敢和孙波涛看电影的，自那次话剧之后，也敢了。"这场"革命"以周瑜飞向汤梨提出离婚为结果。因为在师大传得"沸沸扬扬"的流言中，"汤梨和孙波涛被杜小棵捉奸在床"成了流言升级第四版的内容。被颠覆的词语的语义在上下文中得到诠释，这种诠释，有时需要语境因素的层层类推，如：

　　齐鲁父母鱼与熊掌兼得的愿望落了空。父亲要的鱼她是抓住了，但母亲要的熊掌她连一个手指头也没碰着。

阿袁《鱼肠剑》

"父亲要的鱼"和"母亲要的熊掌"是由上文"鱼与熊掌兼得"而来，但其具体内涵却得联系更大的语境。从文本中齐鲁父母对其悉心培养可知,"鱼"指的是学业,齐鲁的读博证明了"鱼"的"抓住";"熊掌"指的是爱情、家庭,这方面齐鲁始终无所获。语境诠释了具体的词义内涵。

称呼语体现了人物关系,在特定语境中有时寻常称呼语却带有某种深意,这也突破了称呼语单纯表称呼的意义。如:

(1)所以忍不住又去逗陈安,说,哦,她又来勾引我老公了?陈安板了脸,说,俞老师,你正经一点好不好?这是陈安要生气了,陈安对俞丽的称呼和情绪是密切相关的,高兴时叫鱼儿,生气时叫俞老师,一般状况下是俞丽。所以,陈安一叫俞老师,就等于拉起了警报,这时俞丽就该躲进防空洞了。

阿袁《俞丽的江山》

(2)只是一时没有了再接再厉的合适借口。沈杲的父亲和沈杲的老师现在只能围着沈杲做文章。

(3)郑袖说,辞家干什么?你后妈不是对你挺好吗?这是郑袖的恶毒了。郑袖其实知道后妈两个字是沈杲的伤痛,但她依然故意去戳它。叶青不是要粉饰太平吗?不是要沈杲"直把杭州当汴州"吗?郑袖偏不让她得逞!她就是要让沈杲知道,杭州再繁华似锦,再纸醉金迷,也还是杭州,不是汴州。

阿袁《郑袖的梨园》

例(1)陈安对妻子的称呼是随着情感而变化的,"俞老师"这一师生、同事间的称呼,由丈夫口中称呼是不正常的。本不带有情感色彩,在此却带有称呼者不满的情绪。例(2)以"沈杲的父亲和沈杲的老师"代称沈俞与郑袖,既体现了二人身份,又体现了二人借沈杲来穿线搭桥的意图。例(3)"后妈"本是沈杲对叶青的称呼,但此处却带上了郑袖的恶意,郑袖的别有用心。这些称呼语在特定语境中带有了特定的意义,特定的感情色彩。离开这些语境,临时的意义则消解。

语词表层义和深层义的变异颠覆了语词能指与所指原有的对应关系,造成了语词内容与形式之间的语境差。这种语境差是在特定语境中临时生成的,变异后的语义及所产生的语义效果,依托语境而生存、而呈现。

五 虚幻与现实交织的语境差

在现实基础上加上联想想象,造成虚幻的小说语境,也是阿袁艺术构思的产物。在虚幻与现实交织中,往往违背了客观现实,违背了逻辑原理。但也正因为此,充满了谐趣,充满了魅力。

虚幻与现实交织的语境,允许任何不合理的存在,它不受时、地、人的限制,突破时空,突破人际关系,以言说为规矩,制造虚幻空间、虚幻人物、虚幻交际。如:

> 虽然多数时候汤梨不过是跑到了楼下陈青家。陈青家当然不是汤梨的长安街,可比起自己家里,也聊胜于无了。况且言谈中的陈青很有阳羡书生的无中生有的本事,一吞一吐之间,故事中的男男女女就挤满了陈青家七十几平米的房子。两个女人的约会,终是有些冷清的。有了男人的在场——即使是虚拟的在场,那气氛就有些不一样了。陈青最喜欢说的,是她经历过或正在经历着的男人们。陈青所有的私情,都是不瞒汤梨的,包括细节,几乎是工笔画一样的描绘。每次陈青说得人面桃花,汤梨亦听得人面桃花。
>
> 　　　　　　　　　　　　　　　　阿袁《汤梨的革命》

陈青是故事中的人物,参与了现实中的人物交际。虽然故事中人物的交际亦非现实场景,但它毕竟是作者创作中的现实世界,本应遵循客观现实规律,而此处却将“故事中的男男女女”从口头言谈移植到现实空间,形成“虚拟的在场”,“挤满了陈青家七十几平米的房子”淡化了“虚拟”,突出了“在场”,将陈青绘声绘色、形神毕肖的描绘充分展现出来。

虚拟世界可以打破自然一切规律的限制,在程度上也可不受约束,因此,夸张成了虚拟的手法之一。它将事物往不合乎原有情景或逻辑推理方面极度拉升。如:

> (1)齐鲁打小就是个很有想象力的女性,而多年的单身生活,又把她这种能力锻炼得更加出神入化登峰造极。一粒沙,她能造出一个世界,一片树叶,她能繁衍出一个森林公园。她能从现在想到未来,能从未来,想到未来的未来。
>
> 　　　　　　　　　　　　　　　　阿袁《汤梨的革命》
>
> (2)要说严肃,谁能比她读研究生时的导师苏渔樵严肃呢?那真是一个冰冻三尺的男人。即使是对了系里最漂亮的美眉,他也能摆出一张西伯利亚的冷脸来。
>
> 　　　　　　　　　　　　　　　　阿袁《郑袖的梨园》

例(1)极言齐鲁想象力的丰富,为其设置了两个虚幻的世界,即"一粒沙"造出的"世界",和"一片树叶""繁衍出"的"森林公园"。造与被造,繁衍与被繁衍之间,具有极大的夸张度。与其说这是齐鲁的想象力,不如说是作者的想象力,为渲染人物的想象力创造了极言的虚幻世界。例(2)"冰冻三尺""西伯利亚的冷脸"形容苏渔樵的严肃,也带有极度的夸张。渲染其严肃,是为了郑袖对其勾引的难度做铺垫,也说明郑袖一举"攻克"的巨大魅力。夸张源自现实却超越了现实,因此在夸张制造的虚幻世界中无需去寻找逻辑的合理性,而是要透过夸张,领略作者的意图。再如:

> 四十年哪!整整四十年她和男人一样刀光剑影戎马倥偬,到处攻城略地,而别的女人,却翘着兰花指,四两拨千斤,只回眸那么一笑,人家就倾国倾城了。

> 阿袁《老孟的暮春》

四十岁的女博沈单单,怎么可能四十年"和男人一样刀光剑影戎马倥偬,到处攻城略地",此处是为了与"别的女人"形成对照,形容其只顾事业,忽略爱情,人到中年的后悔,年龄与行为的不符也就得到了合理的诠释。

虚幻世界是基于现实世界的产物,人物在现实世界中的联想想象也可能构成虚幻世界。这一虚幻世界,也许与现实世界情境相符,也许不符。不管哪种情景,都是人物心理空间的产物。如:

> 忧伤再一次席卷而来。老孟要走,要去为杨白烧鱼头汤。俞丽想,朱小七这个时候会怎么做呢?或许会耍赖,说,我不让你走;或许什么也不说,只是紧紧地抱住陈安,然后哭得梨花带雨。如果这样,老孟一定会留下来吧?但有些东西是天生的,俞丽到底做不来,也不想做,她把老孟的东西一样样地递给他,然后催他快走。

> 阿袁《俞丽的江山》

二人约会时,老孟被妻子杨白电话召回,要去市场买鱼做鱼汤。俞丽此时的心理空间出现的是丈夫陈安与情人朱小七的情景,将自己与老孟转换成了陈安与朱小七,人物与时空实际上都被置换。因此,俞丽的想法是虚拟的。巧妙的是,这一虚拟情景随后的假设推理又转换成了自己与老孟。可见,幻想朱小七会怎么做,实际上是想解答自己该怎么做。同时,也隐含着自己与老孟的出轨是对丈夫的报复,是遭冷落后的另寻寄托。现实中呈现的虚幻情景,实际上是人物心理空间的呈现。

　　虚幻与现实这一对立在阿袁笔下相互交错,以对立状态制造语境间的不平衡,又以交错后具有的内在和谐体现新的平衡,从而实现作者的审美意图。

第五章　话语系统骚动中的语境差

　　小说话语由各语言要素和非语言要素综合构成。特定的语言系统有着特定的约定俗成的规律,语言系统中的语音、语义、语法三要素组成了语言的下位子系统,也具有自身的系统规律。从语言系统考察,颠覆中的小说语境是对语言系统中相关规则的解构。它以独具个性的方式,解构了原有规律。这种解构是临时的、个性的,虽然并不因此改变语言系统的规律,但它足够的冲击波撞击着语言系统规律,引发语言系统强烈的"震感"。

　　当代小说话语以其"骚动"构成了与日常言语不同的特征。南帆对此评价道:"文学话语时常成为某种新的语言潮汐的前锋。前锋的性质致使文学可能屡屡出现剧烈的语言骚动。"①他援引马·布雷德伯里和詹·麦克法兰所形容的文学中出现的"语言骚动":"人们可以设想有一种爆炸性的融合,它破坏了有条理的思想,颠覆了语言体系,破坏了形式语法,切断了词与词之间、词与事物之间的传统联系,确立了省略和排比力量,随之也带来了这项任务:用艾略特的话来说,创造新的并列,新的整体;或者用霍夫曼斯塔尔的话来说,'从人、兽、梦、物'中创造出无数新的关系。"②这种"骚动"带来了文学语言旧秩序的破坏,新秩序的诞生。南帆称这是作家在"骚动"中有意识有目的行为:"作家是这样一批人:他们潜心于语言的海洋,时刻监测着语言的动向,进而制造出各种语言事变。"③他们意识到了"语言危机将使语言在现实之中失去效力",于是"迫不及待地通过文学提出一套对抗性的文学话语。这是它们重振语言的重要策略。不论这种文学话语高贵典雅还是粗野俚语,抑或具有巴赫金所赞赏的狂欢式风格,它们都将包含一种超凡脱俗的生气,包含了对僵硬语言时尚的策反"。④　由此可见,语言在文学话语中

---

① 南帆:《文学的维度》,上海三联书店,1998 年,第 26 页。
② 同上,第 27 页。
③ 同上。
④ 同上。

所产生的"骚动"是作家作为一种艺术策略的言语行为。这种行为以它对语言"大地"面貌的局部性破坏造成语言"震后"的新景观,以对原有自然景象破坏所构成的奇观异景吸引着浏览者的目光。小说话语的"骚动"使语言脱离了语言系统的轨道,而沿着自我的运行轨道前行;使这一现象成为不同作家、不同作品中可能是独一无二的"出轨"表现,从而体现出其独具魅力的个性。在对语言系统原有规则颠覆的基础上,重新建构了富具审美底蕴的内在规则。

"语言骚动"是语言符号在组合中显现出来的,它以戏谑的风格颠覆了语言规则,体现出一种语言的嬉戏。"语言骚动"是语言符号进入小说语境的产物,语境是其生成的土壤,也是读者感悟"骚动"所产生的语言魅力之依托。我们将"语言骚动"放置于特定语境中加以考察,感受其奇异状态与艺术魅力。

第一节　戏谑中的符号变异组合

美国语言学家萨丕尔曾将语言称为:"我们所知的最硕大、最广博的艺术,是世世代代无意识地创造出来的、无名氏的作品,像山岳一样伟大。"[1]作为"作品"的语言自然打上了不同语言创造者的印记,具有不同的语言特色。"每一种语言本身都是一种集体的表达艺术。其中隐藏着一些审美因素——语音的、节奏的、象征、形态——是不能和任何别的语言全部共有的……艺术家必须利用自己本土语言的美的资源。"[2]小说家作为调配语言的艺术家,在利用汉语语言优势基础上对语言进行加工改造及至变形,打造个性化的语言特色,个性化的群体汇集造就了"语言骚动"的格局。

冯广义曾将"虚拟律"作为语境适应的规律之一。他说:"出于表达的需要,在一定语境中言语表达者采用貌似虚空,而具有实在语义内容的表达方式,这便形成了虚拟。"[3]作家调配下的语言出现了千姿百态的"虚拟"状态,这些虚拟,打破了语言常态,打破了逻辑规律,违背了语言原有生存状态的真实性,造成了"语言骚动",但是又与作者所要体现的特定语义内容相适应。宗廷虎曾在《修辞研究必须注意题旨》一文中,针对当时修辞学界在语

---

① ［美］爱德华·萨丕尔:《语言论》,陆卓元译,商务印书馆,1985 年,第 197 页。

② 同上,第 201—202 页。

③ 冯广义:《语境适应论》,湖北教育出版社,1999 年,第 201 页。

境研究中忽略题旨的现象，提出"加强对题旨的认识，对修辞研究至关重要"①的思想。他认为情境固然重要，但"适应情境并不是最终目的。它的总目标，还是要为更好地表达这篇文章或这场谈话的'主旨'服务"。因此，"修辞在适应题旨时，自然也要考虑适应情境，但是适应题旨这条红线，更是写说时必须时时刻刻牢记心间的。"②由此可见，"语言骚动"不是单纯的语言游戏，而是为了适应特定的表达主旨，以一种变异的形态更具艺术性地体现主旨。

一　语音视角下的变异组合

语音系统有着其内在规律，对文学语言而言，这种规律体现在进入特定语境中的语音形式合规中矩。然而，这种规矩在小说语言中却有可能被打破，语音变异制造了语音形式在特定语境中对规律的背离，以被颠覆的语音形态参与了小说话语的"骚动"。虽然语音变异在"骚动"中的"声响"未必巨大，但足以以陌生化的效果吸引人们的眼球。

停顿是语言在组合中的语调要求，要根据语言结构、语义进行停顿。停顿在书面上表现为标点符号，文学话语中的无标点文字便造成了对语音停顿的变异，创造了超越语音规律的语境。如：

> (1)我们并肩走着秋雨稍歇和前一阵雨像隔了多年时光我们走在雨和雨的间歇里肩头清晰地靠在一起却没有一句要说的话我们刚从屋子里出来所以没有一句要说的话这是长久生活在一起造成的滴水的声音像折下一支细枝条父亲和我都怀着难言的恩情安详地走着。
>
> (2)最后我痛哭失声，我把红墨水拼命地往纸上抹，抹得那首诗无法再辨别字迹。我记得最先的几句写得异常艰难：
> 我的枫杨树老家沉没多年我们逃亡到此便是流浪的黑鱼回归的路途永远迷失。

苏童《1934 年的逃亡》

例(1)是"我"在父亲病重之际背对着他的病床给他背诵的"一名陌生的南方诗人"的诗。诗句以无语调停顿形成组合，别具一格地表现了"如歌如泣地感动我"的父子之间平凡而深挚的情感。例(2)是"我"创作的诗句，也是以

---

① 宗廷虎：《修辞研究必须注意题旨》，《宗廷虎修辞论集》，吉林教育出版社，2003 年，第 160 页。
② 同上，第 159 页。

无语调停顿链接造成特殊的抒情情调,表现了对家乡的复杂情感。无语调停顿的话语中所带有的情感可能是直露的,也可能是深蕴的,在对事物现象一连串的讲述中体现出来,如:

(1)二哥是三哥在人间一睁开眼就朝夕相处的亲哥哥。他爱他甚于超过爱自己是因为三哥清楚记得他小时候莽莽撞撞干的许多坏事都被二哥勇敢地承担了。

(2)每当在街上他看见男人低三下四地拎一大堆包跟在一个趾高气扬的女人身后抑或在墙角和树下什么的地方看见男人一脸胆怯向女人讨好时他都恨不得冲上去将那些男女统统揍上一顿。

方方《风景》

例(1)无语调间歇的叙述中表现三哥对二哥的情感。例(2)是三哥在二哥殉情自杀后对女人产生的逆反情绪,无间隔话语中体现了三哥态度的坚决,这种情感倾向又是因二哥自杀而引起的,也就带有了对二哥的深挚情感。无语调停顿话语中的情感可能是人物对事物的情感,也可能是叙事者对某事物的情感。如:

七哥成天里忙忙碌碌。又是开这个会又是起草那个文件又是接待先进典型又是帮助落后青年。

方方《风景》

用无语调间隔形式完成对七哥忙碌状态的讲述,表现了事务的繁杂,也带有讲述者不屑的情感倾向。

语音系统是特定语言系统中的下位分支系统,带有特有的系统模式。小说话语的"骚动"也带来了不同语音系统形式上的交融,在某种程度上颠覆原有的系统模式。其中,有汉语共同语语音形式的变异,共同语与方言的交汇,也有汉民族语言与外语的交汇,制造了多语交融的上下文语境。如:

父亲每次这么说都令七哥心如刀绞。七哥不想对父亲辩白什么。他想他对父亲的感情仅仅是一个小 chusheng 对老 chusheng 的感情。是父亲给了他这条命。而命较之其他的一切显然重要得多。

方方《风景》

在汉字中穿插拼音,以注音形式取代汉字,造成意音形式与表音形式的交融,形成上下文语言形式的差异。当然,以拼音代汉字,还只是属于同一语言系统内部的形式变异。在共同语中穿插方言,则是不同语言系统的变异。如:

> 我被隆重迎回家乡,参加庆祝仪式,接见各路媒体记者。头七的日子,家家户户张灯结彩,村村落落大摆筵席。地球各个方向的无论谁来了,都可以坐下随便吃,用的东西也随便拿。"怎介里出了个地球代言银? 快告诉鹅们,她小时候都吃滴啥喝滴啥?"望子成龙的父母们眼巴巴望着我姥姥说。我八十多岁的姥姥,淡定、超脱,抿着没牙的嘴,正色道:"她也就是喝俺们这里田间西北风长大的。"
>
> 徐坤《地球好身影》

这是"我"在选秀中夺得"地球人冠军"后,家乡热闹非凡的景象。乡亲们对姥姥的问话中带有鲜明的语音变异色彩,造成浓郁的乡土气息。与上下文所描绘的情景相辅相成,荒诞可笑,渲染了选秀这场闹剧的后续情景:

> (1)观众们虔诚、迷信,南来北往访客不断,七手八脚朝拜不绝,把家里的萝卜叶子树叶子撸没了,又把我姥姥家房山头的土坯也给挖走了几块,搞得房子呼呼往里透风。猪圈里的干粪也被人起走,说是回去做成荷包,给家里孩子戴上,沾沾我的狗屎运。
>
> (2)我家乡县政府早就有了预案,动作非常神速,立刻举行盛大欢庆仪式,庆贺我们这唐僧故里、猪八戒故乡又一次有文曲星下凡、五魁首着地! 县里决定大宴宾客,千里流水席摆上七七四十九天。同时制定一系列计划,准备投资两个亿打造"地球人高地"和"小鹭鸶故里文化"。
>
> 徐坤《地球好身影》

有的方言语词,在进入小说语境时已具有扩大的用法,进入特定语境其义就不在于体现方言特色,而是体现所要体现的格调意义,如:

> 登时,歌台水榭之上,卢沟桥头沉睡百年的石头狮子睁开眼来,摇头摆尾,发出亢奋热烈的集体欢呼:"嗰!""哇塞!""我去!"
>
> 卢沟狮子三声吼,地球也要抖三抖。只听卢沟桥下人声鼎沸,"嗰!"

"哇塞!""我去!"的欢呼声此起彼伏,震天动地,绕梁三日周末无休。

徐坤《地球好身影》

"哇塞"原是流行于我国台湾地区的闽南话粗口,后引申为表示惊讶的感叹词。在此语境中与"我去!"等词共同作为选秀节目"神州万圣节"中参与者的话语,作为对主持人宣布的"神州万圣节正式成为法定假日"的反馈语,共同造就了喧嚣滑稽的闹剧情景。

在小说共同语语境中穿插外语语词,也造成对单一语言系统的颠覆。如:

"唉,什么时候,能让我们都 take off clothes 恢复到原生态,痛痛快快做一把人就好了。"博士长叹一声。

徐坤《白话》

"take off clothes"取代了汉语"脱"穿插在汉语语境中,造成不同语言系统的交融。对词义的理解要结合上文语境中博士对米兰·昆德拉《生命中不能承受之轻》磁带中托马斯的指令"take off your clothes"的理解,与他人对此让女人脱衣服的理解不同,博士将其解释为"脱去你的伪装",以此义与"恢复到原生态"组合。外语词的穿插使用体现了词义在特定语境中的意义蕴含,是汉语"脱"所无法概括的,并且体现了博士的话语特点。汉语与外语的交融使用还可能出现以汉字音译的变异,如:

"那也不能从恁高的舞台缝里给推下去啊!摔完还得鼻青脸肿爬上来,单腿点地一瘸一拐绕场蹦跶,嘴里唱什么鸟叔《江南死大了》……""不是'江南死大了',是《江南 style》。"我纠正我娘,"行了,娘。舍不得闺女套不住狼。走旁门左道,就是比正常门路风险高。这您也知道。"

徐坤《地球好身影》

不具有歌曲与外语背景的"我娘"将"江南 style"用汉字直译为"江南死大了",既表现了说话者的无知,也表现了选秀闹剧的荒诞。这样一个没有现代歌曲背景的"我娘",居然能够通过贿赂,使女儿最终获得"地球人冠军",这不能不说是人类、时代的荒谬。以汉字直译外语词的语音,又带有谐音性质。谐音也是对语音规则的变异,谐音中往往隐含着对意义的影射。在《地球好身影》中,"我"因选秀遭受心理压力,到白谷狗心理诊所诊疗。正想袒露心扉之际,"忽然,我一眼瞥到桌上有本《知阴》杂志,嘴巴立刻像被封住了。""知阴"实为"知音"的谐音,又是对"知音"词义的变异。下文语境提供了其意义解读:"我早听说,一些心理医生是《知阴》的特约撰稿员,他们利用法术把人催眠吐露隐私后,以千字一万块的高价卖给杂志,通常都是女明星黑木耳漂白、修复处女膜,男星断背娈童、强撸灰飞烟灭什么的恶心事。一旦追究起来,他们还振振有词,说老祖弗洛伊德巨著《梦的解析》就这么干的,书里最熠熠生辉的段落就是病例实录。"看似写杂志,实际上一开始就为诊所的实质定下了基调。

二 词语视角的组合变异

词语有着约定俗成的词义与词语形式,但小说话语有时却颠覆了词义,解构了词形,造成变异组合,呈现词语在特定语段中的语境颠覆。

变异组合的表现之一是原有意义与语境义的颠覆。进入特定语境中的词语在改变原有词义的同时,往往扩展了原有词义。如:

> 即使没有周瑜飞的时候,汤梨对色,也常常习惯望梅止渴——梅子在树上,看看,挺好,真摘下来吃,怕酸牙。尤其这梅子还是别人园子里的梅子,汤梨就更不敢造次。然而汤梨还是喜欢和那些梅子有些纠缠的。这是汤梨的毛病。相对于路边无主的梅树,她更倾向于别人园子里的梅子。也不是真想吃,她就是喜欢那些梅向她招摇的姿态。她喜欢和那些梅建立起一种心照不宣的若有若无的关系。也正因为若有若无,她才能如此安然无恙地享受她的三千宠爱于一身。
>
> 阿袁《汤梨的革命》

由"望梅止渴"的形容,引发出"梅子"词义的变异,使之代指"男人",并沿用到后面一系列对其与"梅"之间各种关系的描写。"梅子"词义的扩大显示了对该词义的变异,造成了词义颠覆;又于特定语境中人物心态的描绘使颠覆趋于表达内容的平衡,从而将汤梨对男性的态度描绘得有声有色、有形有态。动词也可以扩大其使用范围,如:

> 这下可倒好,经他这一布置,筒子楼里的单身汉们被招到家里来得更多了,还有一些已经娶完了媳妇的,也是在家里过完上半夜、把自家女人拾掇完毕以后,又在零点钟声敲响时准时披星戴月大老远的骑车

赶往柳莺他们家里报到。

徐坤《狗日的足球》

"拾掇"原为整理、修理之义,或在口语中表惩治之义,此处却用于夫妻的房事,颠覆了原有的词义与用法。但却于词义颠覆的表象中,蕴含着与文本整体语境富有情趣的语言表述相平衡的风格上的统一,体现了审美情趣意义。

有时,原有义与语境颠覆义同处一个语境中,造成词语在上下文的语义语境差异。如:

> 曾经,我是一头驴。不是动物驴,是人驴——背包野走族。是头男驴,不,应该说是头公驴,如果用民间称谓,那就是叫驴。母驴么,那就是草驴啦。
>
> 驴,那时候,这个字真是让我喜欢。别的不说,先是字形就足够传神:户外一匹马。浪漫,诗意,逍遥。在照片里定格的驴们看起来确实也很不错:青山绿水间,峰回路转处,穿着冲锋衣,背着小帐篷,披星戴月,朝行暮止,栉风沐雨,踏草拂花……

乔叶《拾梦庄》

"驴"的原有义与语境颠覆义交错在文字中,"动物驴"与"人驴"交织,两种词义同时出现,对其诠释,过渡两义,使之于颠覆到平衡的转换中体现情趣。

语境颠覆义可能是对原有词义的转移,如上例。也可能是对原义的扩大、缩小,甚至消解。如:

> 星星出来了。灿烂的夜空没能化解这山头上的静谧,月光惨然地洒下它的光,普照着我们这个永远平和安宁的国土。

方方《风景》

"国土"实为山上的墓地,原有义被缩小其意义所表示的事物容量。这是作为逝者小八子的表述,又使"国土"被缩小的语义因特定对象具有了一定的合理性。有的则通过语词形式的扩展来扩大原有词义。如王蒙《球星奇遇记》有几个句子:

> (1)再说,他虽然不是球星,却绝不比球星缺少阳刚之气阳刚之器,他对得起她们,而且将永远记着她们。

257

(2)特别是金米把会长二字省去，称他为"恩特副"，这种谐谑已经侮辱，近乎挑逗挑斗了。

(3)这些怀才不遇、怀忠不遇、怀春不遇的各族人等边唱边哭，边哭边唱。在电视大奖赛中，此歌获金奖。

例(1)由"阳刚之气"衍生出"阳刚之器"，是利用同音异形，使词义扩展。当然，这种扩展是利用了原有语词形式所形成的。恩特并非真正的球星，他要让自己从精神上承认自己就是球星，给自己找一个冠冕堂皇的理由，说服自己留在球队。因此，这种词义的扩展是对恩特自我安慰的阿Q精神的一种讽刺。例(2)由"挑逗"衍生出"挑斗"，表现了恩特对金米谐谑的忍无可忍，最终导致恩特出手"收拾"了金米。这些借助同音扩展的语词，在改变词形的同时也扩展了原有语词的含义，不仅幽默诙谐，而且推动了故事情节的发展。例(3)由"怀才不遇"衍生出"怀忠不遇""怀春不遇"，嘲讽"各族人等"毫无情感、装模作样的表演，进而讽刺了电视大奖赛事。

词义颠覆是特定语境中的产物，其语境义及生存的依据要依托语境得以实现。如：

> 获得一个当祭品的资格难道是件很容易的事情吗？林格是通过那么漫长而痛苦的多姿多彩的费劲摇曳，才总算被那诗神给看中接纳了。带着诗意的信仰和对美的追踪，她满怀微笑，大义凛然地一头跌入爱的陷阱。谁知道前程将会是怎样呢？万丈光明抑或是黑咕隆咚，她都得坚韧不拔，一意孤行。
>
> 站着就义从来都是男人们的事情。女人只有倒下以后才能做出英勇牺牲。林格现在就无比幸福地仰倒在诗意的砧板上，让那一行行长短不齐的诗文在腰下高高地垫着她，准备接受冥想中的那一支如椽巨笔的书写或点化。

徐坤《游行》

"祭品""英勇牺牲"的语境义是因崇拜而向"诗神"程甲献身，此义在上文语境中得以揭示。上文曾对林格崇拜"诗神"程甲做了描写，对其努力让程甲接受做了充满神圣的描绘：

> 历史上一场循环往复的人妖献祭的大型仪礼眼看着就要发生。怪物孙悟空献给了取经的唐圣僧，童男童女扔到河里献给了兴风作浪的

四小龙,猪头羊头和馒头献给了如来佛和铁观音,可是我拿什么献给你呢,我的诗神?

只有诗。还有我自身。

林格苦苦地思忖着。

有谁见过神拒绝过人类的献祭和牺牲吗?庙台上的猪头羊头和馒头最后哪里去了呢?翻卷咆哮的河水可曾把童男童女送回来了吗?孙悟空可曾逃得掉紧箍咒的穷折腾?这些供奉从来还不都是在劫难逃一去不回头?

徐坤《游行》

这就是"祭品""英勇牺牲"的来源,"英勇牺牲"还依托前面的"就义"而来。这些语境提供了被颠覆的语境义的意义来源,使语词被颠覆的语义得以诠释。被颠覆的语义使"献身"显得崇高,在一定意义上进一步颠覆了语词的情感色彩。充满神圣意味的描述虽然与"献身"一事不相吻合,却与林格的天真烂漫、对诗意的追求相吻合,在体现人物特定年龄区间的特有心态上趋于新的平衡,使抒写文字具有了审美价值。

行业词语的移用也是词语变异组合中生成的,将此行业的词语用于彼处,进行错位组合。如:

就在半梦半醒半死半活之间,盯人已久的这位老同学杨刚便以高超的过人技巧把她接住,随后便趁着她的精神不振、后卫防守出现漏洞时强行带球破门而入,活活地把她的禁区防线给突破了。事后总结经验时柳莺深深觉得自己这一局的防守失利太不应该,但是攻进去的球毕竟也是不能够倒吐出来。两人在这场你来我往没头没脑的攻防战事里欲擒故纵拖泥带水的盘带着,都有些互为鸡肋但同时又慰情聊胜无。就这么着晃一过三、一退六二五的该射不射该传不传,不知不觉,离婚姻的无底球门一天天逼近了。

徐坤《狗日的足球》

在一段短短的文字中用了多个足球术语,将二人关系的升级表现得饶有情趣。这些足球术语用于非足球场合,造成组合变异,情趣就是在词语与场合的不和谐中体现出来的。当然,这种不和谐中有着和谐的基础,杨刚是足球迷,柳莺也将成为球迷,整个文本就是围绕足球展开的。这就是不平衡语义中平衡的基础,也是语境差的审美价值体现。文本中有将足球术语用于非

足球场合的,也有将日常用语用于足球场合的,如:

> 也正是从此开始,她知道了在足球场上,诸如给人脚底下使绊儿这类动作可以冠冕堂皇地称之为"铲"。下绊儿正式叫作"铲"。一切歹毒的粗野在足球场上都被赋予了堂而皇之的命名。
>
> 徐坤《狗日的足球》

将日常用语"铲"用于足球用语,改变了"铲"原有的词义。将行业词语移用往往使语言带有了诙谐调侃的意味,王朔笔下多有此用。如:

> (1)语言嘛,约定俗成,有习惯用法这一说,都别太轴了。像"大腕""顽主"都换为原字"大万""玩主"也不见得就好,读时嘴里也要换一下频道。
>
> (2)夜晚的到来首先是从一些黑色的暗影在天花板上聚集起来开始的。我童年一直以为:夜晚不是光线的消失,而是大量有质量的黑颜色的入侵,如同墨汁灌进瓶子。这些黑颜色有穿墙本领,尤其能够轻易穿透薄薄的玻璃,当它们成群结队,越进越多,白天就失守了。
>
> 王朔《看上去很美》

例(1)"换频道"本是广播音响的术语,此处却用在不同语词形式在口头的转换,也便改变了其使用场合。却于改变场合的不平衡中体现出调侃语气。例(2)"入侵""失守"原为军事术语,此处却用于白天与黑夜的交替,改变语词用途的同时改变了事物原有的形态,使无形的自然景色具有了形态,具有了动态。

将政治或学科的术语用于日常生活语境,也造成词语的变异。如:

> (1)几枚信号弹打向夜空,划出流星一样的没毛尾巴。大幕开启,群雄登场。只听"岂不隆咚锵""岂不隆咚锵","呜哇噻""呜哇噻","叮当""叮当",鞭炮声声,鼓乐齐鸣。所有的牛头马面魑魅魍魉,所有的大小阎罗黑白无常,所有的玉皇大帝太上老君哪吒三太子托塔李天王,所有的牛魔王白骨精唐僧悟空沙和尚,所有的关帝庙财神爷送子观音二郎神,所有的吉祥天女婆罗王迦叶阿难阎罗梵天护法金刚……所有的天公地母文化公知艺术面首电视主播大嘴叉,你们都来吧都来吧!让我来编制你们,用青春的金线,和幸福的宽带璎

珞，转企改制你们！

徐坤《地球好身影》

（2）她想他本该用他散文松松垮垮的经线，和夸夸其谈的纬线，来编织出逻辑严谨推理缜密的一出出谎言，诸如他对她的爱情海枯石烂永不变，诸如让他们结婚吧，他会永远守护她们母子平安到永远；最次也该是：他真恨不能代她去上手术台，让一切过失都由他来承担。事实上他心里也应很明白，依照林格的脾气和能力，是不会给他添太多的麻烦出来的。

徐坤《游行》

例（1）"编制""转企改制"原为社会政治话语，在此却与前面对"节"中群魔乱舞景象的描绘相组合，用于娱乐，无论在内容还是风格上都形成了极大反差，形成语言大杂烩。以语言现象印证所反映现象的荒诞，语词与现象间的不平衡增添了荒诞色彩，也增添了嘲讽意味。例（2）是林格拿着怀孕报告面对黑戊时对其反应的设想。原本用于地理学科的"经线""纬线"在此成了对黑戊语言风格的形容，与"编织"相组合。虽然对黑戊的反应已有"谎言"之类的猜想，但黑戊的反应还是与所设想的"最次"的情景相违背，"可是站在她面前的这个男人为什么这么虚弱啊？他面色苍白完全脱去了熠熠生辉的黑马形态，有些犹疑，有些无奈，有些心神不定，有些自怨自艾，眼神半晌不离开那化验单，竟然不敢抬起头来用目光跟她对视几眼。他的噪音喑哑了吗？他的喉头阻塞了吗？他平时的那些真情话语都是无聊之际用来插科打诨的吗？"这些描写与前面的"经线""纬线"形成了对照，黑戊在此事件中的态度让林格感到"终结的时候到了"，"一次赴汤蹈火凤凰涅槃的生命体验马上就会有个完结了"。学科术语与描述事件的不平衡，因黑戊语言的风格，也因林格对其的认识而达成一定的平衡，并因其形象性、调侃性而获得了审美价值。还有给非学科现象以学科定位，也是对学科词语的变异组合。如：

她们才不相信这个老才子真的没有色念了，搞文学的男人骨子里不都是风流的么？就像猫爱吃鱼，就像蝶爱采花，是本性的东西，变不了的。而且不风流的男人怎么可能把那些明清的情歌讲得那么齿颊生香呢？那么缠绵深情呢？这样深情的男人，这样博学的男人，就应该有一个像她们那样如花年龄如花容颜的女子，在身边衬着，红袖添香夜读书，才有美学的意义，如果成天只是那个在图书馆的老女人，不煞风景么？也暴殄天物。所以，美眉们前仆后继，屡败屡战，她们总相信自己会是那个打开杨师母围城的女人。可这些女生到底一厢情愿了,杨教授就像一尾永远不咬饵的橡皮鱼儿。

阿袁《俞丽的江山》

"美学"是一个学科概念,其意义与此处美女相伴的字面意义原是不相搭界的,大词小用,便于不平衡中显示了语词的美学信息。

汉语词汇的丰富为同义表达形式提供了广阔的选择空间,根据语境所需,选择词语成了作家的笔力所致。如:

> 被褥上都绣着作者的名字,想赖也赖不掉。我夜里睡不好,早晨总比别人迟醒片刻,经常还没睁眼耳边便听到自己的大名在满室传育。等我糊里糊涂坐起来,看到的是小朋友们一张张祝贺的笑脸。别人是三天打鱼两天晒网,有收工的时候。我是夜夜出海,天天上榜,没一次落空儿的。

王朔《看上去很美》

"我"在保育院中享有"尿床大王"的名声,将每日尿床以"夜夜出海,天天上榜"之说同义表达,并与前面对别人的"三天打鱼两天晒网"的描述相对应,虽然换用的同义与"尿床"语义并不对等,但正因不对等的差异将尿床表现得有趣诙谐。

词语形式的解构也是词语变异组合的表现之一,它颠覆了原来约定俗成的词语形式。如:

> (1)马拉多纳。马拉多纳。还真就是马拉多纳把她给启了足球蒙了。
>
> (2)柳莺糊涂了,一时想不明白,也更加判断不清她和邵丽这类女人看足球究竟是纯审美的,还是男神崇拜型的,是女人"寻找"男人的努力呢,还是试图"加入"男性群体的努力。反正不管怎么说吧,也不管他们"足"的究竟是一个什么"球",总而言之,她是彻底喜欢上踢足球的马拉多纳了,从足球而喜欢上马拉多纳,又从马拉多纳而进入足球。

徐坤《狗日的足球》

例(1)将"启蒙"拆开,插入"足球",违反了"启蒙"作为不能离合的复合词的规则,但却富有情趣地表现了马拉多纳与柳莺喜欢上足球之间的关系。如果说"启蒙"被拆虽然违反了词语原有形式,但其动词的语法意义犹存的话,那么例(2)将"足球"拆开,则在颠覆词语形式的同时也改变了词性,将名词用作了动词。语言的情趣就在被颠覆了的语词形式与语境的关联中表现出来。

语词形式及内涵的变异,有时得联系文本之外的语境来领会。如:

> 全都乱了,全都忘了,全都顾不上了,除了权和线,线和权,夺,反夺,反反夺,反反反夺和最最最最最以外,谁能顾得上别个事情呢? 谁能顾得上一匹马和它的鞍子呢? 难道这个鞍子坏了会影响权和线吗? 难道死一匹马有什么值得大惊小怪的吗? 何况灰杂马并没有死,它活着呢!

王蒙《杂色》

"夺,反夺,反反夺,反反反夺和最最最最最"以词语重叠的形式造成赘余,它们与前面的"权和线,线和权"以单词与单词的无意义关联组合表示的意义内涵,要联系词语所处的时代背景来看。这是"文革"的"革命"话语标志,是"文革""文攻武卫",极端激进行为在语言上的映照。特定的时代语境造就了特殊的语词组合,特殊的语词组合中蕴含的意义也需联系特定的时代背景来解读。这些特殊组合与"文革"特定时空背景相吻合、相平衡,体现了时代话语特色。

三 语法视角的变异组合

语法是维系语言系统秩序的形式规则,是人们在长期语言使用中所形成的一种惯性,自然也就成了"语言骚动"所颠覆的对象。作家打破了语法惯性,进行符号的重新组合。这种组合因对规律的颠覆而以"陌生化"特征吸引人们的眼球。南帆在阐述形式主义学派的核心概念"陌生化"时说:在"人们所有的感觉都因为不断重复而机械化、自动化了的时候","文学话语的重要职责即是通过语言重新制造陌生的效果,阻止人们的感觉继续在日常用语之中沉睡。现实必须在文学的描绘之中重新陌生起来。文学的意义就在于创造性地打断习以为常的标准,从而让人们在惊讶之中重新使用眼睛,重新见识一个崭新的世界。"[1]作家以陌生化理念对词法、句法规则进行颠覆,对语法组合功能与句法功能进行颠覆,重新建构了一个小说话语语法体系。这个语法体系不像语言的语法系统那样,可以概括出语法规则,但它

---

① 南帆:《文学的维度》,上海三联书店,1998年,第34页。

却可以显示出其合乎审美体验的规律。这种规律不是显性的,而是隐性的,内蕴的,以审美为其内在规则。

对词法规则的颠覆是语法变异组合的表现之一。词语具有其语义与词性的规则,文学话语则使进入组合中的词语产生变异。这种变异可以是对词义的颠覆,也可以是对词性的颠覆。如:

> (齐鲁)她多喝了两杯酒,他起身送她。她身子一斜,就倒在了孙波涛的怀抱里。她其实不想那么做的,但她的身体或许想了,竟然自作主张地私奔了眼前的这个英俊男人。
>
> 阿袁《汤梨的革命》

"私奔"原应是意识与行为结合的产物,此处却产生了"意识"与"身体"的分离,将其转换为"身体"所为,不合常规的语法关系组合颠覆了应有的主谓关系,却因特定描写对象达到了另一层面的平衡,将齐鲁的醉态及内蕴的情感倾向表现得富有情趣。

对词性的变异也是对词法规则的颠覆。如:

> 年华已经蹉跎到四十多了——先是被学业蹉跎,后来又被周文蹉跎。等到觉悟过来,天色都暗了,苍茫暮色中,有万家灯火,可没有一盏是她的。
>
> 阿袁《老孟的暮春》

"蹉跎"出现在应使用及物动词的被字句中,是不及物动词用作及物动词,颠覆了语词应有的组合关系,却将女博士沈单单年华飞逝的被动、遗憾和感慨表现得淋漓尽致。

句法关系的颠覆也是语法变异组合的表现之一。语法成分之间的关系是语法结构规则的体现,小说话语却让结构组合关系产生变异,造成各种原有搭配关系的颠覆。如主谓搭配错位的:

> (1)他满嘴香腻滑黏甜酸苦辣咸,心里百感交集,肉体的眼光在袅袅的香雾中漂游,悬在空中的意识之眼,却看到那各种颜色、各种形状的气味分子,在有限的空间里无限运动,混浊成一个与餐厅空间同样形状的立体,当然有一些不可避免地附着在壁纸上,附着在窗帘布上,附着在沙发套上,附着在灯具上,附着在红色姑娘们的睫毛上,附着在党

委书记和矿长油光如鉴的额头上,附着在那一道道本来没有形状现在却有了形状的弯弯曲曲摇摇摆摆的光线上……

莫言《酒国》

(2)那种尖厉的声音,在众声合鸣之中显得分外纤弱,又分外坚强。她只能用这种纤弱的坚强,把自己娇柔的视听遮盖、掩埋住,把自己无端受损的性别刻意修复。"呜呜哇——"犀利的长嚎,吹得竞技场上狂欢停止了,飨宴的饕餮曲终人散。她枯坐那里,还在吹,不停地吹,诉着她孤独的愤懑。她感到自己的反抗力量正一点点被耗尽,被广大的、虚无的男权铁壁消耗殆尽。在尖厉的号声中她听到自己的嗓音断碎了,皮肤断碎了,裙子断碎了,性别断碎了,一颗优柔善感的心,也最后断碎了。

徐坤《狗日的足球》

例(1)在上述描绘中,眼光有"肉眼"的与"意识"之分,由"意识之眼"产生的幻象,致使原本不具有形体的"气味分子"具有了有形的"立体",产生了"附着"在不同处所的形态。从语法结构关系来看,造成主谓搭配不当。这是省检察院侦查人员丁钩儿到酒国被灌醉后的情景描绘,将原本不具有形态的"意识"与"眼"关联,使"意识"具有了能与"看"相关联的功能,随之产生了"气味分子"的有形化。这些变异变形组合颠覆了语词原有的组合规律,却因对醉态的极度描绘而达到新一层面的平衡,将醉态表现得淋漓尽致。例(2)"嗓音""皮肤""裙子""性别""心"与"断碎"搭配,是主谓搭配不当。但联系上文语境来看,这是柳莺在观看阿根廷队与国足的赛事时,听到"整场九十分钟的比赛里起哄声激将声此起彼伏。脏口,并且是、仅仅是贬损女性的那种脏口如同夏季林子里的蝉鸣,一棵树上的知了起了兴,即刻就有整座林子里的上万只鸟儿跟着群起响应",在"铺天盖地袭来的谩骂狂潮里"的孤独的抗议。作为小说的结尾,它充分表现了柳莺对马拉多纳的极端崇拜,对中国球迷不雅表现的极度愤慨。被颠覆的语法关系得以重新建构语义的合理性,也得以建构了错位组合中的美学价值。

主谓关系的不相搭配有时关系到结构内部某一分子的不能搭配。如:

小时候七哥以为大哥是他的父亲,后来才弄清他只是大哥。大哥和父亲是两类完全不同的东西。

方方《风景》

作为人的"大哥和父亲"与"是……东西"之间的不能搭配是主语与谓语中的

宾语部分不能搭配,但却以七哥的眼光将其组合,写出了二人在七哥心目中的一种特殊的比较。大哥因"不用最刻薄的语言诅咒他","不把他当白痴般玩物当一头要死没死的癞狗"而形成了与凶暴的父亲对照的物体,不合理的组合得以诠释。

并列关系的颠覆,将不相和谐的事物摆在语言并列的语法状态下,体现出一种特殊的组合。如:

> (1)剩下满院月光,两株桂树,一个苏师母,在院子里。
>
> 阿袁《子在川上》
>
> (2)拉开灯我看到从门缝里塞进来的报纸,按照惯例我从最后一版看起:大蒜的新功能粘接玻璃。青工打了人理应受教育。胳膊肘朝里弯有啥好处。中外钓鱼好手争夺姜太公金像。一妇女小便时排出钻石。高密东北乡发生蝗灾!
>
> 莫言《红蝗》

例(1)"剩下"带了三个并列的宾语,从其内部结构来看,均为偏正关系,应该是和谐的,但从语义来看,前二写景物,后一写人,前后产生语义上的并列不搭。但它把苏师母在苏老师斥责下的无奈难堪、孤家寡人的状态表现了出来。例(2)报纸同一版的标题从内容来看,是相互不搭的,但在陈述的语言结构上却形成并列关系。不相搭配的语句在报纸版面繁杂内容的体现上得以平衡。当然,这些并列的语句从莫言的表述中是有轻重、有主次的,前面几个消息是为了铺垫引出"高密东北乡发生蝗灾"的小说表现重点。

偏正关系的颠覆。从语法结构关系来看,偏与正应是修饰限制关系,但此关系有时产生变异。如:

> (1)朱小七成心要让可怜的张成处于忍饥挨饿的非洲状态之中。
>
> 阿袁《俞丽的江山》
>
> (2)他的铺子做了许多又热烈又邪门的生意,他的竹器经十八名徒子之手,全都沾上了辉煌的邪气,在竹器市场上锐不可当。
>
> 苏童《1934 年的逃亡》
>
> (3)其实若不是一件偶然的事改变了二哥的命运,二哥是不会同家里人有什么质的变化的。那件事的出现使二哥步入一条与家里所有人全然不同的轨道。二哥愉快地在这轨道上一滴一滴地流尽鲜血而后死去。
>
> 方方《风景》

例(1)以名词"非洲"限定"状态",形成偏正搭配不当,实际上,这一不当与前面张成"忍饥挨饿"的状态描写是相和谐的,都是对语境的颠覆。"忍饥挨饿"并非物质上的,而是精神上的,是朱小七对张成示爱的冷落。因此,以"非洲"状"状态",是为了体现"忍饥挨饿",体现张成的精神失落。两个层面的错位颠覆在朱小七与张成关系上得以平衡的体现,就具有了审美价值。例(2)以"辉煌"形容"邪气",偏正结构在词语的感情色彩方面是不能搭配的,但却渲染了竹器的神奇。例(3)"愉快"状"流尽鲜血而后死去",是状语与中心语搭配不当,但却将二哥与心仪的女孩交往过程的愉悦,为其献身的"爱"之执着描绘出来。

中补也是原为两两搭配的结构关系,这种关系也可能产生颠覆。如:

(1)更刻薄的是另一句没有具体出处的评语,说郑袖的课过于散漫了,散漫得几近乎水性杨花。

阿袁《郑袖的梨园》

(2)柳莺的心里狂跳不止,拿着报纸的手无法自制地抖了几抖。马拉多纳,马拉多纳,哪个马拉多纳?难道真是那个被她崇拜得至高无上、满脑袋都是羊毛黑卷儿(中间还夹杂着一小撮精心染制的黄毛),小矮个儿,大脚模丫子,每一个脚趾头上都长着眼睛,传球永远准确到位,中场起动时风驰电掣,带球过起人来虎虎生风,从不黏黏糊糊逮机会抽冷子就射的那个长得卷毛狮子狗似的足球巨星马拉多纳?!

徐坤《狗日的足球》

例(1)以原本形容人的作风品性的"水性杨花"补充形容课的"散漫",造成中心语与补语搭配不当。但却与上文所形容的"郑袖的课向来随兴,常常有跑野马的时候,有时撒开了蹄子,跑到了水草丰茂鸟语花香的地方,就迷失了,找不到回去的路。本来是讲《诗经》的,结果,却讲了半天楚辞,本来是讲李白的,结果又讲了半天杜甫。总是因为某个细节的迷惑,她拐了弯,然后不依不饶地往前走,直至误了方向"相照应,达到了新的平衡,极度形容了其上课"跑野马"的特点。例(2)"崇拜"与"至高无上"组合,颠覆了中补关系原有的语义组合,在表现柳莺极度崇拜的心态上得以平衡,极言渲染了极致,于变异形态中体现了修辞魅力。

语言结构的每一份子都在表意中发挥自己的功能,当用则用,不当用则省俭。但文学话语有时却违反了语言经济适用的原则,以滥用、冗余的语言形式渲染内容,也是语法变异组合的表现。如:

(1)阴历七月十五月圆之夜,无数南瓜裹着僵尸、无数骷髅披着床罩、无数黑猫巫婆骑着扫帚、无数小孩胡蹦乱跳到人家门口讨要糖果之际、之交、之万分美妙之时辰,《地球好身影》大型水上实景演出决赛在卢沟桥畔鸣枪开赛啦!

多么好的城市,牛气、牛逼、厚道、给面儿!多么激动人心的夜晚,秋风习习,水光潋滟!风吹起,有时会有露肉的滋味,但很快就被钱味所掩盖。

徐坤《地球好身影》

(2)寂静。发愣。大概有那么三五秒钟的沉寂后,看台上开始骚动,混乱,有一些声音响动传出来,不太明晰。然后,气流渐渐碰撞、攒聚,一浪接一浪,唾液的泡沫舔舐到一起,渐渐无比清晰,无比流畅,无比浑浊,无比俗恶,汇成一句话,汇成那一句话:

傻比尔!

徐坤《狗日的足球》

(3)看门人狗毛一样粗硬的黑发直竖起来,他毫无疑问被丁钩儿的形象给吓坏了。丁钩儿看到看门人鼻孔里的毛,燕尾般剪动。一只邪恶的黑燕子潜伏在他的头腔里,筑巢,产卵,孵化。他对准燕子,勾动了扳机。勾动扳机。勾扳机。

莫言《酒国》

上例均颠覆了语言表述的经济原则,以重复多余造成变异。例(1)"之际、之交、之万分美妙之时辰"是多重限定,"牛气、牛逼、厚道、给面儿"是多重形容,多重造成了冗余,但却渲染了乱哄哄的场景。看似褒义形容词,却在极度造势中带有了嘲讽的意味。例(2)四个"无比"句以褒贬义混搭构成了"傻比尔"出场的气势酝酿,渲染与被渲染的词语看似构成反差,却与球场的混乱景象相和谐,突出了球场的粗鲁、不文明。例(3)以文字递减形式重复"勾扳机",造成冗余,但与丁钩儿此时出现的感觉幻象却是相平衡的,别具一格地描绘了他此时的心理状态。

语法视角下的小说话语骚动体现了话语对语法规则的解构,除了上述情况,还有打破语序规则等变异。如莫言《红蝗》:"就在那个被那莫名其妙的摩登女人打了两个耳光的我的下午,漫长的春天的白昼我下了班太阳还有一竹竿子高。"诸如此类的语序变更打破了语法规则,却增添了语法系统的生机活力,在特定的语境中显示出特有的审美功能。

四 逻辑视角的变异组合

如果说,语法维持着语言的外在规律,逻辑则维持着语言的内在规律。小说话语的骚动自然也涉及了内在规律的颠覆解构。俄国形式主义学派核心人物什克洛夫斯基在分析陌生化文学话语所起的作用时说:"艺术的目的是使你对事物的感觉如同你所见的视像那样;艺术的手法是事物的陌生化手法,它增加了感受的难度和时延,既然艺术中的领悟过程是以自身为目的的,它就理应延长;艺术是一种体验事物之创造方式,而被创造物在艺术中已经无足轻重。"①逻辑规律的颠覆打破了人们的思维惯性,以对思维方向的悖反产生艺术效果。

人物的行为举止受到事物常情常理的制约,但小说话语却可能以违背情理的状态产生对逻辑的颠覆。如:

(1)我祖母蒋氏跳上大路,举起圆镰跨过一片血泊,追逐杀妻逃去的陈玉金。一条黄泥大道在蒋氏脚下倾覆着下陷着,她怒目圆睁,踉踉跄跄跑着,她追杀陈玉金的喊声其实是属于我们家的,田里人听到的是陈宝年的名字:

"陈宝年……杀人精……抓住陈宝年……"

苏童《1934 年的逃亡》

(2)而哈萨克人又是非常多礼的,只要有一面之交,只要不是 12 小时之前互相问过好,那么,不论是在什么地方偶然相遇,也要停下马来,走近,相互屈身,握手,摸脸,摸胡须,互相问询对方的身体、工作、家庭、亲属(要一一列举姓名)、房舍、草场,直至马、牛、羊、骆驼和它们下的崽驹,巨细无遗,不得疏漏。所以曹千里这一段走得很慢,因为这是一段交通要道,他时时要停下来和沿路相逢的牧民们问安。

王蒙《杂色》

例(1)蒋氏目睹陈玉金杀妻的情景,她追逐的对象是陈玉金,但喊出来的却是"陈宝年",叫喊的对象产生了错位,违背了事实逻辑。但与现实原因结合却实现了另一层面的平衡。陈玉金背井离乡,残杀阻止的妻子,缘起于陈宝年背井离乡在城里发迹的诱惑。蒋氏对丈夫陈宝年的个人怨恨和造成乡亲大面积离乡的怨恨交织在一起,使她产生了发泄对象的变异。不合逻辑的

---

① 转引自南帆:《文学的维度》,上海三联书店,1998 年,第 35 页。

叫喊因特定情景、特定人物关系、特定事件而得以合乎逻辑关系的解释。作者将蒋氏对抛家弃子也是乡亲们乡村逃亡的罪魁祸首陈宝年愤恨的情感发泄,放置于她的叫喊声中,又通过"追杀陈玉金的喊声"与"田里人听到的是'陈宝年'的名字"构成反差,在一定程度上制造了叫喊对象的模糊性,造成"叫"与"听"不对等的逻辑背离,将这一情景描绘得扑朔迷离。例(2)以"只要不是12小时之前互相问过好"为再次问好的条件,有悖常理,将哈萨克人独有的好客的习俗特点表现得风趣幽默。

人物违背常理的举止往往可以在特定语境中找到其合理的一面,语境对逻辑背离的诠释可能形成环环相扣的语境链接。蒋氏追杀名字的变异,源于对家乡人们逃往城里的罪魁祸首陈宝年的情感发泄。是其丈夫陈宝年首先背井离乡到城里,打开了乡亲们进城的大门,从此源源不断的乡亲沿着黄土大路逃离家园,逃离妻儿,并由此有了陈玉金追杀妻子逃离的情节。人物话语中的不合逻辑可以由语境各因素的参与产生合理性。再如:

> "猜是谁?"尖声细气。小瞎子的眼睛被一双柔软的小手捂上了。
> ——这才多余呢。兰秀儿不到十五岁,认真说还是个孩子。
> "兰秀儿!"
> "电匣子拿来没?"
> 小瞎子掀开衣襟,匣子挂在腰上。"嘘——,别在这儿,找个没人的地方听去。"
> "咋啦?"
> "回头招好些人。"
> "咋啦?"
> "那么多人听,费电。"
>
> 史铁生《命若琴弦》

这是两个孩子的对话,人多听电匣子,产生"费电"的后果是不合逻辑的,但它却因说话者的身份得以平衡。在体现乡村孩子无知的同时,也体现了童稚的天真可爱。

逻辑推理是逻辑秩序的体现,但小说话语的逻辑推理却可能出现错位。如:

(1)俞丽注意到朱小七刚洗了头,半湿不湿的,软缎子般地披了一肩。裙子很花,也很短,短到了风一吹,会春光乍泄,风不吹,也会让男人想象春光乍泄。

阿袁《俞丽的江山》

(2)人,不要妄自尊大,以万物的灵长自居,人跟狗跟猫跟粪缸里的蛆虫跟墙缝里的臭虫并没有本质的区别,人类区别于动物界的最根本的标志就是:人类虚伪!

莫言《红蝗》

例(1)"风一吹"与"风不吹"产生的效果是一样的,虽然前后的"春光乍泄"有所不同,一现实一想象,但还是违反了前后一致的推论原理。通过逻辑推论的背离,将朱小七穿着的暴露展现出来。例(2)将人与动物类相提并论,"没有本质的区别"是一层违理,将"虚伪"作为"人类区别于动物界的最根本的标志"是又一层违理。双层违理中蕴含着对人类丑恶面的揭示,对人类的警示。

以反义形式构成组合,描写或说明同一对象,违反了逻辑的矛盾定律,造成对象语境背离,于背离中体现深层的寓意。如:

(1)我走过去,俯身凝视他。这张死人的脸孔使我看到了另外一个活人的脸孔:他那终于安静沉寂下来的男性的头颅,使我看到了另外一个永远躁动不安的男性的头颅,这头颅给我生命以毁灭、以安全以恐惧、以依恋以仇恨……

我终于再也抑制不住,哈哈大笑起来。

陈染《巫女与她的梦中之门》

(2)这乐声早已不足为奇,那凄凉的钢琴右手单音总是从她的裤管爬上来,滑过全身,然后那乐声便走进她的眼中,弥漫了她的大而湿的双眼。她的眼睛是一双充满矛盾的眼睛,既湿润得有如一洼浓郁的绿草,又干枯得像寂寞的路边一丛荒凉的残枝,一点即燃。

陈染《与假想心爱者在禁中守望》

(3)她点点头:"那个时候,疯的人恰恰不说疯话,不疯的人恰恰在说疯话。所以,疯的人其实不疯,不疯的人其实疯了……其实,都疯了。"

乔叶《拾梦庄》

例(1)"给我生命以毁灭、以安全以恐惧、以依恋以仇恨"是"另外一个永远躁动不安的男性的头颅"对于"我"的意义,充满了矛盾的组合将"我"从类似父亲一样年龄的死者头颅感受到了父亲的矛盾心理描绘出来。这种矛盾是由特定历史时期父亲所带给"我"的各种记忆而生成的。"文革"这个特定的历史时期,父亲给了"我"交织着"爱"与"恨"的记忆,这种记忆延伸并转移到了与类似父亲一样年龄的男性的交往中,直至男性死亡。现实中对父亲情感的矛盾造成了对立词语的并置,并诠释了矛盾并置的合理性。例(2)以两个喻体分别比喻形容眼睛的"充满矛盾",既"湿润"又"干枯"是矛盾对立的,此处却形容同一对象,就带有了一种复杂性。"充满矛盾"的眼睛又映照了心灵的矛盾,揭示了人物内心。例(3)是黑衣女人对"文革"的评价,"疯"与"不疯","说疯话"与"不说疯话"之间形成了逻辑错位,形象说明了时代的丧失理智的"疯狂"特点。这些矛盾语词以对立体并举表现了深层的意蕴,在矛盾对立的深层往往蕴含着深刻的哲理。

现实描绘中的不合情理也构成了对事理逻辑的悖反,造成语境颠覆。如:

> (1)空气中弥漫着河水的腥气和蝗虫粪便的腥气与沼泽地里涌出来的腥气,这三种腥气层次分明、泾渭分明、色彩分明、敌我分明,绝对不会混淆,形成了腥臊的统一世界中三个壁垒分明的阵营。
>
> 莫言《红蝗》
>
> (2)奇怪的是,当那些陈旧之事刚一落到纸页上,字迹马上就开始褪色变黄。我想,大概是想象力缩短了这漫长时光的缘故吧。
>
> 陈染《巫女与她的梦中之门》
>
> (3)眼下,拿着"马拉多纳来啦"报纸往家赶的柳莺早已顾不上想什么了,从热辣辣天空中氧分子流动撞击里她已隐约体味到,一场偶像崇拜的狂欢已经迫在眼前。
>
> 徐坤《狗日的足球》

例(1)自然界的各种气体不可能呈现出上文所描绘的"三个壁垒分明的阵营",描写违反了现实情景的客观逻辑关系,却营造了一个充满奇异色彩的乡村世界。例(2)"陈旧之事刚一落到纸页上"与"字迹马上就开始褪色变黄"之间缺乏必然的逻辑关系,却在作者想象力中得以链接。这种链接因"陈旧"与"褪色变黄"之间的关联具有了合理性,因"想象力"而具有了关联点。例(3)"氧分子"是无形的,何谓"流动撞击"?这一描写违反了客观现实现象,却因柳莺的心理因素取得了一定的合理性。违反常理的描写对象除了景物,还可以是人物。如:

　　七哥要去北京，而且要堂堂正正坐火车去北京，而且火车要耀武扬威地从家门口一驰而过，这消息使得全家人都愤怒得想发疯。就凭癞狗一样的七哥，怎么能成为家里第一个坐火车远行的人呢？七哥到家那晚，父亲边饮酒边痛骂。七哥默默地爬到他的领地——床底下，忍着听所有的一切。

方方《风景》

　　"七哥要去北京"对这个家庭来说应该是一大喜事，却使全家人"都愤怒得想发疯"，这就违反了人之常情。"全家人"的这一心态不合事理逻辑，从反面表现出这样一个被生活重压下的底层居民的生存状态和思维状态，表现出其亲情的匮乏，从而获得合理的诠释。

　　现实描绘的不合情理造成语言符号的颠覆，有时是由特定对象的推论而产生的。如：

　　嗨，小姐你好！一辆自行车倏地刹在我身边。我瞠目结舌地看着他。我的脑海闪过有关梁山伯的记忆，脱口而出，你是梁山伯！现在轮到他瞠目结舌，他说你怎么知道我的网名就叫梁山伯？我笑笑，我没告诉他，我认出他是因为他身上的一股味道。梁山伯身上也有这种味道。现在的人称之为狐臭，我却认为这是一种爱情的味道。

叶仲健《寻找梁山伯》

　　现实中被称之为"狐臭"的味道，却被"我"变异为"爱情的味道"，这种判断违背了客观现实，但却因"我"——一个精神病患者的身份而具有了推论的合理性。特定对象的特殊心理也可能构成与事理逻辑不符的推理。如：

　　很多年过去，许多问题想得骨头发凉，仍然想不明白。大概是脑子里问题太多的缘故，有一天，我对着镜子端详自己模糊不清的脸颊时，忽然发现我太阳穴下边的耳朵上，坠着两只白光闪闪的"？"造型的奇大无比的耳环，我走路或摆动颈部时，那耳环就影子似的跟着我的脚步叮咚作响，怪声怪气，那声音追命地敲击在九月的门上。我发誓那耳环不是我或别人戴上去的，它肯定是自己长出来的。

陈染《巫女与她的梦中之门》

　　"那耳环不是我或别人戴上去的，它肯定是自己长出来的"，以"发誓""肯定"

273

等字眼表现出推论的绝对性。"耳环"是作者产生的幻象,这一幻象不是"戴上去"而是"自己长出来的"又是一个幻象。"耳环"的非现实与"耳环"生成的非现实都是违反了客观事理,但却因耳环"?"造型与"问题太多"之间的关联带有了寓意的合理性。

违反逻辑因果关系规则,造成原因与结果关系的颠覆也是造成逻辑荒诞的方式。如:

(1)七月汗津津的热风打在她的脸上、后背上,印满金黄色向日葵小碎花的吊带裙紧紧贴住了脊梁,沉浸在冥想之中的柳莺却浑然不觉,心正拴在充胀的热气球上徐徐地往上升腾,带着莫名其妙的渴望和憧憬,就仿佛马拉多纳不是为了200多万美元的出场费而来,而是专门冲着他的一个遥远的不知名的东方女性崇拜者柳莺而不远万里来到中国,并顺带着支持一把中国人民的足球解放事业。

徐坤《狗日的足球》

(2)父亲坠入干草的刹那间血光冲天,弥漫了枫杨树乡村的秋天。他的强劲奔波的啼哭声震落了陈文治手中的望远镜,黑砖楼上随之出现一阵骚动。望远镜的玻璃镜片碎裂后,陈文治渐渐软瘫在楼顶,他的神情衰弱而绝望,下人赶来扶拥他时发现那白锦缎裤子亮晶晶地湿了一片。

苏童《1934年的逃亡》

例(1)形容柳莺对马拉多纳到来"莫名其妙的渴望和憧憬",以对原因否定与肯定置换的方式,将马拉多纳来的原因颠倒置换。特别是"顺带着"一词,颠覆了原因的逻辑轻重,显得荒诞,但却突出了柳莺强烈的主观情感意象。例(2)渲染父亲出生的情境,带有夸张意味。特别是"啼哭声"与陈文治手中望远镜的"震落"构成了因果关系,从客观现实来看,这一因果是不成立的,而在此却构成了因果关系。与前面陈文治在他的黑砖楼上"窥见了蒋氏分娩父亲的整个过程","陈文治第一次目睹了女人的分娩。蒋氏干瘦发黑的胴体在诞生生命的前后变得丰硕美丽,像一株被日光放大的野菊花尽情燃烧"的描写相照应,不合理的因果关系具有了合理的诠释。

语境与描写对象应是相协的,但有时却出现反差,于反差中体现出逻辑荒谬。如徐坤《游行》中写林格为了给伊克拉赞助,与酒厂厂长拼酒的情节。拼酒到了决定性的关键时刻,"得用什么信念来把自己几欲垮掉的神经死死绷紧",于是出现了这样的精神支柱:

江姐。红岩。渣滓洞集中营。辣椒水。老虎凳。迷魂场。这一连串的记忆是那么鲜明奇异地涌进她的脑海里,激起她浑身一阵兴奋的颤抖。那是她小时候所受全部教育中最刻骨铭心的一部分,她那时完全想象不出竹签子钉进指尖,麻醉剂灌进嗓子眼儿时,英雄们是用怎样巨大的意志力拼命将牙关死死咬合、才没把党和游击队的机密脱口透出去的。每逢读到这儿时她都激动得热泪盈眶,想喊,想叫,想上厕所,噙着泪花儿暗暗发誓,将来她非成为那样的英雄不可。

如今这种教育发挥作用了。她带着满腔沸腾的酒精,遥想着远古英雄的岁月,百战不挠地跟面前的人拼起了精神和神经。

看看咱们到底谁先迷醉,谁真正能够战胜得了谁罢! 她咬着牙根,默默地在心底咕咬着。

“江姐。红岩。渣滓洞集中营。”是革命战争年代革命者与敌人斗争的典范事例,却被林格作为以不正当手段寻求赞助的手法,形成二者间的逻辑荒谬。人物要达到的目标与实现目标所依靠的信念之间形成了反差,而这一构成反差的精神支柱竟然帮她“在最后的一又四分之一的杯中酒上”赢了,这就使这一荒谬情节具有了深刻的嘲讽意味。语境的反差有时表现在上下文语境的矛盾之中。如:

当清晨醒来时,我发现自己的头正俯贴在他乳白色的大睡袍上,那睡袍上印满一只只毒蝎子状的黑色与赭石色交杂的花叶,刺眼夺目,使我觉得我正枕在一座凄凉荒芜的坟头上。那心脏像个激烈的鼓手,即使他在沉睡之中,它仍然在距我的耳朵三寸远的上方嘭嘭嘭地狂跳着。我用心倾听了一会儿那胸腔里滚出的哀鸣般的铜管乐,才发现那嘭嘭嘭的声音其实是来自窗外,那是九月的晨雨,房门被巨大的雨珠敲击得颤动不已,门外边还有病鸟摇撼树枝的声音。

陈染《巫女与她的梦中之门》

描述与现实构成了矛盾,上下文前后又形成了矛盾链接。“我”的头所枕靠的“他”此时心脏已停止跳动,何来的“心脏像个激烈的鼓手”。“我”所枕靠的“凄凉荒芜的坟头”与“心脏像个激烈的鼓手”构成了视听差异,“心脏像个激烈的鼓手”又与后面的声音“其实是来自窗外”的描写构成了错觉与真实语境的反差。整个语段的层层反差营造了一个充满颠覆的语境,将一个离奇诡异色彩的情景世界展现在读者眼前。

语言在时间上的错位组合也违反了逻辑规律,造成语境的颠覆。如:

(1)阴历七月十五晚,天风浩荡的"卢沟晓月"歌台水榭,将上演《地球好身影》电视选秀总决赛,现场还将全球同步直播放送,我就是那个牛鼻闪闪光芒万丈的决赛冠军咩!

徐坤《地球好身影》

(2)史局一边笑一边有些癫狂地甩着头吐出一溜儿词来:"深挖洞,光脊梁,又红又专的旗手,灵魂深处闹革命,掀起一月风暴,上山下乡,炮打司令部,叫她全国山河一片红!"余音未了,一个人接话道:"我文攻武卫,叫你二月逆流,当个白卷先生!"

乔叶《拾梦庄》

例(1)在违反时间规律的同时,也违反了事物前因后果的关联。两个"将"显示的"电视选秀总决赛"是处在未发生的将来时,而"我"是"冠军"的结果却超前出现了。联系特定语境,我们知道了"冠军"的内定内幕:"这次她老人家是使了狠银子的,把祖屋抵押,四处散财,各种临时抱佛脚,最后通过叔伯二大爷的远房表弟的堂外甥女婿,搭上一个叫'元芳'的首长大秘,从官道上给制片人放了话,这才内定我为冠军。"于是,超前的因果关系具有了合理性。"首长大秘"以唐朝著名宰相狄仁杰的得力助手"元芳"命名,也带有跨越时空的调侃意味。对当代社会的各种"选秀"活动的虚假性做了深刻的嘲讽。例(2)在策划以"文革"为题材的旅游活动中,二人操着"文革"话语,造成了与现时代话语的颠覆,却展现了策划者们热衷于"文革"情景再现的丑恶表演,带有深刻辛辣的嘲讽意味。

五 变异组合中的辞格生成

作为具有强烈修辞效果的手法,辞格是在变异组合语境中生成的。比喻、比拟、借代、夸张、通感、象征等无不是基于变异基础上形成的。

无论从数量,使用范围,下位品种的繁多来看,比喻都可算是超级大格。比喻的本体与喻体之间打破了客观事物关系、语言规律,在特定语境中构成语词的临时变异组合。

从比喻的形式来看,有明喻、暗喻、借喻等;有单用、连用、兼用等。如:

(1)她打开抽屉,翻找那本旧电话簿。所谓"旧",只是就时间而言,因为她并没有一本新的电话簿。他离开这座城市后,电话似乎也随之死去,那一截灰白色的电话线,如同被丢弃路边的一段坏死的废肠子。

陈染《与假想心爱者在禁中守望》

(2)我和九月沉浸在一起,互相成为对方的一扇走不通的门。那是一扇永远无法打开的怪门或死门。我们紧密纠缠住无法喘息,不知怎么办。

陈染《巫女与她的梦中之门》

(3)三儿说,别看苏渔樵如今土木形骸,想当年也是朱红果眼里的锦绣山河。

阿袁《郑袖的梨园》

(4)他恍然。饿!饿了!原来已经是饿过了劲了。天早已过午了,冰雹和阵雨使胃不敢贸然发出自己的信号,现在呢,风吹雨淋却起了促进消化的作用了。他早就总结出来了,只要一进山,一进草原,胃口就奇好,好像取掉了原来堵在胃里的棉花套子,好像用通条捅透了的火炉子……但是,煤块呢?

王蒙《杂色》

例(1)是明喻,以"如同"关联的本体与喻体,在主谓关系上构成原本不能搭配的错位组合,因其废弃不用的"死"的相似点而达到新的平衡,使描写对象具有了形象性。例(2)是暗喻,以"成为"关联的本体与喻体,也是主谓关系的语义颠覆,却关联在"互相走不通"的点上。"九月"与"我"原不能并置沟通,"九月"是陈染笔下经常出现的重要时间意象,带有深刻的寓意,将其与"我"并置,并以喻体进一步突出了"九月"与"我"的特殊关系。例(3)是暗喻,两个喻体"土木形骸""锦绣山河"本与苏渔樵没有关联关系,却在构成对比基础上与之形成关联,前后对比突出了苏渔樵的沧桑变化。例(4)饥饿的胃与"用通条捅透了的火炉子"也在错位中构成临时关联,在明喻后又以借喻形式"煤块"喻指食物,表现出了饥饿却没有粮食的无奈状态。

作家的如椽之笔使喻体呈现出更为复杂的状态。如:

(1)河南棚子盖起了好些新房子。那些陈旧的板壁屋便如衣衫褴褛的童养媳夹杂在青枝绿叶般的新娘子之间。

方方《风景》

(2)我必须一再地把小暗子推入我的构想中。他是一个模糊的黑点缀在我们家族伸入城市的枝干上,使我好奇而又迷惘。

苏童《1934 年的逃亡》

例(1)形容新旧房子的交杂,以"衣衫褴褛的童养媳"喻"那些陈旧的板壁屋",另一喻体是"青枝绿叶般的新娘子",这一本体"新房子"在前一句中出现。这一比喻从整体性来看,也可看作"衣衫褴褛的童养媳夹杂在青枝绿叶般的新娘子之间",喻旧板壁屋夹杂在新房子中间,充满了形象感。例(2)以"模糊的黑点"喻"小瞎子",另一喻体是"我们家族伸入城市的枝干上"。同上例一样,也可将"一个模糊的黑点缀在我们家族伸入城市的枝干上"看作"小瞎子"与"我们家族"的关系。喻体的整体寓意使比喻呈现出复杂的状态。

借喻形式以比喻的内容表现了借代的形式特点。如:

(1)老庄叫庄沛,是中文系最才华横溢最风度翩翩的教授,也是中文系最声名狼藉的教授——因为和女弟子之间风花雪月的事情,庄师母曾经几次大闹中文系。然而有意思的是,庄师母越闹,选修老庄课的女生就越多,去老庄办公室敲门的女生也越多。真真野火烧不尽,春风吹又生。且每次再生出的花草,似乎比以前更葳蕤,更鲜艳。

阿袁《汤梨的革命》

(2)我的脑子里正在努力掩埋绝望的情绪,不动声色地把一切推向一个相反的极端。那个极端在某种意义上是一个未经世事然而已经破罐破摔了的小女人的刑场,我渴望在那个刑场上被这男人宰割,被他用匕首戳穿——无论哪一种戳穿。

陈染《巫女与她的梦中之门》

例(1)在"野火烧不尽,春风吹又生"之后直接以"再生出的花草"取代女生们,因为二者是相似关系,所以是比喻而非借代,但在取代的形式上,类似于借代。例(2)在前一"极端……是……刑场"的明喻后,直接以"刑场"代极端的情绪,也是借喻。二例的本体与喻体在语义上原是不对等的,但在相似点上却取得了新的平衡,从而以形象获得了审美价值。

有多个比喻接连使用,可以是不同本体不同喻体的,也可以是同一本体不同喻体的,组成连喻或博喻的。如:

(1)父亲紧紧扯住余司令的衣角,双腿快速挪动。奶奶像岸愈离愈远,雾像海水愈近愈汹涌,父亲抓住余司令,就像抓住一条船舷。

莫言《红高粱》

(2)以后在跟诗人们频繁遭遇的日子里,林格才知道诗人差不多都配备有这种老式大裤衩,可以不失时机地扯出来挂在树梢上当旗帜,随意往哪里胡乱一招摇,便把一出出纯美的爱情童话搅得像一块块破布似的丑陋无比。

徐坤《游行》

(3)祖母蒋氏和小女人环子星月辉映养育了我的父亲,她们都是我的家史里浮现的最出色的母亲形象。她们或者就是两块不同的陨石,在一九三四年碰撞,撞出的幽蓝火花就是父亲就是我就是我们的儿子孙子。

苏童《1934 年的逃亡》

三例均是不同本喻体连用,构成连喻。不同本喻体、多个喻体之间在语义上原也是处于不平衡状态,因相似点而产生语义关联,使不平衡趋于平衡。例(1)三个比喻,各自形容不同的本体。"岸""海水""船舷"之间有着密切的语义关联。例(2)是林格在与倾心崇拜的"诗神"程甲交往后感到失落的联想,虽然"旗帜"与"破布"为两种事物,但在形体上有着一致性,在上文语境的参与下渗透了人物的价值取向。上文提供了诠释语境:"她看见诗神正在她多汁多液的摇曳中层层剥落掉自身的面具和铠甲,逐渐袒露出他生命的本真。西装褪尽之后,便露出了里面的老式咔叽布大裤衩。那大概是革命年代爱情忠贞的遗迹吧?林格的心里'咯噔'一下子,美感在眼前倏忽即逝了,随即涌起一股说不上来的惆怅和惋惜。"由此可见,"旗帜"与"一块块破布"的不同本体取喻情感是相同的,带有厌恶的情感取向。例(3)由"陨石碰撞"的喻体,延伸出另一喻体"撞出的幽蓝火花"。因此,后一比喻是以本喻体倒置的形式出现的。两个取喻之间有着语义关联。

有同一本体不同喻体接连使用构成的博喻。如:

(1)一看到那个爆米花的老头把摊子扎在了自己的窗口边,老常就把眉头拧成了三根刺。在老常眼里,他这个窗口可不是普通的窗口,是马六甲海峡,是英吉利海峡,是白令海峡,是直布罗陀海峡。是自家连接外界的一个黄金通道。现在,这个脏兮兮的老头把爆米花的摊子扎在自己的黄金通道边儿,虽说还隔着几米远,却也是明摆着会妨碍到自己的生意。

乔叶《最后的爆米花》

(2)晨光已从窗棂的边角伸到床上来,他的身躯正向右侧卧,左边的半个脸颊便清晰起来。我发现他的样子冷静得瘆人,脑袋歪垂着晃

279

晃荡荡挂在脖颈上。我这才猛然感觉到,我挨着他的那一侧身体以及拍在他脸上的手指嗖嗖发凉,他活像一只大冰箱,或是一座沉睡多年的纪念碑。

一个念头从我的脚底疾风似的蹿上头顶,我被这念头吓得目瞪口呆,手脚冰凉,血液立刻全部冻结起来。

我霍地翻身下地,赤脚退缩到墙角,远远地看他。我不敢拉开窗帘,但我想看见他胸膛上起伏的喘息,睫毛上闪落的颤动。我吃力而惊惧地看,但我什么都没看到。他看上去完全变成了这废弃的尼姑庵里的那一座停摆锈死的老钟。

陈染《巫女与她的梦中之门》

二例均同一本体多个喻体,是博喻,但又有所不同。例(1)连用 4 个喻体形容同一本体,说明"窗口"在老常心目中的重要地位,突出了"黄金通道"的价值。例(2)"大冰箱""沉睡多年的纪念碑""停摆锈死的老钟"形容已失去生命的"他",则是间接出现喻体,可看作博喻的间接形式。在这些博喻中,本体与喻体之间的语义原是不平衡的,多个喻体之间也呈现出不同的语义状态,但其相似点使之趋于平衡,完成形象的审美塑造。这些比喻依托着上下文语境显现语义,例(2)中由不同喻体形容已失去生命的"他",在下文又引申出将"昏暗的房间"比作"一只墓穴"的暗喻,使之构成了"死亡"的整体意象。

还有比喻的综合使用,如连喻接着借喻的。如:

(1)想当年老孟,也是玉树临风,当他身着红色球衣走在幽暗的走廊上时,明艳艳的就如一盏大红灯笼,简直晃得女人们睁不开眼。女学生们如一只只飞蛾,有事没事地总围着这盏灯笼打转。但如今这盏灯笼也暗了。

阿袁《老孟的暮春》

(2)蒋氏干瘦细长的双脚钉在一片清冷浑浊的水稻田里一动不动。那是关于初春和农妇的画面。蒋氏满面泥垢,双颧突出,垂下头去听腹中婴儿的声音。她觉得自己像一座荒山,被男人砍伐后种上一棵又一棵儿女树。她听见婴儿的声音仿佛是风吹动她,吹动一座荒山。

苏童《1934 年的逃亡》

例(1)对女学生的取喻承接老孟的比喻而来,是连喻。后直接用"这盏灯笼"借喻老孟。例(2)先以"荒山"喻"自己",后是语义一脉相承的"儿女树"之喻构成连喻,最后是直接用"荒山"借喻"自己"。比喻的综合使用中,前后比喻构成了上下文关系,同样是比喻,又有着形式上的变化。一层颠覆紧随着又一层颠覆,一层平衡顺接着又一层平衡,增强了语境差的层次感,也增强了描写的形象感。

也有比喻与其他辞格兼用或套用,多种辞格同时出现,造成语境的多种颠覆形式,增强了语言形式的丰富性和形象性。如对比与比喻兼用的:

> 何况齐鲁还十分高调。为什么不呢?她本来就是个高调的人,喜欢东风夜放花千树般的灿烂爱情——烟花般绽放在天空让人仰望的爱情是多么美丽呀!可她的爱情呢,这些年来,却是一个私生子,像土拨鼠一样生活在黑暗中。她受够了那种不能见天日的委屈。

> 阿袁《汤梨的革命》

用两个喻体形容齐鲁爱情的两种风格,前后形成了对比。比喻通过本喻体的错位组合给人以形象性。两喻对比使齐鲁的爱情期盼和爱情现实构成极大反差,这一反差聚焦于同一对象身上,具有了平衡点,形象地表现出齐鲁的爱情悲哀。

比喻后的叙述描写有时使比喻具有顺延效果,增强了比喻的真实感。如:

> (1)青年这天和孙丽坤目光相碰了。如同曲折狭窄的山路上两对车灯相碰一样,都预感到有翻下公路和坠入深渊的危险,但他俩互不相让,都不熄灯,坠入深渊就坠入深渊。

> 严歌苓《白蛇》

> (2)林格张开手掌,凝视着无名指上那枚闪闪发光的戒指,那是恋爱进行到高潮时黑戌强加给她的。那样一种黄色,恰如孙猴子在如来佛手里翻筋斗时,在佛手指变成的擎天柱旁留下的"到此一游"的尿迹。那会儿猴子还得意扬扬,自以为自己真到了西天了呢。

> 徐坤《游行》

在比喻造成本喻体语境颠覆的同时,下文的描述语境又与上文比喻构成反差,进一步说明或反衬了上文语境。例(1)后面的"熄灯"是承接前面的"曲折狭窄的山路上两对车灯相碰"而来,使前面的比喻语义延伸。例(2)喻后接着"那会儿猴子还得意扬扬,自以为自己真到了西天了呢"的描写,使前面的比喻具有了鲜明的情感倾向。

从比喻的内容来看,比喻可以是作者取喻,也可以是人物感觉中的比喻,作为人物心理描写的组成部分。多种形式使得语境差呈现在不同层面的叙事者之间。如:

(1)我听说陈记竹器店荟萃了三教九流地痞流氓无赖中的佼佼者,具有同任何天灾人祸抗争的实力。那黑色竹匠聚集到陈宝年麾下,个个思维敏捷身手矫健一如入海蛟龙。陈宝年爱他们爱得要命,他依稀觉得自己拾起一堆肮脏的杂木劈柴,点点火,那火焰就蹿起来使他无畏寒冷和寂寞。陈宝年在城里混到一九三四年已经成为一名手艺精巧处世圆通的业主。

苏童《1934 年的逃亡》

(2)九月的父亲("父亲"在此为象征词,正像有人称祖国为母亲一样),在我的冥想中是夏季里暴君一样的台风,专断地掀倒一切,狂躁无拦;我的父亲,一个有着尼采似的羸弱身体与躁动不安的男人,在我母亲离开他的那一个浓郁的九月里的一天,他的一个无与伦比的耳光打在我十六岁的嫩豆芽一般的脸颊上,他把我连根拔起,跌落到两三米之外的高台阶下边去。鲜血和无数朵迸射的金花在我紧闭的眼帘外边弥漫绵延,透过这永远无法弥合的两三米的黑暗而狰狞的空间,晕厥中,家像鸟笼在半空摇晃,男人像树在心里摇晃。我模糊看到我父亲被那个年代纷乱的人群捆绑着剃成的十字阴阳头,渐渐膨胀成中国的弯弯扭扭的城墙,他那怪笑般的长啸,凝固成夜幕里永远洗不掉的阴影。这阴影是我生命中无法穿透的男人的石墙。

陈染《巫女与她的梦中之门》

例(1)对"黑色竹匠""入海蛟龙"的取喻是源自叙事者,"拾起一堆肮脏的杂木劈柴,点点火,那火焰就蹿起来使他无畏寒冷和寂寞"则是源自作品中人物陈宝年的心理感受,突出了陈宝年对竹匠们的"爱"和依赖,以及由此产生的事业成就感。例(2)以"父亲"与"家"在"我"心里的形象特点取喻,对"父亲"一连串的比喻是因特定的历史时期、特定的家庭变故而来。时代的扭曲带来了喻体的扭曲形象,"我"的遭遇导致的心理扭曲也是喻体形象扭曲变形的重要原因。比喻将人物心理活动形象化,人物的心理活动决定了以心理视角取喻的喻体选用。心理活动又是由人物的多种因素决定的,如人物的情绪、人物的知识背景等。苏童《1934 年的逃亡》中写狗崽进城后对"已经被城市变了形"的父亲的比喻:"狗崽发现他爹是一只烟囱在城里升起来了，娘一点也看不见烟囱啊。"这一喻体带有了狗崽的乡土气息。

比喻的喻体可以是有形的具体的事物，也可以是无形的抽象的观念。如：

(1)上海的弄堂真是见不得的情景，它那背阴处的绿苔，其实全是伤口上结的疤一类的，是靠时间抚平的痛处。因它不是名正言顺，便都长在了阴处，长年见不到阳光。爬墙虎倒是正面的，却是时间的帷幕，遮着盖着什么。

(2)闺阁是上海弄堂的天真，一夜之间，从嫩走到熟，却是生生灭灭，永远不息，一代换一代的。闺阁还是上海弄堂的幻觉，云开日出便灰飞烟散，却也是一幕接一幕，永无止境。

王安忆《长恨歌》

具象或抽象的喻体同样与本体构成语义落差，也同样以落差达到形象性的描述效果。例(1)以"伤口上结的疤一类"为"绿苔"的喻体，是以具体的事物作喻，"时间的帷幕"则带有具体与抽象相见的意味。以"绿苔""爬山虎"的比喻描写展现了上海弄堂的景致，景致后隐含着活动在弄堂的人物。例(2)"天真""幻觉"便都为抽象无形的概念了，但同样形象地表现了作者取喻的意义倾向，体现了王琦瑶们所活动上海"闺阁"的特点，也展现了人物的沧桑更移。比喻喻体的选用往往带有取喻者的情感意识。如：

(1)还有朱小七的鼻子，也是挺拔的，可它实在太挺拔了，挺拔得简直有些脱离了组织，完全是不管不顾我行我素的态度。嘴巴呢，也一样，不仅大，而且还有些往外凸，耳朵亦支着，几乎成了招风耳。甚至皮肤也像东北肥沃的土壤，疙疙瘩瘩的，似乎要发芽，长出庄稼来。这使得朱小七的脸看上去有些奇怪，群雄并起一样，总之是乱世的景象，没有那种太平盛世的安闲和谐。

阿袁《俞丽的江山》

(2)她一只手举着话筒，另一只手捋了捋垂落到她空茫的大眼睛前的一绺头发，然后把这只手绕过前胸，插在另一侧腋下。她搂了搂自己，仿佛是替代电话线另一端的那只举着话筒的手。在她的生命中，那手，是一把在喧嚣又凄凉的都市中拨出温婉之音的竖琴。

陈染《与假想心爱者在禁中守望》

例(1)对朱小七的脸的多重取喻，突出其"丑"，这是从师母兼情敌俞丽视角

283

的取喻,自然带有了其鲜明的情感倾向。对朱小七"丑"的极度描绘,是俞丽"轻敌"心理的衬托,又与俞丽丈夫陈安被朱小七"俘获"构成反差。突出了朱小七在"丑"的外表掩饰下勾引男性的高超伎俩。例(2)对"手"的取喻,虽然本喻体原也是不能并置的,但却体现了寂寞的孤寂,蕴含着孤独中的寂寞对情感的追求。

比喻的生成与解读对语境有着很强的依赖性。比喻由特定的语境中生成,带有了比喻的形式与意义。如:

> (1)祖母蒋氏亲眼目睹了这条路由细变宽从荒凉到繁忙的过程。她在这年秋天手持圆镰守望在路边,漫无目的地研究那些离家远行者。这一年有一百三十九个新老竹匠挑着行李从黄泥大道上经过,离开了他们的枫杨树老家。这一年蒋氏记忆力超群出众,她几乎记住了他们每一个人的音容笑貌。从此黄泥大路像一条巨蟒盘缠在祖母蒋氏对老家的回忆中。
>
> 苏童《1934年的逃亡》
>
> (2)当然,最可气的也是最关键的,是邵丽总要领来热恋男友一道观摩。两人叽叽嘎嘎,手嘴并用,不时在底下寻找交换着共同动作和共同语言。柳莺这时便有些像球场上空的灯光一样,把一切不该暴露的细节统统照得尴尬。
>
> (3)柳莺的目光再次透过窗帘向外望去,但见窗外万家萤火,整个世界但凡有男人的家庭里几乎都荧光磷磷,一片诡魅。足球却原来是他们男人现世的灯啊!就是那足尖上蓬蓬燃烧的野性火舌,灼灼照亮了他们被文明痿顿的当下生活。或许也开蒙了他们的冥茫来世。
>
> 徐坤《狗日的足球》

例(1)以"一条巨蟒"喻"黄泥大路",源自目睹家乡人一个接一个经过黄泥大路去往城里的祖母蒋氏的记忆,而从家乡逃亡到城里的源头在于蒋氏的丈夫陈宝年。所以,"黄泥大路"牵系着家乡与城里,承载了众多乡人的痛苦和思念。从陈宝年发端到一百三十九个新老竹匠离乡就构成了这一比喻的背景语境。例(2)(3)都是取现场景物作喻。例(2)是看球时的情景,以"球场上空的灯光"作喻,与看球的空间语境相吻合。例(3)以"现世的灯"喻足球,源自柳莺目光中的"万家萤火"与世界杯球迷的狂热之间的关联。特定的语境参与了比喻的构成。

比喻寓意的解读也依托语境,靠语境参与完成比喻的审美。徐坤《游

行》围绕着林格有诸多比喻,这些比喻关联起了林格与多位男士周旋的生涯,因此,要联系文本整体语境来把握。如:

(1)美感业已陨灭,现在还剩下什么了呢?现在她只剩下诗意这一条救命绳索。她必须紧紧抓牢,必须拼命攀缘上去,否则她将不再复生,她将跌入永劫。

仰慕它,就像仰慕一朵花?

仰慕它吧,就像仰慕一朵花。

仰慕它呵,就像仰慕一朵花!

(2)话语就像潜伏在海底深处的坚硬岩石,在一次次浪涛拍溅的激烈磨砺撞击里,那层层积淀的鸟粪和藻类慢慢剥落了,凸显出外表的粗糙与真实。林格就像一条灵活而机敏的鱼,游击在话语世界的无尽深渊里,从岩缝间的脆弱薄软之处穿透过去,无所顾忌自由自在地穿梭游弋。

可这穿透的意义又究竟何在呢?难道只像一根竹签穿过一串山楂或几块羊肉那样,撒上孜然粉和盐,再裹上一层糖,熬煎炸烤好了之后,亮晶晶香喷喷的,仅仅是为了供人们闲时拿来打牙祭的吗?

例(1)源自极端崇拜而向"诗神"程甲献身后的失落,"仰慕一朵花"既体现出崇拜时的美好而又柔弱,又蕴含着幻想破灭后的虚无凋零。例(2)是与大学教授黑戊的交往,二人交往除了性,就是话语交锋。上述比喻就是对话语交锋状态以及交锋意义的形容。此外,多次出现的"广场""旗帜"也都在林格与各种类型的男士交往中体现出其寓意。"广场"的意义在文本语境中多处昭示。如小说开头的人神对话:

神说:那么多人闹闹嚷嚷都到广场上来干什么?

人曰:游行就是满足广场对旗杆的渴望。

小说也结束于广场:

广场呵

永远开放

而又

瑟瑟闭合

的

广场。

摇滚歌手的歌词更是将"广场"的寓意体现出来：

> 妈妈是个广场
> 爸爸是个旗杆子
> 若问我们是什么
> 红旗下的蛋

"广场"作为女性的寓意昭然。"旗帜"则来自林格与诗人们"频繁遭遇的日子里"，对诗人们"老式大裤衩"的比喻。"老式大裤衩"——"旗帜"——道貌岸然却又肮脏龌龊的诗人们，有着层层转换关系，其喻指这一类男性之义便体现出来。

比拟也是由语言符号变异组合而生成的辞格。在这种组合中，无生命、无情感、无形体的事物被赋予了生命、情感、形体，造成了本体与拟体的反差。如：

> (1)寂旖翻到那一页，她的目光落在他的名字上。代表他名字的那两个汉字，在纸页上动了动肩架，仿佛是替代这名字的主人向寂旖打招呼。
>
> 陈染《与假想心爱者在禁中守望》
>
> (2)我无比懊丧，想不明白为什么不把我投到监狱里去，而非要把我留在外边四敞大开的阳光中。那阳光爬在肢体上，不动声色，貌似温暖，却充满冷冷的杀机。
>
> 陈染《巫女与她的梦中之门》
>
> (3)所有的感官都瑟瑟地闭合了，所有的凝思都簌簌地打开。她还能够企望些什么呢？开放，抑或是承载？穿透，或仅仅是洞开？堕入深渊已经成为不可遏止，光明正在遥不可及而又唾手可得处轰隆隆地驾着金色马车驶来，是那样不可一世万丈金光地响着，马上就可以抓住了。她屏住气息，发出嘤嘤嗡嗡的诗意的呻吟……
>
> 徐坤《游行》

例(1)赋予"汉字"以人才具有的体态动作，写"汉字"实际上是写寂旖心目中活着的"他"，因了人，无生命体征的"汉字"才具有了动作神态。例（2）赋予不具有动态的"阳光"以动态"爬"，并赋予双重情感"温暖"与"杀机"。"温暖"是阳光的常态，直观的感觉；"杀机"则是源自"我"此时的心理感受。刚刚经历了与老男人的疯狂性交，目睹了老男人因性窒息而死亡。这种疯狂过后的恐怖使阳光产生变异，因此有了"冷冷的杀机"。例（3）也是向"诗神"献身时的感受，赋予无形体的"光明"以形体动作，形象地体现了林格的思想状态。以有生命有形体有情感来写无生命无形体无情感之物，多以动词性语词赋予其动作情感形态，也有的是形容词性语词所呈现的。如：

> 高粱深处，蛤蟆的叫声忧伤，蝈蝈的唧唧凄凉，狐狸的哀鸣悠怅。
>
> 莫言《红高粱》

动物的叫声本来并无情感，此处却赋予了情感，这些情感是倾听动物鸣叫的人物所赋予的。人物在特定语境中的思想状态，情感倾向，甚至可以使动物产生与原有形态、褒贬倾向截然不同的色彩。如：

> 一路上她看见无数堆狗粪向她投来美丽的黑光。她越哭狗粪的黑光越美丽，后来她开始躲闪，闻到那气味就呕吐不止。
>
> 苏童《1934 年的逃亡》

这是祖母蒋氏早晨发现狗崽出逃往城里后，"披头散发地沿脚印呼唤狗崽，一直到马桥镇"，见到狗崽出逃时一路拾的狗粪时，"号啕大哭"后的一路所见情景。无生命的狗粪有了"投来……黑光"的神态，丑陋肮脏的狗粪有了以"美丽"状之的形容。狗粪与狗崽的关联，使"狗粪"在蒋氏眼中和心理上产生了变异。特定语境的参与使被描绘事物与事物实际状态的反差趋于平衡，事物描绘中体现出人物的心态。

比拟在使事物形象生动的同时，增添了事物的趣味性，使事物妙趣横生。如：

> 柳莺赶忙举起她的高倍军用望远镜筒一照，她那紧贴在凸透镜上的妩媚丹凤眼就转告她的心说，别指望了，上帝本来就不应该轻易降临凡间，偶像本来也不是可以拉近了看的。作家只有他写作时才叫个作家，球星也只有他带着球的时候才好看。身上没球时也就跟个自摸不

和的相公没多大区别。

徐坤《狗日的足球》

眼睛作为人体的一个器官,本无独立的生命力,但在此却有了"转告"的言语行为,将柳莺"眼睛"与"心"的沟通关系表现得惟妙惟肖,富有情趣。

比拟与其他辞格兼用,在造成多种形式语境颠覆的同时增强了表达效果。如:

> (1)一抹夕阳打在毛毛糙糙半透明的玻璃窗上,噼噼啪啪响着,穿透进来,照着生有三只乳房的裸体女人和雪白的粉骷髅,照着孳生色欲的红色沼泽,照着色情泛滥的红色淤泥里生长着的奇花异草,照着卧在一株茎叶难分颇似棍棒的绿色植物的潮湿阴影下的碧绿的青蛙,青蛙大腹膨脬,眼泡像黑色的气球,当然还照耀着他的儿子沾满绿色血污的他的传家之宝。

莫言《红蝗》

> (2)狗崽凝望着陈宝年的房门他听见了环子的猫叫声湿润地流出房门浮起竹器作坊。这声音不是祖母蒋氏的她和陈宝年裸身盘缠在老屋草铺上时狗崽知道她像枯树一样沉默。这声音渐渐上涨浮起了狗崽的阁楼。

苏童《1934 年的逃亡》

例(1)将"夕阳"写成有形体有动作行为的事物,能够"打在""玻璃窗上",发出"噼噼啪啪"的响声,这是比拟。比拟中又有着通感的成分,视觉形象与听觉形象相通。"照着"后又是排比,以"夕阳"照着的杂乱无序的各类事物陈列,混合出一个奇幻诡异的景象。例(2)将"猫叫声"写成有形体有动作的事物,能够"流出房门浮起竹器作坊",能够"上涨浮起了狗崽的阁楼",是比拟。比拟中实际上有着通感的意义生成,将听觉与视觉相通,以"湿润地"修饰"流出房门浮起竹器作坊"也是将听觉与视觉、触觉相通。使狗崽听到环子在性交时的叫声转换为视觉的联想想象,凸显了狗崽的心理活动。

借代是对词语词典义的临时突破,借与事物相关的来代指事物。如:

> (1)但郑袖还是收了沈杲这个学生。一半是因为朋友的再三游说,一半是因为沈俞开出的课时费诱惑了郑袖。陶渊明能不为五斗米折腰,可郑袖不能。郑袖是个又要菊花又要五斗米的女人。既沉溺于菊

的清香，又沉溺于锦衣玉食。这也不怪郑袖的，读过书的女人多是这样。都喜欢过把酒东篱的生活。

（2）而沈杲却压根没听懂。她只能怏怏地折回到曹操这儿来。不然又如何呢？她没有理由总纠缠那个明代传奇的，万一沈俞或者叶青过问起来，她怎么解释？分明在挑拨离间别人的关系。恼怒之下，肯定是要炒她鱿鱼的。而她现在不想做一只被炒的鱿鱼。五斗米的俸禄倒在其次，最关键的，是叶青的良田千顷。来日方长。只要她长剑在手，不信叶青那偷来的产业，能千秋万代。

阿袁《郑袖的梨园》

例（1）以"菊花"代高洁的追求，以"五斗米"代生活必须的物品。一精神一物质，择精神而弃物质是陶渊明的追求。典出"把菊东篱下"和"不为五斗米折腰"的"菊花"和"五斗米"，便因此而与精神和物质有了关联。例（2）"良田千顷"借代叶青嫁给沈俞后所拥有的家业，后面"偷来的产业"同此义。二例中用以代指原有事物的语词，在颠覆事物原有指称的基础上，增强了意义上的概括性，形式上的形象性，与整个文本诙谐调侃的语调相平衡。

通感是将五官相通，打破了器官感觉原有的规则，进行重新组合，也是一种语言符号的变异。如：

（1）七哥只要一进家门，就像一条发了疯的狗毫无节制地乱叫乱嚷，仿佛是对他小时候从来没有说话的权利而进行的残酷报复。

父亲和母亲听不得七哥这一套，总是叫着"牙酸"然后跑到门外。京广铁路几乎是从屋檐边擦过。火车平均七分钟一趟，袭隆隆驶来时，夹带着呼啸而过的风和震耳欲聋的噪音。在这里，父亲和母亲能听到七哥的每一个音节都被庞大的车轮碾得粉碎。

方方《风景》

（2）那天早晨黄泥大路上的血是如何洇成一朵莲花形状的呢？陈玉金女人崩裂的血气弥漫在初秋的雾霭中，微微发甜。

苏童《1934 年的逃亡》

通感是感官上的错位表述，它颠覆了五官原有的功能，将其进行错位组合。例（1）"听到"与"音节""被……碾得粉碎"是错位搭配，原应是"看到"的情景，此处却以"听到"组合，是视觉感官与听觉感官的相通。无形的"音节"被"碾得粉碎"又是套在其中的比拟。将父母对七哥话语的"听不得"体现的形象生动。例(2)"血气"与"发甜"是嗅觉与味觉的相通,被杀后的"血气""发甜"又有悖常理情感,将陈玉金女人被杀后的恐怖情景做了异乎寻常的渲染。

衬托是将不同情景的事物现象进行组合的变异,本无关系或不相雷同的事物情景形成上下文链接,以使某一事物现象突出。如:

> 我的祖母蒋氏曾经是位原始的毫无经验的母亲。她仰卧在祖屋金黄的干草堆上,苍黄的脸上一片肃穆,双手紧紧抓握一把干草。陈宝年倚在门边,他看着蒋氏手里的干草被捏出了黄色水滴,觉得浑身虚颤不止,精气空空荡荡,而蒋氏的眼睛里跳动着一团火苗,那火苗在整个分娩过程中自始至终地燃烧,直到老大狗崽哇哇坠入干草堆。这景象仿佛江边落日一样庄严生动。陈宝年亲眼见到陈家几代人赡养的家鼠从各个屋角跳出来,围着一堆血腥的干草欢歌起舞,他的女人面带微笑,崇敬地向神秘的家鼠致意。

苏童《1934 年的逃亡》

上文写蒋氏分娩时的情景,写得"庄严生动",下文写家鼠的"欢歌起舞",虽然用的是欢乐的语言表述,但家鼠"围着一堆血腥的干草欢歌起舞"的情景无法让人产生美的联想。上下文形成了壮美与可怖的对立。以家鼠起舞来反衬蒋氏初次分娩的神圣构成了上下文语境的颠覆,渲染了乡村奇异的分娩画面。

夸张是对事物度的变异,以极写造成语境颠覆,来突出事物特点。如:

> 呵,那久已逝去的青春的岁月,那时候,每一阵风都给你以抚慰,每一滴水都给你以滋润,每一片云都给你以幻惑,每一座山都给你以力量。那时候,每一首歌曲都使你落泪,每一面红旗都使你沸腾,每一声军号都在召唤着你,每一个人你都觉得可亲,可爱,而每一天,每一个时刻,你都觉得像欢乐光明的节日!

王蒙《杂色》

对"久已逝去的青春的岁月"的讴歌,以排比的形式、夸张的内容,突现当年的幸福之感。"每一"所带来的后续感受带有夸张性,以微量事物与所带来的感受结果强烈的不对等,造成语境差异,这种差异在极言幸福感之强烈的感情色彩中得以平衡。

象征以字面义与所象征的意义之间的不对等,形成语词表层义与深层义的变异。如:

冰雹下了足足有两分钟,曹千里只觉得是在经历一个特异的、不平凡的时代,既像是庄严的试炼,又像是轻松的挑逗;既像是老天爷的疯狂,又像是吊儿郎当;既像是由于无聊而穷折腾,又像是摆架子、装腔作势以吓人。哭笑不得,五味俱全,毕竟难得而且壮观……

然后,这个时代结束了,是叫人放心的,等待已久的正正经经的雨。雨总不会砸破脑袋,也不会毁坏庄稼,大雨落在草地上,迷迷蒙蒙,像是升起了一片片烟雾。

王蒙《杂色》

看似写冰雹,写自然景物,实为写时代,写社会环境。从篇首的题词“对于严冬的回顾,不也正是春的赞歌吗?”可以看出,本文意在对“严冬”的痛苦回顾,对春的到来的讴歌。“严冬”意指给中国人民带来巨大灾难的“文革”时期。故事发生在这样一个历史时期,一个知识分子曹千里和一匹灰杂色马的遭遇是这个时期的见证。“经历一个特异的、不平凡的时代”,“两分钟”与“一个特异的、不平凡的时代”在时间上形成了极大反差,这一反差恰好说明了“冰雹”的非同凡响。它是曹千里和杂色马所经历的特殊年代奇异荒诞景象的象征,“这个时代结束了,是叫人放心的,等待已久的正正经经的雨”则是灾难过去,新时期到来的象征,象征意义在字面义与深层义的反差,在特定语境参与下的重构平衡中体现出来。

第二节 网络语言冲击下的新世纪小说语境

网络如一股飓风,冲刷扫荡了当代世界的每个领域、每个角落。它带给人们全新的理念,全新的思维方式、生活方式和语言方式。在网络时代这一大背景下,现实生活与意识形态的方方面面都无可逃遁网络带来的巨大冲击。新世纪小说作为反映现实生活的载体,承载着时代内容,反映着时代风貌,也就不可避免地打上了网络的烙印。网络语言作为汉民族共同语的社会方言,进入小说共同语语境,造成对共同语语言系统的冲击。①

---

① 为说明网络语言对新世纪小说共同语语境的冲击,我们探讨的仅是传统意义上的纸质小说(且不包括网络小说纸质出版的)。因为网络小说就是根植于网络基础上的,网络语言出现在网络小说中是正常的,与网络语言是和谐的。而纸质小说则处在非网络语境,网络语言对其冲击所产生的是语境差,是语言与语境的不和谐、不平衡,由此带来强烈的修辞效果。

一 网络语言植入小说共同语语境

新世纪小说语境在表现内容、表现形式方面体现出鲜明的时代特色。当代文学语言的"狂欢"现象①打破了语言秩序,网络语言的出现为"狂欢"增添了一道亮丽的风景,既使网络语言扩大了使用领域,又使小说语言增添了些许网络时代色彩。网络语言在词语与句式方面对共同语的变异,展现了网络语言在语言方面的主要特色。它打破了共同语约定俗成的规律,以网络群体追求出格、追求个性的思维特征创造了新词新语,形成了共同语的社会分支——"网语"这一社会方言。早在 20 世纪 40 年代,维特根斯坦在分析西方话语状况时就指出:"我们的语言可以被看作一座古老的城市;迷宫般的小街道和广场,新旧房屋以及不同时期新建的房屋。这座古城被新扩展的郊区以及笔直的街道和整齐的房屋包围着。"②在这段对语言发展状况的形象描绘中,我们似乎看到了当代中国网络语言的一隅之地,这就是"新扩展的郊区"中的一片田野,它不入"城市"主流,但确实客观地存在着,并进入人们的视野,影响着人们的语言生活,影响着"语言大地"的面貌。网络语词介入共同语语境,造成了对新世纪小说语言的冲击。这种冲击改变了共同语的和谐统一,形成了语词上下文的语境差,即上下文语境的不平衡。

诚如诗人任洪渊在《没有一个汉字抛进行星椭圆的轨道》中所形容的诗歌语言,"在另一种时间/在另一种空间/我的每一个汉字互相吸引着/拒绝牛顿定律",网络语言同样离经叛道,不受约束,"拒绝牛顿定律"。网络产生了大量新词,网络新词植入小说共同语语境,于表层的"格格不入"间,增添了语言的生机活力。如范小青《屌丝的花季》几个语言片段:

(1)你说,一苦 B 女青年,家境一般,工作底层,两眼茫然,前途渺渺,除了婚礼,我还有什么梦可做呢?

(2)腹黑啊,上班的那些故事果然一演再演,经久不衰。

(3)我怀疑他也是爪机党,跑到后面一看,果然的,他正忙着呢。见我过来,跟我说,刚才好像听到老大说,你叫贾春梅?你微博注册的是贾春梅,就是贾春梅吧,恭喜你啊贾春梅,你已经有三千粉丝啦。

我知道那是僵尸粉,但多少也满足了一点虚荣心,至少我的话题是有人感兴趣的嘛。

---

① 鲁枢元:《超越语言——文学言语学刍议》,中国社会科学出版社,1990 年,第 212 页。

② [奥]维特根斯坦:《哲学研究》,汤潮、范光棣译,上海三联书店,1992 年,第 15 页。

例(1)"苦 B"表烦恼、痛苦,不满足于现状,却又无可奈何之义。后面对家境、工作状况的描述即可视为对"苦 B"的说明,也是标题"屌丝"的注解。"屌丝"是网络流行语中小人物自嘲的称呼,本来其特点是穷丑矮胖笨等义,后又扩展为一种时髦的自嘲称呼。在该文本中,还有一处用了"苦 BB 地叹息了一声",以"BB"叠加,形容"苦"的韵味更强,又使"苦 B"用法扩容。例(2)"腹黑"出自日语的汉字词语。通常指表面温文和善,内心奸诈或有心计。在日本的动漫和电子游戏中被当作萌属性广泛使用。例(3)"爪机党"又名手机党,是一些常用手机在网络发帖,评论、聊天等用户的总称。"粉丝"并非由汉语"粉丝"词义衍生而来,而是用"fans"的谐音来代表忠实的歌迷、影迷等狂热者。"僵尸粉",又称"空头微博",是指微博上的虚假粉丝。小说从标题到内容,运用了大量网络语词。通篇小说娴熟的网语使用技巧,如行云流水,将网络新词娴熟地植入共同语中,凸显了主人公"我""到了网上,精神倍儿振奋"的爪机党的身份,凸显了人物口吻、个性。在这篇小说中,微博可以说是生成情节的媒介,"我"通过微博与各色人等交际,促使情节发展,因此,网络词语的介入看似与整体共同语语境产生差异,却与故事人物情节相和谐,塑造了特定语境中的特定人物,展示了特定情节。

　　进入该文本小说语境的,还有改造了共同语原有语义用法的网络词语,词是旧词,义却是新义。如:

　　　(1)部长听不清,说,小贾啊,是不是乡下风景很赞啊,难怪现在城里的人都要往乡间去……
　　　(2)只有我们老大,很少上线,不知道他算是有身份,不与我们为伍,还是一直在潜水。

例(1)"赞"共同语中为动词或名词,近年流行在网络的"赞"来自浙江东部沿海地区方言,意为非常好的,干得非常漂亮。部长口中的网络词语体现了"网语"拥有众多的使用者,也与交际对象"我"的身份兴趣相符。例(2)"潜水"由共同语"在水面以下活动",引申为在网络论坛里待着,只看帖,不发帖。叙述与网络相关之事,用此简洁概括又妥帖。

　　如果说,上例是彻底颠覆了原有的词义,该文本中有的网络词语则是对原有语义的延伸。如:

　　　我忙着呢,我要种菜偷菜,我要魔兽世界,我还要淘宝购物,我还要什么什么什么,我哪有时间养牡丹花。

现实中的"种菜偷菜"演化为一种网络游戏,其内容仍与"种菜偷菜"相关联。《魔兽世界》(World of Warcraft),是著名游戏公司暴雪娱乐(Blizzard Entertainment)所制作的第一款网络游戏,属于大型多人在线角色扮演游戏,其游戏名与内容也有一定的关联。还有"什么什么什么"也是网络中一种嬉戏用法,"什么"代词身份不变,但却转化为疑问代词的非疑问用法,连用表示对诸多内容的省略。

谐音是网络语言产生新词新义的一种手法,有时候,网络语言借用共同语,以谐音的用法改造了原义。小说则将共同语本义与网络谐音义共存于同一语境中。如:

> 是谁他妈的网络胡搞,悲剧说成"杯具",时尚说成"潮"。谭云"潮"了一把,将人生悲剧置换成根艺香樟茶几上的"杯具",有了厂房,有了茶山,有了度假区一间茶庄,开上象征茶老板身份的宝蓝奥迪。
>
> 胡增官《玉碎》

"悲剧"说成"杯具",颠覆了词语原有能指与所指的组合,是网络语言的改造,此处妙在"将人生悲剧置换成根艺香樟茶几上的'杯具'"。"悲剧""杯具"的同置,说明人物命运的改变,简明概括又具有调侃意味。

网络语词植入小说共同语语境的方式是多种多样的,在网络语词与共同语词共用时有时实际上改变了某一类词义。如:

> 我听不出他是哪里的口音,但是我听得出他瞧不上我,他认为我是个菜鸟。唉,菜鸟就菜鸟吧,物是人非,我已经天旋地转,不知道世间鸟为何物,直教鸟混沌迷糊。
>
> 范小青《屌丝的花季》

"菜鸟"非"鸟",而是网络词语"新手"之义,或指与所从事的工作不入流,反应痴呆的人。"菜鸟"牵引出"鸟",实际上已偷换概念,此鸟非彼鸟。虽前后"鸟"语义不搭,却链接得极为自然,充满了幽默意味。

网络新词常常随着网民的传播沟通而发展,网络的一些句式也常常成为网民模仿的对象,小说语言中也就出现了对网络句式的引用、仿用。如:

> (1)网上说:我的那些叫作"秋高"的大哥们哎,可是把我给"气爽"了。网上又说:杯具碎了剩下的是玻璃,心碎了剩下的是眼泪。玻璃刺

痛了心,杯具盛满了眼泪。网啊网啊,你真比我的亲爹还亲,无论何时,无论何地,你都是我的内心深处的真实写照。

(2)我还忘记了我曾经说过要怎么怎么他,但是这一切的怎么怎么他,到他突然出现在我面前的时候,神马就立刻变成浮云了。

范小青《屌丝的花季》

例(1)所引两句"网语",一句将成语"秋高气爽"分割开来,并曲解其义,组成句式,为己所用。另一句引被网友热用的"杯具"一说来形容,组成句式。引用网络句式形容自己失恋后的心情,使悲苦无奈中带有了调侃的味道。加之随后对"网"的呼告,更激活了了"网"的生命力,网络与人的沟通如行云流水,使调侃韵味倍增。既与"我"的性格相符,与"我"网民身份相符,也与全文的调侃风格相呼应。例(2)以网络经典句式"神马变成浮云"演化而来,表现"我"见到未婚夫季一斌时的失态。

有些网络句式是网民制造生成而发展,有些则是通过改造原有作品句式生成的。如:

众网友一听立刻鼓噪起来,他们一起在屏幕上大喊偶像啊偶像,不在偶像中诞生就在偶像中灭亡。

晓航《一起去水城》

显而易见,该句式模仿鲁迅《记念刘和珍君》中的名句:"沉默啊,沉默啊! 不在沉默中爆发,就在沉默中灭亡。"然而,严肃意味被解构为调侃,形容网友们的喧嚣,渲染网络拍卖时的情景极为形象生动。

二　网络语境与非网络语境

网络语词进入小说,有时用于小说中所描述的网络语境,记述网络生活中的人与事;有时则扩大用法,用于非网络语境,即与网络不相干的情景。在扩大使用范围的同时,有的保留了网络语言中的语义,有的则扩大了语义范畴,表现了网络语言介入新世纪小说所体现出的容量扩充和伸缩能力。

网络已成为众多当代人生活的必需品,生活的伴侣,随着网络发展,网民生活进入了小说家的视域,成就了一些小说的故事情节、故事人物。在讲述网络生活的网络语境,网络语言作为表现网络特定环境、特有事物和现象的载体,理所当然地充当了角色,网民使用的"网语"作为特定人物使用的交际手段进入了小说。如:

(1)再大的毅力也熬不住了,他终于重上微博去,死死盯着私信那块,看几秒后会不会弹出橙色提示条子。

桢理《微博秀》

(2)他找网吧待几个小时,他不会玩网游,反恐也弄不明白,看过新浪体育后,他不自觉地登录了论坛。一个加拿大的简体字网站,各种马甲分享着色情图片。

蒋峰《六十号信箱》

例(1)"私信"是微博上一种只有对话双方才能看得到的聊天工具,具有较隐秘的私人空间。小说写@福利(主人公谢世民)盼望得到"互粉"的冰姐的回复,"私信"是他们的沟通途径。例(2)"网游""反恐"都是网络游戏术语,"马甲"则泛指同一个人的不同 ID。在网络论坛上,为了隐身,网民在常用的用户名外再注册名字,也叫穿马甲。这些网络用语显现了网络社会的虚拟性,体现了当代人通过网络展现性格多面性的心理要求,体现了时代的万花筒现象。

网络语言产生于网络语境,使用于网络语境,语境与语言是相适应的,但网络爱好者的"推波助澜"扩大了一些词的用法和使用场合。在新世纪小说中,一些爱好网络语言的小说家常常将其用于非网络语境。网络语言扩大化,进入日常用语,打破了网络语言与网络语境相关联的适应性,产生了语境背离现象。当然,小说中网络语言对非网络语境的参与是个性的,临时的。如:

"你才幻觉。你说郑石油保证跟我结婚,你说你能找到郑石油,你说只要我不走就跟我结婚……你回车回车总回车,却没一条兑现。"

东西《救命》

回车键,即键盘上的 ENTER 键,在计算机语言中用途多样:在文字编辑时,回车键的作用是"换行",在输入网址时回车键的作用是"转到",在执行DOS 命令时,回车键的作用是"执行"。此处出自一个屡次因情感纠葛而自杀的女子麦可可之口,以指责受警察之托,前来"救命"的孙畅多次以"善意的谎言"劝阻其自杀,而后却未能实现承诺,显得概括而富有情趣,体现了说话者喜爱上网的生活兴趣。

诚然,网络语境与现实语境并非截然对立,它们都是人物交际所处的空间,因此,同一小说文本语境中,网络语词在网络语境与非网络语境中可能

并用。如范小青《屌丝的花季》中交织着网络语境与现实语境,"亲"这一称谓语在小说中多处出现,所指对象不同:

> (1)我简直要疯了,情急之中,想到了我的亲,赶紧求助,发了一条,说,婚前突然失踪,是怎么回事,求解。
>
> (2)亲,你们知道的,我早已经惊得魂不附体,难道我真的会幻想出一个江秋燕来?为什么我偏偏幻想她叫江秋燕,不叫江冬燕,不叫江夏燕呢。当然,我也想得通,无论我幻想出一个什么燕来,都会有人来找我求证的。
>
> (3)亲,你们猜得着吗?满山遍野的,开着艳红艳红的牡丹花。
>
> (4)他们给了我两片舒乐安定,我活了二十多年,还没吃过这东西呢,吃下去效果极佳,两分钟后就开始做梦了。
>
> 亲,你们觉得我应该做一个什么样的梦呢?
>
> (5)只不过,无论在意不在意,我的心可不在这个桥上,也不在西地村,亲,你们知道的。
>
> (6)嘿嘿,亲,你知道的,这都是我的杰作,名字里有个光的,给加上月字旁,成了胱,有文的变成坟,有军的加三点水成浑,还有个风,就让他疯,等等,哈哈。

"亲"在共同语中用作动词或形容词,后成为淘宝中的称呼语,上例除了例(1)指网友外,其余都转化为对小说读者的称呼。这一称呼在小说中多处出现,既凸显网民身份,又以与读者对话方式,增添语言的口语化,拉近与读者的距离,制造了故事讲述者与故事听读者面对面交际的生动效果。

非网络语境与网络语境同为现实人交际的场所,因此,非网络语境与网络语境在小说人物交际中可能出现交织错落的情形,表现出多层面的交际状况。如由作者或故事人物叙述的网络生活、网络经历:

> (1)季一斌说,贾春梅,你一冒泡我就知道是你,必定是你,除了你,有谁会这么无聊。
>
> (2)我忍不住问她,你认定的谁呀。她说,穿了马甲、用了假名在微博上骂我的人,我知道她是谁,她就是我的闺密吴清雨。
>
> 范小青《屌丝的花季》

"冒泡""马甲""假名"都是网络术语,它用在作品人物关于网络交际内容的对话中。交际情景是现实空间,话语内容事关网络,所以出现了适合网络语境的词语。这两个对话片段的交际呈现两个层面,一是现实中面对面的交际双方,一是网络虚拟世界交际的双方。面对面的交际双方在转述网络情景时使用了网络用语,使交际处在现实语境与网络语境交织的两个层面,展现了交际双方的"网民"身份。

在当代社会,网络对人们现实生活介入的深度广度是网络语言在客观现实空间和网络虚拟空间自由行走的客观原因,在关涉网络事宜时网络语词自然而然地取代了共同语词,使之具有概括性,并使之具有时间空间的跨越性。如:

> 在食堂吃饭时,不少管理层员工听说他开了微博,都过来要求互粉。
>
> 桢理《微博秀》

网络词语用于日常交际语境,"互粉"取代了"互交朋友""互相捧场"之类的共同语,因表示网络内容而显得自然概括,同时,它打破了时间空间局限,使现实空间与虚幻空间链接的同时,又实现了现在与将来的时间链接。

非网络语境与网络语境的交织,造成了交际对象、交际层面的复杂性,也造成了语义的扩大化、复杂化。网络语词往往在使用过程中产生派生义,如"屌丝"一词,在不同的文本中具有不同的语义指向。如:

> (1)昌城的报纸把谢世民这种人称为"农二代",单位的人却说,那叫"屌丝",鸡巴毛都不算的家伙。谢世民第一次听到有点生气,又不敢作声,后来发现招进来的大学生都炫耀地自称"屌丝",才晓得自己赶上了大大的时髦。再后来,连开宝马的总经理都骄傲地说自己是"屌丝"了,令谢世民百思不得其解。新来的大学生们说,这名字深刻啊时尚啊,里面有种反抗,有种解构,还有种叉叉,叉叉叉。他后半截完全听不懂了,鸟语一般。
>
> 桢理《微博秀》
>
> (2)我听不懂她的话,当然我也没有很想听懂她的话,我的心思也不在她身上,我的心思在哪儿呢,你们当然是知道的,在季一斌身上嘛,我一直就是这样一个没出息的屌丝嘛。
>
> 范小青《屌丝的花季》

例(1)中"屌丝"赋予不同的对象,就有了不同的含义,从低贱到高贵,等级递增,褒贬义当然也随着更改,"屌丝"的本义由此被颠覆解构。如果说,谢世民是被动接受"屌丝"称号的,例(2)中的"我"则是主动自嘲为"屌丝",在扩大词义的同时,也改变了词语的情感色彩。

三　网络语言参与小说文本建构

作为反映当代人生活载体的小说,出现了诸多表现网络生活的故事情节。人物在网络虚拟世界中的语言活动,或作为特定情景的描绘,或作为表现人物性格形象的组成部分,或作为情节的链接点和触发点,参与了小说文本建构。网络语言作为时代多方位、多角度的展示物,成就了一些小说的情节结构,成就了空间情景描绘,成就了人物形象的塑造。

网络虚拟世界与现实世界的接轨通过当代人的网络生活实现,网络语言展现了网络生活的特定情境。蒋峰《六十号信箱》中就描写了中学生许佳明在网吧的情景:

> 网吧人太多,他没办法全屏,每点一帖子在图片展开前就急着回复一句"碰见这把好乳,虽不是板凳胜似沙发"或是"楼主功德无量,小弟六体投地"之类的。后来他改看网文,没影像没声音也没感觉,里面对白都是"啊……啊啊……啊啊啊……"也不知道作者什么意思,写色情文又不按字数结稿费,点这么多省略号干吗?

记载的网络语言体现了色情网站的特点。网民特有的"板凳""沙发"等词语变异,特有的亦古亦今、亦文亦白的奇异句式,以及"啊……啊啊……啊啊啊……"的令人费解又富含意义容量的网络常用语式,营造了网吧气氛。还有许佳明为移居加拿大与"骷髅精灵"在网上的交流,都作为人物活动某一空间背景,展现了一个寄人篱下的中学生"孤独"的情感世界与生活经历。虽然,上网只是许佳明生活的一些片段,网络交际也只是小说的次要情节,但它们与主要情节相印照,是许佳明利用他人废弃的六十号信箱作为自己的"秘密之家",邮寄"寄给天堂的信",由此维系自己对单恋的已逝女同学房芳追念的主要情节的附属物,它们相互关联,完成了故事及人物的整体构造。

人物的网络生活可能是人物命运的拐点,也可能是小说故事情节的触发点。晓航《一起去水城》中讲述的网络上兴起的"代骂"服务,"卖网"上拍卖老婆的场面和情景渲染,都成为情节延续的触发点。父母雇人在网上"对自己女儿进行无休止的谩骂",不仅没有使大学毕业后游手好闲的女儿回头是岸,反而"非常刚烈地自杀了"。这就是"骂语"的力量,也是网络语言引发的悲剧,同时又是作为"卖网"的铺垫,引出"卖网"。"卖网""这个创意是近期除了'代骂'业务以外,我看到最富游戏精神的一个。""卖网"上拍卖老婆之事,引发了整篇故事情节的走向。小说描写了拍卖的情景:

> 很遗憾,我在很意外的情况下成为第二种竞拍的胜利者,这归因于另外一个同样无知的网友的无聊竞争。那一天,我确实喝了酒,在放松状态中我进入了平时不怎么关注的拍卖现实主义老婆游戏,几乎没费什么劲儿,很快我就和一个叫"孤独明月伤"的网友干上了。这家伙十分嚣张,他一往无前地一直举牌,依仗着手中丰厚的游戏金币的贮藏,不顾任何拍卖规则一路抬价。他的举动引起了包括我在内的众多网友的反感,大家纷纷跳出来对他进行阻拦。可是很无奈,这家伙不知在什么游戏中积累了太多的财富,所以谁也挡不住他。他一边举牌一边骂骂咧咧,根本不把众网友放在眼里,就在他即将得手众皆绝望的一刻,我在酒精的烘托中,鼓起勇气举起了牌,坚定地说:我出××钱,不是金币,是人民币。
>
> "孤独明月伤"傻了,他愣愣地在屏幕上问我:"傻B,你疯了,为了这件事出真钱?"
>
> 我悲愤地答道:"当然,买现实中的老婆,我出真钱,人间自有真情在!"
>
> 众网友一听立刻鼓噪起来,他们一起在屏幕上大喊偶像啊偶像,不在偶像中诞生就在偶像中灭亡。

这段文字惟妙惟肖地描写了一场网络游戏,再现了网络交际——拍卖的情景,真真假假,虚虚实实。网络人在虚拟世界的荒唐游戏如同现实世界的人际交往,人物的音容笑貌、神态举止跨越了现实空间,链接在虚拟空间。故事主要人物"我"和"孤独明月伤"在虚拟的网络空间初次见面。由拍卖情节为开端,引发了二人在现实中的交际。网名为"孤独明月伤"的冯关将妻子林兰和情人余心乐作为卖品,任由"我"挑选一个。由此开始了"我"与冯关及两个"卖品"之间的周旋,故事最后以"我"促成冯关与余心乐为追求没有沙尘暴的净土,远走"水城"终结。上述语言描绘的网上拍卖老婆的情节,是故事的发端,是人物关系的起始,也是情节走向的预设。

如果说,《一起去水城》中的"卖网"拍卖只是组成了故事中的部分情节,有些小说则是通篇以网络为线索建构。桢理《微博秀》是一篇典型。婴幼儿食品仓库的保管谢世民因偶然间"出卖"了生产部门龙经理,得到了公司高副总的奖赏,奖品是一台"企划部淘汰的旧电脑",高副总给他的福利是让美工手把手教他上网,解决他一个人看守小仓库的"孤独"。于是,小保管迷上了微博,"微博好像一个班级,一所学校,或者一坨巨大的人群在狂欢"。小保管注册了个微博名"@福利",从此开始了他的微博生活。微博为这个"从小到大,恰好相反,一直躲着人多的地方;不得不容身某个团体,也尽最大努力沉默隐身;连坐公汽,他都选最后一排,最里一个座位"的小人物提供了广阔的交际空间。他在微博上与警察冰姐交际,为@普罗旺斯白房子声援,与粉丝互粉。微博牵动着他的"植物神经","平衡"或"失调"都与微博息息相关。故事以"一夜不舒服,谢世民不知老毛病发了,更没料到这是微博向他发出的信号",开始了小人物谢世民贯穿于小说始终的微博生活的讲述;又以微博结尾:谢世民骑在车上,想要慢慢淡出旧微博"@福利",再注册个新微博"@美丽的风筝",用这个微博"慢慢写自己想象中的喻筝的生活,写情节,写细节,越细越好"。微博填补了小保管空虚的精神生活,也填充了小说的故事情节,成为伴随人物生活成长的承载物。一个没考上大学的"农二代",一个在单位同事看来"屌丝,鸡巴毛都不算的家伙",在微博上"无比自尊"。在网络这个虚拟的空间"@福利犹如走进了化装舞会,王子和平民在网上完全平等,而且,谁也不知道,他是王子还是平民,甚至是男是女,是人是狗。"小说生动描写了谢世民从"菜鸟"到"资深博民"的过程:

　　(1)谢世民的微博知识在各路高手点拨下,如裂变一样增长,也学会了去广场等地方寻找转发,评论多的好苗子,甚至偶尔也剽窃,以使自己微博更加吸引人。

　　(2)他的微博成了苦逼屌丝吐槽博,每日写两三糗事,越写得无辜无助,挺他的人越多。

　　(3)可他已经编辑上瘾,一天不在网上到处找屌丝苦逼事,集中到一个名叫@福利的身上的,就会很难受,甚至,植物神经也会失调。

这些文字中穿插着网络用语,也记载了网络人的"逆反"的价值取向。"越是错别字连篇,句子啰唆,漏洞百出,别人越相信是真的,越挺他"的网络上的语言使用情况,是网民生活(包括语言生活)的真实写照。微博生活与现实生活相交错,并形成了反差,通过虚拟与现实的反差构成了人物生存的空间。人物在这样交错的空间表现出了行为与精神上的裂变,"他无数次在自行车上问自己,他是不是有三个他:一个是现在骑着车的;一个是藏在植物神经里的;还有一个是@福利。三个人完全不一样。"谢世民的微博生涯展现了当代社会网络虚拟世界给现实世界造成的巨大影响,既是小说情节构成的载体,又是人物形象构成的承载物。

网络语言参与小说文本建构,在塑造人物形象方面运用了一些网络上表示特殊群体的词语,具有独到的表现力,如桢理《微博秀》中"粉丝"与"屌丝"并举的用法:

(1)而且从此后,他发现了一个秘密,只要他说出一个"屌丝"的苦恼,就会得到大多数人的认可和表扬,还会增加不少粉丝——微博上可怜人得势呢。

(2)粉丝再多,他还是屌丝啊。

"粉丝"与"屌丝"本不相干,但上述两例通过它们的并举,将两种不同的形象代表相关联。从语音上看,同以"丝"相谐造成调侃的谐趣。从语义的概括力来看,两例中两词的关联状态又有所不同。例(1)"屌丝"与"粉丝"成正比,说明了"微博上可怜人得势"的人心所向。例(2)中"粉丝"与"屌丝"成反比,体现网络上的"得意"与现实中"失意"的矛盾。"互粉"的网友冰姐将自己家的小保姆玉儿介绍给谢世民,由此引发谢世民的情绪失落,原来自己在冰姐那里,"其实就是跟大舌头加鼻音的大大咧咧的小保姆很般配的人",虚拟世界与现实世界构成了反差。

人物形象塑造得力于对人物神情举止的描写,也得力于对人物心态、话语的描绘,网络语言在人物心态、话语的描写中也独具特色。如:

(1)自从那季一斌变成狗日的以后,我日日泥马,夜夜抓狂……

(2)我说,张小汾,我以为你们是我的亲友后援团,哪知道你们是些莫明其妙的奸细团,潜伏团,小心我把你——张小汾笑道,我知道,我会小心的,不让你把我扁成 K 粉啦。我说,这回不扁你成 K 粉,把你扁成一只过不了冬的癞蛤蟆。

范小青《屌丝的花季》

例(1)"泥马"是网络上感情发泄用词,属谐音现象,类似的还有奶茶(NC、脑残),烧饼(SB、傻 B)等。"抓狂"在网络上表愤怒而无处发泄,整得快要发疯之义。"日日"与"夜夜"相对,用这两个网络泄愤的词语,表现对未婚夫季一斌与闺密江秋燕成婚而抛弃自己的愤怒心情,尽管这一事件是"我"因患"婚前恐惧综合征"幻想出来的,但因事件引发的心理活动是真实的。例(2)对话双方话语中都用了网络词语,表现出双方"爪机党"的身份。共同的网络交际体验,训练娴熟了的"网语"沟通技巧,使双方心领神会,对接如流。网络语言中具有嬉戏意味的词语重叠也出现在人物话语中。如:

> 那江秋燕满身上下冒着气泡说,他受不了别人的眼光,他怀疑我有见不得人的前科,他说我莫名其妙,他什么什么,什么什么什么,什么什么什么什么——我真是弱爆了,赶紧讨饶说,江秋燕,你不是我骂的那个江秋燕,你不要对号入座。

范小青《屌丝的花季》

类似网络"叉叉,叉叉叉""怎么怎么"用法的"什么什么,什么什么什么,什么什么什么什么——"以游戏语词的方式,于谐趣中显现了涵盖面极广的语词容量。

网络语言是基于共同语基础上的"后起之秀",它以多样的形式产生、蔓延、发展,它印证了语言随着社会发展而发展的规律。诚然,人们对网络语言褒贬不一,从网络语言新词新语构成来看,难免良莠不齐,其生命力难以预测。网络语言中的消极面是不可否认的。本文探讨的仅是网络语言对新世纪小说语境冲击中的积极现象,因为我们是基于修辞视域的探讨。正如范小青在《屌丝的花季》创作谈中所说:"我很喜欢这世界上和生活中有许许多多新词,时尚的,流行的,特别招我待见,看见它们我就嬉皮笑脸,乐不可支。通常可能认为时尚的比较浅薄,流行的多半是一过性的,不能恒久。但是它们却是灵动的,活的,新鲜的,极有趣味的,即便它是一过性的,但它就凭着这短暂的一过的过程,打动了你。"[①]正是这种喜爱,作者积累了许多网络词语,并将其娴熟地自然地运用到了自己的作品中。她对这种语言的双向评价是辩证的、深刻的。网络语言中的一些成员可能昙花一现,但她所追求的并非花期长短,而是"一现"时的绚丽。她用来形容新词的"灵动的,活的,新鲜的,极有趣味的",同样可以用来说明其小说中网络词语运用所产生的效果。从这种对网络语言赞赏性的价值取向来看,她所形容的网络语词"使汉语的大地在今天发生了强烈的地震",[②]强调的是更新,而非破坏;强调的是影响能量,而非破坏力度。这是与现实地震所造成毁灭性的破坏迥

---

① 范小青:《一次无所谓成功或失败的写作逆袭》,《中篇小说选刊》2013年第4期,第102页。
② 同上。

然不同的。网络语言在造成地质影响的同时，又给语言大地带来了新鲜活力。正如任洪渊在诗作《汉字，二零零零》中所形容的，"语言（尤其是汉语）运动的轨迹在呈现生命的疆界"，网络语言对新世纪小说语境的介入给小说语言注入了生机活力，增添了语言的时代感，增强了语言的表现力。在打破语言和谐平衡范式的同时，实现了语言与时代的链接。

第六章　颠覆中的小说对话语境

小说对话作为小说文本的重要组成部分,参与小说文本建构。巴赫金充分肯定了人物话语的意义,强调"对话交际才是语言的生命真正所在之处。语言的整个生命,不论是在哪一个运用领域里(日常生活、公事交往、科学、文艺等)无不渗透着对话关系"。① 对话以其特有的形态与功能,在小说叙事中显示出生机活力。

对话的本质是语言,对小说对话的考察也是基于语言基础上的。但对话又不仅是语言问题,它还涉及心理问题、哲理问题、逻辑问题、语境问题、审美问题等。巴赫金在强调对话参与文本建构的同时,清醒地看到了对话的多学科性,他指出:"对话关系是超出语言学领域的关系。但同时它又决不能脱离开言语这个领域,也就是不能脱离开作为某一具体整体的语言。""所以,应该由超出语言学而另有自己独立对象和任务的超语言学,来研究对话关系。"②"超语言学"视角体现了语言学、心理学、哲学、语境学、美学等多学科交融的视角。当然,不同学科对对话的研究有着不同的侧重点,在多学科交融视角中有着主体视角。我们的考察是以语境为主体视角的"超语言学"考察。

以语境为主体视角,可以考察对话中的语境适应,也可以考察对话中的语境背离。我们选择了语境背离作为考察的重点,是基于全书的语境差视角。小说中的精彩对话往往出现对日常言语交际规律的解构,它颠覆了言语交际的合作原则,颠覆了言语交际的话语特征,也就颠覆了小说对话语境。

从语境差的识别到语境差的审美,经历了从语境颠覆的不平衡到平衡的过程。对小说对话语境差的考察,往往呈现出两个层面,这是基于对话的性质特征所决定的。一个层面的表现是,对话双方话语的不合作体现了不

---

① ［苏］巴赫金:《陀思妥耶夫斯基诗学问题》,钱中文主编《巴赫金全集》第五卷,河北教育出版社,1998年,第242页。

② 同上,第241—242页。

平衡,而在人物形象、人物关系、特定情境中可能趋于平衡。这是作品内层面不平衡到平衡的转换。另一层面是小说作者与读者的不平衡到平衡的转换。当读者未获取某一语境背景时,他所注视的是交际双方的不平衡;当他依靠作者提供的语境识别话语意图时,就可能与作者达成共识,从而实现二者间的平衡。这是作品内外交织的语境转换过程,也是人物对话的审美过程。

第一节 语境视域下的信息差多视角解读

信息差即信息发送与接收的不等值、不平衡。[1] 修辞性信息差是对言语交际原则的背离,但在背离中建构了新的美学原则。信息差是修辞性语境差在小说对话中的特殊体现,是从语境差角度对人物对话中的不平衡现象的考察。对小说对话信息差的构成与解读是依托语境而进行的。信息差因语境而生成,因语境而被解读。语境伴随着信息差从生成到解读的全过程。

从言语交际视角对小说人物交际加以审视,涉及言语代码从编码、发送、传递、接收到解码的全过程,涉及对话语物理特质、心理特质的考察。小说人物言语交际过程中的编码与解码呈现出复杂状态。日常言语交际要遵循基本的交际原则,美国语言哲学家格赖斯提出交际的合作原则,包括量的准则、质的准则、关联准则与方式准则,成为大家认同的交际原则。而小说人物言语交际却时常打破合作,寻求不合作。当然,这种寻求非人物有意而为之,而是作者的叙事话语策略。因此,对人物对话的考察,应关注从编码到解码间的信息等值现象,更应关注不等值现象。信息等值即信息编码与解码处于平衡状态,这是交际的合作状态。不等值即编码与解码处于不平衡状态,这时交际处于不合作状态,即我们所说的信息差。

小说人物对话的审美价值突出体现在多边缘学科视角的互融性,这种融合使对话语的审读具有了多视域空间。信息差作为小说对话的突出现象,其与语境的关系也呈现出多维空间。我们基于语境学视域,对小说对话信息差与语境的关系做多角度思考。为了说明同一语言现象可以拥有多角度的研究,也为了说明信息差广博的研究空间,本节以铁凝《大浴女》为例,以核心人物尹小跳与相关人物的对话为研究目标,从语境与对话关系的诸多角度加以考察。

---

[1] 祝敏青:《文学言语的修辞审美建构》,人民出版社,2014年,第155页。

一　信息差语料的呈现

我们以尹小跳为话语核心人物,与之密切关联的情人陈在、方兢、妹妹尹小帆、闺密唐菲、女同学的对话为语料,分析语境差视域下可能的研究视角。为了便于分析,请允许我们先将分析对象的语料呈现。

语料一:尹小跳 VS 陈在

片段1:

……她从来不坐那张三人沙发,即使当陈在把她抱在怀里,要求更舒适地躺在那张三人沙发上时,她也表示了坚决的不配合。情急之中她干脆对他说:"咱们上床吧!"

这是一句让陈在难忘的话,因为在那之前他们从未上过床,尽管他们认识了几十年,他们深明彼此。后来,有时候当他们有些烧包地打着嘴仗,嚼清是谁先"勾引了"谁时,陈在就会举出尹小跳的这句话:"咱们上床吧!"这话是如此的坦荡、率真,如此令人猝不及防,以至于缺少了它固有的色情成分,使陈在一万遍地想着,此时此刻被他捧在手中的这个柔若无骨的女人,真是他一生的至爱,从来就是。也似乎正因为那句话,那个晚上他们什么也没做成。

片段2:

就在那天晚上麦克告诉我他爱我,陈在你听见了没有,麦克告诉我他爱我。

陈在说我听见了,麦克说他爱你。你也爱他吗? 尹小跳说,我想爱他我很想爱他我很想告诉他我爱他,我……

我……我就是爱他肯定爱他。问题是……问题是我跟你说了这么多,我想听到你的看法,从前……我的什么事情你都知道的,所以我想听听你的看法。

尹小跳有点儿语无伦次,因为她这番话说得并不真诚。

这不是她要告诉陈在的"最重要的话",她却无论如何没办法把话题引到那"最重要的话"上去了。她弄不清为什么她要滔滔不绝地讲奥斯汀,为什么她越爱陈在就越夸麦克。这也是一种胆怯吧,虚伪加胆怯。她虚伪着胆怯着又说了一遍:我想告诉他我爱他我肯定爱他……她觉得她心疼得都要哭出来了。

陈在放慢车速把车停在路边,他摇下车窗玻璃就像是为了透透新鲜空气。他说小跳,如果你真爱他别的就都是次要的,比如年龄什么的。尹小跳说这就是你的看法？这就是你想对我说的话？陈在沉默了一会儿说我是这么想的。

片段3：

他把她揽进怀里，她把脸贴在他胸上。他说我看你是太自私了小跳。

她说是这样。

他说你根本就不顾别人的痛苦。

她说是这样。

他说你还缺乏一种勇气，和一个结过婚的男人共同面对新生活的勇气。

她说是这样。

他说你也很冷酷，我用一生的挚爱都不能打动你的心。

她说是这样。

他说你就不想反驳我吗我说的是反话！

她说不，我不想。

他说我真想掐死你掐死你。

她说你掐死我吧你现在就掐死我吧！

语料二：尹小跳 VS 方兢

片段1：

他一忽儿走在她的左边，一忽儿走在她的右边，他说小跳我还想告诉你一句话。

什么？她问。

你是一个好姑娘。他说。

可是您并不了解我。

我的确不了解你，不过我自信再也没有任何人比我更能明白你。

为什么？

你知道，因为说到底，这是不可知的力量决定的。你我有很多相似的地方，比如敏感，比如冷淡外表之下岩浆一样的热……

您怎么知道我会有岩浆一样的热？您还形容我冷淡的外表，您是不是觉得我对您的尊重表现得还不够充分？

你看，你要和我吵了。他有些兴奋地说：你的傲慢劲儿也来了——不，不是傲慢，是骄傲，骄傲不是我的，骄傲是你独有的。

为什么是我独有的呢？她口气软下来：您的骨子里如果没有骄傲，

您又怎么能说出刚才——在北京饭店里那一番话呢？

他忽然有些凄惶地笑笑说，你真以为那是骄傲吗？我骨子里更多的其实是一股无赖气，无赖气你懂吧？

她不能同意他的这种说法，或者说不能允许他这样形容自己。尽管多年之后回忆当初，她才悟出他的自我分析是地道的贴切的，但在当初，她还是激烈地反对了他。

片段2：

她像很多恋爱中的女性一样，偏执，大胆，糊涂。和方兢情感上的纠缠弄得她既看不清自己，也认识不了别人。他的那些坦率得惊人的"情书"不仅没有远远推开尹小跳，反而把她更近地拉向他，他越是不断地告诉她，他和一些女人鬼混的事实，她就越发自信自己是方兢唯一可信赖的人，自己的确有着拯救方兢的力量。于是方兢身上那率真加无赖的混合气质搅得尹小跳失魂落魄。当他对她讲了和第十个女人的故事之后，她变得张狂热烈起来，她强烈地想要让他得到自己，就像要用这"得到"来帮他洗刷从前他所有的不洁。她不再是当初那个连他的嘴唇都找不到的尹小跳，他的情书鼓动着她的心也开阔着她的眼。她甚至没有为此想到婚姻，她不想让这一切带有交换的意味。婚姻，那是他事后对她的请求。

语料三：尹小跳 VS 尹小帆
片段1：

尹小帆这次的电话不是讨论章妩的整容，她说姐，你猜谁到芝加哥来了，方兢。

尹小跳说是吗，你是不是想让我介绍你认识他。

尹小帆说用不着了我已经认识他了，他在芝加哥大学演讲，我为他做翻译。

尹小跳说是吗。

尹小帆说我说了我是你妹妹，他说你不说我也能猜出来。

尹小跳说是吗。

尹小帆说接着他就请我吃晚饭，和我在一起的时候他一句也没提起你，他倒是不断称赞我的英语。

尹小跳说是吗。

尹小帆说后来我还开车陪他去看美术馆，他喜欢夏加尔的画，他喜欢这个犹太人。

尹小跳说是吗。

尹小帆说你为什么老说是吗是吗，你不想知道他对我的态度吗？

尹小跳说我不想知道。

尹小帆说可是我想告诉你，他每天都给我打电话，后来有一天，我就在他那儿过了夜。

尹小跳说是吗。

尹小帆说应该说他是挺不错的男人，可惜我不爱他，他有天真之处，告诉我他的两颗牙齿在化脓，我就再也没兴趣了。可是就刚才，我给你打电话之前他还给我打电话呢。

尹小跳说是吗。

尹小帆说你怎么样呢你怎么样呢？

尹小跳做了个深呼吸，她咬字清楚地说，小帆我想告诉你，陈在已经离婚了。

尹小帆说是吗。

尹小跳说我想你应该为我高兴吧？

尹小帆说当然，我……为你高兴。

片段2：

她曾经对尹小帆讲起这件事，她巴望尹小帆能像儿时那样毫不犹豫地站在她一边。她巴望尹小帆说这又有什么这又有什么啊，唐菲本来就是那样的人。尹小跳多么希望有人替她说出这句话。唐菲本来就是那样的人，卖身一次和卖身十次有什么本质区别吗？尹小跳多么希望有人替她说出这样的话。替她说了她就解脱了，她就不再卑鄙了。尹小帆却没说。她只说无耻，你是多么无耻啊。

语料四：尹小跳 VS 唐菲

千万别和有妇之夫恋爱。

可他不是一般的有妇之夫啊！尹小跳辩解说。

有什么不一般的，难道他长着三条腿吗？谁给他权利一边儿和老婆离着婚，一边儿求着你嫁给他，一边儿一刻不停地找其他女人，谁给他这个权利？唐菲恨恨地说。

尹小跳说我愿意原谅他这一切，你不知道从前他受了多少苦哇！

唐菲哼了一声说，别拿他受的那点儿苦来吓唬人了。做学问我不如你，你们，我他妈连大学也没上过，可我一万个看不上方兢，他们那种人举着高倍放大镜放大他们那些苦难，他们无限放大，一直放大到这社会盛不下别的苦难了，到处都是他们那点事儿，上上下下左左右右谁都欠他们的。别人就没苦难吗？我们年轻我们就没苦难吗，苦难是什么呀？真正的苦难是说不出来的，电影里的小说里的……凡能说出来的都不是最深的苦难你知道不知道。

尹小跳急赤白脸地说。我不知道我也不想知道！

唐菲说我这不是告诉你了吗你怎么还不知道，你是在装不知道还是真不知道？

尹小跳说我知道你受过很多苦你没有得到过爱，但是我得到了，爱是可以医治苦难的，我一直努力去爱……

唐菲打断尹小跳说：爱他妈是个什么玩意儿，世界上最不堪一击的玩意儿就是爱！我早看出来你让这个"爱"给打昏了头，我真是衷心祝愿你和方兢有情人终成眷属。不过我断定方兢肯定不会娶你。他要是真不娶你，才是你一辈子最大的好事！

尹小跳说唐菲你别这么跟我说话，别跟我说这么不吉利的话。

我的天哪唐菲说，我的话是有点儿不吉利，可你好好想想方兢哪件事办得是吉利的？他对你说的对你做的有哪一样是吉利的？你才见过几个男人啊你懂个屁！

语料五：尹小跳 VS 众女生

她们经常在她坐在课桌前愣神儿的时候突然从她身后包抄过来然后大声说："哎哎，你有绿豆糕吗你有绿豆糕吗？"弄得她莫名其妙不知如何回答。可她们的神情是逼迫的，好像要立即从她手中讨要绿豆糕。于是她赶紧回答说"没有，我没有绿豆糕"。

"哎哟哟闹了半天你还没有绿豆高（糕）哇！"她们大叫。

"你有鸡蛋糕吗你有鸡蛋糕吗？"她们紧接着又问。

"没有，我没有鸡蛋糕。"她又照实回答。

"哎哟哟闹了半天你还没有鸡蛋高（糕）哇！"她们大叫。

二　信息不等值状态与语境

对话在《大浴女》中占据着很大的篇幅，而对话中的信息差及论辩性又构成了该文本对话的鲜明特性。除了上述对话，还有尹小跳与父亲尹亦寻、母亲章妩、美国青年麦克甚至与自己的对话信息差，尹亦寻与章妩的对话信息差，尹小帆与美国丈夫戴维的对话信息差等。信息差不等值的状态是在特定语境中呈现出来的，其阐释和解读也需要借助语境背景。上述语料中的对话处在不等值状态中,这从表达与接受双方的话语意图与话语理解的不对等语境可以看出。

语料一尹小跳与陈在的对话片段 1 中,陈在对尹小跳"咱们上床吧"话语的现场接受及日后的非现场接受,都是视为"如此的坦荡、率真,如此令人猝不及防"的情感表露,是缺少了话语"固有""色情成分"却又是性交意愿的"勾引"。可是,联系上下文语境,我们看到了尹小跳此时的真实心态,也看出了交际双方的信息差异。相识二十多年一直保持着"坚贞不渝的情谊"的二人因某种原因"不断地互相错过",如今"他的耳语让她心荡神怡,她却不愿意被他推倒在这张沙发上。她从来不坐这张沙发,当她被陈在挤压得透不过气来的时候,她仿佛听见了来自沙发底部的阵阵尖叫。那就是尹小荃的声音吧,她从来都是端坐在这儿的,现在尹小跳和陈在妨碍了她挤压了她——对了,她尖叫是因为尹小跳和陈在正合伙挤压着她,为了他们的欢乐和他们的情欲。她尖叫着打断着尹小跳警示着尹小跳,使尹小跳顽强地推开陈在的肩膀说着咱们上床吧咱们上床吧"。可见,要"上床"是因为要离开沙发,而离开沙发则是因为妹妹尹小荃。尹小荃是伴随尹小跳一生的阴影。尹小荃两岁那年,尹小跳和尹小帆目睹着她落入家门前的污水井。事发时,完全可能救助的两个姐姐却站立不动,尹小跳"不是拉着是拉住"了想要救助妹妹的尹小帆,用成年后的尹小跳自己的解释,"拉就是阻拦",而阻拦导致了尹小荃落井身亡。虽然,尹小跳不喜欢尹小荃是因为怀疑其是母亲与唐医生所生,但小生命的逝去毕竟留下了心灵创伤,这个事件甚至影响了她一生的性格。以下两个语段诠释了尹小荃对她的深刻影响,也诠释了"咱们上床吧"话语后隐藏的秘密:

(1)是谁让你对生活宽宏大量,对你的儿童出版社尽职尽责,对你的同事以及不友好的人充满善意,对伤害着你的人最终也能嫣然一笑,对尹小帆的刻薄一忍再忍,对方兢的为所欲为拼命地原谅拼命地原谅?谁能有这样的力量是谁? 尹小跳经常这样问自己。她的心告诉她,单单是爱和善良没有这么大的能耐,那是尹小荃。

(2)许多许多年前扬着两只小手扑进污水井的尹小荃始终是尹小跳心中最亲密的影子,最亲密的活的存在,招之即来,挥之不去。这个两岁的小美人儿把尹小跳变得鬼鬼祟祟,永远好似人穷志短。人穷志短,背负着一身的还不清的债。她对尹小荃充满惊惧,尹小荃让她终生丧失了清白的可能;她对尹小荃又充满感激,是这个死去的孩子恐吓着她又成全了她。她想象不出一个死的孩子,能养育她的活的品格。

特定语境呈现了信息差异，又诠释了信息差异。这种差异因隐藏在尹小跳内心深处的往事以及往事导致的幻象而始终未能被陈在正确解读。片段 2 是面对美国青年麦克对她的示爱引发的对陈在的真爱情感发掘，并由此引发急于向陈在表白的愿望。但面对陈在的表白却是以对麦克的爱的表露作为语言载体，显然导致了陈在的误解。这种信息差异从陈在的回答中可以窥见。尹小跳对陈在试探性话语深层所隐含的话语真实含义从在美国的上文语境中显示："是麦克带给了她从未有过的无羁无绊、胸无渣滓的欢乐，是麦克鼓舞了她对自己青春和生命的无限肯定，是麦克激发了她行动的热望，是爱她的麦克使她强烈地想要表达她对陈在的爱情。""当她明白无误地读到这几个字的时候，她也才突然明确地知道了自己的所爱不是麦克，她爱陈在，这爱是深切久远的撕扯不断的，也许当她被方兢丢弃在火车站候车室的长椅上的时候，当她面对着陈在痛哭的时候她就爱着他了，当后来陈在要结婚时征询她的意见的时候她就爱着他了。但是所有的爱和想念都不如此时此刻这样确凿这样汹涌这样柔软这样坚硬。"这一上文语境诠释了尹小跳试探性话语的真实含义。因此当陈在对尹小跳的表层话语信以为真，做出鼓励回答时，引发了尹小跳的一连串指责话语，暴露了其内心期盼，成为二人信息差异诠释的下文语境。片段 3 是尹小跳为陈在前妻万美辰对陈在的深情所打动，决定自己退出，成全他们后与陈在的对话。尹小跳以"是这样"的不变回答应对陈在的各方面指责，与陈在希望其辩解的意愿相左。看似肯定回答，实则产生了信息错位。结合前面对二人情感的久远深挚来看，"是这样"表层肯定的话语在现实语境的深层实质上是否定的，但此刻的尹小跳去意已决，不愿辩驳，也无须辩驳。

语料二是尹小跳与曾经的情人、著名导演方兢的对话信息差。片段 1 是二人初识，方兢以对尹小跳的夸奖和自我分析博得尹小跳的好感，方兢自我诋毁的"无赖气"在尹小跳的现场接受语境中是被否定的，这就构成了二人的信息差。"多年之后回忆当初，她才悟出他的自我分析是地道的贴切的"，语境差在后续语境中得以消解。片段 2 是对方兢写给尹小跳情书以及尹小跳对情书的反应的描述。把情书看作二人交际的言语载体，交际两端的信息是不对等的。68 封情书中"坦率得惊人"的"和一些女人鬼混的事实"，实际上并非"事实"，而是方兢编造出来的，这从下文语境中对方兢性"无能"及迫切的治疗过程的描绘，以及得到尹小跳，"是尹小跳重新把他变成了一个男人"的描述中可以判断。而尹小跳却将方兢的放浪形骸信以为真，以致"张狂热烈"地"想要让他得到自己，就像要用这'得到'来帮他洗刷从前他所有的不洁。"片段 1 的"坦诚"和片段 2 的"坦率"使方兢以一种真假交错的假象赢得了尹小跳的情感。作者将尹小跳的天真烂漫放置于特定的时代背景中来描绘,背景语境对二者信息差异的形成具有依托作用。"那真是一个崇拜名人、敬畏才气的时代,以至于方兢所有的反复无常、荒唐放纵和不知天高地厚的撒娇都能被尹小跳愚昧地合理化。那的确是一种愚昧,由追逐文明、进步、开放而派生出的另一种愚昧,这愚昧欣然接受受过苦难的名流向大众撒娇。"特定时代背景使尹小跳的愚昧荒唐接受具有了合理性。

语料三是尹小跳与妹妹尹小帆的对话信息差,片段1尹小帆就方兢到美国与之交往的话题与姐姐交谈。她试图以方兢与其交往显示自己的优势,满足虚荣心。尹小跳对尹小帆的性格,对方兢的人品了如指掌,因此,对其话语意图以"是吗"的惯性作答表示了不屑、轻蔑。这就与尹小帆的话语意图产生了错位,引发尹小帆的不满。后以"陈在已经离婚了",表明自己已有归宿,以示还击。联系小说文本语境,姐妹俩的个性、关系导致了信息差的形成,又诠释了信息差的含义。片段2尹小跳用牺牲闺密唐菲的尊严保全了自己的清白,让唐菲献身副市长,自己得以如愿进入儿童出版社,十年后成了副社长。心怀内疚的她希望借尹小帆的口为自己开脱,却得到逆向的指责。二人的话语指向是相背离的。这些信息差构成了与整个文本中姐妹关系相吻合的描述。

语料四是尹小跳与儿时密友唐菲就尹小跳与方兢谈恋爱一事的交谈。在那个"崇拜名人、敬畏才气的时代",尹小跳被崇拜迷惑了眼睛,以至于"方兢所有的反复无常、荒唐放纵和不知天高地厚的撒娇都能被尹小跳愚昧地合理化"。而遭受磨难,经历过多个男人的唐菲则对男性有着尖锐的审视目光。二人的经历差距、认知差距在这个交际现场语境造成了信息差异,信息差延续到交际结束,二人无法达成共识。而信息差的消除则呈现在下文语境:"只是在多年之后,尹小跳才真正悟出唐菲的粗话当中那发自内心的真。"这句描述既说明了信息差异的趋于平衡,也说明了交际现场信息差异的存在。

语料五是尹小跳与女生们产生的信息差,从北京来的尹小跳因"口齿清晰的标准普通话和流畅的朗读受到老师的表扬,也引起班上一大批女生的嫉妒",她只好在班上保持沉默,但沉默被女生们认为是挑衅,于是她们"就来挑衅她的沉默",以戏弄性的话语逗尹小跳上当。双方产生的信息差在特定的语境中呈现出来。

上述尹小跳与相关人物的对话,在交际现场都出现了信息差。信息差生成于特定语境,信息差的延续或消除,则可能出现在现场语境,也可能出现在非现场语境。不管哪种情形,语境都是信息差赖以生存的重要因素。

三　信息差中的话语屏蔽与语境

信息差形成的原因是多方面的,可能在表达方,也可能在接受方。从表达方而言,话语屏蔽是形成信息差的主要原因之一。"屏蔽,我们将之借用来指对话一方有意或无意将话语隐蔽,未经信息通道传送给交际对象的一种潜话语现象。"①话语屏蔽的主要表现形式有两种,一是以非有形言语代码形式出现,一是以非真实话语形式出现,通过对话语符链接的阻隔来形成某种意义上的屏蔽。话语屏蔽的生成与解读同样有赖于文本语境的昭示。

尹小跳与相关人物的对话侧重于表达方以非真实话语形式出现造成的信息阻隔,并由此构成信息差。真实话语与非真实话语是人物在特定语境中同时并存的两套话语,它们以显性与隐性形成对应关系。在话语屏蔽中,一般被屏蔽的是真实话语,它隐含在话语与语境的融合中。而显现的是非真实话语,它以被表达呈现在话语表层。这是表达方有意或无意状态下的话语选择。语料一尹小跳"咱们上床吧"的话语目的是要逃离与尹小荃关联的沙发,以至于将目标引向"床";而陈在接受了话语表层具有的"性"信息,未能领悟尹小跳的真实目的,这从上面的语境分析中可以看出。虽然,尹小跳对陈在是真情投入,但由于对沙发的恐惧使话语指向与话语目的偏离,使非真实话语屏蔽了真实话语造成了一种假象。尹小跳对陈在的试探性话语屏蔽了她想向陈在表白的"最重要的话",既是由于"虚伪加胆怯",也在潜意识里以这种方式激发陈在表态。陈在不明就里,选择了话语的表层语义,顺势作答,做出了与表达方话语目的指向相反的选择。尹小跳的语义取向是掩饰,由于掩饰之义被屏蔽在话语深层,致使陈在接受了非真实的表层义,而忽略了对方的真实义。语料二方兢以"坦率得惊人"的话语,将自己的无耻袒露在尹小跳面前,这些话语既屏蔽了事实真相,又屏蔽了方兢的话语目的,达到了反向勾引的目的。尹小跳"像很多恋爱中的女性一样,偏执,大胆,糊涂",无法识别话语内含的真相,只接收了其坦率,而忽略了其无耻,被非真实话语所蒙蔽。语料三尹小跳以"是吗"屏蔽了对尹小帆与方兢交往的轻蔑鄙视,以至于尹小帆无法从话语识别姐姐的真实态度。尹小跳又以"陈在已经离婚"取代了对自己状况的回答,屏蔽了"我很好,我很幸福"的直接回答。尹小跳对尹小帆陈述唐菲代其献身之事,屏蔽了让尹小帆代替自己做出反面评价,以开脱自己无耻罪责的话语目的,却得到反向的指责。语料四唐菲的粗话屏蔽了其真心,以致尹小跳当时无法接受在她看来蛮横的干

---

① 祝敏青:《文学言语的修辞审美建构》,人民出版社,2014 年,第 146 页。

预。语料五女生们将对尹小跳的挑衅屏蔽在戏谑的游戏话语中,尹小跳却就实作答,落入对方设置的陷阱。

从某种意义上说,话语屏蔽与被屏蔽是语境因素,表达方与接受方也是语境因素。各语境因素相辅相成,构成话语的综合语境。一方的话语屏蔽造成另一方的解读失误,既与表达方有关,又与接受方有关。表达方选择的话语屏蔽方式无论是出于有意还是无意,又在一定程度上体现了人物的特征面貌。通过对人物选择的话语形式的认知,可以窥见人物的个性特征。

四 信息差与叙事语境

小说对话参与了小说文本建构,在人物形象塑造、情节发展、结构设置方面具有独到的功用。信息差也以独特的表现形式在小说文本中显示出审美价值。

尹小跳与相关人物的对话信息差往往预设了情节发展趋势。尹小跳"咱们上床吧"导致二人关系由"情"往"性"方面发展,但也正因为话语中隐含的"逃离"之义,导致二人"那个晚上他们什么也没做成"。这是由话语引发的人物关系发展、情节发展。以表明对麦克的爱屏蔽想对陈在说的"最重要的话",导致二人在交际现场的情感障碍,导致二人的闹别扭及争执,也导致二人在情感极度对立后的情感极度交融,以至于由"情"至"性"。"这似乎是他们都没有料到的一个局面,又似乎是他们都曾期待过的一个局面。相识二十多年他们从未有过这样的亲热,他们不断地互相错过,就好像要拿这故意的错过来考验他们这坚贞不渝的情谊。现在他们都有点儿忍不住了,当他们终于吻在一起的时候,他们对这年深日久的情谊的破坏就开始了。他们却不太在意这已经开始的破坏,仅有情谊是不够的,他们需要这美妙绝伦的破坏。当吻到深醇时刻他们甚至叹息这破坏为什么会来得这么晚。"这一情节发展类似于陈在征求尹小跳自己要结婚的情节,又有别于该情节导致的后续发展。当陈在因不明了尹小跳情感而向其征求结婚态度时,正像作者转述的尹小跳的表现与心态:"你告诉我你要结婚的时候我竭力镇静着自己,我现在恨透了当时的我自己:带着那么一种夸张的假高兴,和那么一种做作出来的轻松。我说你早就该结婚了,万美辰这个名字多好听啊……我的心如刀割,却拼命地想着我是多么懂事!我是多么道德!我是多么不轻浮!我是多么庄重!就让我躲在一边偷偷地爱你疼你吧,就让我把你的幸福当成我的欢乐……"尹小跳的非真实心态回应和陈在的错位接受使二人失之交臂。面对表态的选择,尹小跳当年的态度与陈在后来的态度是一样的,都是以虚假话语掩饰了真实话语。但情节发展趋势不同,前者导致二人无法结合,后者以极端分裂导致另一极端结合,则使二人走到了一起。尹小跳对方兢无耻话语的误读,导致二人关系深度发展。可见,尹小跳的献身,是因了方兢话语的鼓动,是因了对话语解读的错位。尹小跳与尹小帆的信息差,导致姐妹二人的隔阂与矛盾加深。一次次的信息差,促使姐妹关系的一次次分离。尹小跳无法识别唐菲的真心,对其解劝置若罔闻,以至于继续被方兢所蒙蔽。凡此种种,对话信息差成为情节发展中的重要环节,并链接着情节的后续发展。

信息差在展示情节发展的同时,也展现了人物形象个性。作为人物形象塑造的手法,信息差以形成与消解构成对立体,体现出人物形象个性。这种体现是一举两得的,既表现话语表达者,又表现话语接受者。表达者的话语屏蔽被接受者误读,造成信息差,在展现表达方特点的同时,也展现了接受方的某些特点。因此,对人物形象的塑造有着独有的功能。尹小跳"咱们上床吧!"的话语表述,是因了尹小荃事件造成的心灵创伤,也是因了这创伤的深埋心底,情感复杂。虽然,陈在是她无话不谈的挚友,但在此情此景中又是一言难尽的。同时,"上床"也是此时的情之所至。陈在对此产生的信息差,也是因了二人此时的情感发展水到渠成。信息差的生成是双方特定语境下心态的揭示。尹小跳试探性话语使陈在产生信息差,一是因了话语表层与深层语义的差异,再一是因了二人多年来谦谦君子关系屏蔽了二人内心的真实情感。这一表达方式与接受状态表明了处于未点明心迹特定时间段二人的矛盾心态和双方关系。方兢"坦率得惊人"的话语展现了其自我、无耻、狂妄的性格特点,尹小跳对此产生的信息差,体现了少女时期的天真无邪、易受蒙骗的特点。尹小跳与尹小帆的信息差,既体现了尹小帆的卖弄自负,尹小跳的沉着冷静,也展现了姐妹之间的较量,展现了二人不同的价值观。唐菲的粗话体现了人物的直率粗鲁、老于世道,也体现了对尹小跳苦口婆心劝说中的闺密真心。尹小跳产生的信息差既体现对唐菲过于直露话语的难以接受,也体现了对方兢的沉迷状态。女生们对尹小跳的恶作剧以信息差的戏谑方式呈现孩童时代挑衅的小把戏。

信息差参与文本叙事,在叙事过程中的功用体现了信息差的审美价值。在小说叙事语境中,存在着两个层面的交际关系,一个层面是作为叙事者的作者,与之相对的是叙事接受者即读者。一个层面是故事中的交际方,也形成了表达与接受的双方。信息差在故事人物交际中出现,其双方在交际现场的不平衡不对等,使双方无法实现交际目标。但在语境张力的调控下,话语表层的信息错位往往转化为深层的审美平衡。因此,对作者与读者的交际而言,信息差输出了美学信息。读者由此探求了对人物形象的认知,看到了人物的外在形象与内心世界。信息差穿插在情节结构中,也使读者看到了情节发展的趋势与走向。

基于语境视域,我们对尹小跳与相关人物的对话信息差进行了多角度的分析。这说明,人物对话信息差有着广博的研究空间。在语境视域中,又呈现出下位研究视角,显现了信息差的生成与解读同语境的密切关系,也显现了语境视域的博大包容性。

第二节　信息差——作为修辞策略的对话模式

信息差是言语交际过程中编码与解码处于不平衡、不等值的状态。日常言语交际中的信息差可能造成言语交际信道阻塞,交际失误;小说对话中的信息差与此不同。人物之间编码与解码的不等值,在作者与读者交际层面却具有审美价值。因此,它是作者设置小说对话的策略。上一节,我们从信息差多角度的考察说明了信息差研究的博大空间,本节我们将对信息差作为修辞策略的对话模式做进一步探讨。

如前所述,信息差的生成和解读与语境有着密切的依托关系。信息差的生成是在语境背景下,由语境的介入干扰而生成。信息差的解读,也依赖语境而完成。从修辞策略视角来考察信息差所存现的对话模式,呈现出两个层面的不同交际对象、交际状态:一是信息差出现的交际界域,即作品中人物与人物之间出现的信息不平衡。一是信息差消解的交际界域,即小说作者与读者之间所建构的审美平衡。在语境参与下,人物间出现的信息差在作者与读者的交际中得以化解、诠释,从而成为作者叙事的修辞策略。人物间原有的信息差依然存在,只是在读者视野中已然转化成为审美对象。从表现形态、表现内容等方面来看,当代小说对话语境中的信息差色彩纷呈,但从总体模式来看,无非以这两个层面的不同交际状态为基本模式。

一　信息差与语境颠覆——信息差的生成

语境颠覆是信息差生成的重要因素。语境的某个因素处于不平衡状态,干扰了表达者与接受者的沟通,造成了信息差。

小说人物构成了交际对象语境,对象语境在某一方面的颠覆可能造成信息差。如人物内在心理因素的不平衡:

老瞎子在正殿里数叨他:"我看你能干好什么。"

"柴湿嘛。"

"我没说这事。我说的是你的琴,今儿晚上的琴你弹成了什么。"

　　小瞎子不敢接这话茬,吸足了几口气又跪到灶火前去,鼓着腮帮子一通猛吹。

史铁生《命若琴弦》

老瞎子数叨的话语指向是对小瞎子当晚在野羊坳说书时乱弹琴的不满,小瞎子却误以为是对自己烧柴时因柴草不干引起的浓烟的指责。这一信息差是由于时间语境和目的语境的交错形成的,即老瞎子数落弹琴的事本应在弹琴的时间,但现场没有发作,却在非现场发作。而弹琴的非现场则是小瞎子烧柴的现场,因此小瞎子产生误会,回答成烧柴的事是自然的。"我看你能干好什么"的话语出现在小瞎子吹火不着的情境下,对小瞎子的接收造成了干扰。同时,也是由师徒二人的不同心态构成。师父对小瞎子弹琴的表现不满,小瞎子未能及时识别这一不满。弹琴时,小瞎子喜欢的小妮子"尖声细气地说笑"干扰了他的弹琴,在老瞎子"把琴弹得如雨骤风疾,字字句句唱得铿锵"时,小瞎子却"心猿意马,手底下早乱了套数"。对自己的表现小瞎子心中有数,因此,在老瞎子明确指出信息差消除后,小瞎子以"猛吹"火来掩饰尴尬。交际双方心理因素的不平衡与双方所处的处境有着直接关联。双方由于所处境地各异,造成了不同的心态,特定语境下不同的心理空间在表达与接受方面产生了不平衡。如:

　　你在哪里?
　　你在哪里?
　　我要去坐牢。
　　你不要回来,他们在抓你!
　　什么?
　　什么?
　　我要去坐牢,我想去投案了,听明白了吗?
　　你不能回来,他们在抓你,听明白了吗?

普玄《月光罩杯》

"我"在上手术台即将做人流手术时,接到了情人田测量的电话。隔着电话听筒的对话使二人产生了距离上的对话差异,而差异更多的是由二人的处境及对对方情况、心理状态的不明了造成的。田测量因行贿被警察追捕,他忍受不了颠沛流离,也为了尽快解脱现有婚姻(与妻子约定一旦他坐牢,则二人离婚),好堂堂正正的去爱"我",因此欲选择投案自首。而"我"面临着人流和得知警察在医院布控抓捕田测量的信息,急于向对方传递,让对方脱险。急于投案和急于示警是双方的心理差异,这一差异造成了信息传递的差异。电波传递方式加剧了差异的构成,导致二人南辕北辙,无法沟通。

心理因素有时不是由语言而是由行为造成了接受者的误差。陈染《与假想心爱者在禁中守望》中寂旖与调琴人的交际,就是由人物心理因素造成的异常行为,被对方误读而产生的信息差。动作行为作为交际的辅助话语,协同语言传递信息。孤寂中的寂旖从调琴人的琴声中获取了某种温情的回忆,下意识的动作是:"她从他的身后向他敦实的肩贴近了一步,仿佛是在冷清的房中贴近炉火的光源。有一瞬间,有什么温情的东西在她的记忆边缘闪耀。她把寂寞的双肩微微弓起,一声不响、宁静倦怠地轻轻靠在他的背上。"随之而来的是吃饭的邀请:"……我们像朋友一样坐下来,一起吃顿饭,谈谈天。"这些举动对一个陌生男人来说,未免过于亲昵。加之对书桌台灯旁边相片上人,不是情人而是"魂"的回答,更是让调琴人无法坐怀不乱,于是有了以下对话:

> "如果……我留下来,你打算收多少钱?"中年男子沉郁的表情慢慢开始消逝,某一种欲望似乎正在他温热的血液里凝聚起来。
> "什么钱?"话刚一出口,寂旖已经明白过来。她的脸颊微微发热。
> 接着,她的嘴角掠过一丝平静的似有似无的冷笑。
> "您弄错了,先生。我的职业不是您想象的那一种。不过,——您提醒了我,也许以后我可以试试那个职业。如果我感到需要的话。"

这场由寂旖不合常理的行为举止造成了对方理解的误差,又由寂旖的点明及消除误解的一起下楼宣告信息差的消除。

小说人物所处的空间语境与人物的年龄、性格、文化教养等有着密切联系,有时候被接受的事物与人物所具有的条件产生不平衡,也可能造成信息差。如:

> 小瞎子听出师父这会儿心绪好,就问:"什么是绿色的长乙(椅)?"
> "什么?噢,八成是一把椅子吧。"
> "曲折的油狼(游廊)呢?"
> "油狼?什么油狼?"

　　"曲折的油狼。"

　　"不知道。"

　　"匣子里说的。"

　　"你就爱瞎听那些玩意儿。听那些玩意儿有什么用？天底下的好东西多啦，跟咱们有什么关系？"

史铁生《命若琴弦》

老瞎子为了说书，"花了大价钱从一个山外人手里买来"了一个"电匣子"，这个"电匣子"给了小瞎子广阔的天地和无穷无尽的联想。"曲折的油狼（游廊）"就是小瞎子从"电匣子"中获取的新词。由于封闭的乡村生活，贫乏的知识积累，他无法理解"游廊"为何物，因此"游廊"便成了"油狼"。这一类知识产生的信息差，在小瞎子与"电匣子"的交际中有多处，但有些信息差中有着现实的根基，不至于像"曲折的油狼（游廊）"那样让小瞎子无法想象而又耿耿于怀，在小说中多次发问。以下文字就表现了不同事物给小瞎子带来的不同的想象：

　　　　这只神奇的匣子永远令他着迷，遥远的地方和稀奇古怪的事物使他幻想不绝，凭着三年朦胧的记忆，补充着万物的色彩和形象，譬如海，匣子里说蓝天就像大海，他记得蓝天，于是想象出海；匣子里说海是无边无际的水，他记得锅里的水，于是想象出满天排开的水锅。

　　　　再譬如漂亮的姑娘，匣子里说就像盛开的花朵，他实在不相信会是那样，母亲的灵柩被抬到远山上去的时候，路上正开着野花，他永远记得却永远不愿意去想。但他愿意想姑娘，越来越愿意想；尤其是野羊坳的那个尖声细气的小妮子，总让他心里荡起波澜。直到有一回匣子里唱道，"姑娘的眼睛就像太阳"，这下他才找到了一个贴切的形象，想起母亲在红透的夕阳中向他走来的样子，其实人人都是根据自己的所知猜测着无穷的未知，以自己的感情勾画出世界。每个人的世界就都不同。

　　　　也总有一些东西小瞎子无从想象，譬如"曲折的油狼"。

史铁生《命若琴弦》

可见，同样是信息差，却有着差异程度的不同。对小瞎子而言，三岁以前未失明时的记忆是印在他脑海中的全部的世界，在这一世界曾经出现过的事物，他可以发挥想象；但这个世界未曾有过的印记，却无法凭借他的想象来完成。这些差异既表现了小瞎子眼界的封闭,又体现了他对广阔世界的向往渴求。这种封闭不仅是失明的小瞎子的局限,而是闭塞的乡村孩子们共同的局限。这种向往渴求也不是小瞎子一人的渴求,对外面世界的向往,是乡村孩子们的共同渴求。"油狼"问题延续在小瞎子与兰秀儿的对话中:

> 两个人东拐西弯,来到山背后那眼小泉边。小瞎子忽然想起件事,问兰秀儿:"你见过曲折的油狼吗?"
>
> "啥?"
>
> "曲折的油狼。"
>
> "曲折的油狼?"
>
> "知道吗?"
>
> "你知道?"
>
> "当然。还有绿色的长椅。就是一把椅子。"
>
> "椅子谁不知道。"
>
> "那曲折的油狼呢?"
>
> 兰秀儿摇摇头,有点崇拜小瞎子了。小瞎子这才郑重其事地扭开电匣子,一支欢快的乐曲在山沟里飘。
>
> 史铁生《命若琴弦》

对话在无知中充满了童真,充满了对外界的渴求。小瞎子对未知的"曲折的油狼"以"当然"知道的回答,表现了其在兰秀儿面前的显摆,果然引起兰秀儿的"崇拜"。实际上小瞎子与电匣子中的"游廊"还是处在信息差状态,只是在兰秀儿面前小瞎子不愿承认自己的无知而想当然罢了。

对象话语衔接错位也可能造成表达与接受的差异。如:

> 两个人又默默地吃饭。老瞎子带了这徒弟好几年,知道这孩子不会撒谎,这孩子最让人放心的地方就是诚实,厚道。
>
> "听我一句话,保准对你没坏处。以后离那妮子远点儿。"
>
> "兰秀儿人不坏。"
>
> "我知道她不坏,可你离她远点儿好。早年你师爷这么跟我说,我也不信……"
>
> "师爷?说兰秀儿?"
>
> "什么兰秀儿,那会儿还没她呢。那会儿还没有你们呢……"
>
> 史铁生《命若琴弦》

二人对兰秀儿的看法评价是一致的,但在与之接近与否的态度上则是相左的。在这样的认识基础上小瞎子对老瞎子"早年你师爷这么跟我说"的话语产生了信息差,这一差异主要原因在于话语承接"你离她远点儿好"而来,使小瞎子误以为"这么"指称"你离她远点儿好"之事。这一误解以小瞎子充满了童稚的疑问"师爷?说兰秀儿?"表现出来,显得可爱有趣。

　　话语所具有的双重指向常常造成表达与接受的不同话语领悟。西西《像我这样一个女子》中"我"与恋爱对象夏之间就出现这类误差:

　　　　(1)那么,你的工作是什么呢。

　　　　他问。

　　　　替人化妆。

　　　　我说。

　　　　啊,是化妆。

　　　　他说。

　　　　但你的脸却是那么朴素。

　　　　他说。

　　　　(2)我可以参观你的工作吗?

　　　　夏问。

　　　　应该没有问题。

　　　　我说。

　　　　她们会介意吗?

　　　　他问。

　　　　恐怕没有一个人会介意的。

　　　　我说。

例(1)"替人化妆"有两个语义指向,一是"替活人化妆",一是"替死人化妆"。因为"我"的职业特殊,因而常人一般会从常理上理解为"替活人化妆"。这一点"我"是很清楚的,"我知道当我把我的职业说出来的时候,夏就像我曾经有过其他的每一个朋友一般直接地误解了我的意思。""但你的脸却是那么朴素"的评价说明了夏的误解。例(2)"恐怕没有一个人会介意的"也有两个话语指向,在于"人"的"活"与"死"。"我"当然明了所指,但话语的模糊性却带有了与之相左的另一指向。而夏承接前面而来的误解理所当然地接收了错误的指向。这两个片段的信息差导致一旦信息差消解可能产生的情节发展:"从这里走过去,不过是三百步路的光景,我们就可以到达我工作的地方。然后,就像许多年前发生过的事情一样,一个失魂落魄的男子从那扇大门里飞跑出来,所有好奇的眼睛都跟踪着他,直至他完全消失。"信息差使"我"与夏的交往延续,构成了小说的主要情节。小说结束在信息差消解之前,给读者留下了想象推测的空间。

二　信息差与语境平衡——信息差的解读

信息差的生成基于语境颠覆基础上,信息差的解读则是基于语境因素调节下所产生的新的平衡。从颠覆到平衡体现出信息差中呈现的两个层面的交际关系:人物与人物;作者与读者。当小说对话被解读时,交际存现两级层面:其一是作品内人物与人物的交际,其二是作者与读者的交际。信息差的颠覆存现于作品内人物交际之间,调节后的新的平衡则存现于作者与读者之间。作者凭借语境因素的参与,完成了两个交际层面交错从颠覆到平衡的过程。

信息差的解读是从不平衡中寻找平衡的过程。如前所呈现的,交际中的人物因某种因素产生了信息差。而在这信息差中往往有着内在的平衡。作者通过语境因素的参与,协同读者完成了平衡的领悟。阿袁《郑袖的梨园》,郑袖借给沈杲讲课,达到勾引沈俞,打击沈杲继母朱红果,为自己儿时的家变复仇的目的。讲课内容是郑袖的策略之一。但十三岁的沈杲对郑袖的用意产生了信息差:

(1)当时她正给沈杲讲《关雎》。"关关雎鸠,在河之洲;窈窕淑女,君子好逑。"这种古典爱情诗歌郑袖一向偏爱,加之边上还有个沈俞,郑袖更是讲得眉飞色舞风生水起。几千年前的《诗经》,在郑袖这儿,都有骗骗的意思了,都有激滟的意思了。但十三岁的沈杲依然不明白。沈杲说,明明是写雎鸠,怎么又去写淑女,这个诗人是不是跑题了?郑袖说,这就是比兴了,看见鸟的双宿双栖,想到自己的形单影只,很自然地联想,怎么会跑题呢?沈杲说,如果看见两头猪呢?看见两只狗呢?是不是题目就应该叫作《关猪》或者《关狗》?

(2)郑袖在课间给沈杲讲了《芦花记》。这是明代的传奇。讲一个继母,表面对继子也是疼爱,暗地里却给继子的棉袄里絮芦花,天寒地冻的日子,儿子瑟瑟发抖,而不明就里的父亲,竟然鞭打儿子。要不是棉袄里飞舞出漫天的芦花,女人的阴险,或许就永远绕过了男人。故事到这儿戛然而止。郑袖掐去了那虚情假意的结尾。沈杲看上去有些迷惑——之前郑老师还在给他讲曹操的《短歌行》,青青子衿,悠悠我心,但为君故,沉吟至今。沈杲没想到,《三国演义》里那个杀人不眨眼的英雄曹操,竟然也有这样的深情。这让十三岁的沈杲,几乎有些惆怅了。这堂课沈杲也表现出少有的认真。然而老师的话锋却陡然一转,又讲起了什么芦花飞舞,这让沈杲有些丈二和尚摸不着头脑。郑袖也有些讪讪的。她本来以为沈杲会有一种兔死狐悲的悲伤。然而沈杲没有。沈杲甚至不明白老师在说什么,他的情绪依然还在曹操那儿。沈杲说,曹操那样的一代枭雄,感情怎么和贾宝玉一样?"但为君故"里面的"君",到底是什么人哪? 竟然让我们叱咤风云的魏武帝念念不忘。

例(1)给沈杲讲《关雎》是出于郑袖的偏爱,也是出于对沈俞的吸引,但十三岁的孩子理所当然地未解风情,不能明了古典爱情诗歌的寓意。这一信息差对讲课者与听课者的年龄特点、认知水平来说,是平衡的。读者从交际双方表达与接受的不平衡到人物身份学识的平衡,解读了作者所呈现的人物形象。例(2)郑袖在《短歌行》后讲《芦花记》,带有自己的话语意图,十三岁的沈杲不解其意,二人交际不处在同一个层面,出现了信息差。这个信息差的平衡点在于沈杲的年龄及对郑袖话语意图背景的未知,因此郑袖"芦花的故事算是白讲了"。带有寓意的信息传递未能被对方所接收,沈杲未能在郑袖的计策中充当棋子,是情节走向的一个组成部分。对读者而言,信息差在对两个人物的塑造与情节发展中取得平衡。

信息差有时是人物无意中造成的,在体现人物心态方面取得了平衡。如:

> 过了一会儿兰秀儿又说:"保不准我就得到山外头去。"语调有些恓惶。
>
> "是吗?"小瞎子一挺坐起来,"那你到底瞧瞧曲折的油狼是什么。"
>
> "你说是不是山外头的人都有电匣子?"
>
> "谁知道。我说你听清楚没有? 曲、折、的、油、狼,这东西就在山外头。"
>
> "那我得跟他们要一个电匣子。"兰秀儿自言自语地想心事。
>
> 史铁生《命若琴弦》

出于不同的期望,二人的话语关注点也是相左的。小瞎子惦记着"曲折的油狼",兰秀儿惦记着"电匣子",心理期待空间各异,对对方话语的反馈呈现出答非所问的状态。这一信息差在体现二人心态方面取得了平衡,描绘出两个孩子各自的心理期待,也描绘出其对山外世界的憧憬。

信息差有的是交际双方无意造成,有的则是某一方有意而造成的错位,在有意方的某一个方面可能达到平衡。如:

> 终于小瞎子说话了:"干吗咱们是瞎子?"
>
> "就因为咱们是瞎子。"老瞎子回答。
>
> 终于小瞎子又说:"我想睁开眼看看,师父,我想睁开眼看看!"
>
> 哪怕就看一回。"你真那么想吗?"
>
> "真想,真想——"
>
> 老瞎子把篝火拨得更旺些。
>
> 雪停了。铅灰色的天空中,太阳像一面闪光的小镜子。鹞鹰在平稳地滑翔。
>
> "那就弹你的琴弦,"老瞎子说,"一根一根尽力地弹吧。"
>
> "师父,您的药抓来了?"小瞎子如梦方醒。
>
> "记住,得真正是弹断的才成。"
>
> "您已经看见了吗? 师父,您现在看得见?"
>
> 小瞎子挣扎着起来,伸手去摸师父的眼窝。老瞎子把他的手抓住。
>
> "记住,得弹断一千二百根。"
>
> "一千二?"
>
> "把你的琴给我,我把这药方给你封在琴槽里。"老瞎子现在才弄懂了他师父当年对他说的话——咱的命就在这琴弦上。
>
> 史铁生《命若琴弦》

"想睁开眼看看"与"那就弹你的琴弦"之间本没有内在的关联,但在该文本语境中却带上了密切关联。这是因为老瞎子的师父曾以弹断一千根琴弦作为让眼睛复明的诱惑,让老瞎子心无旁骛,一心弹琴。因此"睁眼"与"弹琴"在特定人物间构成了独具个性的因果关系。而也由于这个原因,师父说的弹琴使小瞎子想到了抓药。但弹断一千根琴弦与取出药方抓药的链接在老瞎子去实现的过程中已经断裂,随着"那张他保存了五十年的药方原来是一张无字的白纸","老瞎子的心弦断了"。为了挂念仍在山里的徒弟,他挣扎着回到山里,找到因兰秀儿嫁到山外而绝望的小瞎子,于是有了上述对话。对小瞎子问的"抓药"和"看见",老瞎子以强调琴弦的"弹断"为阻隔,有意制造信息差。这一信息差,使我们看到了老瞎子的失望,也看到了老瞎子对小瞎子的希望。梦想破灭后,他将自己逝去的梦想重新移植到小瞎子身上,因为,只有希望才能有生活的指望,才能有生活下去的奔头。琴弦的寓意在老瞎子师父的话语中得以揭示,在老瞎子的想法中得到了平衡:"记住,人的命就像这琴弦,拉紧了才能弹好,弹好了就够了。"瞒着小瞎子,给小瞎子生活目标的理由是老瞎子的想法,是这个善良淳朴的老人对徒弟的关爱,这关爱充满了无望又充满了希望,充满了无奈又充溢着坚信。

在因知识背景限制而造成的共知前提缺乏下产生的信息差,能够揭示交际双方各自的知识背景、兴趣爱好等方面。如:

> 杨刚显得很有些过意不去,巴巴的很讨好地过来,蹑手蹑脚地把她的身子给扶正(通常他总是要把媳妇给搅到怀里哄着的,眼下碍着外人眼没好意思显露亲昵),轻声嘘寒问暖,又轻拍着她的脸把她给打精神过来,充满诱惑语气的鼓动说:"别睡,别睡,这样睡着了会感冒。快睁眼,快看马拉多纳。马拉多纳出场了!"
> "什么麦多娜呵麦多娜?"
> 柳莺把身子扭了几股,不耐烦地将眼睛翘出一条小缝儿,无精打采地乜斜电视荧屏。她原以为杨刚说的是歌星麦多娜,是那个美国傻女孩儿利用球场休息时间,要上场疯狂缺心眼的唱"我是一个处女,我是一个处女"了呢。
>
> 徐坤《狗日的足球》

柳莺原是足球盲,因此将杨刚说的马拉多纳演绎成了美国歌星麦多娜。这一信息差在体现两个人物的兴趣爱好上取得了平衡。杨刚是足球迷,柳莺则对足球毫无兴趣,因此也就不知马拉多纳为何物。这个信息差说明柳莺的足球认知程度,也为柳莺成为马拉多纳的粉丝,成为足球迷做了反衬铺垫。

三　从颠覆到平衡——信息差的审美

从颠覆到平衡是信息差的解读过程,也是信息差的审美过程。当然,审美韵味的领悟加入了读者的审美体验,是读者与作者在语境参与下的沟通。

语境是解读信息差的关键,对话双方因语境缺失产生信息差异,读者借助语境了解差异,解读话语信息。如:

> 有一天他下班回来,对"吴妹妹"说单位的新办公楼已经启用了,他的新办公室在9楼,919。她一下子变得烦躁起来,斜视着他,没头没尾地说,那次,我要带着孩子去,为什么你不制止?他淡然地吸着烟说哪

次？制止什么？她说那次，夏天，919 那次。他迷惑地说，什么 919？

铁凝《巧克力手印》

去年夏天"吴妹妹"为"赶走"丈夫在外地的情人穆童，带着孩子，在房间号是919 的房间会见了穆童，并击退了穆童。然而这种胜利并没有产生快感，却使她愈发惆怅，甚至对曾经的情敌产生朦胧的怜悯，"好像是他们全家共同对穆童的作践"。从此那个房间号深深印刻在她的脑海，挥之不去。此时丈夫说自己的新办公室在 919 时，勾起了"吴妹妹"对往事的回忆。她想起去年夏天带着儿子见穆童的情景。穆童给了儿子巧克力，被单上印满了巧克力手印，穆童裹在巧克力手印的被单里睡去。这一幕幕又在她的脑海里浮现，去年的惆怅感、内疚感又油然而生。妻子对自己新的办公地点这么大的反应，使丈夫莫名其妙。妻子的责问没头没脑，不知情的丈夫自然大惑不解。"919"在丈夫眼里只是他办公的新处所，然而在妻子心中却隐含了更深的含义，隐含着她践踏他人情感的罪证，是她内心无法排遣的症结。对妻子当年的经历，对妻子内心的苦痛，丈夫因语境的缺失无法领悟，而读者则通过文本上下文语境，解读了其中含义，也解读了二人信息差异中所体现的思想差异。有时看似平衡的对话中可能存在信息差，更需要借助语境加以识别。铁凝《蝴蝶发笑》中，杨必然妻子与主编有一段对话：

> 她对主编说杨必然是个出色的编辑，是个出色的人，那个早晨他不是调戏少女，他只是，他只是……他只是……他不过是……
> 于是主编也对杨必然的妻子说了声："知道了。"

杨必然连续三个早晨在去上班的路上看到了一位少女 T 恤衫上的大蝴蝶，少女背上的这个大蝴蝶让他感到气愤，因为他觉得它就像趴在少女身上的无赖，他在心里说了很多遍：请拿掉您背上的蝴蝶！但是"他的手先了他的嘴，他有点等不及他的嘴，先调动了自己的手"，结果他在自己内心的一厢情愿下，动手掐住了那个少女背上的蝴蝶，一把拽住那个少女的衣服，理直气壮地不撒手，最后还是通过警察的力量掰开了他的手，这件事后杨必然被编辑部解雇。这段话是杨必然离开编辑部后，他的妻子到编辑部替他申辩和主编进行的一场对话。对于杨必然的这个出人意料的举动，外人看来是无法理解的，包括编辑部的主编。但是杨必然的妻子理解杨必然，只有她明白杨必然是个什么样的人，所以她试图替他来解释这一切。然而，主编作为杨必然的领导，有权利处理下级。杨必然做出这种常人无法理解的举动，已让主编形成了既定的认识,认定他就是一个调戏少女的不良分子,所以在这场对话中主编已经掌握了话语的主动权。话语的另一方——杨必然的妻子,对于没人能够像她一样了解杨必然,她显得势单力薄,缺失了话语主动权,所以在辩解的时候显得底气不足。在这场对话中,主编和杨必然的妻子由于对杨必然认识和了解不同,所以在对话一开始双方就对杨必然的所作所为的认知上出现了偏差,再加上话语主动权一方的无形压迫,所以无论杨必然的妻子如何努力地想解释清楚,却也还是没能改变主编对杨必然的看法。由于她的话语权被抑制,她陷入了有话说不出的境地,因此只能吞吞吐吐结束了她想解释的一切。双方对话终止在看似平衡的信息差之中。

作者赋予读者全知全能的视角,使读者能够超越作品人物眼光的限制,居高临下,一览众生。在一个交际场合,人物与人物的交际可能呈现出多对应关系,编码与解码也就可能在不同交际对象中呈现不对等状态。如:

> (1)父亲看见的是风情万种的陈乔玲。是十分贤惠的陈乔玲。郑袖生病了,陈乔玲依然会端茶送水,只是那话音儿,不好听。陈乔玲说,我们家袖儿,真是金枝玉叶的身子,要是生在富贵人家,原是要有使唤丫头的,你看人家宝哥哥,有晴雯有袭人,林妹妹,也有紫娟有雪雁。只可惜了袖儿,生在我们这样的市井人家。这话的挖苦意思,十几岁的郑袖都听得分明。而郑校长,却把它当缠绵的昆曲听了。变了心的男人是头驴,耳里眼儿里塞得都是驴毛,三婶说。
>
> 阿袁《郑袖的梨园》
>
> (2)"看出来了。"我说,"什么歌?"
>
> "《文化大革命揍是好》!"白胡子老头又大声地说。
>
> "揍是好?"我纳闷。
>
> "揍是好!"白胡子老头高调重复。
>
> 王局、史局和钟局以及一帮人都哄笑着。小肖凑到我耳边,悄声道:"就是好。"
>
> "老人家,恭喜您,回答正确,加十分!"史局说。
>
> 乔叶《拾梦庄》

例(1)对继母陈乔玲的话语,父亲与郑袖的接收是不一样的。十几岁的郑袖听得分明的挖苦意思,父亲"当缠绵的昆曲听了",这是作为话语解读者的郑袖与父亲之间的信息差,也是父亲与表达者陈乔玲之间的信息差。父亲未能识别陈乔玲的恶意,是因为爱情蒙蔽了其眼睛。郑袖听得分明,是因为对继母的戒意。这就将人物不同的话语认知表现了出来，又由不同的认知表现出人物关系的差异。例（2）对白胡子老头的方言掺杂的"揍是好"，"我"与在场的其他人的接收是不一样的。以"文革"为题材的旅游项目开发者能理解，而"我"却未解其意。这是因为开发者们熟悉"文革"话语，而"80后"的"我"缺乏相应的背景资料，所以无法解读。这种由时代背景造成的差异表现在"我"对"文革"无知的各个场合。"我"随黑衣女人来到山上，看到"文革"武斗中死去的人们的墓碑。二人有了下列对话：

> "这些人，活着的时候一定超糊涂，真不该这么送死。"我说。
> "既然活得糊涂，也就该这么死。"黑衣女人说。
> "是啊，真是死得没有一点儿价值……"我顺着她的话锋。
> "倒也有他们的价值。"
>
> 乔叶《拾梦庄》

作为"80后"的"我"与经历了"文革"的黑衣女人对事物现象的评价出现了信息差。"活得糊涂"与"送死"之间的逻辑关系在二人口中是相左的。对"死"与"价值"的关系的评价也是相左的。"我"无法理解这种差异，觉得"这个女人，可真够别扭的呢"。这种差异是由共知语境背景的缺失造成的。"我"想顺着女人的话锋来说，没想到又被逆反的评价给噎着。女人的话语带有很强的模糊性，但在模糊的深层却带有深刻的蕴意，有着内在的逻辑推理：糊涂——死——价值之间被赋予了因果关系，由"糊涂"带来了"死"，由"死"而具有了警示后人的价值，这就是黑衣女人的深层语义。但"我"与之始终处于信息差中，未解其意。

信息差作为情节结构的参与因素，可能作为情节结构的组成部分，也可能作为情节结构的线索，甚至贯穿整个文本的情节。如史铁生《命若琴弦》以一老一少两个瞎子为了要弹断一千根琴弦而跋山涉水四处说书为情节脉络，贯穿情节始终。而弹断一千根琴弦的缘起是老瞎子师父给老瞎子留下的希望，也就是师父的诺言。小说通过小瞎子的话语转述了师爷的诺言："咱这命就在这几根琴弦上，您师父我师爷说的。我都听过八百遍了。您师父还给您留下一张药方，您得弹断一千根琴弦才能去抓那付药，吃了药您就能看见东西了。我听您说过一千遍了。"这个诺言成了老瞎子一生的希望，并延续构成小瞎子将来的希望。殊不知，弹断琴弦——抓药——看见东西中的因果关系，是师父虚设的目标。但老瞎子对师父的这一目标深信不疑，并以此鞭策小瞎子，为之奋斗一生。老瞎子将师父话语中的虚设目标接收转

化为真实目标,这是表达与接受的信息差。小说多次出现弹断琴弦的描述:

> (1)老瞎子一天比一天紧张,激动,心里算定:弹断一千根琴弦的日子就在这个夏天了,说不定就在前面的野羊坳。
>
> (2)一晚上一晚上地弹,心里总记着,得真正是一根一根尽心尽力地弹断的才成。现在快盼到了,绝出不了这个夏天了。老瞎子知道自己又没什么能要命的病,活过这个夏天一点不成问题。"我比我师父可运气多了,"他说,"我师父到了没能睁开眼睛看一回。"
>
> (3)他只好再全力去想那张药方和琴弦:还剩下几根,还只剩最后几根了。那时就可以去抓药了,然后就能看见这个世界——他无数次爬过的山,无数次走过的路,无数次感到过她的温暖和炽热的太阳,无数次梦想着的蓝天、月亮和星星……还有呢?突然间心里一阵空,空得深重。就只为了这些?还有什么?他朦胧中所盼望的东西似乎比这要多得多……

可见,老瞎子一生的希望、寄托全在于此。这一信息差直至老瞎子弹断一千根琴弦,去药铺抓药之后才得以消解。五十年的希望毁于一旦,给老瞎子的打击是致命的。"老瞎子在药铺前的台阶上坐了一会儿,他以为是一会儿,其实已经几天几夜,骨头一样的眼珠在询问苍天,脸色也变成骨头一样的苍白。有人以为他是疯了,安慰他,劝他。老瞎子苦笑:七十岁了再疯还有什么意思?他只是再不想动弹,吸引着他活下去、走下去、唱下去的东西骤然间消失干净。就像一根不能拉紧的琴弦,再难弹出赏心悦耳的曲子。老瞎子的心弦断了。现在发现那目的原来是空的。老瞎子在一个小客店里住了很久,觉得身体里的一切都在熄灭。他整天躺在炕上,不弹也不唱,一天天迅速地衰老。""老瞎子指指他的琴,人们见琴柄上空荡荡已经没了琴弦。老瞎子面容也憔悴,呼吸也孱弱,嗓音也沙哑了,完全变了个人。他说得去找他的徒弟。""他想自己先得振作起来,但是不行,前面明明没有了目标。"这些情景与老瞎子抱着希望时的情景构成了极大的反差:"他一路走,便怀恋起过去的日子,才知道以往那些奔奔忙忙兴致勃勃的翻山、赶路、弹琴,乃至心焦、忧虑都是多么欢乐!那时有个东西把心弦扯紧,虽然那东西原是虚设。"从师父与老瞎子信息差的构成到消解,再到老瞎子重新设置与小瞎子的信息差,小说的情节结构得以完成。从师父临终时"把那张自己没用上的药方封进他的琴槽",到老瞎子要"把这药方给你封在琴槽里";从师爷为弹断八百根琴弦而奋斗,梦断后将八百根衍化为一千根,到为老瞎子设置弹断一千根琴弦的目标,再到老瞎子梦断后为小瞎子设置弹断一千二百根琴弦的目标;一对信息差的生成到消解,再到另一对信息差的延续生成,表现了一代又一代瞎子对光明的追求,并构成了整个小说文本情节结构的发展。

第三节 论辩性——当代小说语境的重要对话特征

当代纷繁复杂的世态空间,当代人活跃的思维,使小说对话呈现出富具当代特色的标识。其中,论辩性是当代小说语境对话的突出体现。曹文轩曾强调辩论在小说中的功能:"但小说中的对话,其功能主要还不在于叙事,而在于辩论。"①这就突出了小说对话的特点,强调了论辩性特征。实际上,叙事与论辩是小说对话中相互关联的方面。论辩是在叙事语境中生成的,又是叙事的组成部分。论辩作为小说对话的一种形态参与了小说叙事,以书面形式体现口头语调,使人物口吻惟妙惟肖,使叙事摇曳多姿,彰显了对话的张力。

论辩以对话双方相抗衡的语义内容与特有形式展现对话,就这一意义上说,对话双方构成了语境差异,处在语境的不平衡状态。这一不平衡,颠覆了言语交际的合作原则。小说读者在对论辩话语进行解读时,依靠作者所提供的上下文语境,识别论辩话语的内涵,识别论辩双方的话语意图、话语形式与话语走向,从而品味论辩话语的审美价值。从论辩话语交际双方的不平衡中考察符合人物性格身份、符合双方关系、符合情节走向的平衡,从而把握作者的创作意图。就这一意义而言,论辩话语的语境差审美具有与信息差审美同样的转换过程。

一 论辩形态的多视角考察

当代小说叙事语境中具有论辩性的对话其表现形态是丰富多彩的。我们从对立统一视角对其进行考察,可显示其互为对立的构成形态。

(一)论辩性的显隐性呈现

论辩性显性呈现与隐性呈现构成了对话的两种形态。

显性呈现即对话的论辩性以鲜明、突出的论辩特征出现,论辩双方论辩姿态明显。如徐坤《游行》中林格与黑戊的多场对话就是以鲜明的论辩性

---

① 曹文轩:《小说门》,作家出版社,2003年第2版,第237页。

展现：

> 林格：你为什么总是处心积虑地攻击程甲呢？
>
> 黑戊：(不解地)怎么了？
>
> 林：你看你跟他又是对话，又是论战，还拉上你那帮重新修史的哥们儿，拼命要把他逐出诗史的行列，为什么？
>
> 黑：这还用问吗？这还不是明摆着，瞧他后期写的那些十四行颂神诗，一派憨稚之态，简直就跟老小孩似的，实在是让人不忍卒读哇。
>
> 林：你这样攻击他有多大意思吗？跟神叫板容易出名是怎么着？
>
> 黑：别瞎说。瞎说什么。
>
> 林：什么叫瞎说呀！你不总是生怕有好事落下你，动不动就爱跑到广场上当黑马吗？
>
> 黑：你瞧你这人，成心气我不是？
>
> 林：谁气你干吗？放着外面的高薪厚禄聘请你不去应，急喘喘往国内跑什么？
>
> 黑：这叫怎么说话呢，我们那是学成归来，报效祖国啊。
>
> 林：我倒要问问你报的是什么效，是效忠呢还是忠孝？
>
> 黑：丫头片子越说越不上道儿了。
>
> 林：还有什么羞羞答答不好意思承认的。要是效忠呢，你跟程甲可又有什么区别？你有什么资格褒贬他？要是忠孝呢，你还到处贩卖那个洋气膻膻的俄狄浦斯情结，叫嚷杀父娶母干什么？

以对程甲的攻击为论辩焦点，由此延伸到回国的目的，又归结回到对程甲攻击的话题。论辩的锋芒明晰鲜明，林格咄咄逼人，其论辩显然占据优势。

隐性呈现指对话的论辩性隐含在非论辩话语中，以非论辩形式体现论辩。这种论辩常以信息错位形式出现，在话语的不能链接中表现出隐在的论辩性。如：

> 奶奶说："爹呀，我不回他家啦，我死也不去他家啦……"
>
> 曾外祖父说："闺女，你好大的福气啊，你公公要送我一头大黑骡子，我把毛驴卖了去……"
>
> 毛驴伸出方方正正的头，啃了一口路边沾满细小泥点的绿草。
>
> 奶奶哭着说："爹呀，他是个麻风……"
>
> 曾外祖父说："你公公要给咱家一头骡子……"

　　　　曾外祖父已醉得不成人样,他不断地把一口口的酒肉呕吐到路边草丛里。污秽的脏物引逗得奶奶翻肠搅肚。奶奶对他满心仇恨。

莫言《红高粱》

　　父女俩对嫁到单家的看法是相左的,女儿表示不愿嫁给麻风病人,父亲看似与其对话,但实际上话语衔接是错位的,错位中隐含着论辩的成分。女儿的话语指向是不愿回单家,父亲的话语指向是单家有钱,可以给骡子。女儿的幸福与父亲的贪婪在婚嫁标准上形成了对立,因此,在二人对话的错位链接中隐含着价值取向的论辩。这种论辩不是以针锋相对的话语形成对立,而是以相左的话语形成对立的。

　　(二)论辩性的刚柔格调

　　从论辩力度来看,可以分为刚性论辩与柔性论辩。

　　刚性论辩即论辩色彩鲜明,意味浓郁,形成一种针锋相对的对立。如:

　　　　毛衣袖子是不是你拆的? 章妩说。

　　　　是我拆的。尹小跳说。

　　　　我有什么地方对不起你了为什么你要拆我的毛衣? 章妩说。

　　　　你说过先给小帆织的你说话不算话。尹小跳说。

　　　　是啊我是说过,是……我去商店没有买到玫瑰红毛线,我看见了这种,这种也不错,更适合大人……

　　　　什么大人哪个大人? 尹小跳打断章妩。

　　　　哪个大人? 章妩重复着尹小跳的问话,比如我吧,比如我。她音调明显低了。

　　　　可这不是你的毛衣这是男式的。尹小跳的声音很强硬。

　　　　你怎么知道这是男式的你又不会织毛衣。章妩心中的火气有些上升。

　　　　我当然知道从前我见你织过,见你给爸织过,这件毛衣是你给爸织的吗? 尹小跳直盯着章妩的眼睛。

　　　　是……啊不是。章妩仿佛已被尹小跳逼得没了退路,她明白假若她要顺水推舟说毛衣是给尹亦寻织的那就更显愚蠢,说不定尹小跳立刻会给他写信,告诉他,妈正在给他织毛衣。她于是说,这毛衣是给唐医生织的,是唐医生求她织的。唐医生啊他还没结婚呢,没有人照顾他,所以她答应给他织毛衣,她还准备给他介绍女朋友……她不知自己为什么会啰啰唆唆跟尹小跳说这些。

　　　　那你为什么说是给自己织的呢? 尹小跳不依不饶。

　　章妩有些恼羞成怒了,她说你想干什么你到底想干什么? 为什么你这样气我你不知道我有病呀你!

　　你有病为什么还花这么多时间织毛衣? 尹小跳毫不示弱。

　　我花这么多时间织毛衣是因为……是因为我希望能有更多的时间在家里和你们在一起。我这么做使你不满意了吗?

铁凝《大浴女》

围绕织毛衣一事母女俩展开了论辩,章妩因所织毛衣被拆而怒气冲冲,尹小跳怀疑母亲为唐医生织毛衣而衍生不满,对二人关系表示怀疑。母亲多年对两个女儿的不关心使她对母亲产生了不信任,这种不信任又"从织毛衣这件事开始变得明晰、确定了"。话语表层的"织毛衣"话题因为隐含着母女俩猜疑的主题而敌意显然,尹小跳对母亲话语中不能自圆其说的破绽"不依不饶",针锋相对地追问,使冲突的论辩气息激烈浓郁。

　　柔性论辩即以柔婉的格调显示论辩的内容,这类对话内容形成对立,而语调风格则非针锋相对,而具有商榷性。如:

　　我说:"这鼓角声令我心烦。"

　　周瑜笑了起来,他的笑像雪山前的回音。他放下鼓槌和号角,朝我走来。他说:"什么声音不令你心烦?"

　　我说:"流水声、鸟声、孩子的吵闹声、女人的洗衣声、男人的饮酒声。"

　　周瑜又一次笑了起来。我见月光照亮了他的牙齿。

　　我说:"我还不喜欢你身披的铠甲,你穿布衣会更英俊。"

　　周瑜说:"我不披铠甲,怎有英雄气概?"

　　我说:"你不披铠甲,才是真正的英雄。"

迟子建《与周瑜相遇》

村妇与周瑜的对话主旨是对战争与和平的选择,这一对立体却溶解在对声音的喜爱,溶解在对铠甲与布衣的穿着选择上。战争与和平是充满了严肃意味的对立,而二人则以平和的状态显示这一对立,使论辩充溢着柔婉的格调。

　　刚性与柔性论辩风格也可能存在于同一场景中,论辩双方在论辩内容及论辩风格上形成了某种差异。如:

　　文质彬彬的教授难道要武斗吗? 我急得不知如何是好。这时听见教授一字一顿地说:"你有病。"

在北京话里,"有病"是个专用词语,特指有精神病。

"你才有病呢!"那老女人突然猖狂起来。饶舌人被抓住的伎俩就是先装死,后反扑。

"是啊,我是有病,心脏和关节都不好。"教授完全听不出人家的恶毒,温和地说,"不过我的病正在治疗,你有病自己却不知道。你的眼睛染有很严重的疾患,不抓紧治疗,不但斜视越来越严重,而且会失明。"

"啊!"老女人哭丧着脸,有病的斜眼珠快掉到眼眶外面了。

"你可不能红嘴白牙地咒人!"老女人还半信半疑。

毕淑敏《斜眼》

这场论辩的构成双方在情感倾向上是不对等的,导致话语的不同风格。老女人心怀鬼胎,误以为教授话语中的"有病"为骂人之语,于是以充满了敌对意味的话语加以辩驳,持刚性态度。而教授的"有病"则是对其眼疾而言,是真心诚意指出其病,并要为其治病,因此是善意的辩驳,充满柔性色彩。两种不同的风格体现了两种心态,两种为人处世态度的对立。

(三)论辩方的在场不在场

论辩是双向交际,显然应以双方在场为基本模式,但当代小说语境中的一些对话,却隐去了论辩的一方,以独白形式展现对话,独白中含有明显的论辩语调。这种形式下的对话呈现双方都在场和一方不在场两种状态。

双方在场,而一方占据了话语权,另一方则丧失了话语权,构成了一方独白的情况。苏童《1934 年的逃亡》中就有多场这类论辩。如:

(1)然后蒋氏看见了陈玉金夫妻在路上争夺那把竹刀的大搏斗。蒋氏听到陈玉金女人沙哑的雷雨般的倾诉声。她说你这糊涂虫到城里谁给你做饭谁给你洗衣谁给你操你不要我还要呢你放手我砍了你手指让你到城里做竹器。

(2)"你是非要那胶鞋对吗?"蒋氏突然扑过去揪住了狗崽的头发说你过来你摸摸娘肚里七个月的弟弟娘不要他了省下钱给你买胶鞋你把拳头攥紧来朝娘肚子上狠狠地打狠狠地打呀。

例(1)通过蒋氏所见所闻展现陈玉金夫妻的对话,这一对话围绕进城不进城的话题,在进城的"黄泥大路"上展开。虽然二人均在场,但女人对丈夫抛家进城的愤激态度使她独占了话语权。这一独白以一连串无语调停顿的话语形式,展现了其不容分辩的意愿。陈玉金虽然没有以话语形式进行应答辩论,但其"一声困兽咆哮"的反馈代替了论辩话语,进而"挥起竹刀砍杀女人"的举动更表明了与女人的不同态度,话语权拥有者终以悲惨的结局最终丧失了话语权。例(2)狗崽渴望一双胶鞋,将卖狗粪得到的铜板私藏进一只木匣子里,放入墙洞,但被老鼠拖进鼠窝而丢失。曾经"一匣子的铜板以橙黄色的光芒照亮这个乡村少年"的渴望,与事发后狗崽的激烈反馈形成了对比,"狗崽的指甲在墙洞里抠烂抠破后变成了一条小疯狗",将"弟妹捆成一团麻花,挥起竹鞭拷打他们追逼木匣的下落",在找寻不到后就不愿再去拾狗粪。上述母亲的话语就是在此情景下的。论辩的主旨是要胶鞋还是要弟弟。母亲蒋氏对狗崽的极端反应大为恼怒,以一连串无停顿话语表现了愤怒,形成了独白。言语交际双方都在场,但蒋氏的咆哮占据了话语权。与上例相同,话语的论辩性质及狗崽的态度在其反馈行动中显现出来。在娘"打呀打掉弟弟娘给你买胶鞋穿""这种近乎原始的诱惑"下,狗崽"呜呜哭着朝娘坚硬丰盈的腹部连打三拳"的行动,代替了论辩话语,表明了狗崽的选择,结束了这场对狗粪换胶鞋的论争。如果说,上述交际是狗崽在现场以行动取代了论辩话语的话,还有的反馈则是非现场的,是现场延续后的论辩反馈。狗崽十五岁时收到父亲捎来的竹刀,"接过刀的时候触摸了刀上古怪而富有刺激的城市气息。他似乎从竹刀纤薄的锋刃上看见了陈宝年的面容,模模糊糊但力度感很强"。于是,萌发了进城当竹匠的意愿,遭到蒋氏反对,蒋氏也是以一连串无停顿标志的话语占据了论辩的话语权:

　　　　"好狗崽你别说胡话吓着亲娘你才十五岁手拿不起大头篾刀你还没娶老婆生孩子怎么能城里去城里那鬼地方好人去了黑心窝坏人去了脚底流脓头顶生疮你让陈宝年在城里烂了那把狗不吃猫不舔的臭骨头狗崽可不想往城里去。"蒋氏克制着浓郁的睡意絮絮叨叨,她抬手从墙上摘下一把晒干的薄荷叶蘸上唾液贴在狗崽额上,重新将狗崽塞入棉絮里,又熟睡过去。

同样是二人都在场,蒋氏在"浓郁的睡意"中的絮叨构成了独白,这一独白在交际现场没有得到狗崽的反馈,但在后续语境中却得到了反馈。"一条夜奔之路洒满秋天醇厚的月光",狗崽一路拾着狗粪沿着进城的黄泥大路离开了家乡,以实际行动对母亲的意见做出了反馈。这一态度,可视为以行动对抗蒋氏的非话语论辩。

　　这些没有得到话语反馈的论辩,我们之所以将其视为论辩,是因为双方在场,虽然没有一方的反馈话语,但从这一方的行动可以看出其与另一方的对立态度和立场。以行动代替话语构成的论辩还在于话语权拥有者一方的决绝态度,与之相对的是话语接受方的决绝行为。

不在场的论辩指论辩一方不在交际现场,但现场一方的话语形式与话语内容具有论辩意味,而且隐含着与非现场方的对立。如:

> 四老爷,您不要怕,不要内疚,地球上的男人多半都干过通奸杀人的好事,您是一个生长在穷乡僻壤的农民,您干这些事时正是兵荒马乱的年代,无法无天的年代守法的都不是好人,您不必挂在心上。比较起来,四老爷,我该给您立一座十米高的大牌坊! 回家去吧,四老爷,您放宽心,我是您的嫡亲的孙子,您的事就算是烂在我肚子里的,我对谁也不说。四老爷您别内疚,您爱上了红衣小媳妇就把四老妈休掉了,您杀人是为了替爱情开辟道路,比较起来,您应该算作人格高尚! 四老爷,经过我这一番开导,您的心里是不是比刚才豁亮一点啦?
>
> 莫言《红蝗》

之所以说是论辩,因为在独白话语中隐含着交际的另一方——四老爷。独白中的话语看似为四老爷辩护,实为对四老爷的批判揭露,也因此构成了与不在现场的四老爷的对立。论辩以反语形式构成了一对对对立体:"通奸杀人"与"好事",与"立一座十米高的大牌坊";"无法无天的年代"与"守法";"杀人"与"为了替爱情开辟道路",与"人格高尚"之间构成了对立;这些对立体实际上代表了论辩双方的不同立场。这一立场,看似并非在"我"与四老爷之间构成对立,实则是以"我"为四老爷的替身,以真理与谬误形成对立展开的论辩。第二人称的"您"以及对话形式增强了不在场的四老爷的真实感。这场论辩既是跨越现场空间,又是跨越时间现实的。这种跨越链接了五十年前后的情景与人物关系,展现了莫言的魔幻世界。

(四)论辩中的双方角色与单方角色

论辩必定有着对立者,对立的双方可以是他人,也可以是话语表达者自身。从论辩的交际性质来看,以双方居多。上述的论辩显性显现与隐性显现,刚性与柔性,辩方在场与不在场多为双向的交际对象。如:

> 三哥说酒比女人好。最便宜的酒也比最漂亮的女人有味道。三哥说时常咂咂嘴连饮三杯。江上清风徐来,山间明月笼罩。取不尽用不竭。三哥说人生如此当心满意足。船长说你没有女人为你搭一个窝没

有女人跟你心贴着心地掉眼泪你做人的滋味也算没尝着。

三哥想他宁愿没尝着做人的滋味。女人害死了她的二哥,他还能跟女人心贴着心么?三哥说这简直是开玩笑。

方方《风景》

三哥"心里是没有女人的",他"对女性持有一种敌视态度",是源自他所挚爱的二哥的遭遇,对女人的态度由此根深蒂固。上述论辩就是在对女人的态度上构成对立的。对立双方基于自身的生活体验,各持己见,无法统一。船长无语调停顿的话语形式,三哥内心的辩驳,都体现了二人的不同态度立场。作者的意图不在于论辩结果双方的统一,而在于显现双方的差异,以突显三哥在特定环境背景下对女人的态度,体现二哥事件对其深刻的影响。

论辩双方也可以由话语表达者自身构成。自身的矛盾话语隐含着自我论辩的意味。如:

他一会儿说要杀父娶母,一会儿又说要弘扬国学;一会儿说他离不开他妻子,一会儿又说他深爱着林格。他说他真是没办法离开他那温柔贤惠的沪籍陪读夫人,她对他爱护关怀备至,每天为他洗衣煮饭,擦鞋修面,甚至连牙膏都替他挤到牙刷上,把漱口水端到他面前。他要是有个三长两短出了什么意外,他的妻子儿子还不定难过成什么样呢。

徐坤《游行》

黑戊的话语充满着矛盾,西方与东方观念,守节与出轨,以两个极端在话语中互相碰撞,构成了虚伪的摇摆着的人物形象。这番话语可以视为人物独白,正如曹文轩所说:"小说的独白——那些精彩的独白就内在地具有对话性。看似独白,但这一独白充满了犹疑、矛盾、困惑。小说的独白,不能是统一的、只有一个方向的,因为人性、人的内心不是同一的、只有一个方向的。我们在最精彩的独白中看到的是亲昵与不敬、高尚与卑下、软弱与强硬、多情与无情、天使与魔鬼的混合。固然是独白,但独白之中却有两个以上的声音在争先恐后、争强好胜地争夺着话语权。力量没有太大的悬殊,几乎是势均力敌。"[1]人物的两极话语可以视为人物自身的论辩,这种论辩的目的不是为了说服,而是为了颠覆。以颠覆表现对人物个性的深刻挖掘。曹文轩曾将小说独白与哲学家的独白相比较说明:"一个好的哲学家,他的独白应

---

[1]　曹文轩:《小说门》,作家出版社,2003年第2版,第242页。

是一贯的、周密的,他要尽一切可能来确保他独白的一致性,任何一个漏洞,任何一个自相矛盾之处,都是他哲学学说的一个污点。即便是客观事实他也得为维护他的独白的一致性而不惜牺牲事实。""而一篇好的小说独白,却正在于它的'喃喃自语''颠三倒四''游移不定''出尔反尔'——一句话,始终处于摇摆状态之中。"①这就将哲学意义的独白与艺术意义的独白区分开来。正是因了这种"颠三倒四"的摇摆,才有了活生生的人物形象,才使话语充满了具有诱惑性的张力。文本中的上下文也诠释了黑戊这一人物话语与实际行动的反差:"林格知道他不过是口里说说耍耍贫嘴罢了。从思想到行动之间还隔着老大一段距离呢,那几乎就是一条十分险恶的天河在横亘着。他所能做的,也只能是在语言的此岸逍遥着,巧舌如簧,指手画脚,冥想着自己是振臂一呼应者云集的英雄角色。可是真正让他揭竿而起斩木为兵付诸行动时,他却连一点泅渡的勇气都没有了,只能是眼巴巴地遥望着彼岸,咀嚼着哆嗦成青紫的嘴唇不敢上前,甚至连蹚水湿一下鞋的勇气都没有了。""弄潮儿向滩头立,手把旗杆脚不湿。她知道他一向如此的。他这滥情的誓言她都听过不知有多少遍了,她根本就不期图他会把什么许诺给兑现。他一边尽心尽意孝顺着他那亲爱的好老婆,一边又用甜言蜜语把林格哄得像棉花糖似的,拿着她们当成他事业长跑马拉松时的滋补营养液。他的自私和孱弱林格早就看明白了。"作者将人物话语呈现与论述评价相结合,鞭辟入里地将黑戊的"自私和孱弱"挖掘出来。

人物自身的论辩还可能隐含在对同一事物的前后不同态度上。如:

> 黑戊博士的话语雪片般铺天盖地连篇累牍地印刷出来,占满了各种学术杂志文学月刊的版面头条。她听到报社的同事一边翻看着杂志一边发牢骚:
> "怎么回事啊?怎么到处都是文学博士黑戊的文章啊?没劲。"
> 她又听他拿起另一本刊物翻着发牢骚:
> "怎么回事啊?怎么连文学博士黑戊的文章都没有啊?没劲。"
>
> 徐坤《游行》

对黑戊文章的厌倦与期待,以同事的牢骚展现,两个"没劲"形成矛盾,构成对立的两种态度。当然,这种论辩意味是隐含在对事物的矛盾态度上的,而非话语者所意识到的论辩行为。

---

① 曹文轩:《小说门》,作家出版社,2003年第2版,第242页。

当代小说对话中的论辩以多种形态展现了其摇曳多姿的风采,以上各形态是从不同视角对论辩的考察,其间可能有着交错。如显性显现与隐性显现中,可能有着刚性与柔性风格上的差异。在场不在场中,也有着以显性显现与隐性显现两种状态,有着刚性与柔性风格上的差异。他人与自身的论辩中同样有着显隐性、刚柔性,在场不在场的差异。此外,论辩形态还可能从不同的视角考察,如论辩结果的对立与统一、论辩内容的单一与复杂、构成论辩的有意与无意、真实论辩与虚拟论辩等,这些都说明,当代小说对话中的论辩性是复杂的,有着广博的研究空间。

二　特定语境参构下的对话论辩

对话论辩是在特定语境背景下的产物,语境参与了论辩全过程。论辩生成的起因、过程与结果都与语境密切相关,论辩的解读也需要依托语境综合因素而实现。

论辩的起因可能源自不同的认知层面,人物的知识背景、对事物的认知程度等可能造成认知层面的差异。如:

> 伊克:"你说你到底是谁呢? 你是从哪里来的呢? 怎么会闯入我的镜头里来呢?"
> 林格:"我是风,偶然吹进来的呵。"
> 伊克:"风? 风是什么? 风不好,变幻莫测,捉摸不定。你是一个别的什么吧,比方说女娲,夏娃,要不然是妲己,褒姒,貂蝉,就算是白骨精也好哇。"
> 林格:"不,我只是风,并不具形状。"
> 伊克:"那么你的目的又是什么呢?"
> 林格:"任意而来,随意而往,只要吹就足够了。"
> 伊克哑口无言,只是睁大孩子气的眼仰慕地望着她。
>
> 徐坤《游行》

伊克代表了与林格亲密接触的年青一代。在广场中实习记者伊克的镜头捕捉到了林格:"一瞬间那种美轮美奂的光与影的交叠,年轻女人那扑朔迷离的游走神色,偌大广场与娇小身态之间的强烈反差,都形成一种深刻的视觉效果,不可磨灭地印在了广播学院实习生伊克的视网膜上。"在后来的交往中,这种迷恋一直延续着。对话以对林格自喻的"风"的不同认知而展开。年轻的未谙世事的伊克,与已经在男性沙场上久经考验的林格在对事物、对情感的认知方面存在极大差异。这使得他们的"对话进行得十分艰难。她和他听到的,都只是自己的话语扑打到墙上以后折射回来的声音"。可见,这场论辩是在完全不对等的认知状态下进行的,年龄的差异,认知的差异造成伊克对林格话语的无法诠释,而以稚气的质问表示异议。二人认知的差异由不同的背景语境生成,又通过对话的下文语境做了揭示:

> 伊克将心中的一切柔情诉说着。他崇拜眼前这个扑朔迷离的女人,崇拜她的头发,她的嘴唇,她说话的声音,她那总是恍惚出神的姿态,她投入工作时极度疯狂的样子,喜欢听她揉着他一脑袋的长发,嗔怪地叫他一声"傻孩子",那时候他真的就不由自主地做出一副娇憨痴呆的傻孩子样来。

> 林格呢?林格早已将他眼神中的倾慕符号悉数破译接收了,并且,还通过他那七长八短参差不齐的烦琐披挂,透析了他生命内核里的一份跃跃欲试的焦灼。他的急切翕动的鼻翼已经把一份献身的热情明白无误地表达了出来。她懂,她知道他一直希望她能要他,接纳他,但是她不愿意那么做。她不想扮演女娲夏娃之类的角色。这个世界上没有神。谁也充当不了谁的启蒙者。如果人与人之间至今还没能够很好地平等的话,神在九泉之下能够瞑目吗?如果她和他之间的意念不能够很好地对流和沟通,单单是肉体的交接又有什么意义呢?她愿意在身心两个方面同时帮助他成长吗?也许她并不纯粹是为了帮助他,而是为了完善她自身。也许我们都必须比被我们更年轻的一代人催着仰慕着,才能最终完成我们自身的成长吧?

> 徐坤《游行》

对伊克与林格心理的描述构成了解读上文论辩的语境,由此我们看到了二人从年龄到思想的距离,看出了论辩者不同的思维与情感倾向。

论辩的起因可能源自对话双方不同的话语目的。话语表达者不同的话语指向可能使不相对应的话语产生论辩性,哪怕这种论辩是隐含在话语深层的。如:

> 余司令走到墙角后,立定,猛一个急转身,父亲看到他的胳膊平举,眼睛黑得出红光,勃朗宁枪口吐出一缕烟。父亲头上一声巨响,酒盅炸成碎片。一块小瓷片掉在父亲的脖子上,父亲一耸头,那块瓷片就滑到了裤腰里。父亲什么也没说。奶奶的脸色更加苍白。冷支队长一屁股

坐在板凳上,半晌才说:"好枪法。"

余司令说:"好小子!"

莫言《红高粱》

同样是对余司令向放在"我父亲"头顶上的酒盅射击一事,评价却不同,这不同就造成了话语隐在的论辩性。冷支队长与余司令的话语指向是错位的,"好枪法"是冷支队长对余司令枪法的评价,"好小子"则是余司令对"我"父亲临危不惧胆量的评价。看似不同的评价指向实际上是关联的。余司令的评价中含有对冷支队长的蔑视。这得联系上文语境来领悟。冷支队长与余司令会面的目的不同,冷支队长代表王旅长而来,意欲收编余司令的队伍。余司令并不想被收编,但想借助其力量共同打日本。上述论辩之前的语境就是二人为此的矛盾。因此,对射击一事的不同评价,隐含着二人敌对的论辩性质,是余司令对冷支队长的否定。射击是对冷支队长的警示,评价的转向是对冷支队长的辩驳。虽然冷支队长是在对余司令威慑的恐惧中由衷惊叹余司令的枪法,但余司令以不屑作为对其前面态度的敌视。当然这一论辩是隐含在话语深层,以表层的信息错位为其表现形式。依据语境,我们解读了两人话语间接对接中的对立反差,也解读了余司令在这一反差中的语义蕴含。

论辩中的话语是互为上下文语境的,辩驳双方处在对等状态下的话语既是对对方话语的辩驳,又是对自己话语的建树。考察论辩的交错点既是对双方论辩状态、论辩语义的考察,又是对话语中的逻辑关系、语义蕴含的探究。如:

(1)有一天她终于忍不住了。她问七哥:"如果我父亲是像你父亲一样的人,你会这样追求我吗?"七哥淡淡一笑,说:"何必问这么愚蠢的问题呢?"她说:"我知道你的动机、你的野心。"七哥冷静地直视她几秒,然后说:"如果你还是一个完整的女人你会接受我这样家庭这样地位的人的爱情吗?"她低下了头。

(2)七哥说:"你如果在这样的地方生活过一年,你就明白我所做的一切是多么重要。我选择你的确有百分之八十是因为你父亲的权力。而那百分之二十是为了你的诚实和善良。我需要通过你父亲这座桥梁来到达我的目的地。"七哥说:"我还可以告诉你在我认识你之前我有过一个女朋友。她父亲是个大学教授。我同她的关系已经很深了。我在几乎快打结婚证时碰到了你。你和你父亲比她和她父亲对我来说重要得多。"七哥说在中国教授这玩意儿毫不值钱。"他对我就像这些过时的报纸一样毫无帮助。所以我很果断地同原先那个女友分了手。我是带着百倍的信心和勇气走向你的。我一定要得到。"七哥的话语言之凿凿掷地作金石声。她惊愕得使那张青春已逝的脸如被人扭了一般,歪斜得可怖。她跨了一步给了七哥一个响亮的耳光然后抽身逃去。

方方《风景》

七哥抛弃了原来的女朋友,而选择在旅途偶遇的比自己大八岁的"她"。上述二例就是七哥与"她"之间的论辩话语。例(1)二人的话语指向针锋相对,以各自为出发点,又以对方选择为权衡点。看似相反方向的话语指向却具有相同的意义蕴含,即没有致命弱点,双方都不可能做出如此选择。相对立的话语指向依托着文本对二人自身及家庭条件的语境介绍。"她"父亲位居权重,而"她"自身却因得病丧失了生育能力,成了大龄剩女。七哥年轻力壮,学识、相貌优越,却出生在社会底层,一家数口居住在河南棚子的一间小黑屋里。二人的自身条件与家庭背景均形成了巨大反差,因这反差的相反相对构成了二人的相同选择。例(2)则是七哥对其选择真实情况的供述。语境所提供的背景资料帮助我们解读话语,帮助我们理解话语中所蕴含的婚恋观的逻辑推理。借助更大的语境,我们了解了形成二人婚恋选择的思想基础:"每次结识一个男朋友她都把这个情况诚实地告诉对方。大多人都叹口气终止了同她的交往。她过了三十五岁后,心灵上的创伤已经无法愈合。她想如果四十岁她还是这样孑然一身地生活那么她就到当年使她丧失她最宝贵东西的大堤上去自杀。"在这样的背景下"她"认识了七哥。虽然"她"已经意识到七哥选择背后的意图,七哥"充满热烈之情的拥抱使她感到迷醉而她的心底却痛苦不堪。在情绪稍稍平静时就有一个声音警钟似地呼叫这个男人感兴趣的不是你而是你的父亲。她想摆脱这个警钟而这声音却响得愈加频繁",但她已别无选择。七哥的选择则源自大学时代苏北佬的启发。苏北佬选择病重的清洁女工成婚,是为给自己带来花环,使人生"大放异彩"。女工去世后不久,七哥从苏北佬"极诚挚的语言和极慷慨的激情之后看出那一丝丝古怪而诡谲的笑意。那笑意随着女人的离世而愈加明朗",从而识别了其用意。文本对此有一二人的对话描述:

苏北佬说干那些能够改变你的命运的事情,不要选择手段和方式。七哥说得下狠心么? 苏北佬说每天晚上去想你曾有过的一切痛苦,去想人们对你低微的地位而投出的蔑视的目光,去想你的子孙后代还将沿着你走过的路在社会的低层艰难跋涉。

方方《风景》

苏北佬的人生警示成了七哥日后的人生观,在此指导下所做出的婚姻选择印证了这一人生选择。

论辩双方话语中可能具有的信息错位,也需要靠语境来完成。错位的构成与解读均与语境密切相关。如前述毕淑敏《斜眼》中,看门的老女人因对教授"有病"的语义错解与之争辩。这一争辩中有着上文语境的基础。老女人对"我"每天陪教授抄近路穿越小区回家的举动加以歪曲造谣,因此"妈妈不让我再与教授同行"。"我"在气愤与无奈中只好向教授"原原本本和盘托出"原委,"我"与教授有一对话:

> "那个老女人,眼斜心不正,简直是个克格勃!"我义愤填膺。
> 教授注视着我,遗憾地说:"我怎么没有早注意到有这样一双眼睛?"他忧郁地不再说什么。

这一对话实际上已产生了信息错位,"我"的"眼斜心不正"侧重老女人的心理病态,是对老女人的骂语,教授的关注点却在"眼斜"的生理病态。从文本后续语境教授要为老女人治病可以看出,语境差的消解意味着论辩的结束。"我每周一在眼科医院出专家门诊。你可以来找我,我再给你做详细的检查治疗。"教授的这句话使老女人了然"有病"的真实话语指向,也使读者对论辩过程、论辩结果释然。文本首尾的语境在对论辩进行诠释的同时,塑造了一个忠于医德、尽忠职守的教授形象。小说开头转述了给我们讲课的教授的话语:"你们将来做医生,一要有人道之心,二不可纸上谈兵。"这体现了教授所遵循的"医道"。小说以老女人的反应作为信息错位的化解,也意味着论辩的结束:

> 教授拿出烫金的证件,说:"我每周一在眼科医院出专家门诊。你可以来找我,我再给你做详细的检查治疗。"
> 我比老女人更吃惊地望着教授。还是老女人见多识广,她忙不迭地对教授说:"谢谢! 谢谢!"
> "谢我的学生吧。是她最先发现你的眼睛有病。她以后会成为一个好医生的。"教授平静地说,他的白发在微风中拂尘般飘荡。
> 从乜斜的眼珠笔直地掉下一滴水。

这些语境为我们提供了信息错位的解读语境,也提供了论辩生成、刚柔错位形式的语境,以小见大,在情节的进展中揭示了人物风采。

论辩中话语指向错位有时以隐蔽的状态呈现,对语境的依赖性更强。如徐坤《地球好身影》中"我"与心理医生白谷狗的对话,以环环相扣的错位构成论辩,表现了犀利的讥讽:

> 见第一次试探性骚扰没有得到回应,白谷狗收回嘴去,自我解嘲说:"嗯,苹果的问题嘛,继续留给夏娃去蒙骗上帝。亲,看你的才艺气质俱佳,是哪个院校培养出来的?"
>
> "我小时候家里穷,只上过五年学,后来辍学在家放鸭……"
>
> "嗯,好! 念书少,没被体制约束和阉割,所以筋骨灵活,保持了原始野性和抗摔力。"
>
> "……后来又上过无线电演艺短训班。"
>
> "TVB 还是 BTV?"
>
> "CCAV。"
>
> "好! 非常好的学校,纳入国家'211 工程'的重点大学。有这么好的履历,你还愁什么?"
>
> "我一直为自己的出身自卑,从小在农村里长大,没受过系统教育,不像其他选手来自大城市,都是音乐学院附中毕业,从小就开始练钢琴、练唱歌、练芭蕾舞……"
>
> "错!"白谷狗手势有力一劈,"乡土中国,只有说自己是农民、生活悲惨、自学成才、求艺路途坎坷、从小父死母改嫁,或者干脆不知自己亲爹是谁才能对得起时代!"
>
> "你是说,为了一己成名,就得让自己的亲生母亲让别的男人给操了?"
>
> "流言当道,不来点身世传奇还怎么成才!"
>
> "呸!"我大声道,"告诉你,我不能那么做! 姐是有底线的! 只不过底线有点靠近终点。"
>
> "门萨的娼妓……"
>
> "你说什么? 娼妓?!"我脸涨得通红,"腾"地站起身来,转身就要走。"少跟我扯什么娼妓!"
>
> "别激动,"白谷狗也站起来,温柔的一手按住我的肩,示意我坐下,"《门萨的娼妓》是一本世界名著,伍迪·艾伦早年写的小说,专门表扬高智商的女子卖艺不卖身。"

我仍然气哼哼,"我不知道门萨。我只知卡门和茶花女。"

"一样的意思。"

"告诉你我什么都不卖!要卖,我早就当商务模特儿三陪去了,还用得着这么假摔!谁不知道睡觉挣钱来得快。"我大声嚷嚷,突然感觉自己有点委屈。

这场对话交错着信息错位与论辩性。白谷狗"是哪个院校培养出来的"的问话前提是"看你的才艺气质俱佳",即二者应该形成对应关系。"我"的回答则颠覆了这一关系。名为回答,实为辩驳,"我"的无奈中反驳了形象与文化程度的对应关系。由此使白谷狗转向,推论出"念书少"的好处,这是对隐含在"我"话语中自卑的反馈的辩驳,更是对自身前面推论的颠覆。由"无线电演艺短训班"为题发出的"TVB""BTV"的发问与"CCAV"的作答构成了荒谬。"TVB"是电视广播有限公司的官方网站,"BTV"是北京电视台的图形标志,"CCAV"则是对 CCTV 播放的新闻等内容不满的戏称,并含有表示过度虚假,不真实的虚伪之义,已演化为网络流行语。发问与应答均以荒谬的话语方式构成,加之白谷狗对其"纳入国家'211 工程'的重点大学"的诠释,在荒谬中隐含着对"CCAV"意义的颠覆。白谷狗对"我""出身自卑"心态的反驳,又一次颠覆了"我"的评价指向,"我"则顺其语义,加以诠释,突出了白谷狗话语的荒谬。接着以"卖艺"与"卖身"的关系再次导入白谷狗的性挑逗。白谷狗心理诊所的这一场交际,占据了小说很大的篇幅。由信息错位的环环相扣组成论辩,在荒谬的错位中颠覆了话语内容与形式,与整个文本的嘲讽调侃风格融为一体。正如徐坤对作品寓意的解读:"我们这个时代,如此仓皇,促急,轰隆隆地向前,带有巨大的不安全感和不确定性,随时都会有大的变故产生。唯有趋附名利,成为生存的理由和行进的唯一动力。投标、中举、选秀、选美……包含了许多兴奋和荒唐,同时也囊括了人性的堕落和腐暗。"时代的特点产生了反映时代的小说,"小说《地球好身影》正是想串烧起这个时代,展示这个'沐猴而冠时代'的最深刻的症候和悲哀。一个小女子,一次选秀活动中的遭际,整个暗箱世界的操作规程……每走一步都足以让人抓狂,无数的压力只能用自嘲来释放。表面的讥诮狂欢和荒诞不经,掩盖不住背后浓重的黯淡和哀伤。"[①]荒诞、畸形因特定的时代语境而具有了深刻的批判内涵。

---

① 徐坤:《〈地球好身影〉创作谈:沐猴而冠的时代》,《中篇小说选刊》2013 年增刊第 1 期,第83 页。

三　小说论辩性话语的审美韵味

论辩性话语作为小说对话的重要特征,在参构小说文本建设方面具有突出作用,在彰显当代小说语境特色方面具有丰厚的审美内涵。对显现对话张力,塑造人物形象,推进情节发展方面有着独有的魅力。

作为当代小说对话的突出特征,论辩性具有鲜明的审美韵味。曹文轩认为:"得到好评的对话,都含有争辩性质,它们往往不是问与答的组合。对话双方是平等的,谁也不处在问的位置。彼此间,只是互为辩驳,互为消解,对话充满了一种张力。"[1]可见,具有论辩性的对话,其过程不在于问与答,其结果不在于问题的明了,而在于造成一种语言张力。这种对话与古希腊著名思想家、哲学家苏格拉底与众多智者的论辩在论辩形式上可能具有相同的特征,但在目的上"并不与苏格拉底欲要逼近真理的目的一致",而在于"使一件事情或一个话题通过对话而变得摇曳多姿、含义丰富而透彻"。[2]徐坤《游行》中,林格与黑戊的对话,与伊克的对话,常以论辩形态呈现了对话的张力。如前所引二例中林格与伊克的对话,伊克最终并未明了"风"的寓意,林格也意不在令其明了。这一对话是以过程的展现而非结果的显示为目的,造就对话张力的。林格与黑戊关于对程甲攻击的论辩,并非为了说服对方,并不注重目的达到的结果,而是展现过程,展现对话的张力。林格虽然居于话语优势,但是在平等状态下与黑戊"互为辩驳,互为消解",使对话摇曳多姿,成为情节发展的重要环节。林格与黑戊的交往,在小说中除了性行为,更多的是以语言的论辩关联维系的。"这个刺猬似的小女人究竟有什么地方吸引了他,让他死缠住她不放呢? 除了她和他之间的十余年的年龄差,他被她的热情奔放迷惑住外,更重要的是,语言,是语言让他们之间相互纠扯着难以分开。有许多思想的火花便在这语言的较量和交锋中无形地产生了。书读得太多以后,他感觉着自己的话语场就整个儿的跟常人对接不上了。如同高手和大师们总是要在高处默默地悟道参禅,是因为他们在修炼成功之日起,便把值得一打的对手无形之中给失去了。俯视脚下芸芸众生,他们除了空怀绝技手握空拳嘴唇空张,既失手又失语外还能干些什么呢?"论辩对双方犹如地球引力,互相吸引,互相牵连,一场又一场针锋相对、锋芒毕露的论辩使小说语言展现出摇曳多姿的魅力。

论辩话语在呈现语言张力的同时,也显现了话语者的形象。"人物的德

---

[1]　曹文轩:《小说门》,作家出版社,2003 年第 2 版,第 238 页。
[2]　同上,第 238—239 页。

行，可以通过作者的叙述或描写人物的行为实现，也可以通过对话实现，并且对话可能是最好的方式。"①通过对话来呈现的人物形象与叙述描写话语不同，叙述描写话语是他人对人物的展示，而对话则是人物自身的展示，以话语形式将自身的各个方面呈现在读者眼前，并赋予读者以对人物联想想象的空间。《游行》中黑戊与林格的形象在很大程度上就是以其论辩中的话语展现的："好花还须绿叶扶。他说林格只有你才是我最心爱的，只有你才最懂我的心，才是跟我最默契的一个人。有你在身边我就谁都不需要了。我是不会允许别的男人娶了你的。你若是跟了别人我会发疯的，我会闯入你们婚礼的洞房，骑一匹白马把你抢出来……他已经完全想得出神入化了，完全没有注意到林格一旁忍俊不禁的快乐眼光。一把茶壶四个杯，一个男人八个妾的遥想简直把他神往坏了，根本就不考虑是否有足够的水分去暇给，还以为自己是个自来水管，龙头一拧开就能哇哇哇哗哗哗自动流着往外淌呢。"黑戊的话语以独白形式展现了其"德行"。与其相对的是林格的神态与接二连三的巧妙比喻，将林格对其反驳体现出来。这些比喻对其的驳斥，使黑戊话语具有了论辩色彩。而下文语境中当林格怀孕后，黑戊退至幕后，由妻子来处理林格事件的善后，也是对其话语的辩驳。突出了黑戊的虚伪懦弱、言语的巨人、行动的矮子的性格特点。与黑戊话语相辅相成的是对其话语行为的描述："他似乎也并不在乎自己说的是什么，只要还在不停地说，口舌还在蠕动着，他才能认明自己还活着，否则的话他可真的要死了。""话语简直成了他最好的润滑剂，涂上它，他便可以在艰涩滞重的现实隧道中轻快畅美地游弋摩挲，擦出不尽的快感一浪高过一浪，一波连着一波。"这种描述有时是通过林格的眼睛来完成的："担心自己会肌肉萎缩、哑然失音的巨大恐惧深深地把他擒住了。林格看见他是那么焦虑急切忧心忡忡地说着，喋喋不休没完没了地说着，捶胸顿足扼腕蹙眉地说着，振聋发聩义愤填膺地说着，小题大做没屁硬挤地说着，看似庖丁解牛实则瞎子摸象地说着，不分时间和场合，人来齐了就开说，把'人文精神'和'终极关怀'挂在唇边上絮絮叨叨念来念去地磨嘴皮子，像是在练着灌口盥口或者洋绕口令。Rap，简直是说得比唱得都好听了。"人物话语与对话语行为的描述，塑造了一个表里不一、喜欢卖弄、有着"话语狂"的人物形象。

人物的心态、性格等可能隐藏在论辩话语中。如：

他问她"见了"没有。

① 曹文轩:《小说门》，作家出版社，2003年第2版，第239页。

她说见了。

他问她什么时候走。

她说明天早上。

他说洗个澡咱们……睡吧,孩子已经困成这样了。

她说我不困。

他说我不勉强你,我知道你还在生我的气。

她说不。

他说"不"什么?

她说不"不"什么。

他观察着她说,你身上怎么弄得这么脏?

铁凝《巧克力手印》

这是隐性的论辩话语,没有咄咄逼人的火药味儿,但火药味儿隐含在节俭含蓄的话语中。妻子假扮成丈夫的妹妹对付寻找到他们居住城市的丈夫的情人,为出轨的丈夫解决问题。此番话是妻子处理好回来后夫妻二人的对话。对话节奏缓慢,体现出话题的沉重,不愿说却又必须说。妻子的话语简短含蓄,没有指责,没有怨恨的骂语,怨恨责备隐含其中。以消极的隐忍表示积极的对抗,体现出妻子的内心痛苦,也体现出妻子的大度。当然,论辩式话语更多的是以针锋相对的颠覆体现人物心态、性格的。如:

村长说:"今儿个我豁出去了!"

会计说:"我也豁出去了今儿个!"

村长说:"有本事你出来!"

会计说:"不出来算你没本事!"

村长说:"出来呀你!"

会计说:"你出来呀!"

铁凝《砸骨头》

居士村的村长因为没能把本村的税款收齐,与村里的会计斗气,两人为了抒发内心的愤懑叫起阵来。颠覆式的论辩以颠倒对方话语语序的方式表现出来。话语接受者看似没有突破话语表达者的语义内容,只是一味以颠倒重复表达者发出的话语信息,以体现对抗。小说中还有多个二者叫阵的话语片段,双方也是以这种无话语目的斗嘴呈现,发泄愤懑,表现出了人物性格特征和居士村的乡土气息。

　　带有魔幻色彩的论辩在展示人物的同时渲染了某种气氛、某种色彩。如：

　　"没有风，树就是死的。没有天，就看不见树。"他的声音窸窸窣窣。

　　"你说什么？"寂旖在脑中说。

　　"我说你应该到户外去。有病的树应该沐浴在阳光中。"

　　"出去干什么呢？"

　　"比如骑自行车，或者清洗自行车。"

　　"我没有自行车。"

　　他站在窗棂前向楼下俯视：

　　一辆火红的山地车正在楼下草坪上翩跹欲飞。"'绿丛里的红嘴鸟'，我给它起的名字。"他说，"它属于你了。我马上就要离开这个城市了。"

　　"我对自行车极端挑剔，像我选择男人一样。"寂旖说。

　　"'红嘴鸟'可是辆好车。"

　　"只是与选择男人正好相反，我喜欢破自行车。"

　　"为什么？"

　　"可以免去清洗车子之苦。我把它随便丢在哪儿都放心。"

　　"脏了，总要清洗的。"

　　"那不一定。车子脏了，我就等着下一场雨，把车子淹没在如烟似云的水幕中，然后它就会洁净如初。"

　　他哈哈大笑起来，整个房间及走廊都被他的笑声震颤得绽满大朵大朵的玉兰花，芳香四散。

　　随着他彻响的笑声，他人影忽悠一下就不见了。

陈染《与假想心爱者在禁中守望》

　　书桌照片中的"他"与寂旖的对话充满一种魔幻色彩。首先，人物是现实还是虚拟，在小说中真假莫辨。其次，从到户外——骑自行车——清洗自行车，二人是持论辩态度的。论辩中荒诞与哲理相间，"他"的消失意味着论辩终结，也意味着梦幻色彩更加浓郁。

　　论辩性对话不寻求双方达成一致的交际效果，但寻求故事情节发展的效果。就这一意义上说，论辩性在叙事情节发展上起着重要作用，它可能引导情节的发展，促进情节的发展。如迟子建《与周瑜相遇》的对话，以"披铠甲""穿布衣"同英雄之间形成的对应关系的论辩，以柔克刚，促使情节由战争向和平转化。周瑜脱下铠甲，换上布衣，标志着这一转化，而这一转化就是由村妇与周瑜的柔性论辩和平解决的。方方《风景》中七哥与"她"开诚布公的论辩，使二人关系一度破裂，最终又因明白无误地探知对方意图，但别无选择而走到一块儿。这是论辩性对话对人物情节发展的导向作用。苏童《1934年的逃亡》陈玉金女人"沙哑的雷雨般的倾诉声"虽然拥有了话语权，却导致陈玉金以暴力杀妻的行动辩驳。蒋氏对狗崽一连串无停顿话语，导致狗崽果真拳击其在母腹中的弟弟。这些论辩话语所产生的情节发展，与话语形式有着直接关联。莫言《红高粱》中"我"奶奶与曾外祖父对话错位中蕴含的隐性论辩，不但展示了二人不同的心态和价值取向，还导致情节发展。"我"奶奶在绝望中摆脱了曾外祖父，摆脱了畸形婚姻的羁绊，最终与余占鳌在高粱地里耕云播雨，演绎了一场轰轰烈烈的爱情故事。论辩性对话作为小说情节的组成部分，参与了情节建构。它可能是情节的一个组成部分，又可能是情节发展的预设，导致情节某一方向的发展。

参 考 文 献

专著类

曹德和　《安徽大学汉语言文字研究丛书·曹德和卷》，安徽大学出版社，2013年。

曹京渊　《言语交际中的语境研究》，山东文艺出版社，2008年。

曹文轩　《小说门》，作家出版社，2003年。

陈望道　《修辞学发凡》，复旦大学出版社，2008年。

陈一琴选辑、孙绍振评说　《聚讼》，上海三联书店，2012年。

董小英　《再登巴比伦塔——巴赫金与对话理论》，三联书店，1994年。

冯广艺　《汉语修辞论》，华中师范大学出版社，2003年第2版。

冯广艺　《语境适应论》，湖北教育出版社，1999年。

高万云　《文学语言的多维视野》，山东文艺出版社，2001年。

高万云　《中国修辞理论和批评》，山东人民出版社，2004年。

郜元宝　《在语言的地图上》，文汇出版社，1999年。

桂诗春　《心理语言学》，上海外语教育出版社，1985年。

胡习之　《核心修辞学》，中国社会科学出版社，2014年。

江　南　《汉语修辞的当代阐释》，中国矿业大学出版社，2001年。

金元浦　《文学解释学》，东北师范大学出版社，1997年。

黎运汉　《汉语修辞学》，广东教育出版社，2006年。

李建军　《小说修辞研究》，中国人民大学出版社，2003年。

刘大为　《比喻、近喻与自喻——辞格的认知性研究》，上海教育出版社，2001年。

刘叔成、夏之放、楼昔勇等　《美学基本原理》，上海人民出版社，2001年。

鲁枢元　《超越语言——文学言语学刍议》，中国社会科学出版社，1990年。

陆志平、吴功正　《小说美学》，东方出版社，1991年。

马以鑫　《接受美学新论》，学林出版社，1995年。

马振方　《小说艺术论》，北京大学出版社，1999年。

南　帆　《文学的维度》，三联书店，1998年。

钱锺书　《谈艺录》，三联书店，2001年。

盛子潮　《小说形态学》，海峡文艺出版社，1993年。

孙绍振　《当代中国文学的艺术探险》，福建教育出版社，1998年。

孙绍振　《名作细读》，上海教育出版社，2006年。

孙绍振　《审美、审丑与审智》，广东人民出版社，2014 年。

孙绍振　《审美形象的创造》，海峡文艺出版社，2000 年。

孙绍振　《孙绍振如是解读作品》，福建教育出版社，2007 年。

孙绍振　《文学性讲演录》，广西师范大学出版社，2006 年。

童庆炳　《文学活动的美学阐释》，陕西人民出版社，1992 年。

王德春、陈　晨　《现代修辞学》，上海外语教育出版社，2002 年。

王建华、周明强、盛爱萍　《现代汉语语境研究》，浙江大学出版社，2002 年。

王　蒙　《红楼启示录》，生活·读书·新知三联书店，1991 年。

王培基　《文学语言专题研究》，青海人民出版社，2008 年。

王希杰　《汉语修辞学》（修订本），商务印书馆，2004 年。

王希杰　《修辞学通论》，南京大学出版社，1996 年。

王一川　《汉语形象与现代性情结》，首都师范大学出版社，2001 年。

王一川　《文学理论讲演录》，广西师范大学出版社，2004 年。

王一川　《修辞论美学：文化语境中的 20 世纪中国文艺》，中国人民大学出版社，2009 年。

王一川　《语言乌托邦》，云南人民出版社，1994 年。

王占馥　《汉语语境学概论》，南方出版社，1998 年。

吴礼权　《现代汉语修辞学》，复旦大学出版社，2012 年第 2 版。

吴礼权　《修辞心理学》，云南人民出版社，2002 年。

西槙光正编　《语境研究论文集》，北京语言学院出版社，1992 年。

夏忠宪　《巴赫金狂欢化诗学研究》，北京师范大学出版社，2000 年。

徐　岱　《小说形态学》，杭州大学出版社，1992 年。

徐　岱　《艺术的精神》，首都师范大学出版社，2001 年。

徐剑艺　《小说符号学》，浙江大学出版社，1991 年。

叶维廉　《中国诗学》，三联书店，1992 年。

易中天　《破门而入·易中天谈美学》，复旦大学出版社，2006 年。

余岱宗　《小说文本审美差异性研究》，人民出版社，2015 年。

张卫中　《20 世纪中国文学语言变迁史》，中国社会科学出版社，2013 年。

张宗正　《理论修辞学——宏观视野下的大修辞学》，中国社会科学出版社，2004 年。

郑颐寿　《辞章体裁风格学》，暨南大学出版社，2008 年。

郑颐寿　《辞章学发凡》，海峡文艺出版社，2005 年。

郑颐寿　《辞章学新论》，万卷楼图书股份有限公司，2004 年。

郑颐寿主编　《文艺修辞学》，福建教育出版社，1993 年。

郑子瑜、宗廷虎主编　《中国修辞学通史》，吉林教育出版社，1998 年。

朱光潜　《朱光潜美学文集》，上海文艺出版社，1982 年。

朱立元　《接受美学》，上海人民出版社，1989 年。

朱立元主编　《美学》，高等教育出版社，2006 年第 2 版。

祝敏青　《文学言语的多维空间》，福建人民出版社，2005 年。

祝敏青　《文学言语的修辞审美建构》，人民出版社，2014 年。

祝敏青　《小说辞章学》，海峡文艺出版社，2000 年。

宗白华　《美学散步》，上海人民出版社，1981 年。

宗廷虎　《20世纪中国修辞学》(上下卷),中国人民大学出版,2008年。

宗廷虎　《宗廷虎修辞论集》,吉林教育出版社,2003年。

宗廷虎、李金苓　《修辞史与修辞学史阐释》,山东文艺出版社,2008年。

〔美〕爱德华·萨丕尔　《语言论》,陆卓元译,商务印书馆,1985年。

〔苏〕巴赫金　《巴赫金全集》,河北教育出版社,1998年。

〔德〕H.R.姚斯、〔美〕R.C.霍拉勃　《接受美学与接受理论》,周宁、金元蒲译,辽宁人民
　出版社,1987年。

〔美〕赫伯特·马尔库塞　《审美之维》,李小兵译,生活·读书·新知三联书店,1989年。

〔德〕马丁·海德格尔　《人,诗意地安居》,郜元宝译,上海远东出版社,1995年。

〔捷克〕米兰·昆德拉　《小说的艺术》,董强译,上海译文出版社,2004年。

〔英〕瑞恰慈、奥格登　《意义之意义》,白人立、国庆祝译,北京师范大学出版社,2000年。

〔英〕瑞恰慈　《文学批评原理》,杨自伍译,百花洲文艺出版社,1997年。

〔美〕苏珊·朗格　《艺术问题》,滕守尧等译,中国社会科学出版社,1983年。

〔奥〕维特根斯坦　《逻辑哲学论》,贺绍甲译,商务印书馆,1996年。

〔美〕W.C.布斯　《小说修辞学》,华明、胡晓苏、周宪等译,北京大学出版社,1987年。

论文类

冯黎明　论文学话语与语境的关系,《文艺研究》2002年第6期。

高万云　理论与方法:新世纪文学语言研究之研究,《当代修辞学》2011年第1期。

李苏鸣　文学创作与文学鉴赏的矛盾焦点——语境差,《修辞学习》1994年第4期。

李支军　文学语境与文学语言,《涪陵师院学报》2005年第5期。

龙国贻　小说非常规对话语境设置,《阅读与写作》2005年第1期。

王培基　文学语言的独创性,《青海师范大学学报》,2001年第1期。

王咏梅　论形成文学语言风格多样性的内语境机制,《齐齐哈尔大学学报》2003年第
　5期。

吴　昊　国内文学语境研究综述,《南京社会科学》2008年第6期。

吴　昊　文学语境新论,《渤海大学学报》2011年第2期。

徐　岱　文学符号的功能,《文学评论》1989年第3期。

徐艺嘉　新世纪文学语境中的审美"新质"——"新生代"军旅中短篇小说创作特色成因
　之我见,《文艺报》2012年11月29日。

余素青　文学话语的多语境分析,《江西社会科学》2009年第7期。

周　颖　"无边"的语境——解构症结再探,《外国文学评论》2007年第4期。

朱全国　语境在文学艺术活动中的制约作用,《文艺理论与批评》2004年第1期。

后　记

　　我的修辞学寻梦之旅始于复旦。1987 年到复旦学习,是寻梦的起点。踏进复旦园,似乎就与修辞结下了不解之缘。由陈望道先生开创的现代修辞学,根植于复旦,开枝散叶在全国各地。复旦园浓郁的修辞研究气氛,给我们以修辞学的熏陶。宗廷虎、李金苓等先生以其丰厚的理论学养,充实精湛的课程讲解,热忱扶掖后学的博大胸怀,激发了大家对修辞学的兴趣,使我选定修辞学作为毕生的研究方向。

　　语境是文学语言赖以生存的家园,在修辞学研究中,语境问题常常引发我们的关注,驱动我们深入研究的兴趣。本课题原本试图对当代小说语境进行全面研究,但在对当代小说文本的涉猎中,目光每每被一种奇异的超越规律的语境现象所吸引,使我们最终将研究视角锁定在了语境差现象。语境差是当代小说语言的一大亮点,出现语境差的语料,往往使我们眼前一亮,乐不可支地赏读品味其中的韵味。语境差既是语境适应的背离,又是另一层面意义的语境适应,它是对语境适应的多层面考察。锁定这一视角,使我们在语料的搜寻上更加集中,在理论阐述上更具系统性与理论深度。

　　感谢恩师宗廷虎、李金苓先生。从修辞学研究的起步,到延续至今的研究历程,他们始终给予了学术理论上的指导,精神上的热情关注和鞭策鼓励。他们的鼎力相助,伴随着我成长的每一步。先生为我们的研究成果推荐参评国家社科基金后期资助项目,在百忙中认真审读书稿,并为之作序。当看到伴随"序"寄来的先生的第一句话:"我牢记对你的承诺,4 月份交稿"时,我不禁心头一热,眼圈顿红。先生八十高龄仍笔耕不辍,在《中国辞格审美史》定稿的百忙之中,牢记为我写序之事,此恩德让我情何以堪? 师恩重如泰山! 二位先生认真审读了此书的初稿,提出了宝贵意见,有些意见甚至是尖锐的、毫不客气的,让人感慨先生的敏锐、直率与真诚。他们期盼着书稿的完善,这也更让我加倍努力,修改书稿,以不辜负先生的期望。

　　感谢责任编辑冯爱珍女士,她对书稿做了认真的审读加工。她非常了解我们的写作思想和学术追求,以深厚扎实的语言学专业基础,资深编辑的

敏感和锐利,提出了宝贵的修改意见。此书的顺利面世,与她的辛勤工作密
不可分。感谢江震龙、肖莉教授,在认真审读书稿的基础上,为我们参评国
家社科基金后期资助项目写了推荐意见。感谢廖伟、何君夫妇,注定与小说
结缘的身份,使他们有机会为我们提供了大量的小说文本语料。感谢我的
先生张建生,在我专注写作时,他承担了一切家务,毫无怨言。

　　本课题在福建省社科基金重点项目"基于语境视域的中国当代小说语
言研究"(项目编号:2012A018)基础上,荣获国家社科基金后期资助项目
(项目编号:15FYY006)。感谢审稿专家,充分肯定本书稿,并对书稿提出
了宝贵的修改意见。感谢国家社科规划办,感谢福建省社科规划办,你们的
辛勤工作为我们提供了坚实的研究基础。

　　感谢一切给我们以帮助和鼓励的人们!

　　本书稿的写作祝敏青承担的部分是:前言,第一章,第二章,第三章,第
四章第一节、第二节,第五章第二节,第六章第一节、第三节;林钰婷承担的
部分是:第四章第三节,第五章第一节,第六章第二节,同时还参与第三章第
二节、第四章第一节的写作。

祝敏青

2017 夏于御园